Dear Twilight Readers,

Thank you for all of your enthusiastic support for my stories over the years. I hope *Midnight Sun* brings you some enjoyment and escape as you return to Forks and experience the world through Edward's eyes.

Stay safe and healthy.

Love,

친애하는 트와일라잇 독자들에게,

오랜 시간 동안 저의 이야기를 열정적으로 응원하고 지지해 주셔서 고맙습니다. 《미드나잇 선》을 읽는 시간 동안 여러분이 다시금 포크스로 돌아가 에드워드의 시선으로 세상을 바라보며 잠시 현실에서 벗어나는 즐거움을 누리시기 바랍니다.

항상 건강하고 평안하세요.

사랑을 담아.

midnight sun

midnight sun : 백야. 한밤중에도 태양이 지지 않는 현상

[조각상 이미지]

Canova, Antonio. Cupid and Psyche
"The State Hermitage Museum, St. Petersburg"
"Photograph © The State Hermitage Museum /photo by Vladimir Terebenin"

MIDNIGHT SUN by Stephenie Meyer

Copyright © 2020 by Stephenie Meyer
All rights reserved.
This Korean edition was published by Mirae N Co., Ltd. in 2020 by arrangement with
Spegs, LLC c/o Writers House LLC through KCC(Korea Copyright Center Inc.), Seoul.

이 책의 한국어판 저작권은 KCC(Korea Copyright Center Inc.)를 통한
Spegs, LLC c/o Writers House LLC사와의 독점 계약으로 ㈜미래엔이 소유합니다.
저작권법에 의해 한국 내에서 보호를 받는 저작물이므로 무단 전재 및 무단 복제를 금합니다.

midnight sun

미드나잇 선 1

스테프니 메이어 지음 | 심연희 옮김

B 북폴리오

지난 15년간 내 삶의 행복이 되어 준 모든 독자들에게 이 책을 바칩니다. 우리가 처음 만났을 때, 여러분 중 많은 분은 밝고 아름다운 눈망울에 미래에 대한 꿈을 가득 담고 있던 어린 십 대들이었지요. 지금껏 지내 온 시간 동안 그 꿈을 모두 이루셨기를, 그리고 이루어진 뒤의 현실이 여러분이 기대했던 것보다 훨씬 더 멋지기를 바랍니다.

차례

1
첫 만남

—◆—

지금 난 바라고 또 바라기만 했다. 잠들 수 있다면 얼마나 좋을까 하고.

고등학교.

아니, 차라리 연옥이라고 불러야 맞지 않을까? 내 죄악이 어떻게든 용서받을 방법이 있다면, 그때는 학교에서 보내는 시간도 어느 정도 참작해 주어야 마땅할 것이다. 어떻게 해도 이 지루함은 익숙해지지 않았다. 하루하루 맞이하는 새날이 어떻게 이럴 수 있을까 싶을 만큼 전날보다 더욱 단조로웠다.

수면의 정의가 활동 상태 사이에 존재하는 비활성화 상태라면, 이 시간이야말로 내게 주어진 수면이라 볼 수 있지 않을까.

나는 학생식당 구석의 석고 벽면에 나 있는 금을 응시했다. 그리고 거기에 있지도 않은 무늬를 상상으로 그려 넣었다. 그러고 있노라면 내 머릿속에 강물처럼 흘러드는 왁자지껄한 목소리들을 제어할 수 있기 때문이다.

수백 개씩 울려 대는 저 목소리들. 지겨워서 죄다 무시해 버렸다.

인간의 생각들에 관해 말하자면, 이제껏 과하게 들어 왔다. 오늘은 학생 수가 많지 않은 이 학교에 새로운 얼굴이 전학 왔다는 소소한 사건에 모두의 생각이 쏠려 있었다. 순식간에 학교 전체가 흥분해 버린 거다. 어디에서나 흘러드는 생각들은 입을 모아 전학생에 대해 반복해 말하고 있는 중이었다. 나도 사방에서 들려오는 생각 속에서 그 전학생을 계속 봐 왔다. 그냥 평범한 인간 여자애였다. 그 애가 와서 흥분한 아이들의 마음 역시 지겨울 정도로 뻔했다. 아장아장 걷는 꼬맹이들에게 반짝이는 물체를 보여 줄 때 돌아오는 반응과 다를 게 없으니까. 남자 중 반수는 전학생이 처음 보는 얼굴이라는 이유만으로 줏대 없이 그 애에게 빠져들어 상상의 나래를 펼치는 중이었다. 그런 소리들을 듣지 않기 위해 나는 더욱 머릿속을 조정했다.

그중 듣기 싫어서가 아니라 예의상 차단하는 목소리도 네 명 있다. 내 가족, 그러니까 형제 둘과 자매 둘의 목소리다. 이들은 나에게 사생활을 숨길 수 없는 상황에 너무도 익숙해져 있어서 이제는 자기 생각을 들으면 어쩌나 걱정하는 일도 거의 없다. 나도 충분히 배려는 하고 있다. 웬만하면 그들의 목소리를 듣지 않으려 노력하니까.

하지만 최대한 노력하더라도…… 어쩔 수 없이 알게 된다.

로잘리는 평소와 마찬가지로 자신에 대해 생각하는 중이다. 놀라는 일이 없는 로잘리의 마음은 고인 물 같다. 자기를 훔쳐보는 아이의 안경에 반사된 본인의 옆모습을 눈치채고서, 자기 외모가 얼마나 완벽한지 곰곰이 생각하고 있었다. 로잘리처럼 빛나는 순금 같은 머리카락을 가진 사람은 없다. 마치 모래시계처럼 완벽하게 잘록한 몸매와 결점 하나 없이 대칭을 이룬 타원형 얼굴을 따라올 사람 또한 없었다.

그녀는 여기 있는 인간들과 스스로를 비교하지 않았다. 비교라니, 말 같지도 않아 웃음이 나올 일이다. 그래서 로잘리는 우리와 같은 종족을 떠올리며 자신을 비교했지만, 그중에도 그녀에게 필적할 존재가 없기는 마찬가지다.

에밋은 평소 태평한 표정이지만 오늘은 답답한 기분으로 얼굴을 찡그려 대고 있다. 지금도 흑단 같은 곱슬머리를 큼직한 손으로 넘기면서 연신 머리칼을 쥐어뜯는 중이다. 어젯밤 재스퍼와 벌인 레슬링 시합에서 진 분이 아직도 풀리지 않았기 때문이다. 학교가 끝난 뒤 재시합을 하기까지 인내심을 한계까지 쥐어짜며 기다려야 할 테지. 에밋의 생각은 듣기에 거슬린 적이 한 번도 없다. 입 밖으로 내지 못할 말이나 행동에 옮기지 못할 일은 아예 생각하지 않으니. 내가 다른 이의 마음을 읽는 데 죄책감을 느끼는 이유가 뭔지 따져 본다면, 알려 주고 싶지 않은 일들도 저들에겐 있다는 걸 내가 알고 있기 때문일지도 모르겠다. 로잘리의 마음이 고인 물 같다면, 에밋은 그림자 한 점 없이 투명하게 맑기만 한 호수 같았다.

그리고 재스퍼는…… 괴로워하는 중이다. 나는 애써 한숨을 삼켰다.

에드워드. 앨리스가 머릿속으로 내 이름을 불렀다. 나는 곧바로 알아차렸다.

나에겐 이름을 큰 소리로 불린 거나 마찬가지였다. 이 이름이 지난 몇 십 년간 유행하지 않아서 다행이었다. 예전에는 참 성가셨다. 누군가 에드워드란 이름을 떠올릴 때마다 무의식적으로 고개가 돌아가곤 했으니까.

지금 난 고개를 돌리지 않았다. 앨리스와 나는 이런 식으로 사적인 대화를 하는 데 아주 능숙하다. 우리가 대화 중이라는 걸 알아채는 이는 드물다. 나는 계속 석고 벽에 난 금을 쳐다보았다.

재스퍼는 잘 참고 있어? 앨리스가 물었다.

나는 눈살을 찌푸리고, 입가에 살짝 변화를 주었다. 이건 다른 누군가가 눈치챌 만한 행동이 전혀 아니다. 평소에도 지루함을 견디기 힘들어 쉽사리 얼굴을 찌푸리곤 하니까.

재스퍼는 너무 오랫동안 미동 하나 없는 상태였다. 우리가 사람들 눈에 이상하게 여겨지지 않도록 항상 보이곤 하는 인간의 사소한 습관들을 전혀 보여 주고 있지 않았다. 예를 들어 로잘리는 계속 다리를 바꿔 꼬아 대고, 앨리스는 리놀륨 바닥을 발끝으로 탁탁 두드린다. 내 경우엔 고개를 돌려가며 벽에 난 무늬를 여기저기 응시한다. 하지만 재스퍼는 온몸이 마비된 듯, 탄탄한 몸을 막대기처럼 꼿꼿이 세우고 있었다. 진한 꿀빛의 금발조차 통풍구에서 나오는 바람에 흔들리지 않는 것 같았다.

앨리스가 머릿속으로 보내는 말투가 불안하게 변해 있었다. 나는 그녀가 재스퍼를 곁눈질로 지켜보고 있다는 걸 마음을 통해 보았다. **혹시 위험한 게 있니?** 앨리스는 내가 눈살을 찌푸린 이유가 뭔지 알아내기 위해, 곧 다가올 미래를 떠올리며 단조로운 환영을 훑어보았다. 그러는 동안에도 주먹 쥔 작은 손을 날렵한 턱 아래 괸 채 규칙적으로 눈을 깜빡이기를 잊지 않았다. 짧고 들쭉날쭉하게 자른 머리카락 한 줌을 눈가에서 쓸어 올리기도 했다.

나는 벽에 난 벽돌 무늬를 보는 것처럼 왼쪽으로 천천히 고개를 돌리고 한숨을 쉬었다. 그런 다음 다시 오른쪽으로 고개를 돌려서는 천장에 난 금을 보았다. 가족들은 내가 인간 흉내를 내고 있는 거라 여기겠지. 하지만 앨리스는 내가 고개를 젓고 있다는 걸 알았다.

그녀가 긴장을 풀었다. **상황이 너무 나빠지면 알려줘.**

이번에 나는 눈만 움직였다. 천장을 보았다가 다시 시선을 내렸다.

도와줘서 고마워.

소리 내어 대답할 수 없는 게 다행이었다. 그렇지 않았다면 이 말에 뭐라고 답해야 했으려나? 내가 좋아서 한 거니 신경 쓰지 말라고? 그건 아니라고 봐야 한다. 재스퍼가 괴롭게 인내하는 마음에 귀를 기울이는 건 전혀 즐겁지 않다. 이런 식의 실험을 할 필요가 과연 있을까? 차라리 재스퍼가 우리와 달리 갈증을 감당할 수는 없을 거라는 사실을 인정하고, 자신을 한계까지 몰아붙이지 말도록 하는 편이 더 안전하지 않을까? 굳이 재앙을 부추길 필요는 없으니까.

우리가 마지막으로 사냥한 지도 2주가 됐다. 재스퍼를 제외한 우리에게 이 정도 시간 간격을 견디는 건 끔찍하도록 어렵게 느껴지지는 않았다. 가끔 좀 불편한 정도일 뿐. 사람이 너무 가까이 다가오거나, 바람결에 예기치 못한 냄새가 실려 오거나 할 때는 확실히 좀 힘들다. 하지만 인간들이 우리에게 가까이 다가오는 일은 드물다. 의식만으로는 이해할 수 없는 인간의 본능이 그들에게, 우리는 반드시 피해야 할 위험이라고 경고해 주니까.

지금 재스퍼는 아주 위험한 상태다.

자주는 아니지만 가끔씩 나는 우리 주변의 인간들이 어쩌면 이토록 생각이 없는지에 대해 새삼 충격을 받곤 한다. 우리는 이런 상황에 아주 익숙한 편이고, 그들이 가까이 오는 일도 있을 거라고 늘 예상은 하고 있다. 그럼에도 종종, 인간들의 스스럼없는 행동이 평소보다 더욱 두드러지는 것 같은 순간이 있다. 이 자리에 몸을 쭉 뺀 채로 숨어 사냥감을 기다리는 호랑이가 있다고 해도 우리보다 위험할 리는 없는

데 말이다. 그러나 여기 있는 사람 중 그 누구도 낡은 학생식당 테이블에 모여 앉은 우리를 눈치채지 못했다. 우리 다섯은 좀 이상하게 보이긴 해도 어쨌든 생김새는 사람으로 여겨질 만했으니까. 인간들은 이토록 둔한 감각으로 대체 어떻게 살아남을 수 있는 걸까. 도무지 알 수가 없다.

그때 우리 가까이 있는 테이블 끝 쪽에 자그마한 여자애가 멈춰 서더니 친구와 대화를 시작했다. 그 애는 짧은 모랫빛 머리카락을 손가락으로 빗어 넘겼고, 히터에서 나온 바람이 우리 쪽으로 그 애의 향기를 날려 보냈다. 이런 순간, 그 향기가 어떤 느낌을 주는지 난 잘 알고 있다. 목구멍이 바짝 타오르고, 뱃속이 훅 꺼지면서 허기가 지고, 근육이 제멋대로 팽팽하게 조여 오면서 입안에선 독액이 넘쳐흐른다.

이 모두가 아주 정상적인 반응이고, 보통은 쉽게 무시할 수 있다. 하지만 지금은 그러기가 쉽지 않았다. 내가 재스퍼를 감시하는 동안 강하게 몰아쳐 오던 반응은 두 배로 강해졌다.

재스퍼는 제멋대로 날뛰는 상상을 하고 있었다. 지금 그는 앨리스 옆자리에서 벌떡 일어나, 그 자그마한 여자애 옆으로 다가가는 자신의 모습을 상상 속에서 보고 있다. 그 애의 귀에 무언가를 속삭이려는 것처럼 몸을 숙이고, 그 목덜미에 입술을 대 보는 것을. 피부라는 저 연약한 장벽 아래에서 뛰고 있는 맥박이 내놓는 뜨거운 흐름이 입속으로 흘러들면 어떤 기분일지를…….

나는 그의 의자를 발로 찼다.

재스퍼가 나와 눈을 마주쳤다. 그러곤 억울함이 가득한 검은 눈동자로 잠시 나를 쳐다보더니 이내 시선을 내리깔았다. 그의 머릿속을 채운 수치심과 반발심이 내게도 들려왔다.

"미안해."

재스퍼는 중얼거렸다. 나는 그저 어깨를 으쓱였다.

"넌 아무 짓도 안 할 거였어. 내가 봤어."

앨리스가 나지막한 소리로 굴욕에 찬 그의 마음을 달래 주었다.

나는 거짓말하지 말라며 눈살을 찌푸리고 싶은 것을 애써 참았다. 앨리스와 나. 우리는 함께 뭉쳐야 한다. 쉽지는 않은 일이었다. 이미 괴짜인 존재들 속에서 한층 더 괴짜로 지내야 하는 거니까. 우리는 서로의 비밀을 지켜 주었다.

"그 애들이 사람이라고 생각하면 조금이나마 도움이 되더라."

앨리스가 말했다. 누군가 우리 가까이 있었고, 그래서 앨리스의 목소리를 들었다 해도 인간의 청력으로 감지하기에는 너무 높은 악기 소리 같았으리라.

"걔 이름은 휘트니야. 아주 예뻐하는 젖먹이 여동생이 하나 있지. 걔네 엄마가 에스미를 가든파티에 초대했었어. 기억나?"

"나도 걔가 누군지 알아."

재스퍼가 퉁명스레 대답했다. 그러곤 곧 고개를 돌려 길쭉한 모양의 학생식당을 둘러싸고 있는 처마 아래, 자그마한 창문 하나를 골라 멍하니 응시했다. 재스퍼의 말투를 볼 때 더는 대화할 수 없었다.

그는 오늘 밤 사냥을 나가야 할 것이다. 자신의 힘을 시험하고, 인내심을 기르기 위해 이런 식으로 위험을 무릅쓰는 건 우습다고 표현해도 될 만큼 어리석은 짓이다. 재스퍼는 자신의 한계를 받아들이고 그 안에서 어떻게든 살아가야 한다.

앨리스는 조용히 한숨을 쉬고서 일어나 식판을 들었다. 물론 음식은 말 그대로 소품일 뿐이었지만. 그리고 재스퍼를 남겨둔 채 자리를 떠났다. 앨리스는 재스퍼가 자신의 격려를 지켜워할 시점이 언제인지 잘 알았다. 로잘리와 에밋이 사랑하는 사이라는 걸 남보다 노골적으로 드러내는 연인이라면, 앨리스와 재스퍼는 자신에게 무엇이 필요한지 아는 만큼 서로에게 무엇이 필요한지도 잘 아는 연인이었다. 마치 그들도 마음을 읽을 수 있다는 것처럼 말이다. 물론 읽는 것은 서로의 마음뿐이겠지만.

에드워드.

이름이 불리면 반사적으로 반응하게 된다. 나는 그 소리에 고개를 돌렸다. 물론 진짜로 부른 건 아니고 그저 생각에 불과했다.

내 눈빛이 아주 잠깐 상대의 눈빛과 얽혔다. 창백한 하트 모양의 얼굴에 박힌 인간의 눈동자 한 쌍. 초콜릿을 닮은 갈색을 띤 커다란 눈이었다. 이제야 제대로 보게 된 거긴 하지만 저 얼굴이 누군지 이미 난 안다. 오늘 모든 사람의 머릿속에 가장 중요하게 떠오르던 인물, 새로 온 전학생 이사벨라 스완이다. 마을 경찰서장의 딸이고, 양육권자가 바뀌면서 이곳에 와 살게 됐다. 벨라. 그녀는 자신의 정식 이름을 부르는 사람을 만날 때마다 벨라라고 불러 달라고 말했다.

지루해진 나는 시선을 피했다. 내 이름을 생각한 게 그 애가 아니라는 걸 곧 깨닫게 됐으니까.

물론 얘는 컬렌 가 애들한테 벌써 반해 버렸겠지. 내 이름을 떠올린 사람의 생각이 계속해서 들려왔다.

이제 나는 그 '목소리'가 누구 것인지 알아차렸다.

제시카 스탠리다. 마음속으로 계속 조잘거려 날 괴롭히던 애. 저 애가 나에 대한 그릇된 집착을 그만두었을 때는 얼마나 안도했는지 모른다. 말 같지도 않은 망상을 끝도 없이 해댈 때면 그 소리에서 벗어나는 게 불가능할 거란 생각이 들 정도였다. 그때 나는 만약 내 입술이, 그리고 그 밑에 있는 이빨이 제시카가 꿈꾸는 것처럼 그녀의 몸 가까이 다가간다면 실제로 무슨 일이 일어날지 설명해 줄 수 있으면 참 좋겠다는 생각도 했었다. 그러면 성가신 망상을 대번에 그만두게 됐을 텐데. 걔가 보일 반응을 상상하면 어쩔 수 없이 웃음이 나왔다.

제시카가 끝없이 생각을 이어 갔다. **얘가 뭐가 좋다는 거야? 예쁜 구석 하나 없는데. 에릭이 왜 저렇게 쳐다보는지 모르겠네…….. 마이크는 또 왜 저래?**

제시카는 마이크의 이름을 떠올리며 속으로 움찔거렸다. 걔가 새로이 집착하는 대상인 마이크 뉴튼은 모두에게 인기 있는 남자였지만 제시카를 전혀 의식하지 않고 있었다. 하지만 새로 온 여자애에게는 분명 관심이 있어 보였다. 반짝이는 게 궁금해서 손을 뻗는 꼬마애가 하나 더 있군. 그래서 제시카는 속으로 비열하게 날을 세웠다. 물론 겉으로는 전학생에게 친절한 태도로 우리 가족에 대한 항간의 소문들을 설명하고 있었지만 말이다. 새로 온 아이가 우리에 대해 물어봤을 테지.

제시카는 으스대며 생각했다. **얘랑 있으니까 오늘 모두가 날 보고 있네. 벨라 얘랑은 수업을 두 개나 같이 들으니 꽤 운이 좋은걸? 분명히 마이크가 나한테 와서 벨라에 대해 물어볼 거야…….**

가치라곤 없는 정보를 계속 듣다 미쳐 버리기 전에 나는 제시카 마음속에서 넘쳐흐르는 끊임없는 수다를 머릿속에서 차단했다.

"제시카 스탠리가 새로 온 스완이란 여자애한테 컬렌 일족의 수치를 낱낱이 설명하고 있어."

나는 주의를 돌리려고 에밋에게 중얼거렸다.

에밋은 숨죽여 키득키득 웃더니 이렇게 생각했다. **설명 좀 잘해 줬**

으면 좋겠네.

"사실을 말하자면 상상력이 많이 떨어져. 그냥 안 좋은 소문이 있다 더라, 정도로 슬쩍 흘리기만 했어. 끔찍한 이야기는 하나도 없네. 좀 실망스러운데."

그럼 새로 온 애는 뭐래? 걔도 소문을 듣고 실망했어?

나는 벨라라는 전학생이 제시카의 이야기를 듣고 무슨 생각을 했는 지 들어 보려 했다. 사람들이 대부분 피해 다니는 이들, 분필같이 하얀 피부를 한 이상한 가족을 보면서 그 애는 무슨 생각을 할까?

그 애의 반응을 알아내는 건 내겐 일종의 임무였다. 나는 가족을 위해 망을 보는 존재니까. 망보기라. 이보다 더 적합한 말은 생각나지 않는다. 우리를 지키기 위해서 하는 일이니까. 누군가 이쪽을 수상쩍다고 생각하게 되면, 나는 우리 가족에게 미리 경고해 쉽사리 퇴각할 수 있게 한다. 그런 일은 가끔 일어났다. 상상력이 풍부한 사람은 우리를 책이나 영화에 나올 법한 존재로 여기곤 했다. 그런 생각들은 보통 진실과 거리가 멀었지만, 사람들이 면밀히 파고들 위험을 감수하는 것보다는 어디론가 이사하는 편이 나았다. 극히 드문 경우이긴 해도 우리의 정체를 제대로 추측하는 사람도 있었다. 그럴 때면 우리는 그들이 품은 가설을 시험해 볼 기회를 주지 않았다. 그저 종적을 감추었을 뿐이다. 그저 으스스한 한때의 기억으로 남도록.

물론 그런 일이 마지막으로 일어난 지도 수십 년이 지났다.

나는 아무 소리도 듣지 못했다. 제시카의 경박한 마음속 독백이 계속 귀에 와 박힐 만큼 가까이서 온 신경을 집중했는데도 들을 수 없었다. 정말 이상하군. 혹시 전학생이 자리를 옮겼나? 하지만 그럴 리는 없어 보였다. 제시카는 여전히 그 애에게 수다를 떨어 대고 있었으니까. 나는 균형을 잃은 듯한 아찔한 기분을 느끼며 고개를 들었다. 그러곤 나에게 추가로 들려오는 '소리'를 확인해 보았다. 이렇게까지 해야 했던 적은 한 번도 없었는데.

다시금 내 시선이 그 커다란 갈색 눈망울과 마주쳤다. 그 애는 아까와 마찬가지로 자리에 앉은 채 우리를 바라보고 있었다. 그건 자연스러운 행동이었을 거다. 제시카는 아직도 컬렌 가(家)를 두고 동네에 떠도는 소문들을 한껏 읊어 대고 있었기 때문이다.

그렇다면 저 애도 자연스럽게 우리에 대해 뭔가 생각해야 하는 것 아닌가?

하지만 나는 한 마디의 속삭임도 들을 수가 없었다.

그 애는 눈을 내리깔았다. 모르는 사람을 빤히 쳐다보다 들켜 버린 난처한 상황임을 깨닫고 시선을 돌리는 순간, 뺨이 부드럽고 유혹적인 분홍빛으로 물들었다. 재스퍼가 아직도 창문을 내다보고 있어서 다행이었다. 저렇게 피가 쉽게 몰리는 두 뺨을 보고도 그가 자제력을 유지할 수 있을까? 생각하고 싶지 않다.

그 애의 얼굴 위로 드러난 감정이 어찌나 선연했던지, 마치 단어를 쏟아 놓은 것 같았다. 맨 처음으로 보인 단어는 놀라움이었다. 그 애의 종족과 내 종족 사이에 나타나는 미묘한 차이점의 징후를 자기도 모르게 훅 빨아들인 것 같았다. 다음으로 드러난 단어는 호기심. 제시카의 말을 들으며 생겨난 거겠지. 그리고 또 드러난 건…… 매혹인가? 물론 그 또한 처음 보는 반응은 아니다. 우리에게 주어진 먹잇감인 인간들이 보기에 우리는 아름다우니까. 뒤이어 마지막으로 나타난 것. 당황스러움.

그런데 이건 뭘까. 저 묘한 눈동자에, 깊이를 알 수 없는 눈 속에 생각이 이다지도 분명하게 드러나건만 그 애가 앉아 있는 곳에서 전해져 오는 건 그저 고요함뿐이다. 어떻게…… 아무 소리도 안 들릴 수가 있지?

그 순간 문득 불안해졌다.

이런 적은 한 번도 없었는데. 나한테 무슨 문제가 생긴 건가? 하지만 다른 변화는 느껴지지 않는데. 걱정스러운 기분에 젖어 나는 더 집중해 들어 보았다.

그러자 내가 차단했던 온갖 소리가 곧바로 내 머릿속에 고함을 질러 댔다.

……쟤는 어떤 음악을 좋아할까……? 새로 산 CD가 있다고 말해 볼까…….

두 테이블 떨어진 곳에서 마이크 뉴튼이 생각하고 있었다. 벨라 스완에게 초점을 맞추고서.

쟤 좀 봐. 그 애를 빤히 쳐다보고 있어. 학교 여자애들 마음을 반이나 뺏어 놓은 것도 모자라서……. 에릭 요키의 생각은 신랄했다. 그의 생각 또한 저 여자애를 중심에 놓은 채였다.

……완전 역겹네. 누가 보면 진짜 유명한 애인 줄 알겠어……. 심지어 에드워드 컬렌도 쟤를 보고 있잖아……. 로렌 말로리는 아주 질투심이 강하다. 그러니 당연히 지금 질투로 얼굴이 새파래져 있겠지. 게다가 제시카 쟤는 자기가 새로 사귄 절친을 여기저기 자랑해 대고 있네. 진짜 웃긴다……. 그녀가 계속 마음속으로 독설을 토했다.

……쟤한테 애들이 전부 물어봤겠지. 뻔해. 하지만 나는 쟤랑 이야기하고 싶어. 뭐가 그리 특별한 걸까? 애슐리 다울링은 곰곰이 생각했다.

……어쩌면 내가 듣는 스페인어 시간에 쟤도 들어올지도……. 준 리

처드슨은 마음속으로 바라고 있었다.

……오늘 밤은 할 일이 너무 많네! 삼각함수랑 영어 시험 준비도 해야 하고. 제발 엄마가……. 앤젤라 웨버가 생각했다. 조용한 그 애의 생각은 유달리 상냥했다. 테이블에 앉은 사람을 통틀어 저 벨라라는 애에게 집착하지 않는 것은 앤젤라뿐이었다.

나는 그들의 생각을 모두 들을 수 있었다. 저들이 품은 생각이 아주 사소한 것이라 해도 뇌리를 스쳐 갈 때마다 죄다 들렸다. 하지만 새로운 전학생은 믿을 수 없을 정도로 많은 걸 알려 주는 눈빛을 보이면서도, 정작 생각은 아무것도 들려주지 않았다.

물론 제시카에게 말을 거는 그 애의 목소리는 들을 수 있었다. 굳이 마음을 읽지 않아도 긴 학생식당 저편에서 낮고도 또렷하게 울리는 그 애의 목소리가 귀에 들어왔으니까.

"붉은 기가 도는 갈색머리 남자애, 이름이 뭐랬지?"

그 애가 물었다. 곁눈질로 나를 몰래 훔쳐보며 건넨 질문이다. 하지만 내가 아직도 자신을 바라보고 있다는 걸 깨닫자마자 재빨리 눈길을 돌렸다.

그 애의 목소리를 들으면 생각이 어떤 소리로 들리는지 정확히 알아볼 수 있을 거라고, 이 짧은 순간 동안 나도 모르게 생각했었나 보다. 그러나 곧바로 실망해 버리고 말았다. 보통 사람들의 생각은 실제 목소리와 비슷한 음조를 갖고 있다. 하지만 저 조용하고 수줍은 목소리는 낯설기만 했을 뿐, 학생식당 여기저기에 튀어 대는 수백 갈래의 목소리 중 그 어느 것과도 같지 않았다. 분명하다. 아예 처음 들어 보는 소리였다.

하, 어디 한번 잘해 봐라, 이 바보야! 제시카는 이렇게 생각하고서 그 애의 질문에 대답했다.

"에드워드야. 진짜 근사하지? 하지만 시간 낭비는 하지 않는 게 좋을걸. 쟤는 데이트 같은 거 안 해. 우리 학교 여학생들 중에는 자기한테 어울릴 만큼 예쁜 애가 없다고 생각하는 모양이야."

제시카는 조용히 코웃음을 쳤다.

나는 고개를 돌리고 슬며시 웃었다. 제시카를 비롯한 이 학교 애들은 아무것도 모른다. 저들 중 그 누구도 나에게 특별히 매력적이지 않다는 게 얼마나 다행스러운 일인지를.

잠깐 그런 우스운 생각을 하면서 어쩐지 이상한 충동이 느껴졌다. 이해하기 힘든 충동이다. 새로 온 여자애는 모르고 있는, 제시카의 악랄한 생각 끝자락과 관련이 있는 충동이었다……. 저 애들 사이에 끼어들어 벨라 스완을 제시카의 마음에서 펼쳐지는 음험한 생각으로부터 막아 주고 싶다는 충동. 헤아릴 수 없이 기묘한 느낌. 그 충동 뒤에 숨은 동기가 뭔지 알아내려고 애쓰면서, 나는 새로 온 여자애를 다시금 살펴보았다. 이번에는 제시카의 눈을 통해서였다. 이제껏 내가 빤히 쳐다본 탓에 너무 많은 관심을 끌었을 테니.

어쩌면 이건 그저 오랫동안 드러나지 않았던 보호 본능일지도 모른다. 약자를 보호하고픈 강자의 본능. 어쩐지 저 여자애는 반의 다른 애들보다 더 연약해 보였다. 피부가 너무 투명한 나머지 저 살갗이 외부 세계의 온갖 자극들을 제대로 막아낼 수나 있을까 싶을 정도다. 맑고 창백한 피부막 아래, 혈관 속을 흐르는 피의 규칙적인 고동까지 나에겐 보였으니까……. 하지만 이런 데 집중해서는 안 된다. 내가 선택한 이 삶에 익숙하다 해도, 나 역시 재스퍼만큼이나 목이 마른 게 사실이니까. 그러니 일부러 유혹적인 상황에 노출될 필요는 없다.

그 애의 눈썹 사이에 보일 듯 말 듯 가느다란 주름이 한 줄 생겼다. 아마 본인도 의식하지 못하는 듯했다.

그걸 보니 믿기지 않을 정도로 답답했다! 딱 보니 알겠군. 쟤는 저기 앉아서 낯선 사람들과 대화를 하고 화제의 중심이 되는 걸 부담스러워하고 있어. 금방이라도 퇴짜를 맞을 거라 생각하는 듯, 연약해 보이는 어깨를 살짝 움츠린 걸 보니 수줍음도 느껴졌다. 하지만 나는 그저 이렇게 보고, 느끼고, 상상만 할 수 있을 뿐이었다. 지극히 평범한 인간 여자애. 그 애의 생각은 고요할 뿐, 내겐 아무것도 들려오지 않았다. 어떤 것도 들을 수 없다. 왜지?

"이제 갈까?"

로잘리가 중얼거리는 소리에 집중력이 흐트러졌다.

나는 안도감을 느끼며 여자애에게서 생각을 거두었다. 이렇게 계속 실패하고 싶지는 않았다. 실패는 나에게 드문 일이었으므로, 흔치 않은 일을 겪었다는 것보다 실패했다는 기분이 훨씬 더 성가셨다. 저 애의 생각이 숨겨져 있다는 이유만으로 계속 관심을 가지고 싶지 않았다. 저 애의 생각도 분명히 해독하게 될 거다. 어떻게든 방법을 찾아낼 것이다. 하지만 알아내 봤자 여느 인간의 생각과 마찬가지로 그저 하찮고 사소할 뿐이리라. 그런 걸 알아내려고 굳이 노력을 기울일 필요가 있으려나.

"자, 그래서 새로 온 애는 이제 우리가 무섭대?"

에밋이 물었다. 아까 했던 질문에 대한 대답을 아직도 기다리고 있었군.

나는 어깨를 으쓱였다. 에밋은 구태여 더 묻지 않았다. 그만한 관심은 그에게도 없었으니까.

우리는 테이블에서 일어난 다음 학생식당에서 나갔다.

에밋, 로잘리, 재스퍼는 12학년인 척하고 있다. 셋은 자기들 반으로 향했다. 나는 그보다 어린 학년으로 설정돼 있다. 그래서 11학년 생물 수업을 들으러 가며 닥쳐올 지루함에 대비해 마음을 가다듬었다. 평균적인 지성의 소유자일 뿐인 배너 선생님의 강의에서 과연 의학사 학위를 두 개 지닌 나를 놀라게 할 만한 무언가가 나오기는 할까. 설마 그럴 리가.

교실에 들어간 나는 자리에 앉아 책상 위에 책을 늘어놓았다. 이것 역시 소도구에 불과하다. 이미 다 알고 있는 내용일 뿐이니. 나와 같은 책상을 쓰는 학생은 없었다. 인간들은 나를 두려워해야 한다는 걸 인식할 만큼 똑똑하지는 못했지만, 그래도 타고난 생존 본능 덕에 나를 피했다.

점심을 먹고 한두 명씩 들어오는 학생들이 천천히 교실을 채웠다. 나는 의자에 등을 기대고 앉아 시간이 어서 지나가기를 기다렸다. 그리고 다시 한 번, 잠들 수 있었으면 좋겠다는 생각을 했다.

왜냐하면 새로 온 여자애 생각을 하고 있는 동안, 앤젤라 웨버가 그 애를 데리고 안으로 들어오면서 그 이름을 말하는 바람에 내 주의를 끌어 버렸기 때문이다.

벨라는 나만큼이나 수줍음이 많은 것 같네. 오늘 진짜 힘들었겠다. 내가 뭐라도 도움이 될 얘기를 해 줄 수 있으면 얼마나 좋을까……. 하지만 그래 봤자 바보 같은 소리나 하게 될 거야.

좋았어! 마이크 뉴튼은 생각하며 자리에서 몸을 돌리고는 들어오는 여자애들을 바라보았다.

아직도, 벨라 스완이 서 있는 곳에서는 아무 소리도 들리지 않았다.

그 애의 생각이 있어야 할 곳은 그저 텅 빈 공간이었다. 당연히 짜증나고 성가실 수밖에.

혹시 능력이 전부 사라진다면 어쩌지? 이게 일종의 정신적 쇠퇴를 의미하는 초기 증상이라면 어떻게 해야 할까?

솔직히 종종 바라기도 했다. 이 불협화음 같은 생각들에서 벗어날 수 있다면 얼마나 좋을까, 라고. 그러면 나는 정상이 될 텐데. 물론 그래 봤자 완전한 정상은 되지 못하겠지만, 적어도 어느 정도까지라도. 하지만 막상 그런 생각이 들자 덜컥 겁이 났다. 내 능력이 사라진다면, 난 뭐가 되는 거지? 이런 사례는 들어 본 적이 없다. 혹시 칼라일이라면 들어 봤을지도. 알아봐야겠어.

여자애는 내 옆을 지나가며 선생님의 책상으로 다가갔다. 가엾게도 남은 자리는 내 옆뿐이었다. 무의식적으로 나는 그 애의 자리가 될 책상 위를 치우고 거기 있던 내 책을 밀어서 무더기로 쌓았다. 과연 저 애는 여기 앉아서 얼마나 편안해할까. 아마 한 시간이 한 학기처럼 느껴지겠지. 적어도 이 수업에서는 그럴 거다. 어쩌면, 저 애 옆에 앉는다면, 생각이 어디 숨겨져 있는지 낱낱이 찾아낼 수 있을지도 모르지⋯⋯. 물론 전에는 생각을 들어 보려고 가까이 앉아야 할 필요도 없었지만. 게다가 애써 생각을 들어 본들 그럴 만한 가치가 있는 걸 찾아낸 적도 없었다.

벨라 스완이 히터의 열풍 사이를 지나 걸어왔다. 통풍구에서 뜨거운 바람이 내 쪽으로 확 몰려왔다.

순간 그 애의 향기가 나를 때려 댔다. 성문을 부수는 병기처럼, 폭발하는 수류탄처럼! 내게 가해진 힘이 얼마나 어마어마했던지, 그 타격을 비유할 만한 어떤 폭력적인 이미지조차 찾아낼 수 없을 정도였다.

곧바로 나는 변해 버렸다. 한때 가졌던 인간의 특성들에서 완전히 벗어나고 말았다. 지난 몇 년간 숨겨 왔던, 내 자신의 본질을 애써 가리던 인간성의 조각들이 흔적도 없이 사라졌다.

나는 포식자다. 그 애는 나의 먹잇감이다. 이 세상에서 오로지 그것만이 진실이다.

이 방에 보는 눈이 가득하다는 생각 따위는 들지도 않았다. 내게 있어 그건 이미 부수적인 피해에 불과했다. 그 애의 생각을 읽을 수 없다는 의아함이 불러 온 신비로움도 머릿속에서 사라졌다. 그런 게 다 무슨 의미인가. 이제 저 애는 아무 생각도 하지 못하게 될 텐데.

나는 뱀파이어다. 그 애는 팔십 해를 넘도록 맡아 본 적 없는 더없이 달콤한 피 냄새를 지녔다.

그런 향기가 존재할 수 있을 줄은 상상도 못했다. 미리 알았다면 오래전부터 찾아다녔을 거다. 지구 끝까지라도 뒤져 그 애를 찾았을 것이다. 그 맛은 과연 어떨지 생각만 해도…….

갈증이 불길처럼 목구멍을 태웠다. 입안이 바짝 마르고 갈라진 느낌이었다. 독액이 새로이 흘러넘치는데도 그 감각을 떨쳐내지 못했다. 갈증이 함께 불러낸 허기가 몰려와 뱃속이 뒤틀렸다. 근육이 뭉쳤다가 다시 확 움직이려 했다.

이 모든 반응이 1초도 되지 않아 일어났다. 그 애가 계속 걸음을 내디딜 때마다 내 쪽으로 바람이 불었다.

그 애의 발이 땅에 닿았다. 눈망울이 슬며시 나를 바라보았다. 분명히 의도적으로 조심스러운 움직임이었다. 시선이 나와 얽혔다. 그 애의 눈동자에 비친 내 모습이 보였다.

그 눈 속에 비친 내 얼굴. 거기 어린 충격적인 표정을 보았기 때문에 견딜 수 없는 순간에도 나는 그 애를 살려 두었다.

하지만 그 애는 상황을 더욱 어렵게 만들었다. 내 표정을 보자 다시금 그 애의 뺨이 확 붉어졌고, 그 피부는 이제껏 본 중 가장 맛있어 보이는 색이 되었다. 향기는 내 뇌 속에 짙은 안개처럼 스며들었다. 그 안개에 빠지자 생각을 하기가 힘들었다. 오직 본능만이 걷잡을 수 없을 만큼 격렬해지며 일관성을 잃어버렸다.

도망쳐야 한다는 걸 알아 버린 것처럼, 그 애는 이제 더 빠르게 걸었다. 하지만 서두르느라 걸음이 서툴러진 탓에 발을 헛디뎌 앞으로 휘청거리고 말았다. 내 앞에 앉은 여자애 위로 하마터면 넘어질 뻔했다. 상처받기 쉽고, 그저 약한 존재. 평범한 인간보다 더욱 가냘픈 존재.

나는 그 애의 눈동자에서 봤던 얼굴에 온 생각을 집중하려고 했다. 혐오감을 느끼며 알아본 그 얼굴, 바로 내 안에 있는 괴물의 얼굴에. 수십 년을 노력하고 어떤 타협도 용납하지 않는 규율을 지켜 가며 맞서 싸웠던 얼굴이었다. 그런데 지금 그 얼굴이 얼마나 쉽게 드러나 버리고 말았나!

그 향기가 다시 내 주위로 휘몰아치며 생각을 흩뜨렸다. 그 기세에 눌려 나는 그만 자리에서 밀려날 뻔했다.

안 돼.

나는 의자에 붙어 앉아 있으려고 애쓰며 책상 모서리 끝을 꽉 쥐었다. 목제 책상은 이런 힘을 감당할 수 없었다. 버팀목을 파고들며 부수어 버린 손은 결국 갈라진 나무를 손바닥 가득 담고 떨어졌다. 남은 목재 부분에는 내 손가락 모양이 새겨졌다.

증거를 인멸해. 부수적인 피해를…….

나는 이제 무슨 일이 일어날 것인지 알고 있었다. 저 애는 내 옆자리에 와 앉을 거다. 그러면 나는 저 애를 죽일 것이다.

이 교실에 있는 죄 없는 구경꾼들도 마찬가지다. 열여덟 명의 아이들과 한 명의 남자. 이들이 앞으로 벌어질 상황을 본 다음 그대로 떠나게 둘 수는 없으니까.

저질러야 할 일들을 생각하다 나는 움찔하고 말았다. 이전에 최악의 상황을 맞이했을 때도 이런 식의 잔학한 행위를 저지른 적은 없었다. 죄 없는 이들을 죽인 적은 단 한 번도 없다. 그런데 지금 나는 한 번에 스무 명을 도살할 계획을 세웠다.

내 모습 속에서 응시했던 괴물의 얼굴이 나를 조롱했다.

마음 한구석은 몸서리를 치며 괴물에게서 멀어졌지만, 또 다른 마음은 앞으로 벌어질 일을 계속 계획해 나갔다.

내가 저 애를 처음으로 죽인다면, 나는 저 애와 겨우 15초에서 20초밖에 같이 시간을 보내지 못할 것이다. 이 방에 있는 인간들이 반응할 테니까. 내가 무슨 짓을 하고 있는지 눈치채지 못한다면 잠시 더 같이 보낼 수 있을지도 모르지. 비명을 지르거나 고통을 느낄 시간조차 저 애에겐 없을 것이다. 잔인하게 죽이지는 않을 생각이었다. 끔찍할 정도로 마시고픈 피를 가진 이 낯선 애에게 그 정도는 해 줄 수 있다.

하지만 그러기 위해선 다른 사람들이 탈출할 수 없도록 막아야 할 것이다. 창문 쪽이 탈출구가 될 걱정은 없다. 너무 높고 작아서 아무도 저곳으로 빠져나갈 수는 없으니까. 문만 막으면 된다. 그걸 막으면 모두 갇힌다.

사람들이 당황하며 허둥댄다면 대혼란이 일어날 테고, 모두 처치하는 게 한층 느려지고 어려워질 것이다. 다 죽이는 게 불가능하지는 않겠지만 훨씬 더 시끄럽겠지. 비명을 마구 질러 댈 시간도 있을 테고.

누군가 그 소리를 듣는다면…… 그렇지 않아도 암울할 상황에 피해자를 더욱 늘릴 수밖에 없을 것이다.

다른 사람을 죽이는 동안 그 애의 피도 차갑게 식을 테지.

그 향기가 나를 강타하고 있었다. 내 목을 메마른 고통으로 틀어막으며…….

그러니 먼저 목격자들을 죽이자.

나는 머릿속으로 동선을 그렸다. 우선 맨 앞줄에서 최대한 멀리 떨어진 곳 한가운데 선다. 먼저 오른편을 공격한다. 추정해 보니 1초마다 네다섯 명씩 목을 부러뜨리면 될 것 같았다. 그러면 시끄럽지 않겠지. 오른편에 있는 이들은 운이 좋을 것이다. 내가 다가오는 걸 보지도 못할 테니. 앞쪽까지 돈 다음 다시 왼편으로 돌면, 이 방에 있는 목숨을 다 거두는 데 5초면 충분할 것이다.

하지만 벨라 스완이 무슨 일이 일어날지 짧게나마 인식하기에는 충분한 시간이다. 공포를 느끼기에도 충분한 시간이겠지. 충격을 받은 나머지 그 자리에 얼어붙지 않는다면, 어떻게든 비명을 질러 댈 시간도 있을지 모른다. 그 가냘픈 비명에 이리로 달려오는 사람은 없겠지만.

나는 심호흡을 했다. 그러자 향기는 불길이 되어 내 마른 혈관 속을 질주하고, 가슴에서 타오르며 솟아나왔다. 그 충동은 내가 생각해 낼 수 있는 더 선한 충동들을, 이러면 안 된다는 다짐들을 모조리 소진시켰다.

그 애는 막 돌아서는 중이었다. 잠시 후면 내 바로 옆에 앉을 것이다.

머릿속 괴물이 기뻐 날뛰었다.

누군가 내 왼편에서 공책을 탁 닫았다. 곧 죽을 운명인 인간 중 누가 그랬을까. 나는 구태여 올려다보지 않았다. 하지만 그 행동 덕분에 평범하고 별 향기 없는 기류가 내 얼굴로 훅 끼쳐왔다.

그 짧았던 1초 동안 나는 또렷하게 생각할 수 있었다. 소중했던 그 찰나. 내 머릿속에 두 개의 얼굴이 나란히 보였다.

하나는 나의 얼굴이다. 아니, 예전 얼굴이라고 해야 할까. 셀 수 없이 많은 사람을 죽였던 붉은 눈의 괴물이었던 나. 합리화할 수 있으며 정당성을 갖춘 살인을 저지르곤 했지. 나는 살인자 중의 살인자였다. 나보다 덜 강한 괴물들을 죽이는 살인자 말이다. 솔직히 그때는 내가 타인보다 우월하기에 스스로의 행동이 옳다고 생각했었다. 누가 사형 선고를 받아야 할지를 내가 직접 결정했었다. 그건 나 자신과의 타협이었다. 나는 인간의 피를 먹고 살았다. 그것들도 인간이라 부를 수 있다면 말이지만. 내게 희생된 제물들은 갖가지 음험한 모습을 즐기며 살아갔던 놈들로, 나와 별다를 게 없는 인간들이었다.

그리고 또 다른 얼굴. 칼라일이다.

두 얼굴 사이에는 닮은 점이 없었다. 하나는 밝은 낮이었고, 다른 하나는 더없이 어두운 밤이었으므로.

닮은 점이 있을 이유는 물론 없다. 칼라일은 나의 생물학적 아버지가 아니었으니까. 우리는 공통점을 하나도 갖고 있지 않다. 피부색이 비슷한 것은 우리라는 존재로 거듭나면서 생긴 산물에 불과했다. 뱀파이어들은 모두 시체처럼 피부가 창백하니까. 그와 나의 눈 색깔이 같은 것 역시 별개의 문제다. 우리 서로가 선택한 식습관에서 비롯된 색일 뿐이니.

그렇지만, 닮을 근거가 전혀 없다 하더라도 어느 정도까지는 내 얼굴이 그의 얼굴을 닮아가기 시작했다고 상상했었다. 지난 70여 년 동안 나는 칼라일의 선택을 받아들이고 그의 발자취를 따라왔다. 얼굴 생김새는 변하지 않았지만, 내가 보기에는 칼라일의 지혜가 표정에 새겨지고 그의 동정심이 내 입가에도 살짝 드러난 듯했다. 그를 닮은 인내심이 내 눈썹에 나타나게 된 것 같기도 했다.

그러나 괴물의 얼굴이 드러나자 작으나마 좋은 방향으로 변했던 점들이 싹 사라졌다. 잠시 후면 나의 창조주이자 스승이자 아버지인 그분과 함께 세월을 보내며, 온갖 방식으로 그분의 영향을 받아 흡수한 좋은 점들은 내 안에서 전부 소멸하고 말 것이다. 내 눈은 악마처럼 붉게 이글거릴 것이다. 그리고 그를 닮았던 점들은 영원히 사라져 버리겠지.

머릿속에 떠오르는 칼라일의 상냥한 눈빛은 나를 비난하지 않았다. 이런 끔찍한 일을 저지른다 해도 그가 나를 용서할 거란 사실을 난 안다. 그분은 나를 사랑하니까. 내 진짜 모습은 이런 게 아니라고, 이보다 나은 존재라고 그분은 생각하니까.

벨라 스완이 내 옆자리에 앉았다. 그 애의 행동은 뻣뻣하고 어색했다. 공포를 느낄 테니 당연히 그렇겠지. 그 애의 피 향기가 내 주위를 감싸고 돌며 확 피어났다.

이제 날 향한 아버지의 생각이 틀렸음을 증명하게 될 것이다. 그 생각을 하니 정말이지 끔찍하고 비참해서, 목구멍에서 타오르는 불길만큼이나 고통스러웠다.

나는 혐오감을 느끼며 그 애에게서 몸을 사렸다. 그 애를 취하고 싶어 안달하는 괴물에게 넌더리가 났다.

왜 이 애는 여기에 왔나? 왜 이 애는 존재하는 걸까? 살아도 사는 것 같지 않은 이 삶에서 내가 얻어 낸 작은 평화를 이 애는 어째서 망치려 드는 것일까? 이 성가신 인간은 왜 태어나야만 했나? 이 애는 나를 파괴하고 말 것이다.

순간 맹렬하고 비합리적인 증오심에 휩쓸려, 나는 그 애의 얼굴을 외면했다.

난 괴물이 되고 싶지 않아! 이 방을 가득 채운 무해한 아이들을 죽이고 싶지 않아! 평생토록 희생하고 또 부정하며 쌓아 온 모든 걸 잃어버리고 싶지 않단 말이야!

그렇게는 하지 않을 것이다.

이 애 때문에 그럴 수는 없어.

저 향기가 문제였다. 지긋지긋할 정도로 매혹적인 피의 향기. 저항할 방법이 있을까……? 신선한 공기가 확 불어와서 내 머릿속을 맑게 해 준다면…….

그 순간, 벨라 스완이 길고 숱 많은 마호가니 색 머리카락을 내 쪽으로 휙 날렸다.

미친 건가?

아니, 내 머릿속을 환기해 줄 바람은 없었다. 하지만 나는 숨을 쉬지 않아도 괜찮다.

그래서 폐로 통하는 공기의 흐름을 막았다. 순간 안도감이 들었지만 그것으론 부족했다. 머릿속에 향기의 기억이 여전히 남아 있고, 그 맛은 혀 뒤쪽에서 어른거리고 있었으니까. 이렇게 해봤자 오래는 못 버틸 것이다.

그 애와 내가 같이 있는 한, 이 방에 있는 사람들은 죄다 목숨이 위험한 상태다. 그러니 도망쳐야 한다. 정말로 도망치고 싶었다. 내 옆에 앉은 그 애의 열기로부터, 마치 형벌처럼 닥쳐 온 타오르는 고통에서 벗어나고 싶었다. 하지만 내가 여기서 움직이기 위해 근육을 쓴다면,

아주 작은 행동만으로도 머릿속에 이미 다 계획해 놓은 학살의 도화선이 되지 않을 거라는 확신을 가질 수 없었다.

하지만 그래도 한 시간 정도는 참을 수 있지 않을까. 한 시간. 그만큼이면 소란을 일으키지 않고도 움직일 만한 자제력을 얻을 수 있을지도. 아니, 그럴 수 있으리라는 믿음은 생기지 않았다. 그래도 억지로 참는 수밖에 없다. 한 시간은 참아 보도록 노력할 것이다. 한 시간만 견디면 희생자들로 가득한 이 방을 빠져나갈 수 있다. 희생자는 아무도 없을 수 있어. 내가 딱 한 시간만 참을 수 있다면.

숨을 쉬지 않고 있으니 불편하다. 내 몸에는 산소가 필요 없지만, 그래도 숨을 쉬지 않는다는 건 본능에 반하는 일이니까. 스트레스를 받는 상황이 닥칠 때, 나는 다른 감각보다도 후각에 더욱 의존했다. 냄새를 맡으면 사냥 중에 방향을 알 수 있다. 위험한 상황에서 가장 먼저 경고해 주는 것 역시 후각이었다. 나만큼 위험한 존재를 마주치게 되는 일은 많지 않지만, 자기 보존의 욕구는 보통 인간만큼이나 우리 부류 안에서도 강력하게 작용했다.

불편하지만 감당할 만했다. 그 애의 향기를 맡는 것보다는 참을 만했다. 내 이빨을 저 섬세하고 얇고 속이 다 비쳐 보이는 살갗에 박아 대는 것보다는, 그래서 뜨겁고 축축하게 맥동하는……

한 시간! 딱 한 시간이야. 저 향기를, 저 맛을 생각하면 안 돼.

그 애는 여전히 머리카락을 우리 사이에 드리운 채로 조용히 몸을 앞으로 숙였고, 머리카락이 공책 너머로 펼쳐져 그 애의 얼굴을 볼 수 없었다. 만약 보였다면 그 맑고 깊은 눈망울에 서린 감정을 읽어 보려 했을 텐데. 혹시 나한테 저 눈을 숨기려는 건가? 두려워서? 아니면 수줍어서? 비밀을 드러내지 않으려고?

아까 나는 저 애의 생각이 들리지 않는 것에 방해받는 느낌이었고 때문에 언짢았었다. 하지만 지금 나를 사로잡은 이 욕구, 그리고 증오심에 비하면 그 언짢음이란 약하고 흐릿할 뿐이다. 이젠 내 옆에 있는 이 연약한 여자애가 증오스러웠으니까. 이제껏 쌓아 왔던 스스로의 모습에, 가족을 사랑하는 마음에, 내 본질보다 더 나은 무언가가 되고 싶다는 꿈에 집착하는 열정과 똑같은 무게로 이 애를 증오하기 때문이다. 하지만 한편으로는 증오를 품게 되니 좀 도움이 되는 것도 같았다. 관심을 돌릴 수 있는 다른 생각을 난 애써 찾고 또 찾았다. 이 애는 과연 어떤 맛이 날까. 아니, 이런 상상은 해선 안 돼…….

증오심과 불쾌감. 기분이 조급해졌다. 시간이 왜 이렇게 안 가는 거지?

그리고 한 시간이 지나면…… 저 애는 이 방에서 나가겠지. 그럼 나는 어떡하지?

괴물을 제어할 수 있다면, 그래서 이렇게 기다린 보람이 있지 않느냐고 괴물을 설득할 수 있다면…… 이렇게 자기소개를 할 수도 있겠지. 안녕. 나는 에드워드 컬렌이야. 나랑 다음 수업 교실까지 같이 갈래?

그러면 이 애는 그러자고 대답하리라. 그게 예의니까. 이미 날 무서워하고 있더라도 말이다. 당연히 날 무서워할 거다. 하지만 그래도 나와 대화를 나누며 옆에서 걷겠지. 그러면 교실 아닌 다른 방향으로 데려가는 것도 쉬워질 것이다. 주차장 뒤편 구석에는 마치 쑥 내민 손가락처럼 숲이 불거진 곳이 있다. 내가 차에 책을 두고 왔다고 말하며 거기로 데려간다면…….

내가 이 애를 마지막으로 본 사람인 걸 눈치채는 사람이 있을까? 여느 때처럼 비가 내리고 있었다. 레인코트를 입은 어두운 두 사람의 인영이 엉뚱한 방향으로 간다고 해서 관심 있게 지켜보는 눈길은 많지 않을 거고, 나를 알아보는 자도 없을 거다.

하지만 오늘 이 애를 의식하고 있는 건 나뿐만이 아니었다. 물론 나만큼 격렬하게 의식하고 있는 존재는 없었지만 말이다. 특히 마이크 뉴튼은 이 애가 의자에 앉아서 안절부절못하며 계속 자리를 고쳐 앉는 모습을 몇 번이고 눈치챘다. 다른 사람들이 다 그렇듯, 내 옆에 너무 가까이 있어서 불편한 것이다. 이 애의 향기가 내 안의 자비로움을 모조리 파괴해 버리기 전까지는 나 역시 얘가 마음 편치 않을 거라 예상하고 안쓰러웠다. 내가 이 애와 함께 교실을 나선다면 마이크 뉴튼이 알아채겠지.

만약 한 시간을 참을 수 있다면, 두 시간도 가능할까?

문득 타오르는 고통에 몸이 움찔거렸다.

이 애는 학교가 끝나면 아무도 없는 집으로 갈 것이다. 스완 경찰서장은 하루에 8시간을 일한다. 나는 그 집을 알고 있다. 이 자그마한 동네에선 모든 집들을 알고 있다. 그의 집은 울창한 숲과 맞닿은 곳에 자리 잡은 데다 가까이에 이웃집도 없다. 비명을 지르지도 못하겠지만, 그럴 틈이 있다고 해도 아무도 듣지 못할 것이다.

그러면 이 문제를 책임감 있게 해결할 수 있겠지. 나는 인간의 피를 마시지 않고도 70년 이상을 살았다. 내가 숨을 참는다면 두 시간은 버틸 수 있을 것이다. 그리고 이 애가 혼자인 상황에서 다가간다면 다른 사람이 다칠 가능성도 없을 거다. **짜릿할 경험을 서둘러 해치울 필요는 없지.** 머릿속 괴물도 동의했다.

노력과 인내심을 발휘하면 이 방에 있는 열아홉 명의 목숨을 살릴 수 있으니, 이 죄 없는 여자애를 죽인다 해도 좀 덜 끔찍한 괴물이 될 거라고 생각하는 나. 끔찍한 궤변이었다.

　이 애를 증오하긴 하지만, 그 증오심이 부당하다는 것 역시 나는 아주 명백하게 인식하고 있었다. 내가 정말로 증오하는 건 나 자신이라는 것도 안다. 그리고 이 애가 죽으면 난 우리 둘 모두를 훨씬 더 증오하게 되리라.

　이런저런 생각을 하며 한 시간을 보냈다. 정확히는 이 애를 죽이는 가장 좋은 방법은 뭘까 상상하면서. 실제 행동을 상상하는 건 가급적 피했다. 그러면 너무 벅찰지도 모르니까. 그래서 전략만 짰을 뿐 더 이상은 나가지 않았다.

　수업이 거의 끝나갈 무렵 단 한 번, 그 애는 흘러내린 머리카락 벽 사이로 나를 슬쩍 바라보았다. 시선이 마주치자, 내 안에서 부당한 증오심이 확 타오르는 느낌이 들었다. 그 겁먹은 눈동자에 내 증오심이 비쳐 보였다. 두 볼에 핏기가 돌더니, 이내 그 애는 다시 머리칼 뒤로 얼굴을 숨겨 버렸다. 나는 그만 돌이킬 수 없는 일을 저지를 뻔했다.

　그 순간 종이 울렸다. 그리고 우리는, 참으로 진부한 표현 같지만 구원받게 됐다. 그 애는 죽음으로부터 구원받았다. 나로 말하자면, 아주 잠시나마 두려워하고 증오하던 악몽 같은 존재에서 벗어나 구원받았다.

　이제는 움직여야 한다.

　지극히 간단한 행동에도 모든 주의를 집중해야 했기에, 평소와 같이 걸을 수가 없었다. 나는 교실에서 쏜살같이 빠져나갔다. 누가 보기라도 했다면 이렇게 빠져나가는 내가 뭔가 이상하다고 생각했을지도 모른다. 하지만 아무도 나에게 관심을 두지 않았다. 모든 이들의 생각은 그 여자애를 중심으로 돌고 있었다. 이제 한 시간쯤 지나면 죽을 운명인 그 애에게.

그래서 나는 차에 숨었다.

내가 누군가를 피해 숨어야 할 존재가 되다니. 마음에 들지 않았다. 얼마나 비겁한 모습인가. 하지만 지금의 나는 인간 근처에 있어도 괜찮을 정도의 자제력을 가진 상태가 아니었다. 그 한 명을 죽이지 않으려고 온갖 노력을 기울이다 보니, 나머지 사람들을 죽이지 말아야겠다는 생각이 그만 사라져 버리고 말았으니까. 이 얼마나 큰 손실이란 말인가. 사람을 무차별적으로 살육하는 괴물에게 굴복해 버릴 거라면, 차라리 이 자제심을 저버리고 한 명만 죽이는 게 더 낫지 않을까.

CD를 틀었다. 평소 마음을 차분하게 해 주는 음악이었다. 하지만 지금은 별 도움이 되지 않았다. 아니, 그보다 도움이 됐던 건 열린 차창 너머로 가벼운 빗방울과 함께 들이친 시원하고 습한 공기였다. 벨라 스완의 피 향기를 완벽하리만큼 또렷이 기억할 수 있었지만, 이 깨끗한 공기를 들이마시자 오염됐던 내 몸 안이 말끔히 씻기는 것 같았다.

이제 다시 제정신이 됐다. 제대로 생각할 수 있는 나로 돌아왔다. 그래서 다시 내가 되고 싶지 않은 모습과 싸울 수 있었다.

그 애의 집에 갈 필요는 없다. 그 애를 죽일 필요도 없다. 어딜 봐도 나는 이성적이고 지각이 있는 존재다. 나에겐 다른 선택지가 있었다. 언제나 다른 선택지는 존재했다.

교실에 있었을 때는 그런 생각을 할 수 없었지만…… 지금은 그 애와 떨어져 있으니까.

난 아버지에게 실망을 안겨줄 필요가 없다. 어머니에게 스트레스와 걱정과……고통을 줄 필요가 없다. 그래, 이건 나의 양어머니 마음 또한 아프게 하는 일이다. 에스미는 참 온화하고 부드럽고 사랑스러운 분이다. 그런 분에게 고통을 준다니 정말이지 용서할 수 없는 일 아닌가.

어쩌면 내가 이 애를 아주, 아주 조심스럽게 피한다면 내 삶이 달라질 필요는 없을 것이다. 나의 세상은 내가 바라는 대로 정돈되어 있다. 언짢음을 유발하는 애, 맛있어 보이긴 하지만 아무것도 아닌 애. 그런 존재가 내 삶을 망치게 내버려 둔다고?

제시카 스탠리의 빈정거림으로부터 이 인간 여자애를 보호하고 싶다는 생각을 했다니, 참으로 어이가 없었다. 그래 봤자 제시카의 생각은 보잘것없고 이빨도 없지 않은가. 제아무리 따져 보아도 나는 결코 이사벨라 스완을 보호하는 입장은 될 수 없었다. 그 애가 아무리 위험한 상황에 처한다 해도, 애초에 나보다 더 위험한 상황이란 없다.

앨리스는 어디 있지? 불현듯 궁금해졌다. 내가 수없이 많은 방법으로 스완이란 여자애를 죽이는 광경을 보지 않았을까? 어째서 나를 도와주러 오지 않은 거지? 왜 나를 말리지 않았지? 아니면 하다못해 증거를 인멸하는 거라도 도와줘야 하는 거 아닌가? 재스퍼에게 생긴 문제를 지켜보는 데 너무 몰두한 나머지 훨씬 더 끔찍한 가능성을 못 보고 지나친 건가? 아니면 생각보다 내 자제력이 강한 걸까? 난 정말로 그 애에게 아무 짓도 하지 않고 버틸 수 있었던 걸까?

아니. 그건 사실이 아니라는 걸 안다. 앨리스는 지금 재스퍼에게 신경을 온통 집중하고 있는 게 분명했다.

나는 그녀가 있을 만한 방향을 찾아보았다. 영어 교실이 있는 자그마한 건물이었다. 오래지 않아 앨리스의 낯익은 '목소리'를 찾아냈다. 내 생각이 맞았다. 앨리스의 생각은 죄다 재스퍼에게 쏠린 채, 그가 내리는 사소한 결정들을 세밀하게 관찰하고 있었다.

앨리스에게 조언을 얻을 수 있으면 좋을 것 같다. 하지만 동시에 내가 할 수도 있었던 행동을 앨리스가 모르고 있는 게 다행이기도 했다.

그러자 온몸에 새롭게 타오르는 감정이 있었다. 바로 확 번져 오는 수치심이었다. 아무도 이걸 알지 못해야 할 텐데.

내가 벨라 스완을 피할 수 있다면, 그래서 그 애를 어떻게든 죽이지 않을 수 있다면. 그 생각을 하자 괴물이 좌절감에 몸부림치며 이를 갈았다. 하지만 그렇다면 아무에게도 알릴 필요가 없을 것이다. 만약 그 애의 향기에서 몸을 피할 수 있다면……

어쨌든 한 번이나마 해보지 못할 이유는 없다. 잘 선택하자. 칼라일이 생각하는 내 모습이 되도록 노력해 보자.

마지막 수업이 거의 끝날 시각이었다. 나는 새로운 계획을 즉시 실행하기로 했다. 주차장에 앉아 있는 것보다는 나을 것이다. 어쩌면 그 애가 우연히 내 옆을 지나게 되어 애써 결심한 모든 걸 어그러뜨릴 수도 있으니까. 그러자 다시 한 번 그 애를 향해 부당한 증오심이 일었다.

나는 재빨리 걸어서 학교 부지를 지나 사무실로 갔다. 너무 빠른가 싶은 속도였지만 보는 이는 아무도 없었다.

사무실에 있는 건 직원 한 명뿐이었다. 그녀는 소리 없이 들어온 나를 알아채지 못했다.

"코프 선생님."

부자연스러워 보이는 빨간 머리카락을 지닌 여자는 고개를 들다가 깜짝 놀랐다. 우리 중 누군가를 처음 보든, 아니면 많이 봤든 사람들은 항상 허를 찔린 듯 당황했고, 저도 모르게 그렇다는 티를 조금씩 냈다.

"아, 그래."

그녀는 허둥지둥하며 숨을 헐떡였다. 그리고 셔츠를 매만졌다. 속으로 생각하는 소리가 들려왔다. 바보 같이 굴지 말자. 쟤는 내 아들뻘이야.

"안녕, 에드워드. 무슨 일로 왔니?"

두꺼운 안경 너머로 그녀의 속눈썹이 파르르 떨렸다.

마음이 편치 않았다. 하지만 나는 마음만 먹으면 매력을 발휘할 줄 알았다. 쉬운 일이다. 어떤 어조나 몸짓이 사람들에게 어떻게 받아들여지는지 금방 알 수 있었으니까.

나는 몸을 앞으로 숙이고 그녀의 생기 없는 눈동자를 지그시 응시하는 양 눈을 맞추었다. 그녀의 마음은 이미 들떠 있었다. 얼마나 간단한 일인가.

"제 시간표 좀 조정해 주실 수 있을까 해서요."

나는 인간을 겁주지 않기 위해 준비해 둔 부드러운 목소리로 말했다.

그녀의 심장 박동이 빨라지는 소리가 들렸다.

"그럼. 얼마든지 도와줄게, 에드워드. 어떻게 도와줄까?"

너무 어려, 어리다고. 그녀는 속으로 계속 되뇌었다. 물론 저 말은 틀렸다. 나는 이 여자의 할아버지보다도 나이가 많으니까.

"제 생물 수업을 12학년 과학 수업으로 바꿀 수 있을까요? 물리 수업으로 변경하고 싶은데요."

"혹시 생물 담당 배너 선생님과 무슨 문제라도 있니, 에드워드?"

"그런 건 없어요. 다만 이미 공부한 과목이라서……."

"너희들이 알래스카에서 다녔던 영재 학교에서 말이구나. 그래."

그녀는 얇은 입술을 오므리더니 곰곰이 이런 생각을 했다. 이 집 애들은 모두 대학에 갔어야 했다고 선생님들이 불평하는 소리를 들은 적이 있었지. 학점도 늘 4.0점 만점이고, 질문에 주저 없이 대답하고, 시험에서 한 번도 오답을 낸 적이 없다고 했던가. 모든 과목에서 부정행위를 하는 방법을 찾아낸 것처럼 말이야. 배너 선생님은 본인보다 학생이 똑똑하다는 걸 인정할 인간이 아니잖아. 차라리 삼각함수 시험에서 부정행위를 했다고 믿고 싶겠지. 하지만 이 애들 어머니는 분명히 가정교사를 붙였을 거야…….

"사실은 말이야, 에드워드. 물리학은 지금 인원이 다 찼단다. 배너 선생님은 한 반 인원이 스물다섯 명을 초과하는 걸 싫어해서…….'

"제가 들어간다고 해서 문제될 건 없을 거예요.'

물론 그렇겠지. 완벽한 컬렌 가 애니까.

"나도 안단다, 에드워드. 하지만 이대로는 빈자리가 없어서…….'

"그럼 생물 수업을 철회할 수 있을까요? 그 시간 동안 독립 과제를 할 수도 있잖아요.'

"생물 수업을 철회한다고?'

그녀는 입을 딱 벌렸다. **말도 안 되는 소리네. 이미 배운 과목 수업에 그냥 앉아 있는 게 뭐가 그리 어려워서? 분명 배너 선생님과 문제가 있는 거야.**

"그러면 졸업 학점을 채울 수가 없을 텐데.'

"내년에 더 많이 들으면 되죠.'

내 뒤로 문이 열렸다. 하지만 그게 누구든 나를 생각하고 있지 않았기 때문에, 나는 들어온 이를 무시하고 코프 선생님과의 대화에 집중했다. 약간 더 가까이 다가가서 그녀의 눈을 더욱 깊이 들여다보듯 빤히 응시했다. 오늘 눈이 검은색이 아니라 금색이었다면 더 좋았을 텐데. 검은 눈빛은 언제나 그렇듯 사람들을 겁주니까.

하지만 그건 틀린 생각이었다. 검은 눈빛도 그녀에게 영향을 주었다. 코프 선생님은 나를 무서워하는 본능과 감정 사이에서 갈등을 일으키며 혼란에 빠져 움찔거렸다.

"부탁 드립니다, 코프 선생님."

나는 최대한 부드럽고 설득력 있는 목소리로 중얼거렸다. 그녀가 그 순간 품었던 혐오감이 누그러졌다.

"그럼 혹시 제가 들어갈 만한 다른 수업은 없을까요? 분명 있을 텐데요. 6교시에 생물 수업만 있을 리는 없으니까……."

나는 그녀를 향해 조심스럽게 미소 지었다. 혹시나 이빨이 너무 번 뜩여서 겁먹기라도 하면 안 되니까. 미소를 지으니 표정이 부드러워졌다.

그녀의 심장이 더욱 빠르게 쿵쿵 뛰었다. **너무 어리다고.** 속으로는 미친 듯이 이런 말을 되뇌는 중이었다.

"음, 내가 밥과 이야기를 해볼게. 그러니까 배너 선생님 말이야. 혹시……."

그런데 그 순간 모든 게 바뀌어 버렸다. 이 방의 분위기도, 여기 온 이유도, 저 빨간 머리 여자에게 내가 몸을 숙인 것도…… 단 한 가지 목표를 위한 것이었는데, 이제 새로운 목적이 생겨 버렸다.

겨우 1초 남짓한 순간이었다. 사만다 웰즈가 이 방에 들어와서 문 옆에 있는 바구니에 서명을 받은 지각 사유서를 넣고 서둘러 떠나간 바로 그때였다. 불현듯 열린 문으로 바람이 훅 불어와 나를 덮쳤다. 그러자 아까 저 문으로 들어온 사람이 왜 생각을 떠들어 대어 나를 방해하지 않았는지, 그 이유를 비로소 깨닫게 됐다.

나는 돌아섰다. 돌아서기 전부터 이미 알고 있었지만.

벨라 스완이 문 옆 벽에 등을 기대고 서 있다. 두 손에는 종이 한 장을 든 채였다. 흉악하고 비인간적인 내 시선을 받자, 그 애의 눈이 아까보다 더욱 커졌다.

그 애의 피 향기가 자그마하고 더운 방 안을 채운 공기 입자마다 가득했다. 목이 화끈거려 불꽃이 일 것만 같았다.

다시 그 애의 두 눈에 비친 내 모습 속 괴물이 나를 노려보았다. 악의 가면을 쓴 저 괴물의 얼굴.

내 손은 접수처 위 허공에 멈춘 채로 머뭇거렸다. 접수대를 넘어 코프 선생님의 머리를 책상에 내리쳐 죽이는 건 뒤돌아보지 않고서도 할 수 있었다. 20명을 죽이는 것보다는 두 명을 죽이는 게 낫지. 좋은 거래 아닌가?

괴물은 불안하게, 애타게 기다렸다. 내가 그렇게 하기만을.

하지만 언제나 다른 선택지는 있다. 반드시 있어야 한다.

나는 폐 호흡을 차단하고 칼라일의 얼굴을 눈앞에 단단히 떠올렸다. 그리고 돌아서서 코프 선생님을 바라보았다. 내 표정이 바뀐 걸 보고 놀라는 내면의 소리가 들려왔다. 그녀는 나를 피하듯 몸을 움츠렸지만, 왜 두려워하는지 조리 있게 설명할 수는 없었다.

수십 년간 자신을 부정해 오며 얻은 자제심을 죄다 동원하여 고르고 부드러운 목소리를 냈다. 빠르게 내뱉는다면 아직 한 번쯤은 더 말할 수 있을 만한 공기가 폐 속에 남아 있었다.

"그럼 됐습니다. 안 된다니 어쩔 수 없죠. 어쨌든 감사합니다."

나는 몸을 돌려 방에서 휙 나왔다. 그 애 옆을 몇 센티미터 간격을 두고 지나가면서 따스한 피의 온기를 느끼지 않으려고 애썼다.

나는 차에 도착할 때까지 걸음을 멈추지 않았다. 거기까지 가는 내내 너무 빠르게 이동했다. 인간들은 이미 대부분 학교에서 나간 후라 목격자는 많지 않았다. 그러다 10학년 D. J. 개럿이 내 모습을 알아보고는 곧 무시하는 소리가 들려왔다…….

컬렌가 애잖아. 어디서 나온 거지? 갑자기 허공에서 뚝 떨어진 것 같네……. 어휴, 또 시작이군. 이놈의 상상력. 이러니까 엄마가 매일 잔소리하지…….

내 차인 볼보 안으로 스르륵 들어왔을 때 다른 이들은 벌써 차에 탄 상태였다. 호흡을 조절해 보려고 했지만, 지금 난 숨이 막혔던 것처럼 신선한 공기를 마구 들이키며 헐떡이고 있었다.

"에드워드?"

앨리스가 깜짝 놀란 목소리로 물었다.

나는 그녀에게 그냥 고개를 저어 보였다.

"도대체 무슨 일이야?"

에밋이 물었다. 재스퍼가 오늘 재시합을 할 기분이 아니라는 데 정신을 팔고 있다가 잠시 내게 관심을 쏟으며 물은 것이다.

대답 대신, 나는 차에 후진 기어를 넣었다. 벨라 스완이 여기까지 나를 따라오기 전에 어서 이 주차장을 빠져나가야 했다. 나만의 악마가 나를 괴롭히고 있다고……. 나는 핸들을 확 돌린 다음 속도를 올렸다. 주차장에서 나갔을 때 시속 64킬로미터였고, 모퉁이를 돌 때는 시속 112킬로미터에 도달했다.

보지 않아도 알 수 있었다. 에밋과 로잘리, 재스퍼 모두가 고개를 돌려 앨리스를 빤히 쳐다보고 있다는 것을. 그녀는 어깨를 으쓱였다. 지난 일은 볼 수 없었으니까. 그녀는 앞으로 다가올 미래만 볼 수 있다.

이제 앨리스는 나를 위해 미래를 보고 있다. 우리는 함께 그녀의 머릿속에 보이는 장면을 인식했고, 그래서 둘 다 놀라고 말았다.

"너, 떠날 거야?"

그녀가 속삭였다. 다른 이들은 이제 나를 빤히 바라보았다.

"떠날 거냐고?"

나는 이를 악물며 사납게 말했다.

그러다 마침내 앨리스는 보았다. 내 결심이 흔들려서 다른 선택지가 나의 미래를 어두운 쪽으로 돌려 버렸을 때의 순간을 말이다.

"아."

벨라 스완이, 죽었다. 내 눈이 신선한 피를 머금고 새빨간 핏빛으로 이글거렸다. 다음으로 수색이 이어졌다. 우리는 안전해질 때까지 조심스럽게 때를 기다렸다가 포크스를 떠나 새 삶을 시작할 것이고…….

"아."

앨리스가 또 말했다. 이번에는 장면이 더욱 구체화됐다. 나는 처음으로 스완 서장의 집 내부를 보았다. 벨라는 노란 찬장이 달린 작은 주방에 있었다. 그림자 속에 숨은 채로 내가 몰래 다가갔을 때, 그 애는 등을 돌린 채였다. 그 향기에 이끌린 나는…….

"그만해!"

더 이상 참지 못하고 나는 신음을 흘렸다.

"미안해."

앨리스가 속삭였다.

괴물은 기뻐했다.

앨리스의 머릿속 환상이 다시 바뀌었다. 한밤중의 텅 빈 고속도로가 보였다. 시속 320킬로미터를 넘는 속력으로 달리는 자동차의 불빛에 도로 양편에 선 눈 덮인 나무들이 빛났다.

"보고 싶을 거야. 네가 금방 돌아올 거라고 해도 말이야."

그녀가 말했다. 에밋과 로잘리는 걱정이 담긴 시선을 나누었다.

이제 우리 앞으로 갈림길이 나올 차례였다. 그 길을 쭉 따라가면 우리 집이 나온다.

"여기서 우릴 내려 줘. 너는 칼라일에게 직접 이야기해야 해."

앨리스가 지시했다. 나는 고개를 끄덕였다. 차는 끼익 소리를 내며 급정거했다.

에밋과 로잘리, 재스퍼는 말없이 차에서 내렸다. 내가 떠나면 앨리스에게 설명을 요구하겠지. 앨리스는 내 어깨를 토닥였다.

"너는 옳은 행동을 할 거야."

그녀가 중얼거렸다. 이번에는 환상을 보았기 때문이 아니었다. 그 말은 명령이었다.

"그 애는 찰리 스완의 하나뿐인 가족이야. 개가 죽으면 아버지도 죽는 거나 마찬가지야."

"그래."

나는 이렇게 대답했다. 하지만 앨리스의 마지막 말에만 동의하는 대답이었다.

이윽고 그녀는 다른 이들 쪽으로 쓱 다가갔다. 걱정스레 눈썹을 모은 표정으로. 그리고 내가 차를 돌리기도 전에 그들은 숲속으로 녹아들 듯 시야에서 사라졌다.

나는 빠른 속도로 포크스로 되돌아갔다. 알고 있다. 앨리스의 머릿속에 나타난 환상은 점멸등처럼 깜빡이며 어둠을 밝히리라는 것을 말이다. 나는 지금 어디로 가는 걸까. 아버지에게 작별 인사를 하러? 아니면 내 안에 있는 괴물의 뜻을 따르러? 자동차 타이어 아래로 길은 하염없이 흘러가기만 했다.

2

생각이 드러나는 얼굴

나는 부드러운 눈더미에 등을 기대었다. 내 무게에 눌린 마른 눈가루가 이리저리 바스러졌다. 피부는 주변 공기만큼이나 차가워졌고, 살갗에 닿은 자그마한 얼음 조각들이 벨벳처럼 느껴졌다.

내 위로 펼쳐진 맑은 하늘엔 총총히 빛나는 별들이 가득했다. 어느 부분은 푸르게 빛나고, 또 어느 부분은 노랗게 반짝였다. 텅 빈 우주의 검은 배경 위로 별들은 웅장한 소용돌이 모양을 만들어 냈다. 대단히 놀라운 광경이자 우아한 아름다움을 뽐내는 모습이었다. 아니, 이건 절묘하다고 하는 게 더 맞겠지. 내가 지금 그 아름다움을 감상할 수 있는 상황이었다면 틀림없이 절묘하다고 느꼈을 것이다.

상황은 조금도 나아지지 않았다. 엿새가 지났고, 그 엿새 동안 나는 텅 빈 데날리 황무지에 숨어 있었다. 하지만 그 애의 향기를 포착한 그 순간부터 난 조금도 자유롭지 못했다.

보석을 박아 놓은 것 같은 하늘을 멍하니 응시하면, 내 눈과 저 아름다움 사이에 방해물이 끼어든 것 같았다. 방해물은 누군가의 얼굴, 그다지 눈에 띌 것 같지 않은 인간의 얼굴이었으나, 머릿속에서 그 얼굴을 완전히 지워 버릴 수는 없을 것 같았다.

이쪽으로 향하는 누군가의 생각이 들려 왔다. 곧이어 그 생각을 하는 이의 발소리도 들렸다. 눈밭 위로 들리는 희미한 서걱임만이 움직이고 있다는 사실을 알려 준다.

타냐가 나를 따라 여기까지 왔다는 게 놀랍지는 않았다. 지금 그렇듯 지난 며칠 동안 그녀가 대화를 할까 말까 곰곰이 생각하고 있다는 걸 알았으니까. 타냐는 정확히 하고 싶은 말이 무엇인지 확신할 수 있을 때까지 대화를 미루어 온 것이다.

그녀는 55미터쯤 떨어진 곳에서 불쑥 모습을 드러내더니, 검은 바위가 툭 불거진 지점으로 뛰어올라 맨발인 발끝으로 균형을 잡았다.

별빛을 받은 타냐의 피부가 은빛으로 빛났다. 길게 곱슬거리는 금발은 창백하다 못해 엷은 딸기 빛 같은 분홍빛을 띠었다. 눈 속에 반쯤 파묻힌 나를 훔쳐보는 호박색 눈동자가 반짝였다. 도톰한 입술이 쭉 펴지면서 천천히 미소를 만들어 냈다.

절묘한 미모였다. 내가 그 아름다움을 진심으로 감상할 수 있었다면 아마 그렇게 생각했겠지. 한숨이 나왔다.

타냐는 인간의 눈을 의식해서 옷을 갖춰 입지는 않았다. 지금은 얇은 면 슬립에 반바지 차림이었다. 툭 튀어나온 바위 끝에 웅크린 그녀는 손끝으로 바위를 톡 건드리더니, 이내 몸을 둥글게 움츠렸다.

대포알이 나가신다. 그녀의 생각이 들렸다.

이윽고 타냐는 공중으로 도약했다. 별빛과 나 사이에서 우아하게 회전하는 그녀의 형체는 어둡고 뒤틀린 그림자처럼 보였다. 그녀는 몸을 둥그렇게 웅크려 공 모양을 만들고는 내 옆쪽 눈더미로 떨어졌다.

주변에 엄청난 눈보라가 휘몰아쳤다. 별빛은 가려지고, 깃털 같은 얼음 결정체 속으로 내 몸이 푹 파묻혔다.

다시 한숨이 나왔다. 숨결에 얼음이 섞여 들었지만, 나는 파묻힌 몸을 일으키지 않았다. 시야가 캄캄한 채 눈 아래 파묻혀 있어도 아프지는 않았지만, 그렇다고 뭔가 개선된 것도 아니었다. 여전히 내 눈엔 같은 얼굴만이 어른대고 있었으니까.

"에드워드?"

타냐가 눈 속에서 급히 나를 끌어내자 눈발이 또 날렸다. 그녀는 내 피부에서 눈을 털어 주었지만, 나와 눈을 마주치지는 않았다.

"미안해. 그냥 장난이었어."

그녀가 중얼거렸다.

"알아. 재미있었어."

그렇게 대답하자 그녀의 입매가 시무룩하게 변했다.

"아이리나랑 케이트가 그랬어. 혼자 내버려 두라고. 내가 널 성가시게 만들 거라고 생각하거든."

"전혀 아니야. 그 반대로 오히려 내가 무례하게 굴고 있잖아. 가증스러울 정도로 무례하지. 진심으로 사과할게."

나는 그녀를 안심시켰다.

너 집에 갈 거잖아. 아니야? 그녀의 생각이 말했다.

"난…… 아직…… 결정하지 않았어."

하지만 여기 머물지는 않을 거. 그녀의 생각에서 서글픔이 전해져 왔다.

"그래. 나한테는 별로…… 도움이 안 될 것 같아서."

타냐는 입술을 뾰로통하게 내밀었다.

"나 때문에 그러지, 응?"

"절대로 아니야."

물론 타냐는 날 편하게 해 주지는 않았다. 하지만 지금 나를 정말로 괴롭히는 유일한 존재는, 떨쳐낼 수 없는 그 얼굴이었다.

신사인 척하지 마.

나는 그저 미소 지었다.

나 때문에 불편하잖아. 그녀가 힐난했다.

"아니야."

타냐는 한쪽 눈썹을 치켜올렸다. 표정에 안 믿는다는 기색이 어찌나 역력하던지, 그만 나는 웃고 말았다. 짧은 웃음 뒤에 따라붙은 건 역시나 한숨이었다.

"그래, 실은 조금 불편해."

나는 인정했다. 그녀도 한숨을 쉬고서 두 손으로 턱을 괴었다.

"너는 저 별빛보다 천 배는 더 사랑스러워, 타냐. 물론 너도 이미 잘 알고 있겠지. 내가 고집스레 안 넘어간다고 해서 네가 자신감을 잃을 이유는 없다는 걸."

나는 숨죽여 웃었다. **넘어간다니,** 있을 법하지 않은 일이다.

"나는 거절당하는 데 익숙하지 않아."

그녀는 투덜거렸다. 아랫입술을 내민 뾰로통한 입매가 매력적이다.

"당연히 익숙하지 않겠지."

나는 고개를 끄덕였다. 그리고 이제껏 수천 번이나 유혹에 성공했던 기억을 빠르게 떠올리는 타냐의 소리를 막아 보려 했지만 별 소용은 없었다. 대개 타냐는 인간 남자를 선호했다. 그들의 장점은 일단 개

체 수가 훨씬 많다는 것이었고, 부드럽고 따뜻하다는 것 또한 장점이
되었다. 그리고 당연한 얘기지만, 남자들은 언제나 간절했다.

"서큐버스(남자들의 꿈속에 나타나 여자로 둔갑하고 관계를 맺는 악마_옮긴이)
로군."

나는 그녀를 놀렸다. 그 머릿속에서 깜빡이는 이미지들을 흐트러트
리고 싶은 마음에서였다.

타냐는 씩 웃으며 이빨을 번뜩였다.

"그중에서도 내가 원조지."

칼라일과 달리, 타냐와 그 자매들은 양심에 대한 문제를 천천히 숙
고하면서 깨달아 왔다. 결국 이들은 인간 남자를 좋아하는 특성 때문
에 살육을 그만두었다. 그래서 현재 이들이 사랑하는 남자들은……
죽지 않았다.

타냐가 느릿하게 입을 열었다.

"네가 여기 나타났을 때…… 내가 무슨 생각을 했느냐면……."

그녀가 무슨 생각을 했는지는 이미 안다. 그렇게 생각할 거라고 예
상했어야 했는데. 그때는 논리적이고 분석적으로 사고할 수 있는 상
황이 아니긴 했지만.

"내가 마음을 바꿔먹었다고 생각했구나."

"응."

그녀가 노려보았다.

"타냐, 네 기대를 저버리게 되어 참담한 기분이야. 그럴 마음은 없
었어. 그런 생각은 하지 않았다고. 내가 떠난 건…… 급히 내린 결정이
라서."

"왜 그랬는지는 말 안 해 줄 거지?"

나는 자리에서 일어나 앉은 채 팔짱을 끼었다. 어깨는 뻣뻣하게 굳어 있었다.

"말하지 않는 편이 좋겠어. 대답 못한 걸 언짢아하지 말아 줘."

타냐는 다시 말이 없어진 채로 골똘히 생각에 잠겨 있었다. 나는 그녀를 무시하고서 눈에 들어오지도 않는 별의 아름다움을 감상하려 해 보았다.

잠시 침묵하던 타냐는 이내 포기했다. 이제 그녀의 생각은 새로운 방향으로 향했다.

에드워드, 여기서 떠나면 어디로 갈 거야? 칼라일에게 돌아갈 거야?

"그건 아닐 것 같아."

나는 속삭였다.

어디로 갈까? 지구 전체를 통틀어 생각해도 내 관심을 끌 만한 곳은 한군데도 떠오르지 않았다. 보고 싶은 것도, 하고 싶은 것도 없었다. 어디로 가든 의미 없이 떠돌게 되겠지. 나는 그저 도망치고 있을 뿐이니까.

그게 너무 증오스럽다. 언제부터 이런 겁쟁이가 돼 버린 걸까.

타냐가 늘씬한 팔을 내 어깨에 턱 둘렀다. 나는 몸이 굳었지만 그 손길에 움찔하지는 않았다. 그녀에게 이건 다정한 위로일 뿐이었으니까. 대개는.

"나는 네가 집으로 돌아갈 거라고 생각해."

타나의 목소리에는 오래 전 버렸던 러시아어의 억양이 아주 살짝 드러났다.

"무슨 일이든……, 누가 그랬든……, 벗어날 수 없을 거야. 정면으로 맞서게 되겠지. 넌 그런 부류잖아."

그녀의 생각은 말만큼이나 확신에 차 있었다. 그녀가 보는 내 모습을 나도 받아들이고 싶었다. 난관에 정면으로 맞서는 존재. 나를 다시금 그렇게 생각하니 기분이 좋았다. 내가 지닌 용기와, 어려움에 맞서는 능력을 의심해 본 적은 없다. 얼마 전 고등학교 생물 수업에서 그 끔찍한 시간을 겪기 전까지는 말이다.

나는 타냐의 뺨에 키스했다. 그러곤 그녀가 내 쪽으로 얼굴을 돌리자 재빨리 몸을 뒤로 젖혔다. 내 재빠른 동작을 본 타냐는 유감스럽다는 표정으로 미소 지었다.

"고마워, 타냐. 그런 말을 듣고 싶었어."

그녀의 생각이 심술궂게 변했다.

"천만에, 라고 대답해야겠지? 네가 만사에 좀 더 합리적이었다면 얼마나 좋을까, 에드워드."

"미안해, 타냐. 알잖아. 너는 나한테 너무 과분해. 난 그냥…… 내가 찾고 있는 걸 아직 발견하지 못했을 뿐이야."

"뭐, 어쨌든 널 다시 보기 전에 네가 떠날지도 모르니까…… 먼저 인사할게. 잘 가, 에드워드."

"잘 있어, 타냐."

그 말을 하면서 나는 보았다. 내가 떠나는 광경을. 내가 있고 싶은 단 하나의 장소로 돌아갈 수 있을 만큼 충분히 강한 모습이었다.

"다시 한 번 말할게. 고마워."

그녀는 날렵한 동작으로 단번에 일어섰고, 조금 뒤에는 달려가고 있었다. 눈 위를 어찌나 빨리 이동하던지, 발이 눈에 빠질 틈도 없이 달리는 그 모습은 마치 유령 같았다. 그녀는 발자국을 남기지 않았다. 뒤돌아보지도 않았다. 각오는 되어 있었지만, 내게 거절당하자 예상보다 더 마음이 복잡했던 것이다. 자신이 얼마나 심란한지 본인은 정확히 인식하고 있지 않지만. 내가 떠나기 전에 나를 또 보고 싶어 할 일은 없을 것이다.

입꼬리가 처져 버렸다. 타냐의 감정이 깊지 않고, 순수하지도 않고, 어떠한 경우라도 내가 보답할 수 있는 것이 아니라 하더라도 그녀에게 상처는 주고 싶지 않았다. 신사답지 못하다는 기분이 가시지 않았다.

나는 두 다리를 모으고 앉아 무릎에 턱을 대고서 다시 별들을 올려다보았다. 마음속으론 갑자기 다시 돌아가고 싶은 충동이 일어 안달이 난 상태긴 했지만 말이다. 앨리스는 내가 집에 오는 모습을 봤을 거고, 다른 이들에게도 말했을 거다. 그러면 모두는 기뻐하겠지. 특히 칼라일과 에스미가. 그래도 나는 잠시 더 별들을 응시했다. 그리고 머릿속에 떠오르는 얼굴을 외면하려 했다. 나와 저 하늘의 반짝이는 광원들 사이로, 당황한 기색의 초콜릿 빛 눈 한 쌍이 의문을 던졌다. 내가 왜 이러는지 궁금해하는 그 눈빛은 마치 이 결정이 그 애에게 어떤 의미인지 묻는 듯했다. 물론 저 호기심 어린 눈이 알고 싶어 하는 정보가 정말로 무엇인지는 알 수 없다. 상상 속에서조차 나는 그 애의 생각을 들을 수 없었으니까. 벨라 스완의 눈동자는 계속 내게 물었고, 탁 트인 밤하늘의 별들은 이미 내 눈에 들어오지 않았다. 깊은 한숨을 쉬면서 나는 결국 포기한 채 자리에서 일어섰다. 뛰어간다면 한 시간이 채 못되어 칼라일의 차에 다다를 것이다.

어서 가족들을 보고 싶었다. 그리고 예전의 나다운 모습으로, 문제를 정면으로 돌파하던 에드워드로 너무나도 돌아가고 싶었다. 나는 별빛으로 반짝이는 눈밭을 발자국 하나 남기지 않고 달려갔다.

"다 괜찮을 거야."

앨리스가 숨죽여 말했다. 그녀의 눈동자엔 초점이 없었고, 재스퍼는 한 손으로 앨리스의 팔꿈치를 가볍게 잡고서 길을 인도했다. 우리는 서로 바짝 붙은 채 대열을 이루며 낡은 학생식당으로 들어갔다. 로잘리와 에밋이 앞장섰다. 에밋은 적진 한가운데 침투한 경호원처럼 우스꽝스럽게 행동했다. 로잘리 역시 경계심 어린 표정이었지만, 보호해 주겠다는 마음보다는 성가신 기색이 훨씬 컸다.

"당연히 괜찮겠지."

나는 투덜댔다. 이들의 행동이 우습기 그지없었다. 지금 이 상황을 감당해 내지 못할 것 같았다면 아예 집에서 나오지 않았을 테니까.

오늘 아침은 여느 때처럼 평범했다. 심지어 장난기마저 느껴지는 분위기였다. 어젯밤 눈이 왔기에 에밋과 재스퍼는 언제나처럼, 내가 멍해진 틈을 타서 축축한 눈 뭉치를 내게 마구 던져 댔다. 내가 아무런 반응이 없자 둘은 이내 지루해했고, 다음으로는 둘이 서로 눈싸움을 시작했다. 그런데 지금은 분위기가 완전히 바뀌어 심한 경계 태세를 갖추고 있다니. 이렇게 짜증이 치밀어 오르지 않았다면 그저 우습기만 했을 텐데.

"걔는 아직 안 왔어. 하지만 동선을 따져 보자면…… 우리가 항상 앉던 자리에 앉으면 냄새가 이리로 흘러오지는 않을 거야."

"당연히 앉던 자리에 앉는 거지. 그만해, 앨리스. 자꾸 신경 쓰이잖아. 아무 문제도 없어. 난 괜찮다고."

재스퍼의 도움으로 자리에 앉은 앨리스는 눈을 한 번 깜빡였다. 그러고 나자 그녀의 눈은 마침내 내 얼굴을 집중해서 바라보았다.

"흐음, 네 말이 맞는 것 같아."

앨리스는 놀란 듯 말했다.

"당연히 맞지."

나는 중얼거렸다.

이들의 관심이 내게 모여 있는 게 무척 불쾌했다. 문득 재스퍼에게 동정심이 일었다. 우리가 그를 보호하려고 주변을 맴돌았던 순간이 하나하나 떠올랐으니까. 재스퍼는 나와 시선을 잠깐 마주치더니 씩 웃었다.

짜증나지?

나는 그를 노려보았다.

이 길쭉하고 칙칙한 공간. 여기는 바로 지난주만 하더라도 죽고 싶을 정도로 따분해 보이지 않았던가? 이곳에 있는 시간을 잠든 것처럼, 혼수상태인 것처럼 생각했던 나였다.

그런데 오늘은 온 신경이 팽팽하게 긴장해 있다. 아주 작은 압력에도 소리가 나도록 당겨진 피아노 현처럼 말이다. 감각은 극도로 예민해졌다. 때문에 모든 소리와 모든 광경, 피부에 닿는 공기의 모든 흐름과 생각까지도 죄다 낱낱이 인식했다. 특히 생각들이 전부 들렸다. 내가 막아 놓은 채 사용을 거부하는 감각은 단 하나뿐이었다. 바로 후각이었다. 나는 호흡하지 않고 있었다.

여기저기에서 전해지는 생각들을 계속 바꿔 들으며, 나는 컬렌 가 이야기가 들려오기를 기다렸다. 하루 종일 기다리면서, 벨라 스완이 속마음을 털어놓을 만한 새로운 지인이 누구건 간에 찾아다니며 새로운 소문이 어느 방향으로 나아가는지 알아보려 했다. 하지만 그런 소리는 들리지 않았다. 그 애가 오기 전과 마찬가지로, 학생식당에 있는 다섯 명의 뱀파이어를 특별히 주목하는 사람은 아무도 없다. 여기 있는 인간들 중 몇 명은 여전히 그 애를 생각하고 있었다. 지난주와 다르지 않은 생각들을. 원래대로라면 말할 수 없이 지루함을 느꼈겠지만, 지금 나는 오히려 거기 매료됐다.

그 애는 나에 대해 아무에게도 말하지 않은 건가?

살의를 가득 품고 노려보는 나의 검은 눈동자를 알아채지 못했을리는 없을 텐데. 그 애의 반응을 이미 생생하게 보았고, 나 때문에 그 애는 트라우마에 빠졌을 거다. 그러니 분명 누군가에게는 말했을 텐데. 어쩌면 그럴듯한 이야기를 만들어 내려고 과장했을 수도 있겠지. 나에게 위협적인 말을 좀 들었노라고 말이다.

게다가 그 애는, 내가 같이 듣는 생물 수업을 철회하려 했던 대화까지 들었다. 내 표정을 본 다음에는 그게 본인 때문인 건 아닌지 궁금했을 것이다. 평범한 여자애라면 여기저기 물어보면서 다른 사람과 자신의 경험을 비교했으리라. 그리고 내 행동이 무슨 뜻인지 설명할 만한 비슷한 일화를 찾아서, 본인한테만 그렇게 대한 게 아니라고 안도하고 싶었겠지. 인간들은 언제나 정상적인 상태를 간절히 추구하고 그 범주 안에 포함되고 싶어 한다. 특징이라곤 없는 양 떼처럼, 주변에 있는 모든 이들 사이로 어울려 들어가는 것이다. 그 욕구는 불안정한 사춘기 시절에 특히 강해진다. 이 여자애도 그 점에서 예외일 리 없다.

하지만 이곳, 언제나 차지했던 테이블에 앉은 우리를 쳐다보는 이들은 아무도 없었다. 아무에게도 이야기를 털어놓지 않았다면, 벨라는 틀림없이 극도로 소심한 아이일 것이다. 어쩌면 자기 아버지에게 말했을 수는 있겠지. 부녀 관계가 돈독하다면……. 하지만 그럴 것 같지는 않았다. 이제껏 살아오면서 그 애가 아버지와 함께했던 시간은 너무 짧았으니까. 아마 어머니와 더 가까운 사이일 테지. 그래도 조만간 스완 서장 옆을 지나가면서 그가 무슨 생각을 하는지는 들어봐야 겠다.

"뭐 새로운 거라도?"

재스퍼가 물었다.

나는 집중하면서, 내 의식 속으로 수많은 이들의 생각이 우르르 쏟아져 들어오도록 문을 열었다. 하지만 특별히 주목할 만한 건 없었다. 아무도 우리 생각을 하지 않았다. 이전에 했던 걱정이 무색하게, 생각을 듣는 내 능력에는 아무 문제가 없는 듯했다. 말 없는 그 여자애를 제외한다면 말이다. 집으로 돌아온 후 난 칼라일에게 품고 있던 걱정을 토로했지만 그는 재능이 사라지는 경우는 들어 본 적 없다고 말했다. 오히려 연습하면 더 강해지는 사례뿐이었다고. 재능은 절대로 줄어드는 일이 없다는 것이다.

재스퍼는 초조하게 대답을 기다렸다.

"아무것도 없어. 그 애는…… 아무에게도 얘기하지 않았나 봐."

이 말을 듣자 모두는 눈썹을 치켜올렸다.

"네 생각만큼 그 애는 너를 무서워하지 않았나 보네. 나였다면 걔한 테 그보다는 더 무섭게 해 줬을 텐데."

에밋이 키득대며 말했다. 나는 그를 향해 눈을 치떴다.

"왜 그랬을까……?"

그 여자애는 신기하게도 아무 말이 없었다고 내가 밝히자, 에밋은 다시금 어리둥절해졌다.

"이미 말했잖아. 모른다고."

"걔 온다."

그때 앨리스가 중얼거렸다. 내 몸이 굳었다.

"인간처럼 행동해."

앨리스의 말에 에밋이 되물었다.

"'인간처럼'이라고?"

에밋은 주먹 쥔 오른손을 들더니 손가락을 비틀었다. 그러자 이제껏 손바닥에 쥐고 있던 눈뭉치가 보였다. 눈 뭉치는 그의 손 안에서 녹지 않은 상태였다. 에밋은 그걸 꽉 쥐어 울퉁불퉁한 얼음덩이로 만들었다. 그리고 재스퍼를 바라보았지만 속으로는 다른 상대를 생각하고 있다는 걸 난 들었다. 물론 앨리스도 보고 있었다. 그래서 에밋이 갑자기 얼음덩이를 앨리스에게 던지자, 그녀는 손가락을 가볍게 저어서 그걸 털어 버렸다. 손가락에 맞은 얼음은 방향을 바꾸어 학생식당 저 멀리 날아갔다. 너무 빠른 속도라서 인간의 시각으로는 볼 수 없었다. 얼음은 벽돌로 만든 벽에 날카로운 균열을 내고 산산조각 났다. 벽돌에도 금이 갔다.

그쪽 자리에 앉아 있던 사람들은 모두 고개를 돌려 바닥에 있는 부서진 얼음 더미를 바라보았다. 그러곤 범인을 찾으려고 두리번거렸다. 하지만 근처 테이블 몇 개를 보았을 뿐, 더 멀리 찾아보지는 않았다. 우리를 보는 이들은 아무도 없었다.

"아주 인간답네, 에밋. 이럴 거면 차라리 주먹으로 벽을 뚫지그래?"

로잘리가 날 선 말투로 빈정댔다.

"네가 그랬다면 훨씬 더 인상적이었을 텐데, 여신님."

나도 이들에게 집중하려고 해보았다. 계속 웃음 띤 얼굴로 장난에 가담하는 척하려 했다. 그 애가 서 있는 저 줄 쪽으로는 고개를 돌리지 말자고 결심했다. 하지만 내 귀는 온통 그쪽으로 쏠려 있었다.

새로운 전학생과 함께 있는 제시카가 조바심 내는 소리가 들려왔다. 줄어드는 줄에서 움직이지 않고 서 있는 그 애는 심란해 보였다. 제시카의 생각을 통해서 나는 볼 수 있었다. 지금 벨라 스완의 뺨에 핏기가 몰려 한층 더 환한 분홍빛으로 물든 모습을.

나는 숨을 얕고 짧게 몇 번 들이마셨다. 그 애의 향기가 조금이라도 내 쪽 공기에 닿는 기미가 느껴진다면 호흡을 멈추기 위해서였다.

마이크 뉴튼이 그 둘과 함께 있었다. 스완이라는 애가 왜 그러는거냐고 제시카에게 묻는 마이크의 목소리와 마음의 소리가 함께 들렸다. 그 애는 깜짝 놀라 마이크가 거기 있다는 걸 잊고 있었던 것처럼 올려다보았다. 그 모습을 바라본 마이크의 마음속에 이미 뭉게뭉게 피어오른 환상이 어른거리며 그 애를 감싸는 게 혐오스러웠다.

"아무것도 아니야."

특유의 조용하고 맑은 목소리로 벨라가 대답하는 게 들렸다. 그 소리는 학생식당의 웅성임 위로 울려 퍼지는 종소리 같았지만, 난 사실을 알고 있다. 내가 아주 집중해서 듣고 있기 때문에 그럴 뿐이라는 걸.

"오늘은 그냥 음료나 마실래."

그 애는 줄을 따라 걸음을 옮기며 말을 이었다.

어쩔 수 없이 그 애 쪽을 흘깃 쳐다보았다. 그 애는 핏기가 천천히 사라져 가는 얼굴로 바닥을 응시하고 있었다. 나는 재빨리 에밋 쪽으로 고개를 돌렸다. 그는 고통스러운 미소가 어려 있는 내 얼굴을 보며 웃더니 이렇게 생각했다.

형제여, 아파 보이는구나.

나는 이목구비를 다시 움직여 아무렇지 않아 보이도록 표정을 바꾸었다.

제시카는 입맛이 없다는 그 애를 두고 큰 소리로 물었다.

"배 안 고파?"

"사실 속이 좀 안 좋아."

그 애의 목소리는 아까보다 낮아졌지만 여전히 무척 맑았다.

마이크 뉴튼의 생각에서 그 애를 보호해 주고 싶은 마음이 솟구친 게 왜 이토록 거슬리는 걸까? 그의 생각 속에 그 애를 독점하고 싶은 마음이 있다고 한들 그게 어떻다는 건가. 마이크 뉴튼이 필요 이상으로 그 애를 걱정한다 해도 내가 상관할 일이 아니다. 아마도 그 애에게는 모두가 이런 식으로 반응할지도 모른다. 나 역시 본능적으로 그 애를 보호하고 싶지 않았던가? 이렇게도 그 애를 죽이고 싶어 하기 전에는…….

그런데 저 애, 어디 아픈가?

겉으로는 판단하기 힘들었다. 피부가 너무 투명해서 언제나 연약해 보였으니까……. 그러다 깨달았다. 나 역시 저 얼빠진 남자애처럼 걱정하고 있다는 사실을. 그래서 저 애의 건강 상태가 어떻든 신경 쓰지 말자고 억지로 마음먹었다.

어쨌든 마이크의 생각을 읽으며 그 애를 감시하고 싶지는 않았다. 그래서 제시카의 생각을 듣기로 하고, 저 셋이 어느 테이블에 앉는지 주의 깊게 살펴보았다. 다행히도 그들은 제시카가 평소 어울리는 친구들과 함께 앉았다. 식당의 첫 번째 테이블이었다. 그렇다면 바람결에 향기가 실려 올 걱정은 없겠군. 앨리스가 말한 대로다.

앨리스가 팔꿈치로 나를 쳤다. **걔가 곧 볼 거야. 인간처럼 행동해.**

나는 씩 웃었지만, 속으로는 이를 악물었다.

"기분 풀어, 에드워드. 솔직히 말할까? 사람 하나 죽인다 쳐. 그렇다고 세상이 끝나지는 않는다고."

에밋의 말에 나는 중얼거렸다.

"잘 아는군."

에밋은 웃으며 대꾸했다.

"넌 위기를 극복하는 법을 배워야 해. 나처럼 말이야. 죄책감에 휩싸여 뒹굴기엔 영원이란 참 긴 시간이라고."

그때였다. 앨리스가 숨겨 두었던 얼음 한 줌을 에밋의 무방비한 얼굴에 획 뿌렸다.

그는 놀라서 눈을 깜빡이다가, 이내 기대에 찬 표정으로 웃었다.

"네가 먼저 시작했어."

에밋이 테이블 위로 몸을 기대고 얼음으로 뒤덮인 머리를 그녀 쪽으로 흔들어 댔다. 따스한 방안 공기에 반쯤 녹아 그의 머리카락을 적신 눈이 얼음과 물이 뒤섞인 소나기처럼 마구 날아갔다. 앨리스뿐 아니라 옆에 있던 로잘리까지 홍수처럼 퍼붓는 물방울을 피해야 했다.

"무슨 짓이야!"

로잘리가 화를 냈다. 앨리스는 웃었고, 이내 우리 모두 웃었다. 앨리스의 머릿속을 통해 이 완벽한 순간을 어떻게 조율해 냈는지 볼 수 있었다. 그리고 그 여자애가 있었다. 이 애 생각을 제발 그만두어야 하는데. 이 세상에 단 하나뿐인 여자애인 양 생각하는 걸 당장 그만둬야 하는데. 어쨌든 저 벨라라는 아이는 우리가 웃고 장난치는 모습을 바라보겠지. 행복하고, 인간답고, 노먼 록웰(Norman Perceval Rockwell, 미국의 화가이자 일러스트레이터로, 20세기 중산층의 모습을 밝고 즐겁게 표현한 작품들로 유명하다_옮긴이)의 그림처럼 비현실적으로 완벽하게 보이는 우리의 모습을.

앨리스는 계속 웃으면서 식판을 방패처럼 든 채 방어했다. 그 여자애, 벨라는 분명히 아직도 우리를 응시하고 있겠지.

…… **또 컬렌 가 애들을 쳐다보네.** 누군가의 생각이 나의 주의를 끌었다.

의도치 않게 내 관심을 끈 목소리를 찾아, 무의식적으로 시선을 돌렸다. 그러자 눈길이 닿는 곳에서 생각의 주인이 누구인지 금방 찾아낼 수 있었다. 오늘은 이 소리를 너무 많이 듣는군.

하지만 나의 눈길은 제시카를 지나쳐 그 여자애의 꿰뚫는 듯한 시선에 그대로 꽂혔다.

그 애는 재빨리 눈을 내리깔았다. 그러곤 숱 많은 머리카락 뒤로 얼굴을 숨겼다.

무슨 생각을 하고 있었을까? 답답한 마음이 시간이 갈수록 무뎌지기는커녕 더욱 심해지는 것 같았다. 나는 다시금 마음속으로 그 애 주위의 침묵을 조사해 보았다. 물론 조사한다고 들릴 거란 확신은 없었다. 이런 적은 전에 한 번도 없었으니까. 마음을 읽는 능력을 통해 타인의 생각은 요구하지 않아도 언제나 자연스럽게 내게 들려왔다. 구태여 노력할 필요가 없는 일이었다. 하지만 지금 나는 온 신경을 집중한 채로 그 애를 둘러싼 갑옷이 무엇이든 그걸 부수려고 애쓰고 있다.

하지만 그저 침묵뿐이다.

얘가 뭔데 이러는 거지? 제시카가 생각했다. 언짢아진 내 마음과 일치하는 소리였다.

"에드워드 컬렌이 너를 바라보고 있어."

제시카는 스완이란 여자애의 귀에 속삭이더니 키득키득 웃었다. 그 말투엔 질투심에서 비롯된 적대적인 느낌이 전혀 없었다. 제시카는 우정을 꾸며 내는 데 능숙한가보다.

나는 완전히 몰두한 채로 그 애의 반응을 들었다.

"화난 것 같아 보이진 않지?"

그 애는 속삭여 대답했다.

그렇다면 확실히 지난주에 내가 거칠게 반응한 걸 눈치챘다는 거군. 당연히 그랬겠지.

질문을 받은 제시카는 당황했다. 내 표정을 확인하는 그녀의 생각에서 내 얼굴이 보였지만, 나는 그녀가 힐끗거리는 눈길을 마주치지 않았다. 여전히 저 애에게 집중하면서 뭐라도 들어 보려고 애쓰고 있었으니까. 하지만 더욱 집중해 보아도 전혀 소용이 없는 것 같았다.

"응. 왜 화를 내겠어?"

제시카가 대답했다. 하지만 나는 알았다. 제시카는 사실 아니라고, 화난 것 같다고 말할 수 있기를 바란다는 것을. 내 눈빛을 보고 저 애가 얼마나 괴로워할지 보고 싶다는 이유로. 물론 제시카의 목소리에선 전혀 그런 티가 나지 않았다.

"아무래도 걔가 날 싫어하는 것 같아."

그 애는 이렇게 속삭이며 갑자기 피곤해진 듯 팔에 이마를 기대었다. 저 행동은 무슨 뜻일지 알고 싶었다. 하지만 나는 추측만 할 수 있을 뿐이었다. 어쩌면 정말로 피곤한 건지도 모르지.

"컬렌 집안 아이들은 그 누구도 좋아하지 않아. 뭐랄까, 다른 애들이 너무 하찮아서 안중에도 없다는 태도지."

제시카가 그 애를 안심시켰다. **쟤들은 한 번도 누굴 좋아한 적이 없으니까.** 그녀의 생각이 투덜대는 소리가 들렸다.

"그런데 에드워드가 아직도 널 보고 있는데?"

"그만 좀 봐."

그 애는 걱정스레 말하며 팔에서 고개를 들더니 제시카가 자기 말대로 했는지 확인했다.

제시카는 킥킥 웃으며 그 애 말대로 시선을 돌렸다.

그 애는 그 후로 내내 테이블에서 시선을 돌리지 않았다. 나는 그게 의도적이라고 생각했다. 물론 확신할 수는 없었다. 하지만 그 애는 나를 보고 싶어 하는 것 같았다. 그 애의 몸이 내가 있는 방향으로 살짝 움직였고, 턱은 자꾸만 돌아가려고 했다. 그러다 자신의 행동을 깨달으면 심호흡을 하고, 지금 이야기하는 애가 누구든 그쪽만 꼼짝없이 응시하기를 반복했다.

나는 그 애 주변에서 들려오는 다른 생각들을 듣다가, 잠시라도 그 애에 대한 생각이 아닌 것들이 튀어나오면 무시했다. 마이크 뉴튼은 방과 후에 주차장에서 눈싸움을 할 계획을 세우는 중이었다. 보아하니 눈이 이미 비로 변해 버렸다는 걸 모르고 있나 보다. 부드러운 눈발이 지붕에 쌓이던 소리는 이제 좀 더 흔하게 들리는 빗방울 소리로 바뀐 채였다. 쟤는 소리가 변한 게 안 들리나? 나한테는 이렇게 시끄럽게 들리는데.

점심시간이 끝났지만 나는 그대로 자리에서 움직이지 않았다. 사람들은 우르르 밖으로 나갔고, 나는 그 애의 발소리를 다른 사람의 소리와 구분하려 하다가 퍼뜩 정신을 차렸다. 그 애가 걷는 소리가 특별히 더 중요하거나 특이할 것도 없는데. 정말 바보 같군.

우리 가족 역시 떠날 기미가 보이지 않았다. 그들은 내가 어떻게 할지 보려고 기다렸다.

내가 수업에 들어가 그 애 옆에 앉아서, 터무니없이 강력한 그 애의 피 냄새를 맡고, 그 애의 맥박이 공기 중에 발산하는 온기를 피부로 느낄 수 있을까? 그걸 견딜 만큼 충분히 강한가? 아니면 오늘 하루 이만큼 버텼으니 더는 못 버티게 될까?

우리는 한 가족으로서 이 순간에 대해 모든 가능성을 염두에 두고 논의했다. 칼라일은 위험을 무릅쓰는 걸 못마땅하게 생각했지만, 나에게 자신의 뜻을 강요하지 않았다. 재스퍼도 칼라일만큼이나 못마땅해 했지만, 그건 인간을 해칠까 걱정됐다기보다는 정체가 드러날까 두려웠기 때문이었다. 로잘리는 이 일로 자신의 삶에 어떤 영향이 미칠지만을 걱정했다. 앨리스는 모호하고 상반된 미래를 너무 많이 보았기 때문에, 환상을 보는 그녀의 능력은 평소와 달리 이번에는 도움이 되지 않았다. 에스미는 내가 아무 잘못도 저지르지 않을 수 있다고 생각했다. 그리고 에밋은 자기도 느낀 적이 있었던 특별히 강렬한 향기의 경험을 내 경험과 비교하고 싶어 했을 뿐이었다. 그는 자신의 추억을 이야기하며 재스퍼의 이야기도 끌어냈다. 재스퍼의 경우엔 자제력을 갖추게 된 시기가 너무 짧았고 평탄하지도 않았기 때문에, 그는 자신이 이와 비슷하게 괴로워하며 참았던 적이 있었는지는 확신하지 못했다. 반면 에밋은 그런 적이 두 번 있다고 기억했다. 하지만 그 기억은 별로 나한테 도움이 되지 않았다. 어쨌든 그때 에밋은 어렸기 때문에 자제력을 능숙하게 발휘할 수가 없었으니까. 나는 분명 그때의 에밋보다는 강하다.

"내…… 생각에는 괜찮을 것 같아. 단단히 마음먹었잖아. 한 시간쯤은 버틸 수 있을 거라고 생각해."

앨리스가 주저하며 말했다. 하지만 앨리스는 안다. 마음은 상당히 빨리 변할 수 있다는 걸.

"왜 스스로를 몰아붙이려는 거야, 에드워드? 집에 가. 천천히 하라고."

재스퍼가 물었다. 내가 약한 쪽이 되어 버린 걸 보며 우쭐한 기분을 느끼고 싶은 게 그의 의도는 아니었지만, 재스퍼가 아주 조금은 우쭐하고 말았다는 걸 알 수 있었다.

하지만 에밋은 반대했다.

"뭐 그리 큰 문제라고 이래? 죽이면 죽이는 거고 안 죽이면 안 죽이는 거지. 어느 쪽이든 끝까지 가 보는 편이 낫다고."

그러자 로잘리가 불평했다.

"난 아직 이사 가고 싶지 않아. 처음부터 다시 시작하는 건 싫어. 조금 있으면 고등학교 졸업이야, 에밋. 마침내 또 졸업이라고."

어떤 결정을 내리든 괴롭기는 마찬가지였다. 나 역시도 또 도망치기보다는 정면으로 맞서고 싶은 마음이 간절했다. 하지만 동시에 내 자신을 너무 심하게 몰아붙이고 싶지도 않았다. 지난주 재스퍼가 그토록 오랫동안 사냥을 가지 않고 견딘 건 실수였다. 그 실수에서 배울 점이 없다고 할 수 있을까?

나는 가족을 이 터전에서 내몰리게 하고 싶지 않았다. 그런 짓을 저지르면 대체 누가 고마워하겠는가.

그래도 생물 수업에 가고 싶었다. 그러다 깨달았다. 내가 그 애의 얼굴을 다시 보고 싶어 한다는 것을.

그 마음 때문에 나는 결정을 내렸다. 그리고 호기심 때문에도. 그런 스스로에게 화가 났다. 그 여자애의 마음이 전혀 들리지 않는다는 이유로 지나치게 관심 갖지는 말자고 다짐하지 않았던가? 그런데 지금 내 모습은 어떤가. 이미 과도한 관심을 쏟고 있지 않은가.

그 애가 무슨 생각을 하고 있는지 알고 싶었다. 그 마음은 닫혀 있지만, 눈빛은 활짝 열려 있었다. 어쩌면 마음이 아닌 그 눈빛을 읽을 수 있을지도.

"아니야, 로잘리. 정말 괜찮을 것 같아. 그건…… 확실해지고 있어. 에드워드가 수업에 가도 나쁜 일이 일어나지 않을 확률은 93퍼센트 야. 확신해."

앨리스는 궁금하다는 듯 나를 바라보면서, 대체 어떤 생각의 변화가 있었기에 그녀가 보는 미래가 확실해졌는지 알고 싶어 했다.

호기심이라는 게 과연 벨라 스완을 살려 두기에 충분한 역할을 할 수 있을까?

어쨌든 에밋의 말이 맞다. 어느 쪽이든 끝까지 가 보지 못할 이유는 없다. 나는 그 유혹에 정면으로 맞설 것이다.

"다들 수업하러 가."

나는 테이블에서 벌떡 일어나며 그들에게 명령했다. 그리고 돌아선 다음 뒤도 돌아보지 않고 성큼성큼 그곳에서 멀어졌다. 앨리스의 걱정, 재스퍼의 질책, 에밋의 인정, 로잘리의 짜증이 내 뒤를 졸졸 따라왔다.

교실 문 앞에서 마지막으로 심호흡을 한 번 한 다음, 공기를 폐에 넣은 채로 나는 작고 따뜻한 공간 안에 들어섰다.

나는 수업에 늦지 않았다. 배너 선생님은 여전히 오늘 할 실험을 준비 중이었다. 그 애는 내 책상, 그러니까 우리 책상에 이미 앉아 있었다. 고개를 숙인 채, 낙서하고 있는 공책만 응시했다. 나는 다가가면서 무슨 낙서를 하는지 살펴보았다. 그 애의 생각이 만들어 내는 이런 사소한 그림에도 관심이 생겼기 때문이다. 하지만 그림은 의미가 없었다. 그냥 동그라미 안에 또 동그라미를 아무렇게나 그려 댈 뿐이었으니까. 어쩌면 저 무늬에 집중하는 게 아니라 속으로 다른 생각을 하는 게 아닐까?

나는 필요 이상으로 거칠게 의자를 빼서 리놀륨 바닥을 긁는 소리를 냈다. 인간들은 다가오고 있다는 걸 소리 내어 알려 주면 언제나 더 편안하게 느낀다.

그 애가 소리를 들은 걸 난 알았다. 고개는 들지 않았지만, 원을 그리던 손이 빗나가서 동그라미가 찌그러졌으니까.

왜 고개를 들지 않지? 겁을 먹은 게 분명하다. 이번에는 확실하게 다른 인상을 남겨야겠다. 지난번 일은 그 애의 상상에 불과하다고 생각하게끔 말이다.

"안녕."

나는 인간이 편안함을 느끼게 해 주고 싶을 때 쓰곤 하는 조용한 목소리로 말했다. 그러곤 이빨이 드러나지 않도록 입을 다물고서 예의바른 미소를 지었다.

그 애가 이윽고 고개를 들었다. 커다란 갈색 눈이 깜짝 놀란 빛을 띠다가 소리 없는 질문으로 가득 찼다. 지난 일주일 동안 내 눈앞에 어른거리며 방해했던 얼굴과 똑같은 표정이네.

나는 묘한 느낌의 깊은 갈색 눈을 응시했다. 밀크초콜릿 같은 색이지만 차라리 진한 차에 비교하는 게 어울릴 만한 그 눈은 깊고도 투명하다. 눈동자 주변에는 초록 마노와 황금빛 캐러멜 빛깔이 아주 작게 흩뿌려져 있었다. 그러다 문득 깨달았다. 나의 증오심, 이 애가 존재한다는 이유만으로도 느끼는 게 마땅하다고 상상했던 증오심이 어느덧 안개처럼 사라져 버렸다는 걸. 숨을 쉬고 있지 않은 지금, 그 향기를 맛보지 않고 있자니 이토록 연약한 존재를 증오할 수 있다는 게 믿기지 않았다.

그 애의 뺨이 붉게 물들기 시작했다. 하지만 아무 말도 하지 않았다.

나는 그 눈을 마주보면서 미심쩍은 기색을 띠는 깊은 눈빛에만 집중했다. 탐스러운 피부색은 생각하지 않기로 했다. 숨을 쉬지 않아도 얼마간은 말할 수 있을 만큼의 공기가 있으니까.

"내 이름은 에드워드 컬렌이야."

그 애도 이미 알고 있지만, 그래도 말했다. 처음 말 걸 때는 이렇게 하는 게 예의니까.

"지난주엔 소개할 기회가 없었지. 네가 바로 벨라 스완이구나."

벨라는 혼란스러워 하는 것 같았다. 눈 사이에 자그마한 주름이 다시 나타났다. 그 애는 바로 대답하지 않고 조금 뜸을 들였다.

"내, 내 이름을 어떻게 알아?"

그 애가 더듬거리며 물었다. 목소리도 조금 떨려 나왔다.

나 때문에 정말 겁먹었나 보군. 죄책감이 들었다. 나는 부드럽게 웃었다. 인간들을 좀 더 편안하게 해 줄 때 쓰는 방법이다.

"네 이름이야 다들 알고 있는 거 아닌가?"

확실히 이 애는 깨달을 필요가 있다. 이 단조로운 동네에서 본인이 관심의 중심이 돼 있다는 걸 왜 모르는 걸까.

"온 도시가 너를 기다리고 있었는데."

그 애는 이 사실이 불쾌하다는 듯 얼굴을 찡그렸다. 겉으로 보기에도 수줍음이 많은 것 같으니, 주목을 끈다는 건 이 애에겐 나쁜 일이겠지. 대부분의 인간은 반대로 느끼던데. 물론 그들도 무리에서 도드라져 보이고 싶어만 하지는 않는다. 하지만 동시에 별다를 게 없는 존재임에도 불구하고 주목을 받고 싶어 안달을 내기도 한다.

"그게 아니라, 왜 나를 벨라라고 불렀느냐는 뜻이야."

"이사벨라가 더 좋아?"

이 질문이 어디로 이어질지 몰라 당황한 채 나는 물었다. 이해가 안 갔다. 첫날부터 이렇게 불러 달라고 여러 번 분명히 말했으면서? 마음의 소리를 안내 삼아 듣지 않을 때 인간이란 원래 이렇게 이해 불가한 존재였나? 그렇다면 나는 특별한 내 감각에 얼마나 의존하며 지내온 건가. 만약 그 능력이 없다면, 나는 아무것도 못 보고 판단하지도 못하게 될까?

"아니, 벨라가 좋아."

그 애는 고개를 한쪽으로 살짝 기울이며 대답했다. 그 표정을 내가 제대로 읽고 있는 게 맞다면, 당혹감과 혼란스러움 사이에서 갈팡질팡하는 상태였다.

"하지만 찰리는……, 우리 아빠 말이야, 내가 안 들을 땐 이사벨라라고 부르시는 것 같거든. 그래서 다른 사람들도 그렇게 알고 있을 거라고 생각했어."

그 피부가 한층 더 분홍빛으로 변했다.

"아아."

난 이렇게 말하고서 재빨리 얼굴에서 눈길을 거두었다.

이제야 그 질문이 무슨 뜻인지 깨달았다. 내가 어리석었어. 실수했다고. 만약 첫날에 다른 애들 생각을 모두 엿듣지 않았더라면, 애초에 이 애 이름을 줄여서 부르지 않았을 것이다. 벨라는 그 차이를 알아차렸다.

문득 불안감이 엄습해 왔다. 내 실수를 아주 빠르게 알아냈군. 꽤나 빈틈이 없네. 특히 내가 가까이 있기 때문에 겁먹어야 할 사람치고는 말이야.

하지만 이 애가 머릿속에 어떤 의혹을 품고 있는지보다 더 큰 문제가 있었다.

숨이 모자랐다. 다시 말을 걸려면 호흡을 해야만 한다.

대화를 피하기는 힘들겠지. 안타깝게도 이 책상에 함께 앉은 벨라는 내 실험 파트너가 되어 버렸으니까. 실험하는 동안 계속 그 애의 말을 무시한다면 이상하게 보일 것이다. 그리고 이해 못할 만큼 무례하게도 보일 거고. 그러면 이 애는 더욱 의심하고, 더 두려워하겠지.

나는 앉은 자리 그대로 최대한 멀리 그 애에게서 몸을 멀리한 뒤 복도 쪽으로 고개를 틀었다. 그리고 마음의 준비를 단단히 한 다음 근육을 제자리에 고정시키고, 입으로만 숨을 쉬면서 재빨리 가슴 가득 공기를 들이마셨다.

아아!

이글거리는 숯을 삼킨 것처럼 몹시 고통스러웠다. 냄새를 맡지 않아도 혀 위에서 벨라의 맛이 느껴졌다. 그 갈망이란 지난주에 처음으로 그 향기를 느꼈던 순간만큼 강렬했다.

나는 이를 악물고 애써 마음을 가라앉혔다.

"시작들 해라."

배너 선생님이 지시했다.

책상을 가만히 내려다보고 있는 벨라 쪽을 다시 바라보는 것만으로도 74년 동안 고되게 노력해서 얻은 자제력을 전부 짜내야 했다. 나는 애써 미소를 지었다.

"레이디 퍼스트니까 먼저 할래?"

내가 제안했다.

고개를 들어 내 표정을 본 벨라의 얼굴이 멍해졌다. 뭐 이상한 게 있었나? 그 눈을 바라보자, 평소처럼 인간에게 친근한 표정을 가장한 내 얼굴이 비쳤다. 외관상으로는 완벽했다. 이 애, 또 겁을 먹었나? 아무 말도 없잖아.

"싫으면 내가 먼저 해도 돼."

내가 조용히 말했다.

"아니야. 내가 먼저 할게."

그 애가 대답했다. 하얗던 얼굴이 다시 빨개졌네.

나는 책상에 놓인 실험도구들을 응시했다. 낡은 현미경과 슬라이드 표본 상자들이다. 그 맑은 피부 아래로 피가 몰렸다가 잦아들기를 반복하는 걸 지켜보느니 이걸 보는 편이 낫다. 나는 다시 한 번 잇새로 빠르게 숨을 쉬었다. 목구멍 속을 확 태워 대는 그 맛 때문에 얼굴이 찌푸려졌다.

"전기(前期)야."

벨라는 빠르게 확인하고서 말했다. 그리고 제대로 살펴보지도 않았는데도 슬라이드를 치우려고 했다.

"내가 좀 봐도 될까?"

본능적으로, 참으로 멍청하게도 내가 그 애와 동족이라도 된다는 듯 나는 팔을 뻗어 슬라이드를 치우려는 손을 저지했다. 아주 잠깐 스친 그 피부의 온기가 내 살갗 속을 태우고 들어갔다. 마치 전류 같았던 열기는 내 손가락을 빠르게 지나 팔 위까지 단숨에 점령했다. 그 애는 손을 나에게서 확 뺐다.

"미안해."

나는 중얼거렸다. 어서 눈을 돌려야겠기에, 현미경을 잡고 접안렌즈를 재빨리 들여다보았다. 벨라 말이 맞았다.

"전기 맞네."

나는 고개를 끄덕였다. 그쪽을 보기엔 아직도 너무 불안정한 상태였다. 악문 이빨 사이로 최대한 조용히 숨을 쉬면서 타오르는 갈증을 애써 외면했다. 그러고서 나는 간단한 과제에 집중하면서 실험 기록지 빈칸에 글자를 쓴 다음, 두 번째 슬라이드를 끼우기 위해 첫 번째 슬라이드를 꺼냈다.

이 애는 지금 무슨 생각을 하고 있을까? 내 손이 닿았을 때 어떤 느낌이었을까? 내 피부는 얼음장 같았을 것이다. 혐오스러웠겠지. 아무 말이 없는 것도 놀랍지 않다.

나는 슬라이드를 힐끗 보았다.

"후기(後期)다."

나는 혼잣말을 하면서 두 번째 칸에 답을 적었다.

"나도 좀 볼까?"

벨라가 물었다. 고개를 들자 한 손을 현미경 쪽으로 반쯤 뻗은 채 대답을 기다리는 모습이 보여 난 놀랐다. 겁먹은 모습이 아니네. 어쩌면 정말로 내 답이 틀렸다고 생각하는 건가?

현미경을 그쪽으로 밀어 주자 그 얼굴에 나타난 희망에 찬 표정을 보고서 미소를 짓지 않을 수 없었다.

그 애는 열띤 모습으로 접안렌즈를 응시했지만, 이내 그 마음은 수그러들었다. 입매가 시무룩하게 처지는구나.

"세 번째 슬라이드 줄래?"

벨라는 현미경에서 눈을 떼지 않은 채로 손을 내밀며 물었다. 이번에는 내 피부가 그 애에게 닿지 않도록 나는 다음 슬라이드를 그 애의 손바닥에 떨어뜨렸다. 이렇게 옆에 앉아 있자니 마치 열풍기 앞에 앉은 기분이었다. 내 몸이 살짝 따스해져 체온이 올라가는 느낌.

그 애는 슬라이드를 오래 보지 않았다.

"간기(間期)야."

벨라는 아무렇지 않다는 듯 말했다. 실은 아무렇지 않은 척 목소리를 내려고 너무 노력하는 것 같았지만. 그 애가 내 쪽으로 현미경을 밀었다. 본인이 직접 기록지를 만지지는 않고, 내가 답을 쓰기를 기다렸다. 나는 현미경을 확인했다. 이 애의 답이 또 맞았다.

우리는 이런 식으로 실험을 끝냈다. 한 번에 한 마디씩 말하고 서로 눈은 마주치지 않는 채로 말이다. 실험을 완료한 건 우리뿐이었다. 실험실 안의 다른 아이들은 애를 먹고 있었다. 마이크 뉴튼은 집중이 되지 않는 모양이었다. 계속 벨라와 나의 행동 하나하나를 놓치지 않으려 애쓰고 있었다.

저놈, 어디로든 사라져서 나타나지 않았으면 좋겠어. 마이크는 이글거리는 눈빛으로 나를 노려보며 생각했다. 흥미롭군. 저 남자애가 날 향해 특별한 악의를 품고 있다는 걸 이제야 깨닫다니. 이건 이 애가 나타났을 때와 거의 비슷한 시기에 새로이 전개된 상황 같군. 그보다 더욱 흥미로운 점이 있었다. 놀랍게도, 나 역시 그와 같은 감정을 품고 있다는 걸 알아 버린 것이다.

나는 다시 내 옆의 여자애를 멍하니 내려다보았다. 평범하고 위협적이지 않은 외모의 소녀일 뿐인데, 이토록 광범위한 혼란과 격변을 일으키며 내 삶을 괴롭히고 있다니, 대체 뭐지?

마이크가 왜 이러는지 모르는 바는 아니었다. 벨라는 인간 치고 좀 예쁜 편에 속했다. 그것도 특이한 면으로 예뻤다. 그저 아름답다는 차원을 넘어서는…… 의외의 외모랄까. 얼굴은 그리 대칭적이지 않았다. 턱은 좁은데 광대뼈는 넓어서 균형이 맞지 않았다. 색의 대비도 극단적인 게, 피부는 밝았지만 머리털은 짙은 색이었다. 그리고 그 눈을 빼놓을 수 없다. 얼굴에 비해 지나치게 큰 눈 속에는 말 없는 비밀이 그렁그렁하게…….

순간, 그 눈빛이 내 눈을 파고들었다.

나는 그 눈 속의 비밀을 하나라도 풀고 싶은 마음에 벨라와 마주 바라보았다.

"너 렌즈 꼈니?"

그 애가 불쑥 물었다.

갑자기 무슨 얘기를 하는 걸까.

"아니."

렌즈라. 내 시력을 지금보다 더 좋게 만들어야 한다는 건가. 난 그만 웃어 버릴 뻔했다.

"아, 네 눈이 좀 특이해 보이는 것 같아서."

그 애가 중얼거렸다.

순간 온몸이 확 차가워졌다. 오늘 하루, 비밀을 캐내려는 이는 나 혼자만이 아니었군.

나는 뻣뻣하게 굳은 어깨를 그저 으쓱였다. 그리고 선생님이 빙빙 맴돌고 있는 앞쪽을 똑바로 노려보았다.

물론 지난번 이 애가 응시했던 눈과 지금의 내 눈에는 차이가 있었다. 오늘 닥칠 시련, 오늘의 유혹에 대비하기 위해 나는 주말 내내 사냥을 하며 최대한 갈증을 해소했다. 솔직히 지나칠 정도였다. 동물의 피를 몸에 가득 채웠어도, 이 애 주위를 둥둥 떠다니는 공기에 실려 오는 미칠 듯 매혹적인 그 맛을 대놓고 느낀 이상 별 소용이 없어졌으니 말이다. 지난번 내가 이 애를 노려보았을 때 내 눈은 갈증에 찬 검은색이었다. 하지만 온몸이 피에 절어 있다시피 한 지금의 내 눈은 따스한 황금색, 연한 호박색이었다.

또 실수했군. 이 질문이 무슨 뜻이었는지 알아챘다면, 렌즈를 꼈다고 대답했을 텐데.

이 학교를 2년 동안 다니며 많은 인간들 옆에 앉았지만, 내 눈 색깔을 눈치챌 정도로 나와 가까이 앉은 건 이 애가 처음이었다. 다른 사람들은 우리 가족들의 아름다움에 감탄하면서도, 우리가 시선을 맞출때마다 곧바로 눈을 내리깔곤 했다. 그들은 본능의 도움을 받아 우리외모를 자세히 바라보려는 마음을 거두고 말을 아꼈기 때문에 그 차이를 알지 못했다. 그들이 알지 못하는 건 사실상 축복이었다.

그런데, 왜 하필이면 이 여자애가 그런 점까지 죄다 보게 된 거지?

배너 선생님이 우리 책상으로 다가왔다. 나는 선생님이 몰고 온 깨끗한 공기가 이 애의 향기와 섞이기 전에 그것을 감사하는 마음으로 들이마셨다.

"에드워드, 이사벨라에겐 현미경을 들여다볼 기회도 주지 않은거니?"

선생님은 우리의 기록지를 훑어보며 물었다.

"아뇨, 벨라가 다섯 개 중에 세 개나 확인했는데요."

나는 반사적으로 이름을 바로잡아 말했다.

배너 선생님은 의심쩍어하며 그 애를 바라보았다.

"전에 이 실험을 해본 적 있니?"

벨라가 약간 당황한 표정으로 미소 짓는 모습을 나는 정신없이 바라보았다.

"양파 뿌리로는 안 했어요."

"송어 포배 세포로 했나?"

배너 선생님이 캐물었다.

"네."

그 말을 들은 선생님은 놀랐다. 오늘의 실험은 그가 상급반 과정에서 골라 온 것이었다. 그는 생각에 잠긴 채 벨라에게 고개를 끄덕였다.

"피닉스에서 우수학생 진학반에 있었니?"

"네."

그 애는 남보다 뛰어나고 지능이 높은 인간이었다. 그 사실이 놀랍지는 않았다.

"그렇구나."

배너 선생님은 입을 꾹 다물다가 말을 이었다.

"너희 둘이 실험 파트너가 돼서 다행이구나."

그는 몸을 돌려 지나가면서도 계속 중얼거렸다.

"다른 아이들과 짝이 됐다면 걔들은 스스로 배울 기회가 없었을 테니까."

나지막이 중얼거리는 그 소리를 과연 이 애는 들었을까. 아닐 것이다. 벨라는 다시 노트에 동그라미를 그리기 시작했다.

한 시간 반 동안 두 차례나 실수를 했다. 내 입장에서 보자면 형편없는 성적이다. 이 애가 나를 어떻게 생각하는지 전혀 알 수 없다고 해도, 나에 대해 새로운 인상을 주려면 더 노력해야 한다는 걸 깨달았다. 이 애는 날 얼마나 두려워하고 있을까? 또 얼마나 의심하고 있을까? 지난번, 아주 흉포했던 만남의 기억을 상쇄할 만한 무언가가 필요하다.

"눈이 그쳐서 아쉽지?"

이미 열 명도 넘는 학생들이 주고받았던 예의상의 대화를 반복해 보았다. 지루하고 틀에 박힌 대화 주제지만, 날씨를 소재로 삼는 건 언제나 안전하다.

그 애는 두 눈 가득 의아함을 품고 나를 응시했다. 내 말은 지극히 정상적이었건만, 비정상적인 반응을 보이는군.

"아니, 별로."

나는 대화를 평범한 방식으로 애써 돌리려 했다. 이 애는 훨씬 햇빛이 많이 들고 따뜻한 곳에서 왔다. 비록 피부가 하얗기는 했지만, 그래도 이 피부는 이제껏 살던 따스한 지방의 특징을 반영하고 있는 것도 같았다. 그러니 추위 때문에 불편할 거다. 내 차가운 손길에는 분명히 불편한 반응을 보였으니까.

"추위를 싫어하는구나."

이건 내 추측이었다.

"습기가 싫은 건지도."

그 애는 고개를 끄덕였다.

"너한테 포크스는 살기 힘든 곳이겠네."

사실 이렇게 덧붙이고도 싶었다. 넌 여기 오지 말았어야 했어. 넌 원래 살던 곳으로 돌아가야 할 거야.

정말로 나는 벨라가 돌아가기를 원하나. 모르겠다. 언제까지나 이애의 피 향기를 잊지 못할 것만은 분명하다. 내가 이 애를 따라가지 않을 거란 보장이 있을까? 게다가 벨라가 떠난다면 그 마음은 내게 영원히 풀리지 않는 수수께끼로 남아 나를 계속 괴롭히는 퍼즐이 되겠지.

"아마 넌 상상도 못할걸."

그 애는 낮은 목소리로 말하며 잠시 쏘아보던 눈길을 돌렸다.

그건 내가 예상치 못했던 대답이었다. 그래서 더 많은 질문을 하고 싶어졌다.

"그럼 여기 왜 온 거야?"

나는 단도직입적으로 물었다. 하지만 너무 비난하는 듯한 어조였다는 걸, 대화에 걸맞는 무심한 말투가 아니었다는 걸 순간 깨달았다. 게다가 질문도 거의 캐묻는 듯한 무례한 것이었다.

"그게…… 좀 복잡해."

그 애는 눈을 깜빡였을 뿐, 질문에 대답하지 않았다. 나는 너무 알고 싶은 마음에 그만 속이 까맣게 탈 뻔했다. 그 순간만큼은 내 목의 갈증만큼이나 호기심이 격렬하게 타올랐다. 사실을 말하자면, 어느새 숨 쉬는 게 아까보다 살짝 편해진 상태였다. 적응이 되어서 그럴까, 고통이 아주 조금이나마 견딜 만해지고 있었다.

"설명해 주면 안 될까?"

나는 고집을 부렸다. 내가 이토록 계속 무례하게 물어본다 해도, 이 애는 일반적인 예의를 갖추었으니 어쩔 수 없이 내 질문에 대답할 것이다.

벨라는 말없이 자기 손을 내려다보았다. 그러자 난 조바심이 났다. 그 애의 턱에 손을 대고 고개를 위로 젖혀 그 눈에 담긴 의미를 읽고 싶었다. 하지만 그 피부를 또 만질 수는 없었다. 당연한 일이다.

벨라가 갑자기 고개를 들었다. 그 눈에 서린 감정을 볼 수 있어서 안도감이 들었다. 그 애는 서둘러 말을 뱉는다는 느낌으로 급히 대답했다.

"엄마가 재혼을 하셨거든."

아, 인간들의 현실적 문제로군. 쉽게 이해가 갔다. 그 얼굴 위로 슬픔이 스치고 지나가면서 눈썹 사이에 또 작게 주름이 졌다.

"그런 거라면 별로 복잡할 것도 없네."

나는 대답했다. 목소리는 노력하지 않아도 부드럽게 나왔다. 벨라가 낙담해 버리자 나는 이상하게도 무기력해졌고, 이 애의 기분을 풀수만 있다면 뭐라도 하고 싶었다. 이상한 충동이었다.

"그게 언제였지?"

"지난 9월이야."

벨라는 무겁게 숨을 내쉬었다. 한숨이라 할 만한 것도 아니었다. 하지만 그 애의 따스한 숨결이 내 얼굴을 스치자 나는 그만 얼어붙고 말았다.

"새아버지가 네 맘에 안 들었던 거군."

짧은 침묵이 흐른 후, 나는 다시 말했다. 여전히 더 많은 정보를 낚아야 했으니까.

"아니, 필은 좋은 사람이야. 너무 어리긴 하지만 꽤 괜찮아."

그 애는 나의 추측을 바로잡았다. 도톰한 입술 끝이 이제 살짝 미소를 지을 기미를 보였다.

내가 머릿속으로 그리던 시나리오는 이런 게 아니었는데.

"그런데 왜 그분들과 같이 살지 않아?"

그렇게 묻는 내 목소리가 너무 간절했다는 것을 깨달았다. 마치 지나치게 참견하는 것처럼 들렸다. 그래, 인정한다. 나는 지금 지나치게 참견하고 있다.

"필은 여행을 많이 다녀. 야구선수거든."

자그마한 미소가 더 뚜렷해졌다. 그가 야구선수인 게 좋은가 보네.

나도 미소를 지었다. 내가 선택해서 나온 표정은 아니었다. 벨라를 편하게 해 주려고 애쓰고 있지는 않았으니까. 하지만 그 미소를 보자 나도 같이 미소 짓고 싶어졌다. 그리고 비밀을 좀 더 알고 싶어졌다.

"나도 아는 선수이려나?"

머릿속으로는 프로야구 선수들의 명단을 쭉 떠올렸다. 필이라는 이름의 선수는 많은데, 누가 이 애의 새아버지일까.

"아마 못 들어 봤을걸. 그렇게 뛰어난 선수는 아니야."

그 애는 또 미소 짓더니 말을 이었다.

"마이너리그에만 있었거든. 아무튼 원정 경기를 많이 다녀."

그 순간 머릿속에 있던 명단을 곧바로 바꾸었다. 1초도 지나지 않아 나는 모든 경우의 수를 머릿속으로 훑었다. 그러곤 동시에 새로운 시나리오를 떠올렸다.

"그래서 너희 어머니가 새 남편하고 같이 여행을 다니기 위해 널 이곳으로 보내셨구나."

나는 이렇게 말했다. 추측을 하니 단순히 질문하는 것보다 더 많은 정보가 얻어지는 것 같았다. 그 애는 턱을 치켜들더니, 이내 완강해진 표정으로 대답했다.

"아니야. 엄마가 날 여기로 보내신 게 아니라,"

벨라의 목소리가 달라졌다. 이제는 딱딱하게 날선 소리였다. 뭘 잘못 말한 건지는 모르지만, 내 추측 때문에 화가 난 것 같았다.

"내가 오기로 결정한 거야."

무슨 뜻일까. 이렇게 심술을 내는 이유는 뭘까. 모르겠다. 전혀 알 수가 없었다.

이 여자애는 도저히 이해할 수가 없다. 다른 인간들과는 같지 않았다. 이 애의 생각이 들리지 않는다는 것이나 향기가 너무 달콤하다는 것 말고도 특이한 점이 더 많은 것 같다.

"이해가 안 되는군."

나는 인정하긴 했지만, 물러서고 싶지 않았다.

그 애는 한숨을 쉬더니 내 눈을 응시했다. 보통 인간들이 견딜 수 있는 한계치보다 좀 더 오랫동안 날 보았다.

"처음엔 엄마가 집에서 나랑 같이 지냈지만, 필을 그리워하셨어."

벨라는 천천히 설명했다. 한마디 한마디 나올 때마다 말투가 점점 더 쓸쓸해졌다.

"그 때문에 엄마가 불행해하는 것 같아서…… 차라리 이번 기회에 찰리하고 잘 지내 봐야겠다고 결심한 거야."

눈썹 사이에 생긴 작은 주름이 더 깊어졌다.

"하지만 그 때문에 이젠 네가 불행하잖아."

나는 중얼거렸다. 생각했던 가설을 계속 입 밖으로 낸 건, 그 애가 반박하며 더 많은 정보를 내주길 바라는 마음에서였다. 하지만 이번에는 틀리지 않은 모양이었다.

"그래서 뭐?"

벨라가 말했다. 마치 그건 생각해 볼 거리도 안 된다는 듯한 태도였다.

나는 계속 그 눈을 응시했다. 마침내 그 애의 영혼을 처음으로 어렴풋하나마 본 것 같은 느낌이었다. 그 한 마디를 통해 이 애가 우선순위 어디쯤에 자기를 두는지 알 수 있었다. 대부분의 인간과는 다르게, 이 애는 자신의 욕구를 우선순위 저 끝에 내려놓았다.

이타적이네.

이 점을 파악하자, 조용한 마음 안쪽으로 숨어 있는 사람의 신비가 조금씩 걷히기 시작했다.

"불공평하다고."

나는 이렇게 말하며 어깨를 으쓱였다. 최대한 아무렇지 않다는 기색을 보이려 하면서.

그 애는 웃었지만, 그 소리에는 웃음기가 없었다.

"인생은 원래 불공평한 거라는 말 혹시 못 들어 봤니?"

그 말을 듣자 웃고 싶었지만, 나 역시 재미있다는 생각은 들지 않았다. 인생이 얼마나 불공평한지에 대해선 나도 조금 알고 있으니까.

"어디선가 들어 본 것 같긴 하다."

그 애는 혼란스러워 보이는 표정으로 다시 나를 응시했다. 시선을 잠시 내게서 돌렸던 그 애는 이내 다시 마주보며 말했다.

"그래서 이렇게 된 거야."

나는 이 대화를 끝낼 준비가 되지 않았다. 저 눈썹 사이에 난 작은 V자 주름이, 그 슬픔의 잔재가 나를 괴롭혔다.

"연기력이 꽤 뛰어난 편이네. 말은 그렇게 해도 넌 분명 다른 사람들에게 보이는 것보다 훨씬 더 심하게 마음고생을 하고 있어."

나는 천천히 말했다. 벨라는 눈을 가늘게 뜨고 한쪽 입가를 찡그린 채로 나를 외면하고는 교실 앞을 바라보았다. 내 추측이 맞는 걸 좋아하지 않는군. 이 애는 남의 동정심을 유발하려고 힘든 티를 마구 내는 사람이 아니었다. 누군가가 자신의 아픔을 알아주기를 바라지 않았다.

"내 말이 틀렸어?"

그 애는 살짝 움찔했지만, 그뿐이었다. 내 말을 못 들은 척했다.

그러자 절로 미소가 나왔다.

"틀릴 리 없을걸."

"그게 너하고 무슨 상관인데?"

그 애는 여전히 나를 외면한 채로 대뜸 물었다.

"그거 참 좋은 질문이다."

나는 인정했다. 벨라에게가 아니라 나 스스로에게 인정한 것이다.

이 애의 분별력은 나보다 좋았다. 내가 단서들을 맹목적으로 이리저리 바꿔 가며 문제의 본질을 파악하지 못하고 있는 동안, 이 애는 상황의 핵심을 꿰뚫어 보았다. 이 애의 아주 인간적인 삶의 단면이란 내게 조금도 중요하지 않다. 이 애가 무어라 생각하든 내가 신경 쓰는 건 그릇된 일이다. 내 가족이 의심받지 않게 보호하는 일에 관한 경우를 제외한다면 인간의 생각이란 그리 중요하지 않다.

누구와 상대하든, 내가 훨씬 더 직관적인 경우가 대부분이라 이런 상황이 익숙하지 않았다. 마음의 소리를 듣는 능력에 지나치게 의존하고 있었군. 스스로 통찰력이 있다고 자부했건만 이제 보니 아닌 게 분명해졌다.

여자애는 한숨을 쉬며 교실 앞쪽을 노려보았다. 그 답답한 표정이 어딘가 우스웠다. 이 상황이, 대화가 전부 다 우스웠다. 이 자그마한 인간 여자애에게 나는 그 누구보다도 위험한 존재였다. 내가 우스꽝스럽게 대화에 몰두하다가, 그만 정신을 딴 데다 두고 코로 숨을 들이마시는 순간, 자제하지 못하고 이 애를 공격하는 건 언제라도 가능한 일이었다. 그런데 이 애는 내가 자기 질문에 대답하지 못했다고 짜증을 내고 있다.

"나한테 화났니?"

내가 물었다. 이 상황이 너무나 어처구니 없어서 미소가 지어졌다.

벨라는 나를 힐끗 쳐다보았다. 그 순간 내 눈빛에 그 눈이 잡혀 버린 것 같았다.

"꼭 그런 건 아니야. 그냥 나 자신한테 더 화가 나. 내 얼굴은 생각이 너무 잘 드러나. 우리 엄만 언제나 내 얼굴만 봐도 무슨 생각 하는지 다 알겠다고 하시더라."

그 애는 불만을 드러내며 이맛살을 찌푸렸다.

나는 놀란 채 벨라를 응시했다. 내가 자신을 너무 쉽게 꿰뚫어 본다고 생각해서 화가 났다니 정말 기묘하군. 오히려 난 이제껏 살아 오면서 누군가를 이해하려고 이토록 노력한 적이 없었는데. 아니, 살아 있다는 건 올바른 말이 아니다. 존재한다고 해야 하겠지. 엄밀히 말해 살아 있는 상태가 아니니까.

"오히려 나는 네 표정을 읽어 내기가 참 어렵다고 생각했는데."

이렇게 반박하면서도 기분이 이상했다. 마치…… 내가 못 보는 어떤 위험이 여기 어딘가 있는 것 같아서 경계심이 들었다고나 할까. 아주 명백한 위험이라기보단, 그보다는 좀 더……. 순간 갑자기 초조해졌다. 그 예감 때문에 불안이 엄습했다.

"원래 남의 생각을 잘 읽니?"

그 애가 말했다. 나에 대해 추측했군. 역시 완벽하게 정곡을 찔렀다.

"대개는 그래."

나는 그 애에게 활짝 웃었다. 입술을 벌려서 강철같이 단단하고 반짝이는 치열을 드러내며 웃었다.

바보 같은 짓이었지만, 순간 나는 이 여자애에게 불쑥 경고 같은 걸 해 주고픈 절박한 마음이 들었다. 우리가 대화를 나누는 동안 벨라는 무의식 중에 몸을 움직여서, 아까보다 내 쪽으로 가까이 다가와 있었다. 다른 인간들이라면 무서워하고도 남을 만한 여러 특징과 표식이 잔뜩 보였을 텐데 이 애에게는 효과가 없는 것 같았다. 왜 겁에 질려 움츠러들지 않지? 위험을 분명히 감지할 만큼 내 어두운 모습을 많이 보았으면서.

내가 했던 경고가 의도한 대로 효과가 있었는지는 알 수 없었다. 바로 그때 배너 선생님이 주목하라고 말했기 때문에, 그 애는 곧바로 내게서 눈길을 돌렸다. 나를 보지 않아도 된다는 점에 약간 안심한 것도 같았다. 내가 위험하다는 걸 무의식적으로는 알고 있었나 보다.

그랬으면 좋겠어.

뿌리째 뽑아 버리고 싶어 할수록, 내 안의 끌림은 커져만 간다는 걸 깨달았다. 나는 벨라 스완이 흥미로운 아이라고 생각할 만큼 여유롭지 못했다. 아니, 여유가 없는 건 이 애라 해야 맞겠지. 이미 나는 이 애와 다시 이야기할 기회를 얻기만을 간절히 바라고 있었다. 이 애 어머니는 어떤지, 여기 오기 전에는 어떻게 살았는지, 아버지와는 잘 지내는지 알고 싶었다. 벨라의 성격을 구체적으로 알 수 있는 의미 없는 세부 사항을 알고 싶었다. 하지만 내가 이 애와 보내는 1분 1초 모두가 실수나 마찬가지였고, 이 애가 절대로 감당해서는 안 될 위험이었다.

다시 한 번 숨을 들이쉬는 순간, 벨라가 무심코 숱 많은 머리카락을 휙 젖혔다. 특별히 진하게 농축된 향기가 내 목구멍을 강타했다.

마치 첫날 같았다. 수류탄처럼 강렬한 그 느낌. 타는 듯 말라붙는 고통에 현기증이 났다. 자리에 제대로 앉아 있으려고 책상을 꽉 쥐어야 했다. 이번에는 조금 더 통제력이 있었다. 아무것도 부수지는 않았으니까. 괴물은 내 안에서 울부짖었고, 고통에는 아무런 기쁨이 없었다.

괴물은 아주 단단히 묶여 있었다. 적어도 지금은 말이다.

난 다시 숨을 완전히 멈추고 여자애에게서 최대한 멀리 피해 앉았다.

아니, 나는 그 애가 매혹적이라고 생각할 만큼 여유롭지 못하다. 내가 그 애에게 관심을 가질수록 결국은 죽여 버릴 가능성만 높아질 뿐이다. 난 오늘 이미 두 번이나 실수를 저질렀다. 이제 세 번째로 실수를 하게 된다면, 그게 과연 사소한 수준에서 그칠 수 있을까?

수업종이 울리자마자 나는 교실에서 도망쳤다. 내가 수업 중에 예의 바른 인상을 주었다 해도 이래서야 전부 다 망가져 버렸을 것이다. 다시 깨끗하고 습한 공기를 마주하자, 그게 치유력이 있는 향유라도 되는 듯 헐떡이며 마셨다. 나는 그 여자애와 최대한 멀어지기 위해 급히 서둘렀다.

에밋은 스페인어 교실 문밖에서 나를 기다리고 있었다. 그는 잠시 내 심란한 표정을 찬찬히 바라보았다.

어떻게 됐어? 경계심을 품고서 그가 물었다.

"아무도 안 죽었어."

나는 중얼거렸다.

무슨 일이 있긴 있는 것 같은데. 앨리스가 마지막에 수업 제끼는 걸 보고 내가 무슨 생각을 했는 줄 아냐⋯⋯?

교실로 함께 가면서, 나는 방금 전 에밋이 마지막 수업을 하다 말고 열린 문 사이로 보았던 광경을 떠올린 기억을 보았다. 앨리스는 멍한 표정을 지으며 빠른 걸음걸이로 과학관 쪽으로 향했다. 기억 속에서 에밋이 벌떡 일어나 앨리스와 함께 가려던 충동을, 이어서 그가 가만히 있기로 결정한 것을 읽을 수 있었다. 만약 앨리스가 그의 도움이 필요했다면 요청했을 테니까.

나는 공포와 혐오감에 눈을 감은 채로 자리에 털썩 주저앉았다.

"이렇게 아슬아슬할 줄 몰랐어. 내가 그럴 거라고는……. 이 정도로 나쁠 줄은 몰랐어."

나는 속삭였다. 에밋은 나를 안심시켰다. **나쁘지 않았어. 아무도 죽지 않았잖아. 안 그래?**

"맞아. 하지만 다음번엔 어떻게 될까."

나는 이를 악물고 대꾸했다.

점차 좋아질지 누가 알아.

"물론 그렇지."

에밋은 어깨를 으쓱이며 생각을 이어 갔다. **아니면 그 앨 죽일 수도 있겠지. 하지만 네가 일을 그르치는 게 처음도 아니잖아. 아무도 너를 심하게 비난하지는 않을 거야. 가끔 어떤 인간은 냄새가 지나치게 좋단 말이야. 네가 이렇게 오래 버티다니 난 감동했어.**

"그런 말 해봤자 도움 안 돼, 에밋."

내가 그 애를 죽일 거라고, 그건 정말이지 불가피한 일일 거라고 당연히 받아들이는 에밋에게 난 반기를 들었다. 그토록 좋은 향기가 나는 게 어떻게 그 애 잘못이란 말인가?

나도 그때 기억이 나……. 에밋이 과거를 회상하면서 나를 50년 전 어느 시골길의 황혼녘으로 끌어들였다. 어떤 중년 여성이 사과나무 사이에 쳐 놓은 빨랫줄에서 마른 시트를 걷고 있었다. 나는 전에도 이 광경을 본 적이 있었다. 에밋이 거부할 수 없었던 두 번의 경험 중 더 강렬한 쪽이었다. 하지만 지금 그 기억은 특히 생생한 것 같았다. 아마도 지난 한 시간 동안 목이 타는 듯이 아팠기 때문인 것 같다. 에밋은 사과 향기가 짙게 풍기는 공기를 기억했다. 수확이 끝난 후 낙과들이 땅에 여기저기 흩어져 있던 그때. 사과의 멍 자국에서 자욱한 향기가 모락모락 피어올랐다. 그 뒤로 갓 깎은 건초 밭이 향기와 어우러져 조화를 이루던 풍경. 에밋은 로잘리의 부탁을 받고 길을 가던 중이었고, 그 여자의 존재를 인식하지도 못했다. 머리 위로 펼쳐진 보라색 하늘이 서쪽 산 위로 가면서 주황색을 띠었다. 에밋은 그저 계속 수레가 지나는 길을 이리저리 거닐면서 지나쳤을지도 모른다. 그래서 그날 저녁을 전혀 기억 못하게 될 수도 있었다. 그러나 갑작스레 불어 온 밤바람이 하얀 시트를 돛처럼 부풀려서 여인의 향기를 에밋의 얼굴에 확 부채질해 버리고 만 것이다.

"아아."

나는 조용히 신음했다. 사실 내가 직접 느꼈던 갈증의 기억으로도 이미 한계였다.

알아. 난 찰나도 버티질 못했어. 게다가 저항할 수 있을 거란 생각도 못했고.

그의 기억이 어찌나 선명하던지 나는 참을 수가 없었다.

그래서 벌떡 일어났다. 이를 악문 채였다.

"Estás bien(괜찮니), 에드워드?"

내가 갑자기 움직인 데 놀란 스페인어 담당 고프 선생님이 물었다. 그녀의 마음속에서 내 얼굴이 보였다. 내가 전혀 괜찮아 보이지 않다는 걸 이제야 알았다.

"Perdóname(죄송합니다)"

나는 이렇게 중얼거리며 쏜살같이 문으로 달려갔다.

"Por favor, puedes ayudar a tu hermano(네 동생을 도와주겠니),

에밋?"

내가 방에서 뛰어나가자 선생님이 내 쪽을 손짓하며 묻는 소리가 들렸다.

"그러죠."

에밋의 소리도 들렸다. 이윽고 그는 내 뒤로 다가와서는 내 어깨에 손을 얹었다.

나는 필요 이상으로 힘을 주어 그의 손을 쳐냈다. 만약 그게 보통 인간의 손이었다면, 손뼈는 물론이고 팔뼈까지 산산조각 났을 것이다.

"미안해, 에드워드."

"알아."

나는 공기를 깊이 들이마셨다. 이러면 머리와 폐가 깨끗해질까 싶어서였다.

"그렇게 심해?"

에밋은 이렇게 물으며 기억 속에 있던 향기와 풍미를 생각하지 않으려 했지만, 별로 성공적이지는 않았다.

"더 나빠, 에밋. 더 나쁘다고."

그는 잠시 말이 없었다.

어쩌면……

"아니야. 내가 끝장낸다 해도 나을 건 없어. 교실로 돌아가, 에밋. 혼자 있고 싶어."

그는 더 이상 말이나 생각 없이 돌아서서 재빨리 사라졌다. 스페인어 선생님에게는 내가 아프다고, 아니면 수업을 빼먹는 거라고, 그도 아니면 내가 통제 불가능한 위험한 뱀파이어라고 말하겠지. 뭐라고 변명하든 그게 중요할까? 어쩌면 나는 돌아오지 않을지도 모르는데.

어쩌면 떠나야 할지도 모르는데.

나는 내 차로 돌아가서 학교가 끝나기를 기다렸다. 그렇게 숨었다. 또다시.

어떻게 할지 결정을 내리거나, 아니면 결의를 다지며 이 시간을 보내야 했을 것이다. 그러나 나는 어느덧 마약 중독자처럼 학교 건물에서 흘러나오는 웅성거리는 생각들을 뒤져 대고 있었다. 익숙한 목소리가 들려왔지만, 지금 당장은 앨리스의 환상이나 로잘리의 불평을 귀 기울여 듣는 데 관심이 없었다. 제시카의 목소리는 쉽게 찾았지만, 지금 벨라는 제시카와 함께 있지 않아서 나는 다른 목소리를 계속 찾았다. 그중 마이크 뉴튼의 생각을 감지할 수 있었고, 그렇게 마침내 그 애의 위치를 찾아냈다. 마이크와 함께 체육관에 있구나. 마이크는 오늘 내가 생물 시간에 그 애와 함께 있어서 기분이 좋지 않았다. 그리고 그때 일을 언급하며 벨라의 반응을 살펴보는 중이었다.

걔가 실제로 학교에서 누구한테 말 한마디라도 거는 걸 전에는 한 번도 본 적 없어. 그러니 걔는 당연히 벨라에게 말을 걸려고 미리 마음먹었던 거야. 얘를 쳐다보던 그 눈초리가 맘에 들지 않아. 하지만 벨라는 걔한테 관심 있어 보이지 않던데. 아까 나한테 뭐라고 그랬더라? "지난주 월요일에는 무슨 일이 있었던 건지 모르겠어."라고 했던가. 별로 신경 쓰여서 하는 얘기라곤 할 수 없었지. 그건 대화라고 볼 수도 없었던 걸지도 몰라……

그는 벨라가 나와 대화를 주고받는 데 별로 관심이 없었다고 생각하며 기운을 냈다. 반면 나는 좀 많이 언짢아져서 걔의 생각을 그만 듣기로 했다.

나는 강렬한 음악이 담긴 CD를 넣은 다음 다른 이의 목소리가 들리지 않을 때까지 음량을 높였다. 지금 상대가 무슨 생각인지 눈치도 못 채는 벨라를 염탐하는 마이크 뉴튼의 생각으로 자꾸 빠져들지 않기 위해서, 나는 음악에 온 신경을 집중해야 했다.

수업이 다 끝나갈 때까지 나는 몇 번 스스로를 속였다. 이건 염탐하는 게 아니라고 스스로를 납득시키려 애썼다. 그냥 준비하고 있는 거라고 말이다. 그 애가 언제 체육관에서 나올지 알아야 하니까, 그래서 언제 주차장에 올지 알아야 하니까. 그 애가 기습적으로 날 놀라게 하는 건 원치 않으니까.

학생들이 체육관 문에서 줄줄이 나오기 시작하자, 나는 차에서 내렸다. 왜 그랬는지는 나도 모르겠다. 빗줄기는 가늘었다. 빗방울이 내 머리카락에 천천히 스며들었지만 신경 쓰지 않았다.

벨라가 나를 봐 주길 바라나? 내게 말 걸어 주기를 원하는 건가? 난 지금 뭘 하는 거지?

난 움직이지 않았다. 내 행동이 비난받아 마땅하다는 걸 알기에 스스로를 달래어 차에 다시 타려 했지만 소용없었다. 나는 팔짱을 끼고서 얕은 숨을 쉬었다. 그러면서 입매를 축 늘어뜨린 채 천천히 내 쪽으로 걸어오는 그 애를 지켜보았다. 그 애는 날 보지 않았다. 날씨 때문에 기분이 상했다는 듯, 몇 번인가 찌푸린 얼굴로 구름을 슬쩍 바라보았을 뿐이다.

벨라가 내 옆을 지나치지 않고 차에 다다랐을 때 난 실망했다. 이쪽으로 지나갔다면 나에게 말을 걸지 않았을까? 아니면 내가 먼저 말을 걸지는 않았을까?

그 애는 빛바랜 빨간색 쉐보레 트럭에 올라탔다. 그 애 아버지보다도 더 나이 먹은 녹슬고 거대한 자동차였다. 나는 그 애가 시동을 거는

2 생각이 드러나는 얼굴   093

모습을 지켜보았다. 낡은 엔진은 이 주차장에 있는 그 어떤 차보다도 거대한 굉음을 냈다. 시동을 건 후 그 애는 자기 손을 히터 송풍구에 갖다 댔다. 추위가 불편한 거다. 추운 걸 좋아하지 않는구나. 그러다 숱 많은 머리카락을 손가락으로 빗은 다음 머리를 말리려는 듯 머리채를 뜨거운 공기 쪽으로 넘겼다. 나는 저 차 안에서 어떤 향기가 날까 상상하다가, 재빨리 그 생각을 몰아냈다.

이윽고 후진하기 위해 사방을 둘러보던 그 애는 드디어 내 쪽을 보았다. 나를 응시한 시간은 1초도 되지 않았고, 내가 그 눈에서 읽어 낸 거라고는 놀라움뿐이었다. 시선을 외면해 버린 그 애는 트럭을 후진시켰다. 그러다 트럭은 끽 소리를 내며 멈추었다. 몇 센티미터만 더 움직였더라도 차 뒷부분이 니콜 케이시의 경차를 받아 버렸을 것이다.

그 애는 입을 벌린 채로 백미러를 들여다보며 하마터면 사고를 낼 뻔했다는 사실에 경악하고 있었다. 그 후로 다른 차 한 대를 더 보내고 나서, 그 애는 사각지대를 죄다 두 번씩 확인한 다음 아주 조심스러운 움직임으로 주차장을 슬금슬금 빠져나갔다. 그 모습을 보자 웃음이 났다. 저 낡아빠진 트럭을 타는 것, 그것만 위험하다고 생각하는 모양이군.

어떤 차를 타든 상관없다. 벨라 스완은 누구에게나 위험한 존재다. 그런 생각을 하며 나는 웃었다. 그동안 그 애는 곧장 앞만 바라보며 내 앞을 지나갔다.

3
위험

정말로 목이 마른 건 아니었지만, 나는 그날 밤 다시 사냥을 하기로 마음먹었다.

말하자면 약간의 예방책이다. 물론 그것만으론 부족하다는 사실을 알고는 있었지만.

칼라일도 나와 함께 갔다. 내가 데날리에서 돌아온 이후로 우리는 둘만 있었던 적이 없었다. 캄캄한 숲속을 함께 달리다가, 칼라일이 지난주 내가 성급하게 작별을 고했던 순간을 생각하는 소리가 들려왔다.

그의 기억 속에서 나는 내 모습을 보았다. 매서운 절망에 사로잡혀 뒤틀린 얼굴이었다. 다시 한 번 칼라일의 놀라움과 갑작스러운 걱정이 느껴졌다.

"에드워드?"

"난 떠나야 해요, 칼라일. 지금 당장."

"무슨 일이야?"

"아무 일도 없었어요. 아직은요. 하지만 내가 계속 여기 있으면 일어나고 말겠죠."

그는 손을 뻗어 내 팔을 잡으려 했다. 하지만 내가 그 손길을 거부하고 움츠러들자 그가 얼마나 큰 상처를 받았는지도 볼 수 있었다.

"이해가 안 되는구나."

"혹시 칼라일은…… 그런 적이 한 번이라도 있었나요……?"

심호흡을 하는 내 모습이 보였다. 나를 깊이 걱정하는 칼라일의 시점을 통해 험악하게 빛나는 내 눈빛을 나는 지켜보았다.

"다른 사람보다 유독 좋은 냄새를 풍기는 사람을 만나본 적 있었어요? 너무…… 좋은 냄새 말예요."

"아아."

칼라일이 무슨 뜻인지 이해하는 걸 보고서 내 얼굴은 수치심으로 일그러졌다. 그는 나를 만지려고 다시 손을 뻗었다. 이번에도 나는 움찔했지만, 그는 개의치 않고 내 어깨에 손을 얹었다.

"아들아, 힘들어도 저항해 봐라. 네가 그리울 거다. 자, 여기 내 차를 가져가렴. 기름은 꽉 차 있다."

지금 칼라일은 그때 나를 멀리 떠나보냈던 것이 과연 올바른 행동이었을까 생각하는 중이었다. 혹시 자신이 끝까지 신뢰해 주지 못해서 내가 마음의 상처를 받은 건 아닌가 하고 말이다.

"아니에요. 그래야 했어요. 아버지가 그냥 여기 있으라고 했다면 나는 그 믿음을 너무 쉽게 배신했을지도 모르죠."

나는 달리며 그에게 속삭였다.

"네가 괴로워해서 마음이 아프다, 에드워드. 하지만 스완이란 애를 살려 두려면 최선을 다해 노력해야 해. 그러다 또다시 우리를 떠나야 한다고 해도 말이야."

"알아요, 나도 알아요."

"그럼 왜 돌아온 거니? 물론 네가 돌아와서 참 기쁘다는 건 너도 알겠지. 하지만 견디기가 너무 힘들다면…….."

"겁쟁이 같은 기분이 드는 게 싫었어요."

나는 순순히 시인했다.

우리는 달리는 속도를 늦추었다. 이제는 어둠 속을 그저 가볍게 달릴 뿐이었다.

"그 애를 위험하게 두는 것보다는 그편이 낫다. 1년이나 2년 후면 그 애도 이곳을 떠날 테니까."

"아버지 말씀이 맞아요. 그건 저도 알아요."

하지만 정반대로, 칼라일의 말을 들으니 이곳에 더욱 머무르고 싶어질 뿐이었다. 그 애는 1년이나 2년 후면 이곳을 떠날 테니까…….

칼라일은 달리기를 멈추었고, 그래서 나도 자리에 섰다. 그는 고개를 돌려 내 표정을 찬찬히 살펴보았다.

하지만 넌 도망치지 않을 거야, 그렇지?

나는 고개를 푹 수그렸다.

자존심 때문이니, 에드워드? 이건 절대로 부끄러워 할 일이─

"아뇨, 여기 있는 건 자존심 때문이 아니에요. 지금은요."

갈 곳이 없어서 그러니?

나는 조금 웃었다.

"아뇨. 갈 곳이 없다 해서 못 떠날 리 있겠어요?"

"물론 네가 원한다면 우리도 너와 함께 떠날 거란다. 우리에게 말만 해다오. 너도 다른 애들에게 아무런 불평하지 않고 함께 이사를 다녔잖니. 아이들은 이 문제로 너를 원망하지 않을 거다."

과연 그럴까. 나는 한쪽 눈썹을 치켜 올렸다.

칼라일은 웃었다.

"그래, 어쩌면 로잘리는 불평할지도 모르겠구나. 하지만 걔도 네게 빚진 게 있으니까. 어쨌든, 지금 떠나는 편이 우리에겐 훨씬 낫지. 아무런 피해를 주지 않은 상태니까. 누군가 생명을 잃은 다음에 떠나는 것보다는 그편이 나아."

칼라일의 마지막 말에서는 웃음기가 사라져 있었다.

나는 그 말에 움찔하고 말았다.

"저도 그렇게 생각해요."

나는 동의했다. 목소리가 갈라져 나왔다.

하지만 안 떠날 거지?

나는 한숨을 쉬었다.

"떠나야겠죠."

"여기 있으려는 이유가 뭐냐, 에드워드? 나는 잘 이해가 안 되는구나……."

"저도 왜 이러는지 설명할 수 없을 것 같아요."

당사자인 나 역시 이해할 수가 없었다.

칼라일은 오랫동안 내 표정을 이리저리 관찰했다.

잘 모르겠구나. 하지만 원한다면 너의 사적인 영역을 존중하마.

"감사합니다. 저는 아무에게도 사생활을 주지 않는 존재인데, 아버지는 제게 사생활을 주시는군요."

하지만 나에게 아무것도 알려 주지 않는 이가 단 하나 있다. 게다가 심지어 나는 그 애의 사생활을 알아내려고 무슨 짓이든 하고 있지 않나?

우린 모두 별난 구석이 있지. 그럼 사냥할까?

칼라일은 다시 웃으며 말했다.

그는 방금 소규모 사슴 떼의 향기를 포착했다. 하지만 아무리 상황이 좋다 해도, 내가 갈망하는 것에 비하면 식욕을 거의 일으키지 못하는 사냥감을 열심히 쫓아가기란 힘들었다. 그 여자애가 풍겼던 신선한 피의 기억이 선명한 상태로 사슴의 냄새를 맡자, 실제로 속이 뒤집힐 정도였다.

나는 한숨을 쉬었다.

"그러죠."

동의는 했지만, 제아무리 많은 피를 들이켜도 별 도움이 안 된다는걸 나는 알고 있었다.

우리 둘은 사냥 자세로 몸을 낮추고는 맛없는 향기의 끌림에 몸을 맡겼다.

집에 돌아갈 때쯤에는 더욱 추워졌다. 녹았던 눈은 다시 얼어붙어서 온 세상이 마치 얇은 유리판에 뒤덮인 듯했다. 솔잎과 고사리 가닥가닥, 가느다란 잔디 결결이 모두 얼음에 덮였다.

칼라일이 병원 새벽 당직에 가려고 옷을 갈아입는 동안, 나는 강가에 머물면서 해가 뜨기를 기다렸다. 나는 지금…… 이제껏 들이킨 피 때문에 몸이 부은 느낌이었지만, 실질적인 갈증을 해소했다고 해서 그 여자애 옆에 앉아도 괜찮지는 않을 거란 걸 이미 알고 있었다.

내가 걸터앉은 돌만큼이나 차갑고 미동도 없는 채로, 얼어붙은 강둑 옆을 흐르는 검은 물결을 바라보며 그 속을 뚫어져라 응시했다.

칼라일의 말이 맞다. 나는 포크스를 떠나야 한다. 우리 가족은 내가 떠난 이유를 그럴듯하게 꾸며 내어 퍼트릴 수 있다. 유럽에 있는 기숙학교에 간다든가, 멀리 사는 친척을 방문하다든가, 아니면 방황하는 10대라 가출을 했다는 식으로. 어떤 이야기일지는 중요하지 않다. 아무도 깊이 캐묻지 않을 테니.

1년이나 2년만 지나면 그 여자애는 떠날 것이다. 자기 삶을 살아가겠지. 앞으로 살아갈 인생이 있을 테지. 어디든 대학에 갈 거고, 일자리를 얻고, 누군가와 결혼도 할 수 있겠지. 나는 그 모습을 그려 보았다. 온통 하얗게 차려입고, 아버지와 팔을 낀 채 조심스러운 보폭으로 걸어오는 여자애의 모습을.

그 모습을 떠올리자 이상하게도 고통스러웠다. 이해할 수가 없다. 내가 결코 갖지 못할 미래라서 그 애의 미래가 원망스러운 건가? 그것도 말이 안 된다. 내 주변의 사람들에게도 모두 그런 미래가 있다. 그들에게는 삶이 있으니까. 하지만 멈춰 서서 부러워한 적은 거의 없었단 말이다.

나는 그 애가 미래를 누리도록 내버려 두어야 한다. 그 생명을 위험하게 만들지 말자. 그러는 게 옳다. 칼라일은 언제나 옳은 길을 택했다. 이제는 아버지 말을 들어야 한다. 들을 것이다.

구름 사이로 태양이 떠올랐다. 얼어붙은 유리와도 같은 사방에서 희미한 빛이 반짝였다.

하루만 더 있다가 가기로 나는 마음먹었다. 그 애를 한 번만 더 보자. 그건 감당할 수 있다. 이제 곧 난 떠날 거라고 말해 줄 수도 있으리라. 이야기를 꾸며낼 수도 있겠지.

하지만 그러기는 쉽지 않을 것 같았다. 떠나고 싶지 않아 주저하는 마음이 무겁게 피어나더니 여기 있어야 할 구실을 나도 모르게 만들어 내는 중이었다. 이틀 더, 사흘, 아니 나흘 더……. 자꾸만 떠날 시기를 미루려는 이 마음. 하지만 나는 올바른 행동을 하게 되겠지. 칼라일의 조언은 믿을 수 있다는 거 알잖아. 나 혼자 옳은 결정을 내리기에 내 마음은 아직도 심하게 갈등하고 있잖아.

너무 심한 갈등이었다. 이렇게 떠나기를 주저하는 마음은 어디에서 더 많이 비롯됐을까. 강박적인 호기심에서일까, 아니면 채워지지 않은 식욕으로부터일까?

나는 학교에 입고 갈 새 옷으로 갈아입기 위해 집으로 들어갔다.

앨리스는 3층 끝의 계단 맨 위에 앉아 나를 기다리고 있었다.

또 떠나는구나. 그녀가 나를 비난했다.

나는 한숨을 쉬며 고개를 끄덕였다.

이번에는 어디로 가는지 안 보이네.

"아직 어디로 갈지 안 정했어."

나는 속삭였다.

네가 여기 계속 있었으면 좋겠어.

나는 고개를 저었다.

아니면 재스퍼랑 나도 너랑 같이 갈까?

"내가 여기서 가족을 지켜 주지 못한다면 네가 더욱 필요해져. 그리고 에스미를 생각해 봐. 갑자기 가족이 반이나 사라지게 할 거야?"

네가 떠나면 에스미가 무척 슬퍼할 거야.

"알아. 그래서 너는 여기 있어야 한다는 거야."

네가 여기 있는 거랑은 다르잖아. 너도 알면서.

"알지. 하지만 난 옳은 일을 해야 해."

하지만 옳은 방법도 여러 가지잖아. 그릇된 방법도 여러 가지지만. 안 그래?

잠시 앨리스는 이상한 환상에 사로잡혔다. 불분명한 이미지들이 깜빡이고 소용돌이치는 장면을 나는 그녀와 함께 지켜보았다. 그러다 이상한 그림자와 뒤섞인 내 모습을 보았다. 그림자는 흐릿하고 부정확한 형태라 알아볼 수가 없었다. 그러다 갑자기, 탁 트인 자그마한 공터에 선 내 피부가 밝은 햇살을 받아 반짝였다. 거긴 내가 아는 곳이었다. 공터에는 나와 함께 있는 누군가의 형상이 있었지만, 역시 알아볼 수 있을 만큼 분명하게 보이지는 않았다. 다시금 백만 가지나 되는 자그마한 선택들이 미래를 재배열하면서 그 이미지는 일렁이며 사라져 갔다.

"그게 뭔지 알아볼 만큼 포착하지는 못했어."

앨리스의 시야가 어두워지자, 내가 말했다.

나도야. 네 미래는 너무 시시각각 변해서 전혀 따라잡질 못하겠어. 그렇지만 내 생각에는⋯⋯.

그녀는 걸음을 멈추더니 나의 최근 환상들을 수없이 쭉 훑어보았다. 그것들도 모두 마찬가지로 흐릿하고 모호했다.

앨리스는 소리 내어 말했다.

"내 생각엔 뭔가 변하고 있어. 네 삶은 지금 기로에 서 있는 것 같아."

나는 음울하게 웃었다.

"그거 알아? 지금 네 말, 꼭 축제 때 자리 펼친 점쟁이가 하는 말 같아. 안 그래?"

그녀는 자그마한 혀를 내게 쑥 내밀었다.

"그래도 오늘은 괜찮지? 응?"

나는 걱정스러운 목소리로 불쑥 물었다. 앨리스는 장담하며 말했다.

"오늘 누굴 죽이는 건 못 봤어."

"고마워, 앨리스."

"가서 옷 갈아입어. 아무에게도 말하지 않을게. 네가 준비되고 나서 모두에게 직접 말할 수 있도록."

그녀는 일어서더니 쏜살같이 계단을 내려갔다. 어깨를 약간 움츠린 모습으로, 앨리스는 속으로 생각했다. 네가 보고 싶을 거야. 정말로.

그래. 나도 앨리스가 정말로 보고 싶을 것이다.

학교로 향하는 차 안은 조용했다. 재스퍼는 앨리스에게 뭔가 언짢은 일이 있다는 걸 감지했지만, 정말로 그녀가 말하고 싶다면 이미 말했을 거라는 사실도 알고 있었다. 에밋과 로잘리는 또 자기들만의 세상에 푹 빠져서 놀라움이 가득한 눈빛으로 서로를 응시하는 중이었다. 솔직히 옆에서 보기에는 다소 혐오스럽기도 했다. 우리 모두 그 둘이 얼마나 절실하게 사랑하고 있는지 꽤 잘 알고 있었다. 아니면 이런 쓰라린 마음은 나 혼자만 느끼는 것일지도 모른다. 짝이 없는 건 나뿐이니까. 어떤 때는 완벽하게 어울리는 세 쌍의 연인들과 함께 산다는 게 특히 힘들 때가 있었다. 지금도 그런 순간 중 하나겠지.

어쩌면 나 없이 사는 게 모두에게 더 좋을지도 모른다. 난 이들 주위를 어슬렁대면서 노인네처럼 성질을 부리고 싸우려 들기만 하니까. 내가 평범한 인간이었다면 지금쯤 분명히 그런 노인이 되어 있었을 것이다.

학교에 다다르자 나는 당연히 가장 먼저 그 여자애를 찾았다. 그냥 다시금 마음의 준비를 하기 위해서였을 뿐이다.

그래. 그런 거야.

어쩌다가 내 세상이 갑자기 그 애 말고는 죄다 텅 빈 것처럼 보이게 되어 버렸을까. 당혹스럽기 그지없다.

하지만 사실을 말하자면 쉽게 이해는 됐다. 팔십 년 동안 매일 밤낮을 똑같이 살아왔으니, 그 어떤 변화에라도 쉽사리 몰두하게 되어 버리는 거겠지.

그 애는 아직 도착하지 않았지만, 저 멀리 트럭이 우레 같은 엔진 굉음을 뿜으며 달려오는 소리가 들렸다. 나는 차가 오기를 기다리며 차체 옆에 기댔다. 다들 수업을 위해 곧장 들어갔지만, 앨리스는 나와 함께 있어 주었다. 나머지 이들은 벌써 나의 집착에 싫증을 내고 있었다. 그들이 보기에는 제아무리 향기로운 냄새가 난다 해도 고작 한 인간에 불과한 존재에 이토록 오랫동안 관심을 둔다는 걸 이해할 수 없었으니까.

그 여자애의 차가 천천히 시야에 들어왔다. 두 눈은 도로를 열심히 보면서, 손으로는 핸들을 꼭 잡은 모습이다. 벨라는 무언가 걱정하는 듯했다. 뭘 그리 걱정하는지 곧바로 알 수 있었다. 오늘은 모든 사람들이 같은 표현을 하고 있다는 걸 이제 알았다. 아, 도로가 얼어서 미끄럽구나. 모두들 조심하며 운전하려 애썼다. 그 애가 새로 벌어진 위험 상황을 진지하게 받아들이는 게 보였다.

그러자 벨라의 성격에 대해 내가 아무것도 모른다는 게 다시금 확와 닿았다. 나는 이 항목을 나의 목록에 추가했다. 몇 가지 들어 있지 않은 목록이다. 그 애는 진지한 사람이야. 책임감 있는 사람이라고.

차는 나와 그리 멀리 떨어지지 않은 곳에 주차됐다. 하지만 그 애는 내가 여기 있다는 걸 아직 알아보지 못했다. 나를 보면 어떻게 행동할까? 얼굴을 붉히며 가 버릴까? 나의 첫 번째 추측은 그랬다. 하지만 어쩌면 돌아볼지도 모르지. 나에게 말을 걸려고 다가올지도 모른다고.

나는 심호흡을 한 번 하면서 기대감에 부풀어 폐에 공기를 채워 넣었다. 혹시 모르니까.

벨라는 조심스럽게 트럭에서 내렸다. 다리에 힘을 주기 전에 땅이 얼마나 미끄러운지 확인해 보는 중이었다. 고개를 들지 않아서 나는 초조해졌다. 내가 가서 말을 걸어 보면 어떨까…….

아니야. 그건 잘못된 행동일 거야.

그 애는 학교 쪽으로 가지 않았다. 대신 트럭의 뒷부분으로 가더니 짐칸의 옆을 잡고 발에 무게를 싣지 않은 채 움직였다. 차에 꼭 매달린 모습이 얼마나 우스꽝스러운지 모르겠다. 나는 그만 미소를 지었고, 앨리스가 내 얼굴을 쳐다보는 것도 느꼈다. 그녀가 이걸 보고 무슨 생각을 하는지 모르겠지만 난 생각을 듣지 않았다. 저 애가 스노우 체인을 확인하는 모습을 보고 있는 게 너무 재미있었기 때문이다. 실제로 보기에도 발이 이리저리 미끄러지는 게 꼭 넘어질 것 같긴 했다. 다른 사람은 아무 문제없는 곳인데 왜 저럴까. 혹시 아주 미끄럽게 언 곳에다 주차를 했나?

벨라는 잠시 멈춰 서더니 얼굴에 이상한 표정을 지으며 아래를 내려다보았다. 참…… 부드러운 표정이네. 타이어에 뭐가 있기에 저렇게도…… 감상적인 표정이 된 거지?

다시금 호기심이 갈증처럼 아프게 밀려왔다. 저 애가 무슨 생각을 하는지 반드시 알아내야 할 것만 같았다. 다른 건 하나도 중요하지 않은 것처럼 느껴졌다.

가서 말을 걸어야겠다. 내가 손을 내민다면 잡을 것 같아 보였다. 미끄러운 길에서 벗어날 때까지만이라도 말이다. 물론 그런 제안을 내가 할 수는 없겠지. 그렇잖아? 나는 이러지도 저러지도 못하고 주저했다. 내리는 눈을 닮은 겉모습과는 반대로, 저 애는 나의 차갑고 하얀 손이 닿는 걸 반기지 않을 것이다. 장갑을 끼고 올걸 그랬나……

"안 돼!"

앨리스가 숨을 크게 몰아쉬며 소리쳤다.

그 순간, 나는 그녀의 생각을 훑어보았다. 처음에는 내가 잘못된 선택을 해서 무언가 용서받지 못할 일을 저지른 장면을 본 거라고 추측했다. 하지만 알고 보니 나와는 전혀 상관없는 일이었다.

타일러 크로울리는 아무 생각 없이 빠른 속도로 주차장에 들어가 버리는 쪽을 선택했다. 그 선택의 결과로 그는 빙판 위를 쭉 미끄러지게 됐다.

그 환상은 현실보다 불과 반 초 앞서 보였다. 입 밖으로 소름끼치는 숨소리를 내는 앨리스를 내가 바라보는 동안, 타일러의 밴이 모퉁이를 돌았다.

아니다. 이 환상은 나와 전혀 상관없는 일이었지만 그럼에도 나와 너무나도 관계가 있었다. 왜냐하면 타일러의 밴이, 지금 당장 최악의 각도로 빙판을 밟아 버린 그 타이어가 주차장을 쭉 가로지른 다음, 불러들이지도 않았는데 내 세계의 중심이 되어 버린 그 여자애를 치어 버릴 예정이었으니까.

미래를 보는 앨리스의 능력이 아니었더라도, 저 밴이 타일러의 통제에서 획 벗어나 돌진하는 궤적을 읽는 건 무척 간단했으리라.

트럭 뒤쪽, 정말로 좋지 않은 위치에 서 있던 그 여자애는 타이어가 끼익대는 소리에 당황한 채로 고개를 들었다. 벨라는 공포에 질린 나의 눈을 똑바로 바라보다가, 고개를 돌려 자신에게 돌진하는 죽음의 차를 보았다.

그 앤 안 돼! 이 말이 마치 다른 이의 목소리인 것처럼 내 머릿속에서 외쳐 들렸다.

아직도 앨리스의 생각에 갇힌 채였던 나는 환상이 갑자기 바뀐 걸 보았지만, 그 결과가 무엇일지 볼 겨를은 없었다.

나는 주차장을 가로질러 몸을 날려서는 미끄러지는 밴과 꼼짝도 못하고 선 여자애 사이로 뛰어들었다. 어찌나 빠르게 움직였던지 초점의 대상을 제외한 모든 것이 지나가는 잔상으로밖에 보이지 않았다. 그 애는 나를 보지 못했다. 인간의 시력으로는 내가 날아가는 모습을 볼 수 없으니까. 다만 자신의 몸을 트럭 차체에 으깨 버리려는 거대한 밴의 형체만을 응시할 뿐이었다.

나는 그 애의 허리를 붙잡았다. 너무 급히 움직이느라 그 몸이 감당할 수 있을 만큼 부드럽게 잡아 주지는 못했다. 그 가녀린 몸을 죽음을 코앞에 둔 상황에서 확 빼내어 내 팔에 안고서 땅에 추락하던 그 순간, 100분의 1초라 할 만한 짧은 순간에도 부서지기 쉽고 연약한 그 몸이 생생하게 느껴졌다.

벨라의 머리가 빙판에 쿵 부딪히는 소리가 들리자, 난 마치 얼음이 되어 버린 것만 같았다.

그러나 이 애의 상태가 어떤지 확인할 겨를은 없었다. 뒤쪽에 있는 밴이 트럭의 튼튼한 철제 몸체에 부딪혀 틀어지면서 쇠를 긁으며 끼익 미끄러지는 소리가 다시 들려왔다. 밴은 이제 진로를 바꾸어 크게 호를 그리더니 다시 벨라 쪽으로 다가왔다. 마치 이 애가 자석이라 우리 모두를 끌어들이기라도 하는 양.

숙녀를 앞에 두고 한 번도 해본 적 없던 거친 말이 이를 악문 입속에서 흘러나왔다.

나는 이미 너무 많은 일을 저질렀다. 이 애를 밀어내려고 허공을 날아오다시피 했기에, 내가 저지른 실수를 아주 확실히 인식하고 있었다. 실수인 걸 알았다고 해서 그만둘 것도 아니었지만, 그렇다고 지금 위험을 무릅쓰고 있다는 걸 모르지는 않았다. 나뿐만이 아니라, 우리 가족 모두가 위험해질 것이다.

정체가 탄로날지도 몰라.

게다가 이러면 전혀 도움 될 게 없겠지. 하지만 저 밴이 이 애의 생명을 앗아가려는 시도를 또 하도록 놔둘 수는 절대로 없다.

나는 벨라를 내려놓고 두 손을 뻗어서 밴이 이 애를 건드리기 전에 붙잡았다. 밴이 돌진하는 힘에 밀려 나는 트럭 옆에 주차된 차 방향으로 확 밀려났다. 어깨 뒤로 찌그러지는 차체가 느껴졌다. 밴은 내 팔이 물러서지 않고 막는 힘에 부르르 떨었고, 이내 덜컹거리더니 앞쪽 타이어에 무게를 싣고서 불안하게 균형을 잡아 멈췄다.

내가 손을 치우면, 밴의 뒤쪽 타이어가 이 애 다리 위로 떨어질 것 같았다.

아, 신이여. 어떻게 이런 일이 있을 수 있나요? 재앙은 한 번으로 끝나지 않는다는 뜻인가요? 이보다 더 최악의 상황이 있을 수 있을까. 나는 여기 가만히 앉아서 밴을 들어 올릴 수도 없었고, 그렇다고 구조를 기다릴 수도 없었다. 차라리 밴을 던져 버릴 수도 없었다. 저 안에 타고 있는 운전자 생각도 해야 하니까. 그는 지금 공포에 질려 생각의 일관성을 잃었다.

속으로 신음하면서 나는 밴을 밀어 잠시 우리 반대쪽으로 기울어지게 했다. 그러다 다시 차체가 내게로 되돌아오자 오른손으로 차체를 받쳐 들었다. 곧바로 다시 왼팔로 여자애의 허리를 감싼 채, 다리를 깔아뭉갰을지도 모르는 타이어 밑에서 그 애를 끌어내 내 옆구리에 바짝 붙였다. 다리를 보기 위해 그 애의 몸을 돌려 보니 축 늘어진 채 움직였다. 의식이 있는 걸까? 내가 급히 구하는 동안 혹시 많이 다치게 한 건 아닐까?

나는 밴이 떨어지게 놔두었다. 이 애를 다치게 할 수는 없으니까. 밴은 인도로 쿵 쓰러졌고, 창문이 한꺼번에 부서졌다.

난 지금 위기에 처해 버렸다는 걸 안다. 이 애는 얼마나 많이 봤을까? 다른 목격자들도 내가 이 애 옆에 불쑥 나타난 다음 밴을 마구 움직여 대며 아래에서 애 몸을 꺼내려는 모습을 봤을까? 그러니 이런 질문을 가장 심각하게 생각했어야 했다.

하지만 지금 난 불안한 나머지 정체가 탄로날 거란 걱정을 제대로 하지 못했다. 벨라의 목숨을 구하려다가 혹시 다치게 한 건 아닌지 너무 겁을 먹었으니까. 이토록 이 애를 나와 가까이 둔 채로, 무심코 숨을 들이쉬었다가 향기를 맡으면 어떻게 될지 잘 알기에 너무 무서웠으니까. 내 몸을 누르는 그 부드러운 몸의 열기가, 심지어 우리가 입은 재킷 두 겹을 뚫고도 느낄 수 있을 만큼 심하게 의식됐으니까.

그중 첫 번째가 제일 두려웠다. 우리 주위로 목격자들의 비명이 터져 나오는 동안, 나는 몸을 숙이고 벨라의 얼굴을 살폈다. 혹시 의식이 없는 건 아닐까. 제발 바라건대 어디라도 피가 나는 곳은 없어야 할 텐데.

그 애가 충격에 휩싸여 눈을 크게 뜨고 날 바라보았다.

나는 다급하게 물었다.

"벨라? 괜찮아?"

"난 괜찮아."

벨라는 얼떨떨한 목소리로 무심코 대답했다.

그러자 밀려드는 안도감. 어찌나 절절한 안도감이었던지 고통마저 느껴졌다. 그 애의 목소리를 듣자 안심한 나머지 다른 생각들은 사라져 버렸다. 잇새로 숨을 훅 들이켰다. 이번만큼은 목구멍에서 함께 타오르는 고통이 아무렇지 않았다. 참 이상하게도, 그 고통이 오히려 반가울 지경이었다.

벨라는 일어나 앉으려고 버둥댔지만, 나는 아직 놓아 줄 마음이 없었다. 이러니까 어쩐지…… 더 안전하달까? 그 애를 내 옆에 딱 붙여 놓고 있는 게 적어도 더 좋다는 건 확실했다.

"조심해. 머리를 꽤 세게 부딪힌 것 같더라."

나는 경고했다.

신선한 피 냄새는 나지 않았다. 어찌나 다행이던지. 하지만 그렇다고 해도 내상의 위험이 없지는 않았다. 문득 방사선 장비를 죄다 갖춘 곳으로, 칼라일에게로 데려가고 싶은 마음이 치밀었다.

"아얏."

내 말대로 머리를 부딪혔다는 걸 깨닫자, 그 애는 이런 소리를 냈다. 충격받았다는 투인 게 좀 우스웠다.

"그럴 줄 알았다니까."

안도감이 밀려와 그 모습도 재미있게만 보였다. 난 그만 아찔해질 지경이었다.

"대체……."

그 애는 말끝을 흐리며 눈꺼풀을 파르르 떨었다.

"넌 어떻게 그렇게 빨리 나한테 왔어?"

그 순간 안도감이 확 가시고, 재미있던 마음도 사라졌다. 너무 많은 걸 알아차렸군.

이 애가 멀쩡해 보이니까, 이제는 우리 가족에 대한 걱정이 심각하게 다가왔다.

"난 네 바로 옆에 있었어, 벨라."

거짓말을 할 때 아주 자신만만한 태도를 보인다면, 상대방이 누구든 진실이 아닌 거짓을 더욱 확신하게 된다는 걸 난 경험으로 알고 있었다.

벨라는 다시 움직이려고 안간힘을 썼고, 이번에는 나도 손을 놓아주었다. 내 역할을 제대로 연기하려면 숨을 쉬어야 했다. 이 애의 따뜻한 피의 열기에서 좀 떨어져 있어야 했다. 그 열기가 향기와 결합하면 날 압도할지도 모르니까. 나는 그 애에게서 슬그머니 떨어진 다음, 망가진 차들이 만들어 낸 좁은 공간 안에서 최대한 몸을 멀리 비켜 앉았다.

그 애는 나를 올려다보았다. 나도 그 눈을 같이 응시했다. 먼저 눈길을 피해 버리는 건 어설픈 거짓말쟁이나 하는 실수다. 나는 어설픈 거짓말쟁이가 아니다. 지금 내 표정은 부드럽고 상냥했다. 그래서 그 애는 혼란스러운 것 같았다. 좋았어.

사고 현장에는 이제 사람들이 둘러싸고 있었다. 대부분은 학생들과 어린애들이었다. 그들은 이리저리 밀치며 틈새를 들여다보면서, 혹시 망가진 시체가 보이는지 찾아 댔다. 고함 소리, 숨을 헉 들이쉬며 충격을 가누지 못하는 생각들이 와자지껄 어지러이 섞였다. 나는 그 생각들을 쭉 훑어보면서 아직까지는 수상쩍게 생각하는 사람이 없다는 걸 확인한 다음, 다시 생각 듣기를 그만두고 오로지 이 애에게만 집중했다.

벨라는 난리통 속에서 정신을 차리지 못하고 있었다. 주위를 슬쩍 둘러본 다음 아직도 심하게 놀란 기색을 감추지 못한 채 일어나려 했다.

나는 그 애의 어깨에 가볍게 손을 대고 앉히려 했다.

"지금은 그냥 가만히 있어."

벨라는 겉보기로는 멀쩡했다. 하지만 정말로 목을 움직일 수 있을까? 칼라일이 옆에 있었다면 좋았을 텐데. 나는 이론적으로 의학을 공부했을 뿐이라, 수 세기 동안 실제로 환자를 보아 온 그에는 비할 수가 없다.

"춥단 말이야."

그 애는 반박했다.

두 번이나 차에 치여 죽을 뻔한 상황을 겪었는데도 고작 걱정하는 게 추위라니. 이 상황이 웃을 일이 아니라는 걸 미처 상기하기도 전에 나는 그만 숨죽여 쿡쿡 웃고 말았다.

벨라는 눈을 깜빡이다가 이내 내 얼굴을 똑바로 바라보았다.

"넌 저쪽에 있었어."

갑자기 정신이 확 들었다.

그 애는 남쪽을 슬쩍 바라보았다. 물론 눈앞에는 일그러진 밴의 옆쪽밖에 보이지 않았다.

"아니야."

"내가 분명히 봤어."

고집스러운 목소리는 마치 어린 아이가 떼를 쓰는 것 같았다. 그 애는 턱을 들어 올렸다.

"벨라, 난 네 옆에 서 있다가 너를 끌어당긴 거야."

나는 그 애의 눈을 깊숙이 들여다보면서 내가 설정한 상황을 받아들이게 하려고 노력했다. 논리적으로 말이 되는 상황은 그뿐이었으니까.

벨라는 이를 악물었다.

"아니야."

나는 겁먹지 않으려고, 침착하려고 애썼다. 만약 이 애를 조용히 시킨 뒤 증거를 인멸할 기회를 얻을 수만 있다면……, 그러면 이 애가 머리 부상을 입은 상태라고 해명해 증언을 신빙성 없게 만들어 버릴 수 있을 텐데.

이 말 없고 비밀 가득한 여자애를 입 다물게 하는 건 쉬워야 하는 일 아닌가? 제발 내 말을 잘 따라 준다면, 잠시만이라도…….

"제발 부탁이야, 벨라."

내 목소리는 너무 강하게 나왔다. 갑자기 이 애의 신뢰를 얻고 싶었기 때문이었다. 비단 이 사고 이야기만 믿어 달라는 게 아니었다. 나를 신뢰하기를 간절히 바랐다. 어리석은 욕망이다. 이 애가 나를 믿는 게 대체 무슨 의미가 있다고.

"이유가 뭔데?"

그 애는 여전히 방어적인 태도로 물었다. 나는 간청했다.

"날 믿어."

"나중에 다 설명해 주겠다고 약속할 거야?"

이 애에게 다시 거짓말을 해야 한다는 게 화가 났다. 어쩐지 이 애의 신뢰를 받을 만한 존재가 되고 싶었기 때문이었다. 그래서 난 쏘아붙이듯 대답했다.

"좋아."

"좋아."

그 애는 같은 말투로 내 말을 반복했다.

우리 주변에선 구조가 시작됐다. 어른들이 도착하고, 시에서 인력을 파견한 듯 저 멀리 사이렌이 울렸다. 그때 나는 이 여자애를 애써 무시하면서 나의 우선순위를 다잡으려 했다. 목격자든, 나중에 온 사람이든 주차장이 있던 모든 사람의 생각을 뒤졌지만 위험한 생각은 찾을 수 없었다. 많은 이들은 내가 벨라 옆에 있는 걸 보고 놀랐지만, 모두는 사고 전에 이 애 옆에 있던 나를 못 본 것뿐이라고 여겼다. 물론 그 말고 다른 결론을 낼 수가 없었기 때문이었다.

그 간단한 상황 설명을 받아들이지 않은 건 그 애뿐이었지만, 그 증언은 신빙성이 떨어진다고 받아들여질 것이다. 겁에 질렸고 큰 충격을 받은 데다 머리에 상당한 타격까지 입었으니까. 쇼크 상태에 빠졌을 가능성이 컸다. 그러니 알아듣기 힘든 이야기를 한다 해도 다들 이해할 것이다. 안 그런가? 다른 많은 목격자들을 놔두고 그 애 말을 더 신뢰할 사람은 없으리라.

막 현장에 도착한 로잘리와 재스퍼, 에밋의 생각을 포착한 나는 몸을 움찔했다. 오늘 밤엔 이 일에 대한 대가를 톡톡히 치르게 되겠군.

황토색 차체에 움푹 팬 내 어깨 자국을 평평하게 펴고 싶었지만, 이 애가 너무 가까이 있었다. 정신을 다른 데로 돌릴 때까지 기다려야겠지.

하지만 기다리는 건 참으로 답답했다. 보는 눈이 너무 많았다. 인간들은 승합차를 붙잡고 우리에게서 떼어 내려고 애쓰는 중이었다. 작업 속도를 진척시키고 싶었다면야 내가 도울 수도 있었겠지만, 난 이미 너무 어려운 상황에 놓였고 이 여자애의 시선은 예리했다. 마침내 인간들이 차체를 어느 정도 움직인 끝에 응급 구조 요원들이 들것을 우리 쪽으로 가져왔다.

그중 머리가 희끗희끗한 어떤 사람이 나를 알아보았다. 낯익은 얼굴이었다.

"어이, 에드워드."

브렛 와너가 말했다. 정규 간호사로 병원에서 근무하는 그를 나 역시 잘 알고 있었다. 그가 맨 처음으로 우리에게 접근한 사람이라 그나마 다행이었다. 오늘 일어난 일 중 유일한 행운이로군. 그의 생각을 들어 보니, 내가 정신이 멀쩡하고 차분해 보인다는 것을 그는 알아보고 있었다.

"얘야, 넌 괜찮니?"

"다친 데 하나 없습니다. 브렛. 저는 부딪치지도 않았는걸요. 하지만 벨라는 뇌진탕이 왔을까 봐 걱정이에요. 제가 차에 부딪치지 않게 하려고 확 당겼을 때 머리를 심하게 찧었거든요."

브렛은 여자애 쪽으로 시선을 돌렸다. 지금 그 애는 배신당했다는 눈초리로 나를 사납게 쏘아보았다. 이것 봐, 맞잖아. 이 애는 남의 동정심을 유발하려고 티 내지 않아. 차라리 조용히 고통받는 편을 택할 거라고.

어쨌든 그 애는 내가 설명한 내용을 즉석에서 반박하지는 않았다. 그래서 마음이 한결 편해졌다.

다음으로 온 응급 구조 요원은 나도 치료를 받아야 한다고 고집했지만, 그를 만류하는 것 역시 별로 어렵지는 않았다. 아버지에게 가서 진료를 받을 거라고 약속했더니, 그는 나를 놔주었다. 냉정하게 확신 어린 태도로 말하기만 하면 대부분의 인간들은 설득당하곤 했다. 그런데 이 여자애는 그런 '대부분의' 인간 쪽이 아니었다. 아니, 이 애가 하는 행동이 일반적인 인간 행동 양식에 들어맞는 부분이 있기는 한가?

구조 요원들이 벨라의 목에 보호대를 씌우자 그 애의 얼굴은 당황한 나머지 새빨갛게 변해 버렸다. 모두의 정신이 산만해진 틈을 타서 나는 황토색 차에 움푹 팬 자국을 발등으로 조용히 폈다. 내가 하는 행동을 알아본 건 형제자매들뿐이었다. 내가 또 인멸하지 못한 증거가 있다면 바로잡겠다고 약속하는 에밋의 생각이 들렸다.

날 도우려는 그의 마음이 고마웠다. 그리고 에밋만이라도 내 위험한 선택을 이미 용서하고 있다는 사실은 더 고마웠다. 그래서 조금 편해진 마음으로 구급차의 앞자리로 들어가 브렛 옆에 앉았다.

사람들이 벨라를 구급차 뒤편에 싣기 전에 경찰서장이 도착했다.

벨라 아버지의 생각은 조리 있는 말로 표현되지 못했지만, 그가 느끼는 공포와 걱정은 이 근방에 있는 그 어떤 사람의 생각도 전부 뒤덮어 버릴 만큼 강하게 발산됐다. 말로 다 할 수 없는 근심과 죄책감이 어마어마하게 부풀어 오르더니 그의 외동딸이 들것에 실린 모습을 본 순간 전부 씻겨 나갔다.

찰리 스완의 딸을 죽인다면 그 역시 죽이는 거나 마찬가지라던 앨리스의 경고는 과장이 아니었다.

"벨라!"

그가 외쳤다. 그 애는 한숨을 쉬었다.

"전 멀쩡해요, 찰…… 아니, 아빠. 하나도 안 다쳤어요."

벨라가 확실하게 말하자 서장의 두려움이 간신히 가라앉았다. 그는 곧바로 옆에 가장 가까이 있던 구조 요원을 보며 자세한 설명을 요구했다.

겁먹었던 그의 생각이 겨우 제대로 된 문장의 형태를 갖추고 나서야 나는 그 마음을 들을 수 있었다. 그때 난 깨달았다. 그의 불안과 걱정이 안 들리지는 않았다. 다만 이제껏…… 단어를 정확하게 듣지 못한 것뿐이었다.

흐음. 그렇다면 찰리 스완의 생각은 그 딸과는 달리 내게 들리는구나. 하지만 그 애의 소리가 들리지 않는 이유가 어디서 비롯됐는지는 보였다. 흥미로운걸.

나는 마을 경찰서장과 가까이 있었던 적이 별로 없다. 그래서 항상 그가 생각이 둔한 사람이라고만 여겼다. 그런데 이제 보니 둔한 건 나였다. 그의 생각은 다는 아니라도 부분적으로 숨겨진 채였다. 나는 그 생각의 취지나 음조 정도를 알아낼 수 있을 뿐이었다.

더 집중해 듣고 싶었다. 새로이 나타난 경찰서장의 특징을. 조금은 덜 어려운 퍼즐 같은 그의 마음을 통해서 이 여자애의 비밀을 풀 수 있는 단서를 찾을까 해서였다. 하지만 벨라는 이미 구급차 뒤쪽에 실린 후였고, 차는 출발했다.

비밀을 풀 수 있을지 모르는 가능성에 집착하게 되어 버린 터라, 그걸 애써 생각하지 않기란 참으로 어려웠다. 하지만 지금은 다른 생각을 해야 했다. 오늘 벌어진 일을 다각도로 살펴봐야 한다. 내가 우리 모두를 너무 위험하게 만들어 버린 건 아닌지, 그래서 곧바로 우리가 떠나야 하게 됐는지 확실하게 생각을 들어 봐야 했다. 그러니 정신을 집중해야 했다.

응급 구조 요원들의 생각에는 걱정할 게 없었다. 그들이 판단하기로 여자애에게는 심각한 문제가 없었다. 그리고 벨라는 지금 내가 해 준 이야기를 믿고 있었다. 당분간은 말이다.

우리가 병원에 도착해 가장 먼저 할 일은 칼라일을 만나는 것이었다. 나는 서둘러 병원 자동문을 통과했지만, 벨라를 지켜보는 일을 완전히 그만둘 수는 없었다. 그래서 구조 요원들의 생각을 통해 그 애를 지켜보기로 했다.

내가 익히 알고 있는 아버지의 마음을 찾기란 쉬웠다. 그는 자그마한 개인 사무실에 혼자 있었다. 이 불운한 날에 그나마 두 번째로 다행인 일이다.

"칼라일."

그는 내가 온 소리를 듣고 내 얼굴을 보자마자 깜짝 놀랐다. 그래서 벌떡 일어나 깔끔하게 정리된 호두나무 책상 위로 몸을 숙였다.

에드워드, 너 설마 ―?

"아뇨, 아니에요. 그건 아니라고요."

그는 심호흡을 했다. **물론 아니겠지. 그런 생각을 품었다니 정말 미안하구나. 네 눈을 보고서 당연히 알았어야 했는데.** 그는 안도감이 깃든 나의 황금색 눈동자를 보았다.

"그런데 그 애가 다쳤어요, 칼라일. 심각한 건 아닌 듯하지만 그래도―"

"무슨 일이 있었니?"

"터무니없는 사고가 났어요. 의도치 않게 불운한 때와 장소를 맞닥뜨려 버렸죠. 하지만 전 그냥 있을 수가 없었어요. 그 애를 차에 치이게 둘 수가……."

다시 설명해 보렴. 이해가 안 되는구나. 어쩌다 휘말린 거냐?

"밴이 빙판에서 미끄러졌어요."

나는 속삭여 말했다. 설명하는 동안 그의 뒤편 벽을 응시했다. 다른

118

사람이었다면 그 벽에는 액자에 끼운 학위 증명서들을 줄줄이 늘어놓 았겠지만, 칼라일은 단순한 유화 한 점을 걸어 놓았다. 그가 가장 좋아 하는 작품으로, 하삼(Frederick Childe Hassam, 미국의 인상파 화가_옮긴이)의 미발굴 유화였다.

"그 애는 정확히 밴의 궤적에 서 있었어요. 앨리스가 상황을 미리 보았지만, 정말로 시간이 없었어요. 그래서 그만 주차장을 가로질러 달려서 그 애를 밀어낼 수밖에 없었고요. 아무도 보지는 못했어 요……. 하지만 그 애는 봤죠. 저는 밴을 막고 말았어요. 하지만 그것 도 아무도 못 봤어요……. 그 애만 빼면요. 제가……, 제가 죄송해요, 칼라일. 우리 모두를 위험에 빠뜨릴 생각은 없었어요."

칼라일은 책상에서 나와 잠시 나를 안아 주고서 물러섰다.

너는 옳은 일을 했단다. 네게는 쉽지 않은 일이었겠지. 네가 자랑스럽 구나, 에드워드.

나는 그제야 칼라일의 눈을 바라볼 수 있었다.

"그 애는 알아챘어요……. 내게 뭔가 문제가 있다는 걸요."

"그건 문제가 아니야. 우리가 떠나야 한다면 떠나야지. 그 애가 뭐 라고 하던?"

나는 좀 답답한 마음에 고개를 저었다.

"아직은 아무 말도 없어요."

아직이라니?

"제가 말한 사건 정황대로 맞춰 주겠다고 했어요. 하지만 진짜 설명 을 해 주기를 바라고 있어요."

칼라일은 이맛살을 찌푸리며 이 상황에 대해 곰곰이 생각했다.

나는 재빨리 설명을 이어 갔다.

"그 애는 머리를 부딪혔어요. 음, 그건 저 때문이었어요. 진짜 세게 바닥으로 밀었거든요. 괜찮아 보이긴 했지만…… 다치긴 다쳤으니 그 애의 진술을 신빙성 없게 만들기는 어렵지 않겠죠."

이런 말을 하고 나니 스스로가 비열한 놈처럼 느껴졌다.

칼라일은 내 목소리에 깃든 혐오감을 알아챘다. 그럴 필요까지는 없을 거다. 앞으로 어떻게 될지 지켜보자꾸나. 알았지? 이제 나는 환자를 확인하러 가야겠다.

"제발 잘 봐주세요. 저 때문에 다쳤을까 봐 너무 무서워요."

칼라일의 표정이 환해졌다. 그는 금발을 매만지며 웃었다. 그의 황금빛 눈동자보다 살짝 연한 금발이었다.

너한테는 흥미로운 하루였겠구나. 안 그러니? 그의 생각에 깃든 아이러니가 보였다. 적어도 칼라일에게는 흥미로운 모양이었다. 이토록 극적인 역할 반전이 또 어디 있을까. 내가 빙판이 된 주차장을 마구 달려갔던 그 짧은 순간, 아무 생각 없었던 그 순간을 거치며 어느새 나는 살인자가 아닌 수호자가 되어 버렸으니까.

나도 함께 웃었다. 벨라가 아무리 위험한 상황에 처한다 해도 나보다 더 위험한 상황이란 없다고, 나는 그 얼마나 확신에 차 있었던가. 하지만 내 웃음에는 날이 섰다. 내가 그 애 목숨을 구했다 해도, 내가 위험한 존재라는 건 전적으로 사실이었으니까.

나는 칼라일의 사무실에서 홀로 기다렸다. 이제껏 살면서 이토록 시간이 더디게 갔던 적은 없었다. 그동안 나는 생각으로 가득 찬 병원의 소리를 들었다.

밴을 운전했던 타일러 크로울리는 벨라보다 심하게 다친 듯했다.

벨라가 엑스레이 찍을 차례를 기다리는 동안 나의 초점은 그에게로 옮겨 갔다. 칼라일은 전면에 나서지 않고, 그 애가 많이 다친 건 아니라는 응급 구조 요원의 진단을 믿기만 했다. 나는 불안했지만, 그가 옳다는 건 알고 있었다. 칼라일을 한 번 보기만 해도 그 애는 즉시 나를 떠올릴 거다. 그리고 내 가족에게 무언가 올바르지 않은 점이 있다는 것을 떠올리겠지. 그러면 입을 열지도 모른다.

이 상황에 대해 기꺼이 대화를 나누어 줄 상대도 분명 있었다. 바로 타일러다. 그 애를 죽일 뻔했다는 사실 때문에 죄책감에 사로잡힌 타일러는 입을 다물지 못하고 끝도 없이 이야기를 늘어놓는 것 같았다. 그의 눈을 통해 벨라의 표정이 보였는데, 제발 그만 말하기를 바라는 표정이었다. 그에겐 저 표정이 보이지도 않는 건가?

타일러는 그 애에게 어떻게 그곳에서 비켜났는지 물었고, 나는 순간 긴장했다.

벨라가 주저하는 동안 나는 꼼짝도 하지 않고 대답을 기다렸다.

"그게⋯⋯."

그 애 목소리가 타일러에게 들려왔다. 운을 떼어 놓고도 한참 말이 없는 걸 본 타일러는 혹시 자기 질문이 헷갈린 건지 의아하게 여겼다. 마침내 그 애가 말을 이었다.

"에드워드가 날 잡아당겨 줬어."

나는 숨을 후, 내쉬었다. 그러다 호흡이 빨라졌다. 벨라가 내 이름을 부른 건 한 번도 들은 적 없었다. 내 이름을 말하는 소리가 좋았다. 비록 타일러의 생각 속에서 들리는 목소리였더라도 말이다. 직접 그 목소리를 듣고 싶은데⋯⋯.

"에드워드 컬렌 말이야."

누구를 말한 건지 타일러가 알아듣지 못하자, 그 애가 다시 말했다. 그런데 어느새 나는 문에 서서 손잡이를 잡고 있었다. 그 애를 보고픈 욕망이 점점 강렬해져 갔다. 조심할 필요가 있다고 스스로에게 계속 되뇌어야 했다.

"내 옆에 서 있었거든."

"컬렌이?" 흠. 이상한데. "난 못 봤는데." 못 봤다고 장담할 수 있어……. "휴, 너무 순식간에 일어난 일이라 그랬나 보다. 걘 괜찮은가?"

"그런 것 같아. 걔도 여기 어디 있을 텐데. 사람들이 걔는 들것에도 안 태우던걸."

그 애의 얼굴에 드리워진 조심스러운 표정과, 눈빛에 드러난 수상한 긴장감이 보였다. 하지만 이런 작은 표정 변화를 타일러는 알아채지 못했다.

다만 그는 놀라움마저 느끼며 이런 생각을 해댔다. **엉망진창인데도 예쁘네. 평소 내가 좋아하던 타입은 아니긴 하지만. 그래도…… 얘한테 데이트 신청해야지. 오늘 일을 사과하는 의미로.**

그때 나는 이미 복도로 나와서 응급실로 향하는 길을 절반가량 와 있었다. 다행히도 내가 응급실에 들어가기 전에 간호사가 먼저 들어갔다. 벨라가 엑스레이를 찍을 차례였다. 나는 응급실로 이어지는 모퉁이를 돌기 전, 푹 들어간 어두운 구석에 기대서서 그 애가 이동 침대에 실려 나오기까지 마음을 자제시키려 애썼다.

타일러가 그 애를 예쁘다고 생각한 건 중요한 일이 아니다. 누구든 그 애가 예쁘다는 건 알 테니까. 그러니 내가 이런 기분을 느낄 이유는 없다……. 내가 뭘 느꼈는데? 성가시다고? 아니면 분노 쪽에 더 가까운가? 하지만 전혀 말이 되지 않잖아.

나는 가능한 한 오랫동안 거기 머물렀지만, 결국 초조함이 극에 달해 버린 나머지 길을 빙 둘러 방사선실로 향했다. 그 애는 이미 응급실로 옮겨진 후였지만, 간호사가 다른 곳을 보고 있는 동안 그 애의 엑스레이 사진을 슬쩍 엿볼 수 있었다.

사진을 보고 나니 마음이 좀 차분해졌다. 머리는 괜찮구나. 나 때문에 크게 다친 건 아니었어.

하지만 칼라일은 내 속마음을 알아챘다.

이제 넌 좀 나아 보이는구나. 그가 짧게 평했다.

나는 그저 앞만 바라보았다. 우리는 둘만 있는 게 아니었다. 이 방은 병원 인력과 방문객으로 가득했다.

아, 그렇지. 알았다. 그 애는 아주 멀쩡해. 잘했다, 에드워드.

칼라일은 그 애의 엑스레이 사진을 형광판에 붙였지만, 나는 두 번 볼 필요가 없었다.

아버지가 잘했다 칭찬하는 소리를 듣자 내 속에서 온갖 반응이 섞여 나왔다. 원래는 기뻐야 했겠지만, 지금 내가 하려는 일을 알면 그가 잘했다고 하지 않으리라는 걸 알고 있었다. 적어도 나의 진짜 의도가 뭔지 알면, 인정하지 않겠지.

나는 나지막이 중얼거렸다.

"그 애와 이야기를 해볼까 해요. 걔가 아버지를 보기 전에요. 자연스럽게 행동할게요. 아무 일도 없었던 것처럼요. 원만하게 수습할게요."

생각나는 이유란 이유는 전부 갖다 붙였다.

칼라일은 멍하니 고개를 끄덕이면서 계속 엑스레이를 살펴보았다.

"좋은 생각이구나. 흐음."

그가 뭘 그리 흥미롭게 보는지, 나도 살펴보았다.

타박상을 입었다가 나은 자국이 얼마나 많은지! 이 애 어머니는 대체 몇 번이나 애를 떨어뜨렸던 걸까? 칼라일은 본인이 한 농담에 본인이 웃었다.

"이 애는 정말로 운이 안 좋은 인간이란 생각이 드네요. 언제나 의도치 않게 불운한 때와 장소에 나타나는 애 같아요."

포크스는 확실히 이 애에게 불운한 장소지. 네가 여기 있으니 말이다.

나는 그만 움찔했다.

가 보렴. 원만하게 수습해 봐. 잠시 후에 나도 가마.

나는 죄책감을 느끼며 재빨리 자리를 떴다. 칼라일을 속일 수 있다니, 어쩌면 나는 거짓말을 너무 잘하는 건지도 모르겠다.

응급실에 도착했을 때도, 타일러는 여전히 숨죽인 목소리로 중얼중얼 사과하고 있었다. 그 애는 타일러가 말해 대는 반성의 소리를 애써 듣지 않으려고 자는 척했다. 하지만 안 잔다는 걸 알 수 있었다. 눈을 꼭 감고는 있어도, 숨소리가 고르지 못했으니까. 그리고 가끔 손가락이 경련을 일으키듯 초조하게 움직였다.

나는 그 애의 얼굴을 한참 동안 응시했다. 이 애의 얼굴을 보는 건 지금이 마지막이다. 그 사실에 가슴이 심하게 아파 왔다. 이건 내가 궁금증을 풀지 못한 채로 남겨 두는 게 싫어서일까? 하지만 그건 충분히 납득할 만한 설명이 못되는 것 같았다.

마침내 나는 심호흡을 하고 그곳으로 걸음을 옮겼다.

나를 본 타일러는 무어라 말하려 했지만, 나는 입술에 손을 대어 조용히 하라는 신호를 주었다.

"잠이 들었나?"

이렇게 중얼거리자, 벨라의 눈이 반짝 뜨이더니 내 얼굴에 눈빛이 꽂혔다. 그 눈은 순간 휘둥그레졌다가, 이내 분노 또는 의혹으로 가늘어졌다. 명심해야 해. 나는 지금 연기를 해야 해. 그래서 나는 오늘 아침 별다른 일이 일어나지 않았다는 것처럼 그 애에게 미소를 지었다. 그 애가 머리를 찧었고, 그래서 상상력이 엉뚱한 곳으로 좀 튄 것 빼고는 아무 일도 없다는 것처럼.

"에드워드, 정말 미안하다……."

타일러가 사과했지만 나는 한 손을 들어 막았다.

"피 한 방울 안 났으니 사과할 거 없어."

나는 냉담하게 말했다. 그리고 내가 한 농담에 아무 생각 없이 너무 활짝 웃어 버렸다.

타일러는 부르르 떨더니 시선을 돌렸다.

타일러에게 아무 신경도 쓰지 않는 게 이토록 쉽다는 것에 놀랐다. 그는 나에게서 1미터 20센티미터도 떨어져 있지 않은 곳에 누운 데다, 깊은 상처에서는 여전히 피가 배어나오고 있는데도 말이다. 이제껏 나는 칼라일이 어떻게 그럴 수 있는지 이해할 수 없었다. 환자들이 흘려대는 피를 무시하고 그들을 치료하다니. 끊임없이 다가오는 유혹에 정신이 산만해질 텐데, 너무 위험하지 않은가? 하지만 지금은…… 알게 됐다. 어디엔가 심하게 집중할 수 있다면, 유혹은 아무것도 아니라는 사실을.

제아무리 신선한 피가 드러나 있다 해도, 타일러의 피는 벨라의 것에 비할 바가 아니었다.

나는 타일러의 침대 끝에 걸터앉은 채로 벨라와 거리를 유지했다.

"검사 결과는 어땠어?"

내가 묻자, 그 애의 아랫입술이 살짝 튀어나왔다.

"아무 이상 없는데도 못 보내 주겠대. 넌 어떻게 우리들처럼 이동침대에 묶이지도 않고 마음대로 돌아다녀?"

그 조급한 기색을 보자 다시 미소가 지어졌다.

그때, 칼라일이 복도에서 다가오는 소리가 들렸다. 나는 가볍게 대꾸했다.

"다 연줄이 있어서 그런 거지. 하지만 염려 마. 너도 구해 주려고 온 거니까."

아버지가 응급실 안으로 들어오자, 나는 그 애의 반응을 주의 깊게 살폈다. 두 눈은 휘둥그레지고, 놀라움으로 입은 그야말로 딱 벌어졌다. 난 속으로 신음했다. 그래. 우리의 닮은 점을 분명히 눈치챘군.

"스완 양, 좀 어때요?"

칼라일이 물었다. 그는 환자의 침대 곁에서 마음을 달래 주는 데 놀라운 재능이 있었고, 대부분의 환자들은 그 즉시 편안함을 느꼈다. 하지만 그게 벨라에게도 통했는지는 알 수 없었다.

"전 괜찮아요."

그 애는 조용히 대답했다.

칼라일은 침대 곁에 있는 형광판에 엑스레이 사진을 붙였다.

"엑스레이로는 상태가 좋아 보이네요. 머리 아파요? 에드워드 말로는 머리를 상당히 세게 부딪혔다던데."

벨라는 한숨을 쉬면서 "괜찮아요."를 반복했지만, 이번에는 목소리에 조바심이 묻어났다. 그 눈빛은 내 쪽을 다시 흘겨보았다.

칼라일은 그 애에게 가까이 다가가 손가락으로 두피를 살짝 더듬어 가다가 머리카락 아래에서 혹을 찾아냈다.

순간 나를 확 덮쳐온 감정의 파도에 난 그만 허를 찔리고 말았다.

칼라일이 인간과 함께 일하는 모습은 천 번도 더 보아왔다. 수십 년 전에는 비공식적으로 그를 도와 일한 적도 있었다. 물론 피를 보지 않은 상황일 때뿐이었지만 말이다. 그러니 칼라일이 마치 이 여자애와 똑같은 인간인 것처럼 행동하며 만지기까지 하는 모습을 보는 게 처음은 아니었다. 그전에도 나는 그의 자제심이 부러웠던 적이 많았다. 하지만 지금 느끼는 감정은 그게 아니었다. 그의 자제심만 부러운 게 아니라 칼라일과 나의 차이점이 뼈저리게 다가왔다. 그는 저 애를 참 부드럽게 만질 수 있구나. 아무런 두려움도 없이, 자신이 저 애를 절대로 해치지 않는다는 걸 확실하게 아는 채로 말이다.

벨라가 얼굴을 찡그리는 바람에, 나는 앉은 자리에서 비틀거렸다. 다시 느긋한 자세를 잡기 위해서 잠시 집중해야 했다.

"만지면 아픈가요?"

칼라일이 묻자, 그 애는 턱을 살짝 움찔거렸다.

"심하진 않아요."

그 애의 성격을 알 수 있는 자그마한 단서가 또 나왔다. 용감하네. 약한 모습을 보여 주고 싶어 하지 않는구나.

이제껏 본 존재 중에서 가장 연약하고 상처받기 쉬운 것 같은데, 본인은 약해 보이고 싶어 하지 않는다니. 그만 쿡, 하고 웃음이 새어 나와 버렸다.

그 애는 다시 나를 노려보았다.

"아버님께서 대기실에서 기다리고 계시니까, 지금은 가도 좋아요. 하지만 어지럽거나 시력에 조금이라도 이상이 생기면 병원으로 다시 와야 해요."

칼라일이 말했다. 이 애 아버지가 여기 있다고? 나는 대기실에 잔뜩 모인 사람들의 생각을 쭉 훑었지만, 그중에서 희미하게 들려오는 마음의 소리를 골라낼 수가 없었다. 이내 그 애는 걱정스러운 표정으로 다시 말했다.

"학교로 돌아가면 안 될까요?"

"오늘은 그냥 쉬는 게 좋겠어요."

칼라일이 제안했다. 하지만 그 애의 눈동자가 파르르 떨리며 나를 바라보았다.

"쟤는 학교로 돌아가나요?"

자연스럽게 행동하자. 원만하게 수습하자……. 저 애가 나를 바라보는 눈빛 때문에 드는 기분 같은 건 무시하면서…….

"우리가 무사히 살아남았다는 좋은 소식을 누군가는 학교에 퍼뜨려야 하잖아."

내가 이렇게 말하자, 칼라일이 정정해 주었다.

"실은, 대기실에 거의 전교생이 다 와서 기다리는 것 같던데."

이번에는 어떤 반응일지 예상할 수 있었다. 관심에 대한 거부감. 역시나 예상했던 반응이다.

"아, 안 돼."

그 애는 양손으로 얼굴을 가리며 신음을 흘렸다.

마침내 추측이 맞아들자 기분이 좋았다. 이제 이 애를 이해하기 시작한 것 같군.

"병원에 더 있고 싶어요?"

칼라일이 물었다.

"아뇨, 아니에요!"

재빨리 말한 그 애는 침대 옆으로 다리를 늘어뜨리더니 쭉 내려와 바닥에 발을 대었다. 그러다 균형을 잃고 앞으로 고꾸라져서 그만 칼라일의 품에 안겨 버렸다. 그는 벨라를 잡고 똑바로 세워 주었다.

"괜찮아요."

그 애는 칼라일이 뭐라 말하기 전에 얼른 말했다. 두 뺨이 살짝 달아올라 있었다.

물론 칼라일은 이런 데 영향을 받지 않는다. 그는 벨라가 바로 섰다는 걸 확인한 다음, 손을 떼고서 한마디 조언했다.

"혹시 두통이 생기면 타이레놀을 먹어요."

"그렇게 심하진 않아요."

칼라일은 그 애의 차트를 보면서 미소를 지었다.

"굉장히 운이 좋았다고 들었어요."

그 애는 고개를 살짝 돌리더니, 나를 뚫어져라 쏘아보았다.

"마침 에드워드가 제 옆에 있어서 다행이었죠."

"아, 그렇군."

칼라일은 재빨리 동의했다. 그 역시 나처럼 벨라의 어조에 담긴 뜻이 무언지 알아차렸다. 자신의 의혹을 상상으로만 치부하지 않는구나. 아직까지는.

칼라일이 생각을 전했다. **전부 너에게 맡기마. 최선을 다해서 처리하렴.**

"정말로 감사하네요."

나는 낮고 빠르게 중얼거렸다. 인간이라면 들을 수 없는 소리였다. 나의 빈정거림을 들은 칼라일은 입술을 살짝 올려 웃더니 이내 타일러 쪽을 보았다.

"안됐지만 너는 여기 좀 더 있어야 할 것 같구나."

그는 이렇게 말하며 산산조각 난 앞 유리창에 긁혀 난 피부의 열상을 살펴보기 시작했다.

그래, 일을 엉망진창으로 만든 건 나니까, 해결하는 것도 내가 되어야 공평하겠지.

벨라는 마음먹고 나에게 계속 다가왔다. 그러다 본인이 더는 불편해서 안 되겠다 싶은 지점에서 멈추었다. 모든 게 엉망이 되기 전에는, 이 애가 나에게 다가와 주기를 얼마나 바랐던가. 그런데 그 바람이 누굴 놀리나 싶게 이제야 이루어지다니.

"잠깐 나랑 얘기 좀 해."

벨라가 쌔근거리며 말했다.

그 따스한 숨결이 내 얼굴을 스치고 지나가서, 나는 비틀거리며 한 발짝 물러서야 했다. 이 애의 매력은 조금도 수그러들지 않았다. 내게 가까이 올 때마다 나를 최악의 상황으로 끌고 들어가 더없이 본능에 충실하게 만들어 버리는구나. 독액이 내 입에 넘실댔고, 온몸이 어서 행동하기를 갈망했다. 그 애를 두 팔로 으스러지게 안고서 이빨을 목에 박아 넣으라면서.

내 정신은 육체보다 강했지만, 아주 조금 강할 뿐이었다.

"너희 아버지가 기다리신다잖아."

나는 이를 꽉 악물고 다시 알려 주었다.

그 애는 칼라일과 타일러 쪽을 슬쩍 보았다. 타일러는 우리에게 전혀 신경 쓰고 있지 않았지만, 칼라일은 나의 호흡 하나하나를 주시하는 중이었다.

조심해라, 에드워드.

"괜찮다면 너와 단둘이만 이야기하고 싶은데."

그 애는 낮은 목소리로 고집을 부렸다.

나는 정말로 그러고 싶지 않다고 말해 주고 싶었다. 하지만 결국 이렇게 해야 한다는 것도 알았다. 그럴 거면 차라리 빨리 해 버리는 편이 낫겠지.

나는 응급실을 성큼성큼 걸어 나왔다. 속으로는 온갖 감정이 갈등을 일으키는 중이었다. 뒤편으로 비틀거리는 발소리를 귀 기울여 들었다. 날 따라잡으려고 애쓰고 있네.

나는 지금부터 연기를 해야 했다. 내 역할이 뭔지는 잘 안다. 나와는 전혀 다른 인물이 되어야 한다. 나는 악당이 될 것이다. 거짓말을 하고 사람을 비웃어 대는 잔인한 인물을 연기할 것이다.

그건 나의 모든 선한 충동, 즉 내가 수십 년 동안 고수해 온 인간적이고픈 충동에 반하는 인물이었다. 내가 쌓아 왔던 그 모든 좋은 모습들을 다 버려야 하는 지금 이 순간, 사실은 너무나도 선량하고 인간적인 존재가 되고 싶었다.

게다가 더 나쁜 점이 있었다. 지금 이 순간은 이 애가 나를 마지막으로 기억할 모습이 되리라는 것. 작별의 순간이었다.

나는 벨라를 돌아보았다.

"원하는 게 뭐야?"

싸늘하게 나는 물었다. 내 적개심을 본 그 애는 약간 움츠러들었다. 눈빛이 당황스러운 기색으로 변했고, 얼굴의 표정도 달라졌다. 내 머릿속을 괴롭히던 바로 그 표정이었다.

"넌 나한테 설명해 줄 의무가 있어."

그 애가 작은 목소리로 말했다. 상아색 피부에서 핏기가 빠지니 색이 거의 안 보이네. 얼굴이 정말로 투명하군.

목소리를 사납게 만들기가 너무 어려웠다.

"난 네 생명을 구한 사람이야. 너한테 빚진 거 없어."

그 애는 움찔했다. 내 말을 듣고 상처입은 모습을 보니 마음이 몹시 아팠다. 다시 속삭이는 소리가 들렸다.

"아까 약속했잖아."

"벨라, 넌 머리를 부딪혔어. 지금 무슨 얘기를 하는지도 알지 못하잖아."

그러자 그 애는 턱을 치켜들었다.

"내 머린 멀쩡해."

지금 화가 났구나. 그러자 나도 마음이 조금 편해졌다. 나는 노려보는 그 눈빛을 마주하고는 더 냉정하고 사나운 표정을 지었다.

"벨라, 대체 뭘 원하는 거야?"

"난 진실을 알고 싶어. 내가 왜 너를 위해 거짓말을 해야 하는지 알아야겠어."

벨라가 바라는 건 틀린 게 아니었다. 그래서 거절해야 한다는 게 좌절스러웠다.

"넌 대체 무슨 일이 있었다고 생각하는데?"

나는 그만 으르렁거릴 뻔했다. 그 애의 말이 마구 쏟아져 나왔다.

"넌 분명히 내 옆에 없었어. 타일러도 널 보지 못했으니까, 내가 머리를 너무 심하게 부딪혔다는 핑계는 대지 마. 승합차가 우리 둘 다 뭉개 버릴 상황이었는데, 결과는 전혀 달랐지. 네가 손을 짚었던 차 옆구리엔 깊이 팬 자국이 남았고, 다른 차도 범퍼가 찌그러졌더라. 그런데 넌 하나도 다치지 않았어. 게다가 승합차가 내 다리를 으스러뜨리려는 찰나에 넌 차를 들어올리고……."

갑자기 벨라는 이를 악물었다. 눈물에 찬 두 눈이 그렁그렁했다.

나는 그 애를 빤히 바라보았다. 내 표정에 명백한 조롱이 어렸다. 그러나 속으로 정작 느낀 것은 경외심이었다. 이 애는 모든 걸 다 보았군.

"내가 승합차를 들어 올려 널 구했다고 생각하는 거야?"

나는 목소리에 빈정거림을 한층 더 섞어 물었다.

벨라는 뻣뻣하게 고개를 한 번 끄덕였다.

내 목소리에 한층 더 조롱기가 어렸다.

"너도 알겠지만 아무도 네 말을 안 믿을걸."

그 애는 감정을, 겉보기로는 분노로 보이는 감정을 애써 억제했다. 그리고 한마디 한마디 천천히 읊조리며 내게 대답했다.

"아무에게도 얘기 안 할 거야."

그건 진심이었다. 그 눈을 보면 알 수 있었다. 화가 치밀어 오르고 배신감을 느끼는 상황에서도, 내 비밀을 지켜 주려 하는구나.

어째서?

그 충격에 이제껏 잘 관리했던 내 표정이 아주 잠깐 망가졌지만, 이내 나는 마음을 가다듬었다.

"그렇다면 왜 상관하는 거지?"

나는 목소리를 심각하게 유지하려고 노력하며 물었다.

"나한테는 상관있으니까. 나는 거짓말하는 걸 싫어해. 그러니까 내가 거짓말을 하게 만들려면 그럴 만한 충분한 이유가 있어야 해."

벨라는 격렬한 어조로 말했다. 나에게 믿어 달라고 부탁하고 있었다. 그 애가 나를 믿어 주기를 바라는 내 마음처럼 말이다. 하지만 나는 이 선을 넘을 수는 없었다.

내 목소리가 냉담하게 나왔다.

"그냥 나한테 고맙다고 하고 잊어버릴 순 없어?"

"고마워."

이렇게 말한 그 애는 조용히 분을 삭이며 기다렸다.

"그냥 넘겨 버리지는 않겠다는 거야?"

"응."

"그렇다면……."

말하고 싶다 해도 벨라에게 진실을 말할 수는 없었고…… 말하고 싶지도 않았다. 내 정체에 대해서 마음껏 지어 내게 놔두는 편이 낫다. 그 어떤 것이라 해도 진실보다 더 나쁘지는 않을 테니까. 나는 공포 소설을 찢고 나온, 죽어도 죽지 않는 악몽이었다.

"실망시키는 수밖에 없겠다."

우리는 서로를 바라보며 인상을 찌푸렸다.

그 애는 얼굴을 분홍빛으로 물들이고 이를 악물며 말했다.

"그러는 너는 왜 그렇게 신경을 쓰는 건데?"

그건 내가 예상하지도, 대답할 준비가 되지도 못한 질문이었다. 그만 연기하고 있던 역할의 몰입도가 깨져 버렸다. 얼굴에서 가면이 스르르 벗겨지는 게 느껴졌다. 난, 이번에는 진실을 말했다.

"나도 모르겠는걸."

마지막으로 벨라의 얼굴을 기억했다. 여전히 분노가 서려 있는 얼굴을, 두 뺨에서 채 가시지 못한 핏기를. 그리고 돌아서서 자리를 떠났다.

4

환상

나는 학교로 돌아갔다. 그게 옳은 일이고, 가장 눈에 띄지 않을 행동이니까.

그날 끝 무렵에는 다른 학생들도 거의 수업에 들어왔다. 타일러와 벨라, 그리고 이 사고를 기회 삼아 수업을 제낀 게 분명한 몇몇 애들만이 보이지 않았을 뿐이다.

옳은 일을 하는 게 이토록 힘들지는 않아야 하는 것 아닌가. 오후 내내 나는 수업에 빠지고 싶은 욕망을 참느라 이를 악무는 중이었다. 그 여자애에게 다시 찾아가고 싶었다.

스토커 같군. 집착하는 스토커. 집착하는 뱀파이어 스토커.

오늘 수업은 어쩐지 참 이상하게도 일주일 전보다 훨씬 더 지루하게만 느껴졌다. 혼수상태 같다고 할까. 벽돌도, 나무도, 하늘도, 내 주위 인간들의 얼굴도 모두 색채를 잃어버린 듯했다……. 나는 벽에 난 금을 물끄러미 바라보았다.

내가 해야 하는 옳은 일은 하나 더 있었지만 하지 않았다. 물론 그건 그릇된 일이기도 했다. 모든 건 관점에 따라 다르게 보이는 법이니.

컬렌 가의 입장에서 따져 볼까. 우리 세계에서는 참 드문 일이지만 뱀파이어 개인이 아니라 컬렌 가의 일원, 바로 우리 가족의 구성원 입장에서 본다면 내가 해야 하는 올바른 일이란 이렇게 말하는 것이리라.

"네가 수업에 들어올 줄은 몰랐다, 에드워드. 너도 오늘 아침 있었던 끔찍한 사고에 휘말렸다고 들었는데."

"네, 그랬죠, 배너 선생님. 하지만 저는 운이 좋았습니다." 나는 친근한 미소를 지으며 말한다. "다친 곳이 아무데도 없었거든요. 타일러와 벨라는 안타깝게도 아니었지만요."

"그 애들은 좀 어떠니?"

"타일러는 괜찮은 것 같습니다…… 앞 유리창이 산산조각나는 바람에 피부가 긁힌 것뿐입니다. 하지만 벨라는 어떤지 모르겠네요." 이 부분에서 나는 이맛살을 찌푸린다. "그 애는 뇌진탕을 입었을지도 모릅니다. 이야기하는 걸 들었는데 얼마간 상당히 횡설수설했거든요. 심지어 헛것을 본 것 같기도 했고요. 의사들이 걱정하더라고요……."

대화는 이런 식으로 흘러가야 했다. 우리 가족을 위해 이렇게 말했어야 했다.

"네가 수업에 들어올 줄은 몰랐다, 에드워드. 너도 오늘 아침 있었던 끔찍한 사고에 휘말렸다고 들었는데."

하지만 이쯤에서 웃었어야 했던 나는 웃지 않았다.

"전 다치지 않았으니까요."

내 말을 들은 배너 선생님은 불편한 기색으로 안절부절못했다.

"타일러 크로울리와 벨라 스완은 좀 어떠니? 부상을 입었다고 들었는데……."

나는 어깨를 으쓱이기만 했다.

"저라고 알까요."

배너 선생님은 이제 헛기침을 했다.

"음, 그래……."

나의 차가운 눈빛을 받은 선생님은 약간 긴장한 목소리로 이렇게만 대답했다.

그는 재빨리 교실 앞으로 돌아가서 수업을 시작했다.

이건 그릇된 행동이었다. 하지만 스스로도 이해하기 힘든 어떤 관점에서 보면 그런 것도 아니었다.

벨라가 모르게 그 애를 비방한다는 게 어쩐지…… 너무나도 기사도에 어긋나는 무례한 행동 같았다. 게다가 그 애는 특히 내가 상상했던 것보다 훨씬 믿을 만한 존재라는 걸 증명하고 있다. 얼마든지 나를 배신할 이유가 있었는데도, 그 애는 나를 저버릴 말을 한마디도 하지 않았다. 그런데 내 비밀을 지켜 주기만 했던 그 앨 내가 배신하고, 나쁘게 말한다고?

나는 스페인어 수업에 들어가서도 고프 선생님과 똑같은 대화를 나누었다. 물론 이번에는 영어가 아니라 스페인어로 말했다. 옆에서 듣던 에밋은 나를 지그시 바라보았다.

오늘 일을 제대로 설명해 주길 바란다. 로잘리가 몹시 화내고 있으니까.

나는 에밋 쪽을 보지도 않고 눈을 흘겼다.

사실 아무도 토 달지 않을 설명을 내놓을 준비는 되어 있었다. 생각해 보라고. 만약 그 여자애가 승합차에 깔리는 걸 내가 막지 않았더라면 어떻게 됐을 것 같으냐고. 물론 생각만 해도 기겁할 일이다. 하지만 정말로 그 애가 차에 치였다면, 그래서 온몸이 엉망진창이 되어 피를 흘렸다면 어땠을 것 같으냐고. 붉은 피가 철철 흐르는 채로 아스팔트 바닥에 쓰러진 그 애의 몸에서 나온 신선한 피 냄새가 공기 중에 흩날린다면…….

나는 몸을 부르르 떨었다. 공포를 느꼈기 때문만은 아니었다. 내 마음 한구석은 욕망에 몸을 떨었다. 그래, 난 그 애가 피 흘리는 걸 그저 지켜보고만 있지는 못했을 거야. 그러다 우리 모두의 정체를 훨씬 적나라하고 충격적인 방식으로 드러내고 말았을 거라고.

이건 완벽한 변명이었지만…… 난 말하지 않을 것이었다. 너무 수치스러웠으니까.

어쨌든 그 당시에도 이런 생각은 전혀 하지 않았다. 한참 후에야 떠올려 낸 이야기였을 뿐이다.

내가 몽상에 빠진 줄도 모르고, 에밋은 계속 말했다. **재스퍼를 조심해. 걔는 로잘리만큼 화난 건 아니지만…… 아주 단단히 마음먹었다고.**

에밋의 말이 무슨 뜻인지 깨달은 순간, 교실 안이 빙빙 돌았다. 번뜩이며 내리친 분노가 온몸의 힘을 확 앗아간 나머지 눈앞에 뿌옇게 붉은 아지랑이가 피어올랐다. 이러다 그만 숨이 막혀 죽을 것 같았다.

에드워드! 정신 차려! 에밋이 머릿속으로 소리쳤다. 그의 손이 내 어깨를 누르며 벌떡 일어나려는 나를 자리에 앉혔다. 평소 에밋은 자기힘을 전부 다 발휘하는 일이 드물었다. 그럴 필요가 없었으니까. 그는 우리가 이제껏 만난 그 어떤 뱀파이어보다도 훨씬 강한 존재였다. 그런데 지금은 온 힘을 다해 날 제어했다. 그는 날 자리에 내리누르는 대신 팔을 단단히 잡았다. 만약 에밋이 날 눌렀다면, 앉은 의자가 우그러졌을 것이다.

진정해! 에밋이 강하게 말했다.

나도 진정하려고는 했지만, 그러기가 힘들었다. 머릿속에서 분노가 타올랐다.

재스퍼는 우리 모두에게 말하기 전에는 아무 짓도 안 할 거야. 난 그저 재스퍼가 무슨 의도인지 네가 알아야 한다고 생각해서 말한 거야.

나는 마음을 가라앉히기 위해 정신을 집중했다. 곧 에밋의 손힘이 살짝 풀리는 게 느껴졌다.

사람들이 다 널 쳐다보게 만들지 마. 더는 안 돼. 지금도 충분히 어려운 상황이잖아.

나는 심호흡을 했고 에밋은 날 놓았다.

하던 대로 교실 안의 생각을 하나하나 훑었다. 하지만 우리가 벌인 소동은 워낙 짧고 조용했기 때문에 에밋 뒤에 앉아 있던 몇 사람만이 알아보았을 따름이었다. 이게 무슨 일인지 알아챈 사람은 아무도 없었기에, 그들은 어깨를 으쓱거리기만 했을 뿐이었다. 컬렌 가 애들은 다 괴짜니까. 모두들 잘 알고 있는 사실이다.

제길, 동생아. 너 지금 완전 엉망이야. 에밋은 동정어린 어조로 한마디 더 생각했다.

"어쩌라고."

나는 나지막이 투덜댔다. 그러자 에밋이 작게 키득거리는 소리가 들렸다.

에밋은 아무런 악의를 품지 않았다. 천하태평하게 상황을 이해해준 그에게 나는 더욱 감사해야 마땅하겠지. 하지만 재스퍼의 의도를 두고 에밋 역시 일리 있다고 생각한다는 것 또한 난 알고 있었다. 에밋은 지금 어떻게 행동하는 게 최선일지 고민하는 중이었다.

분노가 서서히 끓어올라 참기 힘들 지경이었다. 그래, 에밋은 나보다 힘이 세지만, 레슬링 시합에서 나를 이긴 적은 없다. 경기에서 내능력을 쓰는 건 반칙이나 다름없다고 에밋은 주장하지만, 그의 어마어마한 힘이 타고난 능력이듯 생각을 읽는 나의 능력 역시 타고난 것이다. 싸운다면 우리는 서로 대등하게 맞설 수 있다.

싸운다고? 결국 싸우게 되는 걸까? 잘 알지도 못하는 인간 하나를 위해서 내가 가족과 맞서 싸우게 된다고?

잠시 그 순간을 생각해 보았다. 내 팔에 안겼던 여자애의 몸을, 그 가냘프던 느낌을. 그러면서 나란히 재스퍼와 로잘리, 에밋을 생각했다. 초자연적으로 강하고 빠르며, 타고난 살인 기계와도 같은 그들을.

그래. 난 그 애를 위해 싸울 것이다. 내 가족에 맞서서. 몸서리가 쳐졌다.

그 애를 위험하게 만든 건 나잖아. 어떻게 무방비한 상태로 그냥 내버려 둘 수 있겠어!

하지만 나 혼자만으론 이길 수 없었다. 상대는 셋이었다. 그렇다면 누가 내 편이 되어 줄까.

칼라일은 분명히 내 편일 것이다. 아버지는 누구와도 싸우지 않지만, 로잘리와 재스퍼의 계획에 전적으로 반대하겠지. 어쩌면 내게 필요한 건 칼라일뿐일지도 모른다.

에스미는 모르겠다. 어머니는 나의 반대편에 서지는 않을 것이다. 칼라일과 뜻을 달리하는 것을 원치 않을 테니. 하지만 에스미는 가족을 온전히 지켜 주는 계획이라면 무엇이든 그쪽을 택할 것이다. 에스미의 우선순위는 옳은 행동이 아니라 바로 나였다. 칼라일이 우리 가족의 영혼이라면, 에스미는 마음이었다. 칼라일은 우리가 본받아 마땅한 지도자가 되어 주었다. 그리고 에스미는 지도자를 본받으려는 그 마음을 사랑으로 만드는 존재였다. 우리는 모두 서로를 사랑했다. 재스퍼와 로잘리에게 분노를 느끼고 있는 지금도, 심지어 그 여자애를 구하려고 둘과 맞서 싸우려는 계획을 세우는 이 순간에도 나는 그들을 사랑하고 있었다.

앨리스는…… 모르겠다. 아마도 그녀가 보는 미래에 따라 어느 편에 서게 될지 달라지겠지. 내 생각에 그녀는 승자의 편에 설 것이다.

그러니 나는 도움을 받지 않고 해야 한다. 혼자서는 그들을 상대할 수 없지만, 나 때문에 그 여자애가 다치도록 두지는 않을 거다. 그렇다면 대피 작전을 써야 하겠군.

그러다 갑자기 우습고도 섬뜩한 생각이 들어 분노가 누그러졌다. 만약 내가 그 애를 납치한다면 그 애는 어떤 반응을 보일까. 물론 난 그 애의 반응을 제대로 추측한 적이 거의 없긴 하다. 하지만 납치를 당한다면 공포에 질리는 것 외에 달리 어떤 반응을 보이겠는가?

하지만 그 다음엔 어떻게 할지 알 수가 없었다. 납치를 한다 치자. 그래도 그 애와 아주 오랫동안 가까이 붙어 있지는 못할 것이다. 납치하는 대신 그냥 그 애의 엄마에게 돌려보내는 건 어떨까. 하지만 돌려보내는 것만으로도 위험 부담이 너무 컸다. 내가 아니라 그 애가 위험하다.

게다가 불현듯 나 역시 마찬가지라는 깨달음이 왔다. 내가 혹시 실수로 그 애를 죽이기라도 한다면…… 얼마나 큰 고통을 받게 될지 예측할 수조차 없었다. 하지만 분명히 다면적이고 강력한 고통이리라.

시간이 빠르게 흘러가는 동안, 나는 앞에 놓인 복잡한 문제들을 곰곰이 생각했다. 집에 가면 나를 두고 모두가 논쟁하게 되겠지. 가족과 갈등을 일으키겠지. 그 후의 시간들을 또 얼마나 오랫동안 견뎌야 할까.

음, 이 학교 안은 지겹지만, 학교 바깥에서 일어나는 삶이 단조롭다고 불평할 수는 없겠네. 그 여자애 때문에 참 많은 게 바뀌어 버렸다.

수업 마치는 종이 울리자, 에밋과 나는 말없이 차 쪽으로 걸어갔다. 그는 나를 걱정하면서도 또 로잘리를 걱정하는 중이었다. 만약 둘 중 하나의 편을 들어야 하는 때가 온다면 어쩔 수 없다는 걸 에밋은 알고 있었다. 그래서 괴로워했다.

다른 이들은 차 안에서 우리를 기다리고 있었다. 역시 말이 없었다. 우리는 아주 조용한 무리였다. 하지만 머릿속에서는 아우성이 들려왔다.

바보! 미쳤어? 이 멍청이가! 얼간이 같은 놈! 이기적이고 무책임하고 덜떨어진 놈! 로잘리는 씩씩대며 머릿속에서 떠오르는 욕설을 끊임없이 쏟아 냈다. 그래서 다른 이들의 말을 듣기가 어려웠지만, 나는 최선을 다해서 로잘리의 말을 무시했다.

에밋이 재스퍼에 대해 했던 말은 맞았다. 그는 자기가 정한 일을 확신하고 있었다.

앨리스는 고민 중이었다. 재스퍼를 걱정하면서, 다가올 미래의 이미지들을 획획 뒤적여 댔다. 재스퍼가 어떤 방향으로 그 여자애에게 접근하든, 앨리스는 언제나 그 광경에서 앞을 막아서는 나를 보았다. 흥미롭군…… 그 환상 속에 로잘리도 에밋도 재스퍼 옆에 없다니. 그렇다면 재스퍼는 혼자 행동하기로 계획한 거로군. 그렇다면 오히려 일이 더 어려워진다.

재스퍼는 가장 뛰어난 전사였다. 우리 중 단연 가장 전투 경험이 많았다. 내 장점이라고 해봤자 재스퍼가 행동하기 전에 그의 움직임을 생각을 통해 엿들을 수 있다는 것뿐이었다.

그리고 나는 형제들과 장난삼아 싸운 것 외에는 정식으로 싸워 본 적도 없었다. 그저 거칠다 싶을 정도로 장난을 쳤을 뿐, 그건 싸움이 아니었다. 진짜로 재스퍼를 해쳐야 한다는 생각에 속이 울렁거렸다.

아니, 그게 아니야. 그저 앞을 막아서는 것뿐이야. 그게 전부이지, 싸우지 않아.

나는 앨리스에게 집중하면서, 재스퍼가 여러 가지로 공격해 오는 길을 외웠다.

그러자 앨리스의 환상이 변했다. 장면은 점점 스완네 집 쪽에서 멀어졌다. 나는 미리 재스퍼의 진로를 차단하고 있었다.

앨리스가 마음속으로 소리쳤다. **그만해, 에드워드! 그런 일은 일어나지 않아. 내가 그렇게 안 둬.**

나는 대답하지 않았다. 그저 계속 지켜보았다.

앨리스는 더 먼 미래를 찾기 시작했다. 안개에 긴 듯한 확실하지 않은 영역으로, 저 먼 가능성으로. 모든 건 어둡고 막연하기만 했다.

집으로 돌아오는 내내 무겁게 내려앉은 침묵은 걷히지 않았다. 나는 집 밖에 있는 커다란 차고에 주차했다. 칼라일의 벤츠가 에밋의 커다란 지프 옆에 서 있었다. 그 옆으로는 로잘리의 BMW M3 세단과 나의 애스턴 마틴 뱅퀴시가 있었다. 칼라일이 이미 집에 온 걸 보니 좋았다. 이 침묵은 언제라도 폭발할 수 있었고, 그렇다면 날 위해 그 자리에 칼라일이 있어야 했다.

우리는 곧바로 식당으로 향했다.

물론 식당은 원래 의도대로 사용된 적이 없었다. 그래도 긴 타원형 마호가니 식탁을 놓아두었다. 우리는 모든 소품들을 제 쓰임에 맞게 배치하는 데 세심하게 주의를 기울였다. 칼라일은 그곳을 회의실로 사용하길 좋아했다. 이토록 강하고도 이질적인 성격을 지닌 개개인의 집단에서는, 때로 차분하게 앉은 상태로 상황을 토론할 필요가 있기 때문이다.

하지만 오늘은 제아무리 차분히 앉아 봤자 별 도움이 안 될 거란 느낌이 왔다.

칼라일은 항상 앉던 대로 방의 동쪽 상석에 앉았다. 에스미는 그 옆에 앉았다. 둘은 식탁 위에 손을 올려놓았다.

에스미의 눈길이 나를 보았다. 금빛으로 빛나는 깊은 눈매에는 걱정이 그득했다.

여기 있으렴. 에스미의 생각은 그뿐이었다. 그녀는 무슨 일이 일어날지 아무것도 몰랐다. 단지 내 걱정을 할 뿐이다.

내 친어머니나 다름없는 이분에게 미소 지어 줄 수 있다면 얼마나 좋을까. 하지만 지금 난 확신이 없었다.

나는 칼라일의 남은 옆자리에 앉았다.

칼라일은 앞으로 벌어질 일을 좀 더 잘 알고 있었다. 입술을 꾹 다물고, 이맛살을 찌푸린 채였다. 얼굴은 젊어 보이건만, 표정은 너무 나이 들어 보였다.

모두가 자리에 앉자, 우리 사이에 그어진 선이 보였다.

로잘리는 식탁의 저 반대편 자리에 칼라일과 마주보며 앉았다. 그녀는 나를 노려보는 눈길을 거두지 않았다.

에밋은 로잘리 옆에 앉았다. 표정과 생각이 모두 씁쓸했다.

재스퍼는 주저하다가 로잘리 뒤편 벽으로 가 기대섰다. 이 토론의 자리에서 어떤 결과가 나오든 상관없이 그는 이미 결심을 굳혔다. 나는 이를 으득 악물었다.

앨리스는 맨 마지막으로 들어왔다. 그녀의 눈은 어딘가 먼 곳을 집중해 응시하고 있었다. 쓸만하다 여기기엔 아직도 불분명한 미래를 보고 있는 거다. 그녀는 아무 생각 없어 보이는 태도로 에스미 옆에 앉았다. 그리고 두통이 있는 것처럼 이마를 문질렀다. 재스퍼는 불편한 기색으로 몸을 비틀고는 앨리스에게 가 볼까 고민했지만, 그러지 않고 자리를 지켰다.

나는 심호흡을 했다. 이 일은 내가 시작한 거다. 그러니 먼저 말을 꺼내야겠지.

"죄송합니다."

나는 이렇게 말하며 먼저 로잘리를 보았다. 그리고 차례대로 재스퍼, 에밋을 보았다.

"여러분 누구도 위험에 빠뜨릴 의도는 없었어요. 생각 없이 굴었습니다. 그러니 성급한 행동을 저지른 책임은 모두 지겠어요."

로잘리가 죽일 듯이 나를 노려보았다.

"'책임을 모두 지겠다'니, 그게 무슨 뜻이야? 네가 일을 바로잡겠다는 거야?"

"네가 의도하는 방식대로는 안 할 거야."

나는 목소리를 평온하고 조용하게 제어하면서 말을 이었다.

"이 일이 일어나기 전부터 여길 떠날 계획이었어. 난 지금 떠날 거야……."

나는 머릿속으로 말을 수정했다. 그 여자애가 안전하다는 생각이 들면, 너희 중 아무도 그 애에게 손대지 않을 거란 확신이 들면 말이야.

"그러면 상황은 저절로 해결될 거야."

"안 돼. 그건 안 된다, 에드워드."

에스미가 중얼거렸다. 나는 그녀의 손을 쓰다듬었다.

"몇 년 있다 돌아올게요."

그러자 에밋이 말했다.

"하지만 에스미 말이 맞아. 넌 아무 데도 가면 안 돼. 그러면 오히려 역효과가 일어날 거야. 사람들이 뭐라고 생각하는지 우리는 알아야 한다고. 그 어느 때보다 지금이 네가 필요해."

난 그 말을 반박했다.

"앨리스가 있잖아. 중요한 사건은 다 알아낼 거야."

하지만 칼라일도 고개를 저었다.

"에밋의 말이 맞다, 에드워드. 네가 사라진다면 그 애는 오히려 더 말을 퍼뜨릴 가능성이 있어. 떠난다면 우리 모두 가야지, 누구 하나만 떠나는 건 아니야."

"그 애는 아무 말도 안 할 거예요."

나는 재빨리 목소리를 높였다. 로잘리는 이러다가 폭발할 것 같았다. 그래서 나는 이 사실을 먼저 알리고 싶었다.

"너는 그 애의 마음을 모르지 않니."

칼라일이 지적했다.

"그래도 안 그럴 거란 건 알아요. 앨리스, 말 좀 해 줘."

앨리스는 피곤한 기색으로 나를 지그시 올려다보았다.

"우리가 그냥 이 문제를 무시한다면 무슨 일이 일어날지 보이질 않아."

앨리스는 로잘리와 재스퍼를 힐끗 쳐다보았다.

그래. 앨리스는 볼 수가 없었다. 로잘리와 재스퍼는 이 사건을 무시할 생각이 전혀 없었기 때문에, 그들이 생각을 바꾸기 전까지는 미래가 보이지 않았다.

로잘리의 손이 쾅 소리를 내며 식탁을 내리쳤다.

"그 인간이 말을 하게 두어서는 안 돼요. 칼라일, 그 점을 똑바로 아셔야 해요. 우리가 모두 떠난다는 결정을 내린다 해도, 뒤에 이야깃거리를 남기는 건 안전하지 않다고요. 우리는 다른 뱀파이어들과는 너무나 다르게 살고 있어요. 아시잖아요, 이걸 핑계 삼아 우리에게 기꺼이 손가락질해 댈 자들이 있단 말이에요. 우리는 그 누구보다도 조심스럽게 행동해야 해요!"

나는 로잘리의 말에 토를 달았다.

"우리는 예전에도 소문을 남긴 적이 있었어."

"그땐 그저 소문과 의혹일 뿐이었잖아, 에드워드. 지금은 목격자와 증거가 있다고!"

"하, 증거라니!"

나는 코웃음을 쳤다.

하지만 재스퍼는 눈을 부릅뜬 채 로잘리의 말에 고개를 끄덕였다.

"로잘리—"

칼라일이 무어라 말하려 했지만 그녀는 막아섰다.

"그러니 내가 처리하게 해 주세요, 칼라일. 굳이 크게 일을 만들 필요도 없어요. 그 여자애는 오늘 머리를 부딪혔어요. 그러니 겉보기는 멀쩡해도 사실은 심각한 내상을 입었다는 게 드러나는 쪽이면 좋겠죠."

로잘리는 어깨를 으쓱이더니 말을 이었다.

"인간들이란 언제나 잠들었다가 깨어나지 않을 가능성을 안고 살아요. 다른 뱀파이어들이 이 일을 안다면 우리가 저지른 짓을 알아서 처리하기를 기대할 거라고요. 엄밀히 말하자면 에드워드가 처리해야 하겠지만 딱 봐도 이건 애 능력 밖의 일이에요. 내가 잘 제어할 수 있다는 걸 아시죠? 아무 증거도 남기지 않고 내가 처리할게요."

"그래, 로잘리. 네가 암살에 상당히 능하다는 건 우리 모두 잘 알지."

내가 으르렁댔다. 로잘리는 순간 말문이 막힌 채 내게 위협적인 소리를 냈다. 이대로 갔다가는 어떻게 될까.

"에드워드, 그만해라."

칼라일은 이렇게 말하더니 로잘리를 보았다.

"로잘리, 이건 로체스터 때와는 상황이 다르다고 본다. 그때 넌 당연히 추구해야 할 정의를 추구하고 실현했다고 생각해. 네가 죽인 남자들은 너에게 심한 잘못을 했으니까. 하지만 지금은 그때와 같은 상황이 아니잖아. 스완이란 여자애는 아무런 잘못이 없잖니."

그러자 로잘리는 이를 악문 채 대꾸했다.

"개인적인 감정은 없어요, 칼라일. 이건 우리 모두를 보호하기 위한 일이라고요."

잠시 침묵이 흘렀다. 그동안 칼라일은 내놓을 대답을 생각하고 있었다. 이윽고 그가 고개를 끄덕이자, 로잘리는 눈을 확 빛냈다. 하지만 그녀는 아직도 칼라일을 잘 모르고 있었다. 내가 그의 생각을 읽을 수 없었다 해도, 이어질 말이 무엇인지는 예상할 수 있었을 것이다. 칼라일은 절대로 타협하지 않는 분이니까.

"네가 좋은 뜻으로 말한 건 안다, 로잘리. 하지만…… 나는 우리 가족이 보호할 만한 가치가 있는 존재가 되기를 간절히 바란단다. 가끔씩 일어나는…… 사고나 통제 불능의 일은 우리가 이런 존재라 어쩔수 없이 벌어지는 유감스러운 부분이지."

칼라일이 자신을 통제하지 못했던 적을 한 번도 본 적이 없지만, 그럼에도 불구하고 자신까지 포함하여 '우리'라고 말하는 모습이 매우 칼라일답다는 생각이 들었다.

"죄 없는 아이를 냉혹하게 살해하는 건 완전히 별개의 일이야. 나는 그 애가 존재해서 생기는 위험은 다른 위험에 비하면 아무것도 아니라고 생각한단다. 그 애가 의혹에 대해 이야기를 하든 안 하든 상관없어. 만약 우리가 자신을 보호하기 위해 예외를 만들어 살인을 저지른다면, 그보다 더욱 중요한 가치를 저버릴 위험이 생긴다. 우리라는 존재의 본질을 잃을 위험을 감수해야 할 거야."

나는 표정을 세심하게 관리했다. 여기서 씩 웃어 봤자 아무런 도움이 되지 않을 테니. 하지만 마음 같아서는 박수라도 치고 싶었다.

로잘리는 인상을 썼다.

"이건 책임감 있는 행동일 뿐이에요."

"그건 비정한 행동일 뿐이란다. 모든 생명은 소중하니까."

칼라일은 부드럽게 지적했다.

로잘리는 무거운 한숨을 쉬더니 아랫입술을 삐죽 내밀었다. 에밋은 그녀의 어깨를 쓰다듬으며 낮은 목소리로 마음을 달래 주었다.

"괜찮을 거야, 로잘리."

칼라일은 말을 이어 갔다.

"이제 문제는 언제 이사를 가느냐인데."

그러자 로잘리가 못마땅한 신음을 내며 말했다.

"싫어요. 우리는 정착한 지 얼마 안 됐잖아요. 고등학교를 2학년부터 또 다니고 싶지 않다고요!"

"물론 지금 나이를 유지해도 괜찮아."

칼라일이 대답하자, 그녀가 또 물었다.

"그렇다면 또 그렇게 급하게 이사 가야 한다는 거예요?"

칼라일은 어깨를 으쓱일 뿐이었다.

"여기가 좋단 말이에요! 햇빛도 거의 비치지 않아서 우리가 정상처럼 보이잖아요."

"글쎄. 당장 결정해야 할 것 같지는 않구나. 그럴 필요가 있을지 두고 보자. 에드워드는 스완이란 여자애가 말하지 않을 거라 확신하고 있으니까."

그 말에 로잘리는 코웃음을 쳤다.

하지만 나는 로잘리에 대해 더는 걱정하지 않았다. 제아무리 나에게 분노한다 해도, 결국 칼라일의 결정을 따르리라는 걸 알고 있으니까. 그들의 대화는 이제 중요하지 않은 세부 사항으로 화제가 바뀌었다.

하지만 재스퍼는 변함이 없었다.

왜 그런지는 안다. 앨리스와 만나기 전까지, 재스퍼는 전투 지역에서 살며 가차 없는 전쟁을 겪어왔다. 그는 규칙을 어긴 결과가 무엇인지 알고 있다. 두 눈으로 그 끔찍한 여파를 똑똑히 보아 왔다.

재스퍼가 자신의 능력을 발휘하여 로잘리를 진정시키지도 않고, 그렇다고 감정을 격하게 만들지도 않는 걸 보니 많은 걸 알 수 있었다. 그는 이 논의에서 초연한 상태였다. 이미 자신만의 결정을 내려 놓았기 때문이다.

"재스퍼."

내가 부르자 그는 나와 눈을 마주쳤다. 그 얼굴에는 아무런 표정이 없었다.

"실수는 내가 한 거야. 그 애가 내 실수 때문에 죽으면 안 돼. 그렇게는 놔둘 수 없어."

"그렇게 따지자면 걔가 이득을 본 건 어떻고? 원래대로라면 오늘 죽었어야 할 애야, 에드워드. 나는 상황을 바로잡으려는 것뿐이야."

나는 다시금 말을 반복했다. 단어 하나하나에 힘을 실어서, 똑똑히.

"그렇게는 놔둘 수 없어."

재스퍼는 눈썹을 치켜 떴다. 내가 이러리라고는 예상하지 못했나 보다. 내가 자기를 가로막을 거라고는 상상조차 하지 못한 거다.

그는 한 번 고개를 저었다.

"게다가 난 앨리스가 위험하게 살게 두지 않을 거야. 아주 조금이라도 위험해서는 안 돼. 넌 앨리스가 나에게 얼마나 중요한지 전혀 모르겠지. 너한테는 그런 상대가 없으니까, 에드워드. 그리고 아무리 내 기억을 본다 해도, 넌 내가 살아온 방식을 전혀 몰라. 그렇게 살아본 적이 없으니까. 넌 이해 못해."

"논쟁하자는 게 아니야, 재스퍼. 내가 말하고 있는 걸 잘 들어. 난 네가 이사벨라 스완을 해치게 놔둘 수는 없어."

우리는 서로를 빤히 바라보았다. 노려보는 것은 아니었다. 다만 상대를 가늠하는 행동이었다. 그가 나를 둘러싼 분위기를 살피면서 내 결심이 얼마나 굳은지 알아보는 게 느껴졌다.

"재스퍼."

앨리스가 우리 둘 사이에 끼어들어 말했다.

재스퍼는 나를 잠시 더 응시하다가, 그녀에게 고개를 돌렸다.

"네 몸은 알아서 지키겠다는 말을 굳이 할 필요 없어, 앨리스. 나도 아니까. 하지만 그렇다고 변하는 건―"

하지만 앨리스는 말을 가로막았다.

"그런 말이 아니야. 너한테 부탁 하나 하려고."

앨리스의 속마음을 본 나는 그만 가쁜 숨을 몰아쉬며 입을 벌리고 말았다. 그리고 심하게 충격을 받은 채로 그녀를 멍하니 응시했다. 앨리스와 재스퍼를 제외한 다른 사람들이 이제 나를 조심스럽게 바라본다는 것만 어렴풋이 느껴졌을 뿐이다.

"나를 사랑하는 거 알아. 고마워. 하지만 네가 벨라를 죽이지 않아주었으면 정말 고맙겠어. 우선 에드워드는 꽤 진지한 마음이고, 난 너희 둘이 싸우는 거 바라지 않거든. 그리고 다음으로, 벨라는 내 친구야. 적어도 벨라는 그렇게 될 거야."

그녀의 머릿속에서 장면이 선명하게 떠올랐다. 앨리스는 얼음처럼 하얀 팔을 그 애의 따스하고 연약한 어깨에 둘렀다. 그러자 벨라도 미소를 지으며, 앨리스의 허리에 팔을 둘렀다.

그 환상은 확고했다. 다만 언제 벌어질지 알 수 없을 뿐, 분명히 현실이 될 것이었다.

"하지만…… 앨리스……."

재스퍼는 숨을 헉 들이켰다. 나는 차마 고개를 돌려 그의 표정을 볼 수가 없었다. 앨리스의 환상 속 이미지에서 헤어나올 수가 없어서, 재스퍼의 생각이 어떤지 들을 수도 없었다.

"나는 언젠가 그 애를 사랑하게 될 거야, 재스퍼. 그러니 그 애를 가만두지 않으면 난 너에게 몹시 화를 낼 거야."

나는 앨리스의 생각에 여전히 사로잡힌 채였다. 그녀가 예상치 못한 부탁을 하자, 재스퍼의 결심이 흔들리면서 은은히 빛나는 미래가 보였다.

"아아."

앨리스는 한숨을 쉬었다. 재스퍼가 주저하자 새로운 미래가 열린 것이다.

"보여? 벨라는 아무 말도 안 할 거야. 걱정할 거 없어."

앨리스가 그 여자애의 이름을 말하는 소리…… 마치 벌써 가까운 사이가 된 것처럼 들리는걸.

목이 메어 왔다.

"앨리스, 이게…… 대체 무슨……."

"변화가 올 거라고 했잖아. 나도 아직 모르겠어, 에드워드."

그러나 입을 꾹 다문 모습을 보자, 뭔가 더 있다는 게 보였다. 앨리스는 그 미래를 생각하지 않으려고 애쓰는 중이었다. 갑자기 재스퍼에게 심하게 집중하기 시작했으니까. 하지만 재스퍼는 지금 너무 충격을 받은 나머지 의사 결정 과정에 별 진전을 보이지 못하고 있었다.

앨리스는 가끔 내게 무언가를 숨기려고 할 때마다 이러곤 한다.

"뭐야, 앨리스? 뭘 숨기는 건데?"

에밋이 투덜대는 소리가 들렸다. 앨리스와 내가 이렇게 머리로 대화할 때마다 에밋은 언제나 답답해 했다.

앨리스는 나를 생각에서 애써 밀어내면서 고개를 저었다.

"그 여자애 때문에 그래? 벨라 때문이야?"

나는 집요하게 물었다. 앨리스는 이를 악물고 집중했지만, 내가 벨라의 이름을 말하자 그만 생각이 흐트러졌다. 아주 잠시 흐트러졌을 뿐이지만, 그걸로 충분했다.

"아니야!"

난 소리쳤다. 의자가 바닥을 치는 소리가 들렸다. 그때야 비로소 내가 벌떡 일어났다는 걸 깨달았다.

"에드워드!"

칼라일도 일어서더니 내 어깨를 잡았다. 하지만 난 그런 줄도 몰랐다.

"미래가 확고해지고 있어. 네가 결정을 내리는 매 분마다 말이야. 그 애에게는 실제로 단 두 가지 길이 있을 뿐이야. 이것 아니면 저것뿐이야, 에드워드."

앨리스가 속삭였다.

그녀가 무엇을 보았는지 봤지만…… 받아들일 수 없었다.

"아니야."

난 다시 말했다. 부정하는 내 목소리에는 힘이 없었다. 발밑이 움푹 꺼진 것 같았다. 나는 몸을 가누려고 식탁을 잡아야 했다. 칼라일은 내게서 손을 거두었다.

"아, 진짜 짜증나네."

에밋이 불평을 했다. 나는 그를 무시하면서 앨리스에게 속삭였다.

"난 떠나야 해."

그러자 에밋이 큰 소리로 말했다.

"에드워드, 그 이야기는 이미 끝났잖아. 네가 떠나면 걔가 이야기할 빌미를 안겨 주는 꼴이라고. 게다가 네가 사라지면 걔가 무슨 소리를 하는지 안 하는지 우리가 어떻게 알라는 거야? 넌 여기 있으면서 이 일을 해결해야지."

앨리스도 말했다.

"네가 다른 데로 가는 모습은 안 보여, 에드워드. 네가 앞으로 떠날 수나 있을지도 모르겠어."

그녀는 속으로 덧붙였다. 생각해 봐. 떠나는 걸 생각해 보라고.

앨리스의 말이 이해가 갔다. 그래, 그 애를 다시는 못 본다는 생각을 하자…… 고통스러웠다. 그 애에게 그토록 가혹한 작별 인사를 고했던 병원 복도에서 난 이미 이 고통을 느꼈다. 하지만 지금은 더욱 더 떠나야만 했다. 둘 중 어느 미래라도 그 애에게는 나로 인해 불러들여진 저주나 다름없다. 받아들일 수 없었다.

앨리스는 계속 생각했다.

난 재스퍼가 어떻게 할지 완전히 확신한 건 아니야, 에드워드. 만약 네가 떠난다면, 그래서 재스퍼가 벨라를 우리의 위험 요소라고 생각한다면…….

"안 듣겠어."

나는 반박했다. 옆에서 듣고 있는 이들이 있었지만 제대로 신경쓸 수가 없었다. 재스퍼는 계속 갈팡질팡하는 중이었다. 그는 앨리스에게 상처 줄 일은 하지 않을 것이다.

지금은 확신할 수 없어. 넌 그 애가 위험해지도록 놔 둘 거야? 무방비하게?

"나한테 왜 이러는 거야?"

나는 신음하며 두손으로 머리를 감쌌다.

난 벨라의 보호자가 아니야. 그럴 수는 없어. 앨리스는 분열된 미래를 봤으면서도 왜 그걸 모르지?

나도 그 애를 사랑해. 지금은 아니더라도 사랑하게 될 거야. 물론 너와 같은 마음은 아니지만, 그래서 그 애가 곁에 있었으면 좋겠어.

"너도 그 애를 사랑한다고?"

내 입에서 속삭임이 흘러나왔다. 믿을 수가 없었다.

앨리스는 한숨을 쉬었다. 왜 아직도 모르는 거니, 에드워드. 네 마음이 어디로 향하는지 안 보여? 네가 어디까지 와 버렸는지 모르겠어? 아침에 태양이 떠오르게 정해진 것보다 더 명백한데. 내가 본 걸 너도 봐…….

"싫어."

나는 심하게 겁먹은 채 고개를 저었다. 그리고 그녀가 내게 드러내려는 환상을 애써 차단하려 했다.

"네가 보여 준 미래를 따를 필요는 없어. 내가 미래를 바꿀 테니."

"어디 한번 해봐."

앨리스는 믿기지 않는다는 목소리로 대꾸했다.

"야, 대체 뭐라고 하는 거야!"

에밋이 버럭 소리질렀다. 그러자 로잘리가 위협적인 소리로 말했다.

"잘 들어봐. 앨리스가 봤다잖아. 쟤가 인간을 좋아하게 됐다고! 고전 소설 남주인공 같은 이름값을 톡톡히 하는구나, 에드워드!"

로잘리는 목이 졸린 것 같은 소리를 냈다. 하지만 난 그녀의 소리를 제대로 듣지도 못했다.

"뭐라고?"

에밋은 깜짝 놀라서 되물었다. 그러다 이내 우렁찬 웃음소리가 식당 안을 가득 메웠다.

"이제껏 그랬던 거였어? 운이 없구나, 에드워드."

그는 다시 웃었다. 그의 손이 내 팔을 잡아 오는 걸 느꼈지만 난 무심코 그 손을 떨쳐냈다. 에밋에게 신경 쓸 겨를이 없었다.

"인간을 좋아하게 됐다니? 오늘 구한 그 여자애 말이니? 그 애와 사랑에 빠졌어?"

에스미는 무척 놀란 목소리로 되물었다. 재스퍼는 앨리스를 다그쳤다.

"뭐가 보여, 앨리스? 정확히 말해 봐."

그녀는 재스퍼를 향해 돌아섰다. 나는 계속해서 그녀의 옆모습을 멍하니 응시했다.

"이건 에드워드가 얼마나 강한지에 따라 달라져. 길은 두 갈래야. 하나는 애가 직접 그 여자애를 죽이는 미래야."

앨리스는 고개를 돌려 다시 나를 바라보았다. 노려보는 눈빛이었다.

"만약 그렇게 된다면 난 정말 짜증이 날 거야, 에드워드. 네가 어떻게 될지는 말할 필요도 없을 테고."

그녀는 이제 재스퍼를 마주보았다.

"아니면 언젠가 그 애도 우리처럼 될 거야."

"그런 일은 있을 수 없어! 그 어느 쪽도 안 돼!"

나는 다시 소리쳤다.

앨리스는 내 말을 못 들은 것처럼 말을 이었다. 그녀는 골똘히 생각에 잠긴 채 혼잣말 했다.

"이건 다 에드워드에게 달렸어. 에드워드는 그 애를 죽이지 않을 수 있을 만큼 강할 수도 있어. 하지만 죽일 가능성이 대단히 크네. 어마어마할 정도의 자제력이 필요하겠고. 칼라일의 자제력보다 훨씬 더 큰 자제력이 있어야 하다니. 하지만 그렇게나 강한 에드워드도 못할 만한 일이 딱 하나 있네. 그 애에게서 떨어질 수가 없어. 아무리 해도 안 돼."

차마 말이 나오지 않았다. 나 외에도 그 누구 하나 입을 열지 못하는 듯했다. 방안은 그저 고요했다.

나는 앨리스를 물끄러미 바라보았다. 다른 이들은 모두 나를 물끄러미 바라보았다. 다섯 명의 서로 다른 관점을 통해 겁에 질려 버린 내 모습이 보였다.

오랜 침묵 끝에, 칼라일이 한숨을 쉬었다.

"음, 이것 참…… 복잡하게 됐구나."

"그러게요."

에밋이 맞장구를 쳤다. 그 목소리엔 아직도 웃음기가 서려 있었다. 에밋은 내 삶이 망가진 이 상황이 정말 재미있나 보군.

"그렇더라도 계획은 그대로 유지해야 할 것 같구나. 우리는 일단 머물면서 지켜보기로 하자. 분명히 말하지만, 아무도 그 여자애를…… 해쳐서는 안 된다."

칼라일이 신중하게 말했다. 나는 몸이 굳어 버렸다.

재스퍼가 대답했다.

"알겠어요. 거기까진 저도 동의합니다. 앨리스가 단 두 가지 미래만 봤다면―"

"아니야!"

반박하는 내 목소리는 고함도, 신음도, 절망에 찬 외침도 아니었다. 굳이 말하자면 그 셋의 조합이었다.

"아니라고!"

이 방에서 나가야 한다. 이들의 시끄러운 생각의 소리에서 벗어나야 한다. 로잘리는 제멋대로 혐오감을 드러냈고, 에밋은 그저 우스워했으며, 칼라일은 끝없는 인내심을 보였는데…….

그보다 더 나쁜 건 앨리스의 확신이었다. 그리고 그 확신을 재스퍼는 또 확신했다.

하지만 최악인 건 따로 있었다. 에스미는…… 기뻐했다.

나는 방에서 성큼성큼 나갔다. 에스미는 지나가는 나에게 손을 뻗었지만, 나는 그 손짓을 받아 주지 않았다.

집 안에서부터 마구 달려 나왔다. 단번에 잔디밭과 강을 지나 숲속으로 달려갔다. 다시 내리기 시작한 빗방울이 거세게 몰아쳐 몇 초 만에 온몸이 흠뻑 젖었다. 세차게 내리는 빗줄기가 마음에 들었다. 나와 이 세상을 가르는 장벽 같았으니까. 그 장벽 안에서, 나는 혼자가 될 수 있었다.

나는 정동향으로 계속 달렸다. 직선으로 쭉 쉬지 않고 달리며 산을 넘었다. 달리고 또 달린 끝에 마침내 해협 저편으로 흐릿하게 반짝이는 시애틀의 불빛이 보였다. 인류 문명의 경계선에 닿기 전에야, 비로소 나는 달리기를 멈추었다.

홀로 빗줄기에 갇혀, 마침내 내가 무슨 짓을 저지른 건지 용기를 내어 바라보았다. 내가 망쳐 버린 미래가 무엇인지 말이다.

첫 번째 환상에서 앨리스와 그 여자애는 서로 포옹하고 있었다. 둘은 고등학교 근처 숲을 함께 산책하는 중이었다. 그 장면 속에서 둘 사이의 신뢰와 우정이 너무나도 분명히 울려 퍼졌다. 환상 속에서 보이는 벨라의 초콜릿 빛 둥근 눈은 당황한 기색이 없었지만, 여전히 비밀이 가득했다. 이 순간, 그들은 행복한 비밀을 품은 존재처럼 보였다. 그 애는 앨리스의 차가운 팔이 닿아도 움찔 놀라 피하지 않았다.

이게 무슨 뜻이지? 그 애가 얼마나 많이 알고 있기에? 이 정물화 같은 미래 속에서, 그 애는 나를 어떻게 생각하고 있을까?

그 다음 환상이 나타났다. 아주 비슷했지만, 이제는 공포로 물든 장면이었다. 앨리스와 벨라는 우리 집 현관 앞에 있었다. 서로를 껴안은 팔은 믿음직한 우정의 표식이었다. 하지만 이제 둘의 팔은 다른 점이 없었다. 둘 다 하얗고, 대리석처럼 매끄럽고, 강철처럼 단단했다. 벨라의 눈은 더 이상 초콜릿 빛이 아니었다. 홍채는 충격적이리만큼 강렬한 진홍빛이었다. 그 눈의 비밀이 무엇인지 차마 헤아릴 수가 없었다. 현실을 인정하는 걸까? 아니면 황폐해진 내면을 드러내는 걸까? 알 수 없었다. 그건 불멸의 존재란 걸 보여 주는 차가운 얼굴이었다.

몸이 부르르 떨렸다. 아까와 비슷하지만, 전혀 다른 질문이 막아도 막아도 떠오르기만 했다. 이게 무슨 뜻일까. 어쩌다가 이렇게 됐을까? 이제 그 애는 나를 어떻게 생각하고 있을까?

마지막 질문에는 답할 수 있었다. 나의 나약함과 이기심 때문에, 억지로 벨라를 죽어도 죽지 않는 공허한 삶으로 내몬다면 그 애는 틀림없이 날 증오하겠지.

하지만 아직 더욱 끔찍한 장면이 하나 남아있었다. 이제껏 머릿속에 품었던 그 어떤 장면보다도 훨씬 더 나쁜 장면이었다.

나의 두 눈이 보인다. 인간의 핏빛으로 진하게 물든 괴물의 눈이다. 내 품에 안긴 벨라의 망가진 몸은 핏기도 생명도 다 빠져나가 허여멀건 잿빛이었다. 이미지는 아주 구체적이고 명확했다.

차마 볼 수가 없었다. 견딜 수가 없었다. 머릿속에서 그 이미지를 추방하려고 했다. 무언가 다른 걸 보려고, 어떤 것이라도 좋으니 이것만은 보지 않으려고 했다. 나는 얼마 전까지 눈앞에서 어른거리며 시야를 방해했던 얼굴을, 그 애의 살아 있는 얼굴을 다시 떠올리려 애썼다. 하지만 소용없었다.

앨리스의 암울한 환상으로 머릿속이 가득 찼다. 그 환상이 만들어

낸 괴로움 때문에 나는 속으로 몸부림쳤다. 반면 내 안의 괴물은 자신이 이길지도 모른다는 가능성에 기뻐하며 기뻐 날뛰고 있었다. 구역질이 났다.

이럴 수는 없다. 미래를 피할 수 있는 방법이 분명 있을 것이다. 앨리스의 환상대로 끌려가게 두지 않을 것이다. 나는 다른 길을 선택할 것이다. 언제나 다른 선택지는 있는 법이다.

반드시 있어야 한다.

5

초대

◆

    고등학교. 이제껏 연옥이었던 곳은 이제 완전히 지옥이 됐다. 고통과 불길…… 그 둘 다가 느껴지는 곳이었으니까.

    나는 지금 모든 걸 바로잡는 중이었다. 빠짐없이, 하나하나, 일점일획의 실수도 없이. 아무도 내가 책임을 회피하고 있다고 불평할 수 없도록 말이다.

    에스미의 마음을 편하게 해 주려고, 또 다른 이들을 보호하기 위해서 나는 포크스를 떠나지 않았다. 그리고 예전의 일상으로 돌아왔다. 다른 이들만큼만 사냥을 나갔다. 매일 고등학교에 가서 인간 연기를 했다. 매일 주의 깊게 컬렌 가에 대한 새로운 소문은 없는지 들어 보았다. 하지만 새로울 건 전혀 없었다. 그 여자애는 의심한 바에 대해 한마디도 하지 않은 것이다. 사고 이야기가 나오면, 내가 자신의 옆에 서 있다가 치이지 않도록 밀어 주었다고, 같은 말만 반복했을 뿐이다. 그래서 처음에는 이야기를 못 들어 안달이었던 사람들은 결국 지루함을 느끼곤 세부 사항에 대해 더는 묻지 않았다. 위험할 일은 없었다. 내 성급한 행동으로 다친 이는 아무도 없었다.

그러나 단 하나, 바로 내가 다쳤다.

난 미래를 바꾸기로 단단히 결심했다. 혼자서 해내기에 쉽다고 할 만한 일은 아니었지만. 내가 감당할 수 있는 다른 선택지는 없었다.

앨리스는 내가 아무리 강해도 그 애에게서 떨어질 수 없을 거라고 말했다. 나는 그 말이 틀렸다는 걸 증명할 것이다.

전에는 첫날이 제일 힘든 날이라고 생각했었다. 그날이 저물 무렵에는 오늘이 제일 힘든 게 맞았다고 확신하기까지 했었다. 하지만 내 생각은 틀렸다.

내가 벨라를 해칠 거라는 사실을 알았을 때는 너무 괴로웠다. 내 고통에 비하면 그 애가 받을 고통이래 봤자 살짝 핀에 찔린 정도일 거라고, 그저 따끔한 거북함일 거라고, 난 애써 스스로를 달랬다. 벨라는 인간이었다. 그리고 내가 인간과 다른 존재이자 그릇된 존재, 무서운 존재라는 걸 벨라는 알고 있었다. 그러니 내가 자기를 외면하고 옆에 있어도 모르는 척한다면, 그 애는 상처받기보다는 오히려 안도하겠지.

"안녕, 에드워드."

벨라는 학교로 돌아온 첫날 생물 시간에 나에게 인사했다. 그 목소리는 즐겁고 다정했다. 마지막으로 내가 말을 걸었던 그때와는 180도 달라진 소리였다.

어째서지? 이렇게 변한 이유가 뭐지? 잊어버렸나? 그때 일은 모두 본인의 상상이었다는 결론을 내렸나? 혹시 내가 진실을 말하리라 약속하고도 지키지 않았던 걸 용서한 걸까?

숨을 쉴 때마다 날 공격하는 갈증처럼, 질문들이 날 찌르고 비틀어

댔다.

아주 잠시만 저 애 눈을 바라보면 어떨까. 혹시 그 눈에서 답을 찾을 수 있는지 알아보기만 하면…….

안 돼. 차마 그럴 수가 없었다. 내 손으로 미래를 바꾸려면 그래서는 안 된다.

나는 교실 앞을 계속 쳐다보면서 그 애 쪽으로 살짝 턱을 돌렸다. 그리고 고갯짓을 한 번 한 다음 다시 얼굴을 앞으로 향했다.

그 후로 벨라는 다시는 내게 말 걸지 않았다.

그날 오후, 학교가 끝나고 내 역할극이 끝나자마자 난 어제처럼 또 시애틀 쪽으로 반쯤 달려갔다. 땅 위를 날듯이 달리며 주위 모든 사물이 흐릿한 초록색으로 변할 때면, 이 고통이 살짝 견딜 만해지는 것 같았다.

이렇게 달리는 게 매일 습관이 되어 갔다.

내가 그 애를 사랑한다고? 그건 아니라고 생각한다. 아직까지는. 하지만 앨리스가 본 미래의 어렴풋한 환영이 아직 곁에 맴돌았고, 이러다 벨라를 사랑하게 돼 버리기 얼마나 쉬운지도 알 수 있었다. 그건 마치 추락 같아서 이쪽의 노력은 전혀 필요하지 않았다. 반면 그 애를 사랑하지 않도록 나 자신을 다잡는 일은 그와 정반대였다. 그건 마치 내 몸을 절벽 위로 끌어올리는 것 같아서, 일개 인간의 힘만으로 손을 움직여 가며 오르는 것처럼 고되게 느껴졌다.

이렇게 한 달이 넘게 흘렀고, 매일 더욱 힘들어졌다. 하지만 이해가 가지 않았다. 난 계속 이 상황을 극복하기를 기다렸다. 이토록 괴롭게 노력하는데, 갈수록 견디기 쉬워지거나 적어도 예전과 비슷해져야 하는 게 아닐까. 내가 아무리 강해도 그 애에게서 떨어질 수 없을 거라고 했던 앨리스의 말은 이런 뜻이었구나. 그녀는 날이 갈수록 심해지는 고통을 보았던 거다.

하지만 난 고통을 감당할 수 있다.

나는 벨라의 미래를 파괴하지 않을 것이다. 결국 그 애를 사랑할 운명이라면, 최소한 그 애를 피해 다니는 건 내 사랑의 힘으로 해내야 하는 것 아닌가?

그러나 벨라를 피하는 일은 감당할 수 있는 한계까지 나를 몰아붙였다. 그 애 쪽을 돌아보지 않은 채로 무시하는 척할 수는 있었다. 그 애에게 관심이 없는 척할 수도 있었다. 하지만 벨라가 쉬는 숨마다, 말하는 단어마다 나는 아직도 집착하고 있다.

내 눈으로 직접 벨라를 볼 수는 없어서, 다른 사람의 시선을 통해 그 애를 지켜보았다. 마치 그 애가 내 마음의 중심인 것처럼, 내 생각은 대부분 그 애를 맴돌았다.

이 지옥이 열림에 따라, 나는 고통을 크게 네 단계로 분류했다.

처음 두 고통은 익히 아는 것이다. 벨라의 향기와 침묵이었다. 아니, 그 애가 아니라 내 쪽으로 원인을 돌리는 편이 맞겠지. 나의 갈증과 호기심이라고 말이다.

갈증은 나의 고통 중 가장 원초적인 것이었다. 이제 생물 시간에는 그냥 숨을 안 쉬는 게 나의 습관이 됐다. 물론 언제나 예외는 있었다. 질문에 대답해야 할 때나 말하기 위해서 필요할 때는 숨을 쉬었다. 그 애의 주변을 떠도는 공기를 맛볼 때마다 첫날과 똑같은 느낌이 들었다. 불길 같은 욕망과 짐승 같은 폭력성이 튀어나오고 싶어 몸부림을 쳤다. 그럴 때면 이성이나 억제력을 아슬아슬하게 지켜 내기도 힘들었다. 그리고, 또한 첫날과 똑같이 내 속의 괴물이 괴성을 지르며 바깥으로 언제든 튀어나오려고 했다.

호기심은 네 가지 고통 중 항상 존재하는 것이었다. 머릿속에서는 질문이 끊이지 않았다. 지금 이 애는 무슨 생각을 할까? 벨라가 조용히 한숨을 쉴 때, 손가락으로 무심코 머리카락 한 타래를 꼬았을 때, 평소보다 더 센 힘으로 책을 탁 내려놓을 때, 서두르는 발걸음으로 수업에 늦게 들어왔을 때, 초조하게 바닥을 발로 톡톡 칠 때 무엇을 생각할까. 주변 시야에 들어오는 모든 동작이 수수께끼처럼 보여서 미칠 것 같았다.

그 애가 다른 인간 학생과 이야기를 할 때면, 나는 모든 단어와 어조를 분석했다. 지금 하는 말은 자기 생각일까, 아니면 남들이 듣고 싶어 하니까 해 주는 말일까? 종종 그 애의 말은 듣는 상대방의 기대에 애써 부응하려는 것처럼 들렸고, 그럴 때면 나는 우리 가족이 일상 속에서 이루어 내는 거짓의 삶을 떠올리게 된다. 벨라보다 우리 가족은 그런 연기를 더 잘한다. 하지만 이 애는 왜 그런 연극을 하는 거지? 우리와 달리, 그들과 같은 인간이면서? 게다가 고작 십 대일 뿐이면서.

하지만…… 그 애는 때때로 보통 인간과는 다르게 행동했다. 예를 들어, 배너 선생님이 생물 시간에 조별 과제를 주었을 때였다. 학생들이 알아서 조를 짜게 두는 게 그의 습관이었다. 조별 과제를 할 때면 언제나처럼 야심 있는 학생들 중에서도 가장 용감한 애들인 베스 도스와 니콜라스 라가리가 재빨리 나에게 다가와 같은 조를 하지 않겠느냐고 물었다. 나는 어깨를 으쓱이며 승낙했다. 그들은 내가 주어진 몫을 완벽하게 수행함은 물론, 그들이 자기 몫을 못 할 경우엔 내가 자기들 몫까지 다 해 준다는 것도 알았다.

마이크가 벨라와 같은 조를 자청했다는 건 놀랄 일이 아니었다. 하지만 예상치 못한 일이 일어났다. 벨라가 그들 조의 세 번째 조원으로 타라 갤바즈를 끼워 주자고 주장했던 것이다.

평소 타라는 끝까지 조를 구하지 못해서 배너 선생님은 그 애를 직접 조에 넣어 주어야 했다. 그런데 벨라가 타라의 어깨를 톡톡 두드리면서 자신과 마이크와 같이 조별 활동을 하겠느냐고 어색하게 묻자, 그녀는 기뻐하기보단 놀란 표정이었다.

"그러든가."

타라가 대답했다.

벨라가 자리로 돌아오자 마이크는 새된 목소리로 말했다.

"쟤는 완전 약쟁이야. 과제는 하나도 안 할 거라고. 생물 과목 낙제할 것 같은데."

하지만 벨라는 고개를 저으며 속삭였다.

"걱정하지 마. 쟤가 놓치는 건 내가 다 알아서 할게."

마이크는 그 말에도 누그러지지 않았다.

"너 왜 이러는 거야?"

나 역시 그 애에게 같은 질문을 하고 싶어 죽을 것만 같았다. 물론 마이크와 같은 어조는 아니었지만.

실제로 타라는 이대로라면 생물에서 낙제할 예정이었다. 배너 선생님 역시 지금 그 생각을 하고 있었다. 그래서 벨라의 선택에 놀라고 또 감동했다.

아무도 저 애한테 기회를 주지 않는데 벨라는 친절하군. 다른 애들은 대부분 서로 못 잡아먹어서 안달인데, 얘는 유달리 친절해.

벨라는 타라가 평소 다른 애들에게 따돌림을 당한 걸 알아차린 건가? 그녀에게 손을 내민 건 친절한 성품 때문이라는 것 말고는 다른 이유를 상상할 수가 없었다. 벨라는 특히나 사람을 대할 때 수줍음이 많으니까. 타라를 끼워 주려 나섰을 때 저 애는 속으로 얼마나 불편했을까. 여기 있는 다른 인간들이 남에게 기꺼이 손을 내밀며 느꼈을 불편함보다는 훨씬 더 컸을 것이 분명하다.

벨라는 생물을 많이 배웠으니, 이 조별 과제에서 점수를 얻는다면 타라는 낙제하지 않을지도 모른다는 생각이 들었다. 그리고 내 생각은 정확히 맞아들어 갔다.

이윽고 점심때가 됐다. 제시카와 로렌은 점심을 먹으며 저마다 버킷 리스트에 담은 가장 가고 싶은 여행지가 어디인지 이야기했다. 제시카는 자메이카를 선택했다. 로렌이 코트다쥐르를 이야기하자 그에 질세라 즉석에서 떠올린 곳이었다. 타일러는 암스테르담을 들먹이며 저 유명한 홍등가를 떠올렸고, 다른 아이들은 마구 비난해 댔다. 나는 벨라가 무어라 대답할까 초조하게 기다렸지만, 마이크(그는 리오에 가고 싶어 했다)가 그 애의 생각을 묻기도 전에, 에릭은 열광적으로 코믹콘(Comic Con, 샌디에이고에서 매년 열리는 세계 최대 규모의 서브컬처 행사로, 만화, 드라마, 영화, 게임 관련 다양한 주제를 다룬다_옮긴이)을 외쳐 댔다. 그러자 테이블에서 웃음이 터졌다.

"너 진짜 또라이 같다."

로렌이 헛웃음을 지었다.

제시카는 깔깔 웃었다.

"내 말이 그 말이야."

타일러는 눈을 흘겼다.

"너 그러다 평생 여자 친구 못 사귈걸."

마이크가 에릭에게 말했다.

그때 벨라의 목소리가 왁자지껄한 소리를 끊으며 들려왔다. 평소의 소심했던 기세에 비해 큰 목소리였다.

"아냐, 코믹콘 멋있잖아. 나도 거기 가 보고 싶어."

벨라가 강하게 말하자, 마이크는 곧바로 말을 바꾸었다.

"음, 생각해 보니 거기 가면 멋진 의상을 몇 가지는 볼 수 있겠다. 예를 들면, 레이아 공주가 섹시한 비키니를 입은 모습?"

아, 이런 말은 하지 말걸.

제시카와 로렌은 눈살을 찌푸리며 서로 눈짓했다.

으으, 제발 그만해. 로렌이 생각했다.

에릭은 벨라에게 열변을 토했다.

"우리 거기 꼭 가 보자. 그러니까, 여행비를 모은 다음에 말이야."

벨라와 함께 코믹콘에 간다니! 혼자서 가는 것보다 훨씬 좋겠지…….

벨라는 잠시 깜짝 놀랐다가, 로렌의 표정을 슬쩍 본 다음에 단호하게 말했다.

"응, 나도 그러고 싶어. 하지만 여행하는 데 돈이 정말 많이 들 거야. 그렇지?"

에릭은 입장권 가격을 생각한 다음 호텔을 구할까 아니면 차에서 노숙을 할까 따져보기 시작했다. 제시카와 로렌은 이전의 화제로 돌아갔고, 마이크는 에릭과 벨라의 이야기를 못마땅한 기색으로 듣고 있었다.

"차로 가면 이틀 걸릴까? 아니면 사흘?"

에릭이 묻자 벨라가 대답했다.

"모르겠어."

"음, 여기서 피닉스까지는 차로 얼마나 걸려?"

이 질문에 벨라는 자신 있게 대답했다.

"이틀이면 갈 수 있기는 해. 하루에 열다섯 시간씩 운전하면."

"샌디에이고는 그보다는 더 가깝지 않아?"

그때 벨라가 이제야 알았다는 기색을 드러낸 걸 눈치챈 이는 나밖에 없는 듯했다.

"아, 그래. 샌디에이고가 여기서는 확실히 더 가깝지. 그래도 이틀은 걸릴 거야."

이로 미루어보아 저 애는 코믹콘이 어디서 열리는지도 몰랐던 게 분명했다. 그저 에릭이 놀림당하지 못하도록 끼어든 것뿐이다. 지금 일어난 일은 저 애의 성격을 드러내고 있었다. 이 점 역시 나의 목록에 올려 두어야겠다. 하지만 나는 벨라가 정말로 어디를 가고 싶어 하는지 알 수는 없을 것이다. 마이크 역시 나만큼이나 불만이었지만, 그는 벨라가 지금 왜 이런 말을 한 건지 전혀 모르는 듯했다.

저 애는 종종 이런 식이다. 자신의 조용하고 편안한 영역 안에서 한 발짝도 나가지 않고 있다가, 누군가 도움이 필요하다는 걸 인식할 때만 목소리를 냈다. 자신이 어울리는 인간 친구들이 상대방에게 너무 잔혹해질 때마다 화제를 바꾸었다. 선생님이 우울해 보이면 다가가서 가르침에 감사했다. 친한 친구들끼리 사물함을 이어서 쓰게 해 주려고 자신에게 주어진 좋은 위치의 사물함을 포기했다. 만족한 친구들에게는 결코 보여 주지 않지만 상처받는 이를 볼 때면 그에게만 저절로 드러나는 나름의 미소를 짓곤 했다. 저 애의 지인도, 저 애를 마음에 둔 이도 알아보지 못한 것 같은 아주 작은 벨라의 모습들.

이런 작은 모습들을 통해 나는 내 목록에 가장 중요한 벨라의 자질을 써넣을 수 있었다. 목록에 적힌 특징 중 가장 잘 드러나면서도 단순하고 희귀한 자질이다. 벨라는 착했다. 다른 특징들을 모두 포함하는 하나의 특징. 친절함과 자기만족과 이타심과 용감함을 포함하여 표현하자면, 그 애는 착해도 너무 착했다. 그런데 나 말고는 아무도 그걸 인식하지 못하는 것 같았다. 심지어 그 애를 나만큼이나 자주 관찰하는 마이크조차도 말이다.

나의 네 가지 고통 중 가장 놀라운 고통이 있었으니, 바로 마이크 뉴튼이었다. 이토록 평범하고 따분한 인간이 이다지도 날 화나게 만들 수 있으리라고 상상이나 했었던가? 따져 보면 나는 그놈에게 어느 정도 감사해야 했다. 다른 누구보다도 마이크가 그 애에게 계속 말을 걸었으니까. 그들의 대화를 통해 나는 벨라에 대해 참 많은 걸 알아냈다. 하지만 내 정보 수집을 도와준 게 하필 마이크라는 게 불쾌하다. 마이크가 그 애의 비밀을 풀어내는 사람이 되는 걸 난 원치 않았다.

다만, 벨라가 살짝 드러내는 점이나 자그마한 실수를 마이크가 전혀 알아채지 못하는 건 도움이 됐다. 그 자식은 그 애에 대해서 아무것도 몰랐다. 그저 머릿속으로 사실과는 전혀 다른 벨라를, 본인만큼 평범한 여자애를 창조했을 뿐이다. 마이크는 다른 인간들과는 다른 수준인 그 애의 이타심과 용기를 보지 못했고, 그녀의 말 속에 드러난 비정상적인 성숙함을 듣지 못했다. 그는 벨라가 자기 어머니에 대해서 이야기할 때 꼭 역할이 바뀐 것처럼 부모가 자식 이야기를 하듯 사랑 가득하고 관대한 모습이 되어, 살짝 재미있어 하면서도 맹렬하게 보호적인 태도를 보인다는 사실을 알아채지 못했다. 자신이 횡설수설 늘어놓는 이야기를 재미있는 척 들어줄 때 그 애의 목소리에서 느껴지는 인내심도 듣지 못했고, 그 인내심 속에 동정심이 숨어 있다는 것도 짐작하지 못했다.

이런 발견들은 내게 도움이 됐지만, 그렇다고 해서 저 남자애에 대한 내 마음이 누그러지지는 않았다. 그가 벨라에게 보이는 소유욕적인 시각, 마치 손에 넣어야 하는 대상처럼 보는 시각은 벨라를 두고 떠올리는 그의 조잡한 환상만큼이나 나를 자극했다. 시간이 흐를수록 그 애에 대한 마이크의 자신감은 확고해졌다. 그의 라이벌이 될 만한 타일러 크로울리나 에릭 요키, 심지어 가끔가다 신경 쓰이는 나보다도 벨라가 자신을 더 좋아하는 것처럼 보였으니까. 마이크는 생물 수업이 시작되기 전 언제나 우리 책상으로 다가와서는 벨라와 수다를 떨었고, 그 애의 미소에 우쭐해 했다. 하지만 그건 예의 바른 미소일 뿐이지. 나는 속으로 생각했다. 그럼에도 나는 가끔 마이크를 손등으로 획 쳐서 교실 저편으로 날려 버리는 상상을 하며 흐뭇해했다. 그런다고 죽지는 않겠지…….

마이크가 나를 라이벌로 생각하는 적은 별로 없었다. 그 사고 이후에 그는 나와 벨라가 같은 경험을 한 이들의 유대감이 생겼을까 봐 걱정했지만, 오히려 누가 봐도 그 반대의 결과가 나왔기 때문이다. 그때만 하더라도 마이크는 내가 다른 아이들보다 벨라에게 유독 관심을 두었기 때문에 괴로워하던 참이었다. 하지만 현재 나는 다른 아이들과 똑같이 그 애를 무시하고 있었기 때문에, 그는 마음을 놓았다.

지금 벨라는 무슨 생각을 하고 있을까? 마이크의 관심이 반가울까?

그리하여 나의 마지막 고통이자 가장 괴로운 고통은 이것이 되었다. 바로 벨라의 무관심이었다. 내가 그 애를 무시하는 것처럼 그 애도 나를 무시했다. 벨라는 두 번 다시 내게 말을 걸지 않았다. 내가 보기로는, 내 생각을 전혀 하지 않았다.

그래도 벨라가 예전처럼 가끔 나를 응시할 때가 있었다. 아니었다면 나는 미쳐 버렸을지도 모른다. 더욱 나쁘게는 내 결심을 깨 버렸을지도 모른다. 나는 차마 그 애를 쳐다볼 수가 없었기 때문에 내가 직접 그 애가 혹시 날 보는지 알아낼 수가 없었다. 하지만 앨리스가 언제나 우리에게 경고했다. 나의 다른 가족들은 여전히 그 애가 우리 정체를 눈치채고 있다는 사실에 조심스럽게 반응하고 있어서였다.

벨라가 이따금 멀리서 나를 바라본다는 사실 때문에 나의 고통은 어느 정도 줄어들었다. 물론 그 애는 내가 대체 어떤 식으로 그릇된 존재인지 궁금해 하는 것뿐이겠지.

"벨라가 잠시 후에 에드워드를 노려볼 거야. 평범하게 행동해."

3월의 어느 화요일, 앨리스가 말했다. 다른 이들은 조심스러운 기색으로 몸을 슬쩍 움직이며 다시 앉은 자세를 고쳤다.

나는 그 애가 내 쪽을 얼마나 자주 바라보는지 주목했다. 이러면 안 되지만 기분이 좋았다. 시간이 지나도 나를 보는 빈도가 줄지 않았으니까. 이게 무슨 뜻인지는 모르겠지만, 기분이 나아졌다.

앨리스는 한숨을 쉬었다. 내 소원은…….

"앨리스, 그런 거 생각하지 마. 일어나지 않을 일이야."

나는 나직하게 말했다.

그녀는 입술을 삐죽였다. 앨리스는 자신이 꿈꾼 벨라와의 우정을 현실로 만들고 싶어 안달이었다. 이상하게도, 그녀는 알지도 못하는 벨라를 그리워하고 있었다.

그래, 인정할게. 예상보다 너는 잘하고 있어. 너의 미래는 다시 혼란스럽고 무의미해졌어. 난 네가 행복하길 바라.

"그러니까 네 말이 훨씬 이해가 된다."

앨리스는 작게 코웃음을 쳤다.

나는 앨리스의 생각을 차단하려 했다. 지금 대화를 이어 가기에는 마음이 조급했다. 지금은 기분이 별로 좋지 않았다. 다른 이들이 보기보다 훨씬 더 긴장 상태였다. 재스퍼만이 내가 얼마나 굳어 버렸는지 알았다. 타인의 기분을 감지하고 영향을 주는 재스퍼의 독특한 능력으로 내가 발산하는 스트레스를 느꼈기 때문이다. 하지만 이 기분의 이유가 뭔지는 몰랐다. 요즘 나는 계속해서 언짢은 상태였기 때문이다. 그래서 재스퍼는 그것을 무시했다.

오늘은 힘든 날이 될 것이다. 예전보다 더욱 힘든 날이 되겠지. 언제나 그랬듯이.

마이크 뉴튼은 벨라에게 데이트 신청을 할 것이었다.

곧 있으면 여자애들이 춤 상대를 신청하는 댄스파티가 열린다. 그는 벨라가 자신에게 신청해 주기를 바라 마지않고 있었다. 그런데 벨라가 아무 말도 없어서 자신감이 흔들린 상태였다. 게다가 지금은 불편한 상황에 놓여 버렸다. 제시카 스탠리가 그에게 상대가 되어 달라 신청했기 때문이다. 이러면 안 되지만, 그의 불편한 마음이 들리자 꽤 고소했다. 하지만 마이크는 승낙하고 싶어 하지 않았다. 벨라가 자기를 선택하리라고(그래서 다른 경쟁자들을 물리치고 자신이 이겼다는 걸 증명해 줄 거라고) 바라고 있었으니까. 하지만 그는 제시카에게 싫다고 말해서 댄스파티에 아예 못 가게 될 상황을 만들고 싶지도 않았다. 제시카는 마이크가 주저하는 걸 보고 상처를 입고서 그 이유가 뭔지 추측하다가, 지금은 벨라에게 속으로 날을 세우는 중이었다. 이번에도 나는 제시카의 화난 생각과 그 애 사이에 직접 끼어들고 싶은 본능을 느꼈다. 이제는 이 본능을 잘 알게 되었지만, 그래 봤자 어쩔 수 없다는 걸 안 지라 더욱 좌절감만 들 뿐이었다.

174

이렇게 돼 버리다니! 한때 그토록 경멸하던 고등학생들의 유치한 드라마에 완전히 빠져 버리고 말았군.

마이크는 벨라와 생물 교실로 들어오면서 용기를 그러모으는 중이었다. 나는 두 사람이 도착하기를 기다리는 동안 고군분투하는 그의 속마음에 귀기울였다. 그 남자애는 나약했다. 벨라가 자기를 남들보다 더 좋아한다는 게 뚜렷하게 보이기 전에 자신의 애타는 마음이 먼저 드러날까 봐 무서워서, 일부러 이 댄스파티 때까지 기다렸다. 그는 거절당해 상처받는 입장이 되고 싶어 하지 않았고, 벨라가 먼저 다가와 주기를 바랐던 거다.

겁쟁이 자식.

그는 우리 책상에 또 걸터앉았다. 오랫동안 앉아 봐서 익숙한지 편안한 자세였다. 하지만 나는 속으로 상상하고 있었다. 저 자식 몸이 교실을 붕 날아가 반대편 벽에 부딪쳐 온몸의 뼈가 으스러지면 어떤 소리가 날까?

마이크는 바닥을 응시한 채 그 애에게 물었다.

"저 말야, 제시카가 봄맞이 댄스파티에 나를 초대했어."

"잘됐네."

벨라는 그 즉시 활기찬 목소리로 대답했다. 마이크가 그 어조를 알아채는 모습을 보니 웃음을 참기가 힘들었다. 그는 벨라가 당황하기를 바라고 있었다.

"제시카랑 같이 가면 굉장히 재미있을 거야."

그는 적절한 반응을 보이려고 허둥댔다.

"글쎄……."

주저하면서 말을 삼키려던 마이크는 도로 힘을 냈다.

"나는 생각 좀 해보겠다고 대답했는데."

"왜 그랬어?"

그 애가 되물었다. 못마땅한 어조였지만, 안도의 기색 역시 희미하게 드러났다.

저건 또 무슨 뜻이지? 순간 예상치 못했던 격렬한 분노가 치밀어 나는 주먹을 꽉 쥐었다.

마이크는 벨라가 안도하는 기색을 알아채지 못했다. 지금 그의 얼굴은 새빨개져 있었다. 그걸 보자 갑자기 내 속에서 이런 생각이 치밀어 올랐다. 저 색깔, 어서 잡아먹어 달라는 것처럼 보이는군. 그는 다시 바닥을 응시하며 말했다.

"혹시 네가…… 나한테 같이 가자고 할지도 몰라서 그랬어."

벨라는 주저했다.

그 순간, 나는 앨리스보다 더욱 선명한 미래를 보았다.

이 여자애는 지금 마이크의 말을 승낙할 수도, 거절할 수도 있었다. 하지만 그 어느 쪽이든, 언젠가는 누군가의 고백을 받아들이리라. 사랑스럽고 호기심을 자극하는 여자니까. 인간 남자들은 그 점을 몰라보지 않았다. 이 애가 얼마 안 되는 동네 남자들 사이에서 누군가를 골라 정착하든, 아니면 기다렸다가 포크스를 떠나든 누군가의 고백을 받아주는 날이 언젠가는 올 것이다.

예전에 그렸던 벨라의 삶을 나는 보았다. 대학에 가고, 일자리를 잡고, 사랑을 하고, 누군가와 결혼하는 모습을. 눈부시게 하얀 예복을 차려입고, 아버지와 팔을 낀 채 행복하게 뺨을 붉히며 바그너의 〈결혼 행진곡〉에 맞추어 걷는 그 애의 모습을.

그런 미래를 상상하면서 느낀 고통은 내가 인간에서 뱀파이어로 변했을 때의 고통과 비슷했다. 나를 완전히 소모시키는 고통이었다.

하지만 고통만이 아니라 노골적인 분노도 섞여 있었다.

분노가 어찌나 심하던지 정말로 몸이 아파 올 지경이었다. 비록 저보잘것없고 한참 부족한 남자애의 고백을 벨라가 받아 주지 않는다 하더라도, 나는 주먹으로 그의 두개골을 산산조각내고 싶은 열망에 시달렸다. 벨라가 고백을 받아 줄 상대가 누구든, 그 분노를 마이크에게 대신 풀고 싶었다.

이해할 수가 없다. 고통과 분노와 욕망과 절망이 뒤섞인 이 마음은 대체 무엇인가. 전에는 이런 감정을 한 번도 느껴 보지 못했다. 그래서 이름을 붙일 수조차 없었다.

"마이크, 제시카한테 어서 같이 가겠다고 얘기 해."

벨라는 부드러운 목소리로 말했다.

마이크의 희망은 곤두박질쳤다. 다른 때 같았다면 이 상황을 즐겼겠지만, 방금 느낀 고통과 분노가 어떤 영향을 끼친 것인지 나는 여전히 감정의 후폭풍과 후회에 잠겨 있었다.

앨리스의 말이 맞았다. 나는 그만큼 강하지 않았다.

지금 당장, 앨리스는 미래가 빙글빙글 돌고 꼬여 대며 다시 뒤섞이는 걸 보고 있겠지. 그걸 보고 기분이 좋아지려나?

"넌 벌써 다른 사람한테 부탁했어?"

마이크는 뚱한 목소리로 물었다. 그는 나를 힐끗 쳐다보았다. 몇 주 만에 처음으로 나를 의식했군. 그러다 이제껏 내가 관심이 있다는 속내를 드러내고 있었다는 걸 깨달았다. 나도 모르게 고개를 벨라 쪽으로 기울이고 있었던 거다.

그의 생각 속에 광적인 부러움이 자리잡았다. 이 여자애가 더 좋아하는 사람이 누구든 그를 향한 부러움이었다. 그 순간, 내 감정이 뭔지 깨달았다.

나는 질투하고 있었다.

벨라는 살짝 재미있다는 어조로 말했다.

"아니, 난 아예 댄스파티에 안 갈 생각이거든."

그 애의 말에 후회와 분노를 모두 뚫고 안도감이 찾아들었다. 마이크를 비롯하여 벨라에게 관심을 보이는 인간들을 라이벌로 간주하다니, 이건 그릇되다 못해 위험하기까지 한 감정이지만 그래도 인정해야 했다. 그들은 내 라이벌이었다.

"왜?"

마이크는 거칠게 물었다. 벨라에게 이런 어조를 사용하다니, 불쾌하군. 나는 으르렁거리려다 참았다.

"나는 그날 시애틀에 가야 해."

그 애가 대답했다. 하지만 호기심은 예전처럼 사납게 닥쳐오지 않았다. 이제 나는 모든 해답을 알아내려고 단단히 마음먹고 있었으니까. 시애틀에 가야 한다는 진짜 이유가 뭔지 곧 알게 될 것이다.

마이크의 목소리는 불쾌하리만큼 구슬리려는 기색으로 변했다.

"다른 주말에 가면 안 돼?"

그러자 벨라는 이제 퉁명스럽게 대꾸했다.

"미안하지만 안 돼. 그러니까 제시카를 더 기다리게 하는 건 무례한 짓이야."

제시카의 마음을 걱정하는 벨라는 내 질투를 더욱 부추겨 버렸다. 시애틀에 가겠다는 건 거절하기 위해 둘러댄 구실이 분명했다. 하지만 정말로 친구를 위하는 마음으로만 거절한 걸까? 그만큼 벨라는 이

타적인 아이니까. 사실 속마음으로는 승낙하고 싶었던 건 아닐까? 아니면 둘 다 틀렸나? 다른 누군가에게 관심이 있나?

"그래, 네 말이 맞다."

마이크는 이렇게 중얼거렸다. 어찌나 의기소침해졌던지 하마터면 동정심이 들 정도였다. 물론 진짜 든 건 아니었지만.

그는 벨라에게서 시선을 떨구었다. 그래서 그의 생각을 통해 벨라를 볼 길이 막혔다.

더는 참지 않을 것이다.

나는 고개를 돌려 직접 그 애의 얼굴을 보았다. 한 달여 만에 처음이었다. 직접 그 얼굴을 보게 되자 날카로운 안도감이 스쳤다. 욱신거리는 화상 자국에 얼음을 누르면 이런 기분일까. 갑작스럽게 통증이 그치는 이 기분이라니.

벨라는 눈을 감고 있었다. 두 손으로는 관자놀이를 누른 채, 어깨를 방어적으로 살짝 굽힌 그 모습은 마음속에서 어떤 생각을 몰아내려는 것 같았다.

답답할 정도다. 너무 매혹적이야.

배너 선생님이 수업을 시작하는 목소리에 그 애는 몽상에 잠겼다가 이내 깨어났다. 그리고 천천히 두 눈을 떴다가, 내 시선을 감지했는지 곧바로 이쪽을 바라보았다. 내 눈을 빤히 응시하는 당황어린 표정은 참 오랫동안 나를 따라다니며 괴롭혔던 바로 그 모습이었다.

그 짧은 찰나 내가 느낀 건 후회도, 죄책감도, 분노도 아니었다. 물론 조금 있으면 그런 기분이 들겠지. 하지만 지금 이 순간만큼은 기묘하고도 섬뜩하리만큼 의기양양한 기분이 들었다. 진 게 아니라, 오히려 승리를 거둔 것 같은 이 기분이라니.

벨라는 시선을 떨구지 않았다. 이러면 안 될 만큼 강렬한 눈빛으로 그 애를 바라보고 있었는데도 말이다. 난 그렁그렁한 갈색 눈망울 너머로 무슨 생각을 하는지 애써 읽어 보려 했지만 결국 아무것도 알 수 없었다. 그 눈에는 대답이 아니라 질문이 가득했다.

그 눈동자에 내 눈이 비쳐 보였다. 갈증으로 검어진 눈이었다. 마지막으로 사냥을 나간 지도 2주가 되어갔으니까. 내 의지가 무너지지 않을 거라고 안심할 만한 날이 아니었다. 하지만 그 검은 눈초리에도 벨라는 무서워하는 것 같지 않았다. 여전히 나를 빤히 바라볼 뿐이었다. 그러다 너무나도 유혹적인 분홍빛이 부드럽게 그 피부 위로 퍼지기 시작했다.

넌 지금 무슨 생각을 하고 있니?

그런 질문이 입 밖으로 나와 버릴 뻔했지만, 마침 그때 배너 선생님이 내 이름을 불렀다. 나는 선생님의 머리에서 정답을 골라 그쪽을 슬쩍 바라보며 숨을 훅 들이쉬고 말했다.

"크레브스 회로입니다."

갈증이 목을 활활 태웠다. 근육에 힘이 들어가고 입에 독액이 가득 찼다. 나는 눈을 감고서, 내 속에서 끓어오르는 그 애의 피를 향한 욕망을 느끼면서도 애써 신경을 집중했다.

예전보다 더 강력해진 괴물은 기뻐했다. 그놈은 두 갈래로 갈라진 미래의 가능성을 받아들였다. 악랄하리만큼 갈망하던 미래가 절반의 가능성으로 다가왔으니까. 내 의지만으로 세워 보려 했던 제3의 불안한 미래는 무너졌다. 무엇보다도 하잘 것 없는 질투 때문에. 그리하여 괴물은 이제 목표에 훨씬 더 가까이 다가갔다.

지금은 후회와 죄책감이 갈증과 함께 타올랐다. 만약 내가 울 수 있었다면, 아마 지금쯤 눈물을 글썽였을 것이다.

내가 무슨 짓을 한 거지?

전투에서 이미 패했다는 걸 알자, 내가 바라는 걸 거부할 이유가 없
다고 느꼈다. 나는 고개를 돌려 여자애를 다시 응시했다.

벨라는 머리로 얼굴을 가리고 있었지만, 그 뺨이 지금 진하게 물들
어 있는 게 보였다.

괴물은 그 모습을 좋아했다.

그 애는 다시 나와 눈을 마주치지는 않았지만, 손가락으로 진한 머
리털 한 타래를 잡아 배배 꼬았다. 저 섬세한 손가락을, 가냘픈 손목을
보라. 얼마나 부서지기 쉬운가. 마치 내 숨결만으로도 꺾어 버릴 수 있
을 것 같지 않은가.

아니, 아니야, 안 돼. 이럴 수는 없어. 벨라는 너무 부서지기 쉽고, 너
무 착하고, 또 너무도 소중한데 어떻게 그럴 수 있단 말인가. 내 삶이
이 애의 삶과 충돌하게, 그래서 이 애 삶이 부서지게 놔둘 수는 없어.

하지만 난 벨라에게서 떨어질 수 없다. 앨리스의 말은 맞았다.

내가 괴로워하자, 내 속의 괴물은 짜증을 내며 위협적으로 씩씩댔다.

내가 이러지도 저러지도 못하며 헤매는 동안, 그 애와 함께 앉은 짧
은 시간이 쏜살같이 지나갔다. 수업종이 울리자, 그 애는 내 쪽을 쳐다
보지도 않은 채로 짐을 챙겼다. 실망스러웠지만, 달리 내게 무슨 반응
을 보이겠는가. 그 사고 이후로 내가 보인 태도를 생각하면 변명의 여
지가 없으니.

"벨라."

난 그만 참지 못하고 말해 버렸다. 나의 의지력은 갈가리 찢어졌다.

벨라는 주저하다가 나를 보았다. 고개를 돌려 날 향한 그 애의 표정

에 조심스러움과 의심이 어려 있었다.

난 속으로 계속 되뇌었다. 저 애가 날 믿지 못하는 것도 당연하다고. 마땅히 그래야 한다고.

그 애는 내가 말을 잇기를 기다렸지만, 나는 그저 그쪽을 응시하며 표정을 읽으려고만 했다. 그리고 규칙적으로 얕게 숨을 들이쉬면서 갈증과 싸워 댔다.

"왜? 다시 나하고 말을 트기로 한 거니?"

벨라가 마침내 말했다. 심하게 날 선 어조였다.

여기에 무어라 대답해야 할지 알 수 없었다. 나는 이 애가 뜻하는 대로, 다시 말을 트려는 것이었을까?

그럴 리가. 가능하다면 안 했을 테지.

"아니, 꼭 그런 건 아니야."

벨라는 눈을 감았다. 그러자 상황은 더욱 까다로워졌다. 눈을 보지 못하니 이 애의 감정이 뭔지 알아낼 수 있는 가장 좋은 길이 막혀 버린 것이다. 그 애는 눈을 감은 채로 길고 느리게 숨을 들이쉬었다.

"그럼 나한테 뭘 어쩌라고?"

지금 이 상황은 분명히 정상적인 인간들 사이의 대화는 아니었다. 왜 이러는 거지?

그리고 난 또 뭐라고 대답하지?

나는 진실해지기로 결심했다. 지금부터는 최대한 진실하게 이 애를 대해 보기로. 신뢰를 얻어 내는 게 불가능하다 해도, 날 믿지 못할 존재로 여기게 두고 싶지는 않았다.

"미안해."

이 말은 그 애가 아는 것보다 더 많은 진심을 담았다. 안타깝게도,

나는 안전상의 이유로 사소한 것에만 사과할 수가 있었다.

"내가 무례하게 굴었다는 거 알아. 하지만 이러는 게 더 낫거든. 정말이야."

벨라는 눈을 떴다. 하지만 표정은 여전히 조심스러웠다.

"무슨 뜻이야?"

난 그 애에게 최대한 경고해 주려 애썼다.

"우린 친해지지 않는 게 더 낫다는 말이야. 내 말 믿어."

물론 얘는 그 점을 느꼈을 거다. 똑똑한 애니까.

벨라는 눈을 가늘게 떴다. 그러자 예전에도 내가 이런 말을 했던 게 기억났다. 약속을 어기기 직전에 했었지. 그 애가 이를 으득 악무는 소리가 들려서 나는 그만 움찔했다. 분명히 기억하고 있구나.

"그걸 네가 좀 더 일찍 깨닫지 못했다는 게 참 안됐구나. 그랬더라면 네가 이렇게 후회할 일도 없었을 텐데 말이야."

벨라가 화를 내며 말했다. 나는 깜짝 놀라 그 애를 빤히 바라보았다. 내가 어떤 후회를 하는지 알고 있다고?

"후회라니? 내가 뭘 후회해?"

"그때 그 멍청한 차가 나를 깔아뭉개도록 내버려 두지 않은 거 말이야."

그 애는 쏘아붙였다.

나는 너무 충격을 받아 그 자리에 얼어붙었다.

어떻게 그런 생각을 할 수가 있지? 이 애의 생명을 구하는 것은 우리가 만난 후로 나에게 허락된 단 하나의 행동이었다. 내가 수치심을 느끼지 않고, 내가 존재한다는 사실에 어느 정도라도 기뻐할 수 있었던 유일한 행동이었단 말이다. 이 애의 향기를 맡은 처음 순간부터 지금껏 이 애를 살려 두기 위해 싸워 왔는데. 모든 게 엉망진창인 상황에서 발휘할 수 있었던 유일한 선의를 이 애는 어째서 의심하는 거지?

"내가 네 목숨을 구한 걸 후회한다고 생각해?"

"그렇다는 거 알아."

그 애는 사납게 대꾸했다.

내 의도를 멋대로 추측한 그 대답에 속이 부글부글 끓었다.

"넌 아무것도 몰라."

저 애의 사고는 대체 어떻게 돌아가는 거야? 생각하면 할수록 혼란스럽고 이해가 안 가는군! 확실히 다른 인간들과는 생각하는 방식이 전혀 다른 게 분명했다. 왜 벨라의 생각이 들리지 않는지 비로소 이해됐다. 저 애는 완전히 다른 존재다.

벨라는 다시 이를 악물더니 고개를 홱 돌렸다. 뺨이 또 붉어졌지만, 이번에는 화가 나서였다. 책을 쿵쿵대며 무더기로 쌓은 다음 두 팔 가득 들어올린 그 애는 날 쳐다보지도 않고 문으로 걸어갔다.

물론 나도 짜증이 났다. 하지만 벨라의 분노를 마주하자 내 성가신 마음은 어쩐지 누그러졌다. 정확히 무엇 때문에 화를 내는 건지 알 수는 없었지만 그래도…… 사랑스럽군.

그 애는 앞도 보지 않고 뻣뻣하게 걷다가 그만 문가에 발이 걸렸다. 책이 와르르 바닥으로 떨어졌다. 하지만 허리를 굽혀 줍기는커녕, 바닥을 쳐다보지도 않았다. 마치 저 책들이 주울 가치가 있는지도 모르겠다는 태도였다.

여기서 벨라를 보고 있는 건 나뿐이었다. 나는 그 옆으로 재빨리 다가가 그 애가 바닥에 흩어진 책을 보기도 전에 순서대로 주웠다.

벨라는 허리를 굽히려다가 날 보고서 또 얼어붙었다. 나는 손에 든 책을 돌려주었다. 나의 차가운 피부가 그 애에게 닿지 않도록 조심하면서.

"고마워."

그 애는 날카로운 목소리로 말했다.

"천만에."

아까부터 느꼈던 짜증으로 내 목소리는 여전히 거칠게 나왔다. 하지만 내가 목을 가다듬고 다시 말을 붙이기도 전에, 그 애는 몸을 꼿꼿이 세우고는 다음 수업 교실로 성큼성큼 가 버렸다.

그 애의 화난 모습이 더는 보이지 않을 때까지 나는 그 뒷모습을 지켜보았다.

나의 다음 수업인 스페인어 시간은 흐릿하게 지나갔다. 고프 선생님은 내가 딴짓을 해도 전혀 지적하지 않았다. 그녀는 내가 자신보다 스페인어를 잘한다는 사실을 알고 있었기 때문에 내게 많은 자유를 주었다. 그래서 마음껏 다른 생각을 했다.

자, 이젠 그 여자애를 무시할 수 없다. 그것만큼은 분명하다. 그렇다면 결국 그 애를 파괴할 수밖에 없다는 뜻인가? 그것만이 가능한 미래일 리는 없다. 무언가 다른 선택지가, 미묘하게 균형을 맞춰 줄 그 무언가가 있을 것이다. 나는 그게 뭔지 애써 생각해 보았다.

수업 시간이 거의 끝날 때가 되어서야 나는 겨우 에밋에게 관심을 돌렸다. 그는 호기심이 강했다. 에밋은 다른 이들의 기분이 어떤지 대번에 알아맞히지는 못했지만, 내 안에 분명한 변화가 생겼다는 걸 알아보았다. 그래서 이제껏 내 얼굴에 자리잡았던 잔뜩 찌푸린 눈살이 왜 사라진 건지 궁금해 하는 중이었다. 이 변화가 무슨 의미인지 알아내려고 애쓰던 에밋은 마침내 결론을 내렸다. 이건 희망에 찬 얼굴이라고.

희망에 차 있다니? 내가 그렇게 보인다고?

그와 함께 볼보로 걸어가면서 곰곰이 생각했다. 그렇다면 나는 정확히 어떤 희망에 차 있는 걸까.

하지만 오래 고민할 필요는 없었다. 언제나 벨라에 대한 생각에 민감하게 반응하는 내 머릿속으로 그 이름이 들려 왔으니까. 정말이지 내 라이벌이라 여겨서는 안 될 인간들이 지금 머릿속으로 생각하는 소리가 포착됐다. 에릭과 타일러는 마이크가 거절당했다는 이야기를 아주 만족스럽게 듣고서 이젠 본인들이 행동을 준비하고 있었다.

에릭은 이미 자리를 잡았다. 벨라가 피할 수 없도록 그 애 트럭 옆에 기대섰다. 타일러는 수업 과제를 배부하는 바람에 아직 끝나지 않았다. 그래서 그는 벨라가 가 버리기 전에 따라잡으려고 필사적으로 서두르는 중이었다.

이건 꼭 봐야겠군.

"여기서 다들 기다리고 있어. 알았지?"

나는 에밋에게 중얼거렸다.

그는 나를 미심쩍게 바라보았지만 이내 어깨를 으쓱이고는 고개를 끄덕였다.

이 녀석 완전히 돌았군. 그는 속으로 이렇게 생각하며 재미있어했다.

벨라는 체육관에서 나오는 길이었다. 나는 그 애가 나를 못 볼 곳에서 기다렸다. 이윽고 벨라가 에릭이 매복한 지점에 가까이 다가가자, 나는 앞으로 성큼성큼 걸어가면서 딱 맞는 순간에 그 옆을 지나갈 수 있도록 보폭을 조정했다.

자신을 기다리는 남자애의 모습을 보자, 벨라의 몸이 뻣뻣하게 굳었다. 그 애는 잠시 그 자리에 멈추었다가, 이내 긴장을 풀고는 앞으로 다가갔다.

"에릭이구나."

그 애는 다정한 목소리로 이름을 불렀다.

나는 순간 예상치 못한 불안함에 사로잡혔다. 깡마르고 혈색 나쁜 이 자식에게 혹시 벨라가 매력을 느낀다면 어쩌지? 전에 이 자식에게 보였던 친절한 모습이 사실은 이타적인 마음에서만 비롯된 게 아니었다면?

에릭은 목젖을 불룩이며 마른침을 삼켰다.

"안녕, 벨라."

그 애는 에릭이 얼마나 긴장했는지 모르는 눈치였다.

"웬일이야?"

소년의 겁먹은 표정을 보지도 않은 채로 트럭 문을 열면서 벨라가 물었다.

"어, 무슨 일이냐면 말이지……, 봄맞이 댄스파티에 나랑 같이 갈 생각이 있나 물어보려고."

그의 목소리는 끝에 가서 갈라져 나왔다.

벨라는 마침내 고개를 들었다. 당황한 건가? 아니면 기뻐하는 건가? 에릭은 차마 그 애와 시선을 맞추지 못했다. 그래서 그의 생각으로는 벨라의 얼굴을 볼 수가 없었다.

"파트너는 여자가 선택하는 줄 알았는데."

벨라는 당황한 말투였다.

"그건 그렇지."

그는 비참한 얼굴로 수긍했다.

이 가엾은 남자애는 마이크 뉴튼만큼 성가시지는 않았다. 하지만 벨라가 부드러운 목소리로 대답한 다음에야 난 비로소 그의 불안한 마음에 동정심을 느끼게 됐다.

"고맙긴 하지만 그날 난 시애틀에 갈 거야."

그는 이미 그럴 거란 이야기를 들은 후였다. 그래도 실망스러워 하는 마음이 보였다.

"아아, 그래. 그럼 다음을 기약하지 뭐."

에릭은 겨우 그 애의 코 높이까지밖에 눈길을 들지 못하고 중얼거렸다.

"그러자."

벨라는 고개를 끄덕였다. 그러더니 이내 입술을 깨물었는데 꼭 에릭에게 여지를 남긴 걸 후회하는 듯했다. 그걸 보자 난 기분이 좋았다.

에릭은 어깨를 축 늘어뜨리고는 자리를 떴다. 어서 이 자리를 떠야겠다는 생각에 사로잡혀서, 자기 차가 있지도 않은 쪽으로 가 버렸다.

나는 그 순간 벨라 옆을 지나가면서 안도의 한숨 소리를 들었다. 그러자 나도 모르게 웃어 버렸다.

그 애는 내 웃음소리에 고개를 홱 돌렸지만, 나는 곧장 앞을 바라보며 걸었다. 재미있는 나머지 웃음이 비어져 나오려는 입술을 꾹 다문 채였다.

타일러는 내 뒤에 있었다. 벨라가 차를 타고 떠나기 전에 잡으려고 급히 뛰어오다시피 했다. 그는 앞선 두 남자애보다 더욱 대담하고 자신감에 넘쳤다. 다만 마이크에게 우선권이 있다고 납득했기 때문에 이제껏 벨라에게 다가갈 기회만을 기다렸던 것뿐.

나는 타일러가 그 애와 대화하기를 바랐다. 이유는 두 가지였다. 만약 내 예상대로 벨라가 이 모든 관심을 그저 성가신 것으로만 여긴다면, 지금 나올 반응을 즐겁게 지켜보고 싶었다. 하지만 반대로 타일러가 자신을 초대해 주기를 바라고 있었던 거라면 그게 정말인지도 알아보고 싶었다.

비난받아 마땅한 생각인 줄 알면서도, 나는 타일러 크로울리를 경쟁상대로 여겼다. 그는 지루하리만큼 평범하고 눈에 띌 만한 점이 없어 보였지만, 혹시 그게 벨라가 좋아하는 모습일지 누가 알겠는가? 어쩌면 저 애는 평범한 남자애를 좋아할지도 모르지.

그런 생각이 들자 나는 그만 움찔했다. 난 결코 평범한 남자애가 될 수 없었으니까. 저 애의 사랑을 받을 후보로 나를 설정하다니, 이 얼마나 어리석은 짓인가. 어떻게 해도 이야기의 주인공은 될 수 없는 악역 같은 이를 왜 좋아하겠나?

그 애는 악당에겐 너무 과분하다.

벨라가 이 상황에서 벗어나게 해 주어야 하건만, 어쩔 수 없는 호기심 때문에 나는 옳은 선택을 하지 못했다. 또 이렇게 되어 버렸다. 하지만 만약 타일러가 이 기회를 놓친다면, 혹시 내가 결과를 알아낼 수 없을 때 그 애에게 또 연락하게 만들 뿐인 건 아닐까? 나는 볼보를 좁은 길에다 대어 벨라의 출구를 막아 버렸다.

에밋과 다른 이들은 아직 차로 오는 중이었다. 하지만 에밋은 나의 이상한 행동을 그들에게 모두 설명했고, 이제 그들은 천천히 걸어오며 지금 내가 무슨 짓을 하는지 알아내려고 빤히 쳐다보았다.

백미러에 비친 벨라가 보였다. 그 애는 나와 시선을 맞추지 않고 그저 앞만 노려보았다. 마치 낡은 쉐보레 트럭이 아니라 탱크를 몰았다면 좋았을 것 같다는 얼굴이었다.

타일러는 급히 차를 몰고 그 애의 뒤편에 섰다. 속으로는 나의 알 수 없는 행동에 감사하고 있었다. 그는 벨라에게 손짓하며 주의를 끌려 했지만, 그 애는 눈치채지 못했다. 타일러는 잠시 기다렸다가 차에서 내리더니 억지로 느긋한 척 걸으면서 벨라의 조수석 옆 창문으로 옆걸음질쳐 다가갔다. 그리고 차 유리를 두드렸다.

벨라는 깜짝 놀라며 알 수 없는 눈빛으로 그를 보더니, 잠시 후 창문을 수동으로 돌려 내렸다. 잘 내려가지 않는 차창은 문제가 있어 보였다.

"미안해, 타일러. 컬렌 때문에 꼼짝을 못하고 있어."

그 애는 짜증 어린 목소리로 대답했다.

내 이름을 사나운 목소리로 말하는군.

"어, 나도 알아. 어차피 여기 갇혀 있는 동안 뭘 좀 물어보려고."

타일러는 그 애 기분은 아랑곳하지 않고 말했다.

그 웃음은 건방졌다.

그의 명백한 의도에 벨라가 흠칫 놀라는 걸 보자 난 만족스러웠다.

"봄맞이 댄스파티에 날 초대해 줄래?"

그의 머릿속에는 거절당하리라는 생각 자체가 없었다.

"난 그날 여기 없을 거야, 타일러."

벨라의 목소리에는 성가시다는 기색이 역력했다.

"응, 나도 마이크에게 들었어."

"그런데 왜……."

그 애가 묻기 시작하자, 타일러는 어깨를 으쓱였다.

"네가 그냥 쉽게 거절하려고 핑계를 댄 것이기를 바랐거든."

벨라는 눈을 번뜩이더니, 이내 냉정한 눈빛을 지었다.

"미안해, 타일러. 정말로 난 그날 갈 데가 있어."

상대의 욕망을 자신의 것보다 우선시하는 게 이 애의 평소 습관인데, 댄스파티는 이토록 굳건히 거절하다니. 나는 살짝 놀랐다. 어디서 이런 마음이 나오는 거지?

타일러는 그 변명을 받아들였다. 하지만 그의 마음속 확신은 전혀 흔들림이 없었다.

"괜찮아. 아직 학기말 댄스파티도 남아 있잖아."

그는 어슬렁거리며 자기 차로 돌아갔다.

이 장면을 보려고 기다리길 잘했군.

소름이 끼친다는 벨라의 표정이야말로 값을 헤아릴 수 없을 만큼 가치 있었다. 나는 그 얼굴에서 그토록 필사적으로 알아내어야 하지 말아야 했을 답을 알 수 있었다. 저 애는 자신에게 구애하는 이 인간 남자들 중 그 누구에게도 마음이 없군.

그리고 하나 더, 지금 저 표정은 이제껏 내가 본 것 중 가장 웃긴 것이라고 단언할 수 있었다.

이윽고 우리 가족들이 도착했다. 그들은 내 변한 모습에 어리둥절해졌다. 이제껏 눈에 보이는 것마다 죽일 듯이 노려보던 표정이 갑자기 웃음으로 마구 풀어졌으니까.

뭐가 그리 재밌어? 에밋은 알고 싶어 했다.

나는 그냥 고개를 저었다. 그동안 벨라는 화가 난 듯 시끄럽게 울리는 트럭을 돌려댔다. 지금 모습 역시, 트럭이 아니라 탱크를 몰았으면 좋았을 거라고 바라는 듯했다.

"얼른 가자! 바보처럼 굴지 말고. 물론 그런다고 바보가 아닐 순 없겠지만."

로잘리가 초조하게 새된 소리를 질렀다.

그녀의 말에도 난 언짢지 않았다. 지금 이 순간이 너무 즐거웠으니까. 하지만 시키는 대로 고분고분 출발했다.

집으로 가는 동안 아무도 내게 말을 걸지 않았다. 나는 벨라의 얼굴을 떠올리며 가끔 키득키득 웃어 댔다.

그러다 큰길로 접어들었다. 아무도 보는 이가 없어서 차의 속력을 높이던 그때, 앨리스가 분위기를 깼다.

"그럼 나 이제 벨라한테 말 걸어도 돼?"

그녀가 불쑥 물었다. 나는 딱 잘라 거절했다.

"안 돼."

"왜 안 되는데? 나 이제껏 기다렸단 말이야!"

"앨리스, 난 아직 마음을 정하지 않았어."

"그러시군요, 에드워드 씨."

그녀의 머릿속에서 벨라의 두 가지 운명이 다시금 선명해졌다.

"그 애랑 알고 지내서 뭐 하게? 내가 그냥 죽여 버리면 그게 다 무슨 소용이야?"

난 이렇게 웅얼거리다가, 갑자기 풀이 죽어 버렸다.

앨리스는 잠깐 주저하다 순순히 시인했다.

"네 말이 맞아."

나는 시속 145킬로미터로 급경사 구간을 돈 다음, 차고 뒤쪽 벽을 불과 3센티미터도 남겨두지 않고 급정거해 차를 주차했다.

"그럼 달리기 잘해."

내가 차에서 휙 내리자 로잘리가 잘난 체하며 말했다.

하지만 오늘은 달리러 가지 않을 것이다. 대신 사냥을 갈 참이었다.

다른 가족들은 내일 사냥할 예정이었지만, 난 지금 갈증을 참을 여유가 없었다. 그래서 지나치리 만큼 사냥하고, 필요 이상으로 피를 마셔 뱃속을 가득 채웠다. 지금은 이른 봄이었는데도 운 좋게 자그마한 순록 떼와 흑곰 한 마리를 마주쳤다. 너무 배가 불러 속이 거북할 지경이었다. 어째서 채워도 채워도 부족할까? 왜 그 애의 향기는 다른 이들보다 그토록 강한 걸까?

그런데 이제는 향기만이 아니었다. 벨라에 대한 건 무엇이든지 내게 매력적으로 보이는 터라 그 애의 모든 특징이 재앙이 됐다. 포크스에 온 지 불과 몇 주 만에 두 번이나 끔찍한 죽음의 문턱까지 다다랐던 아이다. 내가 알기로, 지금 이 순간에도 벨라는 죽음으로 이르는 길을 헤매고 있을지 몰랐다. 이번에는 무슨 일일까? 하늘에서 운석이 떨어져서 지붕을 뚫고 그 애 침대를 내리친 건 아닐까?

그러자 더는 사냥을 할 수가 없었다. 아직 해가 뜨려면 몇 시간이나 남았는데도 말이다. 일단 생각에 사로잡히자 운석 충돌의 가능성을 비롯하여 온갖 시나리오가 머릿속을 헤집어 떨쳐낼 수가 없었다. 이성적으로 생각해 보려고, 상상 가능한 모든 재앙이 일어날 확률을 따져 보려고 했지만 소용없었다. 솔직히 생각해 보라. 그 여자애가 다른 곳을 다 놔두고 뱀파이어가 잔뜩 눌러앉은 마을에 이사 올 확률이 얼마나 되는가? 게다가 그중 하나에게 너무나 매혹적으로 다가올 확률은 또 어떻고?

혹시 이 밤에 벨라에게 무슨 일이 생긴다면? 내일 학교에 갔는데 그 애가 있어야 할 공간이, 나의 모든 감각과 감정이 쏠려야 할 그 애의 자리가 텅 비어 있다면?

순간, 그 위험을 절대로 용납하고 싶지 않아졌다.

벨라가 안전하다고 내가 확신할 수 있는 길은 하나뿐이었다. 운석이 그 애 위로 떨어지기 전에 그 자리에 가서 막아 줄 만한 이가 있어야 한다는 거다. 그러다 내가 그 애를 찾으러 가리란 사실을 깨닫자, 다시금 어마어마한 초조함이 덮쳐 왔다.

지금은 자정이 넘었다. 벨라의 집은 어둡고 조용했다. 그 애의 트럭은 도로변에 세워져 있었고, 그 애 아버지의 순찰차는 진입로에 있었다. 근처에는 누군가 깨어 생각하는 소리가 전혀 들리지 않았다. 나는 동쪽으로 맞닿아 있는 캄캄한 숲속에서 그 집을 지켜보았다.

위험하다 여길 만한 건 아무것도 없었다⋯⋯. 나 말고는.

귀를 기울이자 두 사람이 집 안에서 숨 쉬는 소리가 들렸다. 심지어 두 사람의 심장 소리까지도 들렸다. 그러니 모든 건 안전한 게 틀림없다. 나는 어린 솔송나무 줄기에 기대어 자세를 잡고서, 혹시나 길을 잘못 든 유성이 오지는 않을지 지켜보았다.

이렇게 기다리자니 문제가 또 생겼다. 내 머리는 온갖 추측을 마음껏 해 대기 시작했다. 운석이 문제인 건 분명 아니야. 운석이란 그게 무엇인진 몰라도 닥쳐올 위험을 비유한 거니까. 위험한 상황이 꼭 하늘에서 눈부신 불꽃을 그으며 다가오지만은 않잖아. 나는 예고 없이 다가올 수많은 위험을 생각했다. 어두운 집 속으로 슬그머니 말없이 들이닥칠 위험에는 무엇이 있을까. 아니면 저 안에 도사리고 있을 위험에는 무엇이 있을까.

이건 말도 안 되는 걱정이긴 했다. 이 거리에는 도시가스 배관이 없었기 때문에 일산화탄소 누출이란 있을 수 없는 일이다. 나는 이 집에서 석탄을 자주 사용하는지도 궁금해졌다. 포크스가 있는 올림픽 페닌술라는 위험한 야생동물이 거의 없었다. 현재 소리로 따져보면 큰 동물 중 위험한 건 없었다. 독사나 전갈, 지네도 없었다. 다만 거미가 몇 마리 있었지만, 건강한 성인에게 치명적인 해충은 아니었고 집안에서 거미가 발견될 가능성도 적었다. 정말 우습군. 나도 **안다**. 내가 지금 비이성적으로 굴고 있다는 걸 안다고.

하지만 불안하고 초조했다. 머릿속에서 어두운 상상을 몰아낼 수가 없었다. 그 애를 잠깐 볼 수만 있다면…….

가서 자세히 살펴봐야겠다.

1초도 안 되어 난 뒷마당을 가로질러 집 옆을 타고 올랐다. 위층 창문은 침실에 난 것이겠지. 아마 제일 큰 침실일 것이다. 뒤편 벽으로 올라올 걸 그랬군. 그편이 눈에 덜 띌 텐데. 한 손으로 창문 차양에 매달린 채로, 나는 유리창을 들여다보았다. 숨이 턱 막혀 왔다.

여긴 벨라의 방이었다. 자그마한 침대에 누운 그 애의 모습이 보였다. 이불은 바닥에 떨어져 있고, 시트는 다리 주위에 구겨져 있는 채였다. 물론, 내 마음속 이성적인 부분이 이미 예상했듯 그 애는 어딜 보나 무사했다. 무사하지만…… 안심할 수는 없어. 내가 지켜보는 지금도 계속해서 몸을 뒤척이며 머리 위로 한쪽 팔을 휘젓고 있잖아. 잠을 푹 자는 편은 아니군. 적어도 오늘 밤은 말이야. 혹시 주변에 위험이 다가왔다는 걸 눈치챘을까?

벨라가 뒤척이는 걸 다시 지켜보자니 스스로가 거북스러웠다. 관음증 환자가 하는 짓과 뭐가 다른가? 그보다 나을 게 없다. 아니, 그보다 훨씬, 아주 많이 나쁘다.

나는 차양을 쥐었던 손끝의 힘을 풀고 뛰어내리려 했다. 하지만 그 전에 그 애 얼굴을 마지막으로 제대로 보기로 마음먹었다.

자면서도 편한 얼굴은 아니군. 눈썹 사이에 작은 주름이 보였고,

입꼬리는 아래로 쳐진 채였다. 입술이 부르르 떨리더니, 이윽고 벌어졌다.

"알았어, 엄마."

중얼거리는 소리.

벨라는 잠꼬대를 하는구나.

호기심이 그만 확 피어올라 자기 혐오감을 압도했다. 참 오랫동안 그 애의 속마음을 들어 보려 했지만, 번번이 실패하지 않았던가. 그래서 아무런 방어막 없이 무의식적으로 드러내는 생각을 들어볼 수 있는 지금의 기회란 저항이 불가능할 정도로 유혹적이었다.

결국, 이러면 안 된다는 것도 실은 다 인간의 규칙이 아니던가. 그 규칙이 내게 대체 무슨 의미가 있다고? 매일 내가 어기는 인간의 규칙이 수없이 많은데.

우리 가족이 원하는 삶을 살기 위해 갖추어야 하는 위조문서가 얼마나 많은지 생각해 보았다. 가짜 이름과 가짜 이력들. 우리가 학교에 입학할 수 있게 해 준 운전면허증과 칼라일이 의사로 일할 때 필요한 의료 자격증. 거의 비슷한 연령대라 참으로 수상한 우리 집단을 한 가족으로 납득시켜 준 서류들. 영원히 사는 우리가 짧게나마 그 시대들을 살아보려 하지 않았다면, 가정을 이루기를 좋아하지 않았다면 이런 서류들은 쓸모가 없었을 거다.

서류만 문제가 아니었다. 우리는 생활 자금을 대는 방식도 은밀했다. 초능력은 공정거래법 위반이 아니었지만, 우리가 하는 짓은 분명 정직하지 않았다. 그리고 조작된 이름으로 다른 이에게 상속하는 것 역시 합법적이지는 않다.

그리고 무엇보다도 살인을 저질렀다.

우리는 인간의 생명을 가벼이 취하지는 않았지만, 우리가 저지른 범죄로 인간들의 법정에서 처벌받은 적은 한 번도 없었다. 우리는 살인을 은폐했다. 그 역시 범죄였다.

그렇다면 지금 내 행동은 단순한 경범죄 정도인데, 왜 이토록 죄책감을 느껴야 하지? 인간의 법률은 나에게 적용되지 않는데. 그리고 어딘가를 무단 침입한 건 이번이 처음이라고 볼 수도 없는데.

나는 아무도 해치지 않고 안전하게 해낼 수 있다. 괴물은 안절부절못했지만 잘 묶여 있는 중이다.

조심스럽게 거리를 두면 되잖아. 이 애를 해치지 않을 거라고. 이 애는 내가 여기 왔었는지도 모를 거야. 난 그저 이 애가 안전한지 확인만 하고 싶을 뿐인걸.

이건 모두 합리화였다. 내 마음을 꼬드기는 악마의 사악한 주장이었다. 그건 나도 안다. 하지만 이 악마에 대항하여 날 설득할 천사는 없었다. 난 악몽 속 괴물처럼 행동하게 되겠지. 그게 내 본질이니까.

창문을 만져 보았다. 오랫동안 쓰지 않아 잘 움직이지 않았지만 잠겨 있지는 않았다. 나는 깊이 숨을 들이마셨다. 얼마나 오래 있을지는 모르겠지만 이 애 옆에서는 숨을 쉬면 안 되니까. 그리고 천천히 창문을 옆으로 밀었다. 금속 창틀이 가냘프게 끼익 소리를 낼 때마다 몸이 움츠러들었다. 마침내 내가 쉽게 들어갈 만큼 창문이 열렸다.

"엄마, 잠깐만……. 스코츠데일 가 쪽이 더 빨라……."

그 애가 중얼댔다.

방은 작았다. 물건이 정리되어 있지 않고 어수선했지만 더럽지는 않았다. 침대 옆 바닥에는 책이 쌓여 있었는데, 책등은 반대편으로 돌려놔 보이지 않았다. CD들은 저렴한 CD 플레이어 옆에 흩어진 상태였다. CD 플레이어 위에는 투명한 CD 케이스만 있었을 뿐이다. 박물관 속 그 옛날 컴퓨터 전시관에서나 볼 법한 낡은 컴퓨터 주위로 종이더미가 놓였다. 나무 바닥 위로 여기저기 신발이 널브러졌다.

그 애의 책과 CD 제목을 무척 보고 싶었지만, 더는 위험을 감수하지 않기로 마음먹었다. 대신 방 구석에 있는 낡은 흔들의자로 가서 앉았다. 그러자 불안한 마음이 누그러지고, 어두운 생각이 사라지면서 머릿속이 맑아졌다.

예전에는 정말로 내가 이 애를 평범하다고 생각했던 걸까? 첫날을 떠올리자 그 애에게 반한 인간 남자아이들을 비웃었던 기억이 났다. 하지만 그들의 마음속에 떠오른 벨라의 얼굴을 기억하자, 어째서 곧바로 이 애를 아름답다고 여기지 못했는지 이해가 안 갔다. 이토록 분명한 사실을 왜 몰랐을까.

지금도 창백한 얼굴 주위로 짙은 색 머리카락을 마구 흩트린 채, 구멍이 잔뜩 뚫린 낡은 티셔츠와 해진 트레이닝 바지를 입고서 무의식에 빠져 여유로운 표정을 한 모습, 도톰한 입술을 살짝 벌리며 잠든 모습에 난 숨조차 쉴 수 없을 것만 같은데. 그러자 쓸쓸한 생각이 들었다. 숨은 이미 못 쉬고 있잖아.

벨라는 더는 말하지 않았다. 꿈이 끝났나 보다.

나는 그 애 얼굴을 빤히 쳐다보면서 내가 감당할 만한 미래를 만들 방법을 애써 생각해 보았다.

저 애를 해친다는 건 참을 수 없었다. 그렇다면 다시 떠나는 것만이 남은 선택지일까?

내가 떠난다 해도, 이제는 아무도 뭐라 할 수 없었다. 내가 없어도 우리 가족이 위험해지지는 않을 것이다. 그때 사고를 떠올리며 수상

찍어하는 사람은 아무도 없을 것이다.

하지만 오늘 오후처럼, 나는 망설일 뿐이었다. 아무것도 할 수 없을 것 같았다.

자그마한 갈색 거미 한 마리가 옷장 문틈으로 기어 나왔다. 내가 여기 와서 심란해졌을 것이다. 에라티제나 아그레스티스(Eratigena agrestis), 호보 거미였다. 크기로 보니 어린 수컷이군. 한때는 위험한 거미라고 여겨졌지만, 최근의 연구 결과에 따르면 독성이 인간에게 그리 치명적이지는 않다고 밝혀졌다. 그래도 물리면 아픈 거미라서…… 나는 손가락을 뻗어 묵묵히 거미를 으스러뜨렸다.

그냥 놔둘 걸 그랬나. 하지만 저 애를 상처 입힐지도 모른다 생각하니 견딜 수가 없었다.

불현듯 이런 생각들을 죄다 참을 수 없어졌다.

나는 벨라의 집에 있는 거미란 거미를 모두 죽일 수도 있으리라. 언젠가 찔릴지도 모르니 장미 덤불의 가시란 가시는 모두 잘라내고, 그 애 반경 1킬로미터 이내로 다가오며 과속하는 차량 앞을 모두 막아설 수도 있으리라. 하지만 무엇을 하든 내가 뱀파이어가 아닐 수는 없었다. 나는 하얀 돌 같은 내 손을 바라보았다. 인간 같지 않게 너무나 괴상해 보이는 손이다. 결국 드는 건 절망감이었다.

인간 남자애에게 벨라가 매력을 느끼든 말든, 나는 그들과 경쟁하기조차 바랄 수가 없었다. 난 악당이고 악몽 같은 존재다. 이 애는 그 말고 나를 무엇으로 보아 주겠는가? 내 진실을 안다면 두려워하며 날 거부하겠지. 공포영화 속 희생자들이 으레 그렇듯, 겁에 질려 비명을 지르며 도망치겠지.

생물 시간에 있었던 우리의 첫 만남을 떠올려 보니…… 그 애는 정확히 그런 반응을 보일 거라 확신할 수 있었다.

만약 내가 이 애에게 그 바보 같은 댄스파티에 같이 가자고 청했더라면, 성급하게 만들어 낸 계획을 취소하고 나와 함께 가겠다고 대답했을 거라고 상상하는 건 명청한 짓이었다.

이 애가 고백을 받아줄 운명의 사람은 내가 아니다. 그건 다른 사람, 따스한 피를 가진 다른 인간이었다. 만약 그런 남자가 나타나 고백에 성공한다 해도, 나는 그 남자를 사냥해서 죽일 수도 없었다. 그게 누구든 벨라에게 어울릴 남자일 테니까. 이 애는 자신이 선택한 이를 사랑하며 행복하게 살아갈 자격이 있으니까.

지금 나는 이 애를 위해 옳은 일을 할 의무가 있었다. 이 여자애를 사랑해서 위험에 빠진 건 그저 나뿐인 척할 수가 없었다.

결국, 내가 떠난다 해도 문제는 없을 것이다. 내가 보여 주고픈 내 모습을 벨라는 절대로 보지 못할 테니까. 그리고 나를 사랑받을 만한 존재로 보아 주지도 않을 테니까.

죽어서 굳어 버린 심장도 산산조각 날 수 있을까? 지금 내 심장이 그런 것만 같은데.

"에드워드."

벨라가 내 이름을 말했다.

난 그 자리에서 얼어붙었다. 그 애의 감긴 눈을 응시한 채로.

혹시 깨어 있었나? 여기 내가 있는 걸 봤나? 자는 것처럼 보였는데. 하지만 목소리가 너무 또렷했어.

그 애는 조용히 한숨을 쉬더니 다시 몸을 뒤척여 옆으로 돌아누웠다. 여전히 깊이 잠든 채로 꿈을 꾸고 있었던 거다.

"에드워드."

다시 가냘프게 중얼대는 목소리.

죽어서 굳어 버린 심장도 다시 뛸 수 있을까? 지금 내 심장이 그럴 것만 같은데.

벨라는 한숨을 쉬더니 말했다.

"여기 있어. 가지 마, 제발……. 가지 마."

내 꿈을 꾸고 있구나. 그런데 악몽이 아니구나. 내가 옆에 있어 주기를, 꿈속에서 바라고 있어.

한없이 밀려드는 이 감정에 무어라 이름을 붙일 수 있을까. 아무리 애를 써도 이 감정을 표현할 만큼 강렬한 단어를 찾을 수가 없었다. 한 참 동안 나는 그 감정에 푹 빠져 죽을 것만 같았다.

그러다 다시 정신이 들었을 때는, 더 이상 이전 같은 남자가 아니게 됐다.

내 삶은 끝나지도 않고 변하지도 않는 한밤중이었다. 언제나 한밤 중이어야 했고, 한밤중일 수밖에 없었다. 그러니 어떻게 지금, 한밤중 같은 내 삶의 이 순간에 태양이 뜰 수가 있을까?

내가 뱀파이어가 됐을 때, 불길처럼 느껴지던 변화의 고통 속에서 영혼과 필멸을 불멸과 맞바꾸었던 그때, 나는 정말로 굳어 버렸었다. 나의 몸은 살이 아니라 돌에 가까워져서 단단해지고 변하지 않게 바 뀌었다. 나의 자아 역시 같은 식으로 굳었다. 나의 성격, 선호하는 것, 싫어하는 것, 기분과 욕망까지도 그 상태로 굳었다. 모든 건 그대로 고 정됐다.

나머지 뱀파이어들도 마찬가지였다. 우리는 모두 굳어 버렸다. 살 아있는 돌처럼.

우리 중 변화하는 이들도 있었지만, 그런 변화는 드문 데다 한번 일어나면 역시 영구적으로 고착됐다. 나는 칼라일에게 그 변화가 일어나는 걸 보았고, 10년 뒤에는 로잘리의 변화도 보았다. 사랑은 그 둘을 영원하고도 결코 사라지지 않는 방식으로 변화시켰다. 칼라일이 에스미를 발견한 지 80년이 넘게 흘렀지만, 그는 여전히 첫사랑에 빠진 이처럼 믿을 수 없다는 눈빛으로 그녀를 바라보고 있다. 그 사랑의 모습은 서로에게 언제나 한결같을 것이리라.

내게도 역시 한결같겠지. 나는 언제까지나 이 연약한 인간 여자애를 사랑할 것이다. 무한하게 이어질 나의 남은 삶 동안.

이 애에 대한 사랑이 돌 같은 나의 몸에 구석구석 자리 잡는 것을 느끼며, 나는 무의식에 빠진 그 얼굴을 가만히 바라보았다.

이제는 더 편안하게 자고 있군. 입가에 살짝 미소를 띠고서.

나는 몰래 계획을 꾸미기 시작했다.

이 애를 사랑한다. 그러니 이 애를 떠날 수 있을 만큼 애써 강해져야 한다. 지금은 그만큼 강하지는 않다는 걸 알지만, 그렇게 되도록 노력할 거다. 하지만 어쩌면 다른 방법으로 미래를 우회할 수 있을 만큼은 강할지도 모르지.

앨리스는 벨라의 미래를 오로지 두 가지밖에 보지 못했고, 이제 나는 그 미래를 둘 다 이해했다.

그 애를 사랑한다 해도, 내가 실수를 저지른다면 죽이지 않을 수 없을 것이다.

그러나 지금은 내 안의 괴물이 느껴지지 않았다. 속마음 어디에서도 찾을 수 없었다. 어쩌면 사랑의 힘이 괴물을 영원히 입 다물게 만든 걸지도 모르지. 만약 지금 저 애를 죽이게 된다면, 그건 끔찍한 실수이지 의도적인 것은 아닐 터였다.

나는 지나치리만큼 조심해야 하겠지. 절대로 그 어떤 상황에서도 방심하면 안 될 테지. 호흡을 언제나 조절해야 할 거고, 매번 조심스럽게 거리를 유지해야 하겠지.

절대로 실수하지 않을 거야.

마침내 두 번째 미래도 이해가 갔다. 예전에는 그 환상에 당황했었다. 살아도 사는 게 아닌 이 불멸의 삶에 벨라가 결국 갇혀 버린다니, 어떻게 이런 일이 있을 수 있느냐고 말이다. 하지만 저 여자애를 애타게 갈망하고 있는 지금은 이해한다. 용서할 수 없을 정도로 이기적인 마음이 들었으니까. 아버지에게 가서 부탁하면 어떨까. 내가 저 애를 영원히 간직할 수 있도록, 아버지에게 가서 저 애의 삶과 영혼을 빼앗아 달라고 부탁하자.

하지만 벨라는 더 나은 삶을 살 자격이 있다.

그때 나는 또다른 미래를 보았다. 아주 얇은 철사 같지만, 내가 조심스럽게 균형을 잡는다면 그 위를 아슬아슬 걸을 수 있을 것 같은 미래를.

할 수 있을까? 벨라 곁에 있으면서, 인간의 삶을 지켜 줄 수 있을까?

그래서 일부러 자리에 꼼짝하지 않는 상태로 몸을 완벽하게 굳힌 다음. 나는 숨을 깊이 들이마셨다. 그러자 그 애의 향기가 다시금, 또 다시금 들불처럼 내 속을 파고들었다. 방안은 벨라의 향취가 가득했다. 그 향기는 사방 표면에 층층이 쌓여 있었다. 머릿속이 고통으로 빙빙 돌았지만, 나는 현기증과 싸웠다. 만약 내가 그 애 옆에 주기적으로 가까이 가 보려면 이 고통에 익숙해져야 할 것이다. 다시금 깊게 숨을 쉬었다. 고통이 타올랐다.

계획을 세우며, 또 숨을 들이쉬며, 나는 동녘 구름 뒤로 태양이 떠오를 때까지 벨라가 자는 모습을 바라보았다.

　나는 다른 이들이 학교로 떠난 직후에 집에 도착했다. 그리고 에스미의 의아해하는 눈빛을 피하며 재빨리 옷을 갈아입었다. 그녀는 내 얼굴에 드러난 열뜬 기색을 보고 걱정하면서도 동시에 안심했다. 이제껏 내가 오랫동안 드러냈던 우울한 기색 때문에 에스미는 무척 괴로워했는데, 이제는 우울함이 없어진 것 같아 기뻐하는 것이다.

　나는 학교로 달려갔고, 형제자매들이 도착한 지 몇 초 후에 도착했다. 그들은 돌아보지 않았다. 적어도 앨리스는 내가 포장도로와 맞닿은 울창한 숲속에 서 있다는 걸 알았을 텐데도 말이다. 나는 아무도 보지 않을 때까지 기다렸다가, 나무 사이를 여유롭게 걸으며 차가 가득한 주차장으로 들어갔다.

　벨라의 트럭이 저 모퉁이 너머로 부릉대는 소리가 들렸다. 나는 SUV 뒤에 멈춰 섰다. 여기라면 몰래 지켜볼 수 있었으니까.

　그 애는 주차장으로 들어서더니, 한참 동안 나의 볼보를 노려보다가 얼굴을 찡그리면서 내 차와 가장 멀리 떨어진 곳을 골라 주차했다.

　아직도 나에게 화가 많이 났구나. 그럴 만했지만 이런 기억이 이상하게 느껴졌다.

　스스로를 비웃고 싶었다. 아니면 걷어차고 싶었다. 내가 아무리 음모를 꾸미고 계획을 세워 봤자, 저 애가 나를 좋아하지 않는다면 전부다 엉망이 되는 거 아닌가? 저 애의 꿈은 전혀 의미 없는 것이었을지도 모르잖아. 나는 참 오만한 바보였다.

　뭐, 나를 거들떠보지도 않는 편이 벨라에게는 훨씬 나을 것이다. 그렇다고 해서 내가 저 애를 쫓아다니는 것도, 그러고 싶은 마음도 막을 수는 없더라도 말이다. 하지만 나는 저 애가 거절하는 소리를 들어야 했다. 나는 저 애에게 빚을 졌다. 내 편이 더 많이 졌다. 난 대답할 수 없는 진실을 말해 주겠다고 했으니까. 그러니 가능한 한 많은 진실을 알려줄 것이다. 저 애에게 애써 경고할 것이다. 그래서 벨라가 나를 받아주지 않으리라는 게 확실해지면, 그때 떠날 것이다.

어떻게 접근하는 게 제일 좋을까. 나는 곰곰이 생각하며 조용히 앞으로 다가갔다.

벨라가 마침 실수를 한 덕에 접근하기가 쉬웠다. 그 애는 차에서 내리려다가 트럭 열쇠를 손가락 사이에서 놓쳤고, 열쇠는 깊은 웅덩이에 빠졌다.

그 애는 손을 아래로 뻗었지만, 그 손가락이 차가운 물에 닿기 전에 내가 먼저 열쇠를 건졌다.

나는 트럭에 기대섰다. 벨라는 깜짝 놀라다가 몸을 폈다.

"대체 어떻게 하는 거야?"

그 애가 다그쳐 물었다.

그래, 아직도 화가 났군.

나는 열쇠를 건네주었다.

"어떻게 하다니?"

벨라는 손을 뻗었고, 나는 그 손바닥에 열쇠를 떨어뜨렸다. 그리고 숨을 훅 들이켜 그 애의 향기를 맡았다.

"난데없이 휙 나타나는 거 말이야."

그 애는 구체적으로 설명했다.

"벨라, 네가 유달리 관찰력이 없는 건 내 잘못이 아니야."

이 말이 어쩌나 쏙쏙하게 나오던지, 마치 농담처럼 들렸다. 대체 저 애가 못 보는 건 뭐지?

내 목소리가 자신의 이름을 부드러운 손길처럼 감싸는 기색을 들었을까?

벨라는 내 농담을 알아듣지 못한 채 이쪽을 노려보았다. 심장 박동이 빨라졌군. 화가 났나? 아님 무서운가? 잠시 후, 그 애는 고개를 떨구었다. 그리고 나와 눈을 마주치지 않은 채 물었다.

"어제 저녁엔 왜 길을 막고 서 있었어? 내 존재를 무시하려고 한 건 알겠는데, 설마 나를 죽도록 짜증나게 만들 생각은 아니었겠지?"

아직도 무척 화가 났군. 우리의 사이를 바로잡으려면 어느 정도 노력이 필요하겠어. 나는 진실한 모습을 보이자는 결심을 되새겼다.

"그건 타일러를 위한 배려였어. 그 녀석한테도 기회를 줘야 하잖아."

그러면서 나는 웃었다. 어제 이 애가 지었던 표정을 생각하면 웃음이 절로 나왔다. 이 애를 안전하게 지키느라고, 자꾸만 반응하는 나의 신체를 제어하려다 보니 감정을 추스를 힘이 거의 남지 않아서였다.

"너……."

그 애는 숨을 몰아쉬며 말을 잇지 못했다. 너무 화가 나서 차마 말이 나오지 않는 모양이었다. 이거 봐. 어제랑 똑같은 표정이잖아. 나는 또 웃음이 났지만 애써 참았다. 더 화나게 할 필요는 없으니.

"난 네 존재를 무시하려고 한 적 없어."

내가 대신 말을 맺어 주었다. 내 어조를 무심하게, 놀리듯이 유지하는 게 옳은 것 같았다. 이 애를 더 놀라게 하고 싶지 않았다. 내 감정이 얼마나 깊은지 숨기고, 이 상황을 가볍게 유지해야 했다.

"그래서 내가 짜증나 죽게 만들려는 거야? 타일러 차에 치어 죽지 않은 게 아쉬워서?"

그 말을 듣는 순간, 속에서 분노가 확 치밀어 올랐다. 어떻게 이런 생각을 할 수가 있지?

이토록 모욕감이 느껴지는 건 비이성적이었다. 그 애는 내 노력을 하나도 모르니 당연한 거다. 내가 자신을 살리려고 얼마나 노력하는지도 모르고, 가족과 싸워가면서 보호한 것도 모르고, 그날 밤 내가 변해 버린 것도 알지 못해서 그렇다. 하지만 그럼에도 여전히 화가 났다. 감정을 주체할 수가 없었다.

"벨라, 넌 정말 바보로구나."

나는 쏘아붙였다. 얼굴이 빨개진 그 애는 내게 등을 돌렸다. 그리고 이곳을 떠나갔다.

후회가 밀려온다. 내 분노는 적절하지 않았다.

"기다려."

나는 애원했다. 하지만 그 애는 걸음을 멈추지 않아서, 내가 따라갔다.

"미안해. 내 말이 심했다. 사실이 아니라는 뜻은 아니지만,"

내가 어떤 식으로든 자기가 다치기를 바랐다고 상상하다니. 말도 안 되잖아.

"어쨌든 그런 말을 입에 올렸으니 내가 무례했어."

"그냥 나 좀 혼자 있게 내버려 둘래?"

이게 내가 바라던 거절일까? 이 애는 이걸 바라는 걸까? 꿈속에서 불렀던 내 이름은 전혀 의미가 없었을까?

나에게 가지 말라고 하던 그 어조, 그 표정이 아직도 이렇게 생생한데.

하지만 지금 나를 거절하는 거라면……. 뭐, 그렇다면 그런 거겠지.

내가 해야 할 일이 뭔지도 알고 있고.

아무렇지 않은 척하자, 하고 나는 되뇌었다. 지금이야말로 마지막으로 벨라를 보는 순간일 수도 있다. 그렇다면, 나는 이 애에게 올바른 인상을 남겨야 한다. 그러니 평범한 인간 남자애처럼 행동하자. 무엇보다도, 나는 이 애에게 선택권을 줄 참이었다. 그런 다음 그 대답을 받아들일 것이다.

"너한테 물어볼 게 있었는데, 너 때문에 얘기가 딴 데로 샌 거야."

그러자 일련의 행동들이 떠올라서 나는 또 웃었다.

"너 혹시 다중인격장애라도 앓고 있니?"

벨라가 물었다. 그 말이 맞는 것도 같았다. 내 기분은 무척 변덕스러운 상태였다. 새로운 감정들이 너무 많이 내 속을 달려 대고 있었으니까.

"또 그런다."

내가 지적하자 그 애는 한숨을 쉬었다.

"좋아. 묻고 싶은 말이 뭔데?"

"혹시 말이야, 다음주 토요일에, 그러니까 봄맞이 댄스파티가 있는 날 있잖아……."

그 애는 갑자기 눈길을 나에게 돌리며 내 말을 끊었다.

"지금 너 날 웃기려고 이러는 거야?"

"제발 내 말 좀 끝까지 들어 볼래?"

그 애는 부드러운 아랫입술을 이로 꾹 누른 채 잠자코 기다렸다.

그 모습에 나는 잠시 정신이 팔렸다. 그간 잊고 있던 인간적인 핵심 속성으로부터 나온 낯설고 생소한 반응들이 요동쳐 댔다. 내 역할극에 충실해야 하기에, 나는 그 반응을 떨쳐내려 했다.

"그날 네가 시애틀에 간다는 얘기를 들었는데, 혹시 다른 차를 얻어 타고 갈 생각 없나 해서."

이렇게 제안했다. 저 저 애의 계획을 알기보다는, 그 계획에 동참하는 편이 더 낫다는 걸 깨달아서였다. 내 제안을 승낙한다면.

그 애는 멍하니 나를 응시했다.

"뭐라고?"

"시애틀까지 태워다 줄까?"

차 안에 벨라와 단 둘이라. 생각만 해도 목 안에 불길이 치밀었다. 나는 숨을 깊게 들이쉬었다. 적응하자.

"누가?"

그 애는 당황한 채 물었다.

"그야 당연히 나지."

나는 천천히 대답했다.

"왜?"

내가 같이 가 주겠다는 게 그토록 놀랄 일인가? 나의 과거 행동을 돌이켜보면서 최악의 경우를 상상했나 보군.

나는 최대한 아무렇지 않게 대답했다.

"음, 나도 2, 3주 뒤에 시애틀에 갈 계획이었거든. 그리고 솔직히 네 트럭으로는 무리라고 생각했어."

너무 진지한 모습을 보이는 것보다는 살짝 놀려 대듯 말하는 편이 안전하게 느껴졌다.

"걱정해 주는 건 고맙지만, 내 트럭은 전혀 문제없어."

벨라는 여전히 놀란 기색을 띤 목소리로 말했다. 그리고 다시 걷기 시작했다. 나는 보조를 맞춰 걸었다.

이건 노골적인 거절은 아니지만, 그 비슷하긴 하군. 혹시 예의 바르게 돌려 거절하는 건가?

"하지만 네 트럭이 기름 한 번 넣고 시애틀까지 갈 수 있겠어?"

"그게 너하고 무슨 상관인지 모르겠는데."

그 애가 투덜거렸다.

벨라의 심장 박동이 다시 빨라지고, 호흡이 가빠졌다. 내가 놀려서 마음이 편안해졌을 거라 생각했는데, 어쩌면 내가 또 무서워졌는지도 모르겠다.

"소중한 자원의 낭비를 막는 건 누구나 관심을 가져야 할 문제야."

내 대답은 아무렇지 않고도 무심하게 들렸지만, 이 애도 그렇게 들어 주었을지는 모르겠다. 아무것도 들리지 않는 이 애 때문에 난 언제나 불안해진다.

"솔직히 말이야, 에드워드. 네 말을 통 알아들을 수가 없어. 넌 나랑 친해지기 싫다고 했잖아."

벨라가 내 이름을 입에 올린 순간, 나는 희열을 느꼈다. 다시금 그 애 방으로 돌아가 내 이름을 부르며 곁에 있기를 바라던 이 애의 목소리가 들리는 것만 같았다. 이 순간에 빠져 영원히 살 수 있다면 얼마나 좋을까.

하지만 지금은 정직해야만 하는 시간이다.

"우리가 친해지지 않는 게 더 낫다고 말했을 뿐, 친해지기 싫다고 말한 적은 없어."

"어머나, 고마워라. 그 말을 들으니 모든 게 명확해지네."

그 애는 빈정거렸다. 그리고 식당 건물 지붕 아래에서 멈추더니, 다시 나와 시선을 마주했다. 심장이 힘겹게 뛰고 있네. 무서운가? 화가 났나?

나는 조심스럽게 말을 골랐다. 이 애는 알 필요가 있다. 나더러 떠나라고 말하는 게, 자신에게 제일 좋다는 걸 알 필요가 있단 말이다.

"네 쪽에선 나와 친구가 되지 않는 게 좀 더…… 신중한 선택일 거야."

초콜릿이 진하게 녹은 듯한 그 깊은 눈동자를 바라보자, 나는 그만 아무렇지 않은 태도를 잃어버리고 말았다.

"하지만 난 이제 너를 멀리하려고 애쓰는 데 지친 것 같다, 벨라."

이 말은 불길처럼 타오르며 입 밖으로 나와 버렸다.

벨라는 숨을 멈추었다. 그 호흡이 다시 시작되기까지의 짧은 찰나 동안, 나는 그만 겁을 먹었다. 내가 정말로 이 애를 겁먹게 만든 게 맞나?

그편이 훨씬 낫다. 나는 거절당한 상황을 받아들이고 참아낼 것이다.

"나랑 같이 시애틀에 갈래?"

나는 솔직하게 물었다.

그 애는 고개를 끄덕였다. 가슴을 쿵쿵 울려 대면서.

승낙했어. 나에게 그러자고 했어.

이윽고 양심의 가책이 호되게 일었다. 이 대답으로 이 애는 얼마나 많은 손해를 입게 될까?

"정말로 나를 멀리하는 게 네 신상에 좋아."

난 경고했다. 내 말을 들었을까? 내가 위협하는 미래에서 이 애는 벗어날 수 있을까? 내가 이 애를 나에게서 구해 내기 위해 할 수 있는 게 아무것도 없을까?

아무렇지 않은 척하란 말이야. 속으로는 그렇게 고함쳤다.

"수업 때 보자."

이렇게 말해 놓고서야 수업 시간에 우리가 볼 수 없다는 게 기억났다. 이 애는 정말이지 내 생각을 아주 철저하게 흐트러뜨리는구나.

나는 달리지 않으려고 애쓰며 그 자리를 떠났다.

6

혈액형

———◆———

주변에서 무슨 일이 일어나는지도 의식하지 못한 채, 나는 온종일
다른 사람들의 시선을 엿보며 그 애를 따라다녔다.

하지만 마이크 뉴튼의 시선으로 보지는 않았다. 벨라를 향한 그놈
의 불쾌한 환상을 더는 참을 수가 없었기 때문이다. 제시카 스탠리의
생각에도 귀기울이지 않았다. 그녀가 벨라에게 품은 원한이 성가셨기
때문이다. 반면에 앤젤라 웨버는 그야말로 좋은 선택지였다. 그녀는
상냥했고, 머릿속은 편안히 있기 좋았다. 그리고 가끔 선생님들의 시
선이 가장 좋은 광경을 보여 주었다.

벨라가 종일 넘어지는 걸 보고 난 놀랐다. 인도에 난 금에 걸려 넘
어지고, 흩어진 책에 걸려 넘어지기도 했지만 본인이 발을 헛디뎌 혼
자 넘어질 때가 제일 많았다. 그래서 내가 생각을 훔쳐 듣는 이들은 그
애가 어딘가 어설프다고 생각했다.

나는 그 점을 곰곰이 생각했다. 벨라가 가끔 똑바로 서 있지 못하는

건 사실이었다. 첫날 책상으로 넘어졌던 광경이 기억났다. 차 사고가
나기 전 빙판 위에서 미끄러졌던 것도, 어제는 비틀대다 문틀에 아랫
입술을 찧은 것도 기억났다. 참 이상하지. 사람들의 생각은 옳았다. 그
애는 확실히 어설펐다.

이게 뭐가 우스운지 모르겠지만, 나는 미국사 수업을 마치고 영어
수업 교실로 이동하면서 큰 소리로 웃었다. 그러자 몇몇 사람들이 나
를 경계하는 눈초리로 쏘아보더니 드러난 내 이빨을 보고서 재빨리
시선을 돌렸다. 왜 전에는 몰랐을까? 벨라가 가만히 있으면 무척 우아
한 구석이 있어서일 것도 같다. 머리를 괴고 있는 모습이나, 아치 형태
의 목이라든가……

하지만 지금은 우아한 구석이라곤 하나도 없었다. 바너 선생님은
그 애가 카펫에 부츠 끝이 걸려 말 그대로 의자에 털썩 주저앉는 모습
을 보고 있었다.

나는 다시 웃었다.

직접 그 애를 볼 기회를 기다리는 동안, 시간은 믿을 수 없으리만큼
느릿느릿 흘러갔다. 마침내 수업종이 울리자, 나는 자리를 잡기 위해
재빨리 학생식당으로 성큼성큼 걸어갔다. 그리고 제일 먼저 식당에
도착했다. 나는 평소 비어 있던 테이블을 골랐다. 오늘은 내가 여기 앉
았으니 더 확실히 비게 되겠지.

식당에 들어온 우리 가족은 내가 새로운 자리에 앉은 것을 보고도
놀라지 않았다. 앨리스가 먼저 경고해 주었겠지.

로잘리는 나를 쳐다보지도 않고 옆을 성큼성큼 지나갔다.

멍청이.

로잘리와 나는 한 번도 편한 사이인 적이 없었다. 그녀는 내 말을

들은 순간부터 나 때문에 언짢아했고, 그 후로는 쭉 안 좋아졌다. 하지만 이 며칠간은 평소보다 훨씬 더 성질을 부리고 있는 듯했다. 한숨이 나왔다. 로잘리는 만사를 자기 좋을 대로 생각하려 들었다.

재스퍼는 옆으로 지나가며 내게 어설프게 미소를 지었다.

행운을 빈다. 하지만 그는 내게 행운이 있을 거라고는 생각하지 않았다. 에밋은 눈을 흘기며 고개를 저었다.

미쳤군. 불쌍한 녀석.

앨리스는 활짝 웃었다. 그녀의 이빨이 너무 새하얗게 빛났다.

이젠 벨라한테 말 걸어도 돼?

"가까이 가지 마."

나는 나지막이 말했다.

앨리스는 시무룩해졌다가는 이내 다시 밝은 표정으로 돌아왔다.

알았어. 어디 고집 부려 보시지. 시간이 지나면 어쩔 수 없게 될걸.

나는 다시 한숨을 쉬었다.

오늘 생물 시간 잊지 마.

그녀가 다시금 상기시켜 주었다.

나는 고개를 끄덕였다. 배너 선생님이 세운 계획 때문에 성질이 났다. 이제껏 생물 시간에 옆에 앉은 벨라를 무시하는 척하면서 얼마나 많은 시간을 허비했던가. 그런데 오늘 그 애와 함께 있지 못하게 되어 이토록 고통스럽다니, 아이러니컬했다.

벨라가 도착하기를 기다리는 동안, 나는 학생식당으로 오는 길에서 제시카의 뒤편을 따라 걷는 신입생들의 시선으로 들어갔다. 제시카는 앞으로 다가올 댄스파티에 대해 소곤대고 있었지만, 벨라는 아무런 대답이 없었다. 물론 제시카가 그 애에게 말할 틈을 주지도 않았지만.

식당 안으로 들어오자마자 벨라는 눈을 반짝이며 나의 형제자매들이 앉은 자리 쪽을 보았다. 그곳을 잠시 응시하던 그 애는 이마를 찌푸리더니 이내 눈을 바닥으로 내리깔았다. 내가 여기 있는 걸 못 본 것이다.

그 표정이 너무나…… 슬퍼 보였다. 일어서서 그 옆으로 가고 싶은, 어떻게든 그 애를 위로해 주고 싶은 충동이 강렬하게 느껴졌다. 하지만 어떻게 해야 위로가 될지 알 수 없었다. 제시카는 계속해서 댄스파티에 대해 재잘거렸다. 혹시 댄스파티에 못 가서 화가 난 걸까? 그런 것 같지는 않은데.

하지만 혹시 그렇다면…… 내가 댄스파티 상대가 되어 줄 수 있다면 얼마나 좋을까. 하지만 불가능하다. 춤을 추면 신체 접촉이 있어야 하는데, 그건 너무 위험하니까.

벨라는 점심으로 음료수 한 잔을 샀을 뿐이었다. 저걸로 되나? 영양분을 더 섭취해야 하지 않나? 전에는 인간의 식습관에 대해 그다지 신경 쓴 적이 없었건만.

인간들은 지독하리만큼 연약한 존재군! 걱정해야 할 게 백만 가지는 되는 것 같은데.

"에드워드 컬렌이 또 널 바라보고 있어. 오늘은 왜 혼자 앉아 있나 모르겠네."

제시카의 목소리가 들렸다.

나는 제시카에게 고마웠다. 비록 지금 그녀는 훨씬 더 분개하고 있긴 해도 말이다. 벨라가 고개를 홱 들더니 나를 찾아 두리번대다 결국 우리의 눈이 마주쳤다.

이제 그 애의 얼굴에는 슬픔의 흔적이 보이지 않았다. 내가 집에 일찍 가 버렸다고 생각해서 기분이 안 좋았던 거면 좋겠는데. 그 희망에 미소가 지어졌다.

나는 손가락을 들어 벨라에게 내 쪽으로 오라고 신호를 보냈다. 그러자 그 애는 무척 놀랐고, 그 모습에 나는 한층 더 놀려 주고 싶었다. 이번에는 윙크를 해보았다. 그랬더니 그 애 입이 딱 벌어졌다.

"지금 너한테 오라고 하는 거야?"

제시카가 대뜸 물었다.

"생물 숙제 때문에 부탁할 게 있나 봐. 무슨 일인지 가서 알아봐야겠어."

벨라는 확신 없는 목소리로 나지막이 말했다.

이것 역시 또 다른 승낙이나 마찬가지였다.

그 애는 내가 앉은 테이블까지 오면서 두 번이나 비틀거렸다. 우리 사이 통로는 완벽하게 평평한 리놀륨 바닥일 뿐, 장애물이 하나도 없었는데도 말이다. 정말이지, 내가 왜 이 점을 생각하지 못했지? 저 애가 아무런 생각을 들려주지 않아서 온통 신경이 그쪽으로 쏠린 탓이리라. 내가 못 본 게 또 뭐가 있을까?

벨라는 내가 앉은 자리에 거의 다다랐다. 나는 마음의 준비를 하려 했다. 솔직하게, 아무렇지 않은 척 행동하자. 나는 속으로 주문을 외우듯 되뇌었다.

그 애는 내 맞은편 의자 위에 멈춰 서더니 머뭇거렸다. 이번에 난 입이 아니라 코로 깊이 숨을 들이쉬었다.

이 타오르는 고통을 즐기자. 나는 냉담하게 생각했다.

"오늘은 나랑 같이 앉는 게 어때?"

내가 물었다.

벨라는 의자를 빼고 앉는 내내 나를 빤히 바라보았다. 긴장한 모습이네. 나는 그 애가 입을 열기를 기다렸다.

그리고 잠시 후, 마침내 그 애가 입을 열었다.

"별일이 다 있네."

"그게······."

나는 주저하다 결국 말했다.

"어차피 지옥에 갈 바에야 철저히 내 마음대로 하기로 했어."

난 왜 이런 말을 했을까? 적어도 솔직해지고 싶어서였던 것 같다. 그리고 벨라는 내 말속에 내포된 분명한 경고를 알아들었을지도 모른다. 그러니 최대한 빠르게 일어나서 멀어져야 한다는 걸 깨달았을 수도 있었다.

하지만 그 애는 일어서지 않았다. 마치 내가 말을 하다가 말았다는 것처럼, 나를 빤히 바라보며 더 말하기를 기다렸다.

"너도 알겠지만, 난 네가 무슨 말을 하는지 통 모르겠어."

내가 말이 없자 그 애가 대꾸했다.

그건 다행이로군. 나는 미소를 지었다.

"알아."

벨라의 등 뒤로 나를 향해 소리치는 생각들을 무시하기가 힘들었다. 대화 주제를 바꾸고 싶었으니 어쨌든 잘됐군.

"너를 나한테 빼앗겨서 네 친구들이 화가 났나 봐."

그 애는 별로 아랑곳하는 것 같지 않았다.

"괜찮아질 거야."

"하지만 난 널 다시 돌려주지 않을지도 모르는데."

난 지금 이 애를 다시 놀리려는 걸까. 아니면 그저 솔직해지려는 걸

218

까. 모르겠다. 이 애 가까이에만 있어도 생각이 온통 뒤죽박죽되어 버린다.

벨라는 마른 침을 꿀꺽 삼켰다.

그 애 표정을 보고 난 또 웃었다.

"걱정스러운 표정이군."

이건 사실 웃을 일이 아니다. 사실은 걱정을 해야 마땅하다.

"아니야."

하지만 이건 거짓말이란 걸 알았다. 그 목소리가 갈라져 나와서, 이 애의 속마음을 그대로 보여 주었다.

"사실 좀 놀랐어…… 이게 다 무슨 꿍꿍이야?"

"말했잖아. 너를 멀리하려고 애쓰는 데 지쳤다고. 그래서 포기하려는 거고."

다시금 알려 주고 나서, 나는 약간 노력을 기울여 간신히 미소를 유지했다. 하지만 잘 되지가 않았다. 솔직하면서 동시에 아무렇지 않기란 참으로 어렵군.

"포기한다고?"

그 애는 어리둥절한 표정으로 되물었다.

"응. 착하게 사는 건 포기할 거야."

게다가 지금 상태로는 아무렇지 않은 척하는 것도 포기해야 할 것 같다.

"이젠 결과가 어찌 되든 그냥 내가 하고 싶은 대로 해야겠어."

이건 충분히 솔직한 말이었다. 나의 이기심을 있는 그대로 보여 주자. 그래서 경고가 되도록.

"역시 무슨 말인지 모르겠어."

나는 이기적이었다. 그래서 벨라가 이해 못하는 게 기뻤다.

"너랑 대화할 때면 늘 내가 너무 말이 많아져. 그것도 여러 가지 문제 가운데 하나지."

다른 문제들과 비교하자면 하찮은 문제이긴 하다.

"염려 마. 난 하나도 못 알아들으니까."

그 애는 확실하게 말했다. 좋았어. 이 상태로 있어 준다면야.

"그러니 그나마 다행이지."

"그래서, 쉬운 말로 하면 우리 이제 다시 친구가 된 건가?"

나는 잠시 생각했다.

"친구……."

그 말을 다시 발음해 보았다. 어감이 좋지 않다. 그걸로는…… 부족해.

"아님 말고."

그 애가 민망한 얼굴로 중얼거렸다.

내가 그만큼 자기를 좋아하는 건 아니라고 생각하는 건가?

나는 미소를 지었다.

"글쎄, 노력은 해볼 수 있겠지. 하지만 다시 한 번 경고하는데, 나는 너한테 좋은 친구가 될 수 없어."

이렇게 말하고서 대답을 기다렸다. 내 속은 두 갈래로 찢어져 있었다. 내 말을 알아듣고 이해했기를 바라는 마음과, 그래서 벨라가 도망친다면 난 죽을지도 모른다는 생각이 동시에 들었다. 시덥잖은 멜로드라마 같은 상황이로군.

그 애의 심장이 빠르게 뛰었다.

"그 말을 참 여러 번 하네."

"네가 내 말을 귀담아듣지 않으니까 그렇지. 난 아직도 네가 그 말을 믿길 기다리고 있어. 똑똑한 아이라면 넌 나를 피해야 하니까."

벨라가 충분히 알아듣고 올바른 선택을 한다면, 내가 느낄 고통은 얼마나 클까.

그 애는 눈을 가늘게 떴다.

"내 지능 문제에 대해서는 이미 네 의견을 명확하게 표현한 걸로 아는데."

무슨 말인지 정확히 이해할 수는 없지만, 나는 사과의 뜻으로 미소를 지었다. 의도치 않게 내가 언짢게 만들었나 보군.

벨라는 천천히 말했다.

"그러니까 내가 멍청하게 굴기만 하면, 친구로 지내도록 서로 노력할 수 있다는 거야?"

"대강 그렇다고 할 수 있지."

그 애는 눈을 내리깔고서 손에 든 레모네이드 병을 뚫어져라 바라보았다.

오래 전부터 품어온 호기심이 나를 괴롭혔다.

"무슨 생각해?"

마침내 큰 소리로 이 질문을 묻자, 엄청난 안도감이 밀려왔다. 숨이 모자라 폐에 산소가 필요했던 기분이 어땠었는지 기억은 나지 않지만, 아마도 지금 느끼는 안도감이 그와 비슷하지 않았을까.

그 애는 나와 시선을 마주했다. 그러자 호흡이 빨라지고 뺨이 연한 분홍빛으로 물들었다.

"네 정체를 알아내려고 고민하는 중이야."

나는 미소를 띤 채로 표정으로 굳혔지만, 온몸이 공포 때문에 뒤틀려 갔다.

당연히 궁금해 하고 있겠지. 벨라는 총명하잖아. 그러니 아무리 봐
도 이상한 점을 잊어 주기를 바랄 수는 없다.

"뭐 좀 알아낸 거라도 있어?"

나는 최대한 무심하게 물었다.

"별로 없어."

벨라는 순순히 말했다. 순간 안도감이 든 나는 작게 소리 내 웃었다.

"어떤 가설을 생각 중인데?"

뭘 생각해 냈든, 그게 진실보다 더 나쁠 수는 없을 터였다.

그 애의 뺨이 더욱 발그레해졌다. 하지만 대답은 없었다. 저 붉은 기
가 얼마나 따스한지 느껴졌다.

그렇다면 설득력 있는 어조로 물어봐야겠군. 보통 인간들에게 잘
통하는 어조로.

나는 어서 말해 보라고 채근하며 미소 지었다.

"말 안 해 줄 거야?"

그 애는 고개를 저었다.

"너무 창피해서 안 돼."

윽. 알 수 없다는 사실이 이때처럼 조바심 난 적이 없었다. 대체 무
슨 생각을 했기에 창피하다는 걸까?

"정말 실망스럽군."

내가 투덜대는 소리에 벨라가 욱했나 보다. 두 눈이 반짝이더니 그
입에서 평소보다 빠르게 말이 흘러나왔다.

"단순히 누군가 생각하는 걸 너한테 털어놓지 않는다고 해서, 그게
왜 널 실망하게 만든다는 건지 난 도대체 상상이 안 돼. 더욱이 다른

사람한테 무슨 뜻인지 고민하느라 한밤중에 잠도 못 이룰 만큼 수수 께끼 같은 말을 던져 놓은 장본인이 말이야……. 넌 그 정도 갖고 왜 그렇게 실망하는데?"

나는 얼굴을 찌푸렸다. 이 애 말이 맞다는 걸 아니까 기분이 안 좋 아져서였다. 나는 치사하게 굴고 있었다. 물론 이 애는 내가 신의를 지 켜야 한다는 것이나, 넘지 말아야 할 한계가 있다는 걸 모른다. 하지만 그렇다 해서 이 애가 느끼는 불공평함이 변하지는 않는다.

말은 계속 이어졌다.

"어디 그뿐이어야지. 도저히 불가능한 상황에서 사람 목숨을 구해 줘 놓고는 바로 다음날 더러운 벌레 취급을 한다거나, 황당하고 이상 한 일들을 잔뜩 벌여 놓은 다음에 다 설명해 주겠다고만 하고 변명 한 마디 하지 않는 사람도 있어. 그런데도 나는 전혀 실망하지 않았거든."

이제껏 들어 본 말 중에 제일 길었다. 연설 같군. 내 목록에 적어 둘 이 애의 특징이 하나 더 생겼다.

"너 꽤 성깔 있구나."

"난 이중잣대를 싫어해."

물론 이 애의 짜증은 전적으로 정당한 것이었다.

나는 벨라를 가만히 바라보았다. 그리고 내가 어떻게 하면 이 애에 게 옳은 일을 할 수 있을까 생각해 보았다. 그러다 마이크 뉴튼이 머릿 속으로 외치는 무언의 고함 때문에 정신이 흐트러졌다. 그 자식은 너 무 심하게 화를 냈고, 미성숙하다 싶을 만큼 천박했다. 그래서 나는 다 시 큭큭 웃었다.

벨라가 대뜸 물었다.

"뭐야?"

"내가 너를 괴롭히는 줄 알았나 보군. 네 남자친구가 우리 싸움을 말려야 할지 말지 친구들하고 의논하고 있는 중이야."

어디 한번 해봐. 나는 다시 웃었다.

내 대답에 그 애는 차가운 목소리로 대꾸했다.

"누구 얘기를 하는 건지 모르겠지만, 분명 네가 잘못 생각하는 거야."

무심한 어조로 그와의 사이를 단번에 부인하는 걸 듣자, 너무나 즐거웠다.

"내 생각은 틀리지 않을걸. 전에도 말했지만, 사람들은 단순해서 대부분 생각을 읽어 내기가 쉽거든."

"그런데 나는 예외란 말이지?"

"맞아. 너는 예외야. 왜 그런지 궁금해지는데."

이 애는 모든 점에 다 예외인 걸까?

나는 벨라의 눈을 가만히 들여다보며 마음을 읽어 보려 했다.

그 애는 시선을 돌리더니 레모네이드 병을 땄다. 그리고 탁자를 응시하면서 빠르게 한 모금을 들이켰다.

"배 안 고파?"

내가 묻자 벨라는 우리 사이의 텅 빈 공간을 바라보며 말했다.

"응. 너는?"

"나도 배 안 고파."

나는 대답했다. 이런 식으로는 전혀 고프지 않아.

그 애는 입술을 모은 채 눈을 내리깔았다. 나는 잠자코 기다렸다.

"부탁 하나만 들어줄래?"

갑자기 나와 시선을 마주치면서 그 애가 물었다.

나에게 무얼 바라는 걸까? 내가 차마 말할 수 없는 진실을, 벨라가 절대로 알게 되길 바라지 않는 진실을 물으려는 걸까?

"어떤 부탁이냐에 따라 달라."

"대단한 건 아니야."

그 애는 단언했다.

나는 언제나처럼 심하게 달아오르는 호기심을 느끼며 기다렸다.

"그냥……."

벨라는 레모네이드 병을 가만히 내려다보았다. 그리고 새끼손가락으로 병 주둥이를 매만지면서 천천히 말했다.

"다음에 또 그게 내 신상에 이롭다는 이유로 나를 무시할 생각이 들거든 미리 경고를 해 줬으면 좋겠어. 그래야 나도 마음의 준비를 하잖아."

경고를 원한다 이건가? 그렇다면 나에게 무시당하는 게 저 애에겐 나쁜 일이란 뜻이군. 나는 미소를 지었다.

"그 정도는 들어 줄 수 있겠다."

내가 동의하자 그 애는 고개를 들었다.

"고마워."

그 얼굴이 어찌나 안심하는 기색이던지 나조차도 안심이 되어 웃고 싶어졌다.

"그 대신 나도 뭐 하나 물어도 될까?"

기대감을 품고 묻자, 그 애는 고개를 끄덕였다.

"하나만."

"네 가설, 하나만 얘기해 봐."

그러자 그 얼굴이 빨개졌다.

"그건 안 돼."

"거절은 무효. 방금 네 입으로 약속했잖아."

내가 우기자, 그 애도 맞받아쳤다.

"너도 약속 안 지켰잖아."

이러면 할 말이 없는데.

"딱 한 가지 가설만 들려주면? 웃지 않을게."

"분명히 웃을 거야."

벨라는 아주 확신하는 것 같았다. 대체 뭐가 그리 우스울지 나는 아무것도 상상할 수 없었지만 말이다.

나는 다시금 설득을 시도했다. 그래서 그 애의 두 눈을 지그시 바라보았다. 이토록 깊은 눈망울을 바라보기란 어렵지 않으니. 그리고 속삭였다.

"부탁이야."

벨라는 눈을 깜빡였다. 얼굴은 완전히 창백해졌다.

음, 이건 그다지 기대했던 반응이 아닌데.

"어, 뭐라고?"

그 애가 다시 물었다. 정신이 멍해진 것 같았다. 뭐가 잘못됐나?

난 다시 물었다.

"딱 한 가지 가설만 얘기해 봐."

그 애와 시선을 계속 마주한 채로, 나는 무섭지 않은 부드러운 목소리로 애원했다.

놀랍게도, 또한 만족스럽게도, 마침내 내 시도가 효과를 보았다.

"음, 혹시 방사능 거미한테 물렸나 하고……."

만화에서처럼 말인가? 내가 웃을 거라 생각했던 것도 당연하구나.

"별로 창의적인 생각은 아니군."

새로이 든 안도감을 감추며, 나는 바보 같은 소리를 들었다는 식으로 말했다.

"미안. 그것밖에 생각한 게 없어."

그 애는 언짢은 투로 대꾸했다.

그러자 더욱 안도감이 들었다. 이 애를 다시 놀려 줄 수 있겠어.

"턱도 없는 짐작이야."

"거미랑 상관없어?"

"응."

"방사능이랑도?"

"응."

"젠장."

그 애는 한숨을 쉬었다.

"슈퍼맨의 크립토나이트도 나한텐 소용없어."

벨라가 또 온갖 초능력 캐릭터를 읊어 대기 전에 나는 재빨리 말했다. 그러자 큭큭 웃음이 나왔다. 내가 슈퍼히어로라고 생각하고 있다니.

"웃지 않기로 했잖아. 잊었어?"

그 말에 나는 입술을 꾹 다물었다.

"어떻게든 꼭 알아내고 말겠어."

그 애가 단언했다.

하지만 알아낸다면 도망치겠지. 나는 장난기를 거두고 대꾸했다.

"난 그러지 않으면 좋겠는데."

"이유가 뭔데?"

벨라에게는 솔직하게 말해야 한다. 내 말이 덜 위협적으로 들리도록, 나는 계속 미소를 지었다.

"내가 초인적인 영웅이 아니면 어쩔래? 내가 악당이면 어쩌려고?"

그 애의 눈이 살짝 동그래지고, 입술도 조금 벌어졌다.

"아아."

외마디 감탄사를 내뱉고서 잠시 후, 대답이 나왔다.

"알겠어."

마침내 내 말을 알아들었군.

"알겠어?"

나는 괴로운 속마음을 애써 감추며 물었다.

"결국 네가 위험한 사람이란 거지?"

그 애는 추측을 내놓았다. 호흡이 빨라지고, 심장이 마구 뛰고 있었다.

난 대답하지 않았다. 이게 벨라와 함께 하는 마지막 순간일까? 이제 이 애는 도망칠까? 이 애가 떠나기 전에, 사랑한다고 말해도 될까? 이런 말을 하면 오히려 더욱 무서워하려나?

"하지만 악당은 아니야. 난 네가 악당이라고 생각하지 않아."

벨라가 속삭였다. 고개를 흔들면서, 그 맑은 눈에 한 점 두려움도 담지 않은 채 내게 말했다.

"네 생각이 틀린 거야."

나는 숨을 내쉬었다. 물론 나는 나쁜 놈이었다. 심지어 지금은 기뻐하고 있지 않나? 실체보다 더 나를 좋게 생각해 주고 있다는 걸 알게 되어서. 내가 정말로 선하다면 이 애 곁에 다가가지 않았을 것이다.

나는 벨라의 레모네이드 병뚜껑을 집는 척하며 테이블로 손을 뻗었다. 내 손이 갑자기 가까이 다가갔는데도 그 애는 움찔대며 피하지 않왔다. 정말로 나를 무서워하지 않는구나. 아직까지는.

그 애 대신 병뚜껑을 바라보며 그걸 팽이처럼 돌려 댔다. 속에서 생
각이 으르렁대고 있었다.

도망쳐, 벨라. 도망쳐. 차마 이 말을 입밖으로 낼 수는 없었다.

그 애는 벌떡 일어섰다. 혹시 내 마음 속의 경고를 들은 걸까 싶어
서 문득 걱정이 들었는데, 결국 말한 건 다른 내용이었다.

"수업에 늦겠어."

"오늘 난 수업에 안 들어갈 거야."

"왜?"

너를 죽이고 싶지 않으니까.

"이따금 땡땡이를 쳐야 건강에 이롭거든."

정확히 말하자면, 오늘처럼 인간의 피가 쏟아지는 날은 뱀파이어들
이 땡땡이를 쳐 주어야 인간의 건강에 이롭다는 말이었다. 배너 선생
님은 오늘 혈액형 검사를 할 참이었다. 앨리스는 이미 아침 수업을 제
꼈다.

"난 들어갈 거야."

그 말에도 나는 놀라지 않았다. 이 애는 책임감이 있다. 언제나 옳은
일을 하는 애니까.

나와는 정반대로 말이지.

"그럼 나중에 보자."

다시 아무렇지 않은 척하며 말했다. 눈으로는 계속 뚜껑을 바라보
고, 속으로는 이렇게 생각하면서. **제발 몸조심해. 아니, 제발 나를 떠나
지 마.**

벨라는 주저했다. 그래서 아주 잠깐 혹시 나와 같이 있어 주려는 건

아닐까 기대해 보았다. 하지만 수업종이 울리자, 그 애는 급히 자리를 떴다.

나는 그 애가 보이지 않을 때까지 기다렸다가 주머니 속에 병뚜껑을 넣었다. 우리가 나눈 가장 중요한 대화 자리의 기념품이었으니까. 그리고 빗속을 뚫고 차로 걸어갔다.

가장 좋아하는 CD를 스테레오에 넣었다. 마음을 차분하게 가라앉혀 주는 게 좋은 음악으로, 벨라를 만났던 첫날도 이걸 들었다. 하지만 틀어 놓은 드뷔시의 음악을 난 어느새 듣고 있지 않았다. 머릿속에는 다른 곡조가 흘러갔다. 나를 기분 좋게 하고, 호기심을 자아내는 짧은 멜로디들이었다. 나는 음량을 낮추고 머릿속에 떠오르는 곡을 들으며 그 짧은 마디들을 연주해서 좀 더 완벽하게 조화를 이룬 곡으로 만들어갔다. 손가락이 허공을 노닐며 상상 속의 피아노 건반을 무심코 연주했다.

새로운 악상이 떠오르려던 찰나, 갑자기 밀려든 정신적 고뇌의 소리가 날 사로잡았다.

얘 기절하는 건가? 그럼 어떡하지?

마이크는 겁에 질려 있었다.

27미터쯤 떨어진 곳에서 마이크 뉴튼이 축 늘어진 벨라의 몸을 인도에 앉히는 중이었다. 콘크리트 바닥이 젖었는데도 그 애는 아무런 반응 없이 주저앉았다. 눈을 감은 얼굴의 피부가 시체처럼 창백했다.

난 그만 차 문을 뜯을 뻔했다.

"벨라?"

소리쳐 이름을 불렀지만, 그 애의 생기 없는 얼굴에는 아무런 변화가 없었다.

얼음 같은 내 몸이 온통 더 차가워졌다. 내가 이제껏 상상했던 터무니없는 시나리오가 확실하게 벌어진 것 같았다. 내가 잠시라도 눈을 뗀 순간 결국 벨라는…….

마이크의 생각을 맹렬하게 훑어보자, 그의 놀라움이 한층 커졌다는 게 보였다. 그는 지금 나를 두고 무척 분노하고만 있어서, 벨라에게 무슨 문제가 있는지 알아낼 수가 없었다. 만약 마이크가 그 애에게 무슨 짓을 한 거라면, 나는 그 자식의 존재를 없애 버릴 것이다. 알아볼 수 없을 정도로 조각조각 내어 버릴 거다.

"무슨 일이야? 어디 다쳤어?"

나는 그의 생각에 애써 집중하며 다그쳐 물었다. 인간의 속도로 걸어야 해서 미친 듯이 답답했다. 내가 그쪽으로 가고 있다는 걸 알리지 말았어야 했는데.

그때였다. 벨라의 심장 고동과 고른 숨소리가 들려왔다. 그 애가 눈을 더욱 질끈 감는 모습이 보였다. 그러자 겁먹었던 마음이 조금 누그러졌다.

마이크의 머릿속에서 깜빡이는 기억들을 훑어보았다. 생물 교실이 스쳐 지나갔다. 우리 책상에 머리를 댄 벨라가 보였고, 하얀 피부가 파랗게 질려가는 장면이 나타났다. 하얀 카드에 떨어진 붉은 핏방울들.

혈액형 검사 중이었다.

나는 그 자리에서 숨을 참고 멈춰 섰다. 그 애의 향기도 참기 힘든데, 피를 흘리고 있다면 엎친 데 덮친 격이 될 테니.

"기절한 것 같아. 벨라는 손가락을 찌르지도 않았는데, 무슨 일인지 모르겠어."

마이크가 말했다. 그 애에 대한 걱정과 나에 대한 증오심이 동시에

드러난 말투였다.

안도감이 나를 휩쓸었다. 난 다시 숨을 쉬며 공기를 맛보았다. 아, 마이크 뉴튼의 찔린 상처에서 아주 작은 핏방울이 느껴졌다. 다른 때 같았다면 끌렸을지도 모르겠지만 지금은 아니었다.

나는 벨라 옆에 무릎을 굽히고 앉았다. 마이크는 옆에서 얼쩡거리며, 끼어든 나에게 마구 분노해 댔다.

"벨라, 내 말 들려?"

"아니. 저리 가."

그 애는 신음을 흘렸다. 안도감이 너무나 강렬하게 느껴져 웃음이 나왔다. 벨라는 위험한 상태가 아니었어.

"의무실에 데려가는 중이었는데, 더 걷질 못하더라고."

마이크가 설명했다. 나는 그 말을 무시하듯 말했다.

"내가 데려갈게. 넌 교실로 돌아가."

그러자 마이크는 이를 악물었다.

"싫어. 내가 데려갈 거야."

나는 이 멍청한 자식과 다툴 마음이 없었다.

이 애를 만질 수 있게 되어서 감사하는 마음과 곤경에 빠졌다는 마음이 동시에 들었다. 온몸에 전율과 공포심을 동시에 느끼며, 나는 벨라를 부드럽게 인도에서 일으켜 두 팔로 안아들었다. 손으로는 이 애의 방수 재킷과 청바지만을 만지며 우리의 몸 사이를 최대한 닿지 않도록 유지했다. 그리고 그 상태 그대로 성큼성큼 서둘러 걸었다. 이 애가 안전해지려면 서둘러야 한다. 얼른 내 몸에서 떼어 놓아야 하니까.

벨라는 깜짝 놀라 눈을 번쩍 떴다.

"내려놔."

그 애는 힘없이 명령했다. 다시 창피해하고 있구나. 표정을 보니 그런 듯했다. 이 애는 약한 모습을 보이기 싫어했다. 하지만 그 몸이 어찌나 축 늘어졌는지 혼자서 걷기는커녕 설 수조차 없어 보이는걸.

나는 뒤에서 항의하는 마이크의 외침을 무시했다.

"얼굴이 말이 아니군."

말하는 중에도 자꾸만 미소가 지어졌다. 이 애는 아무 데도 이상이 없었다. 머리가 어지러운 것과 배가 비어 있는 것 외에는 말이다.

"어서 바닥에 내려놔."

이렇게 말하는 입술이 하얗게 질려 있었다.

"고작 피를 보고 기절한 거야?"

아이러니도 이런 아이러니가 없다.

벨라는 눈을 꼭 감고 입을 앙다물었다.

"네 피도 아닌데 말이야."

난 활짝 웃으며 덧붙여 말했다.

우리는 안내 사무실 현관에 도착했다. 문은 살짝 열려 있어서, 나는 발로 걷어차 활짝 열었다.

코프 선생님은 깜짝 놀라 일어섰다.

"어머나."

그녀는 내 품에서 창백하게 질린 여자애를 보더니 숨을 헉 들이켰다.

"생물 시간에 기절했어요."

그녀의 상상이 걷잡을 수 없게 커지기 전에 내가 얼른 설명했다.

코프 선생님은 급히 의무실 문을 열어 주었다. 벨라는 눈을 다시 뜨고 간호사를 쳐다보았다. 낡은 침대에 그 애를 조심스럽게 내려놓는 동안, 할머니 간호사가 속으로 무척 놀라는 소리가 들렸다. 벨라가 내 품에서 벗어나자마자 나는 성큼 물러서 간격을 두었다. 그 애는 너무 따스하고 향기로워서, 지금 내 근육은 긴장하고 입속에선 독액이 흘러나왔으니까. 나는 간호사인 해먼드 선생님을 안심시켰다.

"살짝 기절했을 뿐이에요. 생물시간에 혈액형 검사를 했거든요."

그러자 그녀는 알겠다는 듯 고개를 끄덕였다.

"해마다 꼭 한 명씩은 그런 아이들이 있지."

나는 웃음을 애써 참았다. 올해는 벨라였군. 왜 아니겠어.

"그냥 좀 누워 있으면 곧 괜찮아질 거다."

해먼드 선생님의 말에 벨라가 대답했다.

"알아요."

"이런 일이 자주 있니?"

그녀가 묻자 벨라는 순순히 대답했다.

"가끔이요."

나는 터지는 웃음을 기침으로 애써 위장했다.

그러자 간호사 할머니는 내 쪽을 바라보며 말했다.

"넌 그만 교실로 가도 돼."

나는 그녀의 눈을 똑바로 쳐다보고서 더할 나위 없는 확신을 드러내며 거짓말을 했다.

"제가 꼭 같이 있어야 합니다."

흠음. 왜 이러는 거지……. 뭐, 됐어. 해먼드 선생님은 고개를 끄덕였다.

간호사에게는 문제없이 먹히는 기술인데. 왜 벨라를 설득하는 건 이토록 어려울까?

"이마에 댈 얼음주머니 좀 가져다줄게."

간호사 할머니가 말했다. 그녀는 내 눈을 바라보는 게 살짝 불편한 모양이었다. 인간이라면 당연히 그래야 하는 법이지. 이윽고 방에는 우리 둘만 남았다.

"네 말이 맞았어."

벨라는 눈을 감은 채로 신음하듯 말했다.

이건 무슨 뜻일까? 나는 그만 최악의 결론에 도달하고 말았다. 이 애, 내 경고를 받아들였군.

"대개는 내 말이 맞지."

목소리에 최대한 즐거운 기색을 실으며 대꾸해 보았지만, 지금은 시큰둥하게 들릴 뿐이었다. 난 다시금 물었다.

"이번엔 특별히 뭐가 옳았다는 거야?"

"땡땡이치는 게 건강에 이롭다는 거 말이야."

그 애는 한숨을 쉬며 말했다. 아, 다시 안심이 된다.

그 말을 끝으로 벨라는 아무 말도 없었다. 그저 천천히 숨을 들이쉬고 내쉬기만 했을 뿐이다. 이윽고 입술이 분홍빛으로 변하기 시작했다. 입은 살짝 균형이 맞지 않았다. 윗입술이 아랫입술보다 좀 많이 부풀어 있었으니까. 그 애의 입술을 보고 있자니 기분이 이상해졌다. 더 가까이 다가가고 싶었다. 하지만 절대로 좋은 생각이 아니었다.

"덕분에 또 한 번 심장이 얼어붙었어."

난 대화를 다시 시도해 보았다. 침묵이 묘하게 고통스러워서였다. 그 애 목소리가 들리지 않으니 외로움이 느껴졌다.

"마이크가 네 시체를 끌고 나와 숲에 묻으려는 줄 알았다니까."

"하, 하."

그 애는 이렇게만 반응했다.

"정말이야, 시체도 아까 너보다는 혈색이 좋아 보이겠던걸."

이건 사실이었다.

"네 원수를 갚아 줘야 하는 건 아닌가 싶을 정도였지."

그래야 했다면 그랬으리라.

"가엾은 마이크. 화 많이 났겠다."

벨라는 한숨을 쉬었다.

순간 분노가 치밀었지만, 재빨리 억눌렀다. 걱정하는 건 그냥 동정심이 들었기 때문이 분명해. 이 애는 상냥하니까. 그뿐이야.

"그 아인 날 엄청나게 싫어해."

그렇다는 생각에 신난 채로 내가 말했다.

"그걸 네가 어떻게 알아?"

"얼굴을 보면 알거든."

그건 사실이라 봐야 했다. 이런 추론이 가능할 정도로 마이크의 얼굴에서는 많은 정보가 드러났으니까. 그리고 벨라의 얼굴을 항상 읽어 대느라, 이제 나는 사람의 표정만 봐도 속마음을 잘 알게 되어 가는 중이었다.

"어쩌다 날 본 거야? 땡땡이치겠다고 했잖아."

벨라의 얼굴은 좀 더 나아졌다. 반투명한 피부에서 새파랬던 기색은 사라진 채였다.

"차에서 CD를 듣고 있었어."

그러자 그 애의 입매가 살짝 비틀어졌다. 너무도 정상적인 대답이라 어쩐지 놀란 듯했다.

이윽고 해먼드 선생님이 얼음주머니를 가지고 들어오자 그 애는 다시 눈을 떴다.

"여기 있다. 아까보다 나아 보이는구나."

간호사 할머니는 벨라의 이마에 얼음주머니를 올려주며 말했다.

"이제 괜찮은 것 같아요."

벨라는 이렇게 말하며 얼음주머니를 치우고 일어나 앉았다. 그렇겠지. 이 애는 돌봄을 받는 걸 좋아하지 않는다.

해먼드 선생님은 그 애를 눕히려는 듯 주름진 손을 휘저었지만, 바로 그때 코프 선생님이 사무실로 이어진 문을 열고서 고개를 들이밀었다. 그 얼굴과 함께 신선한 피 냄새 한 줄기가 훅 끼쳐들었다.

그녀 뒤에 있는 사무실에는, 여기서 보이지는 않았지만 마이크 뉴튼이 무척 화가 난 채 서 있었다. 그는 육중한 몸집의 남자애를 하나 끌고 왔는데, 속으로는 그놈이 아니라 지금 나와 함께 있는 여자애와 같이 왔으면 얼마나 좋았을까 하고 바라고 있었다.

"환자가 또 왔어요."

코프 선생님이 말했다. 벨라는 재빨리 간이침대에서 뛰어내렸다. 모두의 주목을 받는 상황에서 어서 벗어나고픈 마음이었다.

"여기요, 전 필요없을 것 같아요."

그 애는 얼음주머니를 해먼드 선생님에게 내밀며 말했다.

마이크는 투덜대며 리 스티븐스를 반쯤 밀다시피 한 채로 문 안에 들어섰다. 리는 아직도 피가 뚝뚝 떨어지는 손을 얼굴 앞으로 들어올린 채였다. 핏방울이 손목을 타고 흘러내렸다.

"아, 곤란한데."

이건 떠나라는 신호였다. 그런데 벨라 역시 같은 신호를 받았나 보다.

"벨라, 나가자."

그 애는 놀란 채로 나를 올려다보았다.

"날 믿어, 어서 나가."

벨라는 몸을 휙 돌려서 문이 닫히기 전에 잡은 다음 사무실로 재빨리 들어갔다. 나는 그 뒤를 몇 센티미터 사이로 바짝 붙어 따라갔다. 흔들리는 머릿결이 내 손에 스쳤다.

아직도 뭐가 뭔지 모르겠다는 얼굴로 그 애는 나를 돌아보았다.

"네가 순순히 내 말을 들을 때도 다 있군."

이런 적은 처음이었다.

그 애는 콧잔등을 찡그리더니 대답했다.

"피 냄새가 났거든."

나는 어안이 벙벙해진 채로 그 애를 바라보았다.

"인간은 피 냄새를 못 맡아."

"글쎄, 난 맡을 수 있어. 내가 기절한 것도 피 냄새 때문이야. 녹슨 쇠 냄새랑…… 찝찔한 냄새가 나."

여전히 벨라를 응시한 채로, 내 얼굴이 굳어 버렸다.

이 애, 정말로 인간이 맞나? 인간처럼 보이긴 하는데. 인간처럼 부드러운 감촉이고. 인간의 냄새가 나. 음, 보통 인간보다 좋은 냄새이긴 하지. 행동도 인간 같고……, 말하자면 말이야. 하지만 인간처럼 생각하지는 않아. 인간처럼 반응하지도 않고.

하지만 인간이 아니라면 대체 뭐겠어?

"왜?"

그 애가 물었다.

"아무것도 아니야."

그때, 마이크 뉴튼이 방안으로 대뜸 들어와 우리 사이를 가로막았다. 속으로는 분노와 폭력적인 생각을 가득 품은 채였다.

"넌 나아진 것 같네."

그는 벨라에게 무례한 어조로 말했다.

나는 손을 꽉 쥐었다. 이 자식에게 예의범절을 가르쳐 주고 싶군. 하지만 지금은 나 자신의 행동을 조심할 때였다. 안 그러면 이 되먹지 못한 자식을 죽여 버리게 될 것 같았으니까.

"네 손 좀 주머니에 넣고 있어 줘."

그 애가 마이크에게 말했다. 아주 잠깐, 난 그게 나한테 하는 말인 줄 알았다.

"이젠 피도 안 나는데 뭐. 다시 수업에 들어갈 거야?"

그는 시무룩하게 말했다.

"농담하니? 가자마자 다시 이리로 와야 할걸."

그거 아주 잘됐군. 이 시간 내내 이 애를 보지 못하게 될 줄 알았는데, 오히려 같이 있을 시간이 늘어난 거다. 이건 아무리 봐도 나에게 너무 과분한 선물이었다.

"그래, 그렇겠구나……."

마이크는 중얼거리다 말을 이었다.

"그건 그렇고 이번 주말에 너도 갈 거지? 해변 말이야."

이건 뭐지? 둘의 계획이 있었잖아. 화가 치밀어 올라서 난 그 자리에 굳어 버렸다. 물론 이건 단체 여행이기는 했다. 마이크는 머릿속으로 다른 참가자들을 정리하면서 자리를 따져 보고 있었다. 두 사람만 가는 게 아니었다. 하지만 그렇다고 해서 나의 분노가 풀리지는 않았다. 나는 반응을 애써 제어하면서 카운터에 기대어 꼼짝도 하지 않았다.

"물론이지. 간다고 했잖아."

벨라가 약속했다. 그렇다면 마이크에게도 승낙했다는 거군. 질투심이 이글거렸다. 갈증보다 더욱 고통스러웠다.

"다들 우리 아버지 가게에서 10시에 만날 거야."

그리고 컬렌은 절대로 초대하지 마.

"나도 그리로 갈게."

"그럼 체육시간에 보자."

"이따 봐."

벨라가 대답했다.

마이크는 발을 질질 끌며 교실로 돌아갔다. 머릿속엔 온통 분노뿐이었다. 저 괴짜가 뭐가 좋다는 거지? 물론, 돈이 많긴 하겠지. 여자애들은 쟤가 섹시하다지만, 난 모르겠어. 뭔가 너무…… 너무 완벽하잖아. 쟤네 아빠는 자식들한테 전부 성형수술을 시킨 게 틀림없어. 그래서 다들 하얗고 예쁜 거야. 부자연스럽게. 게다가 쟤는…… 좀 무섭게 생겼어. 가끔 쟤가 날 볼 때면 날 죽이고 싶어 하는 것 같다고. 이상한 놈이라니까.

마이크도 아예 통찰력이 없는 건 아니었군.

"윽, 체육시간."

벨라는 조용히 되뇌었다. 꼭 신음처럼 들렸다.

그 애를 바라보자 뭔가 언짢은 게 보였다. 왜 그런지 확실하게는 몰라도, 마이크와 다음 수업 시간에 같이 있고 싶어 하지 않는 건 분명했다. 나도 그 마음엔 전적으로 찬성이었다.

벨라 옆으로 다가가서 얼굴 쪽으로 몸을 숙이자, 피부에서 발산되는 따스한 느낌이 내 입술에 와 닿았다. 난 숨조차 쉴 수가 없었다.

"내가 해결해 줄게. 창백한 얼굴로 저기 앉아 있어."

이렇게 중얼거리자, 벨라는 내가 시키는 대로 했다. 그 애가 접이식 의자에 앉아 머리를 벽에 기대어 앉자, 마침 내 뒤로 코프 선생님이 뒷방에서 나와서 안내 창구 자리로 돌아갔다. 눈을 감고 있는 벨라는 다시 기절할 것처럼 보였다. 안색이 아직 완전히 돌아오지는 않은 상태였다.

나는 안내 창구로 갔다. 벨라가 이쪽을 봤으면 좋겠군. 나는 냉소적으로 생각했다. 보통 인간이라면 나에게 이런 식으로 반응하는 게 옳다는 걸 좀 보라고.

"코프 선생님."

나는 설득력 있는 목소리로 물었다.

그녀의 속눈썹이 파르르 떨리고, 심장 박동이 빨라졌다. **정신 차려!**

"응?"

이거 재미있군. 셜리 코프의 맥박이 빨라졌다. 내가 무서워서가 아니라, 매력적인 외모라고 생각했기 때문이었다. 인간 여성들 주변에 있을 때는 이런 상황이 익숙했지만, 그들은 보통 우리 종족을 지속적으로 마주치며 어느 정도 적응한 여성들이었는데……. 하지만 벨라의 심장이 빠르게 뛰는 이유도 그래서일 거란 생각은 해본 적이 없었다.

그렇단 생각이 들자 좋았다. 좋아도 너무 좋았다. 조심스럽게 인간을 홀리는 미소를 지어 보자, 코프 선생님의 숨소리가 커졌다.

"벨라가 다음 시간이 체육인데, 운동을 할 만큼 상태가 좋질 않은 것 같아요. 실은 지금 집에 데려다줘야 할 것 같은데, 벨라가 체육수업을 빠질 수 있게 선생님이 조치해 주실 수 있을까요?"

나는 깊이 없는 그녀의 눈을 빤히 바라보았다. 나의 행동이 그녀의 사고 처리 기능을 완전히 뒤흔들어 버린 게 즐거웠다. 혹시 벨라도 이랬던 걸까……?

코프 선생님은 마른침을 삼키고 나서 대답했다.

"너도 병결 처리가 필요하니, 에드워드?"

"아뇨. 전 고프 선생님 수업인데, 별 신경 안 쓰실 거예요."

나는 이제 그녀에게 별 신경을 쓰고 있지 않았다. 새로운 가능성을 탐구하는 중이었으니까.

흐음. 벨라가 다른 인간들이 그러듯 나를 매력적이라고 생각한다고 믿고 싶기는 하지만, 언제 벨라가 다른 인간들과 똑같은 반응을 보인 적이 있던가? 그러니 아직 너무 희망을 품지는 말자.

"알았다. 내가 다 알아서 처리할게. 벨라, 좀 괜찮니?"

벨라는 힘없이 고개를 끄덕였다. 살짝 과장하는 것도 같았다.

"걸을 수 있겠어? 아니면 내가 다시 안고 갈까?"

나는 이 애의 서투른 연극에 즐거워하며 물었다. 걷고 싶어 할 거라는 사실은 이미 안다. 약한 모습을 보이고 싶어 하지 않을 테니.

"걸어갈게."

또 맞았군.

벨라는 일어나서도 균형감각을 확인해 보겠다는 듯 잠시 주저했다. 나는 그 애에게 문을 열어 주었고, 우리는 비가 내리는 바깥으로 나갔다.

눈을 감은 채로 얼굴을 살짝 들어 빗줄기를 느끼는 그 애의 모습을 지켜보았다. 지금 무슨 생각을 하고 있을까? 그런데 이 애의 행동이 어딘가 이상하게 느껴졌다. 왜 이 자세가 낯설게 보이는지는 금방 깨달았다. 보통 인간 여자애들은 이슬비에 얼굴을 적실 생각을 하지 않는다. 다들 화장을 하고 다니니까. 심지어 이 습한 지역 애들까지도 말이다.

벨라는 전혀 화장을 하지 않았다. 그럴 필요도 없다. 이 애 같은 피부를 갖고 싶어 하는 여자들이 있기에 화장품 회사들이 매년 수십억 달러를 벌고 있는 형편이니.

"고마워. 체육 시간에 빠질 수 있다니 기절할 만하네."

그 애는 이제 날 향해 미소를 지으며 말했다.

나는 학교 부지 저 너머를 바라보았다. 속으로는 어떻게 하면 이 애랑 오래 있을 수 있을까 고민하는 중이었다.

"언제든 부탁만 해."

"너도 갈래? 이번 토요일 말이야."

벨라가 기대감에 차서 물었다.

아, 그 기대감을 느끼자 따끔대던 질투심이 잦아들었다. 마이크 뉴튼이 아니라 나랑 있고 싶어 하는구나. 나도 그러자고 대답하고 싶었다. 하지만 생각해야 할 게 너무 많았다. 우선, 이번 주 토요일에는 태양이 빛날 테니까.

"정확히 다들 어디를 가는 건데?"

나는 무슨 대답을 들어도 상관없다는 듯이 태연자약한 목소리를 애써 냈다. 하지만 마이크는 벌써 말했다. 해변에 간다고. 거기는 햇빛을 피할 가능성이 많지 않다. 게다가 에밋은 우리가 짠 계획을 취소하면 짜증을 낼 것이다. 하지만 벨라와 함께 시간을 보낼 수만 있다면, 난 어떻게든 해낼 것이다.

"라푸시에 있는 퍼스트 해변에 갈 거래."

그렇다면 안 되겠군.

나는 실망스러운 기색을 애써 수습하고 그 애를 힐끗 내려다보며 씁쓸히 웃었다.

"나까지 초대하는 것 같진 않던데."

그 애는 벌써 체념한 채 한숨을 쉬었다.

"방금 내가 초대했잖아."

"너랑 나, 이번 주엔 가엾은 마이크를 더 괴롭히지 말자. 열받아서 쓰러지게 만들면 곤란하지 않겠어?"

나는 불쌍한 마이크를 내가 직접 쓰러뜨리는 상상을 해보았다. 그리고 마음속으로 그 장면을 강렬하게 즐겼다.

"마이크가 무슨 상관이야."

벨라가 무시하듯 말했다. 나는 미소를 지었다.

이윽고 그 애는 날 두고 자리를 떠나려 했다.

지금 뭘 하는지 생각하지도 않은 채, 나는 무심코 손을 뻗어 벨라의 방수 재킷 뒤를 잡았다. 그 애는 홱 멈추어 섰다.

"어딜 가려는 거야?"

기분이 상했다. 그 애가 날 떠나려 하다니, 분노가 일 지경이었다. 아직 충분히 함께 있지도 못했는데.

"집에 가려고."

그 애는 내 기분이 왜 상했는지 모르겠다는 기색을 분명히 드러내며 대답했다.

"내가 집까지 널 무사히 데려다 주겠다고 약속하는 말 못 들었어? 그런 상태로 운전하도록 내가 내버려 둘 것 같아?"

이렇게 말하면 좋아하지 않겠지. 본인이 약하다는 걸 암시하는 말이니까. 하지만 시애틀에 함께 가려면 내게는 예행연습이 필요했다. 밀폐된 공간에서 이 애와 가까이 있는 걸 견딜 수 있을지 알아봐야 했다. 집까지 같이 가는 건 시애틀보다 훨씬 짧은 길이다.

"내 상태가 어때서? 그리고 내 트럭은 어떡하라고?"

그 애는 대뜸 물었다.

"수업 끝나고 앨리스가 갖다 놓도록 할게."

나는 조심스럽게 벨라를 내 차 쪽으로 끌어당겼다. 딱 봐도 그저 앞으로 걷는 것조차 이 애에게는 참 힘든 일인 듯했다.

"놔!"

벨라는 옆으로 몸부림을 치다가 하마터면 넘어질 뻔했다. 잡아 주려고 손을 내밀었지만, 그 애는 내 손을 잡기 전에 알아서 몸을 가누었다. 이런 식으로 벨라를 건드릴 구실을 자꾸 찾으면 안 되는데. 그러자 코프 선생님이 내게 보였던 반응이 다시 떠올랐다. 하지만 그건 나중에 다시 생각하기로 했다. 당장 생각해야 할 것도 무척 많았으니까.

순순히 놔주기는 했지만, 곧바로 후회했다. 벨라가 그 즉시 발을 헛디뎌서 내 차 조수석 문에 비틀거리며 부딪혔기 때문이다. 이 애에게 균형 감각이 심각하게 부족하다는 걸 항상 명심하고 더욱 조심해야겠다.

"뭐든 제 맘대로야!"

그 말이 맞다. 내 행동은 확실히 이상했다. 사실 이상하다는 말은 아주 순화된 표현일 정도다. 그렇다면 지금 이 말, 나를 거절하는 건가?

"문 열렸어."

나는 운전석에 올라 시동을 켰다. 그 애는 몸을 뻣뻣하게 굳힌 채로 아직 밖에 서 있었다. 하지만 빗줄기는 더욱 굵어졌다. 벨라는 춥고 습한 걸 좋아하지 않는다. 숱 많은 머리카락이 빗물에 젖어들자 짙은 머리카락 색이 까맣게 보일 정도였다.

"나도 얼마든지 혼자 운전해서 집에 갈 수 있어!"

물론 그렇다. 하지만 나는 벨라와 같이 있고 싶은 마음이 간절했다. 지금껏 이토록 간절히 뭔가를 원해 본 적이 없을 정도다. 하지만 갈증처럼 곧바로 강렬하게 해소되기를 요구하는 간절함은 아니었다. 이건 뭔가 좀 다른 종류의 갈망이자 고통이었다.

그 애는 몸을 부르르 떨었다.

나는 조수석 창문을 열고 그쪽으로 몸을 숙이며 말했다.

"어서 타. 제발, 벨라."

그 애는 눈을 가늘게 떴다. 속으로 생각하고 있구나. 트럭까지 달려갈지 말지.

"그럼 다시 끌고 올 거야……."

나는 장난스레 말했다. 정말 내 생각이 맞을지는 모르겠지만. 그러나 그 얼굴에 경악한 표정이 서리자, 내 생각이 맞았다는 걸 알았다.

벨라는 턱을 빳빳하게 든 채로 문을 열고 차에 탔다. 머리카락에 묻은 물방울이 가죽 시트에 뚝뚝 떨어졌고, 젖은 부츠에서는 찔꺽거리는 소리가 났다.

"이건 정말 쓸데없는 짓이야."

그 애는 정말로 화가 났다기보다는 당황한 것처럼 보였다. 내 행동이 뭔가 선을 넘은 건가? 난 그저 좀 놀렸을 뿐이고, 이런 게 평범한 10대 소년 같은 행동이라 생각해서 그랬던 건데. 하지만 그게 아니었다면 어떡하지? 혹시 너무 강압적이라고 느꼈나? 그제야 그럴 만한 충분한 이유가 있다는 사실을 깨달았다.

난 어떻게 해야 할지 알 수가 없었다. 2005년도를 사는 평범한 현대 인간 남자는 어떻게 여자에게 구애하는 건가. 난 인간으로 살던 그 당

246

시의 풍습만을 익혔을 뿐인데. 나의 특별한 재능 덕분에 현재 사람들이 어떤 생각을 하는지, 무엇을 하는지, 어떻게 행동하는지는 아주 잘 알지만 내가 막상 아무렇지 않게 현대적인 행동을 해보려고 하면 죄다 잘못하고 있는 것만 같았다. 그건 내가 평범하지도 않고, 현대적이지도 않고, 인간도 아니기 때문이겠지. 게다가 연애에 대해서 우리 가족에게 뭘 배울 수 있는 것도 아니었다. 그들 중 누구도 현대적인 연애 비슷한 걸 한 적이 없으니까. 거기다 다들 인간도 아니었고, 무척 특이한 사랑을 하기도 했다.

로잘리와 에밋은 진부한 고전 사랑 이야기처럼 첫눈에 반한 사이였다. 둘 중 어느 한쪽도 서로를 향한 자신의 존재에 의문을 품은 적이 단 한 번도 없었다. 로잘리가 에밋을 처음 본 순간, 그녀는 살면서 느껴본 적 없는 순수함과 정직함에 끌려 그를 원했다. 에밋이 로잘리를 처음 본 순간, 그는 자신이 섬겨야 할 여신을 보았고 그 후로 숭배는 지금껏 끊임없이 이어졌다. 처음부터 그 둘 사이에는 의심으로 가득 찬 어색한 대화 따위가 없었다. 혹시 거절당하면 어떡하나 전전긍긍하며 손톱을 물어뜯었던 적도 물론 없었다.

앨리스와 재스퍼의 만남은 그들보다 훨씬 더 특이했다. 처음 재스퍼를 만나기 전부터 앨리스는 그를 사랑하리라는 걸 미리 알고 20년을 기다렸다. 그녀는 그저 몇 년이 아니라 수십 년, 수백 년 동안 함께할 둘의 미래를 미리 보았다. 그리하여 그토록 오랫동안 기다려온 첫 만남의 순간이 다가왔을 때, 재스퍼는 앨리스의 사랑이 얼마나 순수하고 확고하며 깊은지 느끼다 못해 압도당하고야 말았다. 아마 그에게는 그녀의 사랑이 쓰나미처럼 다가왔으리라.

내가 보기에 칼라일과 에스미는 다른 이들보다는 좀 더 전형적으로 만났다. 에스미는 이미 칼라일을 사랑하고 있었다. 이걸 알았을 때 칼라일은 무척 놀라긴 했다. 하지만 그건 무슨 신비한 마법 같은 수단을 통해서가 아니었다. 에스미는 소녀 시절 칼라일을 만났고, 그의 온화함과 재치, 이 세상의 미모가 아니었던 아름다움에 매혹되어 사랑을 품었으며, 그 사랑은 후에 인간으로 살던 세월 내내 에스미의 마음을 떠나지 않았다. 에스미의 삶은 평탄하지 않았기에, 그녀의 마음속에서 좋은 남자와의 소중한 황금 같은 기억이 결코 사라지지 않았다는 건 놀랍지 않았다. 불타는 듯한 고통을 느끼며 뱀파이어로 변모한 후 깨어난 상황에서, 그토록 꿈에 그리던 소중한 남자를 만나게 된 에스미는 그 사랑을 모두 칼라일에게 바쳤다.

에스미가 뜻밖의 반응을 보였을 때, 나는 옆에서 칼라일에게 주의를 주었다. 당시에 그는 뱀파이어로 변해 버린 에스미가 충격을 받을 거라 예상했었다. 겪었던 고통은 트라우마가 됐을 거라고, 뱀파이어가 되어 버린 자신의 모습을 끔찍하게 여길 거라고 말이다. 예전에 나는 변해 버린 다음 그랬으니까. 칼라일은 자신이 이 상황을 설명하고 그녀에게 사과해야 할 거라고, 그녀의 마음을 달래고 앞으로 속죄해야 할 거라고 예상했었다. 에스미가 차라리 죽기를 바랐을 가능성이 크며, 본인이 모르는 사이에 동의도 없이 칼라일이 대신 선택을 내렸으니 경멸당할 거라고 여겼다. 그래서 에스미가 곧바로 뱀파이어의 삶을 살아 갈 준비가 됐으리라고는 전혀 생각지 못했다. 물론 정확히 말하자면, 에스미는 삶을 살아 간다기보다는 그와 함께 할 준비가 된 것이었지만.

칼라일은 이전까지 스스로가 로맨틱한 사랑의 대상이 되리라고 여긴 적이 없었다. 그의 존재와 로맨스라니, 상극 아닌가. 자신은 뱀파이어, 말하자면 괴물이었으니까. 하지만 나는 그녀의 속마음을 알려 주었다. 그래서 칼라일은 에스미를 바라보는 시선과 더불어 스스로를 바라보는 시선 또한 바꾸었다.

무엇보다도, 누군가를 구하는 길을 선택한다는 건 대단히 강력한 것이다. 그건 일개 개인이 맑은 정신을 품었다고 해서 가볍게 내릴 수 있는 결정이 아니었다. 칼라일이 나를 선택했을 때, 그는 내가 무슨 일이 일어나고 있는지 깨닫기도 전부터 나에게 열 가지도 넘는 유대감을 느끼고 있었다. 책임감과 불안함, 친절함과 연민, 희망과 동정심……. 그건 내가 한 번도 경험한 적 없는 타고난 소유권 같은 것으로, 이런 감정은 칼라일과 로잘리의 생각에서만 들을 수 있었다. 내가 그의 이름을 알기 전부터, 그는 이미 내 아버지가 됐다고 느꼈다. 나는 전혀 힘들이지 않고 본능적으로 아들의 위치에 서고 말았다. 사랑하기란 쉬웠다. 물론 칼라일이 나를 변모시켜 주어서라기보다는, 그의 성품이 좋았기 때문에 사랑하게 된 거라고 생각한다.

이런 이유들 때문일까, 아니면 단순히 칼라일과 에스미가 운명이라 그런 것일까……. 이 일이 일어나는 동안, 모든 속마음을 들어 왔지만 그래도 난 알 수 없을 것이다. 에스미는 칼라일을 사랑했고, 칼라일은 곧바로 그 사랑을 받아줄 수 있음을 깨달았다. 그의 놀라움이 경이로움으로 변하고, 사랑이란 걸 알아 로맨스로 변하기까지는 순식간이었다. 그래서 참으로 행복해졌지.

어색함이란 단숨에 쉽게 극복되는 것이었고, 마음을 읽는 능력을 살짝 발휘만 해도 모든 게 순조롭게 풀렸다. 지금의 내 상황처럼 어색한 적은 없었다. 가족들 중 그 누구도 나처럼 막무가내로 굴면서 허둥지둥하지 않았다.

나처럼 복잡한 상황에 빠지지 않은 연인들의 이야기가 머릿속을 스쳐 지나간 건 1초도 되지 않았다. 벨라는 지금 막 차 문을 닫고 앉았다. 나는 그 애가 불편해하지 않도록 재빨리 히터를 틀고 음악의 볼륨을 낮추었다. 그리고 곁눈으로 벨라를 바라보며 주차장 출구 쪽으로 차를 몰았다. 아랫입술을 고집스레 삐죽 내밀고 있네.

갑자기 그 애는 스테레오에 관심을 보이더니, 부루퉁한 표정을 싹 걷으며 말했다.

"〈달빛〉이네?"

클래식을 즐겨 듣나?

"드뷔시를 알아?"

"잘은 몰라. 엄마가 집에서 늘 클래식 음악을 틀어 놓는데, 난 내가 좋아하는 것만 알아."

"이건 나도 좋아하는 곡이야."

나는 내리는 비를 응시하며 그 점을 생각했다. 이 애와 내가 공통점이 있기는 있구나. 이제껏 모든 게 다 반대라고만 생각하고 있었는데.

이제는 그 애도 긴장을 좀 푼 것 같았다. 나처럼 비를 바라보는 듯했지만, 사실은 뭘 보고 있지는 않았다. 벨라가 잠시 산만해진 때를 이용해서 나는 호흡을 한 번 해보기로 했다.

그래서 조심스럽게 코로 숨을 들이쉬었다.

정말 강력하군.

난 운전대를 꽉 잡고 말았다. 비가 와서 그런지 향기가 더욱 좋았다. 어떻게 향기가 더 좋아질 수가 있지? 그 맛을 보고 싶은 기대감에 혀가 아려 왔다.

내 속의 괴물은 죽지 않았다. 혐오감과 함께 찾아온 깨달음이었다.

그저 때를 기다리고 있었던 거다.

타오르는 것 같은 목구멍의 고통을 애써 삼켰다. 하지만 소용이 없었다. 그래서 화가 났다. 이 애와 같이 있은 지 얼마나 됐다고 이러나. 어떻게든 15분을 이 애와 함께 보내려고 그간 들였던 수고와 노력을 생각해 보라고. 난 지금보다 더욱 강해져야 한다.

만약 내가 이 이야기에서 악당이 아니었다면 어떻게 했을까? 스스로에게 물어보았다. 이 소중한 시간을 무얼 하며 보냈을까?

아마 이 애에 대해서 많이 알아가고 있었겠지.

"네 어머니는 어떤 분이야?"

내가 묻자, 벨라는 미소를 지었다.

"엄마? 나랑 많이 닮았는데 훨씬 더 예뻐."

나는 그럴 리 없다는 시선으로 쳐다보았다.

"나는 찰리를 너무 많이 닮았어. 엄만 나보다 외향적이고 용감하지."

외향적이라. 그럴 것 같다. 하지만 더 용감하다고? 글쎄.

"책임감은 없는 편이고 별난 구석도 있는 데다, 아주 엉뚱한 요리를 만들어 내곤 하지. 우리 엄마는 나한테 둘도 없는 친구야."

벨라의 목소리가 구슬프게 변했다. 이마도 찌푸려졌다.

전에도 생각했지만, 꼭 말하는 투가 자식에 대해 말하는 부모 같군.

이윽고 그 애의 집 앞에 멈춰 섰다. 어디에 사는지 물어봤어야 했던 건 아니었을까, 라는 생각이 그제야 들었다. 아니, 괜찮아. 이곳은 작은 마을이고 이 애 아버지는 공인이니 의심하지는 않을 것이다.

"벨라, 너 몇 살이야?"

그 애는 반 아이들보다 틀림없이 나이가 많을 것이다. 학교를 늦게 들어갔거나, 잠시 쉬었던 적이 있었을 거다. 물론 이 애는 똑똑하니까 그럴 것 같지는 않았지만.

벨라는 대답했다.

"열일곱 살이야."

"넌 절대 열일곱 살로 안 보여."

그러자 그 애는 웃었다.

"왜 웃어?"

"우리 엄마도 내가 서른다섯 살로 태어나서 해마다 나이를 먹어 더 중년처럼 되어 간다고 늘 말씀하시거든."

그 애는 다시 웃더니 이내 한숨을 쉬었다.

"어쨌든 누군가는 어른 노릇을 해야 하잖아."

그 말을 듣자 내 의문이 전부 풀렸다. 어머니가 무책임하면 딸이 성숙할 수밖에 없는 상황이 쉽게 이해됐으니까. 벨라는 어머니를 보살피기 위해 일찍 어른이 되어야 했구나. 그래서 자신은 보살핌을 받는 걸 좋아하지 않는 거다. 보살피는 건, 자기 일이라고 여기는군.

"너도 고등학생처럼은 절대 안 보이는걸."

그 애는 이런 말로 나의 몽상을 깼다.

눈살이 찌푸려졌다. 내가 벨라에 대해서 뭔가를 알아채는 만큼, 벨라도 그만큼 너무 많은 걸 알아채고 있어. 나는 화제를 바꾸었다.

"그런데 너희 어머니는 왜 필하고 결혼하신 거지?"

그 애는 잠시 망설이다 대답했다.

"엄마는…… 나이보다 굉장히 젊으셔. 근데 필이랑 같이 있으면 더 젊게 느껴지나 봐. 어쨌든 엄만 그분한테 홀딱 빠지셨어."

그 애는 고개를 설레설레 저었다.

"너도 허락한 거야?"

그게 궁금했건만, 그 애는 되물었다.

"그게 무슨 상관이야? 난 엄마가 행복해지기를 바라고……, 엄마가 원하는 건 필인걸."

대답은 전혀 이기심이 없었다. 놀라야 했건만, 사실 이 말은 이제껏 내가 파악해 온 벨라의 성격과 너무 잘 들어맞았다.

"상당히…… 관대하네."

"뭐라고?"

"너희 어머니도 너한테 그런 호의를 베푸실까? 네가 누구를 선택하든 상관없이?"

바보 같은 질문이었다. 이렇게 묻는 어투를 아무렇지 않게 유지할 수가 없었다. 자기 딸에게 어울릴 남자로 나를 봐 줄 거란 생각 자체가 이 얼마나 어리석은가. 벨라가 나를 선택할 거라는 생각 자체가 어리석단 말이다.

"그, 그럴 거야."

그 애는 말을 더듬으며 내 시선에 반응했다. 이건 뭘까? 공포일까? 순간 코프 선생님의 반응을 다시 떠올려 보았다. 다른 표정은 또 어땠지? 둥그렇게 뜬 눈은 공포일 수도 있고 호감일 수도 있었다. 그러나 파르르 떠는 속눈썹은 겁먹은 것 같지 않았다. 벨라의 입술이 이내 열리더니…… 이내 다시 말이 나왔다.

"하지만 어쨌든 엄마는 부모잖아. 서로 상황이 좀 다르지."

나는 씁쓸하게 웃었다.

"그럼 누굴 데려가든 아주 무서워하진 않으시겠군."

"무섭다니, 무슨 뜻이야? 얼굴에 잔뜩 피어싱을 하고 여기저기에 문신을 한 뭐 그런 사람?"

그 애는 나를 보고 싱긋 웃었다.

"그것도 한 예가 될 수 있겠지."

물론 내가 보기에는, 그건 무섭다는 것과는 거리가 멀지만.

"네가 생각하는 예는 뭔데?"

벨라는 언제나 엉뚱한 질문을 던진다. 아니, 어쩌면 정곡을 찌르는 질문일지도. 어쩄든 내가 대답하고 싶지 않은 질문인 건 마찬가지다.

"나도 무서운 사람이 될 수 있을 것 같아?"

나는 살짝 미소를 지어 보면서 물었다.

그 애는 잠시 생각에 잠겼다가 진지한 목소리로 대답했다.

"음……, 너도 네가 원한다면 무서운 사람이 될 수 있을 것 같긴 하다."

나도 진지해졌다.

"지금 나 때문에 겁난다는 뜻?"

그 애는 이 질문을 끝까지 생각해 보지도 않고 곧바로 대답했다.

"아니."

이번에는 더 쉽게 미소가 지어졌다. 이 애가 전적으로 사실을 말하고 있다는 생각은 안 들었지만, 그렇다고 아주 거짓말인 것 같지도 않았다. 적어도, 나에게서 떠나고 싶을 만큼 무서워하지는 않는구나. 만약 내가, 지금 넌 뱀파이어와 이런 말을 하는 거라고 말한다면, 벨라는 어떤 심정이 될까? 그 반응을 상상하자 내 마음은 움츠러들었다.

"이젠 네 가족 얘기도 들려줄래? 내 얘기보다는 훨씬 더 재미있을 것 같은데."

이런. 이편이 훨씬 더 무섭군. 나는 조심스럽게 물었다.

"뭘 알고 싶은데?"

"컬렌 박사님 부부가 널 입양했다면서?"

"응."

내 대답에 그 애는 머뭇거리다 조그맣게 물었다.

"네 부모님들은 어떻게 되신 거야?"

이건 대답하기 어렵지 않았다. 거짓말을 할 필요도 없었다.

"오래전에 돌아가셨어."

"안됐다."

그 애는 중얼거렸다. 내 마음을 언짢게 한 걸 걱정하는 기색이 역력
했다.

이 애가 나를 걱정하고 있다니. 이 애가 날 신경 쓰는 걸 보자 기분
이 정말 이상했다. 이건 흔히 볼 수 있는 반응이겠지만 말이다.

난 안심하라는 듯 말했다.

"난 부모님에 대한 기억이 별로 없어. 칼라일하고 에스미가 오래전
부터 내 부모였으니까."

"두 분을 사랑하는구나."

이 애의 추측에 나는 미소를 지었다.

"응. 두 분보다 착한 사람이란 상상도 하기 힘들지."

"그건 행운이네."

"나도 알아."

두 분이 부모님이라는 점만큼은 내가 부정할 수 없는 행운이었다.

"형제자매들은?"

이 애가 계속 꼬치꼬치 질문하게 놔둔다면, 난 거짓말을 할 수밖에
없겠지. 시계를 슬쩍 바라보니 이제 시간이 다 됐다. 그게 참 속상하면
서도 동시에 안심이 들었다. 고통이 심했고, 목구멍의 타오르는 느낌
이 갑자기 날 사로잡아 버릴 만큼 심해질지도 모른다는 생각에 걱정

스러웠다.

"형제자매들 얘기가 나왔으니 말인데, 내 형이랑 누나랑 재스퍼와 로잘리가 빗속에서 나를 기다리고 있어서 꽤나 화가 났을 것 같아."

"어, 미안해. 어서 가봐."

하지만 그 애는 움직이지 않았다. 나와의 시간이 끝나는 걸 역시 원치 않는구나.

생각해 보니 고통이 그렇게 심하지는 않은 것도 같았다. 하지만 책임감 있게 굴어야겠지.

"아마 넌 트럭을 스완 서장님이 퇴근하시기 전에 가져다 뒀으면 하겠지. 그래야 생물 시간에 있었던 사건을 말씀드리지 않아도 될 테니까."

내 품에 안겨서 당황해하던 모습이 떠올라 난 웃었다.

"벌써 들으셨을 거야. 포크스엔 비밀이 없거든."

동네 이름을 말하는 어조에서 아련하게 못마땅한 기색이 느껴졌다.

그 말에 나는 또 웃었다. 그래, 정말 비밀은 없지.

"해변에서 재미있게 놀다 와."

퍼붓는 빗줄기를 슬쩍 바라보았다. 이 비는 오래지 않아 그칠 테지. 하지만 평소보다 더 강하게 퍼부어 주었으면 좋겠는데.

"해수욕하기에는 참 좋은 날씨일 테니."

뭐, 토요일에는 맑아질 것이다. 그럼 이 애는 기분 좋게 태양을 즐기겠지. 이 애가 행복한 게 가장 중요했다. 나의 행복보다도 더욱 말이다.

"내일은 학교에 안 올 거야?"

그 말투에 서린 걱정을 듣자 기분이 좋아졌지만, 더더욱 이 애를 실망시켜서는 안 되겠다는 열망이 강해졌다.

"응. 에밋하고 나는 주말을 일찍 시작하기로 했어."

그렇게 계획을 짜 버린 스스로에게 화가 났다. 약속을 깰 수도 있겠지만…… 현 시점에서는 아무리 사냥을 많이 해도 부족하지 않았다. 그리고 우리 가족은 이미 나를 심하게 걱정하는 중이라, 내가 이토록 강박적으로 변하고 있다는 걸 다시 드러내기가 곤란했다. 어젯밤 날 사로잡았던 광기의 정체를 난 아직도 알 수가 없었다. 내 충동을 제어할 방법을 반드시 찾아야 한다. 어쩌면 잠시 이 애와 거리를 두는 것도 도움이 될 것이다.

"뭘 할 건데?"

내 대답이 전혀 마음에 드는 것 같지 않은 목소리로 벨라가 물었다.

기쁨이 커질수록, 고통도 커지는구나.

"레이니어 산 바로 남쪽에 있는 고트록스 자연 보호 구역에서 등산을 할 거야."

에밋은 곰 사냥철을 무척 좋아했다.

"아, 그럼 너도 재미있게 보내."

그 애는 어설프게 대답했다. 목소리에 힘이 하나도 없어서 난 다시 기분이 좋아졌다.

벨라의 모습을 물끄러미 바라보면서, 얼마 안 있어 또 볼 테지만 지금은 작별 인사를 해야 한다는 생각에 괴로움마저 느껴졌다. 너무 부드럽고, 너무 연약한 여자애. 이 애에게 무슨 일이 생기면 어떡하나. 내 시야에서 내보내야 한다는 게 무척 바보짓처럼 느껴졌다. 그렇지만 이 애에게 일어날 수 있는 최악의 상황은 바로 나로부터 비롯되는 것이리라.

"이번 주말 동안 내 부탁 좀 들어줄래?"

나는 진지하게 물었다.

그 애는 나의 강렬한 기세에 어리둥절한 게 분명한 얼굴로 고개를 끄덕였다.

아무렇지 않게 말하자.

"기분 나쁘게 듣지는 마. 넌 아무래도 자석처럼 사고를 끌어당기는 부류에 속하는 인간인 모양이더군. 그러니까…… 바다에 빠지거나 높은 데서 떨어지거나 하지 않도록 조심해. 알았니?"

나는 애처롭게 미소 지었다. 내 눈에 서린 진짜 슬픔을 보지 않아 주기를 바라. 거기서 무슨 일이 있을지는 모르겠지만, 어쨌든 나와 가까이 있는 것보다는 훨씬 안전하겠지. 아, 그렇지 않았다면 얼마나 좋을까.

도망쳐, 벨라. 난 널 너무 사랑해. 그러니 도망쳐. 너를 위해서, 나를 위해서.

내 놀리는 소리에 벨라는 기분이 상해 버렸다. 내가 또 잘못했구나. 그 애는 나를 쏘아보았다.

"그건 내가 알아서 할 일이지."

딱 잘라 대답한 벨라는 빗속으로 불쑥 뛰쳐나간 다음 차 문을 있는 힘껏 닫았다.

방금 그 애의 재킷 주머니에서 차 열쇠를 빼낸 참이었다. 나는 열쇠를 손으로 감은 다음, 그 향기를 있는 힘껏 들이마시며 차를 몰았다.

7
선율

학교로 다시 돌아온 나는 기다려야 했다. 마지막 시간이 아직 끝나지 않았기 때문이다. 그편이 더 좋았다. 혼자 생각할 시간이 필요한 참이었으니.

벨라의 향기가 차 안을 맴돌았다. 난 창문을 열어 두고 목구멍 속에서 타오르고 있는 느낌에 익숙해지려 했다.

매력이라.

그건 곰곰이 생각해 봐야 하는 복잡한 문제였다. 너무 많은 면과 너무 많은 다양한 의미와 수준이 있지 않나. 사랑과 같은 건 아니지만, 사랑과 떼려야 뗄 수 없게 묶인 것이다.

벨라가 나에게 매력을 느끼고 끌리는 건지 아닌지는 모르겠다. (그 애의 생각을 들을 수 없다는 사실에 나는 계속 좌절감을 느끼다가 결국 미쳐 버리는 건 아닐까? 아니면 이러다 말게 되는 한계란 게 있기는 있을까?)

그 애의 신체적 반응을 다른 여자들과 비교해 보려고 했다. 예를 들어 안내 담당 교사라든가 제시카 스탠리 같은 인간과 말이다. 하지만 비교해 봐도 결론이 나지 않았다. 심장 박동 수나 호흡의 변화 같은 것은 상대에게 흥미가 아니라 공포나 충격, 불안함을 느껴도 쉽게 변할 수 있는 법이다. 확실히 다른 여자들은 물론 남자들도 내 얼굴을 보고 본능적으로 불안한 반응을 보였다. 매력을 느끼지 못하고 불안한 반응을 보인 수가 더 많았다. 그리고 제시카 스탠리가 날 두고 했던 생각 같은 걸 벨라가 즐길 것 같지는 않았다. 결국, 벨라는 내가 뭐가 잘못됐는지는 정확히 알지 못하지만, 그래도 뭔가 잘못됐다는 사실을 잘 알고 있는 거다. 나의 얼음장 같은 피부에 닿자마자 그 차가움에 손을 홱 뿌리쳤으니까.

그런데도…… 난 한때 날 억누르던 환상을 떠올려 보았다. 하지만 이제는 제시카 말고 벨라로 그 환상의 상대를 바꾸었다.

그러자 호흡이 빨라지면서, 불길이 목 안을 마구 할퀴어 댔다.

만약 벨라가 그 연약한 몸에 팔을 둘러준 내 모습을 상상했다면 어땠을까? 그 애를 가슴에 단단히 끌어안고 손으로 그 턱을 감싸는 나를 느끼려 했다면? 빨개진 그 얼굴에 드리워진 숱 많은 머리카락을 쓸어 넘기는 내 모습을 상상했다면? 그 도톰한 입술을 어루만지는 내 손끝을 그려 보았다면? 그 입가로, 숨결을 느낄 수 있는 곳으로 가까이 다가가는 내 얼굴을 꿈꾸었다면? 더 가까워지는 우리의…….

순간 나는 백일몽에서 움찔 깨어났다. 제시카가 이런 상상을 해 댔을 때도 이미 알고 있었듯, 내가 벨라에게 가까이 다가간다면 어떤 일이 일어날지 난 알고 있었다.

매력이란 불가능한 딜레마였다. 나는 이미 최악의 면으로 벨라에게 심하게 끌려 버렸으니까.

난 벨라가 나에게 매력을 느꼈기를 바라고 있나? 여자가 남자에게 끌리는 그런 감정으로?

이건 질문부터 잘못됐다. 제대로 된 질문이란 아마 이런 걸 거다. 벨라가 나에게 매력을 느끼기를 바라야 하는가? 그리고 대답은 '아니.'다. 왜냐하면 나는 인간이 아니니까. 그 애에게 피해가 될 테니까.

내 존재를 다 바쳐, 나는 너무나 평범한 남자가 되고 싶었다. 그러면 벨라의 목숨을 위험하게 만들지 않고서도 내 품에 안을 수 있을 테니까. 그러면 나만의 환상을 마음껏 펼칠 수 있을 테니까. 마지막에 내 두 손에 그 애의 피를 묻히지 않고, 내 두 눈이 그 애의 피로 타오르는 상황으로 끝나 버리지는 않을 평범한 환상을.

벨라를 바라 마지않는 나의 갈망에는 변명의 여지가 없었다. 하지만 그 애를 만질 수조차 없는 상황에서, 대체 그 애와 어떤 관계가 될 수 있단 말인가?

결국 두 손으로 머리를 부여잡고 말았다.

이제껏 살아오면서 이토록 인간적인 기분을 느낀 적은 없었다. 혼란스러웠다. 내가 기억하기로는, 정말로 인간일 때조차도 이런 적은 없었다. 그때 나는 군인이 되어 영광스러운 업적을 세우고픈 마음뿐이었다. 나는 제1차 세계대전이 한창일 때 청소년기를 보냈고, 18세를 불과 9개월 남겨 놓았을 때 스페인 독감이 유행하기 시작했다. 이 인간의 세월은 그저 막연한 인상만이 남아 있고, 수십 년이 지나면서 그 흐릿한 기억은 점점 사실성을 잃어 갔다. 가장 뚜렷하게 기억나는 건 어머니다. 어머니의 얼굴을 생각하면 태고의 아픔이 느껴지곤 했다. 그분이 저녁 식사 때마다 '끔찍한 전쟁'이 어서 끝나기를 기도하면서, 내가 너무나 바랐던 군인이 되는 미래를 얼마나 싫어했는지가 희미하게 떠오른다. 그 말고는 내게 그리운 기억이란 없었다. 어머니의 사랑 말고는 인간 시절을 그리워할 만한 다른 사랑은 없었다.

이건 나에게 완전히 새로운 것이었다. 유사성을 찾을 만한 감정이 나 비교할 만한 감정은 없었다.

벨라에게 느끼는 사랑은 순수하게 시작됐지만, 이제 그 순수함은 흐려져 버렸다. 그 애를 만질 수 있기를 나는 간절하게 바랐다. 그 애도 같은 마음일까?

그건 중요하지 않다고, 나는 자신을 애써 설득했다.

내 하얀 손을 노려보았다. 이 손이 밉다. 차갑고도 비인간적인 힘을 가진 이 손이…….

순간 조수석이 벌컥 열려 소스라치게 놀랐다.

하. 네가 놀랄 때도 다 있군. 하긴, 지금까지 없었던 일이라고 해서 생기지 말라는 법은 없지. 에밋이 조수석에 쓱 앉으며 생각했다.

"고프 선생님은 네가 마약을 하는 줄 알 거야. 넌 요새 진짜 변덕스러웠으니까. 오늘은 어디 갔었어?"

"난…… 좋은 일을 하고 있었어."

무슨 소리야?

나는 키득키득 웃었다.

"아픈 사람 돌보기 비슷한 걸 했지."

이 말을 들은 에밋은 더욱 어리둥절한 표정을 지었지만, 이내 숨을 쉬더니 차 안의 향기를 포착했다.

"아하. 또 그 여자애군?"

나는 에밋을 노려보았다.

이거 점점 이상해지는데.

"무슨 말이 하고 싶은데?"

나는 중얼거렸다. 그는 다시금 숨을 들이쉬었다.

"흐음, 얘 향기 진짜 대단하다. 안 그래?"

에밋의 말이 떨어지기가 무섭게 내 입술에서 으르렁거리는 소리가 흘러나왔다. 무의식적인 반응이었다.

"진정해, 녀석아. 그냥 하는 말이야."

이윽고 다른 이들도 도착했다. 로잘리는 단번에 그 향기를 알아차리고는 짜증을 떨쳐내지 못한 채로 나를 쏘아보았다. 그녀는 대체 뭐가 문제인 건지 도통 알 수 없었다. 머릿속에서 들려오는 것이라고는 전부 욕설뿐이었으니까.

재스퍼의 반응 역시 마음에 들지 않았다. 그도 에밋처럼 벨라의 매혹적인 향기를 알아차렸다. 물론 저 둘이 느끼는 매력은 내가 느끼는 것에 비하면 천분의 일도 되지 않겠지만, 그렇다 하더라도 벨라의 피가 저들에게도 달콤하리라는 사실에 기분이 언짢았다. 게다가 재스퍼는 통제력이 약하다.

앨리스는 내 옆으로 폴짝폴짝 뛰어와서 벨라의 트럭 열쇠를 받으려고 손을 내밀었다.

"내가 갖다 주는 것만 봤어."

그녀는 평소 습관처럼 애매하게 말했다.

"왜 내가 갖다 줘야 하는 건지는 나중에 말해줘야 해."

"네가 봤다고 해서 꼭—"

"알아, 안다고. 기다릴게. 오래 안 걸릴 테니."

나는 한숨을 쉬며 그녀에게 열쇠를 주었다.

그리고 앨리스의 뒤를 따라 벨라의 집으로 차를 몰았다. 세차게 내리치는 빗줄기는 자그마한 망치가 백만 개는 떨어지는 것처럼 굉장히 시끄러웠다. 일개 인간인 벨라의 청력으로는 트럭의 우렁찬 엔진 소리를 빗소리 사이로 분간할 수 없을 것이다. 나는 창문 쪽을 지켜보았지만 그 애는 내다보지 않았다. 방에 없을 수도 있겠군. 아무런 생각도 들리지 않았다.

벨라의 생각을 들을 수가 없으니 지금 어떤 상황인지 확인할 길이 없다는 게 슬펐다. 지금 기분은 좋은지, 아니면 최소한 안전하게 있는지라도 확인하고 싶은데.

앨리스가 뒷좌석에 타자 우리는 집으로 향했다. 도로에는 아무도 없었기 때문에 몇 분 걸리지 않았다. 우리는 집으로 터벅터벅 들어간 다음, 저마다의 여가 시간을 즐기기 시작했다.

에밋과 재스퍼는 정교한 체스 게임을 했다. 뒤편 유리벽을 따라 체스판 여덟 개를 붙여 놓고 직접 만든 복잡한 규칙을 적용한 게임이었다. 그 둘은 나를 끼워주지 않았다. 현재 나와 게임을 하는 건 앨리스뿐이다.

둘이 게임하는 곳에서 모퉁이를 돌면 앨리스의 컴퓨터가 있었다. 그녀는 곧바로 컴퓨터로 향했고, 모니터들이 켜지는 소리가 들렸다. 앨리스는 로잘리의 옷장을 채워 줄 새로운 패션 디자인 작업 중이었다. 보통 앨리스가 터치스크린 위에 밑그림을 그리면 로잘리는 뒤에서서 색상과 라인을 지시하곤 했지만, 오늘 로잘리는 같이 작업하지 않았다. 대신 시무룩한 태도로 소파에 드러누워 평면 스크린을 바라보며 1초에 이십 개씩 채널을 돌려대기 시작했다. 그녀는 채널 돌리기를 멈추지 않았다. 속으로는 차고에 가서 BMW를 다시 튜닝할까 말까 고민하는 소리가 들려왔다.

에스미는 위층에서 건축 도면을 늘어놓고 콧노래를 흥얼거렸다. 그녀는 항상 새로운 것을 설계하고 있다. 아마도 우리가 다음번에 살 집이나 그 다음 집을 지을 때 쓸 도면일 것이다.

잠시 후 앨리스는 머리를 벽에 기댄 다음 재스퍼에게 입 모양으로 에밋의 다음 수를 알려 주었다. 에밋은 지금 그녀에게 등을 돌린 채 바닥에 앉아 있었다. 재스퍼는 부드러운 표정을 지으면서 에밋이 가장 좋아하는 기사 말을 가로막았다.

그리고 나는 정말 오랜만에 심한 부끄러움을 느끼며, 현관에서 조금 떨어진 곳에 놓인 최고급 그랜드피아노 앞에 앉았다.

건반에 부드럽게 손을 올려 음을 들어 보았다. 언제나처럼 완벽하게 조율된 소리였다.

위층에 있던 에스미는 연필 작업을 멈추고는 고개를 갸웃댔다.

나는 오늘 차 안에서 저절로 떠올랐던 선율의 첫 마디를 치기 시작했다. 상상했던 것보다 훨씬 더 아름다운 소리가 들리자 기분이 좋았다.

에드워드가 다시 연주를 하네. 에스미는 속으로 기뻐하며 얼굴에 미소를 지었다. 그녀는 작업하던 책상에서 일어나 가벼운 걸음걸이로 조용히 위쪽 계단에 다가왔다.

나는 화음을 더하면서 주선율을 짜임새 있게 이어나 갔다.

에스미는 만족스럽게 한숨을 내쉬며 계단 맨 위에 앉아 난간에 머리를 기댔다. **새로운 곡이로구나. 정말 오랜만이야. 곡조가 참 아름다워.**

나는 베이스 라인에 맞추어 선율이 새로운 방향으로 나가게 해보았다.

에드워드가 다시 작곡을 해? 로잘리가 생각했다. 그녀는 이내 격렬한 원한에 휩싸여 이를 악물었다.

그 순간 로잘리는 실수를 했다. 그래서 그 분노 아래 속마음이 뭔지 모두 읽어낼 수 있었다. 왜 이토록 나에게 못마땅하게 굴었는지, 이사벨라 스완을 죽이는 게 어째서 그녀의 양심을 전혀 괴롭히지 않았는지 그 이유가 드러났다.

로잘리가 이러는 건, 항상 허영심이 원인이었다.

음악이 갑자기 뚝 멈추었다. 나도 모르게 웃음이 나와 버렸다. 재밌다는 기색의 짧은 웃음이 픽 튀어나와 버려서, 나는 얼른 손으로 입을 막았다.

로잘리는 고개를 돌려 나를 노려보았다. 그 눈빛에는 굴욕적인 분노의 불꽃이 튀었다.

에밋과 재스퍼도 이쪽을 지그시 바라보았다. 에스미는 어리둥절해 있었다. 그녀는 순식간에 계단을 내려와 로잘리와 내가 노려보는 그 사이에 멈춰 섰다.

"계속해, 에드워드."

잠시 긴장된 순간을 흘려보낸 후, 에스미가 나를 다독였다.

나는 로잘리에게 등을 돌린 채 다시 연주를 시작했지만, 얼굴에 자꾸 웃음이 번지려 해서 참기가 무척 힘들었다. 로잘리는 벌떡 일어나 방에서 성큼성큼 걸어 나갔다. 민망해 하기 보다는 화가 난 상태였지만, 뚜렷한 민망함 역시 감추기는 힘들었다.

입도 뻥긋하지 마. 안 그럼 널 죽도록 때려줄 거야.

나는 또 한 번 웃음을 참아야 했다.

"왜 그래, 로잘리?"

에밋이 뒤에서 그녀를 불렀다. 하지만 로잘리는 뒤돌아보지 않았

266

다. 다만 등을 아주 꼿꼿이 편 채로 차고로 갔을 뿐이다. 하지만 BMW 밑으로 기어들어가는 모습이 마치 땅을 파고 들어가려는 것 같았다.

"왜 저러는 거야?"

에밋이 묻자 난 거짓말을 했다.

"전혀 모르겠는데."

에밋은 답답해하며 투덜댔다.

"계속 연주하렴."

에스미가 재촉했다. 내 손가락이 다시 멈춰 있었으니까.

나는 시키는 대로 했다. 그러자 그녀는 내 뒤에 와서 어깨에 손을 얹었다.

곡은 만족스러웠지만 완성이 되지 않았다. 나는 브리지 부분을 이리저리 손보았지만 어쩐지 딱 마음에 들지 않았다.

"매혹적이구나. 곡명은 뭐니?"

에스미가 물었다.

"아직 안 정했어요."

"곡에 얽힌 사연이 있니?"

그녀는 웃음기 띤 어조로 물었다. 에스미가 이 곡을 듣고 아주 기뻐하는 모습을 보자 이제껏 오랫동안 음악에 관심을 두지 않고 지냈던 게 죄책감이 들었다. 난 그간 이기적이었구나.

"이건…… 자장가랄까요."

그때 브릿지 부분의 악상이 떠올랐다. 그래서 쉽게 다음 동기로 이어져 자신만의 생명력을 갖춘 곡이 됐다.

"자장가로구나."

에스미는 혼잣말을 했다.

이 선율에는 물론 사연이 있다. 그 점을 깨닫자, 악상이 저절로 맞춰지기 시작했다. 이 곡은 좁은 침대에서 자는 소녀의 이야기이다. 숱 많은 짙은 색 머리털을 베개 위에다 해초처럼 늘어놓고 산발한 채로 자는 여자애의……

앨리스는 재스퍼가 자기 힘으로 체스를 하게 두고 내가 앉은 피아노 의자 옆에 와서 앉았다. 그리고 바람에 흔들리는 풍경 소리 같은 음색으로 선율에서 두 옥타브 위 음을 높인 데스칸트(주선율보다 높게 부르거나 연주하는 선율_옮긴이)를 가사 없이 흥얼댔다.

"좋네. 하지만 이건 어때?"

나는 중얼거리며 앨리스의 선율에 화음을 더하고, 약간 수정하여 새로운 방향을 잡아 갔다. 그렇게 내 손길은 건반을 넘나들면서 모든 악상을 합쳐 냈다.

그녀는 분위기를 잡고 노래를 따라 불렀다.

"그래, 완벽해."

내가 말하자, 에스미는 내 어깨를 지그시 잡았다.

그러다 앨리스의 목소리가 선율 위로 올라가 곡이 다르게 들리자, 이제야 결론부가 보였다. 잠자는 소녀는 있는 그대로 완벽했기 때문에, 어떤 식으로 바꾸어도 틀리게 되리라. 그래서 이 곡이 어떻게 끝나야 하는지 알았다. 결론은 슬픔이었다. 곡은 점차 느려지고 낮아지며 슬픔이라는 깨달음을 향해 나아갔다. 앨리스의 목소리도 낮아지더니, 이내 엄숙해진 음색은 촛불이 켜진 대성당의 아치에서 울리는 소리처럼 변했다.

나는 마지막 음을 연주하고 나서 건반 위로 고개를 숙였다.

에스미는 내 머리를 쓰다듬었다. **괜찮을 거야, 에드워드. 가장 좋은**

쪽으로 이루어질 거야. 내 아들아, 넌 행복할 자격이 있단다. 운명은 너에게 진 빚이 있어.

"고마워요."

이렇게 속삭였지만, 나 역시 그 말을 믿을 수 있었다면 얼마나 좋을까. 나의 행복이 중요한 거라고 믿을 수 있다면 얼마나 좋았을까.

사랑이란 편리하게 포장된 제품처럼 배달되는 게 아니란다.

그 말에 난 다시 무미건조하게 웃음 지었다.

이 지구에 사는 모든 이들 중에서, 이토록 어려운 난관에 가장 잘 대처할 수 있는 건 너일 거야. 너는 우리들 중에서 가장 선하고 총명하잖니.

한숨이 나왔다. 어머니들이란 으레 자기 아들을 이렇게 생각하는 법이지.

에스미는 앞으로 비극이 펼쳐질지도 모른다는 사실에 아랑곳하지 않았다. 그토록 오랜 시간을 기다려서 내 마음이 마침내 누군가를 사랑하게 되어서 더할 나위 없이 기뻐하고만 있었다. 그녀는 이제껏 내가 언제나 혼자일 거라고 여겼으니까.

그 애도 널 사랑하게 될 거야. 에스미가 갑자기 이런 생각을 했다. 엉뚱한 방향으로 뛴 생각에 나는 깜짝 놀랐다. 그녀는 웃었다. 그 애가 총명한 애라면 말이지. 하지만 총명한 애라면 네가 정말이지 탐나는 남자란 걸 못 알아볼 리 없을 텐데.

"그만하세요, 엄마. 저 얼굴 빨개지잖아요."

나는 에스미를 만류했다. 그녀의 말을 믿지는 않았지만, 그래도 위안이 됐다.

앨리스는 웃더니 피아노 듀엣곡 〈하트 앤 소울〉의 주선율을 치기 시작했다. 나는 씩 웃으며 간단히 반주를 보탰다. 그런 다음 답례로

〈젓가락 행진곡〉을 연주해 주었다.

깔깔 웃던 앨리스는 이내 한숨을 쉬며 말했다.

"네가 왜 로잘리를 보고 웃었는지 말해 주면 좋겠지만, 보니까 안 그럴 것 같네."

"안 해."

그녀는 손가락으로 내 귀를 획 꼬집었다.

"그럼 못 써, 앨리스. 에드워드는 신사답게 행동하고 있잖니."

에스미가 타일렀다.

"하지만 정말 알고 싶단 말이에요."

징징대는 앨리스의 말투에 나는 웃었다. 그리고 에스미에게 말했다.

"들어 주세요, 에스미."

나는 그녀가 가장 좋아하는 곡을 연주하기 시작했다. 그녀와 칼라일을 오랫동안 지켜보며 그 둘의 사랑에 내가 바치는 이름 없는 곡이었다.

"고맙구나, 얘야."

에스미는 내 어깨를 다시금 지그시 쥐었다.

많이 쳐서 익숙한 곡이라 연주에 굳이 집중할 필요는 없었다. 그래서 나는 로잘리를 떠올렸다. 그리고 차고에서 굴욕감을 느끼며 여전히 몸부림치는 그녀의 모습에 혼자 씩 웃었다.

질투심의 위력이 얼마나 대단한지는 나도 얼마 전에 직접 느꼈다. 그래서 로잘리에게 동정심도 조금 느껴지긴 했다. 질투심이란 너무나 참담한 것이지. 물론, 로잘리의 질투는 나에 비하면 천 배는 쩨쩨했다. 저 갖기는 싫어도 남 주기는 아까워하다니, 그게 무슨 짓인가.

로잘리는 언제나 가장 아름다운 존재였다. 하지만 만약 그렇지 않았다면, 아름다움이란 게 그녀의 가장 큰 장점이 아니었다면 로잘리의 삶과 성격은 어떻게 달라졌을까? 혹시 더 행복한 존재가 됐을까? 지금처럼 자기중심적이지는 않게? 좀 더 동정심도 갖추지는 않았을까? 글쎄. 이런 생각은 해 봤자 아무런 소용이 없겠지. 과거는 과거일 뿐이고, 그녀는 지금껏 항상 최고로 아름다운 존재였으니까. 인간이었던 시절에도 로잘리는 자신의 미모로 주목받는 삶을 살았다. 그것 때문에 성가셔하지도 않았다. 오히려 그 반대였지. 그녀는 무엇보다도 상대방의 감탄을 받는 삶을 무척 즐겼다. 그건 필멸자의 삶에서 벗어난 후에도 변치 않았다.

그 욕구를 기정사실로 놓고 생각하면, 모든 남성들이 자신의 아름다움을 숭배하리라 기대했던 로잘리에게 내가 처음부터 아무런 찬사를 보내지 않아서 화가 난 게 놀랄 일은 아니었다. 그렇다고 해서 로잘리가 어떤 식으로든 나를 원했던 것도 아니었다. 날 전혀 좋아하지 않았으니까. 그럼에도 불구하고 내가 자신을 원하지 않는다는 사실에 로잘리는 화를 냈다.

물론 재스퍼와 칼라일의 경우는 나와 달랐다. 그들은 이미 사랑에 빠진 상대가 있었다. 하지만 나는 아무런 상대가 없는 상황에서도 여전히 완고하게 그녀에게 마음이 흔들리지 않았다.

난 그 해묵은 원한이 이젠 없어졌으리라 생각했었다. 로잘리가 오래전에 털어 버렸다고 말이다. 실제로도 그랬었고······. 그러다 내가 마침내 그녀의 미모가 주지 못했던 이끌림을 주는 아름다운 누군가를 찾아낸 것이다. 그러니 얼마나 짜증이 났겠는가. 그 점을 미리 눈치챘어야 했는데. 내가 이토록 정신을 딴 데다 두고 있지 않았다면, 분명히 로잘리의 마음을 헤아렸을 것이다.

로잘리는 내심 믿어 왔었다. 내가 그녀의 미모에 마음을 빼앗겨 그 아름다움을 숭배하지 않았으니, 내 마음을 뒤흔들 미모의 존재는 절대로 이 세상에 없을 거라고 말이다. 그래서 내가 벨라의 생명을 구한 순간부터 심하게 분노했던 거다. 예민하고 경쟁적인 직감을 발휘하여, 나도 모르고 있던 나의 이끌림을 감지했던 거다.

내가 하찮은 인간 소녀를 로잘리보다 더 매력적이라고 느껴서, 그녀는 몹시 화가 났다.

나는 다시금 웃고 싶은 충동을 억눌렀다.

어쨌든 그녀가 벨라를 바라보는 방식 때문에 괴로웠다. 로잘리는 정말로 그 애를 안 예쁘다고 생각했으니까. 어떻게 그런 생각을 하지? 나한테는 이해가 되지 않았다. 이건 아무리 생각해도 명백한 질투라고밖에 볼 수 없었다.

"아! 재스퍼, 있잖아."

앨리스가 갑자기 말했다. 방금 또 뭘 봤구나. 내 손은 건반 위에서 멈추고 말았다.

"뭔데 그래, 앨리스?"

재스퍼가 물었다.

"피터와 샬럿이 다음 주에 우리를 보러 올 거야! 이 근처에 있어. 잘됐다, 그렇지?"

"왜 그러니, 에드워드?"

내 어깨가 경직한 걸 느낀 에스미가 물었다.

"피터와 샬럿이 포크스에 온다고?"

나는 앨리스에게 새된 소리로 물었다. 그러자 그녀는 내 쪽으로 눈을 흘겼다.

"진정해, 에드워드. 둘이 오는 게 처음도 아니잖아."

하지만 나는 이를 악물었다. 벨라가 온 후로는 처음이었으니까. 게다가 그 달콤한 피는 나한테만 느껴지는 것도 아니다.

앨리스는 내 표정을 보고 얼굴을 찡그렸다.

"그들은 여기서 사냥 안 하잖아. 알면서."

하지만 재스퍼의 형제인가 뭔가 하는 피터와 그의 연인인 자그마한 뱀파이어는 우리와 달랐다. 그들은 본성대로 사냥을 했다. 벨라 주변에 두어도 괜찮은 이들이 아니었다.

"언제 오는데?"

내가 다그쳐 묻자 앨리스는 기분이 상한 듯 입술을 삐죽 내밀었지만 묻는 말에는 순순히 답해 줬다. **월요일 아침에 와. 아무도 벨라를 해치지 않아.**

"아무도 그럴 수 없지."

나는 고개를 끄덕이고서 앨리스에게서 고개를 돌리고 에밋에게 물었다.

"에밋, 떠날 준비는 됐어?"

"아침에 가는 거 아니었어?"

"우린 일요일 자정까지 돌아올 거야. 너만 좋다면 지금 떠나도 난 괜찮아."

"좋아, 그럼 그러자. 먼저 로잘리한테 갔다 온다고 말하고 올게."

"그래."

로잘리의 현재 기분을 감안할 때 작별 인사는 짧게 끝날 것이다.

너 진짜 미쳤구나, 에드워드. 에밋은 뒷문으로 향하면서 속으로 생각했다.

"그러게."

"아까 지은 곡을 다시 한 번 들려주렴."

에스미가 부탁했다.

"마음에 드신다면요."

고개를 끄덕이긴 했지만, 조금은 망설여졌다. 이 곡을 치면 결국 그 끝에 다다를 수밖에 없으니까. 낯설도록 내 마음을 아프게 했던 이 선율의 끝을 말이다. 나는 잠시 생각에 잠겼다가 주머니에서 병뚜껑을 꺼내 빈 악보대에 놓았다. 그러자 조금 도움이 됐다. 그 애와의 자그마한 기념품을 보자 그 끝이 슬프지만은 않을 것도 같았으니.

나는 속으로 고개를 끄덕이고는 연주를 시작했다.

에스미와 앨리스는 서로를 슬쩍 바라보았지만, 아무도 내게 묻지 않았다.

"먹을 것 갖고 장난치면 안 된다는 소리 못 들어 봤어?"

나는 에밋에게 소리쳤다.

"어라, 야! 에드워드!"

에밋도 활짝 웃으면서 나에게 손을 흔들며 소리쳤다. 곰은 에밋이 잠시 정신을 딴 데 판 사이를 틈타 육중한 앞발을 휘둘러 에밋의 가슴을 할퀴었다. 날카로운 발톱이 그의 셔츠를 갈기갈기 찢으면서 강철판에 칼날을 그어대는 것처럼 끼익 소리를 냈다.

곰은 새된 소리로 포효했다.

이런 제길, 이 셔츠 로잘리가 준 건데!

에밋도 성난 짐승을 향해 울부짖었다.

나는 한숨을 쉬면서 마침 옆에 있던 바위에 앉았다. 처치하기까지는 시간이 좀 걸릴 듯했다.

하지만 에밋의 사냥은 거의 끝나 갔다. 그는 곰이 자신의 머리를 앞발로 후려치게 놔두었다. 하지만 그의 머리는 꿈쩍도 하지 않았다. 오히려 그 반동으로 균형을 잃은 곰이 뒤로 비틀거리는 모습을 보며 에밋은 비웃었다. 곰은 포효했고, 에밋도 웃다 말고 마주 소리를 질렀다. 이윽고 그는 직접 곰에게 달려들었다. 뒷발로 서면 그보다 머리 하나는 더 큰 곰이었다. 둘은 한데 엉켜 땅으로 쓰러졌고, 그 기세에 다 자란 가문비나무 하나가 그만 꺾여서 함께 쓰러지고 말았다. 으르렁거리던 곰의 울음이 이내 꾸르륵 소리를 내며 끊어졌다.

몇 분 후, 에밋은 내가 기다리는 장소로 달려왔다. 셔츠는 찢어지고 피범벅이 된 것도 모자라 수액으로 끈적하고 곰 털로 뒤덮여 엉망이었다. 곱슬거리는 검은 머리카락도 좋은 상태는 아니었다. 그가 활짝 미소 지었다.

"힘센 놈이었어. 나를 발톱으로 긁는 게 느껴질 뻔했다니까."

"정말 아이처럼 다 흘리면서 식사를 했군, 에밋."

그는 주름 하나 없이 깨끗하고 하얀 나의 버튼다운 셔츠를 보더니 말했다.

"그런데 넌 퓨마를 못 잡았어?"

"당연히 잡았지. 난 야만스럽게 먹지 않았을 뿐이야."

그러자 에밋은 껄껄 웃었다.

"퓨마도 힘이 세면 얼마나 좋아. 그러면 더 재미있을 텐데."

"나한테 먹는 음식이랑 싸우라고 시키는 사람은 없었어."

"그건 그래. 하지만 곰이랑 안 싸우면 내가 또 누구랑 싸우겠어? 너랑 앨리스는 사기를 치잖아. 로잘리는 머리카락 망가진다고 싫어하고. 그렇다고 재스퍼랑 맘먹고 진짜로 싸웠다간 에스미가 화낼 텐데."

"삶이란 원래 힘든 거잖아. 아니야?"

에밋은 날 보며 씩 웃더니 갑자기 자세를 바꾸더니 언제든 나에게 달려들 태세를 갖추었다.

"자, 에드워드. 딱 1분만 생각 듣기를 멈추고 정정당당하게 싸워 보자."

"내 맘대로 멈춰지는 게 아니라고."

나는 다시금 알려 주었다. 그러자 에밋은 생각에 잠겨 말했다.

"그 인간 여자애는 대체 어떻게 생각을 감출 수가 있는 거래? 그 비결을 나한테도 좀 알려줄 수 있으려나."

나의 장난기가 싹 사라졌다. 나는 이를 악물고 으르렁댔다.

"그 애한테 얼씬도 하지 마."

"아, 진짜 예민하네."

한숨이 나왔다. 에밋은 바위로 다가와 내 옆에 앉았다.

"미안. 네가 힘든 상황이라는 거 알아. 나도 가급적 아무 생각 없는 머저리처럼 굴지 말자고 노력하고는 있는데, 너도 알다시피 나란 놈이 원래 이렇잖아……."

그는 농담에 내가 웃기를 기다렸지만, 아무런 반응이 없자 얼굴을 찌푸렸다.

항상 심각하기만 하네. 지금은 뭐가 그리 괴로운 거야?

"그 애 생각해. 음, 정말로 걱정된다고."

"걱정할 게 뭐가 있는데? 넌 지금 그 애 옆에 없잖아."

에밋은 큰 소리로 웃었다. 난 그 농담에도 웃지 않았지만, 묻는 말에는 대답해 주었다.

"인간들이 죄다 얼마나 연약한 존재인지 생각해 본 적 있어? 필멸자들에게 나쁜 일들이 얼마나 많이 일어날 수 있는지 알아?"

"잘은 모르겠어. 네 말이 무슨 뜻인지는 대충 알긴 알겠어. 나도 맨처음에는 곰이랑 대등하게 싸웠던 건 아니었잖아. 그렇지?"

"곰도 있네."

나는 중얼거리면서 이미 생각해 둔 온갖 위험목록에 곰이란 새로운 두려움을 추가시켰다.

"그 애는 항상 운이 나빠. 안 그래? 만약 마을에 곰이 나타난다면, 분명히 곧바로 벨라에게 다가가겠지."

에밋은 키득키득 웃었다.

"미친 소리 좀 하지 마. 너도 네 말이 얼마나 이상한지는 알지?"

"아주 잠깐만이라도, 로잘리가 인간이었다고 상상해 보란 말이야, 에밋. 로잘리는 곰과 마주칠 수도 있다고. 차에 치이거나……, 번개에 맞거나……, 아니면 계단에서 넘어지거나……, 아플 수도 있단 말이야. 그래, 병에 걸릴 수도 있군!"

폭풍처럼 말이 마구 쏟아져 나왔다. 차라리 입 밖으로 낼 수 있어서 안심이었다. 주말 내내 속으로 나는 이런 걱정으로 끙끙 앓고 있었으니까.

"화재나 지진이나 토네이도가 닥치면 어쩌지! 윽! 마지막으로 뉴스를 본 게 언제였어? 혹시 인간에게 그런 일이 닥치는 거 본 적 있어? 강도나 살인사건 같은 거……."

나는 이를 악물었다. 다른 인간이 그 애를 해칠지도 모른다는 생각에 갑자기 화가 치밀어 올라서 숨이 쉬어지지 않았다.

"야야, 야! 제발 진정해! 녀석아. 걔는 포크스에 살아. 그새 까먹었어? 운이 나빠 봤자 기껏해야 비나 좀 맞겠지."

에밋은 어깨를 으쓱였다.

"내가 보기에 그 애는 정말로 운이 심각하게 나빠, 에밋. 내가 장담할 수 있어. 증거가 있잖아. 온 세상의 수많은 곳을 놔두고 결국 뱀파이어가 몰려 사는 동네에 와 버렸잖아."

"그래. 하지만 우리는 인간의 피를 마시지 않지. 그렇다면 운이 나쁜 게 아니라 좋은 거 아닐까?"

"하지만 그런 향기가 나는데? 당연히 나쁜 거지. 게다가 나빠도 보통 나쁜 게 아니야. 그 향기가 나한테 미치는 영향을 보라고."

나는 내 손을 내려다보았다. 이 손이 다시금 싫어졌다.

"하지만 너는 칼라일 다음으로 강한 자기 통제력을 가졌잖아. 그렇다면 운이 좋은 거지."

"승합차 사고는?"

"그건 그저 사고일 뿐이었어."

"그 차가 달려드는 걸 못 봐서 그래, 에밋. 계속해서 그 애를 깔아뭉개려 했다고. 내가 진심으로 말하는 건데, 마치 그 애 몸이 자석인 것 같아."

"하지만 네가 있어서 살았잖아. 그러니 운이 좋은 거라고."

"그럴까? 하지만 뱀파이어의 사랑을 받게 되다니, 그건 인간에게 일어날 수 있는 불운 중 최악의 불운이 아닐까?"

에밋은 그 점을 잠시 생각해 보았다. 그는 머릿속에 그 애의 모습을 그려 보았지만, 이렇다 할 흥미를 느끼지 못했다. 솔직히, 나는 그 애가 **뭐 그리 좋은지 모르겠어.**

나는 무례하게 답했다.

278

"글쎄. 나 역시 로잘리의 매력이 뭔지 잘 모르겠는걸. 솔직히 말하면 정말 예쁘긴 하지만 감당하기가 힘들잖아?"

에밋은 키득키득 웃었다.

"나한테 그런 말을 하다니……."

"대체 로잘리는 뭐가 문제인 건지 모르겠어, 에밋."

순간 나는 씩 웃으며 거짓말을 했다.

그리고 에밋의 의도를 읽고서, 적시에 마음의 준비를 했다. 그는 나를 바위에서 밀치려 했고, 그 힘에 우리 사이 바위가 요란하게 쩍 소리를 내며 갈라졌다.

"또 꼼수를 썼군."

그가 투덜댔다.

나는 다시 공격해 오기를 기다렸지만, 그는 다른 생각을 했다. 에밋은 머릿속으로 벨라의 얼굴을 또 떠올렸다. 하지만 이번에는 훨씬 더 창백한 데다 눈이 붉게 빛나는 얼굴이었다.

"안 돼."

목이 졸린 듯한 소리로 난 대답했다.

"이러면 그 애가 죽을 거란 걱정이 없어지는 거 아냐? 그리고 너도 그 애를 죽이고 싶어 하지 않을 거면서. 그렇다면 이게 제일 좋은 방법이잖아?"

"나를 위해서? 아니면 그 애를 위해서?"

"너를 위해서지."

에밋은 쉽게 대답했다. 그 어조는 당연하다는 뜻을 담고 있었다.

나는 쓴웃음을 지었다.

"그건 정답이 아니야."

"그렇다 해도 난 신경 안 써."

에밋은 다시금 입장을 밝혔고, 나는 또 대꾸했다.

"하지만 로잘리는 신경쓸 거야."

그러자 그는 한숨을 쉬었다. 우리는 둘 다 알고 있었으니까. 만약 다시 인간이 될 수 있는 방법이 있었다면, 로잘리는 어떻게든 인간이 됐을 거란 사실을 말이다. 어떤 대가를 치르더라도, 심지어 에밋을 포기해서라도.

"그래. 로잘리는 신경 쓰겠지."

그는 담담하게 시인했다.

"그럴 수 없어⋯⋯. 그래서는 안 돼⋯⋯ 나는 벨라의 인생을 망치지 않을 거야. 만약 너라면 로잘리에게 그랬겠어?"

에밋은 잠시 생각했다. 너 정말⋯⋯ 걔를 사랑해?

"말로 다 할 수 없을 정도야, 에밋. 순식간에 그 애는 나에게 세상의 전부가 되어 버렸어. 난 이제 그 애가 없는 세상이 무슨 **의미**가 있을지 모르겠어."

하지만 넌 걔를 변하게 하지 않을 거잖아? 그러면 언젠가 걔는 사라질 거야, 에드워드.

"나도 알아."

나는 신음을 흘렸다.

게다가 너도 지적했듯이, 걘 부서지기 쉽지.

"내 말이. 그 점도 알아."

에밋은 재치가 넘치지는 않았고, 섬세한 토론에 능하지도 않았다. 그래도 나에게 불쾌한 말 상대가 되지 않으려는 마음이 무척 컸기에, 지금 애쓰고 있었다.

혹시 걔를 만질 수는 있어? 그러니까, 걔를 정말 사랑한다면…… 음, 만지고 싶을 거잖아?

에밋과 로잘리는 강렬한 육체적 사랑을 나누었다. 그래서 어떻게 그런 관계 없이도 사랑이란 걸 할 수 있는지 이해하는 데 애를 먹었다.

한숨이 나오는군.

"그건 생각도 할 수 없어, 에밋."

이야! 그러면 너한테 남은 선택지는 뭐야?

"모르겠어. 그래서 방법을 찾아보고 있어……. 그 애를 떠날 방법을. 하지만 어떻게 하면 멀리 떨어져 있을 수 있는지 도무지 짐작도 안 돼."

나는 힘없이 말하다가 문득 깨달았다. 지금은 내가 벨라 곁에 있는 게 올바른 일이라는 걸 말이다. 그러자 깊은 희열이 느껴졌다. 피터와 샬럿이 오고 있으니까, 적어도 지금은 내가 있어야 했다. 비록 잠깐일지라도, 내가 떠나 버리는 것보다는 함께 있는 게 그 애에게 더 안전할 터였다. 그 순간만큼은, 믿기 어려울지라도 난 벨라의 보호자였다.

하지만 그 생각에 또 조급해졌다. 어서 돌아가서 최대한 오랫동안 그 애의 보호자가 되고픈 마음에 안절부절못하게 됐다.

에밋은 변해 버린 내 표정을 눈치챘다. 지금은 또 무슨 생각해?

나는 약간 주저하는 마음으로 순순히 대답했다.

"지금 사실은, 포크스로 돌아가서 그 애가 잘 있나 확인하고 싶어서 죽을 것 같아. 내가 일요일 밤까지 참을 수 있을지 모르겠어."

"헉. 너 집에 일찍 가면 안 돼. 로잘리가 마음을 풀 시간은 조금 줘야할 거 아냐. 제발! 나를 봐서라도 참아줘."

"참아는 볼게."

하지만 내 말은 믿음을 주지 못했다.

에밋은 내 주머니 속 핸드폰을 툭 쳤다.

"만약 너의 뜬금없는 걱정이 정말로 근거가 있었다면, 앨리스가 벌써 전화했을 거야. 걔도 너만큼이나 그 여자애 일이라면 이상하게 반응하니까."

그 점은 부정할 수가 없었다.

"좋아. 하지만 일요일에는 반드시 돌아갈 거야."

"서둘러 봤자 소용없어. 어쨌든 날씨가 좋을 테니까. 앨리스는 다음 주 수요일까지 우리가 학교에 갈 수 없다고 했어."

나는 고개를 뻣뻣하게 흔들었다.

"피터와 샬럿은 알아서 예의 바르게 구는 이들이야."

"나한테 그런 말은 안 통해, 에밋. 벨라가 얼마나 운이 나쁜지 생각해 보면, 걔는 분명히 아주 나쁜 순간을 골라서 숲속을 헤매다니게 될 거야. 그리고……."

그 생각에 몸이 움찔해 버렸다.

"난 일요일에 돌아가야겠어."

에밋은 한숨을 쉬었다. **영락없는 미친놈이네.**

월요일 새벽에 벨라의 침실 창문으로 올라가 보자, 그 애는 평온하게 자고 있었다. 나는 창틀에 칠할 윤활유를 가져왔다. 그냥 지켜보기만 하는 거라고 계속 합리화해 대는 악마의 꾐에 완전히 굴복해 버린 거다. 그래서 이제 창문은 조용히 움직이며 내게 길을 내 주었다.

베개 위로 가지런히 놓인 머리카락을 보니, 지난번 왔을 때보다는 밤새 덜 뒤척였다는 걸 알 수 있었다. 그 애는 어린아이처럼 두 손을 모아 볼 밑에 댄 채, 살짝 입을 벌린 모습이었다. 입술 사이로 천천히 넘나드는 들숨과 날숨소리가 들렸다.

여기 와서 다시 이 애를 볼 수 있게 되니 놀라우리만큼 안도감이 들었다. 이 애를 볼 수 없는 상황에서는 결코 진정으로 안심할 수 없다는 걸 이제야 깨달았다. 내가 멀리 떨어져 있을 때면 그 무엇도 옳지 않았다.

그렇다고 내가 이 애와 함께 있는 게 전적으로 옳은 것도 아니다. 나는 한숨을 내쉰 다음 다시 숨을 들이켜서 타오르는 갈증이 목을 마구 할퀴도록 내버려 두었다. 너무 오랫동안 떨어져 있었군. 고통과 유혹 없이 시간을 보내고 온 후라 지금 겪는 느낌이 더욱 강렬해졌다. 어찌나 심한지 이 애의 침대 옆에 무릎을 꿇고 거기 쌓인 책들의 제목이 뭔지 보는 것조차 두려워졌다. 어떤 책들을 머릿속에 담고 있는지 알고 싶었지만, 나에게는 갈증보다 더 두려운 것이 있었다. 만약 그만큼 이 애에게 가까이 다가가게 된다면, 다음엔 더 가까이 다가가고 싶어지겠지. 그게 너무나 두렵다.

저 입술이 아주 부드럽고 따스해 보였다. 손가락 끝으로 만져보는 상상을 해 보았다. 아주 살짝만······.

내가 절대로 저지르지 말아야 하는 실수가 이런 거다.

나는 그 애의 얼굴을 몇 번이고 훑어보며 변화가 있는지 살펴보았다. 인간들은 언제나 변하니까. 혹시 내가 무언가를 놓치고 있지는 않나 하는 생각에 불안했다.

내 눈으로 보니 이 애는······ 피곤해 보인다. 이번 주말에 잠을 충분히 자지 못한 것처럼 말이다. 혹시 누구랑 데이트를 했을까?

나는 소리 없이 쓰게 웃었다. 순간 너무 화가 치밀었던 탓이다. 하지만 데이트를 하는 게 뭐 어때서? 내가 이 애의 주인도 아닌데. 이 애는 내 것도 아닌데.

그래. 이 애는 내 것이 아니지. 그 생각에 다다르자 또 슬퍼졌다.

"엄마."

그 애가 조용히 중얼거렸다.

"안 돼……, 내가 할게. 제발……."

저 눈썹 사이에 난 작은 V자 주름에는 스트레스가 깊게 새겨져 있었다. 벨라의 어머니가 딸의 꿈속에서 뭘 하는 건지는 모르겠지만, 걱정을 끼치는 게 분명했다. 그러다 갑자기 옆으로 돌아 누웠지만, 눈꺼풀은 전혀 깜빡이지 않았다.

"응, 그래……."

그 애는 중얼대다 이내 한숨을 쉬었다.

"윽, 너무 초록색 일색이야."

한쪽 손이 실룩거렸다. 그 손을 보자 손바닥 아랫부분에 얕게 긁힌 자국이 생겼다는 게 보였다. 다쳤나? 딱 봐도 별로 심한 상처는 아니었지만, 그래도 난 불안했다. 자국의 위치를 보자 넘어졌구나 싶었다. 모든 걸 고려해 봤을 때 합리적인 결론이었다.

그 애는 어머니에게 몇 번 더 애원하면서 태양에 대해 뭐라 중얼거리다가 이윽고 조용한 잠 속에 빠져들어 더는 움직이지 않았다.

그래도 이런 자그마한 궁금증을 영원히 고민만 하지 않아도 될 거라 생각하니 위안이 됐다. 우리는 이제 친구였으니까. 적어도 친구가 되려고 노력하고 있으니까. 난 이 애에게 주말을 어떻게 보냈는지 물어볼 수 있다. 해변은 어땠는지, 밤늦게까지 무엇을 했기에 이렇게 피곤해 보이는지도 물을 수 있다. 손은 어쩌다 그랬는지도. 그래서 내 생각이 맞았다고 그 애가 말하면 조금 웃을 수도 있겠지.

혹시 바다에는 빠지지 않았을까. 그 생각에 부드럽게 미소가 나왔다. 여행은 즐거웠을까. 내 생각은 전혀 하지 않았을까. 내가 이 애를 보고팠던 마음의 천만 분의 일이라도 나를 보고 싶지는 않았을까.

해변에서 햇볕을 쬐는 벨라의 모습을 그려 보았다. 하지만 그 광경은 완벽하지 못했다. 나는 퍼스트 해변에 가 본 적이 없었으니까. 그저 사진으로만 보고 어떻게 생겼는지 알 뿐.

그 생각에 마음이 살짝 불편했다. 우리 집에서 조금만 달려가면 나오는 아름다운 해변을 내가 한 번도 가지 못한 데는 이유가 있었다. 벨라는 라푸시에서 하루를 보냈다. 하지만 그곳은 조약상 내가 갈 수 없는 곳이었다. 아직도 컬렌 가의 이야기를 기억하는 노인 몇 명이 살아 있는 곳이라서다. 그들은 아직도 컬렌 가의 일원들을 기억하고 존재를 믿고 있다. 거기는 우리의 비밀이 알려진 곳이었다.

하지만 나는 고개를 저었다. 그곳 걱정을 할 이유는 없었다. 퀼렛 부족 역시 조약의 제약을 받았다. 벨라가 나이 든 부족의 현자를 하나 만났다고 하더라도, 그들은 아무것도 말하지 않았을 것이다. 그런 주제를 뭐하러 꺼내겠는가? 그럴 리 없다. 퀼렛 부족이야말로 내가 절대로 걱정할 필요가 없는 이들이었다.

태양이 떠오르기 시작했다. 난 태양에게 화가 났다. 저 햇빛 때문에 앞으로 며칠 동안은 나의 궁금증이 풀릴 수가 없겠지. 저 해는 왜 이제 와서 뜨려는 걸까?

한숨을 쉬고서, 내가 여기 있다는 게 보일 만큼 날이 밝기 전에 창문 밖으로 빠져나왔다. 원래는 이 집 근처의 울창한 숲속에 머물면서 그 애가 학교 가는 모습을 보려고 했다. 하지만 나무 사이로 들어가자,

저쪽 오솔길을 따라 아직도 남은 벨라의 잔향을 맡고서 깜짝 놀라고 말았다.

호기심이 생긴 나는 재빨리 그 향기를 따라갔다. 하지만 향기가 점점 어두운 숲속 깊숙한 곳으로 이어지자 걱정이 계속 들었다. 벨라는 대체 여기서 뭘 하고 있었을까?

그러다 향기가 갑자기 끊겼다. 특별할 것 하나 없는 오솔길의 중간 지점이었다. 그 애는 여기서 길을 벗어나 양치식물이 가득한 곳으로 몇 발짝 들어가서는, 쓰러진 나무줄기를 건드렸다. 어쩌면 여기 앉았을지도…….

나는 그 애가 앉았던 자리에 앉아 주변을 둘러보았다. 보이는 것이라고는 양치식물과 나무뿐이었을 텐데. 아마 비도 내렸을 것이다. 향기가 나무에 깊이 배어들지 않아 씻겨 내려간 것 같았으니까.

어째서 벨라는 여기 혼자 앉아 있었을까? 분명히 혼자 왔다. 그건 의심의 여지가 없었다. 그렇다면 뭐하러 어두컴컴하고 축축한 숲 속 한가운데 온 건가?

이해가 안 됐다. 다른 궁금증이야 물어보면 되는 것들이지만, 이런 건 대화하다 말고 아무렇지 않게 꺼낼 수 있는 화제가 못 된다.

있잖아, 벨라, 내가 네 방에서 나온 다음에 네 향기를 따라 숲속으로 들어갔거든. 아, 네 방에 들어갔다고 해서 걱정할 필요는 없어. 별일은 아니고, 그냥 들어갔다가 나온 것뿐이니까. 나는 그저…… 거미를 잡아 주고 싶었거든……. 하, 이런 말을 하면 나를 뭐라고 생각하겠느냔 말이다.

벨라가 여기서 무슨 생각을 했는지, 뭘 했는지는 앞으로도 절대로 알 수 없겠지. 나는 답답함에 이를 악물고 말았다. 게다가 더 나쁜 건, 내가 에밋에게 말했던 상상의 시나리오와 지금 상황이 너무 흡사하다는 점이었다. 벨라는 혼자서 숲 속을 헤매 다녔고, 그 향기란 나처럼 냄새를 맡을 수 있는 이들에게 이리 오라며 손짓하는 것이나 다름없었다.

신음이 절로 나왔다. 그 애는 그저 운이 나쁜 정도가 아니었다. 이건 불운에게 어서 와 달라며 구애하는 수준이었다.

뭐, 어쨌든 지금은 그 애에게 보호자가 있다. 내가 보호자를 자처할 수 있는 한, 그 애를 위험하지 않게 바라보며 지켜 주리라.

그 순간 갑자기 깨달았다. 난 지금 피터와 샬럿이 와서 오래 머물러 주기를 어느새 바라고 있다는 것을.

8

유령

◆

재스퍼의 손님들은 날씨 좋은 이틀 동안 포크스에 머물렀지만, 나는 그들을 많이 보지 못했다. 에스미가 걱정하지 않도록 이따금 집에 들어갔을 뿐이다. 그 외의 시간에 나란 존재는 뱀파이어가 아니라 망령에 가깝다고 봐야 했다. 내 모습이 보이지 않도록 그림자 속에 몸을 숨긴 채로 떠돌며, 내 사랑과 집착의 대상을 따라다녔으니까. 내가 맴도는 곳이란 뻔했다. 햇빛이 쏟아지는 가운데 벨라와 함께 걸을 수 있는 운 좋은 인간들의 생각을 통해 그 애를 보고 들을 수 있는 곳이었다. 때로 그들의 손이 우연히 벨라의 손과 닿을 때도 있었다. 하지만 그 애는 손이 닿아도 전혀 이상한 반응을 보이지 않았다. 그들의 손은 자신처럼 따스했기 때문이겠지.

어쩔 수 없이 학교에 결석하는 일이 지금처럼 괴로웠던 적은 한 번도 없었다. 하지만 해가 떠서 벨라는 기분이 좋은 것 같았으니, 나로서는 심하게 원망할 수도 없었다.

월요일 아침, 나는 어떤 대화를 엿듣게 됐다. 자칫했다간 나의 자신감을 싹 무너뜨리고 벨라와 억지로 떨어져 있던 시간을 죄다 허무하게 만들어 버릴 수도 있었던 대화였다. 하지만 그 대화를 듣고서 나는 기분 좋은 하루를 보냈다.

나는 마이크 뉴튼을 약간은 다시 보게 됐다. 그는 보기보다 용기가 많았다. 쉽게 포기하고 도망쳐서 실연의 상처에 끙끙대는 인간이 아니었다. 그는 다시 한 번 시도해 볼 작정이었다.

벨라는 학교에 꽤 일찍 왔다. 해가 뜨는 날에는 최대한 햇살을 즐길 마음인가 보군. 그 애는 첫 시간 종이 울리기를 기다리며 사람들이 좀처럼 사용하지 않는 야외 벤치에 앉았다. 뜻밖에도 햇빛이 내리쬐자, 그 머리카락은 미처 예상하지 못했던 붉은 기를 내보이며 반짝 빛났다.

마이크는 벤치에 앉아 낙서하는 벨라를 발견하고 자신에게 다가온 행운에 감격했다.

밝은 햇빛으로 나갈 수가 없어서 숲속 그림자 속에 갇혀 무기력한 채로 바라만 보아야 하다니, 너무 괴로웠다.

그 애도 아주 반갑게 마이크에게 인사했다. 그는 황홀한 마음이 됐지만, 나는 그 반대가 됐다.

봐, 쟤는 날 좋아한다고. 내가 싫었다면 저렇게 웃어 주겠어? 분명히 나랑 댄스파티에 가고 싶었을 거야. 하지만 시애틀에 중요한 일이 있었던 거겠지. 그게 뭐였을까…….

그는 벨라의 머리카락이 달라 보인다는 걸 알아챘다.

"네 머리칼에 붉은 기운이 있는 걸 전에 눈치 못 챘어."

그가 손가락으로 벨라의 머리칼 한 줌을 잡았다. 나는 무심결에 잡고 있던 어린 가문비나무 뿌리를 뽑아 버리고 말았다.

"햇빛에 드러날 때만 보이니까."

벨라가 말했다. 참으로 다행스럽게도, 마이크가 머리칼을 손수 귀 뒤로 넘겨주자 그 애는 살짝 움츠러들었다.

마이크가 용기를 모으기까지는 1분 정도 걸렸다. 그는 잡담을 하면서 시간을 보냈다.

벨라는 그에게 우리가 해야 할 에세이 숙제의 기한이 수요일이라는 점을 알려 주었다. 얼굴에 희미하게 우쭐거리는 표정이 나타난 걸 보니, 이미 다 했구나. 마이크는 완전히 잊고 있었다. 그래서 놀 시간이 상당히 사라졌다.

마침내 그는 본론으로 들어갔다. 나는 하도 이를 세게 악문 나머지 화강암도 씹을 수 있을 정도였다. 하지만 마이크는 이 순간조차도 대놓고 물어보지는 못했다.

"원래는 너한테 데이트 신청하려고 했는데."

"어."

그 애는 이렇게만 말했다. 이내 짧은 침묵이 흘렀다.

"어"라니? 저게 무슨 뜻이지? 나랑 데이트하겠다는 건가? 잠깐만. 나는 진짜로 물어보지도 않았는데.

그는 마른침을 삼켰다.

"혹시 오늘 나랑 같이 저녁 먹을 수 있으면, 난 숙제 나중에 해도 돼."

멍청아. 이것도 물어본 거라고 할 수 없잖아.

"마이크……."

질투에서 비롯된 내 고통과 분노는 지난주만큼이나 지금도 아주 강력했다. 학교를 가로질러 달려가고 싶었다. 인간들 눈에는 보이지도 않게 빠른 속도로 달려가서 그 애를 낚아채고 싶었다. 이 순간 저 남자애에게서 벨라를 너무나도 간절히 빼앗고 싶었다. 지금만큼은 아무이유 없이 저 자식을 즐겁게 죽일 수 있을 것만 같았다.

벨라는 제안을 승낙할까?

"그건 그리 좋은 생각이 아닌 것 같아."

난 다시 숨을 쉬었다. 굳었던 몸이 긴장을 풀었다.

결국 시애틀은 핑계였던 거네. 그냥 고백하지 말 걸. 내가 무슨 생각으로 그랬을까? 쟤가 좋아하는 건 그 괴짜 컬렌이 틀림없어.

"왜?"

그는 침울한 목소리로 물었다. 벨라는 주저하며 말했다.

"있지……, 지금 내가 하려는 얘기를 다른 사람한테 말하면 죽도록때려 줄 테니까 그렇게 알아."

그 애의 입에서 죽도록 때려 주겠다는 협박이 나오다니. 난 그만 큰소리로 웃어 버렸다. 어치 한 마리가 깜짝 놀라 꽥 울더니 나에게서 저멀리 날아 도망쳤다.

"하지만 난 제시카의 마음을 다치게 하고 싶지 않아."

"제시카?"

뭐? 하지만…… 아하. 알겠다. 그러니까…… 그렇단 말이지.

그의 생각은 두서 없이 뒤죽박죽이 됐다.

"마이크, 넌 눈도 없니?"

나도 같은 심정이었다. 그 애는 통찰력이 남보다 뛰어나니, 다른 이들도 자기처럼 눈치가 빠르리라고 기대해서는 안 되겠지만, 이번 경우는 누가 봐도 명백했으니까. 마이크가 벨라에게 데이트 신청을 하려고 노력하며 무척 고민하긴 했지만, 제시카 역시 옆에서 얼마나 힘들었을지 상상해 본 적은 있을까? 다른 이들의 마음을 헤아리지 못한 건 이기심 때문이겠지. 하지만 벨라는 이기심이 전혀 없는지라, 모든 상황을 다 보았다.

제시카라니. 헐. 대박. 헐.

"아아."

그는 겨우 이렇게만 말했다.

벨라는 그가 멍해진 틈을 타 자리를 빠져나왔다.

"수업 시작하겠다. 오늘 또 늦으면 안 돼."

마이크는 그때부터 믿을만한 시야를 보여 주지 못했다. 그는 이제 제시카에 대한 생각으로 초점을 돌렸고, 제시카가 자기에게 매력을 느낀다는 게 어쩐지 마음에 든다고 생각했다. 물론 벨라만큼 좋지는 않은 차선이기는 했지만 말이다.

쟤도 귀엽긴 하잖아. 몸매 괜찮고. 벨라보다 가슴도 크지. 일단 내 어장 속에 들어온 거니까…….

이윽고 마이크도 자리에서 급히 일어섰다. 속으로는 벨라를 두고 했던 상상만큼이나 천박한 환상에 새로이 빠지고 있었다. 하지만 막상 그 환상을 마주하자 분노를 느끼기보다는 성가시기만 했다. 벨라든 제시카든 저놈한테는 너무 아깝군. 게다가 아무나 상관없다는 듯 얼마든지 다른 애로 대체할 수 있다니. 나는 그 후로 마이크의 생각을 엿듣지 않았다.

벨라가 시야에서 사라지자, 나는 거대한 마드론 나무의 서늘한 줄기에 기대어 웅크려 앉았다. 그리고 사람들의 생각 속을 여기저기 넘어 다니며 그 애를 계속 지켜보았다. 앤젤라 웨버의 시야로 그 애를 볼 때는 언제나 기분이 좋았다. 좋은 사람이 되어 준 앤젤라에게 감사를 표할 방법이 있으면 좋을 텐데. 그래도 벨라에게 괜찮은 친구가 하나 있다고 생각하니 기분이 나아졌다.

나는 가능한 한 많은 각도에서 벨라의 얼굴을 바라보았다. 그러자 그 애가 뭔가 언짢아하는 기색이 보였다. 난 놀랐다. 해가 떴으니 계속 웃을 거라고 생각했는데 아니었나. 점심시간이 되자 그 애가 때때로 지금은 텅 빈 컬렌 가 아이들의 전용 테이블 쪽으로 눈길을 던지는 모습이 보였다. 난 마음이 설렜다. 어쩌면 저 애도 나를 보고 싶어 하는 게 아닐까.

학교가 끝나자 그 애는 다른 여자애들과 외출할 계획을 세웠다. 나는 자동적으로 그 애를 지킬 계획을 세웠다. 하지만 마이크가 원래 벨라를 위해 계획했던 데이트를 제시카에게 신청하면서 여자애들의 계획은 미뤄졌다.

그래서 나는 곧장 그 애의 집으로 갔다. 가면서 숲 속을 재빨리 훑으며 혹시 위험한 존재가 너무 가까이에서 어슬렁대고 있지 않나 살펴보았다. 재스퍼가 한때 형제였던 이에게 마을로 들어가지 말라고 경고했다는 건 알고 있다. 내가 미쳤으니 이해해 달라고, 날 건드리면 위험하다고 재스퍼는 그들에게 말했다. 하지만 그렇다고 마음을 놓을 수는 없었다. 피터와 샬럿은 우리 가족과 척을 질 마음이 없기는 했지만, 마음이란 건 언제든 변할 수 있다.

그래. 지금 내가 과민반응을 하고 있다는 거 나도 안다.

내가 지켜본다는 걸 알고 있는 것처럼, 그래서 그 애가 보이지 않을 때마다 내가 겪는 괴로움이 안쓰럽다는 듯이, 벨라는 안에서 오랫동안 있다가 뒷마당으로 나왔다. 손에는 책 한 권을, 옆구리에는 이불을 든 채였다.

나는 뒷마당이 내려다보일 만한 나무 중 가장 가까이 있는 나무를 골라 높은 가지 위로 소리없이 올라갔다.

벨라는 축축한 잔디밭에 이불을 깔고서 엎드린 다음 여러 번 읽어 낡은 게 분명한 책장을 이리저리 넘기기 시작했다. 가장 읽고 싶은 부분을 찾아 읽으려나 보네. 나는 그 애의 어깨 너머로 책을 바라보았다.

아, 또 고전을 읽는구나. 《이성과 감성》이라……. 제인 오스틴을 좋아하네.

나는 햇살과 탁 트인 공기의 영향을 받은 그 애의 향기를 맛보았다. 온도가 올라가면 그 향기는 더 달콤해지는 것 같았다. 목 안에서 욕망의 불길이 타올랐고, 그 고통은 다시금 신선하고도 맹렬해졌다. 내가 너무 오랫동안 이 애와 떨어져 있었기 때문이다. 나는 억지로 코로 숨쉬며 그 욕망을 통제하느라 잠시 시간을 보냈다.

벨라는 허공으로 들어올린 발목을 계속 이리저리 바꾸어 엇갈려대면서 빠르게 책을 읽었다. 나는 그 책의 내용을 알기 때문에 같이 읽을 필요는 없었다. 그 대신 햇빛을 받으며 바람에 살랑여 대는 그 애 머리카락을 계속 지켜보았다. 그런데 갑자기 그 애가 몸을 싹 굳히더니 특정 페이지에서 손을 움직이지 않는 게 아닌가. 제2장을 다 읽고 3장으로 넘어온 부분이었다. 그 페이지의 첫머리는 이렇게 시작했다. "어쩌면 시모의 입장에 서서 아무리 예의를 차리고 어머니다운 애정을 가지려 마음먹었다 해도, 두 마나님들 모두 그 정도로 오래 같이 사는 상황을 견디지 못했을 것이다……."

그 애는 책장을 뭉텅이로 잡고 확 넘겨 버렸다. 마치 그 페이지에 있는 내용 때문에 화가 난 듯했다. 하지만 왜 화가 났을까? 거기는 이야기의 초반부로, 시어머니와 며느리 사이의 첫 번째 갈등이 막 드러나는 내용뿐이었는데. 그리고 남주인공인 에드워드 페라스가 등장하고, 엘리너 대시우드의 장점이 극찬받는 지점이기도 했다. 나는 이제껏 읽었던 2장을 떠올리며, 지나치리만큼 공손한 제인 오스틴의 문장에서 기분 나쁘게 들릴만한 부분이 무엇일지 생각해 보았다. 어떤 내용 때문에 언짢아진 거지?

그 애는 이제 《맨스필드 파크》의 첫 페이지를 펼쳤다. 새로운 이야기로군. 그 책은 소설 선집이었다.

하지만 그것도 겨우 일곱 페이지를 읽었을 뿐이었다. 이번에는 나도 함께 책을 읽어 보았다. 톰과 에드먼드 버트럼이 모두 성인이 되고 나서 사촌인 패니 프라이스를 만나게 됐을 경우 생길 위험성을 노리스 부인이 상세히 설명하는 부분이었다. 벨라는 이를 악물더니 책을 확 덮었다.

그리고 마음을 가라앉히려는 듯 심호흡을 하고 나서 이불 위에 드러누웠다. 피부가 햇빛을 더 많이 받도록 소매를 걷어 올린 채였다.

분명히 아는 이야기일 텐데 왜 이런 반응을 보이지? 궁금한 게 또 하나 생겼군. 한숨이 나왔다.

이제 그 애는 미동도 없이 누웠다. 그러다 딱 한 번, 얼굴에 드리워진 머리카락을 걷어 올리려고 움직였을 뿐이다. 머리 위로 부채처럼 펼쳐진 머리카락이 마치 밤색 강 물결 같았다. 그 후로는 그 애는 다시는 움직이지 않았다.

햇살 아래 누운 그 모습은 아주 고요한 그림 같았다. 아까는 평화란 찾아볼 수도 없었건만, 이제는 다시 안정을 되찾은 듯했다. 호흡이 느려졌다. 몇 분이 더 지나자 입술이 떨리기 시작했다. 또 잠꼬대를 하려나 보네.

문득 죄의식이 들어 마음 한구석이 불편해졌다. 지금 이러는 게 엄밀하게 말해 좋은 행동은 아니었으니까. 하지만 내가 밤마다 하는 짓에 비하면 이건 아무것도 아니었다. 따지고 보면 지금은 무단 침입을 한 것도 아니잖은가. 이 나무의 밑은 이 집터에서 자란 게 아니다. 내가 흉악 범죄를 저지른 것은 더더욱 아니고.

그렇더라도 마음 한구석에는 분명히 무단침입을 하고 싶은 마음이 있었다. 땅으로 뛰어내려, 발끝으로 조용히 착지한 다음, 저 애를 비추는 햇빛 속으로 슬그머니 들어가 보자. 조금만 더 가까이 말이야. 그래서 나에게 속삭이는 것만 같은 저 잠꼬대를 들어 보자.

하지만 그럴 수는 없었다. 나조차도 믿을 수 없는 도덕심 때문이 아니었다. 작렬하는 햇빛을 받으면 내 모습이 어떻게 보일까 두려워서였다. 그늘에서 봐도 내 피부는 돌처럼 단단하고 인간 같지 않은데, 햇빛을 받은 채로 벨라와 나를 나란히 세워놓으면 어떻게 보일까. 보고 싶지 않았다. 굳이 그러지 않아도 우리의 차이는 극복할 수 없을 정도로 심하다. 이미 심하게 괴로운 나의 머릿속으로 인간과 너무 다른 내 모습까지 생각하고 싶지 않았다. 말할 수 없이 기괴하겠지? 벨라가 눈을 뜨고 옆에 있는 내 모습을 봤을 때 떠올릴 공포가 눈에 선했다.

"으음……."

그 애는 신음을 흘렸다. 나는 그늘 깊숙이 숨어서 나무줄기에 몸을 기댔다.

다시 한숨 소리가 들렸다.

"으음."

깬 건 아니라서 두렵지는 않았다. 그 애의 목소리는 그저 낮고 애처로운 중얼거림에 불과했다.

"에드먼드. 아아."

에드먼드라고? 그 애가 어디까지 책을 읽다 말았는지 다시 떠올려 보았다. 에드먼드 버트럼의 이름이 처음 나온 부분이었다.

하! 내 꿈을 꾸고 있는 게 아니었구나. 씁쓸한 깨달음이었다. 자기 혐오가 물밀 듯 밀려들었다. 소설 속 인물을 꿈꾸고 있는 거였다니. 어쩌면 지난번에도 이랬을지 모른다. 꿈속에서는 크라바트를 맨 휴 그랜트가 계속 나왔을지 누가 알까. 이제껏 자만심에 겨워 내가 헛된 생각을 했군.

벨라는 이해할 수 없는 말을 더는 하지 않았다. 오후 내내 나는 다시 무력함을 느낀 채로 그 애를 바라보았다. 그동안 하늘의 태양은 천천히 저물었고, 그림자는 잔디밭을 가로질러 서서히 그 애 쪽으로 다가왔다. 그림자를 밀어내고 싶었지만, 어둠이란 피할 수 없는 것이 아니던가. 결국 그림자가 그 애를 덮쳤다. 빛이 사라지자 그 애의 피부는 너무 창백해 보인 나머지 유령 같았다. 머리카락은 다시 진하게 보였고, 그 하얀 얼굴과 대조되어 언뜻 보기엔 검은 색 같기도 했다.

지켜보자니 정말 무서웠다. 마치 앨리스의 환상이 현실로 이루어지는 과정을 목격하는 기분이었다. 벨라의 심장이 꾸준하고 강하게 뛰어 주는 소리만이 유일한 안심이 되어 주었다. 그 소리 덕분에 지금 이 순간이 악몽처럼 느껴지지 않았다.

벨라의 아버지가 집에 돌아오자 그제야 긴장이 풀렸다.

차를 타고 집으로 향하는 스완 서장의 생각은 내게 거의 들리지 않았다. 막연하게 성가셔 하는 게 느껴졌을 뿐……. 그것도 지난 일, 낮 시간에 일하다 생긴 일이었다. 기대감이 배고픔과 섞여들었다. 저녁 메뉴가 무엇일지 기대하고 있나 보군. 하지만 그의 생각은 너무나 조용하고 담담해서 내 추측이 맞는지는 알 수 없었다. 그저 요지가 뭔지만 파악했을 뿐이다.

이 애 어머니의 생각은 어떻게 들릴까 궁금해졌다. 대체 어떤 유전자들이 결합했기에 이토록 특이한 아이가 생긴 걸까.

아버지의 차 타이어가 진입로 벽돌 위를 구르는 소리가 나자, 벨라는 잠에서 깨어나더니 벌떡 일어나 앉았다. 그 애는 예상치 못하게 어둠 속에서 깨어나 어리둥절해진 얼굴로 주변을 둘러보았다. 아주 잠깐, 그 눈이 내가 숨은 그늘 쪽을 보았지만, 이내 재빨리 다른 곳으로 돌려졌다.

"찰리?"

벨라는 자그마한 뒷마당을 둘러싼 나무들을 들여다보며 낮은 목소리로 물었다.

차 문이 쾅 닫히는 소리가 들리자, 그 애는 그쪽을 바라보았다. 그리고 이내 재빨리 일어서서 물건을 주섬주섬 모은 다음, 다시금 숲 쪽을 바라보았다.

나는 자그마한 주방 근처에 난 뒤쪽 창문에 가까이 있는 나무로 자리를 옮긴 다음 그들의 저녁 식사 자리를 엿들었다. 잘 들리지 않는 찰리의 생각과 입 밖으로 나오는 말을 비교해 보는 건 흥미로웠다. 외동딸에 대한 사랑과 관심은 압도적일 만큼 거대했지만, 하는 말은 언제나 간결하고 무심했다. 대부분 그들은 말이 없어도 편안한 분위기를 형성하며 마주앉았다.

나는 그 애가 내일 저녁 제시카와 앤젤라와 함께 포트 엔젤레스로 쇼핑하러 갈 계획이란 말을 들었다. 나는 귀 기울여 들으며 나만의 계획을 구체화했다. 재스퍼는 피터와 샬럿에게 포트 엔젤레스에 가지 말라고 경고하지는 않았다. 물론 그들은 최근에 배를 채웠고, 우리 집 근처에서는 절대로 사냥할 마음이 없다는 걸 알고는 있다. 그래도 혹시 모르니 난 그 애를 지킬 것이다. 결국 우리 같은 존재는 어디에든 있으니까. 게다가 이제까지는 별로 고려해 본 적이 없었지만, 위험한 인간들 역시 잔뜩 있기 마련이다.

자기가 없으면 혼자 저녁을 먹어야 하는 아버지 걱정을 하는 그 애 목소리가 들렸다. 그러자 내 이론이 맞았다는 증거를 본 나는 미소를 지었다. 그래. 벨라는 아버지 역시 돌보고 있구나.

이윽고 나는 그 집에서 떠났다. 물론 그 애가 잠들면 돌아올 생각이 었다. 이런 내 행동을 반대하는 윤리적이고 도덕적인 마음을 깡그리 무시하면서 말이다.

하지만 나는 관음증 환자처럼 벨라의 사생활을 침해할 의도는 전혀 없다. 난 그저 지켜 주려는 마음에서 여기 오는 거지, 그 애를 음흉한 시선으로 엿보러 오는 게 절대로 아니다. 아마 마이크 뉴튼이 나처럼 나무 꼭대기 사이를 민첩하게 움직일 수 있었다면 분명히 못된 마음을 품고 여기 왔을 테지. 나는 벨라를 그처럼 어리석게 대하지 않을 것이다.

우리 집에 돌아오자, 안에는 아무도 없었다. 그래서 오히려 좋았다. 내가 미친 것 아니냐며 어리둥절해 하거나 마구 비난하는 생각들을 어쩔 수 없이 듣지 않아도 됐으니까. 에밋이 나선형 계단 기둥에 붙여 놓은 메모가 보였다.

레이니어 들판에서 축구할 거야. 너도 와! 제발 부탁이야!

나는 펜을 찾아 에밋의 간청 아래에 '미안'이라고 썼다. 어쨌든 내가 없어도 짝수가 되니까 경기엔 지장 없을 테지.

나는 사냥을 나가서 최단 시간에 끝냈다. 그래서 평소에 먹던 포식자들만큼 맛있지는 않은 작고 얌전한 동물들로 배를 채웠다. 그런 다음 깨끗한 옷으로 갈아입고 포크스로 달려갔다.

벨라는 오늘 밤에도 편하게 자지 못했다. 이불을 발로 차 댔고, 가끔 걱정 가득한 표정을 지었고, 쓸쓸한 얼굴을 보이기도 했다. 어떤 악몽을 꾸기에 이러는 걸까……. 그러다 어쩌면 그 악몽을 정말 알고 싶은 건 아니란 내 마음을 깨달았다.

잠꼬대를 할 때는 우울한 목소리로 포크스에 대한 못마땅한 사항들을 많이 투덜댔다. 딱 한 번, 한숨을 쉬듯 "돌아와."란 말을 하며 손을 움찔 폈다. 마치 무언의 간청 같았다. 혹시 내 꿈을 꾸고 있다는 희망을 품어도 될까.

다음날 역시 전날과 별다를 게 없었다. 오늘까지 나는 햇빛 때문에 학교에 가지 못했다. 벨라는 어제보다 한층 우울해 보였다. 그래서 혹시 계획을 취소하려나 생각했다. 외출할 기분 같아 보이지 않아서였다. 하지만 벨라의 성격대로라면, 분명 자신의 기분보다는 친구들의 즐거움을 우선시하겠지.

그 애는 오늘 진한 파란색 블라우스를 입었다. 하얀 피부와 완벽하게 대조되는 파란 빛이라, 피부색이 신선한 크림 같아 보였다.

학교가 끝나자 제시카의 차로 모두를 태우고 가기로 했다.

나는 차를 가지러 집에 갔다. 피터와 샬럿이 집에 있다는 걸 알았으니, 여자애들이 한 시간쯤 먼저 출발하게 두어도 괜찮겠다는 생각이 들었다. 제한속도를 유지하면서 그 차 뒤를 느릿느릿 따라가는 길은 참 힘들 테니까. 상상만 해도 끔찍하군.

모두는 빛이 환하게 들어오는 그레이트 룸(great room, 미국의 저택에 있는 홀. 집 한가운데 있는 천장 높은 공간임_옮긴이)에 모여 있었다. 나는 피터와 샬럿을 뒤늦게 반기며 그동안 집에 없어서 미안하다고 건성으로 사과하면서 샬럿의 뺨에 입을 맞추고 피터와 악수를 했다. 그 둘은 내가 정신을 딴 데다 팔고 있다는 걸 알아차렸다. 난 다같이 대화하는 자리에 끼어들어 이야기를 나눌 만큼 집중할 수가 없었다. 그래서 정중하게 자리를 뜨겠다고 말하고서 곧바로 피아노에 앉아 조용히 곡을 연주했다.

정말 이상하게 굴고 있잖아. 지난번에 봤을 때는 아주 정상적이고 유쾌한 모습이었는데. 앨리스만 한 몸집에 백금색 머리칼을 지닌 샬럿이 생각했다.

언제나 그래 왔듯 피터의 생각도 샬럿과 일치했다.

동물의 피를 마셔서 저런 거야. 인간의 피를 마시지 않으니까 결국 미쳐 버리는 거라고. 그는 이런 결론을 내렸다. 그의 머리카락 역시 샬럿처럼 아름답고 길이도 비슷했다. 피터가 에밋만큼 키가 크다는 점 말고는, 둘은 아주 닮았다. 잘 어울리는 한 쌍이라고 나는 언제나 생각했었지.

집에는 뭐하러 온 거야? 귀찮을 거 알면서. 로잘리가 비웃었다.

아, 에드워드. 이렇게도 괴로워하는 모습을 보기가 힘들구나. 처음에 기뻐하던 에스미는 걱정을 하기 시작하면서 점점 마음을 바꿔 갔다. 당연히 걱정이 되겠지. 나를 두고 떠올린 이 사랑 이야기는 매 순간마다 더욱 비극을 향해 치닫고 있는 게 이리도 훤히 보이는데.

오늘밤 포트 엔젤레스에서 재밌게 보내. 벨라랑 내가 얘기해도 되는 때가 언제일지 알려 줘. 앨리스가 유쾌하게 생각했다.

한심한 녀석. 남이 자는 걸 보려고 어젯밤 축구하러 오지도 않았다니

말이 되냐. 에밋이 투덜거렸다.

잠시 후에는 에스미를 제외한 모든 이들이 나에 대한 생각을 그만 두었다. 그래서 나는 시선을 끌지 않으려고 연주 소리를 줄였다.

난 오랫동안 그들의 생각에 주의를 기울이지 않았다. 그저 음악을 연주하며 불안한 마음을 애써 잊으려 했다. 그 애를 보고 있지 못하니 아무리 해도 괴로움에서 벗어날 수가 없었다. 그러다 모두의 대화가 최종적인 작별 인사로 접어들 때쯤에야 겨우 대화에 집중할 수가 있었다.

재스퍼는 약간 조심스러운 태도로 말했다.

"마리아를 다시 보게 되면 내 안부를 전해 줘."

마리아는 재스퍼와 피터를 뱀파이어로 만든 장본인이었다. 재스퍼는 19세기 후반에, 피터는 그보다 최근인 1940년대에 뱀파이어가 됐다. 그녀는 우리가 캘거리에 있을 때 재스퍼를 한 번 찾아왔었다. 그때 꽤 많은 일이 일어났기 때문에, 우리는 곧바로 이사를 해야 했다. 재스퍼는 마리아에게 앞으로는 서로 거리를 두고 살자고 정중하게 요청했었다.

"우리가 조만간 마주칠 것 같지는 않아."

피터는 웃으면서 말했다. 마리아는 정말이지 너무나 위험한 존재였고, 그녀와 피터 사이에는 처음부터 이렇다 할 애정이 별로 없었다. 게다가 피터는 재스퍼가 마리아의 군대를 이탈할 때 결정적인 역할을 맡기도 했다. 재스퍼는 언제나 마리아가 가장 아끼는 존재였지만, 일단 그녀가 재스퍼를 죽이려 했을 때는 그 애정은 별로 고려할 사항이 되지 못했다.

"하지만, 만에 하나 만나게 되면 안부는 분명히 전해 주지."

그 둘은 서로 악수를 하며 작별할 준비를 했다. 나는 마음에 들지 않는 결말부로 이어지던 곡을 멈추고는 급히 자리에서 일어섰다.

"샬럿, 피터."

나는 그들을 부르며 고개를 끄덕였다.

"다시 보게 되어 반가웠어, 에드워드."

샬럿은 애매한 태도로 말했다. 피터는 나에게 그저 고개를 끄덕이기만 했다.

미친놈. 에밋이 못마땅한 생각을 날렸다.

멍청이. 로잘리도 동시에 생각했다.

가엾은 내 아들. 에스미의 생각이었다.

그리고 앨리스는 타이르는 어조로 말했다. **이 둘은 동쪽으로 갈 거야. 시애틀로. 포트 엔젤레스에는 얼씬도 안 해**. 그녀는 자신의 환상을 증거로 보여 주었다.

나는 그 말을 못 들은 척했다. 하지만 벨라를 지켜 주어야 한다는 구실은 이미 어설퍼져 버리고 말았다.

일단 차에 타자 한결 마음이 편해졌다. 로잘리가 나를 위해서 바꿔 준 신형 엔진의 힘찬 소리가 부드럽게 울렸다. 물론 이건 작년에 그녀가 기분이 좋았을 때 정비해 준 것이다. 운전을 하니 안심이 됐다. 차를 타고 길 위로 조금씩 나아갈수록 나는 벨라와 가까워지고 있었으니까.

9

포트 엔젤레스

✦

포트 엔젤레스에 도착했을 때는 아직도 시내로 차를 몰고 나가기에
너무 밝았다. 태양은 여전히 높이 떠 있었고, 내 차 유리는 어느 정도
보호가 될 만큼 짙게 선팅이 되어 있었지만 불필요한 위험을 감수할
이유는 없었다. 아니, 이미 필요 이상으로 위험을 감수하고 있는 형편
이니 더 이상의 위험을 추가할 수는 없다고 말해야 하려나.

이런 나도 한때는 에밋의 행동거지가 경솔하다고, 재스퍼는 규율이
부족하다고 판단한 적이 있었다니, 그땐 얼마나 교만했던가. 그런데
지금 난 그들이 저지른 실수는 아무것도 아닌 것으로 여겨질 만큼 온
갖 규칙을 위반하고 있다. 그것도 아주 야만적이고 방종한 태도로 말
이다.

난 한숨을 쉬었다.

제시카의 생각은 멀리서도 찾을 수 있을 거라 확신했었다. 그녀의
생각은 앤젤라의 생각보다 더 시끄러웠으니까. 하지만 일단 제시카의

생각을 찾으면, 앤젤라의 생각도 들을 수 있을 터였다. 이윽고 그림자가 길어져서 난 더 가까이 다가갔다. 시내 바로 외곽에서 도로를 벗어난 다음 가끔만 사용되는 것 같아 보이는 잡초 무성한 진입로로 들어갔다.

대략 어느 방향에서 찾아봐야 할지는 알고 있었다. 포트 엔젤레스에는 옷을 살 만한 곳이 많지 않았으니까. 머지않아 삼면 거울 앞에서 몸을 이리저리 돌려 보는 제시카를 발견했다. 그녀의 시야로 벨라가 보였다. 그 애는 제시카가 입은 검은 드레스에 대해 의견을 내고 있었다.

벨라는 아직도 기분이 안 좋아 보이네. 하하. 앤젤라 말이 맞았어. 타일러가 허풍 떠는 거였구나. 그래도 얘가 이토록 심하게 화를 낼 줄은 몰랐는데. 적어도 학년말 무도회에 파트너가 없어서 못 갈 일은 없다는 거잖아. 그런데 마이크가 이번 댄스파티에서 나랑 파트너가 된 걸 재미없어 하면 어떡하지? 그래서 다시 데이트 신청을 안 하면 어떡하지? 혹시 벨라한테 학년말 무도회에 가자고 하면 어떡하지? 얘가 나보다 예쁘다고 생각하는 건 아닐까? 얘는 혹시 자기가 나보다 예쁘다고 생각하나?

"내가 보기엔 파란 색이 더 좋은 것 같아. 네 눈동자 색이랑 정말 잘 어울려."

제시카는 겉으로는 따뜻하게 미소 지었지만 속으로는 벨라의 말을 의심하고 있었다.

진심으로 하는 얘긴가? 혹시 토요일 파티 때 날 뚱뚱해 보이게 하려고 이러는 거 아냐?

제시카의 말을 듣는 게 지겨워졌다. 나는 근처에서 앤젤라를 찾았다. 아, 하지만 앤젤라는 지금 드레스를 갈아입는 중이었다. 그녀의 사생활을 지켜 주기 위해 재빨리 머릿속에서 빠져나왔다.

음, 벨라는 별 문제없이 백화점까지 들어갔군. 그렇다면 저들끼리 쇼핑하게 두었다가 끝나면 다시 따라잡아야겠어. 조금 있으면 날이 어두워질 터였다. 구름은 방향을 바꾸어 서쪽에서 이리로 밀려오기 시작했다. 우거진 나무 사이로 얼핏 본 것이기는 했지만, 그 구름들은 해질녘 하늘을 빠르게 뒤덮으리라는 걸 알 수 있었다. 구름이 어서 와 주었으면 좋겠군. 구름이 뒤덮어 그림자를 만들어 주기를 지금처럼 간절히 바랐던 적이 있던가. 내일이면 다시 학교에 가서 벨라 옆에 앉아 점심시간에 그 애의 시선을 독점할 수 있겠지. 그동안 궁금했던 점을 모두 물어볼 수 있을 것이다.

어쨌든 그 애는 타일러의 지레짐작을 듣고서 몹시 화를 냈다. 난 이미 그의 머릿속에서 생각을 읽었다. 학년말 무도회에 대해서 말할 때 말 그대로 진심이었고, 자신이 이미 벨라에게 신청했다며 권리를 주장했다. 나는 그날 오후 벨라의 표정을 떠올렸다. 너무 화가 나서 믿을 수 없다는 얼굴이었지. 그러자 웃음이 나왔다. 벨라는 이제 그에게 무어라 말할까? 그냥 무시하는 척을 할까? 아니면 엄포를 놓아서 정 떨어지게 만드려나? 어느 쪽이든 지켜보는 건 흥미로우리라.

그림자가 길어지기를 기다리는 동안 시간은 느릿느릿 흘러갔다. 나는 주기적으로 제시카의 생각을 확인했다. 그녀 마음의 소리는 찾기가 참 쉬웠지만, 그 머릿속에 오래 있고 싶지는 않았다. 그들이 식사를 하기로 계획한 장소를 보았다. 저녁 먹을 때쯤이면 어두워지겠지……. 그렇다면 우연히 같은 식당을 골라 들어온 것처럼 꾸밀까. 나는 주머니에 둔 휴대전화를 만지며 앨리스를 불러내어 같이 밥을 먹으면 어떨까 생각했다. 앨리스야 기꺼이 나오겠지만, 문제는 그녀도 벨라와 이야기하고 싶어 한다는 거다. 나는 아직 벨라를 나의 세상에 더욱 끌어들일 준비가 됐는지 알 수가 없었다. 뱀파이어를 하나 알고 지내는 것도 큰 문제인데, 무려 둘이나 친해지면 어쩌나?

나는 다시 제시카의 생각을 확인했다. 그녀는 지금 악세서리를 떠올리며 앤젤라의 의견을 물었다.

"이 목걸이는 환불할까 봐. 옷이랑 어울릴 만한 게 집에 이미 하나 있거든. 게다가 예상보다 돈도 많이 썼고." 엄마가 알면 기겁하겠지. 난 대체 무슨 생각으로 돈을 펑펑 썼지?

"난 가게에 다시 가도 상관없어. 그런데 벨라가 우리를 잘 찾아올까?"

이게 무슨 소리지? 벨라랑 같이 있는 게 아니었나? 나는 제시카의 시선으로 사방을 응시하다가 다음으로 앤젤라의 시선에 들어갔다. 그들은 상점가 앞 인도를 걷다가, 방금 방향을 돌린 참이었다. 벨라는 어디에도 보이지 않았다.

아, 벨라 따위 알게 뭐야. 제시카는 초조하게 생각하다가 앤젤라에게 대답했다.

"걘 괜찮아. 우리가 상점에 들르더라도 식당에 갈 시간은 충분히 남을 텐데 뭘. 어쨌든 내가 보기에 걔는 혼자 있고 싶어 했어."

나는 제시카의 생각 속에서 벨라가 갔으리라 추정한 서점을 얼핏 보았다. 앤젤라가 말했다.

"그럼 빨리 가자."

우리가 자기를 버렸다고 벨라가 생각하지 않아 주었으면 좋겠어. 지난번 차 안에서 나한테 정말 잘해 줬단 말이야. 하지만 오늘 하루 종일 우울해 보이던데. 혹시 에드워드 컬렌 때문일까? 그래서 나한테 컬렌 가에 대해 물어본 게 틀림없어.

좀 더 주의를 기울였어야 했다. 내가 놓친 게 뭐지? 벨라는 지금 혼자서 돌아다니고 있는데, 아까 나에 대해서 물어봤다니? 앤젤라는 지금 제시카에게 집중하고 있었다. 제시카가 그 얼빠진 마이크 자식에 대해 떠들어대고 있어서였다. 그래서 앤젤라에게 더는 아무 정보를 얻을 수가 없었다.

그림자를 가늠해 보니, 태양은 곧 구름 뒤로 숨을 예정이었다. 길의 서쪽으로만 다닌다면, 건물들이 희미한 빛으로부터 거리에 그림자를 드리우고 있으니 괜찮겠지…….

드문드문 막히는 길을 뚫고 시내 중심가로 차를 모는 동안, 점점 불안해지기 시작했다. 이건 내가 생각했던 상황이 아니었다. 벨라가 혼자서 어디론가 가 버리다니. 이젠 그 애를 어떻게 찾아야 할지 알 수가 없었다. 그 점을 생각해 두었어야 했는데.

나는 포트 엔젤레스를 잘 알고 있다. 제시카가 떠올린 서점으로 곧바로 차를 몰면서, 벨라를 금방 찾을 수 있기만을 바랐다. 하지만 어쩐지 그리 쉽게 찾아질 것 같지 않았다. 언제 벨라가 일을 쉽게 만든 적이 있었던가?

아니나 다를까, 그 작은 서점에는 아무도 없었다. 계산대 뒤에는 시대와 전혀 맞지 않는 옷을 입은 여자밖에 없었다. 벨라가 이런 곳에 흥미를 느꼈을 것 같지는 않았다. 현실적인 사람이 보기에는 너무 뉴에이지적인 분위기를 풍기는 곳이다. 저 안에 굳이 들어가 봤을 것 같도 않은데.

어쨌든 근처에는 내가 주차할 만한 그늘진 곳이 있었다. 그곳에서 가게의 차양까지는 쭉 어두운 그림자가 드리워졌다. 이러면 안 되는데. 아직 해가 뜬 시간인데 밖을 어슬렁거리는 건 절대 해서는 안 될 짓이다. 혹시 지나가던 차가 태양빛을 반사시켜 공교롭게도 나에게 빛을 보내면 어떡하란 말인가?

하지만 이것 말고는 벨라를 찾을 방법을 모르겠다고!

결국 가장 짙은 그림자 부분에 주차를 한 다음 밖으로 나왔다. 그리고 성큼성큼 재빨리 가게로 다가가자, 공기 중에 떠도는 벨라의 희미한 향기가 포착됐다. 여기에 왔었구나. 보도에 서 있었어. 하지만 가게 안에는 그 애의 향기가 전혀 느껴지지 않았다.

"어서 오세요! 무엇을 찾으—"

점원 여자가 인사말을 던졌지만 나는 그전에 가게를 나와 버렸다.

최대한 그늘을 골라 다니며 벨라의 향기를 따라갔지만, 결국 햇빛이 비쳐드는 지점에서 난 멈추고 말았다.

스스로가 너무나도 무력하게 느껴졌다. 나는 어둠과 빛이 그어 놓은 선 안에 갇혀서, 앞으로 뻗은 인도를 건너지도 못하고 있구나.

그 애가 이 길을 쭉 따라서 남쪽으로 갔을 거라고 짐작만 할 수 있었다. 그쪽에 가 봤자 이렇다 할 만한 게 별로 없는데. 혹시 길을 잃었나? 음, 전혀 근거 없는 추측은 아니었다.

나는 다시 차에 올라 천천히 달리며 벨라를 찾아보았다. 그림자가 진 곳이 나오면 밖으로 나가도 보았지만, 그 애의 향기를 포착한 건 단 한 번뿐이었고, 그 방향을 따져 보자 당황스럽기만 했다. 대체 어디를 가려던 거지?

나는 서점과 식당 사이를 몇 번 왔다 갔다 하면서 도중에 그 애를 볼 수 있기를 바랐다. 제시카와 앤젤라는 벌써 식당에 와서, 먼저 주문할 것인지 아니면 벨라를 기다릴 것인지 고민하고 있었다. 제시카는 빨리 주문하자며 재촉하는 중이었다.

나는 낯선 사람들의 머릿속을 획획 뒤져대며 그들의 눈으로 사방을 살폈다. 분명히 누군가는 어디선가 그 애를 봤을 테니까.

하지만 벨라가 계속 보이지 않을수록 점점 불안해졌다. 지금처럼 벨라가 내 시야에서 벗어나 정상적인 동선에서 벗어난 경우, 어떻게든 그 애를 발견하는 게 이토록 어려울 줄은 생각지도 못했었다.

구름은 이제 지평선 위로 마구 몰려들었다. 몇 분만 지나면 길을 다니면서 그 애를 추적할 수도 있을 거다. 그러면 오래 걸리지 않겠지. 지금은 저 태양 때문에 이토록 무력해진 것이니까. 몇 분만 더 있으면 나는 다시 유리해지고, 인간의 세계는 무력해질 것이다.

한 사람, 또 다른 사람, 갖가지 생각들이 스쳐갔다. 수많은 생각들은 참으로 사소했다.

……아기 귀에 또 염증이 생긴 것 같아…….

번호가 640이었나, 604였나……?

또 지각이네. 이번엔 한 마디 해야겠어…….

아하! 저기 여자가 온다!

마침내 벨라의 얼굴이 보였다. 드디어 누군가가 그 애를 봤구나!

안도감은 아주 잠깐이었다. 이윽고 나는 그늘 속에서 머뭇대는 벨라의 얼굴을 탐욕스레 훑어대는 남자의 생각을 충분히 읽어 버렸다.

그의 생각은 처음 보는 것이었지만, 그럼에도 아예 낯설지는 않은 생각이었다. 한때 나는 정확히 그런 인간의 생각만을 찾아다닌 적이 있었으니까.

"안 돼!"

나는 고함을 질렀다. 목 속에서 으르렁거리는 소리가 확 터져 나왔다. 발로 가속 페달을 끝까지 눌렀지만, 대체 어느 쪽으로 가야 하나?

그놈의 생각으로 대략 어느 쪽인지는 알 수 있었지만, 정확한 위치는 나오지 않았다. 무언가 분명히 표식이 될 만한 게 있을 거다. 거리 표지판이나, 가게 앞부분이나, 뭔가 그놈의 시야에 들어온 것으로 위치를 파악할 수 있을 텐데. 하지만 벨라는 지금 그늘 깊숙이 서 있었다. 그놈의 눈은 벨라의 겁먹은 표정을 집중해서 바라보았다. 거기 서린 공포심을 즐기고 있는 것이다.

그러다 남자의 머릿속에서 그 애의 얼굴이 흐려지더니, 다른 여자 얼굴들의 기억이 떠올랐다. 벨라 말고도 피해자들이 이미 있었다.

내가 으르렁대는 소리에 차의 프레임이 부르르 떨었지만 그 무엇도 내 정신을 흐트러뜨리지 못했다.

그 애의 뒤쪽 벽에는 창문이 없었다. 그렇다면 인구밀도가 높은 상가 지역이 아닌 공업 지역 어딘가란 뜻이었다. 내 차는 모퉁이를 끼익 돌아 다른 차를 추월했다. 제발 내가 가는 방향이 맞아야 할 텐데. 차 운전자는 경적을 울렸지만, 이미 그 소리는 한참 뒤에서 아스라이 들릴 뿐이었다.

쟤 떠는 것 좀 봐! 그놈은 기대감에 킬킬 웃었다. 두려워 떠는 상대에게 매력을 느끼는 인간. 그는 공포심을 즐겼다.

"가까이 오지 말아요."

그 애의 목소리는 낮고 단호했다. 비명이 아니었다.

"이러지 마, 예쁜아."

그놈은 다른 방향에서 들려오는 떠들썩한 웃음소리를 듣고 벨라가 움찔하는 모습을 지켜보았다. 그는 소음에 짜증을 내며 이렇게 생각했다. **제프, 좀 닥쳐!** 하지만 그 애가 움츠러드는 모습을 즐기고 있었고, 그래서 흥분했다. 이제는 그 애가 애원하는 모습을 상상하기 시작했다. 어떤 모습으로 빌까······.

그 웃음소리를 듣기 전까지 나는 다른 사람들이 함께 있는지도 몰랐다. 나는 그의 둘레를 훑어보았다. 제발 무언가 쓸 만한 게 나타나기를 간절히 바라면서 말이다. 그놈은 손을 풀면서 벨라가 있는 방향으로 한 발짝 다가갔다.

주변에 있는 이들의 생각은 그놈만큼 타락하지는 않았다. 그들은 모두 약간 취한 채였고, 래니라는 이 남자가 대체 어디까지 일을 끌고 갈 마음인지 아무도 깨닫지 못했다. 다만 맹목적으로 래니가 하자는 대로 하고 있을 뿐이었다. 재미있게 해 주겠다고 약속했으니까…….

그들 중 하나는 긴장한 채 거리를 슬쩍 내다보았다. 그 여자애를 괴롭히다가 잡히고 싶지 않아서였다. 내가 바라던 표식을 준 것도 그였다. 그가 응시하는 교차로를 난 알아보았다.

난 빨간불도 무시하고 마구 달렸다. 밀린 채 움직이는 차들 사이로 간신히 통과할 만큼 공간이 보여서, 그 사이를 통과했다. 뒤에서 경적이 마구 울려 댔다.

주머니 속에서 휴대전화가 진동했다. 그냥 무시했다.

래니는 긴장감을 조성하면서 벨라 쪽으로 천천히 다가갔다. 여자가 겁을 먹을 순간 느껴질 짜릿함을 기대하면서 말이다. 그놈은 그 애가 비명을 지를 순간을 만끽하려고 준비하며 기다렸다.

하지만 벨라는 이를 악물고 마음을 다잡았다. 그놈은 놀랐다. 그 애가 도망치리라고 예상했기 때문이다. 놀라면서도 살짝 실망했다. 도망치는 먹잇감을 추적하면서, 사냥이 주는 아드레날린을 느끼고 싶었던 것이다.

얘는 용감하군. 이편이 더 나을지도 모르지. 저항을 더 할 테니까.

이제 나는 한 블록 너머까지 다가왔다. 그 악마 같은 놈은 내 자동차의 엔진 굉음을 들을 수 있을 만한 거리였지만, 먹잇감에 너무 집중한 나머지 알아차리지 못했다.

두고볼 것이다. 저놈은 본인이 먹잇감이 됐을 때에도 사냥을 즐길 수 있을지. 과연 나의 사냥 스타일에 대해서는 어떻게 생각할지.

머릿속 한구석에서는 내가 거리를 순찰하며 악인을 찾아다니던 시절 목격했던 참상을 정리하면서, 그중 가장 고통스러운 게 무엇이었나 찾아 댔다. 나는 먹잇감을 고문한 적이 한 번도 없었다. 비록 그들이 고문 받아 마땅한 놈들이기는 했어도 말이다. 하지만 이 자는 다르다. 그는 고통받게 될 것이다. 괴로움으로 몸부림치게 될 것이다. 다른 놈들은 자기가 저지른 범죄에 비하면 곱게 죽곤 했지만, 이 래니라는 놈은 제발 죽여 달라고 오랫동안 애걸한 다음에야 감사하며 죽게 되리라.

그놈은 이제 길에 있었다. 그 애에게 다가가면서.

나는 급하게 모퉁이를 돌면서 헤드라이트로 그 장면을 번뜩여 비추었다. 나머지 사람들은 그 자리에 꼼짝도 못하고 얼어붙었다. 이들의 앞장을 섰던 놈을 치어 버릴 수도 있었지만, 그는 차도에서 물러섰다. 하지만 그놈을 친다면 너무 쉽게 죽이는 거겠지.

나는 차를 확 돌려 이제껏 온 길 쪽으로 한 바퀴 크게 돈 다음 벨라 앞으로 조수석 문이 바로 가게 멈춰 세웠다. 그런 다음 차 문을 열었다. 그 애는 이미 차 쪽으로 달려오고 있었다.

"어서 타."

거의 으르렁대는 소리로 내가 말했다.

이게 뭐야?

이러면 안 될 줄 알았어! 저 여자애 혼자가 아니었잖아.

도망갈까?

토할 것 같아…….

벨라는 열린 문으로 망설이지 않고 뛰어들었다. 그리고 문을 확 닫았다.

이윽고 나를 올려다 본 그 애의 표정. 그것은 이제껏 보았던 그 어떤 인간의 표정보다도 신뢰가 넘치는 얼굴이었다. 순간 내 마음속 폭력적인 계획들이 와르르 무너져 버렸다.

거리에 선 저 네 남자들을 처리하겠답시고 이 애를 차에 두고 나갈 수는 없다는 사실을 순식간에 깨달아 버리고 말았다. 내가 뭐라고 말하겠는가? 보지 말라고? 하! 언제 이 애가 내 말을 들어 준 적은 있던가?

벨라가 못 볼 만한 곳으로 저놈들을 끌고 간다면 결국 이 애를 여기 혼자 두게 되겠지? 물론 오늘밤 포트 엔젤레스 거리를 배회하는 사이코패스가 또 여기 나타나 벨라를 괴롭힐 리는 없겠지. 하지만 그렇게 따지자면 애초에 이런 놈을 만날 리도 없어야 하는 것 아니었나! 내가 미친 게 아니라는 증거가 여기 또 나타났다고. 봐, 마치 자석처럼 이 애는 온갖 위험을 마구 끌어당기고 있잖아. 내가 이 애에게 위험한 존재가 되지 않으려고 제아무리 멀리하면 뭐하냔 말이야. 또 다른 나쁜 놈이 나타나서 이 애를 위협하고 마는데.

내가 가속 페달을 밟으며 그 애를 추격자들로부터 재빨리 데려가는 모습에 그놈들은 이게 무슨 영문인지 모르겠다는 표정으로 입을 딱 벌리며 내 차를 바라보았다. 이 모든 게 이 애에게는 한순간에 일어난 일로 보일 것이다. 내가 본능적으로 주저했다는 걸 이 애는 알아채지 못할 것이다.

나는 그놈을 차로 치어 죽일 수조차 없었다. 그러면 벨라가 겁먹을 테니까.

그놈을 죽이고픈 욕망이 야만적이다 싶을 만큼 치솟았다. 제발 죽이라는 욕구가 귓가에 지잉 울리고, 눈앞을 뿌옇게 만들었다. 혀 위에 쓴 맛이 감돌고, 갈증은 이전보다 더욱 심하게 타올랐다. 온몸의 근육이 확 수축하면서 어서 빨리 죽이라고, 간절히 바란다고, 그래야 한다고 주장했다. 저놈을 죽여야만 한다. 천천히 껍데기를 벗기고, 조각조각 잘라내고, 근육에서 살점을 발라내고, 뼈에서 근육을 발라내어……

하지만 벨라 때문에 그럴 수가 없다. 이 세상 단 하나뿐인 여자애가, 양손으로 시트를 꼭 움켜잡은 채 나를 응시하고 있었다. 그 애의 눈망울은 이상하리만큼 차분했고, 아무것도 묻지 않았다. 복수는 조금 뒤로 미뤄야 하겠군.

"안전벨트 매."

나는 명령했다. 증오심과 피에 대한 갈망 때문에 목소리가 거칠게 나왔다. 평소 느끼던 피에 대한 갈망은 아니었다. 나는 인간의 피를 끊는 데 전념해 온 지 오래였고, 저 자식 때문에 그 신념을 바꾸지는 않을 것이었다. 이것은 다만 응징일 뿐이다.

그 애는 안전벨트를 매다가 벨트에서 나는 소리에 살짝 놀랐다. 이렇게 작은 소리에도 화들짝 놀라면서, 내가 온 시내의 교통신호를 무시한 채로 길을 헤집고 다니는데도 옆에서 움찔하지조차 않았다. 날보는 그 애의 시선이 느껴졌다. 이상하게도 긴장이 풀린 모습이었다. 이해가 안 되는군. 방금 이런 일을 겪었는데도 긴장하지 않다니.

"괜찮아?"

그 애는 스트레스와 공포심 때문에 쉬어 버린 목소리로 물었다.

지금 얘가, 나더러 괜찮으냐고 물었어?

그런데 난 괜찮은가?

"아니."

그때야 깨달았다. 내 목소리에는 분노가 들끓었다.

난 벨라를 태우고 인적이 드문 도로로 차를 몰았다. 내가 오후 시간을 보내며 감시 같지도 않은 감시를 하고 있던 곳이었다. 이제 그곳은 나무 그림자가 드리워져 캄캄했다.

너무 화가 나서 몸을 꼼짝도 할 수 없어 그 자리에 가만히 있어야 했다. 얼음처럼 얼어붙은 손은 아직도 이 애를 공격했던 놈을 으스러뜨리고 싶어 안달이 나 아플 지경이었다. 그놈을 갈기갈기 찢어서 시체를 알아볼 수 없게 만들어 버려야 하는데.

하지만 그러려면 이 애를 여기에 혼자 두고 가야 하잖아. 아무도 지켜 줄 이 없는 어두운 밤중에 말이야.

머릿속에는 인간 사냥을 했던 그 시절의 장면들이 재생됐다. 제발 잊었으면 좋겠다고 바라던 장면들이었다. 특히 지금은 기억을 안 할 수만 있다면 안 하고 싶었다. 이제껏 느껴 온 사냥에 대한 강박보다 훨씬 더 심한 살인 충동이 밀려왔으니까.

그 남자, 그 혐오스러운 놈은 솔직히 비슷한 부류 중 최악인 놈은 아니었다. 물론 어떤 게 더 나쁜지 따져 대며 경중을 가리기는 힘들겠지만. 그래도 나는 가장 최악이었던 놈이 누구였는지는 기억한다. 그놈은 최악이라 불리기에 전혀 부족함이 없었다.

과거 내가 판사이자, 배심원이자 사형 집행자로 활동했던 그 시절에 사냥했던 대부분의 남자들은 어느 정도 후회를 하긴 했었고, 최소한 잡히면 안 된다는 공포심은 품고 살았다. 그들 중 다수는 걱정스러운 마음을 억누르려고 술이나 마약에 의존했다. 어떤 이들은 자신의 성격을 구분하고 서로 다른 자아를 만들어 두 가지 모습으로 살아갔다. 겉으로 내보일 수 있는 밝은 모습과, 범죄를 저지르는 어두운 모습으로 사는 거다.

하지만 내가 본 범죄자 중 최악이자 가장 끔찍한 일탈 행위를 보였던 그놈은 후회 따위를 하지 않았다.

나는 자신의 악한 면을 그토록 철저하게 받아들이며 즐기기까지 하는 자를 이제껏 한 번도 본 적이 없었다. 그는 자신이 창조한 세상, 가련한 희생자들이 고문을 당하며 비명을 질러대던 그 세상을 더없이 즐거워했다. 그가 추구하는 것은 오로지 고통뿐이었고, 그는 고통을 만들어 내며 계속 늘여가는 데 무척 능숙했다.

나는 스스로 세운 규칙을 충실하게 지켰고, 내가 죽이는 인간들의 피는 모두 정당한 이유가 붙었다. 하지만 그놈의 경우에는 그런 규칙이나 정당성이 없어도 상관없었다. 그를 신속하게 죽이는 건 너무 쉽고 자비로운 결말일 테니까.

그땐 까딱 잘못하다간 내가 지켜온 신념을 쉽게 깨 버릴 뻔했다. 그래도 나는 나머지 인간들을 죽이듯 그를 빠르고 신속하게 죽였다.

하지만 그놈을 발견했을 때 그 집 지하실에서 희생자들 둘도 같이 발견하지 못했더라면, 상황은 달라졌을지도 모른다. 젊은 여자 둘은 이미 심하게 다친 상태였다. 나는 있는 힘껏 최대한 빠른 속도로 그 둘을 데리고 병원에 갔지만, 둘 중 한 명만 살아남았다.

그래서 그놈의 피를 마실 시간이 없었다. 그래도 상관없었다. 죽어 마땅한 인간들은 그 말고도 많이 있었으니까.

바로 이 래니란 놈에게 느끼는 심정이 그때 같았다. 물론 이놈도 잔혹하긴 마찬가지였지만, 내가 기억하는 최악의 그놈보다 더 나쁜 건 분명 아니다. 그런데 왜, 죽이기 전에 그놈에게 반드시 심한 고통을 주어야 한다고, 그게 옳다고 느껴지는 걸까?

하지만 그 전에…….

"벨라?"

나는 이를 악문 사이로 물었다.

"응?"

대답하는 목소리가 여전히 쉬어 있었다. 그 애는 목을 가다듬었다.

"넌 괜찮아?"

이것이야말로 가장 먼저 따져봐야 하는 것, 가장 중요한 점이었다. 응징은 그 다음이다. 나는 그 점을 알고 있었다. 하지만 온몸이 분노로 가득 찬 나머지 제대로 생각하기가 쉽지 않았다.

"응."

여전히 목소리가 쉰 상태다. 겁이 나서 그런 게 분명하다.

이러니 이 애를 두고 갈 수가 없다고.

대체 무슨 이유인지는 모르겠지만, 이 애에겐 끊임없이 위험이 다가오고 있었다. 온 우주가 이 애를 이용해서 내 마음을 갖고 논다는 생각마저 들 지경이었다. 내가 없는 동안 이 애가 어디 하나 다친 데 없이 무사하리라는 확신은 전혀 들지 않았다. 하지만 그렇지 않았더라도, 이 어둠 속에 얘를 혼자 남겨 두고 떠날 수는 없었다.

지금 분명히 무척 무서울 거야.

그럼에도 나는 이 애를 위로해 줄 만한 상황이 아니었다. 어떻게 위로하면 되는지도 모르겠고, 설령 위로할 방법을 정확히 알고 있었다 해도 못했을 것이다. 이 애는 나에게서 잔인함이 뿜어져 나온다는 걸 확실하게 느낄 수 있었다. 그 점만큼은 명백했다. 내 안에서 들끓는 살육의 욕망을 제어하지 못한다면 이 애를 더욱 놀라게 만들고 말겠지.

뭔가 다른 생각을 해야 한다.

"딴 생각 좀 할 수 있게 해 줘."

나는 애원했다.

"뭐라고?"

하지만 난 지금 뭐가 필요한지 제대로 설명할 만큼 자제심이 남아 있지 않았다.

"내가……."

이걸 어떻게 표현할 수 있을까. 나는 마구잡이로 생각나는 말 중 제일 그럴듯한 단어를 골랐다.

"진정될 때까지 뭐든 쓰잘데 없는 얘기라도 좀 해보란 말이야."

단어 선택은 엉망이었다. 말을 내뱉자마자 깨달았지만 신경 쓸 여유가 없었다. 벨라한테 내가 필요하다는 그 사실 때문에 나는 차에 머물렀다. 그놈의 생각이, 실망과 분노가 들려왔다. 그놈을 어디서 찾을 수 있는지 알고는 있었다. 더는 아무것도 보지 않기를 바라며 나는 눈을 감았다.

"음……."

벨라는 망설였다. 내 요구가 무슨 말인지 이해해 보려는 중인가 보네. 아니면 혹시 언짢아졌나? 그러다 그 애는 말을 시작했다.

"나 내일 학교 가기 전에 타일러 크로울리를 차로 치어 버릴 생각이다?"

그 말투는 꼭 내게 묻는 것 같았다.

그래. 바로 이런 게 필요했다. 물론 벨라는 아무거나 떠오르는 걸 생각 없이 말한 것이었겠지. 전에도 그랬듯, 이 애의 입술에서 폭력적인 협박이 나오는 건 이 애답지 않은 행동이라 그저 우스웠다. 지금 사람을 죽이고픈 충동에 사로잡히지 않았다면, 난 분명 웃었을 거다.

"왜?"

나는 불쑥 말하며 그 애에게 계속 이야기하라고 다그쳤다.

"나를 학년말 댄스파티에 데려가기로 했다고 모두한테 떠들고 다닌대."

그 목소리에 분노가 가득했다.

"정신이 나간 건지, 아직도 지난번에 나를 죽일 뻔한 걸 사과하려는 건지……. 아무튼 너도 기억하겠지만."

벨라는 음울한 목소리로 덧붙였다.

"걘 학년말 무도회가 그 모든 걸 제대로 해결할 방법이라고 여겼나 봐 그래서 나도 걔 생명을 위협하면 피장파장이니까 빚을 갚겠다는 생각을 관두지 않을까 싶어. 난 적을 만들고 싶지 않아. 걔가 날 가만두면 로렌도 생각을 바꿀 거야. 하지만 그러려면 걔가 타고 다니는 센트라를 완전히 망가뜨려야 할지도 몰라."

이제는 생각에 잠긴 채로 그 애는 말을 이었다.

"차가 없으면 누구든 무도회에 데려갈 생각도 못할 테니까……."

벨라가 가끔 상황을 잘못 판단하는 걸 보면 난 힘이 났다. 타일러가 끈질기게 다가오는 건 그 사고와는 아무런 상관이 없었으니까. 이 애는 본인이 고등학교 인간 남자애들에게 얼마나 매력적으로 보이는지 잘 모르는 것 같았다. 나한테도 매력적으로 보이고 있다는 것 역시 모르는 걸까?

아, 이러니까 효과가 있군. 이 애의 생각을 알 수 없어서 당황할 때면 언제나 거기에 내 마음이 쏠려 버린다. 이제는 내 몸이 통제가 되기 시작했다. 복수와 살육보다 더 중요한 무언가를 보기 위해서였다.

"그 얘긴 나도 들었어."

이렇게 말하자, 벨라는 말을 멈추었다. 이런, 말을 계속 해 줘야 하는데.

"너도 들었어?"

그 애는 믿을 수 없다는 듯 되물었다. 이윽고 그 목소리가 더욱 노기를 띠었다.

"하긴 목 아래로 전신마비가 되는 경우에도 무도회에 못 가겠구나."

죽여 버리겠다는 협박을 하면서도 미친 소리처럼 들리지 않는다니 정말 대단하군. 이 애가 계속 이런 우스운 협박을 해 주면 좋겠는데. 어떻게 부탁할 방법이 없을까. 날 차분하게 만드는 방법으로는 이보다 더 좋은 말이 없었다. 게다가 그 단어 하나하나야말로 지금 내가 절실하게 바라는 살인을 상기시켜 주었다. 물론 그 애의 입장에서는 그저 비꼬고 빈정거리는 말일 뿐이겠지만.

나는 한숨을 쉬고서 눈을 떴다.

"좀 나아졌어?"

벨라가 소심하게 물었다.

"아니, 별로."

물론 더 차분해지긴 했지만, 나아지진 않았다. 래니라는 그 악마 같은 놈을 죽일 수 없다는 사실을 방금 깨달아 버렸기 때문이었다. 이 순간 내가 가장 원하는 것은 이 여자애였지, 고도로 정당화된 살인을 저지르는 게 아니었으니까. 비록 오늘밤 이 애와 함께할 수는 없겠지만, 함께 있는 상상만 하더라도 살인 행각을 벌이러 다니는 건 불가능해졌다.

벨라와 있으려면 살인자가 되어서는 안 된다.

나는 70년 이상 살인자 아닌 존재가 되려고 노력했다. 그 세월의 노력을 들였지만 나는 절대로 내 옆에 앉아 있는 이 애에게 어울리는 존재가 될 수는 없으리라. 그럼에도 불구하고 단 하룻밤이라도 인간으로 돌아갈 수만 있다면, 그 후로 나는 분명히 영원토록 이 애 앞에 나타나지 않을 것이었다. 만약 내가 인간의 피를 마시지 않았다면, 그래서 살인의 흔적인 타오르는 붉은 기를 눈에 드리운 적이 없었다면 벨라는 그 차이를 감지했었을까?

나는 이 애에게 좋은 이가 되고자 애쓰는 중이었다. 하지만 그건 불가능한 목표였다. 그래도 포기한다는 생각을 하니 견딜 수가 없었다.

"왜 그래?"

벨라가 속삭여 물었다. 그 향기가 내 코를 가득 채웠다. 그러자 왜 내가 이 애에게 어울리지 않는지 다시금 느껴졌다. 결국, 내가 이토록 사랑하는데도……. 이 애 때문에 여전히 입에 침이 고여 온다.

할 수 있는 한 최대한 솔직하게 말하자. 그래야 할 의무가 있으니까.

"가끔 분을 못 참는 게 내 문제점이거든, 벨라."

나는 어두운 밤 풍경을 응시하면서 말했다. 내 말 속에 담긴 공포를 느껴 주기를 바라면서도, 느끼지 못하기를 동시에 바랐다. 대부분의 경우 이 애는 느끼지 못했다. **도망쳐, 벨라. 도망쳐. 가지 마, 벨라. 가지 마.**

"하지만 돌아가서 놈들을 응징한다고 해도 도움이 되지는 않을 거야……."

그 생각만으로도 차에서 박차고 나가고 싶었다. 나는 심호흡을 한 다음 그 애의 향기를 들이켜 목구멍에 불을 붙였다.

"적어도 그렇게 스스로를 이해시키려고 노력하는 중이지."

"아아."

이 말을 끝으로 그 애는 더는 말이 없었다. 내 말을 얼마나 이해했을까? 그 애를 슬쩍 바라보았지만 얼굴 표정을 읽을 수가 없었다. 저건 아마도 충격을 받아 멍한 표정이겠지. 뭐, 그래도 겁에 질려 비명을 지르고 있지는 않잖아. 아직까지는.

"제시카랑 앤젤라가 걱정하겠다."

조용히 말하는 목소리는 아주 차분했다. 어떻게 그럴 수 있는지 알수가 없군. 정말로 충격을 받은 상태가 맞나? 어쩌면 오늘밤 사건이너무 비현실적이라서, 아직 완전히 와 닿지는 않았나보다.

"만나기로 했거든."

이 애, 나랑 같이 있고 싶지 않은 건가? 아니면 순수하게 친구들 걱정을 하는 건가?

나는 대답하지 않았지만 대신 차에 시동을 걸고 시내로 데려다주기시작했다. 시내에 가까이 다가갈수록, 내 목적을 고수하기가 더욱 힘들어졌다. 나 역시 그놈과 아주 비슷해지는구나…….

만약 내가 이 애의 것이 될 수가 없거나, 이 애에게 어울릴 만한 존재가 될 수 없다면, 그게 불가능하다면, 그 자를 처벌하지 않고 놓아주는 게 무슨 의미가 있나? 분명히 그놈 정도는 죽어도 되는 것 아닌가.

아니. 난 포기하지 않을 것이다. 아직은 안 돼. 굴복하기에는 이 애를 너무나 간절히 원하고 있으니.

나조차도 내가 무슨 생각을 하는 건지 이해하지 못하는 동안, 우리는 벨라가 친구들과 만나기로 한 식당에 도착했다. 제시카와 앤젤라는 식사를 마친 후였고, 이제는 둘 다 진심으로 벨라를 걱정하고 있었다. 두 사람은 벨라를 찾으려고 어두운 밤거리를 향해 걷고 있었다.

저 애들이 여기저기 다녀도 좋은 밤이 아니었다.

"네가 어떻게 여기를 알고……."

벨라가 질문을 하다 만 걸 듣고 나는 멈칫했다. 또 실수를 저질렀다는 걸 깨달았다. 너무 정신을 팔고 있던 나머지 친구들과 어디서 만나기로 했느냐고 묻는 걸 잊어버렸군.

하지만 벨라는 질문을 끝맺어 요점을 밝히지 않았다. 그저 고개를 젓더니 어설픈 미소를 지었다.

저건 무슨 뜻이지?

뭐, 지금은 내가 이걸 어떻게 알았는지 이상하게 여기는 벨라에게 어떻게 대답할지 고민할 시간이 없었다. 나는 차 문을 열었다.

"무얼 하려는 거야?"

그 애는 깜짝 놀란 목소리로 물었다.

널 내 시야 밖으로 벗어나게 두지 않으려고. 오늘 밤 나를 혼자 있게 만들지 않으려고.

"너한테 저녁 사 주려고."

음, 이거 재미있게 됐군. 원래는 여기에 앨리스를 데려오려고 생각했다. 그런 다음 벨라와 친구들이 있는 곳에 우연히 들어온 척하는 거다. 그때만 해도 이 밤이 이렇게 되어 버릴 줄은 몰랐다. 그런데 지금, 나는 여기서 정말로 이 애랑 데이트를 하고 있구나. 하지만 이건 합의해서 이루어진 정당한 데이트가 될 수는 없었다. 난 이 애한테 거절할 기회도 주지 않았으니까.

내가 차를 돌아 조수석으로 다가가기 전에, 그 애는 이미 문을 열고 있었다. 내가 문을 열어 주게 놔뒀으면 좋았을 텐데. 보통 때는 인간들의 속도로 움직이는 게 답답하지 않았지만, 지금은 빨리 움직이지 못해서 너무나도 답답했다.

나는 그 애가 내 옆으로 서기를 기다렸지만, 애 친구들이 계속 어두운 모퉁이로 다가가고 있어서 점점 불안해졌다. 나는 재빨리 명령했다.

"제시카와 앤젤라도 길을 잃어버려서 내가 찾아다녀야 하기 전에, 어서 가서 잡아. 아까 그놈들을 또다시 마주치면 이번엔 나도 자제할 수 없을 것 같거든."

그래. 내가 그만큼 자제력이 강하지는 못할 거야.

그 애는 몸을 부르르 떨더니 재빨리 정신을 차렸다. 그리고 한 발짝을 채 떼기도 전에 큰 소리로 외쳤다.

"제시카! 앤젤라!"

그러자 두 사람은 이쪽을 돌아보았다. 벨라는 머리 위로 손을 흔들어 시선을 끌었다.

벨라다! 아, 무사하구나! 앤젤라는 안심하며 생각했다.

왜 이렇게 늦었대? 제시카는 속으로 투덜댔지만, 그녀 역시 벨라가 실종되거나 다친 데가 없어서 감사하는 마음이었다. 이걸 듣자 예전보다 제시카가 조금은 좋아졌다.

그들은 급히 달려왔다가, 옆에 있는 날 보고 충격을 받은 채로 멈춰섰다.

헐, 대박! 말도 안 돼! 제시카는 어안이 벙벙해졌다.

에드워드 컬렌이랑 있네? 혹시 얘를 찾으러 혼자 다녔던 건가? 하지만 에드워드가 여기 있는 걸 알았다면 아까 컬렌 집안 애들이 동네에 왜 없느냐고 물어본 거지……? 나는 앤젤라의 머릿속에서 우리 가족이 자주 학교에 결석하느냐고 묻던 벨라의 민망한 표정을 보았다. 앤젤라는 결론을 내렸다. 아니, 얘가 알았을 리 없어.

제시카의 생각은 이제 놀라움을 넘어 의심으로 치닫고 있었다.

벨라 얘는 이제껏 나한테 아무 말도 안 했다 이거지.

"어디 갔었던 거야?"

그녀는 벨라를 빤히 쳐다보면서 다그쳐 물었지만, 곁눈질로 나를 훔쳐보는 중이었다.

"길을 잃었어. 그러다가 우연히 에드워드를 만났어."

벨라는 한 손을 내 쪽으로 저으며 말했다. 그 말투는 놀라우리만큼 평온했다. 정말로 길을 잃었다가 우연히 나를 만났다는 것처럼. 이 애는 쇼크를 받은 게 틀림없다. 그게 아니라면 어떻게 이토록 침착할 수 있단 말인가?

"나도 같이 어울리면 안 될까?"

내가 물었다. 물론 예의상의 발언이었다. 그들이 이미 저녁을 먹은 걸 알고 있었으니까.

세상에, 어쩜. 얘 진짜 섹시하다! 제시카의 생각이 갑자기 두서 없이 변했다.

앤젤라 역시 별로 침착하지 못했다. **밥 먹지 말 걸 그랬네. 와, 뭐라고 해야 하지. 와.**

그런데 왜 나는 벨라에게 이런 반응을 이끌어 낼 수가 없지?

"어……, 물론 괜찮지."

제시카는 동의했지만, 앤젤라는 눈살을 찌푸리더니 사실을 털어놓았다.

"아, 근데, 실은 우린 기다리면서 벌써 저녁을 먹었어. 미안해, 벨라."

좀 닥쳐! 제시카가 속으로 불평해 댔다.

벨라는 아무렇지 않게 어깨를 으쓱였다. 너무 괜찮아 보이는군. 저건 큰 충격을 받았다는 반증이 분명해.

"괜찮아. 난 배 안 고파."

"그래도 뭘 좀 먹어야지."

나는 반대 의견을 냈다. 이 애는 혈액에 당분을 보충해야 한다. 물론 이미 그 피는 달콤하기 그지없는 향기가 나지만 말이지. 나는 씁쓸하게 생각했다. 지금이야 멀쩡해 보여도 언제든 갑자기 공포심이 이 애를 덮치게 될 텐데, 배고픈 상태까지 겹치면 안 된다. 이제껏 내가 경험한 바에 따르면, 벨라는 기절을 잘 했으니까.

이 여자애들이 곧장 집으로 간다면 아무 위험도 없을 것이다. 위험은 벨라만 유독 따라다니지, 이들을 졸졸 쫓아다니지는 않는다.

그리고 나 역시 벨라와 둘이서만 있고 싶었다. 이 애도 나랑 둘이서만 있고 싶어 한다면 말이다.

벨라가 무어라 대답하기도 전에, 내가 먼저 제시카에게 말했다.

"갈 때는 내가 벨라를 집까지 데려다주면 어떨까? 그러면 벨라가 저녁 먹는 동안 너희가 기다리지 않아도 되잖아."

"어, 아마 괜찮을걸……."

제시카는 벨라를 뚫어져라 바라보았다. 그 애도 이러기를 원한다는 증거를 찾으려는 눈치였다.

분명히 얘랑 단 둘이 있고 싶어 하겠지. 누군들 안 그러겠어? 제시카가 생각했다. 동시에, 그녀는 벨라가 윙크하는 모습을 보았다.

벨라가 윙크를 했다고?

"알았어."

앤젤라가 재빨리 말했다. 벨라가 원하는 게 이거라면, 얼른 자리를 비켜주겠다는 태도로 서둘러 댔다.

"그럼 내일 보자, 벨라. ……에드워드도."

그녀는 애써 아무렇지 않게 내 이름을 불렀다. 그리고 제시카의 손을 잡고서 끌고 가기 시작했다.

앤젤라에게 고마움을 표할 방법을 찾아봐야겠다.

제시카의 차는 밝은 빛을 둥글게 내뿜는 가로등 근처에 있었다. 벨라는 두 사람이 차에 오를 때까지 조심스럽게 지켜보았다. 미간 사이에 걱정으로 살짝 주름살이 졌다. 이걸 보면 이제껏 자신이 처했던 위험을 어느 정도 인식하고 있는 건 분명한데 말이다. 제시카는 운전을 하면서 이쪽으로 손을 흔들었고, 벨라도 손을 마주 흔들어 주었다. 차가 사라지고 나서야 그 애는 심호흡을 하고서 고개를 돌려 나를 올려다보며 말했다.

"정말로 나 배 안 고파."

그렇다면 왜 그들이 가고 나서야 이런 말을 하는 건데? 정말로 나랑 단 둘이 있고 싶은 건가? 내가 말 그대로 사람을 죽일 듯이 분노하는 걸 보고 나서도?

그러든 아니든, 이 애는 뭘 좀 먹어야 한다.

"나한텐 안 통해."

나는 이렇게 대꾸하고 식당 문을 연 다음 그 애가 들어오기를 기다렸다.

벨라는 한숨을 쉬고서 안으로 들어갔다.

나는 그 애와 나란히 현관을 지나 종업원이 맞이하는 곳으로 들어갔다. 벨라는 아직도 아주 침착해 보였다. 그 애의 손을 잡아보고, 이마에 손을 대어 체온을 확인하고 싶었다. 하지만 차가운 내 손이 닿으면 놀라서 움츠러들겠지. 예전에도 그랬듯이 말이야.

어머, 세상에. 어머, 어쩜. 안내를 맡은 종업원은 다소 큰 마음의 소리를 내며 나의 의식을 침범했다.

오늘밤에는 유독 다들 날 쳐다보는 것 같군. 아니면 평소에도 이랬지만 내가 몰랐던 걸까? 내가 이걸 알아챈 이유는, 어쩌면 벨라도 나를 이렇게 봐 주기를 간절히 바라고 있어서일까? 우리 뱀파이어들은 언제나 먹잇감에게 매력적인 존재였지만, 난 그 점을 지금껏 별로 생각해 본 적은 없었다. 보통은 인간들이 우리에게 첫눈에 매력을 느끼더라도, 그 후에 느끼는 공포 때문에 매력은 순식간에 사라져 버렸으니까. 물론, 셸리 코프 선생님이나 제시카 스탠리 같은 사람도 있지만, 그건 우리를 항상 반복해서 대하기 때문에 공포심이 무뎌졌기 때문이다.

"두 사람인데요."

안내 종업원이 말이 없어서, 내가 먼저 말을 꺼냈다.

"어, 네, 그렇군요. 라 벨라 이탈리아에 오신 것을 환영합니다. 이쪽으로 안내해 드리겠습니다."

와! 목소리 끝내주네! 그녀는 이것저것 가능성을 따져보느라 속으로 정신이 없었다.

저 여자는 친척동생일 거야. 친동생일 리는 없어. 하나도 안 닮았잖아. 하지만 친척인 건 분명해. 이 남자가 저 여자랑 사귈 리는 없으니까.

인간의 시야란 흐리기 짝이 없다. 제대로 보는 게 하나도 없군. 이 속좁은 여자는 나의 외모의 매력이 먹잇감을 유혹하는 덫이라는 사실도 모른 채 좋아하면서도, 어떻게 내 옆에 선 여자애의 부드럽고 완벽한 아름다움은 보지 못하는 거지?

뭐, 혹시나 저 여자랑 진짜로 사귀는 사이라면 쟤 좋을 일을 해 줄 필요는 없겠지. 종업원은 이런 마음으로 식당에서 가장 사람 많은 곳 한가운데에 있는 가족석으로 우리를 안내하더니 이제는 곰곰이 생각했다. 여자애랑 같이 있긴 하지만, 그래도 내 번호를 이 남자한테 주면 어떨까?

나는 뒷주머니에서 지폐를 꺼냈다. 인간들은 돈이 들어가면 좀 더 협조적이 된다.

벨라는 이 자리에 불만을 표하지 않고 시키는 대로 순순히 앉으려했다. 하지만 내가 고개를 흔들자, 멈칫하더니 궁금하다는 듯 고개를 갸우뚱거렸다. 그래. 오늘밤 궁금한 게 아주 많겠지. 그러니 대화를 나누려면 사람 많은 자리는 좋은 곳이 아니야.

"좀 더 아늑한 자리 없을까요?"

나는 종업원에게 돈을 건네며 요구했다. 그녀는 깜짝 놀라더니 팁을 받은 손을 말아쥐며 대답했다.

"물론 있죠."

그녀는 우리를 작은 칸막이로 둘러싼 공간으로 안내하며 지폐를 슬쩍 바라보았다.

좋은 자리 좀 달라고 50달러를 팁으로 줘? 돈까지 많네. 뭐, 그렇겠지. 저 남자가 입은 재킷은 내 지난 달 월급을 다 털어도 절대로 살 수 없을 거야. 젠장. 저 여자랑 안 보이는 데 앉아서 뭐하려고?

그녀는 식당의 조용한 구석 부스 자리로 우리를 안내했다. 여기라면 아무도 우리를 볼 수 없겠지. 내가 무슨 말을 하든, 벨라가 어떤 반응을 보이든 볼 수 없을 것이다. 나는 오늘밤 이 애가 나에게 무슨 말을 원하는지, 아니면 내가 이 애에게 무슨 말을 해 주게 될지 전혀 감이 잡히지 않았다.

이 애는 어디까지 짐작했을까? 오늘밤의 사건을 애써 이해해 보려고 이 애가 머릿속으로 생각해 낸 이야기는 뭘까?

"여긴 어떠세요?"

종업원이 물었다.

"완벽하네요."

나는 그녀에게 대답하면서도 이 여자가 벨라에게 보이는 적대적인 태도가 살짝 성가셨다. 그래서 이빨을 드러내며 활짝 웃었다. 내 정체를 똑똑히 보면 생각이 달라지겠지.

"아……, 담당직원이 곧 올 겁니다."

이야. 진짜 사람 같지 않게 멋있네. 어쩌면 여자애가 자리를 잠깐 떴을 때…… 이 남자 접시에다가 소스로 내 폰 번호를 적어 주면 어떨까. 그녀는 한쪽으로 살짝 몸을 기울인 채 우리 부스를 떠났다.

이상하군. 저 여자가 이래도 겁먹지 않다니. 그 순간 에밋이 학교 식당에서 나를 놀리며 했던 말이 떠올랐다. 몇 주나 전에 한 말이었다. **나였다면 걔한테 그보다는 더 무섭게 해 줬을 텐데.**

난 이제 무섭지 않은 존재가 되고 있나?

"너 사람들한테 제발 그러지 좀 마. 옳지 못한 일이야."

벨라가 못마땅한 어조로 내 생각을 가로막으며 말했다.

나는 비난이 서린 그 표정을 빤히 바라보았다. 이게 무슨 말이지? 난 저 종업원이 겁먹게 하려고 했는데, 내 의도는 전혀 먹히지 않았다고.

"뭘 말이야?"

"그렇게 눈빛으로 사람들을 현혹시키는 거. 방금 그 여자 아마 지금 주방에 가서 호흡 진정시키고 있을걸."

흠. 벨라가 한 말이 거의 맞았다고 볼 수 있다. 그 종업원은 지금도 반쯤은 두서없는 생각에 잠겨, 자신의 친구인 웨이트리스에게 나에 대한 잘못된 인상을 말해 대고 있었다.

"어휴, 왜 이러서. 사람들에게 네가 어떤 영향력이 있는지 넌 잘 알잖아."

벨라는 내가 곧바로 대답하지 않자 왜 모르느냐는 투로 말했다.

"내가 사람들을 현혹시킨다고?"

흥미로운 표현이군. 오늘밤에는 정확히 들어맞는 말이다. 하지만 어느 날은 무섭고, 어느 날은 현혹되다니, 그 차이는 왜 생기는 걸까……

"몰랐어? 사람들이 다 너처럼 원하는 걸 쉽게 이룬다고 생각해?"

그 애는 여전히 비판조로 물었다.

"너도 나한테 현혹당할 때가 있어?"

항상 궁금했던 말이 충동적으로 나와 버렸다. 그리고 일단 말을 내뱉자, 다시 주워 담기엔 너무 늦어 버렸다.

하지만 이런 말을 입밖에 낸 걸 크게 후회할 새도 없이, 벨라가 대답했다.

"응. 자주."

이윽고 그 애의 뺨이 연분홍빛으로 빛났다.

내가 이 애를 현혹시켰구나.

가슴 속 뛰지 않던 심장이 더욱 강렬한 희망으로 부풀어 올랐다. 그전엔 있는지도 느껴지지 않았던 심장이었건만.

"안녕하세요."

문득 말 거는 이가 누군가 했더니, 웨이트리스가 자기소개를 했다.

그녀의 생각은 요란했고, 안내를 맡았던 직원보다 더욱 노골적이었지만, 나는 그 생각을 듣지 않았다. 대신 벨라를 지그시 바라보며 광대뼈 위로 퍼지는 핏기를 지켜보았다. 그런데 참 이상하게도 내 목 속이 타오르는 느낌보다는 다른 게 더욱 다가왔다. 핏기가 도니까 예쁜 얼굴이 확 밝아지는구나. 크림색 같은 피부가 더 돋보이는 것 좀 봐.

웨이트리스는 내가 말하기를 기다리고 있었다. 아, 음료 주문을 요청했군. 나는 벨라를 계속 바라보았다. 그래서 웨이트리스도 마지못해 그 애 쪽으로 시선을 돌렸다.

"나는 콜라를 마실까 해."

벨라는 나의 허락을 구하듯 말했다.

"콜라 둘 주세요."

나는 주문을 고쳐 말했다. 목마름이란, 그러니까 정상적인 인간의 목마름이란 충격을 받았다는 신호다. 탄산음료에 든 여분의 당분을 저 애 체내에 반드시 넣어 주어야겠어.

하지만 그 애는 건강해 보였다. 아니, 건강해 보이는 것 이상이다. 벨라는 찬란하게 빛이 났다.

"왜?"

벨라가 물었다. 내가 왜 빤히 쳐다보고 있는지 궁금해서겠지. 웨이트리스는 이미 자리를 뜨고 없다는 게 이제야 어렴풋이 느껴졌다.

"기분 어때?"

내 질문에 그 애는 놀라 눈을 깜빡거렸다.

"괜찮아."

"어지럽거나 토할 것 같거나, 춥거나 하지 않아?"

그러자 벨라는 이제 더욱 당황했다.

"그래야 해?"

"사실 난 네가 쇼크 상태에 빠지길 기다리고 있었는데."

나는 아니라는 대답을 기대하며 한쪽 입가로만 비딱하게 웃었다. 이 애는 남이 보살펴 주기를 바라지 않을 테니까.

그 애는 잠시 생각하다가 대답했다. 눈빛이 약간 멍해졌다. 내가 웃어 줄 때마다 이 애는 가끔 이런 얼굴을 했다. 혹시…… 나한테 현혹된 걸까?

그렇게 생각하고 싶다. 너무나.

"그런 일은 안 일어날걸. 내가 원래 불쾌한 것들을 억누르는 데 매우 뛰어나거든."

그 애는 살짝 숨죽인 소리로 대답했다.

그렇다면 불쾌한 것들을 많이 억누르며 산다는 건가? 이 애 삶은 언제나 이렇게 위험한가?

"그러니까 더더욱 난 네가 당분과 음식을 좀 섭취해야 마음이 놓일 것 같아."

내가 말했다.

웨이트리스는 콜라와 빵 바구니를 가지고 왔다. 그녀는 내 앞에 가져온 걸 내려놓고 주문을 기다리면서 내 눈길을 끌려고 애를 썼다. 나는 웨이트리스에게 벨라의 주문을 받으라고 신호한 다음, 그녀 마음의 소리를 꺼 버렸다. 이 여자는 천박한 마음씨를 지녔군.

벨라는 빠르게 메뉴판을 힐끗 보더니 말했다.

"음……, 저는 버섯 라비올리 주세요."

웨이트리스는 기꺼운 태도로 내게 돌아섰다.

"손님은요?"

"전 됐습니다."

벨라는 가볍게 얼굴을 찌푸렸다. 흐음. 내가 음식을 먹지 않는다는 걸 눈치챈 게 분명하군. 이 애는 모든 걸 다 알아차린다. 그리고 난 이 애 앞에서 조심해야 한다는 걸 항상 잊어버린다.

나는 우리가 다시 둘만 남게 될 때까지 기다렸다.

"마셔."

나는 고집을 피웠다. 그런데 그 애가 곧바로 내 말을 순순히 따르자 놀라고 말았다. 잔을 거의 다 들이킬 정도로 마셨기 때문에, 나는 두 번째 콜라 잔도 그쪽으로 밀어 주며 눈살을 찡그리고 말았다. 목이 마른 건가? 아니면 쇼크 때문인가?

벨라는 음료를 조금 더 마시더니 이내 몸을 한 번 부르르 떨었다.

"추워?"

"콜라 때문에 그래."

대답은 그랬지만 그 애는 또 몸을 떨었다. 파르르 떨리는 입술 사이로 이가 금방이라도 딱딱 맞부딪칠 것만 같았다.

입고 있는 예쁜 블라우스는 너무 얇아서 제대로 몸을 보호해 주지 못했다. 피부처럼 몸에 딱 달라붙은 천 역시 그 살갗만큼이나 약해 보였다.

"겉옷 안 가져왔어?"

"응."

그 애는 살짝 당황한 채 옆자리를 둘러보았다.

"아, 맞다. 제시카 차에 두고 내렸어."

나는 재킷을 벗었다. 이런 행동은 좋은 것이겠지만, 내 체온 때문에 옷이 차갑다고 생각하면 어쩌지. 제발 그렇게 생각하지 말아 주면 좋으련만. 이 애에게 따뜻한 코트를 주었다면 더 좋았겠지. 벨라는 다시금 뺨을 붉히며 나를 빤히 바라보았다. 지금은 또 무슨 생각을 하고 있을까?

나는 테이블 너머로 재킷을 건넸다. 그 애는 곧바로 옷을 걸치더니 다시 한 번 몸을 부르르 떨었다.

그래. 따뜻한 옷이었다면 정말 좋았을 텐데.

"고마워."

벨라는 이렇게 말하고는 심호흡을 한 다음, 본인이 입기에 너무 긴 소매를 쭉 밀어올려 손을 꺼냈다. 그리고 또 숨을 깊이 들이쉬었다.

마침내 우리의 저녁 자리가 시작될 때가 된 건가? 그 애의 혈색은 아직도 좋았다. 진한 파란 블라우스의 색과 대조를 이루는 피부는 크림 빛과 장밋빛이다.

"파란색이 네 피부랑 참 잘 어울린다."

나는 칭찬을 했다. 솔직한 언급이기도 했다.

아파 보이지는 않지만, 그래도 혹시 모르는 일이니까. 나는 빵 바구니를 그 애 쪽으로 밀었다.

"정말로 나는 쇼크 따위 안 일으킬 거야."

벨라는 내 의도를 추측하고는 거절했다.

"일으켜야 정상이야. 정상적인 사람이라면 그게 당연한 거라고. 그런데 넌 크게 놀란 것 같지도 않네."

나는 못마땅한 눈초리로 그 애를 응시했다. 왜 이 애는 평범하지 않은 걸까. 아니, 그런데 나는 이 애가 정말로 평범한 아이였기를 바라는 건 맞나.

"난 너랑 있으면 아주 안전하단 생각이 들거든."

이렇게 설명하는 그 애의 눈망울은 신뢰감이 그득했다. 내가 받을 자격이 없는 신뢰였다.

벨라의 본능은 죄다 틀렸다. 완전 거꾸로다. 이건 심각한 문제다. 인간이라면 마땅히 갖추어야 할 위험 인식 능력이 전혀 없잖아. 정반대의 반응이나 보이고. 도망치기는커녕, 마땅히 무서워야 할 대상에게 이끌려 미적거리다니.

대체 내가 어떻게 벨라를 나로부터 보호한단 말인가? 우리가 둘 다 보호를 원하지 않는 상황인데?

"이건 내 예상보다 훨씬 더 복잡한데."

내가 중얼거린 말이 무슨 뜻일지 벨라가 머릿속으로 이리저리 생각하는 게 보였다. 이 말을 뭐라고 생각할까. 벨라는 브레드스틱을 집어 들고 먹기 시작했지만, 먹는 데 집중하지 않는 것 같았다. 잠시 빵을 씹던 그 애는 생각에 잠겨 한쪽으로 고개를 기울이더니, 아무렇지 않는 어조로 말했다.

"보통 넌 기분이 좋을 때 눈동자 색이 연해져."

그 애가 관찰한 건 있는 그대로의 사실이라 나는 그만 아찔해졌다.

"뭐라고?"

"네가 못되게 굴 땐 언제나 눈동자가 검은 색이야. 그 색이 보이면 나도 마음의 준비를 하지. 내가 세운 가설이야."

벨라는 대수롭지 않게 대답했다. 그렇다면 나름대로 이해해 보려고 이것저것 생각했군. 당연히 그랬겠지. 얼마나 진실에 가까이 다가왔을까. 문득 뼈저리게 공포감이 느껴졌다.

"새로운 가설인가?"

"응, 뭐."

아주 태연자약한 태도로, 벨라는 다시 빵을 씹었다. 마치 지금 이야기하는 상대가 악마가 아니라는 듯, 이야기하는 내용이 악마에 대해서가 아니라는 듯.

"이번엔 좀 더 창의력을 발휘하길 빌어 볼게."

그 애가 아무 말이 없자 나는 거짓말을 했다. 하지만 속으로는 이 말이 틀린 것이었다면, 턱도 없는 소리였다면 얼마나 좋았을까 바라기만 했다.

"혹시…… 아직도 만화책에서 본 캐릭터와 내가 비슷하다고 말하려는 건 아니지?"

"아니야, 만화책에서 아이디어를 얻진 않았지만 그렇다고 나 혼자 생각해 낸 것도 아니야."

"그러면?"

나는 이를 악문 채로 물었다.

벨라는 지금 비명을 지를 만큼 무서워하고 있지 않다. 그랬다면 이토록 차분하게 말하지도 못했을 테지.

그 애가 입술을 깨물며 주저하는 동안, 웨이트리스가 벨라의 음식을 가지고 나타났다. 그녀는 벨라 앞에 접시를 놓고서 나에게 더 주문할 것이 있느냐고 물어보았지만 나는 별 관심을 기울이지 않았다.

난 필요한 건 없다고, 다만 콜라를 더 달라고 했다. 웨이트리스는 벨라의 잔이 빈 것도 눈치채지 못했다.

"무슨 얘기를 하고 있었더라?"

다시 벨라와 나만 남은 자리가 되자마자 나는 불안한 마음으로 재촉했다.

"나중에 차에서 얘기할게."

그 애는 낮은 목소리로 대답했다. 아, 이거 안 좋은데. 다른 사람이 듣는 데서는 생각한 걸 말하고 싶지 않다는 거잖아.

"만일……."

갑자기 벨라가 말을 시작했다.

"조건부야?"

난 너무 긴장한 나머지 으르렁거리다시피 말을 내뱉어 버렸다.

"물론 몇 가지 물어볼 게 있어."

"당연히 그렇겠지."

나는 거친 목소리로 동의했다.

질문을 들어 보면 날 두고 무슨 생각을 하는지 충분히 알 수 있겠지. 하지만 그럼 나는 어떻게 대답해야 하나? 책임감 있게 거짓말을 할까? 아니면 진실을 말해 주어 쫓아 버릴까? 아니면 아무 결정도 내리지 못한 채로, 아무 말도 하지 말까?

웨이트리스가 그 애의 잔에 탄산음료를 채워주는 동안, 우리는 아무 말도 하지 않았다.

"자, 어서 얘기해 봐."

웨이트리스가 떠나자 나는 얼굴을 굳힌 채로 말했다.

"넌 왜 포트 엔젤레스에 온 거야?"

이건 너무 쉬운 질문이었다. 물론 벨라의 입장에서 보자면. 본인의 의도는 아무것도 알 수 없는 질문이지만, 내가 제대로 대답하기엔 너무 많은 걸 누설해 버리는 질문이었다. 우선 이 애가 자기 의도를 먼저 드러내게 만들자. 그래서 나는 이렇게 말했다.

"다음."

"그게 가장 쉬운 질문이야!"

"다음."

굴하지 않고 나는 말했다.

내가 대답하길 거부하자 벨라는 답답해했다. 그 애는 내게서 눈길을 돌리고 음식을 내려다보았다. 그리고 머리로는 열심히 생각하면서, 천천히 한 입 떠넣고 음미하듯 씹었다.

벨라가 먹는 동안, 불현듯 내 머릿속에는 이상한 비유가 떠올랐다. 아주 잠깐, 석류를 손에 들고 있는 페르세포네가 보였다. 석류를 먹어 버려서 스스로를 저승에 갈 운명으로 만들고 만 그리스 신화 속 여신이.

그렇다면 나는 누구인가? 바로 하데스다. 봄날을 탐내다 못해 훔쳐 내고 끝없는 밤의 저주를 내려 버린 자. 그 생각을 떨쳐 내려 했지만 그럴 수가 없었다.

벨라는 콜라를 더 마셔서 씹던 걸 삼키고 난 다음 마침내 날 바라보았다. 가늘게 뜬 두 눈에는 의혹이 서렸다.

그 애가 다시 말을 이었다.

"그럼 좋아. 물론 어디까지나 가설인데 말이지⋯⋯, 누군가는⋯⋯ 사람들의 생각과 마음을 알아차릴 수 있다고 가정해 보자. 물론 몇몇 예외는 있겠지."

다음 질문이 더 나쁠 수가 있었군.

그래서 아까 차 안에서 어설픈 미소를 지었던 거였구나. 이 애는 눈치가 빠르다. 이만큼이나 내 정체를 추측한 사람은 이제껏 아무도 없었다. 물론 칼라일은 예외였다. 칼라일이 눈치챘던 당시에는 오히려 눈치채는 게 당연했다. 처음부터 나는 칼라일의 생각을 듣고 마치 목소리로 들은 것처럼 전부 대답했으니까. 그는 나보다 먼저 내 능력을 알았다.

이 질문은 그리 나쁘지만은 않았다. 내가 어딘가 이상하다는 사실을 이 애는 분명히 알았어도, 생각해 보면 그렇게 심각한 건 아니었다. 따지고 보면 마음을 읽는 능력이란 뱀파이어의 고전적인 특징과는 완전히 거리가 머니까. 나는 그 가설에 맞춰 주기로 했다.

"예외적으로 읽지 못하는 사람은 단 한 명뿐이야. 가설이지만."

나는 말을 보태어 대답했다. 그러자 그 애는 웃음을 참았다. 모호하게나마 진실을 얘기해서 기분이 좋아졌구나.

"좋아, 단 한 명 예외인 사람이 있다는 건 인정할게. 어쨌든 그게 어떤 식으로 그렇게 되는 걸까? 한계는 어디까지지? 어떻게 누군가가…… 또 다른 누군가를 정확하게 딱 필요한 순간에 찾아낼 수 있지? 여자가 곤경에 처한 걸 그 남자가 어떻게 알았을까?"

"가상의 질문이지?"

"그럼."

벨라의 입술이 살짝 실룩였다. 그렁그렁한 갈색 눈망울에서 간절함이 묻어났다.

나는 머뭇거리다 말했다.

"글쎄……. 만일…… 누군가가……."

"그 남자를 '조'라고 부르기로 하자."

이렇게 제안하는 열띤 모습을 보자 웃음을 참을 수가 없었다. 이 애는 정말로 진실을 알면 좋을 거라고 생각하나? 내 비밀이 즐거운 것이었다면 어째서 숨겼겠어?

나는 고개를 끄덕이며 말했다.

"그래, 만일 조가 정신을 바짝 차리고 집중한다면, 굳이 정확한 순간을 따질 필요가 없겠지."

하마터면 오늘 너무 늦을 뻔했다는 생각이 떠올랐다. 난 고개를 저으며 오싹한 마음을 억눌렀다.

"이렇게 작은 도시에서 곤경에 빠질 수 있는 사람은 너밖에 없어. 너 때문에 여기 범죄율이 10년 만에 처음으로 높아졌을걸."

벨라는 입꼬리를 늘어뜨리고 입술을 부루퉁하게 내밀었다.

"우린 지금 가설을 논하고 있다는 걸 잊지 말아 줘."

짜증내는 그 모습에 난 웃어 버렸다.

저 입술이며 피부가…… 정말 부드러워 보여. 보이는 것만큼 촉감도 부드러운지 알고 싶어. 하지만 그건 불가능하겠지. 내 손에 닿으면 이 애는 혐오감을 느낄 테니.

스스로를 너무 심하게 억누르기 전에 난 다시 대화로 돌아갔다.

"맞아, 그렇지. 아예 여자도 '제인'이라고 부를까?"

이제 벨라는 테이블 건너편에서 내 쪽으로 몸을 바짝 기울였다. 장난스러운 기색도, 짜증도 모두 사라진 표정이었다.

"어떻게 알았어?"

그 애는 낮고 강렬한 목소리로 물었다.

이 애에게 진실을 말해야 하나? 말한다면, 또 얼마나?

실은 말하고 싶었다. 이 애의 얼굴에 여전히 드러나는 신뢰감을 받을 만한 존재가 되고 싶었다.

마치 내 생각을 읽을 수 있다는 것처럼, 그 애는 이렇게 속삭였다.

"나는 믿어도 돼. 알잖아."

그러면서 내 앞 텅 빈 테이블 위에 놓인 내 손을 만지려는 듯이 한 손을 뻗었다.

나는 두 손을 얼른 움츠렸다. 얼음장처럼 차갑고 돌처럼 딱딱한 피부에 닿으면 벨라가 무슨 생각을 할까. 너무 싫었다. 그 애는 손을 늘 어뜨렸다.

알고는 있다. 내 비밀을 지켜주겠다는 저 말을 믿어도 된다는 것을. 이 애 마음씨는 아주 고결하고, 속속들이 선하다는 것을. 하지만 내 비밀을 알고서 소름끼치지 않으리라고 믿을 수는 없었다. 당연히 소름끼치겠지. 나의 진실이란 공포 그 자체니까.

"나한테 선택의 여지가 있는지 어떤지 잘 모르겠다."

나는 중얼거렸다. 한때 난 유난히 관찰력이 없다고 벨라를 놀려댄 적도 있었는데. 그때 이 애의 표정을 제대로 파악했더라면, 나 때문에 화났다는 걸 알았을 테지. 뭐, 적어도 틀린 점을 하나 정도는 바로잡을 수는 있겠군.

"내가 틀렸어. 넌 내 생각보다 훨씬 관찰력이 뛰어나군."

그리고 이 애는 깨닫지 못했을지도 모르겠지만, 나는 이미 이 애를 많이 신뢰하고 있었다.

"넌 언제고 틀리는 적이 없다더니."

벨라는 놀리듯 미소를 지으며 말했다.

"전엔 그랬지."

내가 뭘 하는 건지, 예전에는 알고 있었다. 내가 가야 할 길이 뭔지, 예전에는 항상 잘 알았다. 그런데 지금은 모든 게 혼란스럽고 소란하기만 했다. 그렇지만 나는 예전 모습으로 돌아가지 않을 것이다. 벨라의 곁에 있는 것이 혼돈을 의미한다 하더라도.

"너에 대한 내 생각이 틀린 게 또 있어."

나는 계속 이어가며 두 번째로 오해를 바로잡았다.

"넌 사고를 끌어들이는 자석이 아니야. 정의를 크게 넓혀야겠더군. 넌 문제를 끌어들이는 자석이야. 반경 16킬로미터 이내에 위험한 일이 생기면, 반드시 네가 그 중심이지."

왜 하필이면 이 애일까? 대체 이 애는 무슨 짓을 했기에 이런 일을 당하나?

벨라의 얼굴이 다시 진지해졌다.

"그 위험의 범주에 너도 포함시키는 거야?"

이 문제라면 솔직하게 대답하는 게 무엇보다도 중요했다.

"당연하지."

벨라는 약간 가늘게 눈을 떴다. 지금은 수상하게 여기는 기색이 아니라, 이상하게도 걱정하는 표정이었다. 그 입술이 살짝 구부러져 특유의 미소를 지었다. 누군가 고통받는 모습을 보았을 때만 얼굴에 드리워지는 그 나름의 미소였다. 그 애는 천천히, 일부러 다시 테이블에 손을 뻗었다. 나는 몇 센티미터쯤 손을 움츠렸지만, 벨라는 그것도 무시하고 내게 손대기로 마음먹었다. 난 숨을 참았다. 그 향기 때문이 아니라, 갑자기 압도적으로 덮쳐 온 긴장감 때문이었다. 공포심이 몰아쳤다. 내 피부를 만지면 혐오감이 들 거야. 이 애는 도망칠 거야.

벨라는 손끝으로 내 손등을 살며시 어루만졌다. 그 부드러운 온기, 기꺼이 다가오는 손길은 이전에 한 번도 느껴보지 못한 것이었다. 순수한 즐거움이 이런 것일까. 만약 내 속에 품은 공포가 아니었다면, 정말로 순수하게 즐거웠을 테지. 나는 여전히 숨도 못 쉰 채로, 돌 같은 차가운 피부를 만지는 그 애의 얼굴을 지켜보았다.

걱정 어린 그 미소는 이내 더욱 크고 따스한 웃음으로 바뀌었다.

"고마워. 날 구해 준 게 이번이 두 번째네."

벨라는 이렇게 말하며 강렬한 시선으로 나와 눈을 맞추었다.

그 부드러운 손가락은 계속 내 손 위를 노닐었다. 마치 거기 닿아 즐겁다는 듯이 말이다.

나는 최대한 아무렇지 않게 대답했다.

"세 번째는 시도하지 말자. 알겠지?"

그 애는 살짝 얼굴을 찡그렸지만, 고개를 끄덕였다.

나는 벨라에게 잡혔던 손을 뺐다. 그 손길의 느낌이 너무나 절묘했지만, 그 애가 베풀어 준 관용의 마법이 다해서 혐오감으로 변해 버릴 때까지 머뭇거릴 생각은 없었다. 그래서 테이블 밑으로 손을 내렸다.

그리고 그 눈빛을 읽었다. 속마음은 여전히 읽을 수 없었지만, 그 눈에 어린 신뢰와 경이로움이 느껴졌다. 그 순간 깨달았다. 난 이 애의 물음에 대답해 주고 싶어. 의무감에서가 아니었다. 이 애가 날 믿어 주기를 바라서도 아니었다.

이 애가 날 알아주었으면 좋겠어.

"포트 엔젤레스엔 널 따라 온 거야."

입을 열자, 말이 어찌나 빠르게 쏟아지던지 내뱉기 전 따져볼 겨를이 없었다. 진실이 얼마나 위험한지, 내가 어떤 위험을 무릅쓰고 있는 건지는 알았다. 지금 이 애는 부자연스러울 정도로 침착하지만, 언제라도 태도를 바꾸어 히스테리를 일으킬 수 있었다. 그런데 정 반대로, 그렇다는 생각에 말이 더욱 빨라지기만 했다.

"나도 특정인을 살려 두기 위해 노력해 본 적은 처음인데, 생각보다 많이 골치 아프더군. 아마도 그건 상대가 바로 너이기 때문일 거야. 평범한 사람들은 그렇게 엄청난 재앙을 안 겪고도 하루하루 잘만 살거든."

나는 그 애가 대답하길 기다리며 지켜보았다.

벨라는 더 크게 미소를 지었다. 그 맑고도 어두운 눈망울이 그 어느 때보다도 한층 더 깊어졌다.

방금 자기를 스토킹했다고 시인한 건데, 미소를 짓다니.

"처음에 차사고 났을 때 내 명은 거기서 끝이 난 건데, 네가 운명을 거역하고 있다는 생각은 해본 적 없어?"

그 애가 물었다.

"그게 처음이 아니었어."

나는 짙은 밤색 테이블보에 눈을 내리깔고 말했다. 수치심에 어깨를 푹 숙인 채였다. 장벽이 무너진 자리로, 진실이 여전히 멋대로 쏟아져 나왔다.

"네 생명은 처음 내가 널 만났을 때 끝날 뻔했거든."

사실이었다. 그래서 화가 났다. 나는 이 애의 인생에 놓인 단두대의 칼날과도 같았다. 이 애가 말한 대로, 운명이 그렇게 날 정해 놓았다는 듯이, 그 잔혹하고 부당한 운명이 이 애에게 죽음을 선고했다는 듯이. 나는 원치 않아도 그 도구가 됐음을 증명했다. 만약 운명의 여신이 인간의 형상을 가졌다면, 질투에 가득 찬 흉측한 노파이자 복수심에 불타는 잔인한 괴물처럼 생겼으리라.

이 상황을 책임지라며 내가 탓할 무언가가, 누군가가 있기를 바랐다. 그러면 구체적으로 내가 맞서 싸울 실체가 있는 것이니까. 뭐라도 좋으니 무언가를 부수고 싶었다. 그러면 벨라는 안전해질 수 있을 텐데.

벨라는 매우 조용했다. 호흡이 빨라진 채였다.

나는 고개를 들고 그 애를 보았다. 마침내 예상했던 공포심을 보게 되겠지. 방금 내가 하마터면 자기를 죽여 버릴 뻔 했다고 시인하지 않았던가? 그 몸에서 생명을 앗아갈 정도로 가까이 다가왔던 승합차보다 내가 더 위험한 존재였는데. 그럼에도 그 얼굴은 여전히 침착했고, 가느다란 눈초리에는 걱정만이 그득했다.

"기억 나?"

"그래."

벨라는 흔들림 없이 무덤덤한 목소리로 말했다. 그 깊은 눈망울은 다 알고 있다는 기색이었다.

알면서도, 내가 자기를 죽이고 싶어 했다는 걸 알면서도, 왜 비명을 지르지 않지?

"그런데도 넌 지금 여기 앉아 있네."

나는 행동에 내재된 모순을 지적했다.

"그래. 난 여기 앉아 있어……, 네 덕분에."

그 표정이 바뀌었다. 이제는 호기심을 내비치며, 그 애는 갑자기 대화 주제를 바꾸었다.

"영문은 몰라도 네가 오늘 나를 어떻게 찾아낼지 알고 있었기 때문이잖아……."

어쩔 줄 모른 채로, 나는 벨라의 생각이 들리지 않도록 날 가로막는 장벽을 다시금 밀어대며 그 속마음을 필사적으로 이해하려 들었다. 논리적으로 전혀 말이 되지 않잖아. 이토록 명백한 진실이 눈앞에 떡 하니 드러났는데, 어떻게 다른 생각을 해댈 여유가 있을까?

벨라는 오로지 호기심만을 내비치며 기다렸다. 저 창백한 피부를 좀 봐. 물론 저 애 피부는 원래 저런 색이지만, 그래도 걱정이 됐다. 앞에 놓인 음식에는 거의 손도 대지 않은 채였다. 내가 계속 너무 많은 말을 한다면, 분명히 나중에는 충격을 받을 테지. 그러면 뭔가 완충장치가 필요할 거야.

나는 조건을 붙였다.

"넌 어서 먹어. 그러면 이야기할게."

벨라는 아주 잠깐 내 조건을 생각한 다음 아주 빠른 속도로 음식을 한 입 먹었다. 그걸 보자 차분한 겉모습과는 다른 속마음이 보였다. 눈에는 많이 드러나지 않았지만, 속으로는 내 대답을 듣고 싶은 마음이 간절했구나.

"네 자취를 계속 뒤쫓는 건 생각보다 힘들었어. 원래 내가 일단 마음을 읽은 사람들을 찾아내는 건 보통은 아주 쉬운 일이거든."

이렇게 말하며 벨라의 얼굴을 유심히 지켜보았다. 추측이야 얼마든지 할 수 있지만, 그게 확실해지는 건 또 다른 문제다.

그 애는 멍한 눈빛으로 꼼짝도 하지 못했다. 이제 나타날 공포심을 예상하면서 나도 모르게 이를 악물었다.

하지만 벨라는 다시금 눈을 깜빡이더니, 음식을 꿀꺽 삼키고는 재빨리 입에 음식을 넣었다. 어서 이야기하라는 뜻이군.

나는 말을 이었다. 한 마디 한 마디씩 받아들이는 그 얼굴을 바라보면서.

"대신 제시카를 이정표로 삼았어. 하지만 걔를 주의 깊게 보지는 않았어. 아까도 말했지만 포트 엔젤레스에서 문제를 겪을 사람은 너밖에 없으니까 말이야."

이 말을 어쩔 수 없이 덧붙이고 말았다. 이 애는 다른 인간의 삶에서 죽을 뻔한 경험이 그렇게 많이 일어나지는 않는다는 걸 알고는 있을까? 아니면 혹시 자신에게 계속 이런 일이 일어나는 게 정상적이라고 여기나?

"그런데 처음엔 너만 혼자 떨어져나간 걸 알아차리지 못했어. 네가 친구들과 같이 있지 않다는 걸 알고나서는 제시카의 생각 속에서 본 서점으로 가서 너를 찾아보려고 했지. 그런데 네가 거기 들어가지도 않고 남쪽으로 간 걸 알게 됐어. 네가 곧 되돌아올 거라고 짐작했기 때문에 너를 마냥 기다리면서, 거리에 지나다니는 사람들의 생각을 무작위로 살폈지. 혹시 너를 알아본 사람이 있으면 네 행방을 알게 될 테니까 말이야. 걱정할 이유가 없었는데…… 아까는 이상하게도 초조했어……."

그 당시의 공포감이 떠오르자 숨이 가빠왔다. 그 애의 향기가 내 목구멍에 확 스쳤다. 하지만 오히려 기뻤다. 고통이 느껴진다는 건, 이 애가 살아있다는 거니까.

내 말이 잘 이해가 됐으면 좋겠는데. 아무리 들어도 무슨 말인지 어리둥절해질 만한 내용이긴 하지만.

"계속 귀를 기울이면서…… 반경을 넓혀 차를 몰고 널 찾아다니기 시작했어. 드디어 해까지 저물어서, 아무래도 차에서 내려 나도 걸어다니며 찾아봐야겠다고 생각했지. 그러다가……."

당시의 기억이 나를 덮쳤다. 또 그 순간으로 돌아간 것처럼 기억은 더없이 뚜렷하고도 생생했다. 그때처럼 사람을 죽이고픈 분노가 온몸을 훑으며 얼음처럼 날 굳혀 버렸다.

그놈이 죽기를 바란다. 그는 죽어 마땅했다. 테이블에 가만히 앉아 있자고 정신을 집중하는 동안, 턱이 꽉 굳어 버리고 말았다. 벨라는 아직도 내가 필요해. 그게 중요한 거라고.

"그러다가 뭐?"

그 애는 짙은 색 눈을 커다랗게 뜨며 속삭였다.

"놈들이 생각하는 걸 들었어."

나는 이를 악물고 말했다. 어쩔 수 없이 말에 으르렁거리는 투가 섞여 나와 버렸다.

"놈들 마음속에 들어 있는 네 얼굴이 보이더군."

아직도 어딜 가면 그놈들을 찾을 수 있는지 정확히 알고 있었다. 밤하늘보다 더 어두운 음침한 생각들이 나를 마구 끌어 댔다.

난 얼굴을 가렸다. 지금 내 표정은 사냥꾼이자 살인자 같다는 걸 알고 있었으니까. 스스로를 제어하기 위해서, 눈을 감고 떠오르는 벨라의 모습에 집중했다. 섬세한 뼈대, 창백하고 얇은 피부 막. 마치 유리 위에 드리워진 비단처럼 놀라우리만큼 부드럽고, 아주 쉽게 깨져 버릴 것만 같은 그 모습. 그 애는 이 세상에 존재하기에는 너무나 연약하다. 그래서 보호자가 필요했다. 그런데 대체 무슨 비뚤어진 운명의 장난인지, 그나마 이 애의 보호자라고 할 수 있는 존재가 바로 나였다.

나는 이 애가 이해할 수 있도록 나의 폭력적인 반응을 애써 설명했다.

"넌 아마 상상도 못하겠지만 놈들을…… 살려둔 채 너만 데리고 그곳을 떠나는 건…… 정말 힘겨운 일이었어. 제시카랑 앤젤라와 함께 널 보낼 수도 있었지만, 널 보내고 내가 홀로 남으면 놈들을 뒤쫓아 가게 될 것 같아 두려웠어."

오늘 밤에 두 번째로, 나는 계획 살인을 저지르려 했다고 고백했다. 그래도 이번 것은 방어할 말이 있기는 했어도.

내가 스스로를 제어하려고 몸부림치는 동안, 벨라는 아무 말도 없었다. 그 심장 소리를 들어 보았다. 박동은 불규칙했지만, 시간이 지나 천천히 느려지더니 다시 안정적으로 변했다. 호흡도 낮고 고르게 유지됐다.

현재 나는 위기 상태나 다름없었다. 먼저 이 애를 집에 데려다주어야겠지. 그다음엔…….

그다음엔 그놈을 죽여 버릴까? 벨라가 나를 믿어 주고 있는데, 난 다시 살인자가 되는 걸까? 이런 날 막을 방법은 정녕 없을까?

이 애는 약속했었다. 둘만 있게 되면 자신이 세운 최신 가설을 이야기해 주겠다고 말이다. 그걸 듣고 싶지 않아? 물론 간절히 듣고 싶다. 하지만 이런 내 호기심을 충족시켜 봤더니, 차라리 모르니만 못한 상황으로 나빠지는 건 아닐까?

어쨌든 벨라는 하룻밤 치의 진실은 충분히 알았다. 이만하면 됐어.

나는 다시 그 애를 바라보았다. 그 얼굴은 전보다 창백했지만, 여전히 침착했다.

"집에 갈 준비 됐니?"

"준비 됐어."

내 물음에 그 애는 조심스럽게 말을 골라 대답했다. 마치 응, 이라고 간단하게만 말하면 자신의 의도를 전부 드러낼 수 없다는 듯이.

너무 답답하다.

웨이트리스가 돌아왔다. 사실 그녀는 이제껏 칸막이의 반대편에 서서 머뭇거리며 나에게 뭘 더 해 줄 수 있을까 고민하다가 벨라의 마지막 말을 들었다. 난 그녀가 내게 주려고 마음먹은 것들을 몇 가지 보고 나서 쩨려봐 주고 싶었다.

웨이트리스가 물었다.

"필요한 거 있으세요?"

"계산서 부탁드립니다."

나는 벨라에게서 눈을 떼지 않은 채로 말했다.

웨이트리스의 호흡이 순간 빨라졌다. 벨라의 표현을 빌자면, 내 목소리에 현혹된 거다.

그 순간 깨달았다. 이 하찮은 인간의 머릿속에서 들려오는 나의 목소리를 들었던 순간, 어째서 오늘밤 유독 내가 이토록 많은 눈길과 찬사를 받는 것인지, 왜 평소에 나타나던 공포심이 이들에게 보이지 않는 건지 그 이유를 알았다.

바로 벨라 때문이었다. 그 애에게 안전한 존재가 되려고, 덜 무섭고, 더욱 인간에 가까운 존재가 되려고 아주 열심히 노력한 나머지 나는 포식자의 우위성을 완전히 상실해 버리고 만 것이다. 내게 내재된 공포를 아주 조심스럽게 통제하는 바람에, 다른 인간들은 나의 아름다움만을 보게 됐다.

나는 웨이트리스를 올려다보며, 그녀가 정신을 차리기를 기다렸다. 왜 이러는지 이유를 알자 다소 우스웠다.

"무, 물론이죠. 여기 있어요."

그녀는 계산서 뒤에 슬그머니 끼워둔 명함을 생각하며 나에게 집게판을 건네주었다. 명함에는 그녀의 이름과 전화번호가 적혀 있었다.

그래, 이건 상당히 웃기네.

돈은 이미 준비해 두었다. 그리고 돈을 끼워 판을 곧장 돌려주었다. 그러니 애초에 결코 걸려오지 않을 내 전화를 기다리며 시간 낭비할 일은 없겠지.

"잔돈은 됐습니다."

나는 그녀에게 말했다. 연락처를 주지 못해 실망했겠지만, 대신 팁

액수로 마음을 달랠 수 있다면 좋겠군.

나는 자리에서 일어섰다. 벨라는 재빨리 나를 따랐다. 그 애에게 손을 내밀어 주고 싶었지만, 오늘밤 내 몫의 행운을 너무 과하게 바라는 게 아닌가란 생각이 들어 그만두었다. 웨이트리스에게 고맙다는 말을 하면서도 나는 벨라의 얼굴에서 눈길을 떼지 않았다. 벨라는 무언가 재미있는 걸 발견한 모양이었다.

감히 용기를 내어 벨라 곁에 바짝 붙어 걸어 보았다. 그 애의 따스한 온기가 마치 진짜 몸이라도 닿은 것처럼 내 왼편에 확 느껴졌다. 문을 열어 주자, 벨라는 조용히 한숨을 쉬었다. 대체 뭘 후회하기에 한숨을 쉬는 걸까. 벨라의 눈을 지그시 바라보자, 그 애는 갑자기 민망한 듯 바닥으로 눈길을 내리깔았다. 난 더욱 궁금해졌지만, 그래서 더더욱 물어볼 수가 없었다. 우리 사이의 침묵은 계속 이어져서, 내가 조수석 문을 열어 준 다음 차에 탈 때까지도 깨지지 않았다.

나는 히터를 켰다. 따뜻했던 날씨가 갑자기 추워졌기 때문이다. 싸늘한 차안이 불편할 테지. 벨라는 내 재킷 안으로 몸을 움츠리면서 입술에 자그마한 미소를 띠었다.

나는 산책로의 불빛이 보이지 않게 될 때까지 대화를 미루며 기다렸다. 이러니까 우리 둘이서만 있다는 게 더욱 실감이 났다.

이러는 게 옳은 일일까? 차 안은 아주 좁았다. 벨라의 향기가 열풍의 기류를 타고 요동치며 점점 짙어졌다. 그 향기는 점점 자라나 무시할 수 없는 힘이 됐다. 마치 이 차 안에 있는 제3의 존재, 그것도 자신을 인정하라고 요구하는 존재인 것 같았다.

그 향기는 존재감을 인정받았다. 내 몸이 불타올랐으니까. 하지만 그 불길은 감당할 수 있었다. 묘하게도 내게 적합한 불길이었으니까.

나는 오늘 너무 많은 선물을 받았다. 그것도 예상보다 더욱 많이 말이다. 게다가 벨라는 여전히 기꺼운 마음으로 내 옆에, 함께 있었다. 그러니 나도 대가를 치러야 했다. 나 자신을 희생 제물로, 번제로 바치자.

계속 이 상태일 수 있다면, 계속 불타오르기만 하고 더 이상 아무 반응도 없다면 얼마나 좋을까. 하지만 입에는 독액이 차올랐고, 근육은 기대감에 긴장해 버렸다. 마치 사냥할 때처럼.

이런 생각을 머릿속에서 몰아내야 한다. 어떻게 하면 이 마음을 흐트러뜨릴 수 있을지 나는 알고 있다.

두려웠다. 벨라의 대답 때문에 내 몸에 타오르는 불길의 이점마저 없어질지도 모르는 일이니까. 그래도 나는 말했다.

"이젠 네 차례야."

10

가설

———◆———

"하나만 더 물어봐도 돼?"

벨라는 내 요구에 대답하는 대신 그렇게 애원했다.

나는 안절부절못하며 최악의 상황이 올까 걱정하는 중이었다. 그런데도 이 순간을 연장하고 싶은 마음이 어찌나 유혹적으로 다가오던지. 이 애와 함께 있을 수 있다면, 그게 단 몇 초뿐이라 해도 기꺼이 받아들이자. 마음 속 딜레마에 한숨을 내쉬고 나서 말했다.

"하나만."

"있지……."

그 애는 어떤 질문을 할까 결정하지 못한 것처럼 잠시 머뭇대다 말했다.

"내가 서점에 들어가지 않고 남쪽으로 갔다는 걸 너도 알았다고 했잖아. 어떻게 알았는지 궁금해."

나는 앞 유리창을 노려보았다. 이 질문 역시 그 애에 대해서는 아무것도 드러나지 않지만 나는 너무 많은 걸 드러내야 하는 질문이었다.

"뭐든 회피하는 단계는 지났다고 생각했는데."

벨라는 비난에다 실망까지 담긴 목소리로 덧붙였다.

참 아이러니하네. 철저히 회피하고 있는 게 누군데. 심지어 아무런 노력 없이도 내게 생각을 닫아 버리면서.

어쨌든 이 애는 내가 직설적으로 이야기해 주기를 바라고 있다. 그러니 이 대화는 결코 좋은 쪽으로 흘러가진 않을 테지.

"알았어. 네 체취를 따라간 거야."

결국 이렇게 대답해 버렸다. 벨라의 얼굴을 보고 싶었지만, 어떤 표정을 보게 될지 무서웠다. 그래서 대신 숨소리를 귀 기울여 들었다. 호흡이 가빠졌다가 다시 제 빠르기로 돌아온다. 잠시 후 다시 들려온 목소리는 예상보다 더욱 안정적이었다.

"그리고 내가 처음 물어본 것에 대해서도 넌 대답하지 않았어……."

그 말에 나는 눈살을 찌푸리며 그쪽을 내려다보았다. 자기도 교묘하게 발뺌하고 있으면서.

"무슨 얘기야?"

벨라는 식당에서 했던 질문을 다시 반복했다.

"사람 마음을 어떻게 읽느냐고 내가 물었잖아. 어디서든, 누구의 마음도 읽을 수 있는 거야? 어떻게? 너희 가족들도 가능해……?"

그 애는 말꼬리를 흐리며 또 얼굴을 붉혔다.

"질문이 하나가 아니잖아."

내 말에도 그 애는 그저 날 바라보며 대답을 기다렸다.

생각해 보면 말하지 못할 이유는 없지 않나? 이 애는 이미 내용을 대부분 짐작하고 있다. 이건 위험스레 도사리고 있는 진짜 주제보다야 훨씬 쉽게 말할 만한 것이다.

"먼저, 그럴 수 있는 건 나뿐이야. 그리고 거리나 대상에 상관없이 마음을 읽을 수 있는 것도 아니고. 꽤 가까이 가야 하거든. 다른 사람보다 익숙한 사람의 목소리라면 좀 멀더라도 들을 수 있지. 하지만 그래봤자 3, 4킬로미터가 고작이야."

어떻게 설명해야 이 애가 잘 이해할 수 있을지 애써 생각해 보았다. 무엇에 빗대어 말해야 좋을까.

"커다란 연회실 같은 데서 사람들이 모여 동시에 말하는 걸 듣는 것과 좀 비슷해. 처음엔 웅성웅성하는 배경음으로만 들리지. 그러다 한 목소리에 집중하면 그들이 무얼 생각하는지 명확해져. 대부분 나는 그 소리를 차단해 버려. 다 듣고 있으면 굉장히 정신이 산만해지니까. 그러면 평범한 인간인 척하기가 쉬워지지. 내가 그들의 말이 아닌 생각에 우연히 대답하지만 않는다면 말이야."

나는 화난 눈초리로 말을 끝맺었다.

"내 생각은 읽어 내지 못하는 이유가 뭐라고 생각해?"

그 애가 궁금해 했다. 그래서 또 비유를 들어 진실을 말해 주었다. 솔직히 시인한 것이다.

"모르겠어. 아마 네가 생각하는 방식이 다른 사람들이랑 다르기 때문이라고 추측만 할 뿐이야. 네 생각은 AM 주파수인데 나는 FM 주파수만 포착하는 식이지."

이 말이 나오자마자 난 깨달았다. 이런 비유를 맘에 들어 하지 않으리라는 것을. 벨라의 반응을 기대하자 미소가 지어졌다. 애 반응은 나를 실망시키는 법이 없으니까.

벨라가 목소리를 높여 물었다.

"그거, 내가 생각하는 방식이 옳지 않다는 듯이니? 내가 괴짜라는 거야?"

아, 역시 아이러니하군.

"나는 마음의 소리를 듣는 존재라고 밝혔는데, 지금 넌 내가 아니라 네가 괴짜라고 생각하며 걱정하는 거야?"

나는 웃었다. 이 애는 사소한 것들은 전부 알아채면서, 정작 알아채야 하는 커다란 문제들은 전혀 보질 못한다. 언제나 잘못된 본능을 따라가는군.

벨라는 미간을 찌푸린 채 입술을 깨물고 있었다.

"걱정하지 마. 그냥 가설일 뿐이니까……."

나는 그 애를 달랬다. 게다가 우리에겐 논의해야 할 더 중요한 가설이 남아 있다. 어서 그걸 듣고 싶어 조바심이 났다. 매 초마다 점점 더 시간이 제멋대로 흘러가 버리는 것만 같았다.

"가설 이야기가 나왔으니 네 얘기로 되돌아가자."

그러자 벨라는 입술을 깨문 채로 한숨을 쉬었다. 그러다 입술이 다칠까 걱정되네. 그 애가 고민이 가득한 얼굴로 내 눈을 빤히 바라보았다.

"뭐든 회피하는 단계는 지났다며?"

내가 조용히 물었다.

그 애는 눈을 내리깐 채로 내면의 딜레마를 애써 극복해 보려 했다. 그러다 갑자기 몸을 굳히며 눈을 휘둥그레 떴다. 처음으로 그 얼굴에 공포가 번뜩였다.

"맙소사!"

벨라가 숨을 헉 들이키는 순간 난 겁에 질리고 말았다. 뭘 본 거지?

내가 이 애를 무섭게 했나?

　조금 뒤 그 애가 소리쳤다.

　"속도를 늦춰!"

　"왜 그래?"

　대체 뭐가 이토록 무서운 건지 이해가 되지 않았다.

　"시속 160킬로미터로 달리고 있잖아!"

　벨라는 내게 고함을 질렀다. 그리고 창밖을 내다보다가, 우리 옆을 휙휙 스쳐가는 나무들을 보고서 몸을 움츠렸다.

　이런 사소한 일로, 조금 빨리 달렸다 해서 겁에 질려 소리를 지르는 거야?

　어이가 없어서 눈을 흘겼다.

　"긴장 풀어, 벨라."

　"우리 둘 다 죽게 만들려는 거야?"

　그 애가 목소리를 높여 다급히 물었다.

　"자동차 사고 따윈 나지 않아."

　나는 장담했다. 그 애는 숨을 훅 들이키고서 좀 더 진정된 어조로 말했다.

　"그렇게 서두르는 이유가 뭔데?"

　"난 늘 이렇게 운전해."

　난 벨라와 눈을 마주치며 말했다. 충격받은 표정이 재미있었다.

　"딴 데 보지 마!"

　그 애가 소리쳤다.

　"난 한 번도 교통사고 난 적 없어, 벨라. 범칙금 딱지도 받은 적 없지. 내장형 감지기가 들어 있거든."

나는 벨라를 보고 씩 웃으면서 이마를 툭툭 쳤다. 이러니까 상황이 더욱 우스워졌다. 비밀스럽고 이상한 것을 두고 이 애와 농담을 할 수 있다니, 말도 안 되는 상황 아닌가.

그러자 그 애는 비꼬듯 말했다. 하지만 화가 났다기보다는 무섭다는 기색이 더 강한 목소리였다.

"우습기도 하겠다. 찰리가 경찰이란 거 잊었어? 나는 교통법규를 지키라고 배우며 자랐어. 게다가 이 볼보가 나무 밑동에 부딪혀 휴지 조각이 되더라도 너는 아마 멀쩡하게 걸어 나오겠지."

"아마도."

나는 벨라의 말을 반복해서 말하며 씁쓸하게 웃었다. 그래, 자동차 사고가 난다면 우리는 서로 다른 행동을 보일 것이다. 내가 제아무리 운전을 잘한다지만 이 애가 무서워하는 것 역시 정당한 일이다.

"하지만 넌 아니겠지."

나는 한숨을 쉬고서 차가 느릿느릿 기어간다 싶을 정도로 속력을 늦추었다.

"됐니?"

그 애가 속도계를 바라보더니 말했다.

"그럭저럭."

이 정도도 빠르다는 건가?

"나는 느리게 운전하는 게 싫어."

투덜거리긴 했지만, 난 다시 속도를 줄이고 말았다.

"이게 느린 거야?"

"잔소리는 그만해."

벨라의 말을 나는 조급하게 맞받아쳤다. 내 질문을 피한 게 몇 번째

나 됐지. 세 번? 네 번인가? 이 애가 하는 추측이 그 정도로 끔찍해서일까? 난 알아야 했다. 그것도 당장.

"난 아직 네 최근 가설을 기다리고 있으니까."

내 말에 그 애는 입술을 깨물었다. 표정은 불안하다 못해 고통스러워 보였다.

조급한 마음을 누르고서 나는 부드러운 목소리를 냈다. 이 애가 괴로워하는 건 싫으니까.

"웃지 않을게."

이렇게 약속은 했지만, 속으로는 이 애가 말하지 못하는 이유가 그저 민망해서이기만을 바라고 있었다.

"난 네가 화낼까 봐 그게 더 걱정인데."

벨라가 속삭였고 나는 억지로 평온한 목소리를 냈다.

"그렇게 심한 얘기야?"

"그렇다고 할 수 있지."

그 애는 눈을 내리깔고서 내 시선을 피했다. 그 상태가 잠시 이어졌다.

"어서 해 봐."

내가 말을 걸자 그 애는 작은 소리로 말했다.

"어떻게 시작해야 좋을지 모르겠어."

"처음부터 시작하면 되잖아. 너 혼자 생각해 낸 얘기는 아니라고 했지?"

저녁 식사 자리에서 했던 말을 떠올리며 물었다.

"응."

벨라는 고개만 끄덕였을 뿐, 말을 더 이어가지 않았다.

대체 뭘 보고 떠올린 생각이기에 이러는 걸까.

"어디에서 착안한 건데? 책? 영화?"

이 애가 집을 비웠을 때 방에 들어가서 소지품을 살펴볼 걸 그랬군. 《드라큘라》의 작가 브램 스토커나 《뱀파이어와의 인터뷰》를 쓴 앤 라이스의 소설책이 그 낡은 책더미 사이에 끼어 있었을까.

"아니야. 토요일에 해변에서 시작됐어."

그 애의 말은 예상 밖이었다. 우리 가족을 두고 떠드는 항간의 소문들 중 심하게 이상한 것들은 없었는데. 진실을 정확하게 짚어 낸 적도 없었고. 혹시 내가 미처 못 들은 새로운 소문이 있었을까? 벨라는 손을 내려다보다 말고 고개를 살짝 들었고, 곧 내 얼굴에 나타난 놀라운 기색을 읽은 듯했다.

"제이콥 블랙이라고, 옛날부터 알던 친구를 우연히 만났어. 내가 아기였을 때부터 그 애 아버지와 찰리는 친구였거든."

제이콥 블랙……. 들어 본 적 없는 이름이었지만 무언가 알 것 같기도 한……, 언젠가 아주 오래 전……. 나는 기억을 더듬어 연결점을 찾아내면서 앞 유리창을 응시했다.

"제이콥 아버지는 퀼렛 부족 원로셔."

벨라가 말했다.

제이콥 블랙. 에프라임 블랙. 그의 후손이 분명하군.

상황은 최악이라고 할 수 있을 정도로 변했다.

이 애는 진실을 알고 있다.

차가 도로의 어두운 커브길을 빠르게 도는 동안, 머릿속은 방금 벌어진 일이 불러온 파문을 빠르게 파헤쳤다. 몸이 고뇌로 뻣뻣하게 굳어 버려서, 운전에 필요한 최소한의 반사적인 행동을 하는 것 외에는 전혀 움직이지 않았다.

벨라는 진실을 알고 있다.

하지만…… 그렇다면 토요일부터 알고 있었다는 뜻인데……. 오늘 저녁 내내 알고 있었다는 거잖아. 그런데도…….

그 애가 말을 이었다.

"우린 같이 산책을 했어. 나를 겁먹게 하려고 걔가 옛날부터 내려오는 전설을 얘기하기 시작했는데……."

벨라는 말을 하다 말았지만, 더이상 거리낄 필요도 없었다. 이젠 무슨 말을 할지 알고 있었으니까. 아직 풀리지 않은 수수께끼란 단 하나밖에 없었다. 그렇다면 이 애는 지금 왜 나와 함께 여기 있는 것일까.

"계속해."

"뱀파이어 이야기도 있었어."

그 애가 숨을 내쉬며 말했다. 뱀파이어란 말은 속삭임보다 더 작게 들렸다.

벨라의 목소리로 그 말을 들었다는 게, 어쩐지 벨라가 사실을 알고 있다는 것보다 더 나쁘게 느껴졌다. 그 소리를 듣자 몸이 움찔거렸지만 이내 다시 자제력을 되찾고 나는 물었다.

"그랬는데 곧장 내 생각이 난 거야?"

"아니. 제이콥이…… 너희 가족 얘기를 꺼냈어."

정말 아이러니하군. 에프라임이 절대로 어기지 말자고 맹세한 조약을 깨 버린 게 그의 자손이라니. 손자인가? 아니, 증손자일 수도 있겠군. 그 후로 몇 년이 지났지? 70년이던가?

진작 깨달았어야 했다. 위험한 건 그 전설을 믿은 노인들이 아니었다. 위험한 쪽은 당연히 젊은 세대였다. 경고를 받긴 했지만 옛날 옛적 미신이라 치부하며 웃어넘기는 이들이야말로 위험하다는 걸 고스란히 보여 주는 증거가 여기 있었다.

그렇다면 이제 해안선에 사는 작고 무방비한 부족을 마음껏 도륙해도 된다는 뜻 아닐까. 내 마음은 그쪽으로 기운 상태였다. 에프라임과 그의 보호자 무리들은 이미 죽은 지 오래다.

"제이콥은 그냥 다 우스운 미신이라고 말했어. 내가 특별히 달리 생각할 거라곤 상상도 못 했을 거야."

벨라가 불쑥 말했다. 새로운 걱정으로 날이 선 그 목소리는 마치 내 생각을 읽어 낸 것만 같았다.

곁눈질로 바라보니, 그 애는 불편한 기색으로 손을 배배 꼬며 잠깐 말을 멈췄다가 다시 이었다.

"전부 내 잘못이야."

그러더니 이제는 부끄러운 듯 고개를 푹 숙이고 말했다.

"내가 이야기를 유도했거든."

"왜?"

이제는 목소리를 차분하게 가다듬기가 어렵지 않았다. 최악의 상황은 이미 지났으니까. 우선 자세한 이야기를 있는 대로 밝혀 보기로 하자. 이 대화의 결과로 곧바로 넘어갈 필요는 없을 것이다.

"로렌이 나한테 시비를 걸 생각이었는지 네 얘기를 꺼냈어."

기억을 떠올리며 그 애는 살짝 얼굴을 찡그렸다. 나는 궁금해진 나머지 골똘히 생각해 보았다. 대체 누가 나에 대해서 뭐라 했기에 벨라가 화가 났을까.

"그랬더니 가장 나이 많은 인디언 남자애가 너희 가족은 보호구역에 들어올 수 없다고 했는데, 나한텐 뭔가 다른 의미가 더 있다는 식으로 들렸어. 그래서 제이콥을 혼자만 따로 불러내 속임수로 이야기를 유도한 거야."

벨라는 자기가 한 일을 시인하고서 고개를 더 푹 숙였다. 그 표정에는…… 죄책감이 어려 있었다.

난 그만 시선을 돌리고서 크게 웃어 버렸다. 몹시도 낯선 웃음이었다. 이 애가 죄책감을 느낀다고? 대체 무슨 비난받을 짓을 했다고 죄책감 같은 걸 느끼지?

"어떻게 속였는데?"

"내가 관심 있는 척 추근댔어. 그런데 생각보다 훨씬 잘 먹히더라."

그 애는 자신의 성공담을 떠올리면서 믿을 수 없다는 표정으로 내게 설명했다.

이제야 이해가 가는군. 직접 보지 않았지만 아무것도 모르면서 발산하는 이 애의 매력이 평소 남자들에게 얼마나 위력적인지 생각해 봤을 때, 마음먹고 매력적으로 행동했을 때는 얼마나 압도적이었을까. 순간 벨라의 너무나도 강렬한 매력에 아무것도 모른 채 빠져 버린 소년에게 크나큰 연민이 느껴졌다.

"나도 구경했으면 좋을 걸 그랬네."

난 이렇게 말하고서 다시 음울하게 웃었다. 그 남자애의 속마음을 들었다면 좋았을 텐데. 그 참상을 직접 목격하는 건 또 어땠을까.

"나더러 사람들을 현혹시킨다고 비난하더니만. 가엾은 제이콥 블랙."

내 정체를 드러내 버린 그 남자애에게 화가 나야 정상일 텐데 화는 나지 않았다. 잘 몰라서 그랬던 거니까. 그리고 이 애가 원하는 게 있다고 하는데 어떻게 거절할 수 있었겠어. 불가능한 일이다. 오히려 벨라 때문에 마음의 평화가 깨져 버린 그 남자애가 얼마나 큰 피해를 입었을지 동정심만 들 뿐이었다.

우리 사이의 공기를 통해 벨라의 뺨이 달아오른 게 느껴졌다. 슬쩍 보니 그 애는 창문을 바라보고 있었다. 그 이후엔 말을 잇지 않았다.

"그래서 그 다음엔?"

나는 재촉했다. 무서운 이야기를 계속 들어야 할 시간이니까.

"인터넷으로 조사를 좀 했어."

참으로 현실적인 방법이군.

"결과가 그럴듯했어?"

"아니. 하나도 안 맞더라. 대부분은 다 우스꽝스러운 내용이었어. 그래서……."

그 애는 또 말꼬리를 흐렸다. 이를 악무는 소리가 들렸다.

"뭔데?"

나는 다그쳤다. 뭘 알아낸 걸까? 이 끔찍한 악몽을 이 애는 대체 어떻게 이해했을까?

잠시 말이 없던 벨라가 드디어 입을 열어 속삭였다.

"상관없다는 결론을 내렸어."

충격이 너무 컸던 나머지 반 초 가량 생각이 정지해 버렸다. 그러고서야 마침내 아귀가 맞아들어 갔다. 왜 오늘밤 친구들과 함께 도망치지 않고 오히려 걔들을 먼저 보내 버렸는지. 왜 비명을 지르며 경찰을 찾아 도망치는 대신 내 차에 올라탔는지.

이 애의 반응은 언제나 틀렸다. 언제건 완벽하게 틀리기만 한다. 위험을 자초하는 애였다. 위험에게 어서 오라 손짓하는 애였다.

"상관이 없다고?"

나는 이를 악문 채 되물었다. 속에서 분노가 차올랐다. 그럼 대체 어떻게 보호하라는 거야? 이토록…… 너무나…… 어이없을 만큼 자신을 지킬 생각이 없는 이 애를.

"응. 네 정체가 뭐든 나는 상관없어."

그 애는 이상하리만큼 부드럽고 낮은 목소리로 말했다.

말도 안 돼.

"내가 괴물이라도 상관없단 뜻이야? 내가 인간이 아니라도?"

"응."

이젠 걱정이 들기 시작했다. 이 애, 정신이 이상한 건지도 몰라.

벨라가 가능한 한 최고의 진료를 받을 수 있도록 알아봐야 하는 건 아닐까……. 칼라일은 인맥이 있으니 아주 뛰어난 의사나 능력 있는 심리치료사를 이 애에게 붙여 줄 수 있을 것이다. 대체 뭐가 잘못되어서, 어쩌다가 뱀파이어 옆에 앉아서도 차분하고 고르게 뛰는 심장으로 만족감마저 느낄 수 있게 된 건지는 모르겠지만, 어딘가 이상이 있는 건 분명했다. 고칠 수 있겠지. 물론 나는 이 애가 입원한 시설을 지켜보며, 가능한 한 자주 방문할 것이다.

"화났구나. 아무 얘기도 하지 말걸 그랬네."

벨라는 한숨을 쉬었다. 차라리 자신의 불안정한 성향을 숨겼다면 우리 둘 중 누군가에게는 도움이 됐을 거란 의미일까.

"아니. 차라리 네가 뭘 생각하는지 속속들이 알면 좋겠어. 그게 아주 정신 나간 생각이더라도 말이지."

"내가 또 틀렸다는 거야?"

그 애는 태도가 살짝 호전적으로 변했다. 나는 다시 이를 악물고 말았다.

"그 얘기가 아니야! 상관이 없다니!"

그러자 벨라는 숨을 헐떡이며 물었다.

"내 추측이 맞아?"

"그건 상관있나 보지?"

내가 맞받아치자 그 애는 숨을 깊이 들이마셨다. 나는 화난 채로 대답을 기다렸다.

"꼭 그렇진 않아. 하지만 궁금해."

그 애가 다시금 차분한 목소리로 답했다.

꼭 그렇진 않다니. 정말로 상관이 없다니. 신경 쓰지 않는다니. 내가 인간이 아니라는 걸, 무시무시한 존재라는 걸 알면서도 정말로 아무 상관도 없다고?

이 애가 제정신일까 싶은 걱정도 있었지만, 이제는 희망이 차오르기 시작하는 게 느껴졌다. 난 그 희망을 꺾어 버리려 애썼다.

"뭐가 궁금해?"

나는 물었다. 이제 비밀이랄 것은 존재하지 않는다. 그저 중요하지 않은 세부사항만 남아 있을 뿐.

"너 몇 살이야?"

그 애의 물음에 아주 단단히 새겨 두고 있던 대답이 자동적으로 튀어나왔다.

"열일곱 살."

"열일곱 살로 지낸 지 얼마나 됐는데?"

그 잘난 척하는 어조에 웃지 않으려 애쓰며, 나는 순순히 대답했다.

"좀 됐지."

"알았어."

벨라는 이렇게 대꾸하더니 갑자기 눈에 띄게 기뻐했다. 나를 올려다보고 웃는 그 모습을 나 역시 가만히 바라보았다. 정신이 이상한 건 아닌지 또 한 번 걱정이 됐으니까. 그러자 그 애는 더 환하게 웃었다. 난 그만 눈살을 찌푸렸다.

"이젠 웃지 말고 대답해야 해. 어떻게 넌 낮에 돌아다닐 수 있는 거야?"

벨라가 경고했는 데도 나는 웃고 말았다. 조사는 했다지만, 보아하니 특이한 내용은 하나도 건지지 못했나 보네.

"미신이야."

"햇빛을 보면 불에 타?"

"미신이야."

"관에서 자는 건?"

"미신이야."

잠이란 건 오랫동안 내 삶에 없었다. 그러다 요즘 들어 다시 내 삶에 돌아온 개념이다. 벨라가 꿈꾸는 걸 지켜보고 있으니까.

"난 잘 수가 없어."

나는 중얼대면서 그 질문에 대한 더 많은 대답을 들려주었다.

"전혀?"

"단 한 숨도."

내가 숨을 내쉬며 대답했다.

날 꿰뚫어 보는 벨라의 시선을 마주하자, 놀라움과 동정심이 그득한 눈이 보였다. 그러자 불현듯 너무나 잠을 자고 싶어졌다. 예전처럼 망각에 빠지고 싶거나 지루함에서 벗어나고 싶어서가 아니라, 꿈을 꾸고 싶어서였다. 내가 의식이 없어진다면, 그래서 꿈을 꿀 수 있다면 이 애가 머무는 세계에서 몇 시간 동안 함께할 수 있을 텐데. 벨라는 내 꿈을 꾼다. 나도 벨라의 꿈을 꾸고 싶었다.

벨라는 경이롭다는 표정을 전혀 숨기지 않은 채 나를 빤히 바라보았다. 나는 눈길을 돌려야 했다.

난 이 애의 꿈을 꿀 수 없다. 이 애도 내 꿈을 꾸어선 안 된다.

"아직 가장 중요한 질문은 하지 않고 있군."

나는 말했다. 조용한 내 가슴 속 돌 같은 심장이 이전보다 더욱 차갑고 단단하게 느껴졌다. 벨라는 어쩔 수 없이 이해해야만 한다. 언젠가는 반드시 이 모든 게 상관없지 않다는 걸 어쩔 수 없이 알아야만 한다. 모든 가능성을 고려한다 해도, 내가 이 애를 사랑한다는 사실을 고려한다 하더라도 말이다.

"그게 뭔데?"

벨라가 놀라 물었다. 내 목소리는 다시 거칠어졌다.

"내 식성에 관한 걱정은 없어?"

"아, 그거."

그 애는 나직하게 말했다. 무슨 의미가 담긴 어조인지 나로선 알 수가 없었다.

"그래, 그거. 내가 피를 마시는지 알고 싶지 않아?"

그 애는 내 질문에 몸을 움찔거렸다. 마침내 올 게 왔군.

"음, 제이콥이 거기에 대해 얘기를 좀 해 줬어."

"제이콥이 뭐라고 했는데?"

"너희는…… 인간을 사냥하지 않는댔어. 너희 가족은 짐승들만 사냥하기 때문에 위험하지 않다고 여겨진다더라."

"우리가 위험하지 않다고 했단 말이야?"

나는 빈정대는 투로 그 말을 따라했다. 그 애가 덧붙여 설명했다.

"그렇게 단정한 게 아니라, 위험하지 않다고 여겨진다고 했어. 하지만 만일의 경우를 대비해서 퀼렛 부족은 너희가 자기네 영역에 오는 걸 원치 않는다고 하더라."

나는 도로를 응시했다. 머릿속에서 으르렁대는 절망감. 목구멍이 익숙한 불길로 아파 왔다.

"제이콥 말이 맞아? 인간을 사냥하지 않는다는 거 말이야."

그 애는 마치 일기예보를 확인하는 것처럼 차분하게 물었다.

"퀼렛 부족은 기억력이 대단하군."

내 대답에 그 애는 속으로 열심히 생각하며 고개를 끄덕였다. 나는 재빨리 덧붙였다.

"그렇다고 너무 안심하진 마. 우리와 거리를 유지하려는 그 사람들 생각이 옳아. 우린 여전히 위험한 존재야."

"난 이해 못하겠어."

그래. 넌 이해 못하고 있어. 어떻게 해야 이해할까?

"우리는…… 노력하는 거야. 대개는 우리도 자제력이 뛰어나지. 하지만 가끔은 실수도 해. 가령 지금의 나처럼. 너와 단둘이 있잖아."

차 안에 감도는 그 애의 향기는 여전히 위력이 대단했다. 점점 익숙해지고는 있고 거의 무시할 수도 있었지만, 그래도 내 몸이 여전히 이 애를 갈망한다는 걸 부정할 수는 없었다. 입속이 독액으로 가득했다. 나는 그걸 삼켰다.

"나랑 같이 있는 게 실수라고?"

그렇게 묻는 목소리에 가슴 아픈 기색이 묻어났다. 때문에 내 마음은 누그러져 버렸다. 벨라는 나랑 있고 싶어 해. 이 모든 상황에도 불구하고, 나와 함께 있고 싶어 한다고.

다시금 희망이 부풀어 오른다. 그 희망을 애써 다시 눌러 버렸다.

"아주 위험한 실수지."

내 말은 진실이었다. 이 명백한 진실이 중요하지 않게 된다면 얼마나 좋을까.

그 애는 잠시 대꾸하지 않았다. 다만 숨소리가 변하는 게 들렸다. 좀 이상하게 변하기는 했지만, 공포를 느껴서 그런 것 같지는 않았다.

"더 얘기해 줘."

벨라가 갑자기 고뇌에 일그러진 목소리로 말했다.

나는 그 애를 자세히 살펴보았다.

어쩐지 고통스러워 보이는 모습이었다. 예전의 나는 어떻게 이 모습을 보고도 아무렇지 않을 수 있었을까?

"뭘 더 알고 싶은데?"

이렇게 물으면서 난 애써 생각했다. 대체 어떻게 해야 이 애의 마음을 아프지 않게 할 수 있을까. 넌 아파하면 안 돼. 난 널 아프게 할 수 없어.

"왜 인간 대신 짐승을 사냥하는지 궁금해."

그 애는 여전히 괴로운 표정으로 말했다.

그야 뻔하지 않나? 어쩌면 이 애한테는 그조차 상관없다는 뜻일까.

"나는 괴물이 되고 싶지 않아."

나는 중얼거렸다.

"하지만 짐승으로는 성에 안 차잖아?"

빗대어 설명할 만한 예시를 나는 다시 한 번 찾아보았다. 이 애를 제대로 이해시킬 수 있는 방법 말이다.

"확실히는 모르겠지만 아마 고기 대신 두부나 두유만 먹고 사는 셈

일 거야. 우리끼리는 농담 삼아 채식주의자라고 말하지. 허기랄까, 갈증이 완전히 해소되진 않아. 하지만 욕구를 억누르려 노력하기 때문에 강해지지. 대부분의 경우는 말이야."

내 목소리는 점점 낮아졌다. 위험 속에 이 애를 끌어들인 게 부끄러웠다. 게다가 난 계속 그 위험을 방치하고 있다.

"가끔은 굉장히 어려울 때가 있어."

"지금도 그렇게나 어려워?"

한숨이 나왔다. 이 애는 내가 답하고 싶지 않은 걸 결국 물어보고야 마는군. 왜 아니겠어.

"응."

나는 순순히 시인했다. 그리고 예상해 본다. 이런 말을 들었는데도 이 애는 숨소리는 가빠지지 않겠지. 심장 박동도 규칙적일 테고. 내 예상은 맞았다. 하지만 여전히 이해는 되지 않았다. 어떻게 무서워하지 않을 수 있는 걸까.

"하지만 넌 지금 허기진 상태가 아니잖아."

그 애가 더할 나위 없이 확신에 찬 목소리로 소리 높여 말했다.

"왜 그렇게 생각하지?"

그러자 대뜸 대답이 돌아왔다.

"네 눈 때문이야. 내가 가설을 세웠다고 했잖아. 사람들은, 특히 남자들은 배가 고프면 눈빛이 거칠어져."

나는 그 설명에 쿡쿡 웃었다. 눈빛이 거칠어진다라. 꽤 순화된 표현이군. 하지만 언제나 그렇듯, 벨라는 정곡을 찔렀다.

"너 정말 관찰력이 뛰어나구나?"

내가 다시 웃자, 그 애도 작게 미소를 지었다. 그러면서 미간 사이에 다시 주름이 생긴 걸 보니 무언가를 골똘히 생각하는 듯했다.

"지난주엔 에밋이랑 사냥하러 갔어?"

내가 웃음을 그칠 즈음 다시 질문이 돌아왔다. 아무렇지 않다는 듯 말하는 이 애의 방식이 답답하게 느껴지는 동시에 너무나 매혹적이었다. 어떻게 이토록 많은 무서운 비밀들을 침착하게 받아들일 수 있단 말인가? 오히려 충격을 받은 건 이 애가 아니라 내 쪽인 것 같았다.

"응."

이렇게 말하고 나자, 갑자기 식당에서 자리를 뜨려 했을 때 느꼈던 그 충동이 다시금 확 일었다. 이 애에게 알려 주고 싶다는 충동. 나는 천천히 말을 이었다.

"떠나고 싶지 않았지만, 가야 했어. 갈증을 느끼지 않아야 네 주변에서 맴도는 게 그나마 좀 쉽거든."

"왜 떠나고 싶지 않았어?"

나는 심호흡을 하고 나서 몸을 돌려 벨라와 시선을 맞추었다. 이런 것까지 솔직하게 말하려니 뱀파이어라는 걸 고백했던 것과는 아주 다른 방식으로 힘이 들었다.

"너랑 멀리 있으면…… 초조해져."

이 말이면 충분한 설명이 되리라 생각했지만, 사실은 그다지 맞는 얘기라곤 할 수 없었다.

"지난 목요일에 너한테 바다에 빠지거나 차에 치이지 말라고 부탁한 건 농담이 아니었어. 주말 내내 네 걱정을 하느라 난 제정신이 아니었지. 오늘 저녁에 일어난 일을 생각하면 주말에 네가 다친 곳 없이 무사히 돌아온 게 사실 놀라워."

그러다 이 애 손바닥에 긁힌 자국들이 생각났다. 그래서 다시 덧붙였다.

"하긴 아무 데도 안 다친 건 아니지."

"뭐라고?"

"네 손 말이야."

내가 지적하자 그 애는 한숨을 쉬면서 입꼬리를 늘어뜨렸다.

"넘어졌어."

나는 그만 웃음을 참지 못하고 대꾸했다.

"그럴 줄 알았어. 그보다 훨씬 심하게도 다칠 수 있었던 게 너란 애니까. 그 때문에 너랑 떨어져 있는 동안 내내 괴로웠어. 사흘이 참 길더군. 나 때문에 에밋이 거의 미치려고 할 정도였어."

솔직히 말하자면 그때만 그랬던 게 아니었다. 아마 에밋은 지금도 나 때문에 짜증을 내고 있을 테지. 에밋뿐이 아니라 우리 가족 모두가 그러리라. 앨리스만 빼고.

"사흘이라고? 오늘 막 돌아온 거 아니었어?"

벨라가 갑자기 새된 소리로 물었다. 왜 이렇게 날선 목소리인지 이해하기 힘들었다.

"아니, 일요일에 돌아왔어."

"그런데 왜 아무도 학교에 오지 않았어?"

그 애가 다그쳐 물었다. 왜 짜증을 내는 건지 전혀 모르겠군. 이 질문이 뱀파이어의 미신과 관련이 있다는 걸 아직 깨닫지 못해서 그런가.

"아까 네가 햇볕을 쪼이면 불이 붙느냐고 물었는데, 그렇지는 않아. 하지만 햇빛 속을 돌아다닐 순 없어. 적어도 다른 사람 눈에 띄는 곳은 곤란하지."

이렇게 설명하자, 그 이유를 알 수 없던 벨라의 짜증이 사라졌다. 그 애가 고개를 갸웃거리며 다시 물었다.

"왜?"

이번에는 또 어디다 빗대어 설명할 수 있으려나. 생각 나지 않았다. 그래서 이렇게만 말했다.

"나중에 보여 줄게."

하지만 이렇게 말해 버리자마자 혹시 지키지 못할 약속을 한 게 아닐까란 생각이 들었다. 무심코 뱉어 낸 말이지만 정말로 그 약속을 지킬 수 있을지 예측이 되지 않았다.

어쨌든 지금 걱정할 문제는 아니다. 오늘 밤 이후로 이 애를 다시 만나도 되는지조차 알 수 없었으니까. 과연 내 사랑은 이 애를 위해 멀리 떠날 수 있을 정도로 크고 깊을까?

"전화해 줄 수도 있었잖아."

그 말을 듣고 난 놀랐다. 어째서 이런 결론이 나오지?

"네가 안전하다는 걸 알았는데 왜?"

"하지만 나는 네가 어디 있는지 몰랐잖아. 난……."

벨라는 갑자기 말을 멈추고는 손을 내려다보았다.

"뭐?"

"속상했어."

그 애는 수줍게 말했다. 두 뺨을 덮은 피부에 온기가 퍼져 갔다.

"너를 보지 못해서. 네가 안 보이면 나도 초조해져."

이제 만족하니? 나는 스스로에게 물었다. 그래, 내 희망은 지금 보답받았잖아.

얼떨떨했다. 가슴이 벅차오르는 동시에 소름이 끼쳤다. 그중 소름 끼치는 마음이 가장 컸다. 이제껏 내가 미친 듯 품어 왔던 끔찍한 환상이 완전히 빗나갔다는 걸 깨달았으니까. 내가 괴물이어도 이 애한테는 상관없었던 이유가 이거였구나. 더 이상 내게 규칙 따위 상관없어져 버린 것과 완전히 똑같은 이유였다. 때문에 옳고 그름이 더 이상 중요하지 않게 된 거다. 그래서 나의 모든 우선순위가 죄다 한 계단씩 하락하고 맨 위에 이 여자애를 올려놓게 된 거였다.

벨라도 나를 좋아하는구나.

벨라의 마음을 나의 사랑과는 비교할 수 없다는 걸 알고는 있다. 이 애는 마음이 변할 수도 있고, 언젠가는 죽게 될 것이다. 사랑에 실패하더라도 다시 회복될 가능성이 있는 존재다. 하지만 그래도……, 이 애는 생명의 위험을 무릅쓰고 나와 함께 있고 싶어 할 만큼 나를 좋아한다. 그것도 아주 기꺼이.

내가 올바른 길을 택하겠다며 이 애를 떠난다면, 나를 좋아하는 이 애는 슬퍼할 거야.

이 애를 아프게 하지 않으면서 내가 할 수 있는 일은 대체 뭐가 있으려나?

우리가 여기서 하는 모든 말들이, 한마디 한마디가 페르세포네를 저승으로 끌어들일 운명의 석류알처럼 이 애의 운명을 나락으로 떨어뜨릴 것이다. 내가 식당에서 보았던 이상한 환상은 생각보다 더욱 심각한 의미를 지니고 있었다.

멀리 떠났어야 했다. 포크스에 다시는 오지 말았어야 했다. 난 이 애에게 고통밖에는 안겨주지 못할 테니.

그러니 지금 나는 떠나야 하는 것일까? 상황을 더 나쁘게 만들기 전에.

이 순간 내게 다가오는 이 느낌, 내 피부에 느껴지는 이 애의 온기…….

아니, 나는 절대로 떠날 수 없어.

"아, 이건 아니야."

스스로에게 탄식하고 말았다.

"내가 뭐 잘못했어?"

벨라는 본인의 잘못 때문에 내가 이러는 거라 생각한 듯 곧바로 물어 왔다.

"모르겠어? 나 스스로 비참해지는 건 상관없지만 너까지 깊숙이 끌어들이는 건 곤란해. 너한테 그런 이야기 듣고 싶지 않다고."

이건 진실인 동시에 거짓말이었다. 나의 더없이 이기적인 측면은 내가 이 애를 원하는 만큼 이 애도 나를 원한다는 것을 알고 하늘을 날 듯 기뻐하고 있었으니까.

"이건 잘못됐어. 조금도 안전한 일이 못돼. 난 위험한 놈이야, 벨라. 제발 그걸 받아들여."

"싫어."

그 애는 고집스레 입술을 내밀었다.

"진지하게 말하는 거야."

나는 스스로의 마음과 아주 격렬히 싸우는 중이었다. 마음의 절반은 이 애가 나의 경고를 받아들이기를 간절히 바랐고, 나머지 절반은 이 애에게 경고의 말 따위 하지 말라고 고집하고 있었다. 잇새 사이로 말이 신음처럼 흘러나왔다.

"나도 마찬가지야. 이미 말했지만 난 네 정체가 뭐든 상관없어. 너무 늦었어."

그 애가 고집스레 말했다.

너무 늦었다고? 그 순간 세상이 황량하게 흑백으로 변하면서, 그림
자들이 햇살 좋은 잔디밭을 가로질러 벨라에게 다가가는 광경이 펼쳐
졌다. 피할 수 없고, 막을 수 없는 그림자들. 그것들은 벨라의 피부에
서 혈색을 빼앗고 그 애를 암흑 속으로, 저승으로 몰아넣었다.

너무 늦었다고? 머릿속에 앨리스의 환상이 휘몰아쳤다. 벨라의 핏
빛 어린 눈동자가 나를 무표정하게, 무감각하게 응시하는 환상. 그런
미래에서 이 애가 나를 증오하지 않을 리가 없었다. 자신에게서 모든
것을 빼앗아간 나를 증오하지 않을 수 있겠는가.

너무 늦었을 리 없어.

"그런 말 절대 함부로 해선 안 돼."

나는 위협하듯 말했다.

벨라는 다시 입술을 깨문 채로 창밖을 멍하니 응시했다. 꼭 말아 쥔
주먹을 무릎 위에 올리고서 숨을 헐떡여 댔다.

"무슨 생각 하는 중?"

난 알아야 했다. 하지만 그 애는 나를 보지도 않고 고개를 저었다.
그 뺨에서 무언가가 수정처럼 맑게 반짝였다.

너무도 괴롭다.

"우는 거야?"

내가 이 애를 울렸어. 이토록 마음을 아프게 했어.

벨라는 손등으로 눈물을 닦아 냈다.

"아니."

갈라진 목소리. 거짓말을 하는구나.

오랫동안 잊고 있던 어떤 본능에 이끌려, 나는 그 애에게 손을 뻗었
다. 그 순간만큼은 이제껏 살아왔던 그 어떤 때보다 스스로가 인간처

럼 느껴졌다. 하지만 그건…… 진실이 아니라는 게 곧바로 떠올랐다. 그래서 손을 거둘 수밖에 없었다.

"미안해."

나는 얼굴을 굳힌 채 말했다. 내가 얼마나 미안하게 여기는지 이 애에게 조금이나마 전할 수 있을까? 이제껏 내가 저지른 그 모든 멍청한 실수가 다 미안했다. 이 끝도 없는 이기심이 미안했다. 처음이자 마지막이 될, 그 끝이 비극으로 정해진 나의 사랑의 상대가 되다니, 너무나 운이 나쁜 벨라에게 미안하다. 내가 통제할 수 없는 모든 일들이 다 미안할 뿐이었다. 처음부터 나는 벨라의 삶을 끝내라는 임무를 운명으로부터 부여받은 사형 집행인이었으니까.

심호흡을 했다. 차 안에 감도는 향기에 내 몸이 당장 반응했지만 무시하고 애써 마음을 가다듬었다.

화제를 바꾸고 싶었다. 뭔가 다른 걸 생각해 보자. 다행히도 이 애에 대한 나의 호기심은 끝이 없었다.

"궁금한 게 있어."

"뭔데?"

벨라는 여전히 눈물이 그렁그렁해 낮아진 목소리로 물었다.

"아까 저녁때, 내가 모퉁이를 돌아 나타나기 직전에 무슨 생각을 하고 있었어? 네 표정을 통 모르겠더라. 그렇게 겁먹은 표정도 아니고, 뭔가에 대단히 집중하고 있는 것 같았어."

당시 이 애의 표정을 떠올렸다. 결연해 보였었지. 물론 내가 누구의 생각을 통해 그 표정을 보았는지는 애써 잊으려 했다.

벨라는 좀 더 차분해진 목소리로 말했다.

"어떻게 하면 치한을 일격에 물리칠 수 있는지 기억해 내려고 애쓰

는 중이었어. 호신술 말이야. 그 사람 코를 걷어차서 뇌에 파묻히게 해
줄 작정이었거든."

하지만 그 차분함은 말을 할수록 사라져 갔다. 이윽고 말투에 증오
가 배어 비딱해졌다. 지금 이 애가 느끼는 분노에는 우스운 기색이라
곤 없었다. 눈앞에 이 애의 가녀린 몸집이 떠올랐다. 유리에 비단을 드
리워 놓은 듯한 몸에 두툼하고 커다란 주먹을 쥔 괴물 같은 인간들이
다가서는 광경을. 그래서 벨라를 해치는 모습을. 뒷머리로부터 분노
가 끓어올랐다.

"놈들하고 싸울 생각이었단 말이야? 달아날 생각은 안 했어?"

신음 소리가 절로 나왔지만 참았다. 이 애의 본능은 정말 너무 위험
하다. 스스로를 위해 전혀 도움이 되지 않으리라.

"나는 달리기만 하면 꼭 넘어진단 말이야."

벨라는 소심하게 말했다.

"도와 달라고 비명을 지르는 건?"

"그것도 준비하고 있었어."

믿을 수가 없어서 고개를 설레설레 젓고 말았다. 목소리에 신랄함
을 담아 나는 말했다.

"네 말이 맞다. 널 살려 두기 위해 지금 난 운명과 싸우고 있는 게 틀
림없어."

그 애는 한숨을 쉬면서 창문을 슬쩍 바라보았다. 그러더니 이내 내
게 고개를 돌려 불쑥 물었다.

"내일 학교 올 거야?"

어차피 지옥으로 함께 떨어져 가는 중이라면 차라리 그 길을 즐겨
나 볼까?

"응. 나도 과제물 낼 게 있거든. 점심시간에 네 자리 맡아 놓는다."

나는 미소를 지어 주었다. 그러자 기분이 좋았다. 벨라의 본능만이 아니라 내 본능 역시 거꾸로 작용하는 게 틀림없었다.

벨라의 심장이 파르르 떨었다. 나의 죽어 버린 심장마저 좀 더 온기가 도는 듯했다.

나는 그 애 아버지 집 앞에 차를 세웠다. 하지만 그 애는 내리려 하지 않고, 재차 물었다.

"내일 꼭 학교에 오겠다고 약속하는 거지?"

"약속할게."

그릇된 행동을 하는 게 이토록 행복하다니, 어떻게 이럴 수 있지? 분명히 무언가 잘못되고 있는 거야.

벨라는 만족한 기색으로 혼자 고개를 끄덕이더니, 내 재킷을 벗기 시작했다.

"가져가도 돼. 넌 내일 입고 올 겉옷이 없잖아."

나는 재빨리 말했다. 이 애에게 날 떠올릴 만한 물건을 남겨 주고 싶었다. 내가 주머니 속에 갖고 있는 병뚜껑 같은 기념품 말이다.

하지만 그 애는 난처한 듯 웃으며 옷을 돌려주었다.

"찰리한테 설명하기 싫어."

그럴 줄 알았지. 내가 미소를 보냈다.

"그렇겠구나."

그 애는 차 문 손잡이에 손을 댄 채로 동작을 멈추었다. 내가 보내 주고 싶지 않은 만큼, 벨라도 가고 싶지 않아 하는구나.

잠시라고는 해도 이 애를 혼자 내버려 두어야 하다니…….

피터와 샬럿은 지금쯤이면 이미 멀리 떠났을 것이다. 벌써 시애틀을 지난 건 확실하다. 하지만 그들 말고도 다른 이들이 얼마든지 있다.

"벨라."

그 애의 이름을 발음하는 순간, 단지 그뿐인데도 느껴지는 즐거움에 난 깜짝 놀라 버렸다.

"응?"

"너도 뭐 하나만 약속해 줄래?"

"좋아."

그 애는 너무 쉽게 대답하더니, 이내 눈을 가늘게 떴다. 반대할 이유를 찾는 듯한 표정이었다.

"숲속엔 절대 혼자 들어가지 마."

나는 경고했다. 그러고서 혹시나 이 부탁에 반감이 든 건 아닌지 그 애의 눈을 살펴보았다. 그 애는 깜짝 놀라 눈을 깜빡였다.

"왜?"

나는 믿을 수 없는 저 어두운 숲속을 노려보았다. 빛이 없어도 내 눈은 아무런 문제없이 사방을 볼 수 있지만, 그건 다른 뱀파이어들도 마찬가지였으니까.

"이 세상에서 내가 가장 위험한 존재는 아니거든. 그 정도로만 알아 둬."

벨라는 몸을 떨었지만, 이내 제 모습으로 돌아와 다시 미소를 띤 채 이렇게 말했다.

"알았어."

내 얼굴에 와닿는 그 숨결이, 너무도 달콤하다.

나야 밤새도록 이렇게 있을 수도 있겠지만 이 애는 자야 했다. 벨라를 원하는 마음과 벨라가 안전하기를 바라는 마음, 이 두 가지 욕망이

내 안에서 똑같은 힘으로 끊임없이 전쟁을 일으키는 것만 같았다.

나는 한숨을 쉬었다. 두 욕망이 공존하는 건 불가능했으니.

"내일 보자."

하지만 내일보다 훨씬 더 빨리 이 애를 다시 보게 된다는 걸 난 이미 알고 있었다. 물론 이 애는 내일이 되어서야 나를 보겠지만.

"그럼 내일 봐."

벨라는 고개를 끄덕이고서 차 문을 열었다.

또다시 괴로움이 닥쳐든다. 이 애가 떠나가는 모습에.

나는 그 애를 여기 잡아 두고 싶은 마음에 그쪽으로 몸을 숙였다.

"벨라."

그 애는 돌아서자마자 우리의 얼굴이 이토록 가까이 있다는 사실에 깜짝 놀라 얼어붙었다.

나 역시 숨막힐 듯 좁혀진 거리에 압도당하고 말았다. 벨라의 얼굴에서 발산된 열기가 내 얼굴을 어루만졌다. 그 비단결 같은 피부가 닿아 있지 않아도 느껴지는 듯했다.

심장 소리가 불규칙하게 들려왔다. 입술이 사르르 열린다.

"잘 자."

이렇게 속삭인 나는 몸을 뗐다. 언제나 느껴 왔던 갈증 때문이든, 아니면 이 순간 새로이 느껴진 이상한 허기 때문이든, 내 몸이 급작스럽게 움직여서 이 애를 다치게 할지도 모르니까.

그 애는 눈을 휘둥그레 뜬 채로 너무 놀라 잠시간 멍하니 앉아만 있었다. 현혹됐나 보네.

하지만 그건 나도 마찬가지였다.

벨라는 이내 정신을 차렸다. 물론 아직도 살짝 멍한 얼굴이긴 했지만. 그 상태로 차에서 내리던 도중 그만 발을 헛디뎌서 차체를 잡고 몸을 가누어야 했다.

나는 키득키득 웃었다. 내 웃음소리가 아주 작아 그 애 귀엔 들리지 않기를 바랄 뿐이다.

현관 위에 환하게 드리워진 조명의 빛무리 속으로 벨라가 비틀비틀 다가가는 모습을 지켜보았다. 당분간은 안전하겠지. 확실히 알아보기 위해 얼른 돌아와야겠다.

어두운 거리를 운전하는 내 모습을 지켜보는 그 애의 눈길이 느껴졌다. 이제껏 익숙하게 여겨 왔던 감각과는 참 다른 느낌이었다. 보통 나는 마음만 먹으면 날 바라보는 사람의 생각 속에 들어가서 그가 보는 내 모습을 볼 수 있다. 하지만 지금 이 느낌은 묘하게 흥분됐다. 나를 바라보는 알 수 없는 눈빛이 내게 전하는 감각. 이런 기분이 왜 드는지는 이미 알고 있다. 바로 그 애의 눈빛이기 때문이지.

정처 없이 밤거리를 운전하는 나의 머릿속으로 오만가지 생각이 꼬리에 꼬리를 물었다.

오랫동안 거리를 빙빙 돌면서 목적지 없이 운전대를 돌려 대며, 벨라를 생각하고 드러난 진실을 생각했다. 아직도 믿을 수가 없었다. 그 애가 내 정체를 알아낼까 봐 이제 두려워할 필요가 없다니. 그 애가 알았어. 그런데 상관없대. 이건 그 애에게 분명 나쁜 일이긴 했지만, 나에게는 어마어마한 해방감을 선사했다.

무엇보다도, 벨라도 나를 사랑한다는 사실을 생각해 보았다. 그 애는 내가 그 앨 사랑하는 것처럼 나를 사랑할 수는 없었다. 나처럼 압도적이고, 모든 걸 쏟아 부으며 상대를 으스러뜨리는 사랑은 그 연약한 몸을 부수고 말 테니까. 하지만 그 애는 강한 사랑을 품고 있다. 본능적으로 생기는 공포를 누그러뜨릴 만큼, 그래서 나와 함께 있고 싶어 할 만큼 강한 사랑을. 그리고 벨라와 함께 있었던 그 시간은 내가 이제 껏 알지 못했던 크나큰 행복이었다.

잠시 동안은, 그러니까 내가 오롯이 혼자 있어 아무도 해쳐서 뱀파 이어로 만들지 않을 수 있는 지금 이 시간만큼은 비극에 연연하지 않 은 채로 그 행복을 마음껏 느껴 보았다. 벨라가 나를 좋아한다고 했다. 너무나 짜릿했다. 그 애의 애정을 얻은 승리감에 그저 기뻤다. 내일은 곁에 가까이 앉아서 목소리를 듣고 그 애의 미소를 바라보는 상상이 그치지 않았다.

그 미소를 머릿속으로 계속 떠올려 보았다. 그 도톰한 입술이 살그 머니 양옆으로 올라가면서, 희미한 보조개가 뾰족한 턱에 살짝 패이 고, 눈망울은 따스하게 녹아내리는 모습을. 오늘밤 내 손에 닿았던 그 손가락은 너무나 따스했다. 그 뺨 위를 덮은 섬세한 피부를 만지면 어 떤 느낌일까. 비단결 같고 따스하고…… 너무도 연약하게 느껴지겠 지. 유리 위에 드리워진 비단처럼…… 무섭도록 부서지기 쉬운 그 몸.

아무렇게나 흘러가도록 놔 둔 생각은 이제 걷잡을 수가 없게 됐다. 처연할 정도로 연약한 벨라의 모습에 푹 빠져 있는 동안, 내 환상 속으 로 그 애의 다른 얼굴이 불쑥 나타났다.

어두운 그늘 속에서 길을 잃고, 공포로 창백하게 질린 얼굴. 그러나 턱에 힘을 주고 결연한 자세로, 시아에 온 신경을 집중한 채 주위를 둘 러싼 무시무시한 형체들에 맞서 주먹을 날릴 준비를 하고 있던 늘씬 한 몸. 어둠 속에서 나타난 악몽이었다.

"아아."

벨라를 사랑하는 마음에 푹 빠져 잊고 있었던 들끓는 증오심이 다시 확 불타올랐고, 나는 그만 신음을 내뱉었다.

이제 난 혼자다. 벨라는 안전하게 집 안에 있다. 적어도 내가 알기로는 그렇다. 이 지역 경찰서장인 찰리 스완이 벨라의 아버지라는 사실이 잠시나마 몹시 기뻤다. 범죄자와 맞서 싸우는 훈련을 받은 사람이고 무기도 있으니까. 그 애에게 안전한 피난처가 되어 준다는 점에서 이 역시 어떤 뜻이 있는 것이다.

벨라는 안전하다. 그 애를 해쳤을지도 모르는 그 인간을 없애 버리는 건 내게 그리 오래 걸리지 않을 것이다.

하지만 안 돼. 그 애가 좋아하는 상대는 더 좋은 존재여야 해. 내가 살인자가 된다면, 벨라는 살인자를 좋아하게 되는 거잖아.

하지만…… 다른 인간들은?

벨라는 안전했다. 좋아. 앤젤라와 제시카도 당연한 말이지만 집에서 안전하게 잠든 상태였다.

하지만 흉악범은 여전히 포트 엔젤레스 거리를 쏘다니고 있다. 인간 괴물이니까…… 인간이 알아서 처리할 문제로 남겨 두어야 할까? 우리는 인간사에 자주 개입하지는 않았다. 칼라일이 항상 그들을 치료하고 목숨을 구해 주는 일을 하긴 하지만 말이다. 우리 나머지 존재는, 인간의 피에 취약하다는 점 때문에 그들과 가까이 섞여 사는 게 몹시도 어려워서다. 물론 우리와 멀리 떨어져 사는 뱀파이어 관리자들이 있다. 사실상 뱀파이어 경찰이나 다름없는 볼투리 일가. 우리 컬렌 일가는 그들과 아주 다르게 산다. 만약 시답지 않게 슈퍼히어로 같은 활약을 펼치기라도 해서 그들의 시선을 끈다면, 우리 가족은 극도로 위험해질 것이다.

이건 필멸자들이 알아서 할 일이지, 우리 세계 소관이 아니었다. 내가 너무 저지르고 싶어 하는 이 살인은 그릇된 행동이었다. 잘 알고 있다. 하지만 그놈이 자유롭게 나다니며 또 누군가를 공격하게 내버려 두는 것 역시 올바른 행동은 아니다.

식당에서 봤던 금발머리 안내 직원이나, 내가 제대로 보지도 않았던 웨이트리스들은 모두 소소하게 날 성가시게 만들었다. 하지만 그렇다 해서 위험에 처해도 된다는 건 아니잖은가.

이제 목적이 생겼다. 그래서 속도를 높이며 차를 북쪽으로 몰았다. 도저히 내가 풀 수 없는 딜레마가 생길 때마다, 바로 지금 같이 일이 꼬여 버릴 때마다 어디로 가서 도움을 요청해야 하는지 나는 잘 안다.

앨리스는 현관에 앉아서 날 기다리고 있었다. 나는 차고로 들어가지 않고 현관 앞에 차를 댔다.

"칼라일은 서재에 있어."

그녀는 내가 묻기도 전에 대답했다.

"고마워."

난 이렇게 말하고 옆으로 지나가며 앨리스의 머리를 쓰다듬었다.

내가 전화했잖아. 나중에라도 연락 줬어야지. 그러면 참 고마웠을 텐데. 그녀가 속으로 빈정거렸다. 나는 문 옆에 멈춰서서 휴대전화를 확인했다.

"아. 미안. 누가 걸었는지 확인도 안 했어. 좀…… 바빠서."

"응. 알아. 나도 미안해. 내가 무슨 일이 일어날지 봤을 때, 넌 이미 가고 있었으니까."

"아슬아슬했어."

내가 중얼거렸다. **미안해.** 앨리스는 부끄러워하며 다시 사과했다.

하지만 벨라가 무사하다는 걸 아니까 마음이 쉽게 누그러졌다.

"사과 안 해도 돼. 네가 모든 걸 다 볼 수 없다는 거 알아. 네가 전지 전능하지는 않다는 거, 다들 이해하고 있다고, 앨리스."

"고마워."

"오늘밤 같이 외식할까 물어보려고 했었어. 혹시 내가 마음을 바꾸기 전에 그 미래도 봤어?"

그러자 앨리스는 씩 웃으며 대답했다.

"아니, 그것도 못 봤네. 봤다면 좋았을 텐데. 나도 갔으면 좋았잖아."

"대체 어디에 정신을 집중하고 있었기에 못 본 게 그리 많아?"

그러자 앨리스가 웃었다. 재스퍼가 우리 기념일에 뭘 할까 고민 중이었거든. 나한테 무슨 선물을 줄지 마음을 정하지 않으려고 애쓰더라고. 하지만 나는 이미 확실히 알아 버린 것 같은데…….

"뻔뻔하네."

"맞아."

앨리스는 입술을 오므리고 나를 올려다보았다. 희미한 비난이 어려 있는 표정이었다. 그 후에는 집중해서 봤었어. 그 애가 다 알고 있다고 가족들에게 이야기할 거니?

나는 한숨을 쉬었다.

"응, 나중에."

난 아무 말 안 할게. 다만 부탁이 있어. 로잘리한테는 내가 없을 때 이야기해. 알았지?

나는 몸을 움찔했다.

"당연하지."

벨라는 사실을 아주 잘 받아들이더라.

"너무 잘 받아들여서 문제야."

앨리스는 날 보고 씩 웃었다. **벨라를 과소평가하지 마.**

나는 보고 싶지 않은 이미지를 차단하려 했다. 벨라와 앨리스가 절친이 된 모습이었다.

마음이 조급해져 무거운 한숨이 나왔다. 오늘밤의 다음 차례를 어서 끝내 버리고 싶었다. 빨리 처리하고 싶었다. 하지만 포크스를 떠나는 게 좀 걱정이 되기도 했다.

"앨리스……."

내가 말문을 열었다. 그녀는 내가 뭘 물을지 이미 알고 있었다.

오늘밤은 괜찮을 거야. 지금은 전보다 더 잘 지켜보는 중이야. 얘는 24시간 감시가 필요한 애잖아. 안 그래?

"24시간 감시하는 것만으로는 모자라지."

"어쨌든, 넌 곧 그 애랑 같이 있게 될 거야."

나는 심호흡을 했다. 그 말이 참 아름답게 들려왔다.

"가. 빨리 일을 처리해야 네가 있고 싶은 곳으로 갈 거 아냐."

앨리스의 말에 나는 고개를 끄덕이고 칼라일의 방으로 급히 올라갔다.

그는 책상 위에 두꺼운 책을 올려놓았지만, 책이 아닌 문을 바라보며 날 기다리고 있었다.

"앨리스가 말해 줬다. 네가 여기 와서 날 찾을 거라고 말이야."

칼라일은 이렇게 말하며 미소지었다. 그와 함께 있는 이 자리에서, 눈에 깃든 깊은 공감과 드높은 지성을 보니 안심이 됐다. 칼라일이라면 어떻게 해야 할지 알고 있을 거야.

"도와주세요."

"뭐든지 말하렴, 에드워드."

"오늘밤 벨라한테 무슨 일이 일어났는지 앨리스가 말씀드렸나요?"

일어날 뻔했다고 들었다. 그가 정정해 주었다.

"그래요. 일어날 뻔했죠. 저는 딜레마에 빠져 버렸어요, 칼라일. 아시다시피, 저는…… 너무 간절하게…… 그놈을 죽이고 싶어요."

일단 시작한 말은 빠른 속도로 열기를 띠며 흘러나왔다.

"정말로 죽이고 싶어요. 하지만 그러면 안 된다는 건 알아요. 그건 정의가 아니라 복수가 될 테니까요. 오로지 분노뿐이고, 공정한 일도 아니겠지요. 그래도 연쇄 살인마이자 강간범이 포트 엔젤레스를 휘젓고 다니는 것 역시 옳지 않잖아요! 거기 사는 인간들을 아는 건 아니지만, 벨라를 대신하는 또 다른 희생자가 생기게 둘 수는 없어요. 다른 여자들이……. 그건 옳지 않다고요……."

칼라일은 예상치 못하게 활짝 웃음 지었다. 나는 그만 말문이 턱 막혀 버렸다.

그 애는 너한테 참 좋은 영향을 주는구나. 안 그러니? 그 애랑 있으면서 동정심도 많아졌고 자제력도 정말 강해졌어. 감동했다.

"칭찬을 바라고 드리는 말씀이 아니에요, 칼라일."

"아니라는 것 안다. 하지만 속으로 그런 생각이 드는 걸 어쩌겠니, 응?"

칼라일은 다시 미소를 지었다. **내가 처리해 주마. 너는 가만히 있어도 돼. 벨라 대신 다치는 사람은 아무도 없게 해 줄 테니.**

나는 그의 머리에 떠오른 계획을 보았다. 내가 바라는 것과는 좀 차이가 있었다. 그 계획은 잔인한 끝을 보고 싶다는 나의 열망을 채워 주지 못했다. 하지만 그게 올바른 행동이라는 건 알 수 있었다.

"놈이 어디에 있는지 알려드릴게요."

"가자꾸나."

칼라일은 나가는 중에 검은 가방을 집어들었다. 나였다면 좀 더 공격적인 방식으로 그놈을 저항 불능 상태로 만들었을 것이다. 두개골에 금을 내 주는 정도가 좋겠지. 하지만 칼라일이 알아서 하게 두자.

우리는 내 차에 탔다. 앨리스는 여전히 계단에 앉은 채였다. 그녀는 웃으면서 차를 타고 떠나는 우리에게 손을 흔들었다. 우리의 미래를 벌써 봤구나. 우리에겐 아무런 어려움이 없을 것이다.

어둡고 텅 빈 도로를 달리는 운전길은 아주 짧게 끝났다. 나는 이목을 끌지 않으려고 헤드라이트를 끄고 달렸다. 이 속력으로 달린다면 벨라가 어떻게 반응할까 생각하니 웃음이 났다. 그 애가 천천히 달리라며 소리쳤을 때도, 난 평소보다 속력을 줄여서 달리고 있었기 때문이다. 그 애와 조금이라도 더 오래 있고 싶었으니까.

칼라일도 지금 벨라 생각을 하는 중이었다.

그 애가 에드워드에게 이토록 좋은 영향을 미칠 줄이야. 예상 밖이군. 어쩌면 이렇게 되도록 예정된 것일 수도 있겠지. 어떤 운명의 섭리가 작용한 것일지도. 하지만 그러려면 그 수밖에…….

그는 피부가 눈처럼 하얗고 눈동자가 핏빛으로 물든 벨라의 얼굴을 떠올렸다. 그러다 이내 움찔하며 그 모습을 떨쳐 버렸다.

그렇다. 정말로. 그러려면 그 수밖에. 하지만 그토록 순수하고 아름다운 존재를 파괴하여 좋을 것이 대체 뭐란 말인가.

나는 밤길을 노려보았다. 오늘밤 느꼈던 모든 기쁨이 싹 사라졌다.

에드워드는 행복을 누려 마땅해. 반드시 행복해야 할 운명이라고. 그러니 분명히 방법이 있을 거야. 칼라일의 단호한 생각에 나는 깜짝 놀랐다.

그가 품은 희망 중 하나라도 나 역시 품을 수 있다면 얼마나 좋을까. 하지만 벨라에게 일어날 일이 운명의 섭리일 리는 없다. 운명의 여신은 악랄하고 잔인한 괴물일 뿐이다. 추악하고 질투에 가득 찬 여신이라서, 벨라가 마땅히 누려야 할 삶을 두고 볼 수 없는 것이다.

나는 포트 엔젤레스에서 꾸물대지 않았다. 래니라는 뒤틀린 심성의 인간이 무척 낙담한 채로 친구들과 어울리고 있는 싸구려 주점에 칼라일을 데려다주었다. 그놈들 중 둘은 이미 정신을 잃은 채였다. 칼라일은 내가 그놈과 가까이 있는 게 얼마나 힘든지 잘 알았다. 악마 같은 그놈의 생각을 듣고, 벨라의 기억과 더불어 이제는 아무도 구해 줄 수 없는 운 나쁜 여자들이 뒤섞인 기억을 본다는 건 참을 수가 없었다.

호흡이 빨라졌다. 두 손은 운전대를 꽉 움켜쥐었다.

먼저 가거라, 에드워드. 나머지는 내가 안전하게 처리하마. 넌 벨라에게 가. 그가 부드럽게 말했다.

그건 이 상황에 딱 맞는 말이었다. 그 애의 이름이야말로 지금 내 생각을 떨쳐줄 유일한 방법이었으니까.

나는 칼라일을 차에 남겨둔 채 고요하게 잠든 숲을 직선으로 가로질러 포크스까지 달려갔다. 차의 속력을 높여서 포트 엔젤레스까지 갔던 것보다도 내가 직접 달리는 쪽이 시간이 덜 걸렸다. 불과 몇 분 후에, 나는 그 애 집 벽을 올라 창문을 통해 방으로 슬그머니 들어갔다.

그리고 조용히 안도의 한숨을 쉬었다. 모든 게 있어야 할 자리에 그대로 있었다. 벨라는 안전하게 침대에 누워서 꿈을 꾸는 중이었다. 베개 위에 젖은 머리카락이 이리저리 엉킨 채로.

하지만 평소와는 달리 자그마한 공처럼 몸을 둥글게 웅크리고 어깨에 이불을 단단히 두른 모습으로 자고 있었다. 추운가 보네. 내가 평소에 앉던 자리에 앉기도 전에, 그 애는 불현듯 몸서리를 치며 입술을 파르르 떨었다.

난 잠시 생각하다가 살짝 복도로 나가서 처음으로 그 집의 다른 부분을 탐험해 보았다.

찰리의 코 고는 소리는 크고 일정했다. 그가 꾸는 꿈을 언뜻 들여다볼 수 있을 것 같았다. 물이 마구 밀려드는 가운데 참을성 있게 기다리는 장면이라……. 혹시 낚시하는 꿈인가?

그러다 계단 위쪽에 뭔가 들어있을 것 같은 수납장이 보였다. 기대감에 차서 열어 보니, 역시나 내가 찾던 게 있었다. 자그마한 수건 수납장에 놓인 이불 중 가장 두꺼운 것을 고른 다음 그 애의 방으로 돌아왔다. 벨라가 깨기 전에 담요를 다시 돌려놓으면, 아무도 모르겠지.

나는 숨을 참고서 조심스럽게 이불을 펼쳐 벨라의 몸에 덮었다. 이불 무게가 더해졌지만 그 애는 반응하지 않았다. 나는 평소 앉던 흔들의자로 돌아갔다.

그 애 몸이 따뜻해지기를 불안한 마음으로 기다리면서, 나는 칼라일을 떠올렸다. 지금쯤 어디에 계실까. 그의 계획은 순조롭게 진행될 것이다. 앨리스가 보았으니까.

하지만 아버지를 떠올리자 한숨이 나왔다. 칼라일은 나를 너무 높이 평가한다. 내가 아버지의 생각만큼 훌륭한 존재라면 얼마나 좋을까. 행복을 누려 마땅한 존재, 저기 잠든 소녀에게 어울릴 거라고 기대해볼 수 있는 존재, 내가 그런 에드워드였다면 이 모든 게 얼마나 달라졌을까.

아니라면, 내가 그런 존재가 될 수 없다면 적어도 나의 어두움을 상쇄할 만한 균형이라도 있어야 한다. 반대급부가 될 만한 좋은 점이 있어야 하지 않을까? 벨라에게 계속 닥쳐오는 무시무시하고 개연성 없는 악몽이 왜 일어나는 것인지 생각하자, 추한 운명의 여신이 떠올랐다. 처음에는 나였고, 그 다음엔 승합차였고, 오늘밤에는 해로운 짐승 같은 인간이었다. 하지만 사악한 운명의 힘이 이토록 강력하다면, 그 반대로 그만큼 좋은 힘도 있어야 하는 것 아닌가?

벨라 같은 이에게는 반드시 수호천사 같은 보호자가 필요하다. 이 애는 보호를 받아 마땅하다. 그럼에도 분명 무방비한 상태이긴 마찬가지겠지만. 수호천사든 뭐든 이 애를 지켜보면서, 적절한 보호를 해 주고 있다고 믿고 싶은 마음이 간절했다. 그러나 수호천사가 있을까 그려본다면, 있을 리 없다는 사실만 너무 분명해졌다. 벨라에게 수호천사가 정말로 존재한다면, 대체 왜 이곳으로 이끌었겠는가? 내가 절대로 못 볼 리 없는 모습으로 이 애를 빚어다가 내 눈앞에 데려다 놓다니? 보란 듯이 날 이끄는 터무니없이 강력한 향기, 호기심을 자극하는 들리지 않는 마음, 내 눈길을 사로잡는 고요한 아름다움, 경외심을 불러일으키는 이타적인 영혼을 모두 갖추어 내게 보여 주다니? 게다가 이 애는 자기 보존능력은 아예 없는 나머지 내게 혐오감을 느끼지도 못하고, 언제나 좋지 않은 때와 장소만을 골라 불행을 몰고 다니기까지 한다.

수호천사가 그저 환상에 불과하다는 증거가 이보다 더 확실할 수는 없었다. 벨라만큼 수호천사가 필요한 사람은 없고, 벨라만큼 받아 마땅한 사람도 없다. 하지만 정말로 수호천사가 있다면, 그런데 우리를 만나게 해 버린 거라면 그 얼마나 무책임하고, 경솔하고…… 생각이 짧은 천사란 말인가. 그 천사는 선한 편일 리 없다. 쓸모없는 수호천사가 있다고 생각하느니, 차라리 혐오스럽고 괴물 같은 운명의 여신이 있다는 쪽을 믿겠다. 최소한 그 추한 운명과 나는 맞서 싸울 수 있을 테니.

그러니 나는 싸우리라. 그 싸움을 계속 이어가리라. 벨라를 해치려 드는 힘이 무엇이든, 먼저 나와 맞붙어야 할 것이다. 그래, 이 애는 수호천사가 없다. 하지만 내가 최선을 다해 그 빈자리를 채울 것이다.

수호 뱀파이어라. 얼토당토않은 말이군.

약 삼십 분 후, 벨라는 둥글게 말았던 몸을 풀었다. 호흡이 더욱 깊어지더니, 이윽고 잠꼬대를 하기 시작했다. 나는 만족스럽게 미소를 지었다. 별것 아니지만, 그래도 내가 여기 있어서 이 애는 오늘밤 더욱 편안하게 자고 있는 것이니.

"에드워드."

벨라는 한숨을 쉬더니, 같이 미소를 지었다.

이 순간만큼은 비극을 생각하지 말자. 지금은 다시 마음껏 행복할 시간이야.

11

질문

뉴스를 가장 먼저 전한 건 CNN이었다.

학교에 가기 전 뉴스에 사건이 보도되어 다행이었다. 인간들은 이 사건을 무어라 표현할지, 그리고 세간의 관심을 얼마나 끌고 있는지 듣고 싶은 마음에 초조했다. 다행스럽게도 오늘은 중요한 소식이 많았다. 남미에서 지진이 발생했고, 중동에서는 정치 세력이 피랍 사건을 일으켰다. 그래서 그 뉴스는 단 몇 초간 몇 마디 말과 조악한 사진 한 장을 보도했을 뿐이다.

"텍사스주와 오클라호마주에서 살인 용의자로 수배중인 올랜도 칼데라스 윌리스가 어젯밤 오레곤주 포틀랜드에서 익명의 제보를 통해 체포되었습니다. 윌리스는 오늘 새벽 경찰서에서 불과 몇 미터 떨어진 골목에서 의식불명 상태로 발견되었습니다. 관계자에 따르면 그가 재판을 받기 위해 휴스턴과 오클라호마시티 중 어느 쪽으로 송환될 것인지는 현재 답변할 수 없다고 밝혔습니다."

사진은 선명하지 않은 머그샷이었다. 게다가 사진 속 남자는 수염이 덥수룩했다. 벨라가 그걸 봤더라도 어젯밤의 그놈이라고는 알아보지 못했을 것이다. 그랬으면 좋겠군. 알아보면 불필요하게 놀라기만 할 테니까.

"이 지역에서는 별말 없을 거야. 지역적으로 관심을 가지기에는 너무 먼 곳에서 일어난 일이잖아. 칼라일이 다른 주로 그를 데리고 간 건 좋은 선택이었어."

앨리스의 말에 나는 고개를 끄덕였다. 어쨌든 벨라는 TV를 많이 보지 않았고, 내가 지켜본 바에 따르면 그 애 아버지는 스포츠 채널이 아닌 다른 걸 본 적이 없었다.

할 수 있는 건 다 했다. 그 혐오스러운 자식은 더 이상 사람 사냥을 하지 못할 테고, 나는 살인을 하지 않았다. 예전에야 어쨌든, 지금은. 칼라일을 믿었던 건 옳은 선택이었지만, 그래도 나는 그 자식이 이토록 쉽게 처벌을 피해가지 않았다면 좋았으리란 마음을 버릴 수가 없었다. 그놈이 텍사스로 송환되었으면 좋겠군. 거긴 사형이 아직도 참 많이 집행되는 곳이니. 나도 모르게 이런 생각을 해버렸다.

아니야. 이제 그건 상관없다. 나중에 생각하기로 하자. 지금은 가장 중요한 것에 집중해야 해.

벨라의 방에서 나온 지 아직 한 시간도 되지 않았건만. 벌써 그 애가 보고 싶어 안달이 났다.

"앨리스, 혹시……."

하지만 앨리스는 내 말을 끊고 답했다.

"로잘리가 운전할 거야. 삐진 척은 하겠지만, 너도 알잖아. 이걸 기회로 삼아 자기 차를 자랑해서 좋아하겠지."

앨리스는 까르르 웃었다. 나는 그녀에게 씩 웃어 주었다.

"학교에서 보자."

앨리스는 한숨을 쉬었다. 나는 웃던 얼굴을 바꾸어 노려보았다.

나도 알아, 안다고. 아직은 아니지. 네가 나를 벨라에게 소개시켜 줄 때까지 기다릴 거야. 하지만 너도 알지? 나만 이기적으로 구는 건 아니라는 거. 벨라는 나도 좋아해 줄 거라고.

나는 대답도 하지 않고 서둘러 현관을 나섰다. 그건 이 상황을 바라보는 또 다른 면이었다. 벨라가 앨리스를 알고 **싶어**할까? 뱀파이어를 친구로 두고 싶어할 거라고?

벨라의 특성상, 아마 조금도 거리낌 없이 친해지려 하겠지.

그 생각에 얼굴이 찌푸려졌다. 벨라가 원하는 것과 벨라에게 가장 좋은 것은 너무나 다르다.

벨라의 집으로 이어지는 진입로에 차를 세워 두자 마음이 불안해지기 시작했다. 인간의 격언 중에는 아침에 눈을 뜨면 만사가 달라 보인다는 말이 있다. 자고 일어나면 상황이 변한다는 뜻이다. 이렇게 빛도 없이 안개 낀 날이니, 벨라는 나를 다르게 보게 될까? 혹시 캄캄한 밤에 보았을 때보다 더 불길해 보일까? 아니면 덜 불길해 보이려나? 자면서 진실을 실감했을까? 그래서 드디어 날 두려워하게 되었을까?

하지만 어젯밤 그 애의 꿈은 평화로웠다. 몇 번이고 되풀이하여 내 이름을 부르며 미소를 짓곤 했다. 나에게 제발 가지 말라는 애원도 몇 번 중얼댔다. 그 모든 게 오늘은 의미가 없어질까?

나는 초조하게 기다리며 집안에서 나는 소리에 귀기울였다. 급히 계단을 내려오다가 헛디뎌지는 발자국소리, 포장 비닐을 급히 뜯는 소리, 냉장고 문이 쾅 닫히자 안에 든 것이 서로 부딪히는 소리가 들렸다. 그 애는 급히 서두르는 것 같았다. 학교에 가고 싶어 안달이 났나? 그 생각을 하자 희망이 차오르며 미소가 절로 나왔다.

시계를 슬쩍 보았다. 그 낡은 트럭으로는 속도를 낼 수가 없다는 점을 고려하면, 그 애는 지금 약간 늦었다는 결론이 나왔다.

벨라는 집에서 달려나왔다. 책가방이 어깨에서 살짝 미끄러졌고, 머리카락은 엉망으로 꼬불꼬불 엉켜서 뒷목 부분에서 양 갈래로 갈라졌다. 두터운 녹색 스웨터를 입기는 했지만 그 가녀린 어깨를 차가운 안개에서 지켜주기란 역부족이었다.

게다가 기다란 스웨터가 너무 커서 몸에서 겉돌았다. 그 옷은 늘씬한 몸매를 모두 뒤덮고, 가녀린 곡선과 부드러운 몸 선을 모두 한데 뭉뚱그린 것처럼 천 아래로 가려버렸다. 어젯밤 입었던 부드러운 파란색 블라우스 같은 옷을 많이 입었으면 좋겠다는 생각이 들었지만, 그래서 지금 입은 옷에 오히려 감사할 수 있었다. 어제는 천이 피부 위로 걸쳐진 모습이 나름 굉장히 매력적이었다. 블라우스의 목 부분이 깊숙이 파여 목 아래 오목한 곳에서 솟아나온 듯한 매혹적인 쇄골이 드러난 모습. 파란색이 마치 물결처럼 그 섬세한 몸매에 흘러내리는 것 같았는데.

하지만 그 몸매에 대한 생각을 가급적, 제발 안 하는 편이 나았다. 하지 말아야 했다. 그래서 전혀 어울리지 않는 스웨터를 입고 와준 게 고마웠다. 더는 실수할 수 없었다. 이상한 허기에 빠져들어 자꾸만 그 애의 입술이나…… 피부나…… 몸을 생각하다 마음이 흔들리게 되면 어마어마한 실수를 저지르게 될 것이다. 이런 허기는 백 년 동안 내게 느껴진 적이 없었는데. 하지만 지금은 벨라를 만진다는 생각을 해서는 안 된다. 그건 불가능하니까.

이러다간 그 애를 망가뜨릴 거야.

벨라가 어찌나 급하게 현관에서 나오던지, 그만 보지도 못한 채로 내 차에 부딪힐 뻔했다.

이윽고 그 애는 간신히 멈추어 섰다. 무릎을 후들거리는 게 깜짝 놀라 다리에 힘이 풀린 망아지 같았다. 책가방이 팔에서 주르르 흘러내렸다. 휘둥그레 뜬 두 눈은 차를 빤히 바라보았다.

나는 차에서 내렸다. 지금은 인간의 빠르기에 맞추어 행동할 필요가 없었으므로, 나는 재빨리 조수석을 열어 주었다. 더는 이 애를 속이려 하지 않겠어. 적어도 우리 둘만 있을 때는, 나의 본모습대로 행동할 거야.

그 애는 나를 올려다보았다. 내가 마치 안개 속에서 튀어나온 것처럼 보여서 다시금 깜짝 놀란 상태였다. 그러다 그 눈망울에 서린 놀라움은 무언가 다른 감정으로 변했다. 그래서 난 더는 두렵지 않았다. 아니, 희망이 없어졌다고 해야 하려나. 하룻밤이 지났어도 날 향한 그 애의 감정은 그대로였으니까. 따스함과 경이로움과 매혹이 모두 저 투명하고 깊은 눈망울 속에서 일렁여댔다.

"오늘은 나랑 차 같이 타고 갈래?"

나는 물었다. 어젯밤 식사 자리와는 달리, 벨라에게 선택권을 줄 것이었다. 지금부터는 뭐든지 이 애가 선택하게 할 것이다.

"응, 고마워."

벨라는 조용히 대꾸하며 주저하지 않고 내 차에 탔다.

이 애가 승낙해 주는 게 나았다니, 이 짜릿함에 과연 끝이 있을까?

얼른 함께 있고픈 마음에 차를 휙 돌아 탔다. 내가 갑자기 다시 나타났는데도 그 애는 놀란 기색이 전혀 없었다.

내 옆에 벨라를 앉혀두고 느끼는 행복은 전례 없이 대단했다. 가족과 함께 있으면서 누린 사랑과 유대감도 컸고, 나의 세상에서 즐길 수 있는 다양한 여흥거리와 마음 붙일 일들도 많았지만, 그래도 지금처럼 행복한 적은 없었다. 이것이 잘못이라는 건 알지만, 이 끝이 좋을 리 없다는 것도 알지만, 우리가 함께 있을 때 미소가 계속 나오는 건 어쩔 수가 없다.

내 재킷은 그 애 자리의 머리 받침대 위에 개켜서 올려놨다. 벨라가 옷을 바라보는 모습이 보였다.

"그 옷은 널 위해 가져온 거야. 감기라도 걸리면 곤란하니까."

이 말은 사실 핑계에 불과했다. 오늘 아침 초대하지도 않았는데 불쑥 나타났으니, 뭐라도 주면서 둘러대야 할 것 같아서였다. 날씨는 추웠고, 벨라는 재킷이 없었으니까. 이 정도는 분명히 받아들여 줄 만한 기사도 정신 아닐까.

"난 그렇게 나약하지 않아."

그 애는 내 얼굴이 아닌 가슴께를 보며 대꾸했다. 마치 나와 눈을 마주치기 주저하는 것 같았다. 하지만 내가 제발 옷을 입으라 구슬리거나 애원하기 전에 알아서 재킷을 입었다.

"과연 그럴까?"

난 혼잣말로 중얼댔다.

내가 학교 쪽으로 속력을 내는 동안 벨라는 길을 바라보았다. 겨우 몇 초 만에 그 침묵이 견딜 수 없어졌다. 오늘 아침 무슨 생각을 하는지 알아야 했다. 태양이 뜨기 전의 그 밤시간 동안 우리 사이는 너무나 많은 게 바뀌었으니까.

"뭐야, 오늘은 스무고개 놀이 안 하네?"

그 애는 내가 말을 걸어 주어 기쁘다는 듯이 미소 지었다.

"내 질문 때문에 성가셔?"

"질문보단 네 반응이 성가시지."

나도 벨라에게 미소를 지어 주며 솔직하게 말했다. 그러자 그 애의 입가가 시무룩하게 내려갔다.

"내 반응이 형편없어?"

"아니, 바로 그게 문제야. 너는 모든 걸 너무 수월하게 받아들여. 그건 자연스럽지 않거든. 그래서 정말로 네가 무슨 생각을 하는지 궁금해지는 거고."

지금껏 비명 한 번 지르지 않았다. 어떻게 이럴 수가 있지? 물론, 이 애가 무얼 하든, 혹은 무얼 하지 않든 나는 죄다 신기하고 놀랍기만 했다.

"정말로 난 언제나 내가 생각하는 대로 이야기하는데."

"생략은 하잖아."

내 말에 그 애는 다시 입술을 깨물었다. 자기도 모르게 나오는 버릇인 것 같았다. 긴장하면 무의식적으로 나오는 반응이로군.

"많이는 안 해."

저 말만 들었는데도 난 호기심이 들끓을 정도라고. 일부러 숨기는 게 대체 뭘까?

"나를 돌아 버리게 만들 정도로는 해."

그러자 그 애는 잠시 머뭇거리더니, 이렇게 속삭였다.

"넌 모르는 게 나을 거야."

이게 무슨 뜻인지 잠시 생각해야 했다. 어젯밤 나눈 대화를 한 마디 한 마디 전부 떠올리면서 의미를 찾아보았다. 그러려면 집중력이 아주 많이 필요한 것도 같았다. 내 쪽에서는 뭐든지 이 애와 나누고 싶었기 때문에, 모르는 게 나을 내용이 대체 무언지 상상이 되지 않았으니까. 그러다 문득 깨달았다. 이 애 어조가 어젯밤과 똑같다는 것을. 순간 고통이 느껴졌다. 그래, 기억났어. 어제 내가 부탁했었지. 네 생각을 말하지 말아 달라고. **그런 말 절대 해선 안 돼**, 라고 위협하듯 말했지. 그래서 이 애를 울리고…….

나에게 숨겼던 게 이것이었나? 날 향한 감정의 깊이를 숨겼던 거야? 내가 이 애에게 괴물인 것도 상관없다고, 이제 자신의 마음을 바꾸기엔 너무 늦었다는 생각을 숨기는 거야?

말이 나오지 않았다. 기쁨과 고통이 너무 강해서 말로 표현할 수가 없었다. 그 두 감정의 갈등이 너무나 사나운 나머지 생각이 조리 있게 반응하지 못했다. 차 안에는 정적이 흘렀다. 그 애의 심장과 호흡 소리가 일정하게 들려왔을 뿐.

"네 가족들은 어디 있어?"

벨라가 갑자기 물었다. 나는 심호흡을 했다. 차에 타고 나서 처음으로 숨 쉬는 것이라 진짜 고통스러웠다. 하지만 내가 적응하고 있다는 걸 깨닫자 만족스럽기도 했다. 억지로 아무렇지 않은 태도를 다시금 지으며, 난 말했다.

"로잘리 차로 갔어."

그리고 방금 말한 로잘리 차 옆 주차 공간에 차를 댔다. 그녀의 차를 본 벨라의 눈이 휘둥그레지는 모습을 보자 미소가 나왔지만 얼른 감추었다.

"꽤나 요란하지?"

"음, 와, 로잘리는 저런 차가 있으면서 왜 네 차를 타고 다닌 거야?"

만약 로잘리가 벨라를 객관적으로 바라볼 수 있었다면, 지금 벨라의 반응을 즐겼을 테지. 하지만 그녀가 객관적일 리 있나.

"말했다시피 꽤나 요란하니까. 우리도 평범하게 섞여 지내려고 노력은 하거든."

물론, 벨라는 내 차야말로 본질적으로 모순이라는 점은 전혀 알아차리지 못하고 있었다. 볼보 하면 가장 먼저 떠오르는 게 무사고이고, 이 브랜드는 무엇보다도 안전을 최우선으로 둔다. 안전이라니, 뱀파이어가 자동차를 고를 때 고려할 만한 사항은 전혀 아니다. 내 차는 볼보 중에서도 그다지 흔치 않은 레이싱 기종이라서 알아보는 이는 드물었다. 게다가 우리는 차를 산 다음 업그레이드를 했다.

"그리 성공한 것 같지 않은데."

그 애는 이렇게 말하고서 태연하게 웃었다.

쾌활하고도 근심 한 점 없는 그 웃음소리가 나의 공허한 가슴에 따스하게 울렸다.

"그런데 로잘리는 이렇게 눈에 띄는 차를 오늘은 왜 몰고 온 거야?"

"눈치 못 챘어? 지금 난 모든 규칙을 깨고 있는 거야."

내 대답은 조금 무섭게 들렸어야 했다. 하지만 아니나 다를까, 벨라는 미소를 지었다.

일단 차에서 내린 다음 나는 큰 용기를 내어 최대한 벨라 가까이 붙어 걸어가며, 혹시 이토록 가까이 있어서 그 애가 언짢아하는 기색이 있는지 주의 깊게 지켜보았다. 두 번 정도 그 손이 움찔거리며 내 쪽으로 다가오려다가 황급히 제자리로 돌아갔다. 그게 꼭 나를 만지고 싶어 하는 것 같아 보여서…… 나는 숨이 가빠지고 말았다.

"눈에 띄지 않기를 바란다면서 저런 차는 처음부터 왜 산 거야?"

같이 걸어가며 그 애가 물었다. 나는 순순히 대답했다.

"일종의 탐닉이지. 우린 다들 과속하는 걸 좋아하거든."

"어련하시겠어."

그 애는 시큰둥한 어조로 중얼댔다. 내가 대답 대신 씩 웃는 걸 고개 들어 봐주지 않았다.

헉, 저게 뭐야! 보고도 못 믿겠어! 어떻게 벨라가 이렇게까지 해낸 거야?

제시카의 마음이 아찔해지는 소리가 내 생각을 불쑥 가로막았다. 그녀는 학교식당 처마에서 비를 피하며 벨라를 기다리는 중이었다. 팔에는 벨라의 겨울 재킷을 들고 있었다. 그녀는 믿을 수 없다는 듯 눈을 휘둥그레 떴다.

벨라도 잠시 후 제시카를 알아보았다. 제시카의 표정을 알아챈 벨라의 두 뺨이 연분홍빛으로 물들었다.

"안녕, 제시카. 기억해 줘서 고마워."

벨라는 그녀에게 인사했다. 제시카는 말없이 옷을 건네주었다.

좋은 애든 아니든, 벨라의 친구들에게는 예의를 갖춰야겠지.

"좋은 아침이야, 제시카."

와……

제시카의 눈이 더욱 휘둥그레졌지만, 나의 예상과는 달리 몸을 움찔거리거나 뒤로 물러서지는 않았다. 물론 과거에 그녀가 내게 매혹을 느끼기는 했지만, 그래도 언제나 안전거리를 유지했었다. 우리의 추종자들이라도 무의식적으로 위험은 감지하니까. 하지만 제시카의 반응을 보니 이상하고 재미있기도 했지만…… 솔직히 조금 민망하다……. 벨라의 곁에 있어서 내가 얼마나 부드러워졌는지 알게 되었으니까. 이제는 아무도 나를 두려워하지 않는 것 같잖아. 에밋이 이 사실을 알았더라면, 분명히 백 년 동안은 웃어젖힐 테지.

"어……, 안녕."

제시카는 우물거리다가 이내 눈을 번뜩이고서 매우 의미심장한 표정으로 벨라의 얼굴을 바라보며 말했다.

"이따 삼각함수 시간에 만나자."

전부 다 털어놔야 할 거야. 하나하나 빠짐없이. 난 죄다 알아야겠어! 에드워드 컬렌이라니 미친 거 아냐?

벨라는 입을 실룩이며 대답했다.

"그래, 이따 만나."

제시카는 1교시 수업으로 급히 향하면서도 힐끔힐끔 우리를 훔쳐보며 머릿속으로는 별의별 생각을 다 해댔다.

전부 다 알아내야지. 모르는 게 있어서는 안 돼. 어젯밤에 만날 계획이었을까? 둘이 데이트하는 중인가? 얼마나 됐을까? 어떻게 이제껏 쟤는 비밀로 할 수 있었지? 왜 비밀로 하고 싶었을까? 이건 분명 아무렇지 않은 게 아니라고. 벨라는 틀림없이 쟤한테 진지한 거야. 다 밝혀내고야 말겠어. 혹시 키스했을까? 아, 정말 대박……! 제시카의 생각이 갑자기 이상하게 튀더니, 머릿속으로 무언의 망상을 뭉게뭉게 떠올리기 시작했다. 나는 그녀의 상상에 움찔 놀라고 말았다. 그녀가 예전에 날 두고 했던 망상의 자리에 본인 대신 벨라를 넣었기 때문만은 아니었다.

저런 건 있을 리 없는 일이야. 그렇지만 난…… 사실은…….

인정할 수 없었다. 나조차도 저런 생각은 해서는 안 된다. 난 대체 얼마나 그릇된 방식으로 벨라를 원하려는 건가? 저러다 결국 이 애를 죽이고 말 텐데?

난 고개를 저으며 생각을 애써 비우려 했다.

"쟤한테 뭐라고 이야기하려고?"

벨라에게 묻자, 그 애는 낮게 씨근덕거렸다.

"뭐야, 내 생각은 읽을 수 없다고 했잖아!"

"정말이야."

난 깜짝 놀라 그 애를 쳐다보며 이게 무슨 말인지 이해해 보았다. 아, 우리는 동시에 같은 생각을 하고 있었구나.

"하지만 제시카의 생각은 읽을 수 있지. 수업 시간에 널 심문하려고 벼르고 있더군."

벨라는 신음하더니 어깨에서 재킷을 벗었다. 처음에는 나에게 옷을 돌려주고 있다는 것도 알아차리지 못했다. 달라고 할 마음이 없었으니까. 그냥 가지고 있으면 좋을 텐데……. 기념으로 말이야. 이걸 보면 난 벨라에게 도움이 되기에는 너무 느린 것도 같군. 그 애는 내게 재킷을 건네준 다음 돌려받은 자기 재킷에 팔을 끼었다. 나는 재차 물었다.

"그래서 뭐라고 얘기할 거야?"

"네가 좀 도와주면 안 돼? 제시카가 알고 싶어 하는 게 뭔데?"

나는 미소를 지으며 고개를 저었다. 지금 벨라가 무슨 생각을 했는지 즉흥적으로 듣고 싶었다.

"그건 불공평하지."

내 대답에 그 애는 눈을 가늘게 뜨고서 말했다.

"무슨 소리, 네가 알고 있는 걸 나한테 안 가르쳐 주는 게 불공평하지."

맞는 말이군. 이 애는 이중 잣대를 싫어하니까.

"제시카는 우리가 남몰래 사귀고 있는지 알고 싶어해. 나에 대한 네 감정도."

내가 천천히 대답하자, 그 애는 눈썹을 치켜떴다. 놀라서 그렇다기보다는 천진난만한 표정이었다. 아무것도 모르겠다는 척하네.

벨라는 중얼거렸다.

"어머, 큰일이네. 뭐라고 대답해 줘야 해?"

"흐음."

이 애는 언제나 이런 식이다. 자기보다 내 쪽에서 더 많은 걸 드러내기를 바란다. 나는 어떻게 대답해야 할까.

벨라의 어깨 위로 안개에 살짝 습기가 어린 머리카락 한 줌이 흘러내렸다. 우스꽝스러운 스웨터에 숨겨진 쇄골 위로 동그랗게 말린 머리털이 내 눈길을 끌었다. 저 머리칼이 닿은 곳에는 보이지는 않지만 그 몸의 선이…….

조심스럽게, 그 애의 피부에 닿지는 않게 손을 뻗었다. 그렇지 않아도 아침 공기가 차가운데 내 손의 냉기까지 더할 필요는 없으니까. 그 머리카락을 뒤로 넘겨 아무렇게나 묶은 머리 쪽으로 넘겨 주었다. 이러면 내 시선이 흐트러지지 않겠지. 마이크 뉴튼이 이 애의 머리카락을 만졌을 때가 기억났다. 그 기억을 떠올리자 얼굴이 굳어 버렸다. 그때 이 애는 마이크를 피해 몸을 움츠렸다. 하지만 지금의 반응은 전혀 달랐다. 피하는 대신 피부 아래로 피가 확 몰렸고, 갑자기 심장이 고르지 않게 쿵쿵 뛰기 시작했다.

나는 미소를 애써 숨기며 묻는 말에 대답했다.

"첫 번째 문제에 대해선 그렇다고 하면 될 것 같은데……, 너도 싫지 않다면 말이야. 다른 변명보다는 훨씬 쉽잖아."

선택권을 주자. 언제나 이 애가 선택하도록.

"나도 싫지 않아."

그 애가 속삭였다. 아직 심장 박동이 정상으로 돌아오지 않았다.

"그리고 다른 문제에 대해선…… 글쎄, 그에 대한 대답은 나도 잘 귀기울여 봐야겠는걸."

이제 나는 미소를 숨길 수가 없었다.

벨라가 이걸 곰곰이 생각하게 놔두자. 그 애 얼굴에 경악한 빛이 스치자 난 웃음을 참았다.

더 많은 질문을 받기 전에 난 재빨리 돌아섰다. 이 애가 물어볼 때마다 대답해 주지 않는 게 참 힘들었다. 그리고 내가 듣고 싶은 건 이 애 생각이지, 내 생각이 아니다.

"점심시간에 만나."

나는 뒤돌아 소리쳤다. 아직도 나를 노려보고 있는지 확인해 보려는 구실이었다. 벨라는 아직도 입을 벌린 채였다. 나는 원래대로 돌아서서 웃었다.

그 애를 놔두고 걷고 있자니, 내 주위로 휘몰아치는 충격과 추측을 담은 생각들이 어렴풋하게 느껴졌다. 사람들의 눈길은 벨라의 얼굴과 멀어져가는 내 뒷모습을 번갈아 바라보았다. 나는 그들에게 관심을 두지 않았다. 집중할 수가 없었으니까. 축축한 잔디밭을 지나 1교시 수업 교실로 가는 동안 인간이 보기에 이상하지 않은 속도로 다리를 움직이는 게 힘들었다. 달리고 싶었다. 그것도 아주 빨리, 내 모습이 보이지 않을 정도로. 너무 빨리 달려서 날아갈 것처럼. 내 마음은 이미 하늘을 날고 있었다.

교실에 들어와 재킷을 입자, 벨라의 향기가 내 주위에 진하게 감돌았다. 이제 내 몸은 불타오르겠지. 그래도 이 향기가 감각을 마비시키게 놔두자. 그래야 나중에 더 쉬울 거 아니겠어. 그 애와 점심시간에 다시 또 만날 때 말이지.

선생님들이 나를 호명하는 일이 없어서 다행이었다. 아마 오늘 나를 지목해서 뭔가 물어봤다면, 나는 준비하지도 못한 채로 아무 대답도 못했을 것이다. 오전 내내 나는 교실에 몸만 둔 채로, 마음은 다른 곳을 헤매고 있었으니까.

당연히 난 벨라를 보고 있었다. 그 애를 지켜보는 건 이제 자연스러운 일상이 되어서, 자동적으로 이루어지는 호흡과도 같이 의식적으로 노력하지 않아도 저절로 이루어졌다. 그 애가 저 막돼먹은 마이크 뉴튼과 이야기하는 게 들렸다. 그 애는 재빨리 화제를 제시카 이야기로 옮겼고, 난 입을 너무 크게 벌려 웃고 말았다. 그래서 내 오른쪽에 앉아 있던 롭 소여는 눈에 띌 정도로 움찔하며 내게서 물러나 의자에 몸을 푹 밀었다.

윽, 소름 끼쳐.

뭐, 이걸 보니 내 능력이 아예 없어진 건 아니군.

나는 제시카 역시 느슨하게 감시하면서, 그녀가 벨라에게 할 질문을 다듬어대는 생각을 지켜보았다. 그 인간 여자애는 어서 새로운 소문을 알고 싶은 호기심에 불타오르며 초조해했지만, 내 쪽이야말로 그보다 열 배는 더 조급한 마음으로 4교시가 되기까지 간신히 버텼다.

그래서 지금은 앤젤라 웨버의 생각을 듣는 중이다.

그녀에게 느꼈던 고마움은 잊지 않았다. 앤젤라는 처음부터 벨라에게 친절한 마음씨만을 보인데다, 어젯밤에는 벨라를 도와주기도 했었지. 그래서 나는 오늘 아침 내내 기다리면서 앤젤라가 원하는 게 뭔지 찾아보았다. 난 그녀의 소원을 쉽게 찾아낼 거라고 여겼다. 다른 인간들처럼 별 것 아닌 보석이나 장난감 같은 걸 원할 테지. 분명 원하는 게 몇 가지는 있을 것이다. 나중에 익명으로 배달을 시킨 다음, 은혜를 갚은 걸로 치자.

하지만 앤젤라는 벨라처럼 나에게 자신의 생각을 순순히 드러내지 않았다. 그녀는 10대 치고는 특이하게도 현실에 만족하며 살았다. 언제나 행복한 사람. 그녀가 유독 친절한 이유도 그 때문이겠지. 현실에서는 보기 드물게 자신이 가진 것에 만족하면서, 그 외에는 더는 원하지 않는 사람이 바로 앤젤라였다. 그녀는 줄곧 선생님의 말씀에 귀를 기울이며 노트 필기에 집중했고, 그렇지 않을 때면 쌍둥이 남동생들을 이번 주말에 해변에 데리고 갈 생각을 했다. 동생들이 신나게 놀 걸 예상하며 즐거워하는 마음이란 모성애에 가까웠다. 앤젤라는 종종 동생들을 돌보곤 했지만, 그걸 두고 원망스럽게 여기지 않았다. 아주 착한 마음씨로군.

하지만 이러면 내가 뭘 선물해야 할지 어떻게 아나.

뭔가 그녀가 바라는 게 분명히 있을 텐데. 계속 알아봐야겠지. 하지만 나중에 알아보자. 지금은 벨라가 제시카를 만나는 삼각함수 시간이니까.

나는 어디로 가고 있는지 제대로 보지도 않고 영어 교실로 들어갔다. 제시카는 벌써 자리에 앉아서 두 발을 초조하게 굴러대며 벨라가 오기를 기다리고 있었다.

반대로, 나는 교실 지정석에 앉자마자 극도로 움직임이 없어졌다. 이따금 몸을 움직여가며 인간 흉내를 내야 한다고, 속으로 계속 되뇌어야 했다. 하지만 그러기가 쉽지 않았다. 제시카의 생각에 심하게 집중하고 있었기 때문이다. 그녀가 자세히 바라보며 나대신 벨라의 얼굴을 제대로 읽어 주어야 할 텐데.

벨라가 교실로 걸어 들어오자 제시카의 발구르기가 한층 심해졌다.

쟤 어째…… 시무룩한 얼굴이네. 왜? 에드워드랑 잘되고 있지 않아서 그런가? 그렇다면 실망인데. 하지만…… 그렇다면 나도 에드워드한테 다가갈 기회가 있다는 뜻이겠지. 걔가 갑자기 연애에 관심이 생긴 거라면 내가 나서 볼 마음도 없지 않고.

벨라의 얼굴은 시무룩하지 않았다. 다만 머뭇거리고 있을 뿐이었다. 걱정하고 있구나. 내가 이 대화를 전부 들을 걸 아니까.

"어서 다 털어놔!"

벨라가 의자 등받이에 재킷을 걸어 두려고 벗고 있는 와중에 제시카가 대뜸 말했다. 하지만 벨라는 신중한 태도로 미적이며 옷을 벗었다.

윽, 왜 이렇게 느려. 어서 본론으로 들어가자고!

"알고 싶은 게 뭔데?"

벨라는 자리에 앉으면서 교묘히 시간을 끌었다.

"어젯밤에 어떻게 됐어?"

"걔가 나 저녁 사주고 집에 데려다줬어."

그런 다음엔? 이러지 마, 뭔가 더 있을 거 아냐! 어쨌든 이건 거짓말이야. 보면 알아. 세게 나가야겠다.

"어떻게 그렇게 빨리 집에 도착했어?"

그러자 벨라가 미심쩍어하는 제시카에게 눈을 흘기는 게 보였다.

"에드워드가 워낙 미치광이처럼 차를 몰거든. 무서웠어."

그 애는 살짝 미소를 지었다. 그래서 난 큰 소리로 웃고 말았고, 메이슨 선생님의 수업을 방해해 버렸다. 웃음을 얼버무리려 기침이 난 척했지만 아무도 속지 않았다. 메이슨 선생님은 이쪽을 짜증스러운 눈길로 바라보았다. 그러나 선생님이 무슨 생각을 하는지 굳이 귀 기울여 듣지도 않았다. 난 제시카의 생각을 듣고 있었으니까.

하. 지금 그 말을 나더러 믿으라는 거야? 내가 굳이 하나하나 꼬치꼬치 캐물어야겠니? 왜 먼저 말을 안 하는 건데? 나였다면 동네방네 떠들면서 자랑했을 텐데.

"데이트였던 거야? 네가 거기서 만나자고 했어?"

제시카는 벨라의 표정에 스치는 당혹감을 보았다. 그런데 그 표정이 진짜 같아 보이자 실망했다. 벨라가 말했다.

"아니, 거기서 만나서 나도 깜짝 놀랐어."

이게 무슨 소리야?

"하지만 오늘은 일부러 학교까지 널 태워다 준 거지?"

뭔가 사연이 있는 게 분명해.

"응, 그것도 놀라웠어. 어제 나한테 외투가 없었던 걸 눈치챘나 봐."

이건 별로 재미없는데. 제시카는 다시 실망하며 생각했다.

그녀가 연달아 던지는 질문은 지겨웠다. 이미 아는 이야기 말고, 새로운 걸 듣고 싶었다. 왜 이렇게 궁금한 게 많은지 모르겠군. 그런 질문은 그만두고 내가 듣고 싶은 걸 물어봐 주었으면 좋겠는데.

제시카가 또 물었다.

"그래서 다시 데이트하기로 했어?"

"내 트럭으론 무리라면서 토요일에 시애틀까지 자기 차로 데려다준댔어. 그것도 데이트라고 쳐야 하나?"

흐음. 평소의 걔랑은 확실히 다르네……. 음, 얘를 신경 쓰고 있달까. 벨라가 아니라면 에드워드 쪽에 분명 뭔가 있어. 그게 대체 뭘까? 벨라는 지금 제정신이 아니야.

"응."

제시카는 벨라의 물음에 답했다. 그러자 벨라도 결론을 내렸다.

"그렇담 그런 거지."

"어—머—나! 에드워드 컬렌이!"

얘가 걔를 좋아하든 안 하든, 이건 대박 사건이야!

"그러게."

벨라는 한숨을 쉬었다. 그 어조에 제시카는 들떴다. **결국 인정했네!
얘도 알았다는 거잖아!**

제시카가 벨라의 어조를 제대로 읽고 있기는 한 건지 모르겠군. 추
측만 하지 말고, 저게 무슨 뜻인지 벨라에게 설명해 달라고 물어봤으
면 좋겠는데.

"잠깐!"

제시카가 갑자기 제일 중요한 질문이 떠올랐다는 듯 외쳤다.

"걔랑 키스했어?"

제발 키스했다고 해. 그리고 그 과정을 전부 말해 달라고!

"아니, 그런 거 아냐."

벨라는 중얼거리더니 눈길을 떨구고 고개를 푹 숙였다.

쳇, 했다면 좋았을 텐데……. 하. 얘도 그랬으면 좋았겠단 표정이네.

나는 눈살을 찌푸렸다. 벨라는 뭔가 언짢은 표정이었지만, 제시카
가 추측한 대로 실망했을 리는 없었다. 저 애가 그걸 바랄 리는 없어.
그렇다면 자기가 뭘 바라는지도 모르고 있다는 말이잖아. 내 이빨 가
까이 닿기를 바랄 리가 없다고. 저 애도 알 거 아냐. 나한테 송곳니가
있다는 걸.

몸서리가 쳐졌다.

"그럼 토요일에는 혹시……?"

제시카가 떠보았다. 하지만 벨라는 더욱 답답한 표정으로 말했다.

"그럴 일은 없을 거야."

이것 봐, 얘도 하고 싶은 거네. 좀 안됐다.

왜 제시카의 생각이 맞는 것처럼 들리지? 내가 이 광경을 제시카의 인식을 통해 보기 때문에 그런가?

0.5초간 나는 그 생각에, 일어날 리 없는 장면에 정신이 팔리고 말았다. 벨라와 키스해 본다면 어떨까. 내 입술이 그 입술에, 내 차갑고 돌 같은 입술이 그 애의 따스하고 비단 같은…….

그러면 그 애는 죽겠지.

나는 얼굴을 찡그리면서 고개를 흔들고는 다시 집중했다.

"무슨 얘기를 했어?"

네가 주도적으로 말을 걸었니? 아니면 지금 나한테 하듯, 걔 쪽에서 온갖 정보를 캐내게 만든 거니?

나는 씁쓸하게 웃었다. 제시카의 추리는 얼추 맞았으니까.

"글쎄, 여러 가지 얘길 했어. 영어 숙제에 대해서라든가."

아주 조금 했지. 나는 좀 더 크게 미소 지었다.

아, 진짜! "벨라, 그러지 말고 자세히 좀 얘기해 봐!"

벨라는 잠시 생각에 잠겼다.

"음……, 알았어, 하나 생각났다. 웨이트리스가 걔한테 추파를 던지는 걸 너도 봤어야 했어. 난리도 아니더라. 하지만 걘 그 여자한테 전혀 신경 도 쓰지 않았어."

자세한 걸 이야기하랬더니 정말 이상한 이야기를 하는군. 벨라가 그런 것까지 눈치챘다는 데 좀 놀랐다. 그저 덤덤해 보였는데.

이거 재미있네…….

"그건 좋은 징조다. 그 여자 예뻤어?"

흐음. 제시카는 그걸 나보다 더 심각하게 여기는군.

"아주 예뻤어. 열아홉 살이나 스무 살쯤 됐겠던데."

벨라가 대답했다. 그 순간 제시카는 월요일 밤에 있었던 마이크와의 데이트를 떠올렸다. 제시카가 보기에는 전혀 예쁘지도 않았던 웨이트리스에게 마이크가 너무 친근한 태도를 보였던 것이다. 하지만 그녀는 기억을 밀어내고 짜증을 억누르면서 다시 꼬치꼬치 캐묻기 시작했다.

"더 끝내주네. 걔가 널 좋아하는 게 틀림없어."

"그런 것 같기는 한데."

벨라가 천천히 대답했다. 나는 의자 끝에 걸터앉아서 온몸을 뻣뻣하게 굳힌 채 꼼짝도 하지 못했다.

"잘은 모르겠어. 워낙 내색을 잘 안 하거든."

내가 생각했던 것만큼 속마음을 있는 대로 드러낸 채 통제 불능으로 굴었던 것만은 아니었나 보다. 그래도 그렇지, 벨라는 이렇게나 관찰력이 좋으면서…… 어째서 내가 자기를 사랑하고 있다는 걸 깨닫지 못하는 거야? 나는 우리가 나누었던 대화를 전부 곱씹어 보다가, 그 애를 사랑한다는 말을 입 밖으로 내지 않았다 뿐이지 실은 모든 대화에서 마음이 여실히 드러남을 깨닫고 놀랄 뻔했다. 우리가 나눈 말 한마디마다 내가 그앨 사랑한다는 맥락이 숨어 있었다.

이야. 연예인처럼 잘생긴 애를 앞에 앉혀 두고 어떻게 대화를 다 했을까?

"걔랑 단둘이 있을 용기가 있다니, 너 정말 대단하다."

제시카의 말을 들은 벨라의 얼굴 위로 충격적인 기색이 스쳤다.

"뭐가?"

반응이 이상하네. 내 말 뜻이 뭔지 모르나?

"너무…… 사람을 위축시키잖아. 난 걔한테 말도 못 붙이겠던데."

오늘도 제대로 된 말 한마디 못했다고. 걔는 아까 아침에 나한테 인사한 것뿐인데 말이야. 내가 얼마나 바보같이 보였을까.

그러자 벨라는 미소를 지었다.

"나도 에드워드랑 같이 있을 때면 뭔가 마구 헷갈리긴 해."

제시카의 기분을 풀어 주려고 하는 말일 뿐인 게 틀림없었다. 나와 같이 있을 때 그 애는 부자연스럽다 싶을 정도로 침착하지 않았던가.

"아무튼 끔찍이도 잘생겼잖아."

제시카는 한숨을 쉬었다. 그러자 벨라의 얼굴이 갑자기 굳었다. 뭔가 부당한 일에 분개할 때처럼 눈빛이 번뜩였다. 제시카는 그 애 표정이 변한 걸 알아보지 못했다. 벨라는 이내 쏘아붙였다.

"외모 말고도 괜찮은 데가 많아."

이것 봐라. 이제야 뭔가 나오려나 보네.

"정말? 예를 들면 어떤 거?"

그러자 벨라는 잠시 입술을 깨물다가 마침내 입을 열었다.

"어떻게 설명을 해야 좋을지 모르겠지만…… 외모 이면의 모습이 더 대단해."

그 애는 제시카에게서 시선을 돌려서 살짝 멍해진 눈빛으로 어딘가 먼 곳을 응시했다.

내가 응당 받아야 할 칭찬 이상으로 칼라일이나 에스미가 날 과찬했을 때의 기분이 떠올랐다. 지금 감정은 그때와 비슷했지만 더욱 강렬하고 속을 바짝바짝 태웠다.

바보 같은 소리는 집어치워. 저 얼굴보다 대단한 게 대체 뭐가 있다고! 아, 쟤 몸매도 대단하긴 하지.

"그게 과연 가능하기나 해?"

제시카는 킥킥 웃었다.

벨라는 시선을 돌리지 않았다. 제시카를 내버려둔 채로 계속 어딘가를 바라만 보았다.

다른 애들이었다면 좋아서 떠벌였을 텐데 얘는 안 그러네. 질문을 좀 간단하게 해봐야겠다. 하하. 꼭 유치원생이랑 이야기하는 것 같잖아.

"그럼 너 걔 좋아하는 거야?"

난 다시 굳어 버렸다.

벨라는 제시카를 보지도 않고 대답했다.

"응."

"정말로 좋아하는지 묻는 거야."

"그래."

얼굴 빨개진 것 좀 봐!

"얼마나 많이 좋아하는데?"

제시카는 고집스레 물었다.

지금 영어 교실이 불길에 휩싸였다고 해도, 나는 알아차리지 못했을 것이다.

벨라의 얼굴은 이제 새빨개졌다. 머릿속으로 보는 것인데도 그 열기가 느껴지는 것만 같았다.

그 애가 속삭였다.

"너무 많이. 그쪽에서 좋아하는 것보다 내가 더 많이 좋아하는 것 같

아. 그런데 나도 그걸 어쩔 수가 없어."

어우! 지금 배너 선생님이 뭘 물어봤지?

"음, 몇 번 말씀이신가요, 배너 선생님?"

제시카가 계속 벨라에게 질문을 던지지 않게 되어 고마웠다. 나도 숨 돌릴 시간이 필요했으니까.

벨라는 대체 지금 무슨 생각인 거야? "그쪽에서 좋아하는 것보다 더 많이"라니? 어떻게 저런 생각을 할 수가 있지? "그런데 나도 어쩔 수가 없어"라고? 저게 무슨 뜻이야? 저 말을 합리적으로 이해할 수가 없었다. 따져 보면 말도 안 되는 말이다.

나는 아무것도 당연하게 생각할 수가 없을 것만 같았다. 남들에겐 분명한 것이라도, 완벽하게 이치에 맞는 것이라도 저 애의 이상한 머릿속에서는 어쩐지 의미가 뒤틀리고 뒤집어지는 듯했다.

이를 악물고 시계를 노려보았다. 나는 불멸의 존재인데, 몇 분밖에 안 되는 시간이 어째서 이리 길게 느껴지기만 하나? 나의 균형감은 대체 어디로 사라졌나?

바너 선생님의 삼각함수 수업 내내 나는 턱에 힘을 주고 있었다. 내 수업보다 그 수업을 더 많이 들었을 정도다. 벨라와 제시카는 다시 말을 이어가지 않았지만, 제시카는 몇 번쯤 벨라를 훔쳐보았고, 그러다 그 애 얼굴이 뚜렷한 이유 없이 새빨개지는 모습을 포착했다.

나는 점심시간이 어서 빨리 오기만을 기다렸다.

수업이 끝나면 제시카는 과연 내가 기다리던 답을 캐낼 수 있을까. 모르겠다. 하지만 벨라가 먼저 선수를 쳤다.

수업 종이 울리자마자, 벨라는 제시카를 돌아보더니 입가에 미소를 지으며 이렇게 말했으니까.

"영어 시간에 마이크가 월요일 밤에 대해서 네가 뭐라고 했는지 묻더라."

왜 이러는지는 알아챘다. 공격은 최선의 방어라 이거군.

마이크가 내 반응을 물어봤다고? 제시카는 마음을 풀고 기뻐하면서 너그러워졌고, 항상 품고 있던 날 선 반응도 싹 사라졌다.

"설마, 농담이지? 그래서 뭐랬어?"

오늘 제시카에게서 알아낼 수 있는 건 여기가 끝인 게 분명하구나. 벨라 역시 나와 같은 생각을 한 것 마냥 웃는 중이었다. 이번 판은 자신이 이겼다는 것처럼.

뭐, 점심시간에 두고 보자.

나는 앨리스와 함께 체육 수업에 들어가 무감각하게 움직이며 보냈다. 인간과 신체 활동을 할 때면 우리는 언제나 이런 식이었다. 앨리스는 당연히 내 짝이었다. 인간들은 아무도 우리를 짝으로 선택하려 들지 않았다. 오늘은 배드민턴을 배우는 첫날이었다. 나는 지루한 한숨을 쉬면서 느린 동작으로 라켓을 휘둘러 셔틀콕을 상대편으로 넘겼다. 상대 팀에는 로렌 말로리가 있었다. 그녀는 셔틀콕을 받아내지 못했다. 앨리스는 라켓을 바통처럼 빙빙 돌리며 천장을 응시했다. 그녀가 네트로 한 발짝 다가가자, 로렌은 움찔하며 두 발짝 물러섰다.

우리는 모두 체육 시간을 싫어했다. 특히 에밋은 심하게 싫어했다. 경기를 포기해야 한다니, 그의 신념으로는 모욕이나 다름없었다. 오늘 체육 시간은 더 최악이었다. 에밋만큼이나 나도 짜증이 났으니까. 조바심으로 머릿속이 터지기 직전, 클랩 선생님은 여기까지 하자며 수업을 일찍 끝마쳐 주었다. 선생님은 새로이 다이어트를 시도하며 아침을 걸렀고, 그 결과 배가 고파진 나머지 어서 학교를 떠나 어딘가

기름진 점심식사를 할 곳을 급히 찾아댔던 것이다. 그래서 어찌나 고 맙던지, 이런 내가 우스울 지경이었다. 선생님은 속으로 다이어트는 내일부터 하자고 다짐해 댔다…….

그리하여 나는 벨라의 수업이 끝나기 전에 삼각함수 수업이 있는 건물에 충분히 도착할 수 있었다.

즐거운 시간 보내. 앨리스는 재스퍼를 만나러 가면서 생각했다. 며칠 만 더 참으면 되겠네. 벨라한테 내 안부를 전해 달라고 부탁해도 넌 안 들어주겠지?

나는 화가 치밀어 오른 채로 고개를 저었다. 미래를 보는 자들은 죄 다 이런 식으로 잘난 척을 하나?

참고로 말해 두자면, 이번 주말에는 날씨가 내내 맑다 못해 너무 화창 할 예정이야. 그러니 네 계획을 바꿔야 할지도 몰라.

나는 반대편으로 가면서 한숨을 쉬었다. 잘난 척하기는 하지만, 확 실히 쓸모 있는 능력이다.

나는 문 근처의 벽에 기대어 기다렸다. 교실과 가까이 있어서인지 제시카의 생각과 함께 목소리가 벽을 뚫고 들려왔다.

"오늘은 우리랑 점심 같이 못 먹겠구나?"

얼굴 좀 봐, 완전히…… 환해졌네. 나한테 아직 말하지 않은 게 분명 잔뜩 있겠지.

"아마 그럴 것 같아."

벨라는 이상하게 확신 없는 목소리로 대답했다.

내가 점심 같이 먹기로 아까 약속하지 않았던가? 대체 이 애는 무 슨 생각이지?

둘은 함께 교실에서 나왔고, 둘 다 나를 보자 눈을 휘둥그레 떴다.

하지만 내게는 제시카의 생각만 들릴 뿐이었다.

좋겠네. 이야. 이것 봐, 얘가 나한테 말해 준 것보다 뭔가 더 있잖아.

"나중에 만나, 벨라."

벨라는 나에게 다가왔지만, 여전히 확신이 없는 채로 한 발짝 떨어진 곳에 멈추었다. 뺨의 피부가 발그레했다.

주저하는 기색 뒤에는 공포심 같은 건 확실히 없었다. 난 이 애를 그만큼은 알고 있다. 이건 분명, 이 애의 감정과 내 감정 사이에 괴리가 있다고 벨라가 상상하기 때문에 나온 주저함이었다. 그쪽에서 좋아하는 것보다 더 많이, 라니. 말 같지도 않은 소리다!

"안녕."

나는 약간 퉁명스럽게 말했다. 그 애의 얼굴이 더 빨개졌다.

"안녕."

그 말 외에는 별로 하고 싶어 하는 것 같지 않아서, 나는 벨라를 데리고 학교식당으로 향했고, 그 애는 내 옆에서 말없이 걸었다.

재킷을 입었더니 효과가 있었다. 그 애의 향기는 보통 때에 비해 맹렬하지 않았다. 이미 느끼고 있었던 고통이 좀 더 심해졌을 뿐이다. 이 정도면 버틸 수는 있겠다 싶었던 수준보다 쉽게 향기를 무시할 수 있었으니까.

우리가 식당에서 줄 서서 기다리는 동안, 벨라는 안절부절못한 채로 재킷의 지퍼를 올렸다 내렸다 하면서 초조하게 발을 바꿔가며 무게중심을 옮겼다. 그러면서 나를 자꾸 흘끗 쳐다보았지만, 막상 눈이 마주치면 당황한 듯 또 발끝을 내려다볼 뿐이었다. 우리를 쳐다보는 사람이 너무 많아서 그런가? 커다랗게 수군대는 소리를 들어서일 수도 있겠지. 오늘따라 마음의 소리만큼이나 목소리도 크게 들려왔다.

아니면 내가 뭔가 설명해 달라는 표정을 짓고 있단 걸 눈치채서였을 수도 있겠고.

벨라는 내가 자기 줄 점심식사를 고를 때까지도 아무 말이 없었다. 나는 이 애가 뭘 좋아하는지 모른다. 아직까지는. 그래서 난 전부 다 하나씩 집었다.

"뭐 하는 거야? 설마 나더러 그걸 다 먹으란 건 아니지?"

그 애는 낮은 목소리로 다그쳤다.

나는 고개를 저은 다음 계산대에 쟁반을 올려놓았다.

"물론 절반은 내 거야."

벨라는 못 믿겠다는 듯 한쪽 눈썹을 치켜떴지만, 내가 음식 값을 계산하고 우리가 지난 주 앉았던 테이블로 데려갈 때까지도 아무 말이 없었다. 불과 며칠 전 일이었지만 정말 많은 시간이 흐른 것 같았다. 이제는 모든 게 달라졌으니까.

그 애는 다시 내 맞은편에 앉았다. 나는 쟁반을 그쪽으로 밀었다.

"네 마음에 드는 걸로 먹어."

내가 권유하자, 벨라는 사과 하나를 집어 들더니 양손으로 돌리며 생각에 잠긴 눈빛을 지었다.

"궁금한 게 있는데."

왜 아니시겠어.

"누군가 너한테 음식을 먹으라고 굳이 권하면 어떻게 해?"

그 애는 인간의 귀에는 들리지 않도록 숨죽여가며 말했다. 하지만 불멸의 존재들이 귀를 기울이고 있다면 못 들을 리 없는 소리였다.

"넌 언제나 호기심이 발동하는 모양이군."

나는 눈살을 찌푸리며 투덜댔다. 아, 그래. 예전에 음식을 안 먹어본 것도 아니니까. 이것도 인간 흉내이긴 하잖아. 물론 기분은 나쁘지만.

나는 벨라와 눈을 맞춘 채로 가장 가까이 있던 음식을 집었다. 그리고 뭔지 보지도 않고 한 입 씹었다. 보지 않았으니 뭔지도 알 수 없었다. 인간의 음식이 다들 그렇듯, 두툼하고 끈적끈적하고 혐오스러웠다. 그걸 빠르게 씹은 다음, 얼굴을 찌푸리지 않으려고 애쓰면서 삼켰다. 음식 덩어리가 천천히 움직이며 불편한 느낌으로 목 속으로 넘어갔다. 나중에 게워낼 생각을 하니 한숨이 나왔다. 정말 역겹군.

벨라는 충격 받은 표정이었다. 이거 감동적인데.

눈을 흘기고 싶었다. 물론 우리는 이런 속임수에 무척 능해야 하건만.

"누군가 너한테 굳이 흙을 먹으라고 권하면 너도 먹을 수 있잖아?"

그러자 그 애는 콧잔등을 찡그리며 미소를 지었다.

"객기로…… 나도 한 번 먹어 본 적 있어. 그리 나쁘진 않더라."

나는 웃었다.

"네가 어련하겠니."

어떻게 저럴 수 있어? 저 이기적인 멍청이! 우리한테 어떻게 이럴 수가 있느냐고! 웃고 있던 내 마음으로 로잘리의 날카로운 머릿속 비명이 확 몰려왔다.

"진정해, 로잘리."

학교식당 저쪽에서 에밋이 속삭이는 소리가 들렸다. 그의 팔은 로잘리의 어깨를 감싸고, 허리를 껴안아 단단히 자기 몸쪽에 붙인 채였다. 에밋은 그녀를 제어하고 있었다.

앨리스가 죄책감 어린 투로 생각했다. **미안해, 에드워드. 너희 대화를 듣고 벨라가 너무 많이 알고 있다는 사실을 로잘리가 눈치챘어…….**

그렇지만 뭐 어쨌든, 내가 진실을 말해 주지 않았다면 상황은 더 나빠졌을 거야. 그것만은 믿어 줘.

머릿속으로 장면이 이어지자 난 얼굴을 찡그렸다. 만약 내가 집에 있었을 때 로잘리에게 시인했다면, 벨라는 내가 뱀파이어라는 사실을 안다고 털어놓았더라면 일어났을 일이었다. 로잘리는 절대로 속으로만 참고 있지 않았을 것이다. 학교가 끝날 때까지 그녀가 화를 풀지 않는다면, 내 애스턴 마틴을 워싱턴 주 바깥 어딘가로 숨겨야겠군. 내가 가장 좋아하는 차가 망가져서 불타는 모습을 보니 화가 났다. 물론 내 행동은 벌 받아 마땅하지만.

재스퍼도 그다지 기분 좋은 상태는 아니었다.

다른 이들은 나중에 처리하자. 벨라와 함께 있을 수 있는 시간은 제한되어 있으니, 낭비할 수 없다.

에드워드랑 벨라, 아주 사이가 좋아 보이네? 로잘리의 생각을 애써 무시하자, 이제는 제시카의 생각이 치고 들어왔다. 하지만 지금은 그녀의 생각이 들려도 싫지 않았다. **제스처는 괜찮네. 나중에 벨라한테 나의 분석을 이야기해 줘야겠어. 에드워드가 쟤 쪽으로 몸을 숙이고 있잖아. 저건 관심이 있다면 당연히 나오는 자세야. 얼굴도 관심 있어 보이잖아. 와, 저 얼굴 좀 봐……. 완벽하네. 확 먹어 버리고 싶다.** 제시카는 한숨을 쉬었다.

나는 제시카의 호기심 어린 눈초리를 마주보았다. 그러자 그녀는 불안한 듯 눈길을 돌리면서 앉은 자리에서 몸을 사렸다. **흐으음. 그냥 마이크한테 집중하는 편이 낫겠어. 환상은 환상으로 남겨 두고 현실을 챙기자…….**

내가 딴생각을 한다는 걸 벨라는 곧바로 눈치챘다. 내가 정신을 팔

왔던 이유는 두 가지였지만, 그중 덜한 편을 골라 변명했다.

"제시카가 지금 내 모든 행동을 분석하고 있어. 나중에 너한테 낱낱이 다 말해 주겠지."

로잘리는 계속 분노하고 있었다. 신랄한 내면의 독백이 일이 초가량 멈추나 싶다가도, 이내 그녀는 기억을 더듬어 새로운 욕설을 찾아내어 내 쪽으로 던져댔다. 나는 벨라에게 집중하기로 마음먹고 로잘리의 소리를 배경음으로 밀어버렸다.

그리고 음식 접시를 벨라 쪽으로 밀었다. 아까 먹은 건 피자였군. 어쨌든 무어라 말을 시작하면 좋을까. 그 애의 말이 다시 머릿속에 맴돌았다. **그쪽에서 좋아하는 것보다 내가 더 많이 좋아하는 것 같아. 그런데 나도 그걸 어쩔 수가 없어.** 아까 느꼈던 답답함이 확 치솟았다.

벨라는 내가 먹었던 피자를 한 입 먹었다. 이렇게까지 나를 믿다니, 난 놀라 버렸다. 물론 이 애는 나에게 독이 있다는 걸 몰랐겠지. 음식을 나누어 먹는다고 해서 위험한 건 아니지만 말이다. 그래도, 나는 이 애가 날 다르게 대할 거라 여겼다. 뭔가 다른 존재로 말이다. 하지만 그러지 않았다.

부드럽게 시작해 볼까.

"그래, 그 웨이트리스가 예뻤다고?"

내 말에 그 애는 다시 눈썹을 치켜 올렸다.

"넌 정말로 눈치 못 챘어?"

벨라 말고 내 눈길을 끌 여자가 있다고 생각했던 건가. 그것 역시 말도 안 된다.

"응. 자세히 안 봤거든. 생각할 게 너무 많아서."

"그 여자 안됐다."

벨라는 이렇게 말하며 미소 지었다.

내가 웨이트리스에게 전혀 관심이 없어서 좋아하는구나. 그 마음 이해한다. 나 역시 생물 교실에서 마이크 뉴튼을 때려눕히고 싶었던 적이 얼마나 많았던가?

하지만 이 애는 진짜로 자기가 날 더 좋아한다고 생각하는 건 아닐 것이다. 그 애가 품은 느낌이란 겨우 17년을 살아온 필멸자가 내비친 감정의 소산인데, 백 년의 공허함 끝에 나를 망가뜨린 이 무시무시한 감정보다 더욱 강하다는 게 어떻게 말이 되나?

"네가 제시카한테 한 어떤 얘기 때문에…… 신경이 쓰여."

아무렇지 않은 척 말하려 했지만, 그럴 수가 없었다.

그 애는 곧바로 신경질적으로 반응했다.

"네가 안 좋아할 만한 얘기를 들었더라도 어쩔 수 없어. 염탐꾼이면 그 정도는 감수해야지."

염탐꾼은 본인에 대한 좋은 소리를 듣는 법이 없다는 속담이 있긴 있지만.

"내가 듣고 있을 거라고 미리 경고했잖아."

"내 생각을 모두 알게 되는 건 너도 바라지 않을 거라고, 나도 미리 경고했지."

아, 내가 자기를 울렸던 때를 생각하며 말하는 거로군. 후회감에 목소리가 굵어졌다.

"그랬지. 하지만 네 짐작은 전혀 맞지 않아. 난 네 생각을 모두 알고 싶어. 다만, 네가 부디…… 어떤 특정한 생각은 하지 않기를 바라는 거지."

이건 진실보다 좀 더 거짓에 가까웠다. 이 애가 날 좋아해 주기를 바라서는 안 돼. 하지만 그러길 바라. 당연히 그랬으면 좋겠어.

"참 명확하게도 설명하시는군."

벨라는 나를 노려보면서 투덜댔다.

"하지만 지금 정말 중요한 건 그게 아니야."

"그럼 뭔데?"

그 애는 한 손으로 목덜미를 가볍게 받친 채 내 쪽으로 몸을 숙였다. 그 모습에 눈길이 끌려버린 나는 그만 정신이 멍해졌다. 저 피부는 얼마나 부드러울까…….

아니, 집중하자. 다시금 마음을 다잡았다.

"정말로 내가 널 좋아하는 것보다 네가 날 더 좋아한다고 생각해?"

내가 한 질문이지만 엉망진창이군. 정말 우습게 들려.

벨라는 순간 굳어버렸다. 심지어 숨소리도 멎었다. 그러더니 시선을 피하고는 눈을 빠르게 깜빡였다. 이윽고 낮게 헐떡거리는 숨이 들리더니 내게 중얼거렸다.

"또 그런다."

"뭘?"

"눈빛으로 현혹시키는 거."

그 애는 조심스럽게 나와 눈을 맞추며 털어놓았다.

"아."

지금 뭘 어떻게 해야 할지는 모르겠다. 내가 벨라를 현혹시킬 수 있다는 사실이 여전히 짜릿하다. 하지만 이러면 대화를 이어가는 데 별 도움은 안 된다.

그 애는 한숨을 쉬며 말했다.

"네 잘못은 아니야. 너도 어쩔 수 없겠지."

"내 질문에 대답할 거야?"

내가 묻자 벨라는 테이블을 바라보며 대답했다.

"응."

그렇게만 말하면 어떡하라고.

"내 질문에 대답하겠다는 '응'이야, 아니면 정말로 그렇게 생각한다는 '응'이야?"

나는 조급하게 물었다.

"응, 난 정말로 그렇게 생각해."

벨라는 고개를 들지도 않고 대답했다. 목소리는 침울한 기색이 살짝 감돌았다. 얼굴이 다시 빨개지고, 무의식적으로 입술을 잘근잘근 씹어댔다.

문득 나는 깨달았다. 이 애는 자기 감정을 인정하는 걸 무척 힘들어하는구나. 정말로 그렇게 생각하고 있으니까. 나 역시 그 겁쟁이 자식 마이크보다 나을 게 뭐가 있나. 내 감정을 드러내기 전에 이 애 감정을 먼저 확인하려고 묻는 건 마찬가지다. 난 이미 내 감정을 명백하게 드러냈다고 생각했지만, 그게 중요한 건 아니었다. 그 감정은 아직 이 애에게 전달되지 않았으니, 나에게는 변명의 여지가 없다.

"그건 틀린 생각인데."

나는 단언했다. 내 목소리에 담긴 부드러움을 이 애도 분명히 들었을 거다.

벨라는 고개를 들더니 무슨 생각인지 알 수 없는 불투명한 눈으로 나를 바라보며 속삭였다.

"그거야 알 수 없지."

"넌 왜 그렇게 생각하지?"

궁금했다. 난 이 애의 생각을 들을 수 없으니까, 내가 자기 감정을 과소평가한다고 생각하는 건가? 하지만 사실을 말하자면 이 애야말로 나의 감정을 엄청나게 과소평가하고 있다고.

벨라는 눈썹을 찌푸리며 입술을 깨물고는 나를 응시했다. 제발, 이 애의 생각을 들을 수 있다면 얼마나 좋을까 생각하는 것도 이번이 백만 번째다.

이제는 제발 말해 달라고 애원하려는데, 그 애는 손가락을 펴서 내 말을 막았다.

"잠깐 생각 좀 하고."

생각을 정리하려는 것뿐이라면, 참고 기다릴 수 있다.

아니, 참고 기다리는 척 할 수 있다고 해야겠지.

벨라는 손바닥을 마주대고서 가느다란 손가락으로 깍지를 꼈다 풀었다를 반복했다. 그리고 그 손이 마치 자기 손이 아니라는 듯 바라보면서 말했다.

"너무 뻔한 사실 이외에도 가끔……."

머뭇거리다가도 말은 계속 이어졌다.

"나는 사람 마음을 읽는 재주가 없어서 잘은 모르지만……, 가끔 넌 다른 얘기를 하면서도 작별을 고하려고 애쓰고 있는 것 같아."

그 애는 날 보지 않고 말했다.

그걸 눈치챘구나, 그런 거야. 내가 여기에 앉아 있는 건 순전히 나약함과 이기심 때문이라는 것도 알았을까? 그래서 나를 하찮게 봤을까?

"예리하군."

나는 숨을 몰아쉰 다음, 고통으로 일그러지는 벨라의 표정을 심하게 겁먹은 마음으로 지켜보았다. 그리고 서둘러 그 추측을 반박했다.

"하지만 그래서 더욱, 네 생각이 틀리다는 거야……"

이렇게 말을 시작했다가 이내 멈추었다. 아까 맨 처음에 나왔던 말이 떠올라서였다. 무슨 말인지는 모르겠지만 마음에 걸렸으니까.

"'뻔한 사실'이라니 그건 또 무슨 뜻이야?"

"나를 좀 봐."

하지만 나는 내내 그쪽을 보고 있었다. 널 보는 것 외에 다른 건 하지 않아.

"난 지극히 평범한 애야. 물론 여러 번 죽을 뻔한 경험처럼 안 좋은 일들이라든가, 거의 중증 장애인에 가까울 정도로 움직임이 서투르다는 점을 제외하면 말이야. 그런데 너를 좀 봐."

이렇게 말하며 벨라는 손을 저어 내 쪽을 가리켰다. 말할 필요도 없을 만큼 명백한 사실을 지적한다는 듯했다.

본인이 평범하다 생각한다고? 내가 자기보다 더 낫다고 생각한다고? 어디서 그런 생각을 한 거지? 제시카나 코프 선생님 같은 우습고도 속 좁고 아무것도 못 보는 인간들의 생각인가? 어째서 이 애는 자신이 더없이 아름답고…… 눈부시다는 걸…… 모르는 거야? 이 애를 표현하기에는 그 어떤 말도 부족한데.

그런데 본인은 전혀 모르다니.

"넌 네 자신을 제대로 못 봐서 그런 거야. 아, 나쁜 일들을 겪었다는 점은 네 말이 전적으로 옳다는 걸 인정하지."

쓴웃음을 짓지 않을 수 없었다. 이 애를 움켜쥐어 버린 사악한 운명이 우스워 그런 건 아니었다. 하지만 저 어설픔은 좀 웃기잖아. 사랑스럽네. 내가 벨라에게 아름답다고 말한다면, 네 외면과 내면이 모두 다 아름답다고 한다면 내 말을 믿을까? 아마 증거를 갖다 대야 겨우 믿을지도 모르겠어.

"네가 전학 온 날 이 학교의 모든 남학생들이 한 말을 못 들어서 그런 생각을 하는 거야."

아, 그때 남자들이 느꼈던 희망과 전율, 열망은 대단했었다. 그 생각은 엄청나게 빠른 속도로 말도 안 되는 망상이 되었더랬지. 하지만 불가능한 망상이었다. 이 애는 저들 중 그 누구도 원하지 않았으니까.

벨라가 허락한 건 나라고.

지금 내 미소는 분명 우쭐해 보였을 것이다.

그 애는 놀라서 멍한 표정으로 중얼거렸다.

"무슨 소리야……?"

"이번엔 날 좀 믿어 보시지. 넌 절대 평범하지 않아."

이 애는 칭찬에 익숙하지 않다는 게 다 보였다. 얼굴을 붉히더니 이내 화제를 바꿨으니까.

"하지만 난 작별을 고하진 않아."

"모르겠어? 그러니까 내 말이 맞다는 거야. 할 수만 있다면……."

내가 옳은 일을 할 만큼 이타적인 마음을 가지게 될까? 생각하자 절망에 휩싸여 고개를 젓고 말았다. 나는 이타적이 되도록 힘내야 한다. 이 애는 살아갈 자격이 있다. 앨리스가 본 이 애의 미래 같은 게 아니라 인간의 삶을 말이다.

"만일 널 떠나는 게 옳은 일이라면……."

그게 당연히 옳은 일이다. 그렇지 않은가? 벨라는 나와 어울리지 않았다. 이 애는 내가 속한 저승에 가야 할 만한 잘못을 아무것도 저지르지 않았다.

"널 다치게 하느니 차라리 내가 다치는 쪽을 선택해서라도 널 안전하게 지킬 거야. 그러니까 내가 널 더 좋아하는 거고."

최대한 진실을 담아서 나는 이렇게 말했다.

벨라는 나를 노려보았다. 어쩐지 내 말에 화가 난 모양이었다.

"나는 그렇게 못할 것 같아?"

사납게 되묻는 말투였다. 너무 화를 내는군. 하지만 그마저도 너무나 부드럽고 연약해. 이런 애가 어떻게 다른 이를 해친단 말인가?

"넌 선택할 필요가 없으니까."

우리 사이의 엄청난 차이에 새삼 우울해진 기분으로 나는 그 애에게 말했다.

벨라는 나를 빤히 바라보았다. 이제 눈빛에는 분노가 아니라 걱정이 보였고, 눈 사이로 자그마한 주름이 잡혔다.

이토록 선하고 이토록 부서지기 쉬운 존재인데, 이 애를 곤경에서 지켜낼 수호천사 하나 주지 않다니, 이 우주의 섭리는 참으로 잘못되었다.

그러자 머릿속에 음울한 농담이 떠올랐다. 뭐, 이 애에게 수호 천사는 없어도 수호 뱀파이어가 있긴 하지.

그래서 미소를 지었다. 내가 옆에 있을 이유가 있다는 게 너무 좋았다.

"물론 이제는 너를 안전하게 지키는 게 내 존재의 의미랄까, 임무처럼 느껴지기 시작하긴 했어."

그러자 그 애도 미소를 지었다.

"오늘은 아무도 나를 해치려 들지 않았어."

가볍게 대꾸하던 벨라의 얼굴이 0.5초간 생각에 잠겼다가 다시금 알 수 없는 눈빛을 지었다.

"아직은 그렇지."

내가 건성으로 대꾸했다.

"그래, 아직은."

벨라도 고개를 끄덕였다. 난 좀 놀랐다. 내가 보호해 줄 필요는 없다는 말이 나올 거라 생각했는데.

학교식당 저편에 앉은 로잘리는 불평을 그만두기는커녕 점점 더 심하게 해대고 있었다.

미안. 앨리스가 다시 생각했다. 내가 움찔하는 모습을 봤나 보다.

하지만 앨리스의 생각을 들으니 처리해야 할 일이 떠올랐다.

"물어볼 게 하나 더 있어."

"해보셔."

벨라는 미소 지으며 대답했다.

"이번 일요일에 꼭 시애틀에 가야 하는 거야, 아니면 네 추종자들을 모두 거절하느라고 생각해 낸 핑계야?"

그러자 그 애는 날 보고 찡그리며 말했다.

"난 아직 타일러 건에 대해서 널 용서하지 않았어. 걔가 학년말 무도회에 날 데리고 가겠다는 환상을 품게 된 건 다 네 잘못이야."

"내가 도와주지 않았어도 그 녀석은 어떻게든 너한테 물어볼 기회를 잡았을 거야. 나는 그냥 네 얼굴을 꼭 보고 싶었을 뿐이야."

당시 이 애의 경악한 표정을 떠올리자 이젠 웃음이 났다. 나란 존재의 음침한 이야기를 듣고서도 별 반응이 없던 이 애가, 그땐 어찌나 소름끼치던 표정을 지었던가.

"내가 신청했다면, 넌 날 거절했을까?"

"아마 아닐걸. 하지만 갑자기 병이 났다든지 발목을 삐었다든지 하는 핑계를 대서 나중에 취소했을 거야."

참 이상하군.

"왜 그런 짓을 해?"

단번에 이해하지 못하는 내가 실망스럽다는 듯, 그 애는 고개를 저으며 말했다.

"넌 체육 시간에 내 꼴을 못 봐서 그래. 하지만 너라면 취소해도 이해해 줄 거라고 생각했을 거야."

아.

"평평한 바닥에서도 뭐든 꼭 걸려 넘어지지 않으면 못 걸어가는 문제 얘기야?"

"그렇지."

"그건 문제가 안 돼. 춤은 리드하기에 달렸거든."

그 순간, 댄스파티에서 이 애를 내 품에 안는다는 상상이 떠올라 멍해지고 말았다. 파티에서는 이 흉측한 스웨터보다 좀 더 예쁘고 하늘하늘한 옷을 입고 있겠지.

돌진하는 승합차에서 그 애를 밀어낸 다음, 내 품에서 느껴지던 그 몸의 느낌이 아직도 완벽하리만큼 생생하게 다가왔다. 두려움이나 절박함보다도 더욱 강렬했던 그 감각이 여전히 떠오른다. 너무나 따스하고도 부드러웠지. 돌처럼 단단한 내 몸에 딱 맞아들었던 그 몸…….

그 기억에서 애써 벗어나야 했다.

"어쨌든 넌 아직 대답 안 했어."

나는 재빨리 말했다. 이 애가 계속 나랑 말싸움하게 두면 안 되니까.

"꼭 시애틀에 가야 하는지, 아니면 우리 둘이 뭔가 다른 걸 해도 괜찮은지."

　기만적인 질문이다. 이 애에게 선택지를 주는 듯하지만, 사실은 그 날 나를 만나지 않는다는 선택지는 주지 않았으니까. 공정하지 못했다. 하지만 나는 어젯밤에 이 애에게 약속을 했다. 무심코, 너무 생각 없이 약속해버렸지. 하지만 그래도…… 신뢰 받을 자격 없는 나에게도 이 애가 주었던 믿음을 앞으로도 얻으려면, 내가 했던 약속을 최대한 지켜야 하리라. 그 때문에 내가 무척 겁을 먹게 된다 하더라도.

　토요일에는 해가 빛날 것이다. 이 애가 겁에 질려 혐오감을 드러낸다 해도 견딜 만큼 내가 용감하다면, 진짜 내 모습을 보여줄 수 있겠지. 그런 위험을 감수할 만한 곳이 어딘지 알고 있다.

　"다른 것도 난 좋아. 하지만 부탁할 게 있어."

　벨라의 말은 조건부 승낙이었다. 나에게 원하는 게 뭘까?

　"뭔데?"

　"내가 운전해도 돼?"

　설마 농담이겠지?

　"왜?"

　"우선은 찰리한테 시애틀에 갈 거라고 얘기했을 때 혼자 갈 거냐고 물어서 그렇다고 했어. 다시 물으면 거짓말을 하진 않겠지만, 찰리가 다시 물어볼 것 같진 않아. 그런데 집에 트럭을 두고 가면 공연히 불필요한 문제를 다시 거론해야 하잖아. 그리고 또 네가 운전하면 난 겁이 나."

　나는 그 애에게 눈을 흘겼다.

　"나에 대해서 겁먹을 일이 그렇게 많은데 겨우 운전하는 거나 걱정하다니."

정말이지 이 애의 두뇌는 거꾸로 사고하나보다. 넌더리가 나버린 나는 고개를 설레설레 저었다. 무서워해야 할 건 따로 있는데, 왜 그건 무서워하지 않아? 그리고 왜 나는 이 애가 마땅히 무서워해야 할 걸 무서워하기를 바라지 않지?

우리가 주고받았던 농담을 더는 장난스러운 어조로 이어갈 수가 없었다.

"그날 나랑 지낼 거라는 걸 아버지에게 말씀드리기 싫은 거야?"

이렇게 되묻는 내 목소리엔 어두움이 스며들었다. 벨라의 대답이 무엇일지 이미 짐작했지만, 내 머릿속에는 그게 왜 중요한지 온갖 이유들이 떠올랐다.

벨라는 이 점만큼은 확신에 차서 말했다.

"찰리한테는 언제나 말을 삼가는 쪽이 더 편해. 어쨌든 우리 어디 갈 건데?"

나는 두려움과 미적대는 마음을 애써 누르며 천천히 말했다. 나는 이 선택을 얼마나 심하게 후회하게 될까?

"날씨가 좋을 거라서 난 사람들 눈을 피해야 하지만……, 원한다면 너는 나랑 같이 지내도 돼."

벨라는 단번에 그 속뜻을 알아차렸다. 눈망울이 확 밝아지면서 간절해졌다.

"그럼 햇빛에 대해서 네가 했던 말이 무슨 뜻인지 보여줄 거야?"

어쩌면, 예전에도 그랬듯 이 애의 반응은 나의 예상과는 정반대일지도 모른다. 그 가능성을 생각하자 미소가 지어졌다. 나는 다시 가벼운 대화 분위기를 만들어 보려 애썼다.

"응, 하지만……."

아직 이 애는 승낙하지 않았잖아.

"네가 나랑 단둘이 있고 싶지 않대도, 너 혼자 시애틀에 가는 건 여전히 반대야. 그런 대도시에서 네가 겪을 어려움은 생각만 해도 몸이 떨리거든."

벨라는 입을 꾹 다물었다. 언짢아하네.

"피닉스는 인구만 따져도 시애틀보다 세 배나 큰 도시야. 실질적인 크기는……."

나는 그 애의 변명을 끊어 버리고 말했다.

"하지만 피닉스에선 네 목숨이 위험한 적 없었잖아. 그러니까 여기선 널 내 옆에 두는 게 좋겠어."

사실은 이 애가 내 옆에 영원히 머물러도 모자랄 것만 같아.

그러나 이런 식으로 생각해서는 안 된다. 우리에겐 영원이란 없으니까. 이제는 사라져 가는 매 초가 너무 중요했다. 나는 그대로 변치 않는데, 이 애는 매 초마다 변해 간다. 적어도 신체상으로는 그렇다.

"어쨌든 난 너랑 단둘이 있어도 상관없어."

안 돼! 이 애의 본능은 뒤떨어져서 이렇다.

나는 한숨을 쉬어 버렸다.

"알아. 그래도 찰리한테는 얘기해야 해."

"대체 왜 그래야 한다는 거야?"

내 말에 경악해버린 벨라가 물었다. 나는 사납게 눈을 떴다. 물론 이 분노는 언제나 그렇듯 나 자신에게 향한 것이다. 이 애에게 다른 대답을 해 줄 수 있다면 얼마나 좋을까.

"너를 무사히 데려올 작은 핑계라도 만들기 위해서."

나는 나지막하게 위협했다. 이 정도는 내게 해주어야 한다. 적어도 내가 조심하며 행동을 삼가도록 목격자 한 명은 있어줘야 한다고.

벨라는 마른침을 삼키고는 나를 한참동안 바라보았다. 무엇을 보았을까?

"난 그냥 운에 맡길래."

으윽! 자기 생명을 걸고 오싹한 기분을 느끼겠다는 건가? 아드레날린이 확 치솟는 경험을 하고 싶어 못 견디겠어?

제발 닥치라고! 로잘리의 마음의 비명이 끝도 없이 올라가 내 머릿속을 뚫고 들어왔다. 이 대화를 듣고 무슨 생각을 하는지 보았다. 로잘리는 벨라가 지금 얼마나 알고 있는지 정확히 파악했다. 무심코 뒤를 돌아보자 로잘리가 맹렬하게 이쪽을 노려보는 모습이 보였다. 그때 난 깨달았다. 이젠 아무래도 상관없어. 내 차를 망가뜨리고 싶다면 맘대로 해. 그건 어차피 장난감일 뿐이니.

"우리 다른 얘기 하자."

벨라가 갑자기 제안했다. 나는 그 애를 다시 바라보았다. 어째서 이 애는 무척 중요한 사실을 이토록 망각할 수 있는 걸까. 왜 나를 괴물로 보지 않는 걸까? 로잘리는 날 처음 봤을 때 괴물이라 여겼는데.

"무슨 얘기가 하고 싶어?"

벨라는 아무도 엿듣는 사람이 없는지 확인하는 것처럼 좌우를 재빨리 살폈다. 또 뱀파이어 미신 관련 이야기를 꺼내려는 게 분명하군. 그애는 시선을 잠시 굳히고 얼어붙고 몸에 뻣뻣하게 힘을 주더니, 이내 나를 다시 바라보았다.

"지난주에 사냥하러…… 고트록스엔 왜 간 거야? 찰리 말로는 곰 때문에 야영장소로 나쁘다던데."

딱 보면 모르나. 나는 한쪽 눈썹을 치켜들고 그 애를 빤히 바라보았다.

"곰 사냥?"

벨라는 놀라서 숨을 들이켰다. 나는 조심스럽게 미소를 지으며, 그 애가 현실을 파악하는 모습을 지켜보았다. 이제는 나를 좀 진지하게 대하려나? 좀 이해가 가?

그냥 다 말하지 그러니. 우리한텐 이미 규칙 따위 없어진 것 같네. 로잘리의 생각이 위협적으로 파고들었다. 나는 애써 그 소리를 막았다.

벨라는 표정을 가다듬더니, 눈을 가늘게 뜨고 엄하게 말했다.

"요즘은 곰 사냥철이 아니잖아."

"사냥 관련법을 주의 깊게 읽어 보면, 그건 무기로 사냥하는 경우에만 국한되어 있어."

내 말에 그 애는 잠시 표정 관리를 하지 못했다. 입술이 벌어져 있군.

"곰 사냥?"

이번 질문은 충격이 느껴지기보다는 머뭇거리는 말투에 가까웠다.

"회색곰은 에밋이 제일 좋아하는 사냥감이야."

나는 눈을 빤히 바라보았다. 그 애는 놀라움을 누르고 다시 원래 표정으로 돌아왔다.

"흠."

이렇게 중얼거린 벨라는 눈을 내리깔고 피자를 한 입 베어 물었다. 그리고 생각에 잠긴 채 음식을 씹다가 음료수를 마셨다. 잠시 후, 마침내 고개를 든 그 애가 물었다.

"그럼 네가 가장 좋아하는 건 뭔데?"

이런 질문이 나올 거라 예상했어야 했건만, 미처 못 했다. 나는 퉁명스럽게 대답했다.

"퓨마."

"아하."

그 애는 평이한 어조로 대꾸했다. 심장도 변함없이 고르게 뛰었다. 마치 제일 좋아하는 식당이 어딘지 물었다는 식이로군.

그렇다면 좋아. 이게 아무렇지 않다는 식으로 행동하겠다 이거지?

"물론 무분별한 사냥으로 환경에 악영향을 끼치지 않도록 조심해야 해. 육식동물이 아주 많은 지역을 찾아서, 필요하면 아주 멀리까지도 찾아가려고 노력하지. 이 근처에도 노루와 사슴이 늘 풍부하니까 그 녀석들을 잡아도 되지만, 무슨 재미가 있겠어?"

나는 무심하고 냉담한 목소리로 말했지만, 벨라는 내가 박물관에서 그림을 설명하는 가이드인 것처럼 정중한 관심을 보이며 귀를 기울였다. 웃을 수밖에 없었다.

"어련하겠어."

그 애는 차분하게 중얼대면서 피자를 한 입 더 먹었다. 나는 계속 무심한 어조로 말을 이었다.

"초봄은 에밋이 가장 좋아하는 곰 사냥철이야. 놈들이 겨울잠에서 막 깨어나 좀 예민하게 굴거든."

70년이 지난 지금도, 곰과 처음으로 싸워서 졌다는 사실을 에밋은 극복하지 못했다.

"예민한 회색곰 사냥보다 재미있는 건 없지."

벨라도 엄숙하게 고개를 끄덕이며 동의했다.

말도 안 되는 저 차분한 태도에 머리를 저으며, 나는 큭큭 웃고 말았다.

"정말로 무슨 생각을 하고 있는지 제발 얘기해 줘."

"상상하려고 노력 중인데 잘 안 되네. 무기 없이 어떻게 곰을 사냥해?"

그 애는 눈 사이에 주름을 만들고서 물었다.

"우리도 무기야 있지."

난 이렇게 말하며 반짝이는 이를 드러내어 활짝 웃어 보였다. 뒤로 움찔 물러날 줄 알았건만, 벨라는 아주 차분하게 나를 바라보았다.

"사람들이 사냥 관련법을 제정할 때 미처 생각 못 한 무기일 뿐이지. 텔레비전에서 곰이 먹이를 공격하는 장면을 보면, 에밋이 사냥하는 모습을 상상할 수 있을 거야."

그 애는 우리 가족이 앉아 있는 테이블을 슬쩍 보다가 이내 몸서리 쳤다.

마침내 반응이 왔군. 난 스스로를 비웃고 말았다. 내 마음속 어딘가 에서는 이 애가 그저 아무것도 모르기를 바라고 있다는 걸 아니까.

짙은 색 눈을 그윽하고도 휘둥그레 뜬 채, 벨라는 이제 나를 빤히 바라보더니, 속삭이는 듯 조그맣게 물었다.

"너도 곰처럼 사냥해?"

"가족들 얘기로는 퓨마에 더 가깝다고 하던걸. 아마 우리의 사냥감 취향대로 따라가나 봐."

나는 다시금 아무렇지 않다는 듯한 어조를 쥐어짜 말했다. 그 애의 입가가 살짝 올라갔다.

"아마……라."

벨라는 내가 했던 말을 반복하더니 고개를 한쪽으로 살짝 기울였 다. 호기심이 눈망울에 그득한 게 보였다.

"앞으로 나도 보게 될까?"

그 순간, 머릿속에 선명한 영상이 떠올랐다. 으스러지고 핏기 없는 벨라의 몸이 내 품에 안긴 모습. 마치 그 환상을 앨리스의 머릿속에서 읽은 게 아니라 내가 직접 본 것 같았다. 하지만 굳이 미래를 보지 않아도 이 같은 공포는 충분히 상상할 수 있었다. 결과는 너무나 명백했으니.

"절대로 안 돼."

나는 그 애에게 으르렁댔다.

벨라는 겁먹고 내게서 물러나 앉았다. 내가 분노를 확 터뜨려 충격을 받고 겁에 질려버렸군.

나 역시 뒤로 몸을 젖혀 앉았다. 우리 사이에 거리를 두고 싶었다. 이 애는 아무것도 이해하지 못할 거야. 그렇지? 내가 아무리 이 애를 살려두려 해도, 이 애는 나한테 전혀 협조하지 않을 거야.

"내가 보기엔 너무 무서운가?"

벨라는 차분한 목소리로 말했다. 하지만 심장은 계속 두 배 빠르기로 뛰는 중이다. 나는 이를 악물고 쏘아붙였다.

"단지 그 이유 때문이라면 오늘밤에라도 데려갈 수 있지. 넌 공포가 뭔지 단단히 배워야 해. 그것보다 너한테 이로운 공부는 없을 것 같다."

"그럼 왜?"

그 애는 굴하지 않고 물었다.

나는 싸늘한 눈초리로 노려보며 그 애가 겁먹기를 기다렸다. 하지만 겁먹은 쪽은 나였다.

그 눈망울은 여전히 호기심과 조급함이 가득했을 뿐, 다른 기색은 없었다. 물러서지 않고 내 대답을 기다렸다.

하지만 우리의 시간은 끝나 버렸다.

"나중에."

나는 딱 잘라 말하고서 일어섰다.

"늦겠다."

벨라는 어리둥절한 채로 주변을 둘러보았다. 우리가 점심을 먹고 있다는 사실조차 잊었다는 듯, 여기가 학교라는 것도 잊었다는 듯, 우리가 둘만의 공간에 있던 게 아니라서 놀랐다는 듯한 저 모습. 나 역시 그 마음을 십분 이해했다. 이 애와 함께 있으면 나머지 세상의 존재를 떠올리기가 힘드니까.

그 애는 재빨리 일어서면서 한 번 발을 헛디디고는 어깨에 가방을 걸쳤다.

"좋아, 나중에 듣지."

이렇게 말하는 그 입가에서 단단한 결심이 엿보였다. 내 대답을 꼭 듣겠다는 거로군.

12
복잡한 문제

　벨라와 나는 말없이 생물 교실로 걸어갔다. 그러다 앤젤라 웨버가 인도에 서서 삼각함수 수업을 같이 듣는 남자애와 숙제 이야기를 하는 옆을 지나갔다. 얘도 실망한 기색을 드러낼 거라 예상하며 앤젤라의 생각을 형식적으로 훑어보았지만, 그녀의 생각은 오로지 애절한 기색일 뿐이라 난 좀 놀랐다.

　아, 앤젤라가 원하는 게 있기는 있었네. 다만 포장해서 쉽게 선물할 수 있는 게 아니라서 안타깝군.

　앤젤라의 가망 없는 바람을 듣고 있자니, 이상하게도 잠시간 위안이 느껴졌다. 동지애가 몸속에 스쳐가는 순간, 난 이 상냥한 인간 여자애와 같은 마음이 되었다.

　나만 비극적인 사랑에 빠져 사는 게 아니라는 걸 아니 묘하게 안심이 되네. 가슴 아픈 사랑은 어디에나 있구나.

　하지만 곧바로, 불쑥 솟은 짜증이 모든 생각을 완전히 눌러버렸다.

앤젤라의 사랑은 비극이 아닐 수도 있잖은가. 그녀는 인간이고 그 남자애도 인간이니, 그녀가 머릿속으로 절대 극복할 수 없으리라 여기는 둘의 차이점은 내 상황에 비하면 정말 우습기 짝이 없었다. 그녀는 실연의 아픔을 가질 이유가 없었다. 뭐 하러 쓸데없이 슬퍼해 대는 건가. 이 사랑이 행복한 결말을 맞지 못할 이유가 뭔데?

그녀에게 선물을 주고 싶다……. 뭐, 원하는 걸 줄 수 있게 되겠군. 내가 아는 인간에 본성에 따르면, 그리 어렵지 않을 게 분명했다. 나는 앤젤라가 좋아하는 대상인 그녀 옆에 선 남자애의 의식을 훑어보았다. 그도 마음이 없는 것 같지는 않았다. 다만 그녀와 같은 이유로 어려움을 느끼고 다가서지 못하는 상태였다.

내가 그저 암시만 슬쩍 흘려 주면 될 것이다.

계획은 쉽게 떠올랐다. 힘들이지 않아도 예상 시나리오가 술술 써졌다. 하지만 에밋의 도움이 필요했다. 그를 이 계획에 끌어들이는 것만이 진짜 어려운 부분이었다. 인간의 본성은 불멸의 존재의 본성보다 조작하기가 훨씬 쉬우니까.

앤젤라의 선물을 이렇게 정해서 만족스러웠다. 내 문제를 잠깐 제쳐 두고 누리는 괜찮은 기분전환이었다. 내 문제도 이처럼 쉽게 풀린다면 얼마나 좋을까.

벨라와 함께 앉자 기분이 조금 나아졌다. 어쩌면 나는 좀 더 긍정적으로 생각해야 할지도 모른다. 앤젤라는 전혀 모르고 있다 해도 해결책이 분명 존재하듯, 우리의 문제에도 어쩌면 명백한 해결책이 있을지 누가 알까. 물론 그럴 리는 없지만……, 어쨌든 왜 절망하며 시간을 허비하는 건가? 벨라의 일이라면 내겐 낭비할 시간이 없다. 매 초가 모두 중요했으니.

배너 선생님은 골동품 TV와 비디오를 가져왔다. 본인이 별로 흥미가 없는 유전 질환 부분이라서, 앞으로 이어질 사흘간의 수업은 비디오를 보여주며 넘길 예정이었다. 〈로렌조 오일〉이란 영화는 별로 신나는 내용은 아니었지만, 교실 안은 신나는 기색이 역력했다. 필기를 안 해도 되고, 시험에 나오는 내용도 아니니 인간들은 크게 기뻐했다.

그러든 말든 나에게도 역시 상관이 없었다. 벨라 외에는 아무것도 신경 쓸 생각이 없었으니까.

오늘은 숨 쉴 공간을 확보하려고 벨라와 떨어져 앉지 않았다. 그 대신 보통 인간들이 그러듯 그 애 옆에 바짝 붙어 앉았다. 내 차에 함께 있었던 때보다 더 가까이, 내 몸 왼쪽이 그 애의 피부에서 발산되는 열기에 푹 잠길 것만 같이 가까이 말이다.

그건 이상한 경험이었다. 즐거우면서도 자꾸만 안절부절못하게 되었으니까. 하지만 책상을 두고 마주앉는 것보다는 이 편이 좋았다. 익숙했던 수준보다 더 심하게 가까이 앉았지만, 그래도 부족하다는 생각이 금방 들어버렸다. 만족스럽지가 않아. 이렇게나 이 애와 가까이 앉았는데도 그저 더 가까이 다가가고 싶은 마음만 들잖아.

난 이 애더러 사고를 끌어들이는 자석이라고 했었지. 지금도 말 그대로 진실인 것만 같았다. 그 위험이 바로 나였고, 내가 벨라에게 가까이 다가가 볼수록 이 애의 매력은 점점 강력해져 갔다.

이윽고 배너 선생님이 불을 껐다.

참 이상하군. 불을 꺼 놓은 것만으로도 엄청난 차이가 생기다니. 게다가 나는 빛이 있으나 없으나 시력에 별 차이가 없지 않은가. 환할 때만큼이나 완벽하게 어둠 속을 볼 수 있었다. 이 방 구석구석이 다 또렷하게 들어왔다.

그렇다면 공기 중에 감도는 이 전기 충격의 기운은 갑자기 어디서 나타났을까? 이걸 똑똑히 보는 게 나 뿐이라 그런가? 혹시 벨라와 나둘 다 다른 사람에게 모두 안 보이는 건 아닐까? 마치 우리만, 단 둘이서만 이 어두운 방안에 숨은 것처럼, 나란히 붙어 앉아 있는 것 같잖아.

손이 제멋대로 그 애 쪽으로 다가가 버렸다. 그 손을 만지고 싶어서, 어둠 속에서 몰래 잡고 싶어서. 이게 그토록 끔찍한 실수일까? 내 피부가 닿는 게 싫다면, 그냥 뿌리치면 되는 걸.

하지만 나는 내 손을 홱 거두어 가슴께에 단단히 팔짱을 끼고 주먹을 꼭 쥐었다. 실수하면 안 돼, 하고 속으로 되뇌었다. 만약 저 애 손을 잡는다 해도, 거기서 끝나지 않고 계속 바라게 될 거야. 아무렇지 않게 또 만져보고, 더 가까이 다가가고 싶어 하겠지. 새로운 욕망이 안에서 자라나며 나의 자제력을 압도하려 했다.

실수하면 안 돼.

벨라도 가슴께에 단단히 팔짱을 끼고, 주먹을 꼭 말아쥔 모습이었다. 나랑 똑같네.

무슨 생각 해? 그 애에게 속삭이고 싶어서 죽을 것 같았지만, 이 방은 너무 조용해서 속삭여 말해도 다 들릴 것이다.

영화가 시작되자 어두웠던 교실은 조금 밝아졌다. 벨라는 내 쪽을 슬쩍 바라보았다. 그리고 내가 자신과 똑같은 자세로 몸을 굳힌 걸 알아채고서 미소를 지었다. 그 입술이 살짝 벌어졌다. 눈망울에는 어서 다가오라는 듯한 따스한 기색이 가득했다.

아니, 어쩌면 내가 보고 싶은 대로 보는 것일지도 모르겠다.

나도 미소를 지어 보였다. 그러자 벨라는 살짝 낮은 소리로 가쁘게 숨을 쉬고는 재빨리 고개를 돌렸다.

이러니까 상황이 악화되었다. 그 애 생각을 알 수는 없었지만, 아까 했던 생각이 맞았다는 확신과 더불어 벨라도 나를 만져보기를 원한다는 확신이 문득 들었다. 이 애도 나 같은 위험한 욕망을 느꼈던 거야.

벨라와 내 몸 사이에서 전류가 흘렀다.

수업 시간 내내 그 애는 몸을 뻣뻣이 굳히고 나처럼 절제된 자세로 움직이지 않았다. 이따금 내 쪽을 훔쳐볼 때마다, 윙윙대는 전류가 내 몸에 확 퍼지며 갑작스럽게 충격을 주었다.

천천히 시간이 흘러갔지만, 원하는 만큼 느리게 흐르지는 않았다. 너무 새로운 느낌이라, 이 애와 며칠 동안 이렇게 앉아서 이 느낌을 충만하게 경험할 수도 있을 것 같아.

이 시간 동안 내 머릿속에서는 열두어 개도 넘는 온갖 생각이 떠오르며 욕망과 이성이 싸워댔다.

마침내 배너 선생님이 다시 불을 켰다.

밝은 형광등 불빛 아래에서 교실 분위기는 원래대로 돌아왔다. 벨라는 한숨을 내쉬며 손가락을 앞으로 쭉 뻗으며 기지개를 켰다. 한 자세로 그토록 오랫동안 앉아 있는 게 불편했구나. 나한테는 쉬웠는데. 미동도 없는 쪽이 내게는 자연스러우니까.

그 애 얼굴에 안도하는 기색이 비쳐서 나는 키득키득 웃었다.

"흥미로운 관찰이었어."

"으응."

그 애는 이렇게만 중얼거렸다. 내가 한 말이 무슨 뜻이었는지 분명 알았을 텐데도 이렇다 말이 없었다. 지금 당장 이 애가 무슨 생각을 하고 있는지 들을 수만 있다면 뭐든 내놓을 텐데.

한숨이 나왔다. 아무리 소원을 빌어 본들 전혀 소용이 없었으니까.

"갈까?"

나는 일어서면서 물었다. 그 애는 시무룩한 얼굴을 한 채로 비틀대며 일어섰다. 마치 넘어질까봐 무서운 것처럼 두 손을 쭉 편 채였다.

나는 손을 내밀어 잡아줄 수 있었다. 아니면 팔꿈치 아래에 아주 살짝 손을 대 주어 일어서는 걸 도와줄 수 있었다. 그 정도야 심하게 끔찍한 행동은 분명 아닐 것이다.

하지만 실수하면 안 돼.

함께 체육관 쪽으로 걸어가는 동안 그 애는 매우 조용했다. 눈 사이에 난 주름을 보니, 지금 생각에 깊이 빠져 있다는 게 여실히 보였다. 그리고 나 역시, 깊은 생각에 잠겨 있었다.

내 피부에 한 번 닿았다고 해서 다치지는 않을 거야. 이런 말로 나의 이기적인 마음이 맞장구를 쳤다.

손의 압력을 적당히 조절하는 건 쉽게 할 수 있다. 그렇게 어렵지 않았다. 나의 촉각은 인간보다 더욱 발달되어 있으니까. 난 크리스털 잔 열두 개를 깨뜨리지 않고 저글링할 수도 있고, 비눗방울을 터뜨리지 않고 쓰다듬을 수도 있다. 내가 스스로를 단단히 통제하는 한은 그렇다.

벨라는 비눗방울 같았다. 연약하고도 덧없는 존재. 영원하지 못한 존재.

이 애의 삶에 내 존재를 정당화시킬 수 있을 시기는 얼마나 될까? 내게 주어진 시간은 얼마나 될까? 이런 기회를, 이런 순간을, 이 찰나를 내가 또 가지게 될까? 이 애는 항상 내 손이 닿는 곳 안에만 있지는 않을 것이다.

벨라는 체육관 입구에서 고개를 돌려 나를 마주보다가, 내 표정을 보고 눈이 휘둥그레졌다. 하지만 아무 말도 없었다. 나는 그 눈망울에 비친 내 모습을 바라보며, 내 눈 속에서 격화된 갈등을 깨달았다. 그리고 나의 선한 면이 논쟁에서 져버리면서, 변하는 내 얼굴을 지켜보았다.

의식적으로 명령을 내리지도 않았는데, 손이 저절로 올라갔다. 그리고 벨라가 더없이 얇은 유리로 만들어졌다는 듯, 상상 속의 거품처럼 부서지기 쉽다는 듯, 부드럽게 그 뺨 위로 따스한 피부를 쓸어 보았다. 내 손 끝에 닿은 뺨이 달아올랐다. 투명한 피부 아래로 빠르게 두근두근 뛰는 혈류가 느껴졌다.

그만해. 나는 자제하려 했지만 내 손은 다른 쪽 얼굴도 만져 보고 싶어서 아플 지경이었다. 안 돼. 그만해.

손을 뒤로 빼기가 힘들었다. 이미 가까이 서 있는데도 더 가까이 가려는 내 몸을 막기가 어려웠다. 일순간 천 가지 가능성들이, 벨라를 만져 볼 천 가지 서로 다른 가능성들이 머릿속을 스쳐갔다. 손끝으로 그 입술 선을 훑어 볼까. 손바닥을 그 애 턱에 대어 볼까. 머리카락 한줌을 잡고 내 손 안에 흩뜨려 볼까. 저 허리에 팔을 감아 내 몸 안에 그 애를 품어 볼까.

그만해.

나는 억지로 몸을 돌려 그 애에게서 벗어났다. 내키지 않는다는 듯, 온몸이 뻣뻣하게 움직였다.

유혹에서 도망치다시피 빠른 걸음으로 벨라에게서 떠나갔지만, 생각은 뒤에 남아 그 애를 계속 지켜보았다. 그러다 마이크 뉴튼의 생각을 잡아냈다. 제일 시끄러운 생각이었다. 그는 벨라가 멍한 눈빛으로 뺨을 붉게 물들인 채 자신을 알아보지도 못하고 지나치는 모습을 보고 있었다. 그는 갑자기 화를 내더니 머릿속으로 내 이름을 들먹이며 욕설을 떠올렸다. 그 반응에 나는 어쩔 수 없이 살짝 웃고 말았다.

손이 아직도 따끔따끔했다. 쭉 폈다가 주먹을 말아 쥐었지만 아프지 않게 따끔거리는 느낌은 여전했다.

아냐, 난 벨라를 다치게 하지 않았어. 그렇지만 그 앨 만진 건 실수였어.

마치 은은히 타오르는 숯인 것처럼, 불타오르던 내 목마름이 약화되어 느껴지는 것처럼 온몸에 열기가 퍼졌다.

다음에 또 그 애 옆에 가까이 다가가면, 다시 안 만질 수는 있을까? 만약 두 번째로 만지게 된다면, 거기서 멈출 수는 있을까?

더는 실수하면 안 돼. 그렇잖아. 이 기억을 음미해, 에드워드. 그리고 네 손은 가만히 둬. 나는 음울하게 혼잣말을 했다. 그래야 해. 안 그럼 또 억지로 이곳을 떠나야 할 거야…… 어떻게든. 내가 계속 실수만 저질렀다가는 그 애 곁에 차마 갈 수가 없을 테니까.

나는 심호흡을 한 다음 생각을 애써 정리했다.

에밋은 영어 교실이 있는 건물 밖에서 나를 따라잡았다.

"야, 에드워드."

지금은 나아 보이네. 이상하긴 해도 예전보단 나아. 행복한 거군.

"응, 에밋."

내가 행복해 보인다고? 머릿속은 이토록 혼란스러웠지만, 그런 것도 같군. 뭔가 행복 비슷한 게 느껴지긴 했다.

근데 제발 입 좀 다물어, 녀석아. 안 그러면 로잘리가 네 혓바닥을 뽑아 버릴 테니까.

나는 한숨을 쉬었다.

"미안해. 나대신 네가 고생이 많네. 혹시 너도 나한테 화났어?"

"아냐. 로잘리도 곧 납득하겠지. 어차피 일어날 일이었잖아."

앨리스가 본 바에 따르면…….

하지만 지금 앨리스의 환상을 생각하고 싶지는 않았다. 나는 이를 악문 채로 앞을 응시했다.

무언가 딴 생각을 할 거리를 찾아보다가, 우리 앞서서 스페인어 교실로 들어가는 벤 체니가 보였다. 아하. 지금이 앤젤라 웨버에게 선물을 줄 기회로군.

나는 걸음을 멈추고 에밋의 팔을 잡았다.

"잠깐만."

무슨 일인데?

"내가 지금 부탁할 처지가 아니라는 건 알지만, 그래도 내 부탁 좀 들어줄 수 있어?"

"무슨 부탁?"

에밋은 궁금한 듯 물었다.

나는 숨을 죽이고서 인간의 귀로는 이해할 수 없는 빠르기로 에밋에게 원하는 바를 설명했다.

말을 마치자, 그는 나를 빤히 바라보았다. 멍한 얼굴만큼이나 생각도 멍했다.

"자, 나 좀 도와주겠어?"

내가 재촉했는데도 에밋이 반응을 보이기까지는 1분이나 걸렸다.

"근데 뭐하러?"

"아, 그냥 좀 해 줘, 에밋. 안 될 건 또 뭐야?"

너, 사실 에드워드 아니지? 에드워드가 이런 짓을 할 리 없어. 넌 대체 누구고 진짜 내 동생은 어딨어?

"학교가 언제나 똑같다고 불평하지 않았어? 그래서 살짝 다른 것도 해보자는 거잖아. 싫어? 실험이라고 생각해. 인간 본성에 대한 실험이라고."

그는 다시금 나를 노려보다가 결국 승낙했다.

"뭐, 확실히 다른 짓이긴 하네. 그렇다고 치자. 알았어, 그러지. 도와줄게."

에밋은 코웃음을 치고서 어깨를 으쓱였다.

나는 씩 웃어 보였다. 에밋까지 동조한 지금 내 계획을 실행하고 싶은 마음이 더욱 솟아올랐다. 로잘리는 참 까다로운 상대였던지라, 그녀가 에밋을 선택해 주어서 나는 언제나 감사하게 생각하고 있다. 에밋처럼 좋은 형을 가진 애가 나 말고 또 누가 있을까.

에밋은 연습할 필요도 없었다. 교실로 함께 걸어가면서, 나는 숨을 죽이고 그가 해줄 대사를 속삭였다.

벤은 이미 내 뒷자리에 앉아서 제출할 숙제를 정리하는 중이었다. 에밋과 나도 앉아서 숙제를 꺼냈다. 교실은 별로 조용하지 않았다. 고프 선생님이 모두 조용히 하라고 할 때까지 숨죽여 수군대는 소리는 항상 이어지곤 했다. 선생님은 느긋하게 지난주에 보았던 쪽지시험을 평가하고 있었다.

에밋은 필요 이상으로 큰 목소리로 말했다.

"그래서 앤젤라 웨버한테 데이트하자고 했어?"

그러자 뒤에서 종이를 바스락대던 소리가 우뚝 멈추었다. 그 자리에서 얼어붙은 벤은 우리의 대화에 순간 온 신경을 곤두세웠다.

앤젤라? 지금 앤젤라 이야기를 하는 건가?

좋았어. 관심을 끌었군.

"아니."

나는 천천히 고개를 저으며 후회하는 척 했다.

"왜? 우리가 용기가 부족한 놈들도 아니잖아?"

에밋은 즉석에서 말을 지어냈다. 나는 눈살을 찌푸리며 말했다.

"그게 아니야. 내가 듣기로 걔는 다른 애한테 관심이 있대."

에드워드 컬렌이 앤젤라한테 데이트 신청을 하려 했다고? 하지
만…… 아냐. 난 싫어. 얘가 그 애 곁에 있는 게 싫다고. 얘는…… 그 애랑
안 맞아. 어쩐지…… 안전하지가 않다고.

여기서 기사도가 발휘될 줄은 몰랐는데. 보호본능이라니. 질투할
거라고 예상했건만. 어쨌든 효과가 있으면 됐지.

에밋은 다시금 시키지 않은 대사를 빈정대며 읊었다.

"그래서 안 하시겠다? 다른 경쟁자가 있으니 포기하겠다고?"

나는 그를 노려보았지만, 어쨌든 그 대사에 맞추어 할 말을 했다.

"봐, 내가 보기엔 걔는 그 벤이라는 애를 진짜 좋아한다고. 좋아하
는 남자가 있는 애 마음을 돌릴 생각은 없어. 여자가 한둘도 아니고."

내 뒤 의자에서 나온 반응은 감전된 것 같았다.

"누구?"

에밋은 이제야 알려준 대사를 했다.

"내 실험 파트너가 그러는데 체니라는 애라던데. 누군지는 모르겠
지만."

나는 애써 웃음을 참았다. 나는 저 건방진 컬렌가의 일원이니, 이 조
그마한 학교 학생들을 다 아는 건 아니라는 척을 할 수 있었다.

충격을 받은 벤은 머리를 휘청여 댔다. 나? 에드워드 컬렌이 아니라 나라고? 하지만 걔가 왜 나를 좋아하지?

"에드워드."

에밋은 남자애를 슬쩍 쳐다보면서 낮은 목소리로 중얼댔다.

"걔는 너 바로 뒤에 앉아 있어."

이건 소리 없이 입 모양만으로 한 말이었지만, 너무 명백한 내용인지라 인간도 쉽게 알아챌 수 있었다.

"아아."

나는 짧게 투덜대고서 뒷자리의 남자애를 한 번 슬쩍 쳐다보았다. 안경 너머의 검은 눈동자는 아주 잠깐 겁을 먹었지만, 그는 이내 몸에 힘을 주더니 어깨를 쭉 폈다. 본인을 깔아보는 나의 태도에 모욕감을 느껴서였다. 그는 턱을 치켜들었고, 금빛 도는 갈색 피부는 화난 기색으로 어두워졌다.

"하."

나는 오만하게 말을 흘리며 에밋에게 고개를 돌렸다.

자기가 나보다 낫다고 생각하는군. 하지만 앤젤라는 그렇게 생각하지 않는다고. 내가 본때를 보여주겠어…….

완벽하게 성공했군.

"하지만 그 앤 요키랑 댄스파티 간다고 하지 않았어?"

에밋은 코웃음치며 남자애의 이름을 들먹였다. 요키는 어색한 행동 탓에 많은 애들이 우습게 생각하는 애였다.

나는 벤에게 이 점만큼은 확실하게 알려주고 싶었다.

"보면 몰라? 같이 다니는 애들이니 그냥 단체로 가자고 한 거지. 앤젤라는 수줍음이 많아. 만약 벤, 아니 누구든 상대가 먼저 데이트 신청할 용기가 없다면, 그 애 쪽에서 먼저 물어볼 리는 없다고."

"너는 수줍음이 많은 여자애가 취향이군."

에밋은 시키지 않은 대사를 또 지어냈다. 조용한 여자애들 말이지. 그러니까 어떤 여자애냐면…… 흠. 모르겠네. 벨라 스완이려나?

"그렇지."

나는 그에게 씩 웃어준 다음 다시 연기를 시작했다.

"어쩌면 앤젤라는 기다리다 지쳐 버릴지도 몰라. 그러니 졸업 무도회 때 같이 가자고 해봐야지."

아니, 그렇게는 안 될걸. 벤은 의자에서 상체를 꼿꼿이 세우며 생각했다. 앤젤라가 나보다 키가 큰 게 무슨 상관이야? 그 애가 상관없다고 하면 나도 상관없어. 걔는 이 학교에서 제일 착하고, 똑똑하고, 예쁜 애라고……. 그리고 날 좋아해.

벤이라는 이 아이, 마음에 드는데. 밝은 성격을 지닌 좋은 애처럼 보여. 어쩌면 앤젤라에게 어울릴 만한 애일지도.

고프 선생님이 일어서서 학생들에게 인사말을 건네는 동안, 나는 책상 아래로 에밋에게 엄지손가락을 치켜 주었다.

그래, 인정해야겠다. 나름대로 재미있었어. 에밋은 생각으로 대꾸했다.

나는 혼자 미소를 지었다. 어쨌든 누군가의 사랑이 잘 되어가게 도와줄 수 있어서 기뻤다. 벤은 끝까지 해낼 테고, 앤젤라는 아무도 모르게 내가 손을 써 준 선물을 받게 될 거란 확신이 들었으니까. 이걸로 마음의 빚은 갚았군.

인간들은 어찌나 어리석은가. 15센티미터 키 차이가 난다는 이유로 행복할 수 없다 생각하다니.

내 계획이 성공해서 기분이 좋았다. 다시 미소를 지으며 의자에 제대로 앉아 또 즐거운 장면을 볼 준비를 했다. 벨라가 점심시간에 지적한 대로, 그 애가 체육시간에 어떤지 본 적은 한 번도 없었으니까.

체육관을 가득 메운 웅성거림 속에서 마이크의 생각을 집어내기란 쉬워도 너무 쉬웠다. 지난 몇 주에 걸쳐 그 마음의 소리가 너무 익숙해져 버렸기 때문이다. 한숨이 나왔지만, 어쩔 수 없이 그를 통해 듣는 수밖에 없다. 적어도 마이크는 벨라를 주목할 거란 사실만큼은 확실했으니까.

때마침 그 애에게 배드민턴 파트너가 되어 주겠다고 말하는 마이크의 소리가 들려왔다. 이렇게 제안하는 그의 머릿속으로 벨라와 짝을 이루는 갖가지 상상이 스쳐 지나갔다. 이내 나는 미소를 거두고 이를 악물었다. 그리고 마이크 뉴튼을 살해하는 건 용납되지 않는다는 점을 다시금 되새겨야 했다.

"고마워, 마이크. 하지만 꼭 이러지 않아도 돼."

"걱정하지 마, 내가 잘 비킬게."

그 애는 마이크에게 활짝 웃었다. 그러자 그 자식의 머릿속으로 수없이 많은 사고 장면이 스쳐 지나갔다. 언제나 벨라와 연관된 사고였다.

처음에 마이크는 혼자서 경기를 이끌었다. 그동안 벨라는 코트의 뒤편에서 라켓을 조심스럽게 잡고 주저하기만 했다. 마치 라켓을 너무 거칠게 휘두르면 폭발할까봐 조심스러워하는 것 같았다. 이윽고 클랩 선생님이 어슬렁어슬렁 다가오더니, 마이크더러 벨라도 경기할 수 있게 해주라 명령했다.

어, 안 되는데. 벨라가 한숨을 쉬면서 어설픈 각도로 라켓을 쥔 채 앞으로 나가자 마이크가 생각했다.

제니퍼 포드는 우쭐하니 꼬인 생각을 해대며 벨라를 향해 셔틀콕을 날렸다. 마이크는 벨라가 앞으로 달려들면서 셔틀콕을 향해 라켓을 몇 미터 폭으로 휘두르는 걸 지켜보다가, 그걸 어떻게든 살려보려는 마음으로 급히 돌진했다.

나는 경악한 채로 벨라의 라켓이 그리는 궤적을 바라보았다. 아니나 다를까, 라켓은 팽팽한 네트를 치고서 벨라 쪽으로 튀더니, 그 애 이마를 후려치고는 빙글 튕겨나가 픽 소리를 내며 마이크의 팔을 쳤다.

아야, 아파. 으윽. 이거 멍들겠는데.

벨라는 이마를 문지르고 있었다. 그 애가 다쳤다는 걸 아는 이 상황에서 가만히 앉아 있기가 힘들었다. 하지만 내가 거기 있다 한들 뭘 어떻게 했겠는가? 게다가 별로 심하게 다친 것 같지도 않았다. 나는 망설이며 지켜보았다.

체육 선생님은 웃었다.

"안됐구나, 뉴튼."

저 여자애는 이제껏 본 애들 중에서도 단연 최악의 사고뭉치로군. 쟤를 붙였다가 괜히 다른 애들까지 말려들어 다치게 하면 안 되겠어.

선생님은 일부러 등을 돌리고 다른 학생들의 경기를 보러 갔다. 그래서 벨라는 다시 예전처럼 코트 뒤의 구경꾼 자리로 되돌아갈 수 있었다.

으, 아파. 마이크는 팔을 문지르며 다시 생각했다. 그리고 벨라를 돌아보았다.

"괜찮아?"

"응. 너는 괜찮아?"

그 애가 소심한 목소리로 되물었다.

"괜찮을 거야."

징징거리고 싶지는 않지만, 어우, 진짜 아프다!

마이크는 얼굴을 찡그리며 팔을 한 번 돌렸다.

"난 그냥 여기 있을게."

이렇게 말한 벨라의 얼굴은 고통보다 민망한 기색이 역력했다. 타격을 제대로 받아 아픈 건 마이크만인가 보군. 내 생각이 확실하게 맞았기를 바란다. 어쨌든 벨라는 이제 더는 경기를 하지 않겠지. 조심스럽게 라켓을 등 뒤로 잡고서 후회가 가득한 얼굴로 서 있는 모습이라니……. 나는 터져 나오는 웃음을 애써 막느라 기침을 하는 척했다.

뭐가 그리 웃겨?

에밋이 궁금해했다. 나는 중얼거리며 대꾸했다.

"나중에 알려줄게."

벨라는 더는 감히 경기에 나서려 하지 않았다. 체육선생님은 그걸 보고도 아무 말 하지 않고 마이크가 혼자서 경기하게 내버려두었다.

수업 끝날 때쯤 내준 쪽지시험을 난 일사천리로 풀었다. 그래서 고프 선생님은 나를 먼저 나가게 해주었다. 학교 부지를 걸어가면서 나는 마이크의 마음을 집중해서 들어 보았다. 그는 벨라에게 나에 대해 대놓고 물을 마음이었다.

얘들이 사귄다고 제시카가 단언하고는 있지만, 대체 왜? 왜 그놈은 얘를 고른 거지?

이 자식은 상황 파악을 못하고 있군. 그 애가 날 고른 거야.

"그래서."

"그래서 뭐?"

그 애는 마이크의 말에 의아해했다.

"너랑 컬렌이 사귄다고?"

너랑 그 괴짜 자식이라니. 혹시 남자가 돈이 많은 게 너한테 그렇게나 중요했던 거라면…….

사람을 뭘로 보고 저런 억측을 하나. 나는 이를 악물었다.

"너하곤 상관없는 일이잖아, 마이크."

방어적으로 나오네. 그렇다면 진짜란 뜻인데. 제길.

"난 그 자식이 마음에 들지 않아."

"넌 관심 둘 필요 없어."

그 애가 쏘아붙였다.

왜 얘는 그놈의 번지르르한 겉모습 뒤에 다른 꿍꿍이가 있다는 걸 못보지? 그 집안 애들이 다 똑같은데. 그놈이 얘를 보는 눈빛을 보면, 보고만 있어도 소름이 끼치는데.

"그 자식은 널 볼 때 마치 먹을 걸 노려보듯 한단 말이야."

몸을 움츠린 채, 나는 그 애의 대답을 기다렸다.

벨라의 얼굴이 새빨개졌다. 마치 숨을 참듯 그 애는 입술을 꾹 다물었다. 그러다 갑자기, 그 입술에서 키득키득 웃음이 터져나왔다.

이젠 날 비웃고 있네. 망했군.

마이크는 시무룩한 생각을 품고서 돌아섰다. 그리고 체육복을 갈아입으러 떠났다.

나는 체육관 벽에 기대어 애써 마음을 가라앉혔다.

어떻게 저 애는 마이크의 비판을 비웃을 수 있었을까. 정곡을 너무나 찌른 말이라, 이제는 포크스 사람들이 모두 우리를 너무 많이 알아챈 게 아닌지 걱정이 되기 시작했다. 그런데 내가 자기를 죽일 수도 있다는 말을 어떻게 웃어넘길 수 있었을까. 벨라도 전적으로 사실임을 알면서?

대체 저 애는 뭐가 문제일까?

유머감각이 비뚤어졌나? 내가 아는 벨라 성격을 따져보자면, 그런 것 같지는 않았다. 하지만 내 생각이 맞다고 어떻게 확신하나? 아니면 이전에 생각했던 대로, 그 애 수호천사가 너무 멍청하다는 생각이 일면 옳을지도 모르겠다. 벨라는 두려움이라는 감각이 전혀 없었다. 말하자면 용감하달까. 하지만 달리 보면 멍청하다고도 할 수 있으리라. 그러나 난 그 애가 얼마나 총명한지 알고 있었다. 이유가 무엇인지는 모르겠지만, 묘하게 두려움이 없는 저 애의 특성 때문에 이토록 항상 위험에 빠지는 건가? 어쩌면 벨라를 위해 내가 항상 여기 있어야 하는 건 아닐까.

그렇게 생각하자, 기분이 날아갈 것만 같았다.

내가 스스로를 제어하여 위험하지 않게 지낼 수만 있다면, 그 애 곁에 가까이 있는 게 옳은 일이 될지도 모른다.

이윽고 벨라가 체육관 밖으로 나왔다. 어깨를 뻣뻣하게 굳히고 아랫입술을 또 깨문 모습이었다. 불안한 기색이 역력하구나. 하지만 나와 눈이 마주치자마자 자세가 편안해지더니 얼굴에 활짝 미소가 피어올랐다. 묘하게도 평안한 표정이었다. 그 애는 주저하지 않고 내 옆으로 다가왔다. 어찌나 가까이 다가와 붙어 섰던지, 그 애 몸의 열기가 부서지는 파도처럼 나를 확 덮쳐 왔다.

"안녕."

벨라가 속삭였다. 이 순간 느껴지는 행복은 다시금 전례 없는 것이었다.

"안녕."

이렇게 말하자 기분이 너무나 둥둥 뜰 것만 같아져, 이 애를 놀리고
픈 마음을 억누르지 못하고 말해버렸다.

"체육 시간은 어땠어?"

그 애는 미소를 살짝 지웠다.

"좋았어."

거짓말 못하면서.

"정말?"

나는 끈질기게 추궁할 마음으로 물었다. 사실은 머리가 괜찮은지
아직 걱정이 되었으니까. 아픈 건 아니겠지? 그러나 그 순간 들려온
마이크 뉴튼의 생각이 너무 시끄러워서 집중력이 흐트러지고 말았다.

**난 저 자식 싫어. 죽어 버렸으면 좋겠어. 그 번쩍거리는 차를 벼랑으로
몰고 가다 추락이나 해 버려라. 왜 저 애를 가만 내버려 두지 못하는 거
야? 가서 저희들끼리 놀 것이지. 괴짜는 괴짜랑 어울려야지.**

"왜?"

벨라가 물었다. 나는 다시금 벨라의 얼굴을 집중해서 바라보았다.
그 애는 뒤돌아선 마이크를 바라보다가 다시 나에게 고개를 돌렸다.

"마이크 뉴튼이 신경에 거슬려서."

나는 순순히 대답했다. 그러자 그 애의 입이 살짝 벌어지면서 미소
가 사라졌다. 내가 체육시간에 벌어졌던 처참한 꼴을 볼 능력이 있다
는 걸 잊어버리고 있었구나. 아니면 내가 안 보기를 바랐거나.

"설마 또 엿들은 건 아니지?"

"머리는 좀 어때?"

"너 정말!"

벨라는 이를 악물고 말하더니 나를 외면하고 주차장으로 씩씩거리며 걷기 시작했다. 지금 피부가 검붉게 달아올랐군. 많이 창피한 모양이야.

나는 그 애를 따라잡아 같이 걸었다. 화가 빨리 풀렸으면 좋겠는데. 보통은 빨리 용서해주곤 했지.

"체육시간에 내가 네 모습을 한 번도 본 적이 없다는 말을 꺼낸 사람은 너잖아. 그 말 때문에 궁금해졌단 말이야."

이렇게 설명했지만 벨라는 대답하지 않았다. 눈썹을 지그시 모은 채였다.

그러다 갑자기 멈춰 섰다. 내 차가 있는 길목을 인파가 막고 있어서였다. 대부분 남학생들이었다.

이거 몰 때 속력을 얼마까지 올려 봤을까?

SMG 패들 좀 봐. 저런 건 잡지에서나 봤어.

사이드 그릴 대박!

나도 6만 달러만 있으면 이런 걸 살 텐데…….

로잘리의 차는 동네 밖에서만 타는 게 나은 이유가 바로 이거였다.

나는 욕망에 가득한 남자애들을 헤치고 내 차에 다다랐다. 벨라는 잠시 망설이다가 날 따라왔다.

"꽤 요란하다니까."

벨라가 올라타는 동안 내가 중얼댔다.

"저건 무슨 차야?"

"M3야."

그 애는 눈살을 찌푸렸다.

"나는 자동차 잡지 같은 거 안 봐서 그렇게 말하면 몰라."

"BMW에서 나온 차야."

나는 답답한 마음에 눈을 굴렸다. 그리고 모여 선 인간을 차로 치지 않고 후진하는 데 집중했다. 차가 움직이는데도 물러설 마음이 없어 보이는 남자애들 몇 명은 째려봐주어야 했다. 움직일 생각이 없던 애들이었지만, 나와 잠깐만 눈을 마주쳤는데도 대번에 물러설 마음이 든 것 같았다.

"아직도 화났니?"

내가 물었다. 눈썹 찡그렸던 건 풀려 있었다.

"당연하지."

벨라는 퉁명스레 대답했다.

한숨이 나왔다. 그 이야기는 하지 말 걸 그랬나. 아, 맞아. 내가 보상을 해 주면 될지도 모르겠군.

"사과하면 용서해 줄 거야?"

그러자 그 애는 잠시 생각하고서 말했다.

"글쎄…… 진심으로 용서를 빌면 그럴지도 모르지. 그리고 또 다시는 그러지 않겠다고 약속해야 해."

다시는 안 그러겠다고 거짓말을 할 마음은 없었다. 그러니 저 말대로 할 수는 없는 노릇이었다. 혹시 다른 조건을 제안한다면 화를 풀려나.

"진심으로 사과하지. 그리고 또 토요일에 네가 운전하는 걸로 하면 어때?"

하지만 이 조건에 난 속으로 몸서리를 쳤다.

새로이 나온 제안에 대해 생각하는 벨라의 눈 사이에 다시금 주름이 졌다. 잠시 후, 대답이 나왔다.

"좋아."

그렇다면 사과를 해볼까……. 지금껏 벨라를 일부러 현혹해 보려고 한 적은 없었다. 하지만 해본다면 지금이 좋은 기회인 것 같았다. 나는 학교에서 차를 몰고 나오며 그 애의 눈을 지그시 바라보았다. 내가 제대로 하고 있는 건지는 모르겠군. 어쨌든 더할 나위 없이 설득력 있는 어조를 사용했다.

"화나게 해서 미안하다."

벨라의 심장이 아까보다 세게 뛰었고, 박동 주기가 갑자기 확 빨라졌다. 눈도 휘둥그레졌다. 넋이 나간 얼굴이었다.

나는 슬쩍 미소를 지었다. 성공한 것 같군. 물론 나 역시 그 애에서 눈을 떼기가 좀 힘든 건 마찬가지였다. 나 역시 똑같이 현혹되었으니까. 이 길을 외우고 있어서 다행이었다.

"토요일 아침 일찍 내가 너희 집 앞으로 가지."

나는 합의를 마무리 지었다. 그 애는 빠르게 눈을 깜빡이면서 멍한 생각을 떨치려는 듯 고개를 흔들었다.

"어, 낯선 볼보가 우리 집 앞에 서 있는 것도 찰리한테 설명하기 힘들어질 텐데."

아, 나에 대해서 몰라도 참 많이 모르는군.

"차 안 가져갈 거야."

"그럼 어떻게……."

묻는 말허리를 난 잘랐다. 이러면 또 질문이 꼬리에 꼬리를 물고 이어질 테니까.

"그건 염려 말고. 차 없이 갈 테니까."

벨라는 고개를 한쪽으로 기울였다. 잠시 더 캐물어 볼까 고민하는 것도 같았지만, 이내 마음을 바꾼 듯했다.

"아직 나중 되려면 멀었어?"

이 말을 듣자 오늘 점심에 학교식당에서 대화를 하다 말았다는 게 떠올랐다.

다른 질문이었다면 대답해 주었겠지만, 이건 정말이지 별로 대답하고 싶지 않았다. 하지만 난 마지못해 동의했다.

"지금쯤이면 나중인 것 같긴 하네."

나는 벨라의 집 앞에 차를 세우고는 긴장한 채로 이걸 어떻게 설명해야 할지 생각해 보았다……. 나의 괴물 같은 본성을 너무 뚜렷하게 내비치지 않으면서도, 이 애에게 또 겁주지 않으면서도 잘 설명할 수가 있을까. 아니, 내 어두운 면을 최대한 안 보여주는 게 오히려 잘못된 걸까?

그 애는 점심시간에 지었던 표정을 그대로 짓고 있었다. 예의 바른 태도로 관심 있게 듣겠다는 표정 말이다. 만약 내가 이토록 불안하지 않았더라면, 터무니없이 침착한 이 모습에 웃어버렸을 테지.

"왜 내가 사냥할 때 네가 보면 안 된다고 하는지, 아직도 알고 싶어?"

"글쎄, 난 그저 네가 어떻게 반응할지가 궁금했어."

"겁먹었구나?"

이렇게 물어봐도, 이 애는 분명히 아니라고 말하겠지.

"아니."

하지만 거짓말이라는 게 너무 뻔히 보였다.

애써 웃음을 참았지만 웃어 버리고 말았다.

"겁줘서 미안하군."

하지만 잠시 떠오른 장난기와 더불어 미소도 사라졌다.

"우리가 사냥을 할 때…… 네가 거기 있다는 생각만 해도 섬뜩해서 그래."

"그렇게나 심해?"

머릿속으로 그려본 장면은 너무 심했다. 공허한 어둠 속에서 너무나도 연약한 벨라의 모습. 그리고 자제력을 잃어버린 나……. 머릿속에 떠오른 환상을 애써 떨쳐버리려 했다.

"그래. 아주."

"뭐 때문에……?"

나는 타오르는 갈증에 잠시 집중하며 심호흡을 했다. 그 갈증을 느끼고, 제어하고, 그래서 내가 제대로 제어하고 있다는 걸 증명해 보았다. 다시는 이 갈증에 지배당하지 않을 것이다. 그 점만큼은 사실이 되도록 할 것이다. 나는 이 애에게 위험하지 않은 존재가 되리라. 저 멀리서 반가운 구름이 몰려오는 모습을 멍하니 지켜보았지만, 정말로 구름을 본 건 아니었다. 속으로 이렇게만 빌어대는 중이었다. 이렇게 결심했으니, 사냥을 하다가 우연히 이 애의 향기를 맡게 된다 하더라도 자제할 수 있을 거야. 제발 그래야 해.

나는 한 마디 한 마디를 곰곰이 생각하며 입 밖으로 내었다.

"우리가 사냥할 땐 생각은 접어둔 채 감각에만 의지해. 특히 후각에. 내가 그렇게 자제력을 잃고 있을 때 네가 근처에 있다면……."

그렇다면 무슨 일이 일어날까. 생각만 해도 괴로워서 고개를 저었다. 일어나지 않을 수도 있는 일이 아니었다. 향기를 맡는다면, 반드시 일어나고야 말 일이었다.

벨라의 심장 박동수가 확 치솟는 게 들렸다. 나는 그만 안절부절못한 채로 고개를 돌려 그 애의 눈을 바라보았다.

벨라의 얼굴은 침착했고, 눈망울에는 수심이 어렸다. 살짝 벌어진 입은 걱정하는 것처럼 보였다. 하지만 뭘 걱정한단 말인가? 자신이 위험할까 봐? 내가 결국 현실을 직시하게 만들었다고 봐도 되는 건가? 나는 계속 그 애를 응시하면서, 알 듯 말 듯한 그 표정을 해석하여 분명한 사실을 알아내려 애썼다.

벨라도 나를 마주 바라보았다. 잠시 후 그 눈이 휘둥그레지더니 동공이 팽창했다. 하지만 눈빛은 변하지 않았다.

나의 호흡이 가빠 왔다. 그 순간 조용했던 차 안에 윙윙대는 소리가 들려왔다. 오늘 오후, 어두운 생물 교실의 소리와 똑같은 진동음이었다. 우리 사이에 다시금 전류가 흘렀고, 그 애를 만지고픈 욕망이 아주 짧은 순간이나마 나의 갈증보다 훨씬 강력하게 느껴졌다.

넘실대는 전류에 내 몸속 맥박이 다시 뛰는 것만 같았다. 몸이 노래하듯 전류에 반응했다. 마치 내가 인간이 된 듯한 이 느낌. 세상 그 어떤 것보다도 이 애의 입술의 열기를 내 입술로 느끼고 싶었다. 1초 동안, 나는 필사적으로 몸부림치며 자제력을 찾아댔다. 내 입술을 그 애의 피부에 가까이 닿을 수 있는 힘이 내게 있다면 얼마나 좋을까.

벨라는 밭은 숨을 몰아쉬었다. 그제야 난 깨달았다. 내가 빠르게 숨을 쉬는 동안, 이 애는 숨을 참고 있었다는 걸.

난 눈을 감고서 애써 우리 사이의 이어진 연결고리를 깨 보려 했다.

더는 실수하면 안 돼.

벨라는 수천 가지의 화학적 과정이 정교한 균형을 이루어 연결된 존재였다. 그 중 하나만 건드려도 너무 쉽게 무너지고 말겠지. 리듬에 맞추어 팽창하는 폐에서 흘러나오는 산소에 이 애의 생사가 달려 있다. 파닥대는 심장은 어찌나 약한지, 별것 아닌 사고나 병 때문에도 멈춰버릴 수 있다고……. 어쩌면 나 때문에도.

다시 한 번 사람이 될 수 있는 기회를 줄 테니, 대신 불멸성을 포기할 수 있느냐고 우리 가족에게 묻는다면 분명 모두는 주저하지 않고 그 기회를 잡을 거라고 난 생각한다. 물론 에밋은 거절할 수도 있겠지만. 로잘리와 나는 물론이고 칼라일도 인간이 될 수만 있다면 온몸이 불살라져도 기꺼이 택할 것이었다. 며칠이라도, 아니, 그래야 한다면 몇 백 년이라도 이 몸을 사르리라.

우리 종족은 대부분 그 무엇보다도 뱀파이어의 불멸성을 소중하게 생각했다. 심지어 불멸성을 추구하는 인간들도 있어서, 이 사악하기 그지없는 선물을 받으려고 어두운 곳을 찾아다니기도 한다.

하지만 우리는 아니었다. 우리 가족은 아니었다. 우리는 인간이 될 수만 있다면 어떤 대가도 치를 이들이었다.

그러나 그중에서도 지금의 나만큼 간절히 인간이 되고 싶은 이는 없었다. 로잘리마저도 나만큼 간절하지는 못했다.

나는 눈을 뜨고서 앞 유리창에 난 미세한 구멍과 금 간 곳들을 응시했다. 마치 저 매끈하지 못한 유리 안에 숨겨진 해결책이라도 있는 것처럼. 이제 우리 사이를 흐르던 전류는 사라진 채라, 다시 운전대를 잡은 손에 집중해야 했다.

오른손이 다시금 아프지 않게 따끔거리기 시작했다. 아까 이 애를 만졌을 때와 같은 느낌이었다.

"벨라, 이제 그만 들어가 보는 게 좋겠다."

그 애는 말대꾸하지 않고 순순히 내 말을 들었다. 차에서 내린 다음 문을 닫았다. 내가 느꼈듯, 벨라도 재앙이 일어날 수 있다는 가능성을 느꼈을까?

멀어져가는 그 애를 보자 마음이 아팠다. 저 애도 나와 멀어져서 마음이 아플까? 그나마 조금 있다 또 볼 수 있다는 것만이 위안이 되었다. 물론 저 애는 나를 못 보겠지만. 그 사실에 미소가 나왔다. 나는 그 애에게 다시 한 번 말을 걸려는 마음으로 차창을 내렸다. 지금은 차 안에 벨라의 열기가 없어서 더 안전했으니.

그 애는 뒤돌아서서 궁금한 기색으로 내가 뭘 원하는지 알아보려 했다.

언제나 저토록 궁금해 하네. 난 수많은 질문에 대부분 다 대답해 주었는데도 여전하구나. 하지만 내가 궁금한 건 하나도 만족스럽게 알아내지 못했어. 이건 불공평하잖아.

"참, 벨라!"

"응?"

"내일은 내 차례야."

그러자 그 애의 이맛살이 찌푸려졌다.

"무슨 차례?"

"질문하는 거."

내일, 우리가 수많은 목격자에게 둘러싸인 더 안전한 곳에 있을 때 내가 묻고 싶은 걸 물어볼 것이다. 그 생각에 나는 빙긋이 웃고서 고개를 돌렸다. 그 애가 떠날 기미를 보이지 않아서였다. 벨라는 지금 차 밖에 있는데도 공기를 통해서 전류의 진동이 느껴졌다. 나 역시 밖으로 나가서 그 애 집 문 앞까지 데려다 준다는 핑계로 좀 더 같이 있고 싶었다.

하지만 더는 실수해선 안 돼. 나는 액셀러레이터를 밟았다. 등 뒤로 그 애가 멀어져가자 한숨이 나왔다. 난 언제나 벨라를 향해 달려가지 않으면 도망치기만 하는 것 같다. 가만히 머물러 있던 적이 없는 것만 같다. 우리가 편안하게 있으려면 내 입장을 분명히 정할 방법을 찾아야겠지.

차고 쪽으로 차를 몰았을 때, 우리 집은 밖에서 보기에 차분하고 고요했다. 그러나 나는 그 안에서 일어나는 혼란을 들을 수가 있었다. 입 밖으로 내는 소리도, 조용히 머릿속으로 들려오는 소리도 모두 혼란스러웠다. 나는 가장 아끼는 차 쪽으로 아쉬운 눈빛을 던졌다. 아직까지는 아무 이상 없군. 하지만 이제는 다리 밑에 사는 아름다운 괴물과 마주해야 할 시간이 와 버렸다. 시애틀의 프레몬트 다리 밑에는 저 유명한 트롤 석상이 있다면, 우리 집에는 로잘리가 있다. 그래도 차고에 들어갔다가 집까지 짧게나마 걸어갈 여유는 있을 줄 알았는데, 그마저도 할 수 없었다.

로잘리는 내 발소리가 들리자마자 현관에서 쏜살같이 뛰쳐나왔다. 그녀는 계단 아래에 우뚝 선 채로 아랫입술을 이빨 아래로 말았다.

나는 18미터쯤 떨어진 곳에 섰다. 나는 아무런 공격 태세를 취하지 않았다. 맞아도 할 말이 없다는 걸 알고 있었으니까.

"정말 미안해, 로잘리."

그녀가 공격할 마음을 먹기 전에 난 먼저 말했다. 아마 이 말을 끝으로 더는 말할 여유도 없겠지.

그녀는 어깨를 쫙 펴고 턱을 치켜들었다.

어쩌면 이렇게 멍청할 수가 있어?

에밋은 그녀 뒤로 계단을 천천히 내려왔다. 로잘리가 날 공격한다면, 에밋은 우리 사이에 끼어들 것이었다. 날 보호하려는 건 아니다.

내가 반격을 해버릴 정도로 그녀가 날 도발하지는 못하게 하려는 것이다.

"미안해."

나는 다시 말했다. 내 목소리에 빈정대는 기색이 없다는 걸 알자 로잘리가 놀라는 게 보였다. 하지만 그녀는 너무 화가 나 있어서 사과를 받아들이지는 못했다.

이제 속이 시원하니?

"아니야."

너무나 아프게 들리는 내 목소리가 아니라는 대답을 뒷받침해 주었다.

그럼 왜 그랬어? 왜 걔한테 말한 거야? 걔가 물어봤다고 줄줄이 다 대답해 줬어? 그 말의 내용은 별로 가혹하지 않았다. 하지만 생각의 어조는 날카로운 바늘처럼 심하게 날이 섰다. 게다가 그녀의 머릿속에 떠오른 벨라의 얼굴은 내가 사랑하는 얼굴을 우스운 캐리커쳐처럼 바꾸어 놓은 것 같았다. 지금 로잘리는 나를 참 미워하고 있기는 했지만, 그건 벨라에 대한 미움에 비하면 아무것도 아니었다. 그녀는 자신의 증오심이 내가 나쁜 행동을 했기 때문에 생긴 것이라 정당하다고 여기고 싶어 했다. 벨라가 우리에게 위협적인 존재가 되었기에, 로잘리는 그 애를 그저 귀찮은 문제거리로만 보았다. 그 애 때문에 규칙이 깨졌다고, 벨라는 너무 많이 알고 있다고.

하지만 내 눈에는 그 애를 향한 질투심 때문에 로잘리의 판단력이 심하게 흐려진 게 보였다. 내가 로잘리보다 벨라에게 훨씬 더 많이 끌린다는 건 예전보다 더욱 확실해진 사실이었다. 그녀의 질투심은 뒤틀리고 초점이 빗나갔다. 사실, 벨라는 로잘리가 원하는 것을 죄다 가

지고 있었다. 벨라는 인간이었다. 그리고 선택지가 있었다. 하지만 로
잘리는 인간인 벨라가 스스로를 위험에 빠뜨릴 것이라는 사실에 격분
했다. 인간으로 살 수 있으면서도 자꾸만 어두운 위험 주위를 맴도는
모습에 격분한 것이다.

만약, 다시 인간이 될 수만 있다면, 로잘리는 자기 보기에는 못생긴
그 애의 얼굴과 자신의 미모를 맞바꿀 수도 있다고까지 생각했다.

내 대답을 기다리는 로잘리는 이런 걸 생각하지 않으려고 애썼지
만, 완전히 떨쳐 버릴 수는 없었다.

"왜 그랬어?"

내가 여전히 아무 말도 없자 그녀는 소리 내어 다그쳤다. 내가 계속
마음을 읽어대길 바라지 않았다.

"왜 걔한테 말했냐니까?"

내가 무어라 대답하기도 전에, 에밋이 먼저 말했다.

"난 사실 네가 걔한테 말할 수 있었다는 게 놀라워. 너는 우리랑 같이
있을 때도 그런 말은 거의 안 하잖아. 네가 좋아하는 주제도 아닌데."

그는 로잘리와 내가 이 점에 있어서 얼마나 비슷한지 생각하는 중
이었다. 우리가 증오하는 이 삶 같지 않은 삶에 대해 이야기하는 걸 로
잘리와 나는 모두 무척 꺼렸다. 하지만 에밋은 별로 거리낌이 없었다.

에밋처럼 사는 건 어떤 느낌일까? 아주 현실적인 태도로, 후회 따위
전혀 하지 않는 삶은 어떨까? 상황을 쉽게 받아들이고 앞으로 나아갈
수 있다면 어떨까?

에밋처럼 살 수 있다면, 로잘리와 나는 모두 지금보다 행복했을
텐데.

우리가 비슷하다는 점을 명확하게 이해하자, 로잘리가 지금도 내게

세워 대는 독기 어린 가시에 맞서 좀 더 쉽게 변명할 수 있었다. 나는 에밋에게 말했다.

"네 말대로야. 내가 먼저 자발적으로 말한 게 아니야. 그럴 수는 없었을 거야."

에밋은 고개를 갸웃거렸다. 에밋 뒤로 집안에서 우리 대화를 듣고 있던 이들이 받은 충격이 느껴졌다. 놀라지 않은 건 앨리스뿐이었다.

"그럼 어떻게 된 거야?"

로잘리가 위협적으로 말했다.

"흥분하지 마."

이렇게 말은 했지만 그러지 않을 거란 생각은 들지 않았다. 로잘리는 눈썹을 치켜 올렸다. 나는 말을 이어 갔다.

"일부러 말한 게 아니었어. 하지만 이런 일이 벌어질 거라고 미리 예견했어야 하는 일이었어."

"대체 무슨 소리를 하는 거야?"

"벨라는 에프라임 블랙의 증손자와 친구야."

로잘리는 놀란 채 얼어붙었다. 에밋 역시 허를 찔린 모습이었다. 그들은 나만큼이나 이런 일이 있을 거라는 예상은 조금도 하지 못했다.

칼라일이 현관에서 나타났다. 이제는 로잘리와 나 사이의 싸움 이상의 문제로 불거져 버렸다.

"에드워드, 더 말해 보겠니?"

"이럴 거라 예상했어야 했어요, 칼라일. 물론 우리가 돌아왔을 때 부족의 원로들은 후세에 경고했겠지요. 하지만 후세들은 물론 그 말을 믿지 않았던 거고요. 젊은이들이 듣기에는 우스운 이야기일 뿐이니까요. 벨라의 질문에 대답한 소년도 본인이 하는 말을 사실이라고 여기지 않았어요."

칼라일의 반응에 대해선 걱정하지 않았다. 어떻게 반응할지는 알고 있었다. 지금 나는 앨리스의 방에서 나오는 생각을 아주 열심히 듣는 중이었다. 재스퍼가 무어라 생각할지 듣기 위해서였다.

"네 말이 맞아. 일이 그렇게 흘러간 것도 자연스러운 일이겠지. 에 프라임의 후손이 그토록 많은 걸 아는 이와 이야기를 나누다니, 참 불운하군."

칼라일은 이렇게 말하며 한숨을 쉬었다.

재스퍼는 칼라일의 반응을 듣고 나서 걱정하는 중이었다. 하지만 그는 퀼렛 족의 입을 다물게 하는 편이 아니라, 앨리스와 함께 떠나는 쪽을 염두에 두었다. 하지만 앨리스는 벌써 재스퍼의 생각을 환상으로 보면서, 그 제안에 반대할 준비를 하고 있었다. 그녀는 아무데도 갈 마음이 없었다.

로잘리는 이를 악문 채 말했다.

"불운이 아니에요. 그 여자애가 뭔가를 알게 된 건 에드워드 잘못이에요."

"맞아요. 이건 제 잘못이에요. 정말로 죄송해요."

나는 재빨리 동의했다.

그러자 로잘리가 생각했다. 내게 들려주기 위해. **제발, 이러지 마.** 언제나처럼 순순히 잘못했다며 비는 거 지겹다고. **반성하는 척하지 마.**

"척하는 게 아냐. 이건 다 내 책임이라는 거 알고 있어. 내가 전부 다 심하게 엉망으로 만들었어."

"앨리스가 말했지? 내가 네 차를 태워 버릴 생각이라는 거?"

나는 어설프게 미소를 지었다.

"그랬지. 하지만 그럴 만한 짓을 했으니까. 그래서 네 기분이 풀릴 것 같으면 맘대로 해."

로잘리는 한참 동안 나를 바라보면서 곧바로 차를 부숴 버릴 생각을 했다. 혹시 내가 허세를 부렸는지 떠보고 있는 거였다.

나는 그녀에게 어깨를 으쓱였다.

"차는 그냥 장난감일 뿐이잖아, 로잘리."

"너 변했네."

그녀는 다시금 이를 악문 채 말했다. 나는 고개를 끄덕였다.

"나도 알아."

그녀는 빙빙 돌며 차고 쪽을 서성거렸다. 하지만 허세를 부린 건 내가 아니라 그녀였다. 내가 속상해하지 않으면 차를 부숴 봤자 소용이 없는 것이니까. 우리 가족 중에서 나처럼 차를 아끼는 건 로잘리뿐이었다. 아무 이유 없이 차를 부수기에는 내 차가 너무 아름다웠다.

에밋은 로잘리를 눈으로 좇으며 말했다.

"지금 자초지종을 말해 주지는 않을 거지?"

"무슨 말인지 모르겠는데."

나는 아무것도 모르겠다는 듯 대답했다. 에밋은 눈을 흘기더니 로잘리를 따라갔다.

나는 칼라일을 바라보며 입 모양으로 재스퍼의 이름을 말했다.

그는 고개를 끄덕였다. 그래. 짐작하고 있었단다. 내가 이야기해 보마.

앨리스가 현관에서 나타나더니, 칼라일에게 말했다.

"재스퍼가 드릴 말씀이 있대요."

칼라일은 그녀에게 미소를 지었다. 조금은 씁쓸한 미소였다. 우리는 앨리스에게 익숙해질 만큼 익숙해지긴 했지만, 그럼에도 그녀는 가끔 묘한 느낌을 풍겼다. 칼라일은 앨리스 옆을 지나가며 검고 짧은 머리털을 쓰다듬어 주었다.

계단 위에 앉자 앨리스가 내 옆으로 다가와 앉았다. 우리는 둘 다 위층에서 이어지는 대화를 듣는 중이었다. 앨리스에게는 아무런 긴장감이 없었다. 대화가 어떻게 끝날지 알고 있었으니까. 그녀가 내게 대화를 보여주자, 나의 긴장감 역시 사라졌다. 갈등은 시작되기도 전에 끝났다. 재스퍼는 우리만큼 칼라일을 존경했으며, 그가 인도하는 길을 기꺼이 따랐지만…… 앨리스가 위험하다고 생각할 때만은 다르다. 그때 문득 깨달았다. 난 드디어 재스퍼의 심정을 아주 쉽게 이해할 수 있게 되었군. 벨라를 만나기 전에는 그를 전혀 이해하지 못했었는데, 이제는 그 마음을 왜 몰랐을까 이상할 지경이었다. 그 애는 내 생각 이상으로 나를 변화시켰고, 나는 이제 예전의 내 모습이 아니게 되어 버렸다.

13

또 다른 복잡한 문제

그날 밤에도 벨라의 방으로 찾아갔다. 평소처럼 죄책감을 느껴야 했을 텐데 오늘은 그런 마음이 들지 않았다. 오히려 여기 오는 게 올바른 행동의 하나인 것처럼, 그것도 유일하게 옳은 일인 것처럼 느껴졌다. 나는 최대한 내 목구멍을 불태우려고 여기 왔다. 이 애의 향기를 무시할 수 있을 만큼 나 자신을 훈련시킬 마음이었다. 해낼 수 있을 것이다. 이런 갈증 따위가 우리 사이를 힘들게 할 일이 없도록 할 것이다.

하지만 말이 쉽지, 사실은 어려웠다. 그래도 이래야 도움이 된다는 걸 알잖아. 그러니 연습하자. 고통을 받아들이자. 최대한 강력한 반응이 일어나게 하자. 그래서 욕망의 요소가 나 자신에게서 완전히 벗어나게 하자.

벨라의 꿈은 전혀 평화롭지 않았다. 나 역시 전혀 평화롭지 않았다. 그 애가 자꾸 뒤척여대면서 내 이름을 연신 불러 대는 걸 듣고 있는데 어떻게 평화롭겠는가. 어두웠던 교실에서 나를 압도했던 우리 사이의 화학반응, 우리 신체의 끌림은 벨라의 캄캄한 방에서 더욱 강렬해졌다. 벨라는 내가 여기 있다는 걸 모르고 있지만, 어쩐지 그 애의 몸도 나처럼 느끼고 있는 것 같았다.

벨라는 몇 번이나 자다 깼다. 처음에 깼을 때는 눈도 뜨지 않았다. 다만 베개 밑에 고개를 파묻고 신음했을 뿐이었다. 그래서 내겐 다행이었다. 여기서 들켰다면 이 애와 함께 있을 기회를 다시는 받지 못했겠지. 나는 한 번만 용서해 달라고 말할 자격도 없다. 지금 상황을 귀중히 여기고 적당히 처신해야 했건만, 그러지 못했으니까. 나는 가장 어둡게 그늘진 방구석 깊숙이 앉은 채, 그 애의 시력으로는 내가 여기 있다는 걸 보지 못했을 거라 애써 믿었다.

정말로 벨라는 나를 알아채지 못했다. 심지어 자다 깨서 일어나 물 한 잔을 마시러 욕실로 향했을 때조차도 몰랐다. 계속 제대로 잠이 오지 않아 답답했는지, 화난 발걸음이었다.

내가 뭔가 해줄 수 있으면 좋으련만. 예전처럼 수납장에서 따뜻한 이불이라도 꺼내줄까. 하지만 타는 듯한 목마름을 견디며, 그 애에게 아무런 도움이 되지 못한 채로 그저 지켜볼 수밖에 없었다. 그러다 마침내 벨라가 꿈도 꾸지 않는 무의식의 세계로 빠져들자 안도감이 찾아왔다.

캄캄했던 하늘빛이 서서히 밝아지며 회색이 될 무렵 나는 나무 사이에 있었다. 지금은 숨을 참는 중이었다. 이제는 그 애의 향기가 내 몸에서 빠져나가지 않아야 했으니까. 신선한 아침 공기로 내 목구멍의 고통을 씻어 내게 둘 수 없었다.

벨라가 찰리와 아침식사를 하는 소리를 들었다. 찰리의 생각을 제대로 된 말로 읽어 내는 건 이번에도 힘겨웠다. 정말 흥미롭군. 찰리가 입밖으로 내는 말들의 의도를 추측할 수는 있었다. 그의 의도가 느껴지는 것 같았다. 하지만 그 생각들은 다른 인간들의 생각과는 달리, 완전한 문장의 형태를 갖추지 않았다. 나는 찰리의 부모님이 아직도 살아 있었으면 좋겠다고 무심결에 바랐다. 이 유전적 형질을 거슬러 올라가 볼 수 있다면 재미있을 텐데.

어쨌든 찰리의 불분명한 생각과 입 밖으로 나온 대화를 조합해 보면 오늘 아침 그가 전반적으로 무슨 생각을 하고 있는지 충분히 알 수 있었다. 그는 벨라의 신변과 감정 모두를 걱정하는 중이었다. 찰리 역시 나와 비슷하게 벨라가 혼자 시애틀을 돌아다니는 걸 걱정했다. 나처럼 미친 듯이 걱정하지는 않았지만. 그런데 그가 아는 딸의 정보는 나만큼 최신이 아니었다. 찰리는 최근에 벨라가 겪은 아슬아슬했던 상황을 전혀 모르고 있었다.

그 애는 아빠에게 아주 조심스럽게 대답했지만, 엄밀히 말해 거짓말은 아니었다. 자신이 계획을 변경했다는 걸 찰리에게 말할 생각이 없는 게 분명했다. 아니면 나에 대한 이야기를 할 마음이 없는 것일지도.

찰리는 딸이 토요일 댄스 파티에 안 간다고 하는 것도 걱정이었다. 얘는 그것 때문에 실망했나? 따돌림을 당한다고 여기나? 학교 남자애들이 얘한테 심하게 굴었나? 그는 무력감을 느꼈다. 딸이 우울해 보이지는 않았지만, 뭔가 안 좋은 걸 숨기곤 한다고 의심했다. 그래서 낮에 애 어머니에게 전화해서 조언을 구하기로 마음먹었다.

이것 역시, 내가 듣기엔 이런 생각을 하는 것 같았지, 찰리가 정말 무슨 생각인지는 알 수 없었다. 어쩌면 잘못 들은 부분이 있을지도 모른다.

찰리가 차에 짐을 싣는 동안 나는 내 차로 돌아갔다. 그리고 그가 모퉁이를 돌아 나가자마자 나는 진입로로 들어갔다. 벨라 방 창문 커튼이 휙 흔들리는 모습이 보였다. 이윽고 그 애가 비틀대며 계단을 뛰어 내려오는 발소리가 들렸다.

나는 차에 가만히 있었다. 어쩌면 밖으로 나가 문을 잡아주어야 마땅했을지도 모르지만, 그러지 않았다. 이렇게 지켜보는 편이 더 중요하다는 생각이 들었으니까. 저 애는 내 예상대로 행동한 적이 한 번도 없었으니, 앞으로 그 행동을 제대로 예상하는 법을 알아야 했다. 그러려면 먼저 저 애를 연구해야 한다. 혼자 내버려 두었을 때 어떻게 행동하는지 알아보고, 그 동기는 무엇인지 예측해 보아야 한다. 벨라는 차 밖에서 잠시 머뭇거리다가 살짝 미소 지으며 차에 탔다. 좀 수줍어하는 것 같네.

오늘은 짙은 커피색 터틀넥 스웨터를 입고 있었다. 몸에 딱 달라붙지는 않았지만 몸매를 상당히 드러내는 옷이다. 그래서 난 어제 봤던 꼴사나운 스웨터가 그리웠다. 그걸 입고 있으면 좀 더 안전하니까.

원래는 이 애의 반응을 생각해야 하건만, 갑자기 나 자신의 반응에 압도당하고 말았다. 우리 머릿속에는 이토록 많은 문제들이 산적해 있는데, 이 애와 함께 있을 때면 너무나 평온해지기만 하다니 어떻게 이럴 수가 있을까. 이 애와 함께 있으면 해독제를 맞은 듯 고통과 불안이 사라지는 것만 같다.

코로 숨을 깊이 들이쉬었다. 같이 있어 고통이 사라진대도, 모든 고통이 다 사라지지는 않아. 나는 미소를 지었다.

"잘 잤어? 오늘 기분은 어때?"

벨라의 얼굴에는 어젯밤 잠을 설친 기색이 고스란히 보였다. 저 투명한 피부는 아무것도 숨기지 못한다. 하지만 별 불평이 없으리란 것 역시 나는 안다.

"좋아. 고마워."

그 애는 다시 미소띤 얼굴로 말했다.

"피곤해 보이는데."

이 말에 벨라는 고개를 한쪽으로 숙이고 머리카락을 흔들어 휙 늘어뜨렸다. 일종의 버릇 같군. 그래서 왼쪽 뺨이 일부 가려졌다.

"잠을 잘 못 잤어."

나는 그 애에게 활짝 웃어 주었다.

"나도 못 잤어."

그러자 벨라는 웃었다. 그 행복한 소리를 나는 만끽했다.

"그렇겠구나. 난 너보다는 조금 더 잤다고 해야겠지."

"그랬겠지."

그 애는 머리카락 사이로 나를 훔쳐보았다. 그 사이로 빛나는 눈빛을 보니 감이 왔다. 또 궁금증이 도졌구나.

"그래서 어젯밤엔 뭐 했어?"

나는 조용히 웃었다. 거짓말을 하지 않아도 될 구실이 있어서 좋았다.

"어림없어. 오늘은 내가 질문을 하는 날이야."

그러자 그 미간 사이에 자그마한 주름이 나타났다.

"아 맞다. 뭘 알고 싶은데?"

벨라의 말투는 살짝 회의적이었다. 내가 진짜 본인에게 흥미가 있다는 걸 믿을 수 없다는 듯한 태도로군. 내가 얼마나 궁금한 게 많은지 전혀 모르나 보네.

모르는 게 너무 많았다. 천천히 알아가 봐야겠어.

"가장 좋아하는 색이 뭐야?"

그 애는 눈을 흘겼다. 아직도 내 관심 수준이 얼마나 되는지 의심하고 있어서였다.

"매일매일 달라져."

"오늘 가장 좋아하는 색깔은 뭐야?"

벨라는 잠깐 생각하고서 대답했다.

"아마 갈색일걸."

나를 놀리고 있는 건가. 그래서 난 이 애의 빈정거림에 맞추어 어조를 바꾸어 대답했다.

"갈색?"

"그래."

이렇게 말하더니 벨라는 예상과는 달리 방어적인 태도로 변했다. 이럴 거라고 예상했어야 했나 보다. 이 애는 판단하는 걸 좋아한 적이 없었으니.

"갈색이 얼마나 따뜻한 색인데. 난 갈색이 그리워. 원래 갈색이어야 하는 것들, 나무줄기, 바위, 흙, 이런 게 여기선 모두 질퍽한 초록색으로 뒤덮여 있잖아!"

그 말투를 들으니 얼마 전 밤에 잠꼬대로 이 애가 불평했던 말이 떠올랐다. 너무 초록색 일색이야, 라고 했었지. 그게 이 뜻이었나? 나는 벨라를 물끄러미 바라보며, 그 말이 얼마나 맞는지 실감했다. 솔직히, 지금 이 애의 눈을 지그시 바라보고 있자니, 나도 갈색을 제일 좋아한다는 걸 깨달았다. 이보다 더 아름다운 색조란 상상조차 할 수 없어.

"네 말이 맞다. 갈색은 따뜻하지."

벨라는 살짝 얼굴을 붉히더니 무심결에 머리카락 사이로 얼굴을 숨겼다. 나는 예기치 못한 반응에 단단히 대비한 채로, 그 애 머리칼을 어깨 뒤로 조심스레 넘겨주었다. 그래야 그 얼굴을 오롯이 볼 수가 있으니까. 하지만 그 애는 아무런 반응을 하지 않았다. 다만 심장 박동이 갑자기 빨라졌을 뿐이다.

학교 주차장으로 들어가서 언제나 차를 대던 곳 옆자리에 주차했다. 내가 항상 대던 자리는 로잘리의 차가 서 있었다.

"지금 네 CD 플레이어에 들어 있는 음악은 뭐야?"

점화 장치에서 차키를 빼내며 나는 물었다. 이 애가 자는 동안, 내 자제력을 믿을 수가 없었기에 침대 근처로 다가가지는 못했다. 알지 못한다는 궁금증이 날 괴롭혀댔다.

벨라가 머리를 갸웃거리는 모습이 마치 뭐가 들었나 기억하려는 것 같았다.

"아, 맞다. 린킨 파크 곡이야. 〈Hybrid Theory〉."

예상했던 게 아닌데.

나는 차의 CD 수납공간을 열고 똑같은 음반을 꺼내면서, 이 앨범이 벨라에게 무슨 의미가 있을지 애써 상상해 보았다. 내가 본 바에 따르면 이건 이 애의 정서와 전혀 어울리지 않았으니까. 이걸 보니 내가 모르는 게 너무 많군.

"드뷔시에서 이런 것까지?"

내가 묻자, 벨라는 앨범 재킷을 가만히 바라보았다. 저 표정이 무슨 의미인지 모르겠군.

"여기서 네가 제일 좋아하는 노래는 뭐야?"

그 애는 앨범 재킷을 계속 보면서 중얼거렸다.

"〈With You〉가 제일 좋은 것 같아."

나는 가사를 전부 떠올려 보고서 물었다.

"왜 이게 좋아?"

그 애는 살짝 미소 지으며 어깨를 으쓱이더니 대답했다.

"잘 모르겠어."

음, 이러면 별 도움이 안 되는데.

"제일 좋아하는 영화는 뭐야?"

벨라는 잠시 생각하더니 대답했다.

"딱 하나만 고르라면 뭘 골라야 할지 모르겠어."

"좋아하는 걸 다 말해본다면?"

그 애는 차에서 내리면서 고개를 끄덕였다.

"음, 일단 〈오만과 편견〉이 좋아. 콜린 퍼스가 나오는 여섯 시간짜리 버전을 좋아해. 〈현기증〉도 좋아하고. 그리고…… 〈몬티 파이튼과 성배〉도 좋아해. 더 있는데…… 생각이 안 나네……."

"생각날 때 또 말해. 일단 염두에 두고 있어. 그리고 제일 좋아하는 향기는 뭔지 말해 줘."

나는 이렇게 말하며 같이 벨라가 듣는 영어 교실로 향했다.

"라벤더향이야. 아니…… 깨끗한 세탁물 냄새라고 해야 하려나."

벨라는 계속 앞을 보면서 걸어가다가, 갑자기 나를 언뜻 쳐다보았다. 그러자 뺨이 연분홍빛으로 물들었다.

"또 뭐가 있어?"

저 눈빛은 무슨 뜻일까.

"아냐. 그렇게만 좋아해."

뭐 그리 어려운 질문이었다고 하던 대답조차 생략하는 걸까. 모르겠다. 분명히 뭔가 말하려다 말았는데.

"어떤 맛 사탕을 좋아해?"

이 질문에는 아주 단호하게 대답했다.

"감초맛이랑 사워 패치 키즈맛."

어찌나 열심히 대답하던지 웃음이 났다.

이제 영어 교실에 다 왔지만, 그 애는 문 앞에서 머뭇거렸다. 나도 서둘러 헤어지고 싶지 않았다.

"여행을 간다면 어디에 가장 가고 싶어?"

내가 또 물었다. 나한테 설마 코믹콘에 가고 싶다고 대답하지는 않겠지?

벨라는 고개를 한쪽으로 기울이며 눈을 가늘게 뜨고 생각에 잠겼다. 교실 안에서는 메이슨 선생님이 목소리를 가다듬고 아이들에게 조용히 하라고 말할 참이었다. 이러다 지각하겠군.

"생각해 본 다음에 점심시간에 말해 줘."

내 말에 그 애는 생긋 웃으며 문에 손을 뻗다가 돌아서서 나를 보았다. 미소는 이내 사라졌고, 미간 사이에 또 V자 주름이 나타났다.

무슨 생각이냐고 물어볼 수도 있었을 것이다. 하지만 그러면 벨라는 수업에 늦을 테고, 분명 곤란해지겠지. 근데 난 알면서도 이러고 있다. 이 문 안으로 그 애가 들어가 버리면 어떤 기분일지 아니까.

나는 어서 들어가라는 듯한 미소를 억지로 지었다. 메이슨 선생님이 수업을 시작하자 그 애는 쏜살같이 안으로 들어갔다.

나도 재빨리 교실로 걸어갔다. 이제부터 또 주위에 뭐가 있는지도 아랑곳하지 않은 채 하루를 보내게 되겠지. 하지만 이내 실망하고 말았다. 벨라의 오전 수업 중 아무도 그 애에게 말을 걸지 않았기 때문에, 새로이 배울 게 아무것도 없어서였다. 다른 이들의 눈을 통해서는 벨라가 그저 멍하니 어딘가를 응시하며 알 수 없는 표정을 짓는 모습만 보였다. 다시 내 두 눈으로 그 애를 볼 시간을 기다리는 동안 시간은 느릿느릿 흘러갔다.

벨라가 삼각함수 수업을 마치고 나왔을 때, 나는 이미 바깥에서 기다리던 중이었다. 다른 학생들은 이쪽을 빤히 보며 생각에 잠겼지만, 벨라는 그저 미소를 지은 채 급히 다가오더니 대뜸 말했다.

"〈미녀와 야수〉도 좋아해. 그리고 〈스타워즈: 제국의 역습〉도 좋아하고. 다들 좋아하는 영화라는 건 알지만……."

그 애는 어깨를 으쓱였다. 나도 고개를 끄덕여 주었다.

"좋아할 만한 영화지."

우리는 보조를 맞추어 걸었다. 이제는 보폭을 줄이고 벨라 쪽으로 고개를 가까이 숙인 채 걷는 게 자연스럽게 느껴졌다.

"여행은 어딜 가고 싶은지 생각해 봤어?"

"응…… 프린스 에드워드 섬에 가고 싶어. 《빨강 머리 앤》의 배경이잖아. 하지만 뉴욕도 가 보고 싶어. 고층빌딩이 가득한 대도시에는 가 본 적이 없거든. LA나 피닉스도 도시이긴 하지만, 그냥 단층 건물이 쭉 늘어섰을 뿐이니까. 손짓으로 택시를 잡아 보고 싶기도 하고."

벨라는 웃더니 다시 말을 이었다.

"그리고 또, 어디든 가 볼 수 있다면 영국에 가 보고 싶어. 내가 책에서 읽었던 것들을 전부 보고 싶어서."

이 대답을 들으니 다음번에 뭘 물어봐야 할지 알게 되었다. 하지만 질문을 또 하기 전에 마저 철저하게 물어보고 싶었다.

"그럼 이미 가본 곳 중에서는 어디가 제일 좋았어?"

"흠, 산타 모니카 피어가 좋았어. 엄마는 몬테레이가 더 낫다고 하지만, 우리는 위쪽 해안 도시에 가 본 적은 없었어. 보통 애리조나에 있었지. 여행할 시간도 많지 않았고, 엄마는 오랫동안 운전하면서 차 안에서 시간낭비 하는 걸 싫어했거든. 엄마는 유령이 나타나는 곳을 가 보고 싶어 했어. 제롬(애리조나주에 있는 유령 마을 관광지_옮긴이)이나 손튼 로드 돔(피닉스에 있는 버려진 폐공장 터로, 유령이 출몰한다고 알려짐_옮긴이)같은 유령 마을에 말이야. 우리는 유령을 본 적이 한 번도 없지만, 엄마 말로는 다 나 때문이래. 내가 워낙 회의적이라서, 유령들이 나한테 겁을 먹고 오지를 않는다나."

그 애는 또 웃고서 말을 이었다.

"엄마는 르네상스 페어(르네상스 시대의 유럽 마을을 재현한 축제_옮긴이)를 정말 좋아해. 우리는 매년 골드 캐년에서 열리는 페어에 가거든……. 음, 나는 올해 못 갈 것 같지만. 솔트 강에 갔을 때는 야생마를 본 적도 있어. 멋있더라."

"집에서 제일 멀었던 여행지는 어디였어?"

이렇게 묻는 나는 조금 걱정이 되기 시작했다.

"여기인 것 같아. 어쨌든 피닉스에서 북쪽으로 제일 멀리 떨어진 곳이니까. 동쪽으로 제일 멀리 갔었던 곳은, 음, 앨버커키야. 하지만 너무 어릴 때 가서 기억이 안 나. 서쪽으로 가장 멀리 갔던 건 라푸시 해변일 거고."

벨라는 갑자기 말을 멈추었다. 지난번 라푸시 해변에 갔던 생각을 하고 있는 걸까. 거기서 알아낸 것들을 생각하는 건가? 지금 우리는 학교식당 안에서 줄을 선 채였다. 그 애는 내가 음식을 하나씩 다 사주기 전에, 재빨리 원하는 음식을 골랐다. 그리고 아주 빠른 속도로 음식 계산을 했다.

"넌 그럼 해외에 나가 본 적이 없어?"

우리 자리인 빈 테이블에 다다르자마자 나는 집요하게 물었다. 마음 한구석으로는, 내가 여기 앉은 탓에 이 자리는 다른 애들에게 영원히 접근금지석이 된 게 아닌가 잠깐 궁금해지기도 했다.

"아직 없어."

그 애는 명랑하게 대답했다.

아무리 17년밖에 안 살아서 어딜 다닐 시간이 없었다 해도 그렇지. 나는 여전히 놀라웠다. 그리고…… 죄책감도 들었다. 이 애는 인생에서 누려야 할 것을 거의 보지도 못하고 경험하지도 못했잖아. 그러니 지금 자신이 바라는 게 뭔지 정확히 알기란 불가능한 상태였다.

"〈가타카〉도 좋아."

벨라는 생각에 잠긴 표정으로 사과를 한 입 베어물며 말했다. 내 기분이 갑자기 바뀐 걸 눈치채지 못하고 있었다.

"그거 좋은 영화야. 너도 봤어?"

"응, 나도 좋아해."

"네가 제일 좋아하는 영화는 뭐야?"

그 말에 나는 고개를 저으며 미소를 지었다.

"오늘은 네가 질문하는 날이 아니야."

"이러지 마, 나는 너무 지루한 사람이야. 넌 이제 물어볼 것도 없을 거잖아."

"오늘은 내 차례야. 그리고 난 하나도 안 지루해."

나는 다시금 말했다. 그러자 그 애는 내 관심의 수준을 두고 따지고 싶다는 듯 입술을 오므리더니 이내 미소를 지었다. 내 말을 정말 믿는 건 아니지만, 오늘 내가 질문하는 게 공평하다는 결론을 내린 모양이었다. 오늘은 확실히 내가 질문을 하는 날이니까.

"제일 좋아하는 책은 뭔지 말해 줘."

"한 권만 고르라면 못 골라."

벨라는 내 말에 격렬하다시피 맞섰다.

"한 권만 말할 필요 없어. 좋아하는 거 다 이야기해 봐."

"그럼 뭐부터 이야기할까? 음,《작은 아씨들》좋아해. 내가 처음으로 읽은 장편이거든. 아직도 매년 자주 읽는 책이야. 그리고 제인 오스틴 작품은 다 좋아해. 물론《엠마》를 엄청 좋아하지는 않지만……."

오스틴을 좋아한다는 건 알았다. 이 애가 밖에서 책을 읽던 날 무척 낡은 오스틴 선집을 보았으니까. 하지만 그중에서 싫어하는 작품도 있다니, 궁금했다.

"그건 왜 별로야?"

"윽, 엠마는 너무 자신만만해서."

나는 빙긋이 웃었다. 그 애는 내가 묻지도 않았는데 계속 말했다.

"《제인 에어》도 좋아해. 그것도 꽤 자주 읽어. 나한테는 이상적인 여주인공이거든. 브론테 자매 작품은 다 좋아해.《앵무새 죽이기》도 당연히 좋아하고.《화씨 451》좋아하고,《나니아 연대기》시리즈도 다 좋지만 특히《새벽 출정호의 항해》가 좋아.《바람과 함께 사라지다》도 좋아해. 더글러스 애덤스랑, 데이비드 에딩스랑, 오슨 스콧 카드랑 로빈 맥킨리 책도 좋아해. 아, 내가 루시 모드 몽고메리 좋아한다고 벌써 말했었니?"

"네가 어디로 여행 가고 싶은지 말했잖아. 그때 알았어."

벨라는 고개를 끄덕이더니 갈등에 빠진 표정을 지었다.

"더 듣고 싶다고 했었잖아? 나 아직도 말할 거 많거든."

나는 고개를 끄덕여 주었다.

"응, 더 듣고 싶어."

그러자 그 애는 먼저 주의를 주었다.

"막 순서 따지지 않고 이야기할게. 우리 엄마는 제인 그레이 문고판을 잔뜩 갖고 있었거든. 그중 진짜 좋은 책이 많아. 그리고 셰익스피어도 좋아해. 주로 희극을 좋아하고."

그 애는 방긋 웃으며 말을 이었다.

"봐, 두서가 없지? 음, 애거서 크리스티 추리소설도 다 좋아해. 그리고 앤 매카프리가 쓴 용기사 이야기도 좋아하고……. 위대한 드래곤 이야기가 나왔으니 말하자면, 조 월튼의 《투스 앤 클로》도 좋아해. 《프린세스 브라이드》도 좋고. 영화보다 책이 훨씬 낫지……."

벨라는 입술을 손가락으로 톡톡 두드리며 말했다.

"백만 가지는 더 있지만, 막상 말하려니까 생각이 안 나네."

얼굴을 보니 살짝 스트레스를 받은 것 같았다.

"지금은 그만하면 됐어."

이 애는 현실보다 소설 속의 세상을 더 많이 탐구했군. 게다가 그중에 내가 아직 안 읽어본 책이 있어서 놀라고 말았다. 《투스 앤 클로》를 구해봐야겠어.

벨라가 읽었던 이야기의 요소가 보였다. 벨라의 세상의 맥락을 형성한 책 속 인물들이 누군지 알 것 같았다. 이 애한테는 제인 에어와 비슷한 면이 좀 있었고, 《앵무새 죽이기》의 주인공 스콧 핀츠와 《작은 아씨들》의 조 마치 같은 부분도 약간 보였다. 《이성과 감성》의 주인공

엘리너 대시우드와 《나니아 연대기》의 루시 페벤시와는 상당히 많이 닮았다. 이 애에 대해서 더 많이 알게 되면, 비슷한 인물들을 더 많이 찾게 되겠지.

마치 수십만 개의 조각이 있는 퍼즐을 한데 맞추는 기분이었다. 그 어느 조각 하나 완전한 이미지를 보여주는 길잡이가 되지 못했다. 참 시간이 오래 걸리겠고, 때로 그릇된 단서들이 많이 나타나겠지만, 언젠가는 전체적인 그림을 볼 날이 올 것이다.

내 생각을 방해하듯 그 애가 대답했다.

"맞다, 〈사랑의 은하수〉. 그 영화 정말 좋아해. 왜 아깐 곧바로 생각이 안 났나 모르겠네."

하지만 내가 제일 좋아하는 영화는 아니었다. 두 연인이 죽은 후에야 하늘나라에서 맺어진다는 내용이니까. 그걸 떠올리자 화가 났다. 나는 화제를 바꾸었다.

"네가 좋아하는 음악은 뭔지 말해 봐."

벨라는 말을 멈추고 마른침을 삼켰다. 그러다 뜻밖에도 얼굴을 붉혔다.

"왜 그래?"

"음, 나는…… 음악을 엄청 좋아하지는 않는 것 같아서. 린킨 파크 CD는 필이 준 선물이었어. 필은 내 취향을 최신 음악으로 맞춰 주려고 하거든."

"그럼 필이 주기 전에는 무슨 음악을 들었는데?"

그 애는 힘없이 두 손을 들어올리며 한숨을 쉬었다.

"그냥 엄마가 가진 음반을 들었어."

"클래식 음악을?"

"가끔."

"다른 건?"

"사이먼 앤 가펑클이랑, 닐 다이아몬드, 조니 미첼, 존 덴버. 그런 음악들을 들었어. 엄마도 나랑 똑같아. 엄마도 외할머니가 듣던 음악을 듣거든. 같이 자동차 여행을 하면서 음악을 틀어 놓고 노래 부르는 거 좋아했어."

벨라가 활짝 웃자, 갑자기 한 쪽 뺨에만 보조개가 나타났다. 웃으면서 말이 이어졌다.

"예전에 무서운 게 어떤 건지 말했던 거 기억 나? 우리 엄마랑 내가 〈오페라의 유령〉 사운드트랙을 높은 음조로 따라 부르는 걸 들으면, 진정한 공포가 뭔지 알게 될 거야."

나도 그 애와 같이 웃었지만 속으로는 다른 생각을 했다. 그 장면을 보고 들을 수 있다면 얼마나 좋을까. 사막을 구불구불 굽이치는 환한 도로에서 차창을 모두 내린 채, 햇빛 받아 붉은 기 도는 머리카락을 마구 흩날리는 이 애의 모습을 상상해 보았다. 이 애 어머니가 어떻게 생겼는지 알았다면 좋았으련만. 무슨 차를 타고 달렸는지도. 그러면 나의 상상이 더욱 정확해질 텐데. 나도 그 자리에 이 애와 함께 있고 싶었다. 이 애가 형편없이 부르는 노랫소리를 듣고, 햇살 가득한 그 미소를 바라보고 싶었다.

"좋아하는 TV 프로그램은?"

"난 TV 잘 안 봐."

혹시 내가 지루해 할까봐 걱정하는 마음에 시시콜콜한 것까지 말하는 게 두려운 건가. 그렇다면 소소한 질문들을 좀 던져서 마음을 편하게 해 주자.

"코카콜라와 펩시콜라 중 뭐가 좋아?"

"닥터 페퍼가 좋아."

"좋아하는 아이스크림 맛은?"

"쿠키 도우 맛."

"피자는?"

"치즈 피자. 단순한 게 제일 맛있어."

"응원하는 미식축구 팀은?"

"음, 대답 안 해도 돼?"

"농구팀은?"

그 애는 어깨를 으쓱였다.

"난 스포츠 별로 안 좋아해서."

"발레와 오페라 중 뭘 좋아해?"

"발레인 것 같아. 오페라 보러는 가 본 적이 없어."

나는 지금 수집하는 정보 목록이 단순히 벨라를 최대한 많이 이해하는 것 외에도 유용하다는 걸 모르지 않았다. 이 애를 기쁘게 할 만한 것이 뭔지 알아가는 중이었으니까. 어떤 선물을 주어야 할지, 어디를 데리고 가야 할지 알게 되는 과정이었다. 작은 것이든, 큰 것이든 모두 다. 물론 이 애의 삶에서 내가 그 정도 위치가 될 수 있을 것이라 상상한다는 건 극도로 주제넘은 짓이었다. 하지만 그럴 수만 있다면……

"제일 좋아하는 보석은 뭐야?"

"토파즈."

벨라는 단호하게 대답했는데, 말해 놓고 갑자기 눈을 질끈 감았다. 뺨 위로 붉은 기가 확 퍼졌다.

내가 좋아하는 향이 뭐냐 물었을 때도 이랬었지. 그때는 그냥 넘겼

496

지만, 이번엔 아니다. 여기서 호기심을 충족시키지 못한다면 얼마나 괴로울지 똑똑히 알고 있었다.

"뭐가 그리…… 창피한 거야?"

그 감정이 정말 창피함인지는 확신할 수가 없었다.

그 애는 빠르게 고개를 흔들며 두 손을 내려다보았다.

"아무것도 아냐."

"난 알고 싶은데."

그 애는 다시 고개를 흔들었다. 여전히 나를 쳐다보지도 못했다.

"제발 말해 줘, 벨라, 응?"

"다음 질문 해."

이젠 너무나 간절하게 알고 싶었다. 답답하다고.

"어서 말해 봐."

나는 급기야 무례하게 명령하기까지 했다. 그 즉시 부끄러워졌다.

벨라는 여전히 나를 보지 않았다. 그저 손가락 끝으로 머리카락 한 줌을 만지작거리고만 있었다.

그러다 마침내 대답했다. 이번엔 사실대로 말했다.

"오늘 네 눈동자 색깔이라서. 2주쯤 뒤에 네가 물었다면 아마 마노 라고 대답했을 거야."

내가 가장 좋아하는 색이 현재 진한 초콜릿빛 갈색인 것과 똑같 구나.

그 애는 어깨를 수그렸다. 순간 난 그 자세를 알아보았다. 어제, '내 가 널 좋아하는 것보다 네가 날 더 좋아한다고 생각하느냐'고 물었을 때 대답을 망설이던 모습과 똑같았다. 내가 이 애를 또 똑같은 상황으 로 밀어 넣어 버렸구나. 이 애가 나에게 관심 있다고 했던 말을 확인했으면서도, 그걸 믿어 주지도 않았던 어제의 상황으로.

나의 호기심을 저주하며, 다시 질문을 시작했다. 벨라의 개인적인 걸 하나하나 들으며 분명한 관심을 드러내고 있으니, 내가 집착하다시피 관심이 많다는 걸 이 애도 납득하게 되겠지.

"어떤 꽃을 좋아해?"

"음, 생김새가 좋은 건 달리아. 향기가 좋은 건 라벤더와 라일락."

"스포츠 보는 건 안 좋아한다고 했지만, 그래도 팀에서 경기해 본 적은 있어?"

"학교에서만 해봤어. 시키면 해야 하니까."

"너희 어머니가 축구팀에 널 넣은 적은 없었어?"

그러자 그 애는 어깨를 으쓱이며 대답했다.

"엄마는 모험을 떠나기 위해 주말을 비워 두기를 좋아했어. 난 걸스카우트도 잠시 해 봤고, 한번은 엄마가 날 댄스 학원에 보낸 적이 있었어. 하지만 그건 실수였지."

벨라는 의심해보려면 어디 해보라는 듯 내게 눈썹을 치켜떴다.

"엄마는 학원이 학교와 가까우니까 방과 후에 걸어갈 수 있으니 편하다고 생각했어. 하지만 아무리 편해도 그렇지, 내가 댄스 수업을 아수라장으로 만들어 버리는 데 어떡하겠어."

"정말로 아수라장이 됐어?"

나는 믿을 수 없다는 듯 물었다.

"그때 댄스 선생님이었던 카메네브 씨 전화번호가 있었다면 좋았을 텐데. 그분이랑 통화해 보면 내 말을 믿을 수 있을 걸."

그러다 벨라는 갑자기 고개를 들었다. 우리 주변에 있던 다른 아이들은 벌써 소지품을 챙기고 있었다. 시간이 이렇게나 빨리 지나갔단 말인가?

소란스러운 주변에 맞추어 벨라도 자리에서 일어서서 가방을 어깨에 멨다. 나도 덩달아 일어서서 그 애가 남긴 쓰레기를 쟁반에 올렸다. 벨라는 내게서 쟁반을 가져가려는 듯 손을 뻗었다.

"내가 가져갈게."

내 말에 그 애는 조용히 씨근댔다. 약간 화가 난 모습이었다. 아직도 보살핌을 받는 상황을 좋아하지 않는군.

생물 교실로 같이 걸어가는 동안에는 아직 대답을 못 들은 질문을 계속 하지는 못했다. 지금은 어제 기억을 떠올리면서, 그 같은 긴장감이 간절함과 전류를 동반하여 오늘도 나타날까 궁금해졌기 때문이었다. 그리고 아니나 다를까, 불이 꺼지자마자 똑같은 갈망이 다시금 압도적으로 덮쳐왔다. 그래서 오늘은 그 애에게서 조금 멀리 떨어져 앉았지만, 소용없었다.

벨라의 손을 잡는 게 그토록 나쁜 행동만은 아닐 거라 우기는 나의 이기적인 마음은 여전했다. 심지어 손을 잡아보면 그 애의 반응이 어떤지 알아볼 수 있으니 좋지 않냐고, 다시금 둘만 있을 때를 대비하는 기회가 될 거라고까지 속삭여댔다. 나는 이기적인 목소리의 유혹을 최선을 다해 애써 무시했다.

벨라 역시 나처럼 노력하는 중이라는 게 보였다. 그 애는 엎드린 채 두 팔 위에 턱을 괴고 있었다. 하지만 손가락으로 책상 끝을 어찌나 세게 잡았던지 뼈마디가 하얗게 드러난 게 보였다. 저 애는 지금 어떤 유혹과 맞서고 있는 것일까 궁금했다. 오늘은 나를 쳐다보지 않네. 단 한 번도.

나는 이 애에 대해서 아는 게 정말 별로 없었다. 묻지 못한 것도 너무 많았다.

지금 내 몸은 그 애 쪽으로 아주 살짝 기울어졌다. 나는 다시 몸을 젖혔다.

불이 다시 켜지자 벨라는 한숨을 쉬었다. 내 추측이 맞는다면, 그 표정에 나타난 건 안도감이었다. 하지만 대체 뭐에 대해 안도했다는 거지?

나는 그 애의 다음 수업 장소까지 같이 걸어갔다. 하지만 속으로는 어제와 똑같이 갈등하고 있었다.

벨라는 문 앞에서 멈춰 서서 맑고 그윽한 눈으로 나를 올려다보았다. 이건 기대에 찬 눈빛인가? 아니면 혼란스러움인가? 나에게 다가오라는 건가? 아니면 경고일까? 이 애가 원하는 게 뭐지?

내 손이 저절로 그 애를 향해 뻗어가는 동안 나는 속으로 생각했다. **이건 그냥 질문일 뿐이야. 일종의 질문이라고.**

마음의 준비를 단단히 하고, 숨은 쉬지 않은 채, 나는 손등으로 벨라의 얼굴을 쓸어 보았다. 관자놀이에 닿은 손은 뾰족한 턱까지 내려왔다. 어제처럼, 그 애의 피부가 내 손에 열기를 끼쳤고, 그 애의 심장 박동이 더욱 빨라졌다. 내 손길을 받으려 다가온 그 애의 머리가 약 1센티미터쯤 아주 살짝 기울어졌다.

이것은 일종의 대답이었다.

이번에도 나는 재빨리 벨라에게서 뒤돌아 걸어 나왔다. 나의 자제심은 이 측면에서 제 역할을 하지 못하고 있다는 걸 알아버렸다. 어제처럼 손이 고통 없이 따끔거려댔다.

스페인어 교실에 도착하자 에밋은 벌써 자리에 앉아 있었다. 벤 체니도 있었다. 내가 들어온 걸 알아본 사람은 그 둘만이 아니었다. 다른 학생들의 호기심어린 생각이 들려왔다. 내 이름과 더불어 벨라의 이름이 들렸고, 저마다의 추측 역시 들려왔다⋯⋯.

이 교실에서 벨라의 이름을 생각하지 않는 건 벤뿐이었다. 날 보고 그는 살짝 껄끄러움을 느끼긴 했어도 적대적이지는 않았다. 이미 앤젤라와 이야기를 하고서 이번 주말에 데이트하기로 했던 것이다. 그의 데이트 신청을 앤젤라는 따뜻하게 받아들였고, 그래서 지금도 벤은 날아갈 듯한 기분이었다. 물론 나의 의도가 무엇인지는 경계했지만, 현재 자신이 누리는 행복에 내가 촉매제 역할을 했다는 걸 그는 알고 있었다. 내가 앤젤라에게 다가가지 않는 한, 그는 나를 문제 삼지 않을 것이었다. 심지어 살짝 고마워하는 기색마저 있었다. 물론 벤은 내가 정확하게 이런 결과가 나오기를 바랐다는 걸 전혀 모르겠지. 얘는 똑똑한 남자애인 것 같군. 나는 그를 다시 보게 되었다.

벨라는 지금 체육관에 있었지만, 어제 수업의 후반부처럼 경기에 참여하지 않았다. 마이크 뉴튼이 고개를 돌려 그쪽을 볼 때마다, 그 애의 눈은 저 먼 곳을 멍하니 응시했다. 머릿속으로 분명 딴생각을 하고 있는 거다. 그래서 마이크는 자신이 무슨 말을 해도 벨라가 반갑게 여기지 않으리라고 짐작했다.

반쯤은 체념한 채로, 또 반쯤은 시무룩한 채로 그놈은 생각했다. 난 이제 가망이 없나 보네. 어쩌다 이런 일이 일어나 버렸지? 하룻밤만에 어떻게 이럴 수 있냐고. 컬렌 녀석은 원하는 게 있으면 오래지 않아 다 손에 넣어 버리는 것 같잖아. 생각에 이어서 이미지들이 떠올랐다. 내가 가진 게 뭔지 마이크가 상상하는 장면을 맞닥뜨리자 불쾌해졌다. 나는 듣기를 그만두었다.

나는 놈의 관점이 마음에 들지 않았다. 마치 벨라에게는 자기 의지가 없는 것처럼 보고 있었다. 당연히 선택은 그 애가 한 게 아니던가? 만약 벨라가 나더러 자기를 내버려 두라고 했다면, 나는 그 자리에서 돌아서서 다시는 다가오지 않았을 것이다. 하지만 그 애는 내가 옆에 있어 주길 바랐다. 그때도, 지금도.

저 멀리 떠돌던 생각은 흐르고 흘러 내가 있는 스페인어 교실로 다시 돌아왔다. 내 생각이 자연스럽게 향한 곳은 가장 익숙하게 듣는 에밋의 머릿속이었다. 하지만 내 정신이 평소처럼 벨라를 중심으로 얽혀 있던 나머지, 아주 잠깐 나는 지금 들리는 소리가 뭔지 깨닫지 못했다.

그러다 이내 깨닫자, 나는 이를 꽉 악물었다. 어찌나 심하게 물었던지 그 소리가 주변에 앉은 인간들에게도 들릴 정도였다. 어떤 남자애는 무언가 갈리는 소리를 듣고 어디서 나는지 돌아보기까지 했다.

이런. 에밋이 생각했다.

나는 주먹을 말아쥔 채로 자리에 앉아 있으려고 집중했다.

미안해. 이 생각은 안 하려고 했는데.

나는 시계를 슬쩍 바라보았다. 15분 남았다. 15분 후에는 에밋의 얼굴을 갈겨버릴 수 있다.

나쁜 의도 아니었어. 야, 난 네 편이었잖아, 응? 솔직히 말해서 앨리스와 다른 편에 선 재스퍼랑 로잘리가 바보 같이 굴고 있는 거 아니야? 이제껏 내가 한 내기 중에서 제일 이길 확률이 높은 거라고.

이번 주가 어떻게 될지 내기를 하다니. 벨라가 살지 죽을지 내기하다니.

14분 30초 남았다.

에밋은 자리에서 움찔했다. 내가 미동도 없이 앉은 게 무슨 의미인지 너무 잘 알아서였다.

왜 이래, 에드워드. 그냥 장난일 뿐이라는 거 알잖아. 어쨌든, 이건 그 여자애랑은 전혀 상관없는 거라니까. 로잘리 마음이 어떤지는 나보다 네가 더 잘 알잖아. 내가 보기엔 너희 둘 사이에 뭔가 있는 것 같은데. 로잘리는 아직도 화가 나 있기는 하지만, 사실은 걔가 널 응원하고 있다는 걸 온 세상이 다 아는데도 본인은 인정 못하고 있는 거라고.

에밋은 언제나 로잘리를 좋은 쪽으로만 생각해준다. 그리고 나는 에밋과 정반대라는 것도 안다. 로잘리의 의도를 좋게 생각해 준 적이 나는 한 번도 없었으니까. 하지만 이번만큼은 에밋이 맞다고 생각할 수가 없었다. 로잘리는 내가 실패한다면 기뻐할 것이다. 그리고 벨라가 어리석은 선택의 대가를 치르게 되는 꼴을 보면 고소해할 것이다. 하지만 그럼에도 벨라의 영혼이 이 세상에서 벗어나, 뭐가 있는지 알 수 없는 저세상으로 떠나게 된다면 로잘리는 여전히 질투할 것이다.

그리고 재스퍼는…… 너도 알면서. 가족 중에서 자기가 제일 자제심이 없는 상황을 못 견뎌 하잖아. 반면 너는 자제심을 거의 완벽하게 발휘하는 편이고. 그래서 걔는 점점 짜증이 나는 거야. 물론 칼라일도 있지만 예외로 쳐야 하고. 솔직히 말해서 넌 좀…… 잘난 척하잖아.

13분 남았다.

에밋과 재스퍼 보기에 이건 내가 내 무덤을 판 것뿐이었다. 내가 성공하든 실패하든 결국 그들에게는 살다 보면 별의별 일이 다 있었다는 수준의 이야깃거리에 지나지 않겠지. 벨라는 그들에게 아무것도 아닌 존재였다. 그 애의 생명은 그들이 거는 내기의 표식에 불과했다.

너무 기분 나빠 하지 말라니까.

다른 길이 있나? 12분 30초 남았다.

나 내기 그만둘까? 네가 하지 말라면 안 할게.

나는 한숨을 쉬었다. 그리고 굳었던 자세를 풀었다.

이렇게 화를 내 봤자 무슨 의미가 있나. 이들이 이해해 주지 못한다고 내가 화내야 하나? 어떻게 이럴 수가 있냐고?

그게 다 무슨 소용이란 말인가. 그래, 무척 화가 나지만…… 바뀌어 버린 내 삶을 걸고 내기한 게 아니었다면, 나 역시 이들과 비슷하게 굴지 않았을까? 이 내기가 벨라를 놓고 한 게 아니었다면 나는 과연 화를 냈을까?

어쨌든 지금은 에밋과 싸울 시간이 없었다. 벨라가 체육 수업을 마치니까 가서 기다려야 한다. 아직도 찾아야 할 퍼즐 조각이 너무나 많단 말이다.

수업 종이 울리자마자 나는 에밋을 보지도 않고 문밖으로 달려 나갔다. 에밋이 안심하는 소리가 들렸다.

벨라는 체육관 문을 나서면서 나를 보고 미소를 지었다. 그러자 오늘 아침 차 안에서 느꼈던 안도감이 느껴졌다. 내 어깨를 짓누르던 의심과 괴로움이 모두 가벼워지는 것 같았다. 물론 그 감정은 여전히 존재감을 과시했지만, 그래도 이 애를 보고 있을 때는 훨씬 견딜 만했다.

함께 차로 걸어가면서 내가 말했다.

"너희 집에 대해 말해 봐. 뭐가 그리워?"

"음……, 우리 집? 피닉스 집 말하는 거야? 아니면 지금 살고 있는 집?"

"전부 다."

벨라는 의아한 듯이 나를 보았다. 내가 진심이 아닌 것 같았나?

"해 주면 안 돼?"

나는 차 문을 열어 주면서 다시 물었다.

그 애는 차에 타면서도 여전히 의심스럽다는 듯 한쪽 눈썹을 치켜올렸다. 하지만 나도 차에 올라 다시 우리 둘만 있게 되자, 좀 더 긴장을 푼 모습이었다.

"피닉스에 가 본 적 있어?"

그 질문에 나는 미소를 지으며 대답했다.

"아니."

"아, 맞다, 그렇겠지. 태양이 작열하니까."

벨라는 말을 멈추고 잠시 생각에 잠겼다가 대답했다.

"거기 가면 네가 좀 곤란해지겠지……?"

"그렇지."

대답을 길게 해 줄 마음은 없었다. 내 처지를 이해하려면 실제로 직접 봐야 했기 때문이다. 게다가 피닉스는 호전적인 남부 일족들이 차지하고 있는 지역과 너무 가까워서 편히 갈 수 있는 곳이 아니었다. 하지만 그 역시 자세히 설명해줄 마음은 없었다.

그 애는 혹시 내가 자세히 설명해 줄까 싶어 기다렸다. 하지만 나는 이야기를 재촉했다.

"내가 안 가본 피닉스에 대해 말해 봐."

벨라는 또 잠시 생각에 잠겼다가 설명했다.

"도시는 대부분 단층 건물로 이루어져 있어. 2층 이상 되는 건물은 많지 않아. 시내에는 그럭저럭 고층 건물이라 할 게 있기는 하지만, 내가 살던 지역은 시내와 아주 먼 곳이었어. 피닉스는 무척 크거든. 교외 지역을 차로 쭉 둘러보려면 하루 종일 걸려. 그리고 치장 벽토와 타일을 바르고 자갈을 깔아 둔 건물을 어디서나 볼 수 있어. 부드럽고 물컹물컹한 이곳과는 완전히 달라. 모든 게 딱딱하고 대부분 뾰족뾰족하지.”

“하지만 넌 그곳을 좋아하잖아.”

그 애는 방긋 웃으며 고개를 끄덕였다.

“거긴 참…… 탁 트인 곳이야. 온통 하늘만 보여. 거기에도 산이라고 부르는 곳이 있지만, 사실은 언덕 수준이야. 그것도 딱딱하고 뾰족뾰족한 언덕이지. 하지만 계곡은 대부분 커다랗고 얕은 그릇 같아서 항상 햇빛으로 가득 찬 느낌이야.”

벨라는 두 손으로 그릇 모양을 만들어 보여주었다.

“그곳 식물은 여기와 비교하면 현대미술작품처럼 생겼어. 막 각지고 뾰족한 조각상들 같지. 대부분 가시투성이고.”

또 방긋 웃는구나.

“그리고 식물들도 전부 몸을 다 드러내고 있지. 잎사귀가 있더라도 깃털 같이 나는데다 얼마 없어. 그래서 거기에서는 아무것도 숨길 수가 없어. 태양빛을 가리는 게 아무것도 없어서.”

이윽고 나는 벨라의 집 앞에 차를 세웠다. 언제나 내가 차를 세워두는 곳이었다.

그 애는 말을 정정했다.

“음, 비가 가끔 오기는 해. 하지만 비 오는 것도 달라. 좀 더 신나지. 천둥 번개가 아주 많이 치면서 홍수가 날 정도로 비가 내리거든. 쉬지 않고 이슬비가 오는 수준이 아냐. 그리고 냄새도 거기가 더 좋아. 크레오소트 냄새 때문이야.”

지금 말한 상록수 사막 관목이 뭔지는 안다. 캘리포니아 남부를 달릴 때 차창 밖으로 나무를 본 적이 있었다. 물론 밤에 본 것이다. 별로 볼만한 건 아니었다.

나는 솔직하게 말했다.

"크레오소트 냄새는 맡아 본 적이 없어."

"비 올 때만 그 냄새가 나."

"어떤 냄새인데?"

그 애는 잠시 생각에 잠겼다 말했다.

"달콤하면서도 쌉싸름한 향기야. 송진이랑 살짝 비슷하고, 약간은 약 냄새 같기도 해. 나쁜 뜻으로는 아니야. 신선한 냄새거든. 마치 깨끗한 사막 같달까. 하하, 이렇게 말해도 감이 안 잡히지?"

"아냐, 아주 잘 알겠어. 애리조나에 안 가본 사람이라면 또 뭘 봐야 할까?"

"사와로 선인장. 하지만 그건 사진에서 본 적 있을 거야."

나는 고개를 끄덕였다.

"직접 보면 생각보다 더 클 거야. 처음 보는 사람들은 모두 놀라거든. 혹시 매미가 사는 지역에 살아본 적 있어?"

그 말에 나는 웃었다.

"응, 우리는 잠시 뉴올리언즈에 살았던 적 있어."

"그럼 너도 알겠네. 작년 여름에 묘목장에서 아르바이트를 했었거든. 매미가 엄청 울었어. 꼭 칠판을 손톱으로 긁는 소리 같았지. 미치는 줄 알았어."

"또 볼 만한 건 뭐가 있어?"

"흐음. 색깔이 달라. 산, 아니 뭐, 언덕 수준이긴 하지만, 산들이 대부분 화산 지대에 있어서. 자주색 바위가 많아. 색이 짙어서 햇빛을 받으면 열기를 많이 머금지. 아스팔트도 그래. 여름에는 절대 식지를 않아.

인도에 달걀을 깨 두면 익을 거라는 도시 괴담이 있을 정도야. 하지만 골프장은 온통 초록색이지. 집에 잔디밭을 깔아놓은 사람도 있긴 있어. 내가 보기엔 미친 짓이지만. 어쨌든 대조적인 색깔이 멋있어."

"너는 어디서 시간을 보내는 걸 좋아했어?"

그 질문에 벨라는 방긋 웃었다.

"도서관. 이미 나 책벌레 범생이인 거 다 드러나지 않았어? 아니라면 지금 확인 사살한 거네. 내가 살던 집 근처에 있는 자그마한 도서관 분관에 있는 소설책은 다 읽은 것 같아. 운전면허증을 처음 땄을 때 가장 먼저 갔던 곳이 시내에 있는 중앙도서관이었어. 거기서 살라고 하면 살 수도 있었을 거야."

"또 다른 곳은?"

"여름에는 캑투스 공원에 있는 수영장에 갔어. 엄마는 내가 걸음마를 떼기 전부터 거기 있는 수영 교실에 등록시켰거든. 아기들이 물에 빠져 죽는다는 뉴스는 항상 나오잖아. 그래서 엄마는 겁을 먹었던 거야. 겨울에는 로드러너 공원에 갔어. 별로 큰 공원은 아니지만 그 안에 작은 호수가 있거든. 나 어렸을 때는 거기에서 종이배를 띄우며 놀았어. 아까부터 계속 말했지만, 네가 듣기에 별로 신날 만한 건 없어……."

"아주 좋았을 것 같은데. 나는 어린 시절 기억이 별로 없거든."

그러자 벨라의 얼굴에서 장난스러운 기색이 사라졌다. 이윽고 그 애는 눈썹을 지그시 모았다.

"힘들겠구나. 이상하기도 할 테고."

이제는 내가 어깨를 으쓱일 차례로군.

"내가 아는 건 그뿐이야. 걱정할 건 전혀 없어."

그 애는 오랫동안 말이 없었다. 머릿속으로 곰곰이 생각하는 모양이었다.

나는 그 침묵을 참을 만큼 참았다가 마침내 묻고 말았다.

"무슨 생각하는데?"

그러자 벨라의 미소는 더욱 옅어졌다.

"묻고 싶은 게 참 많아. 하지만……."

우리는 동시에 입을 열었다.

"오늘은 내가 질문하는 날이잖아."

"오늘은 네가 질문하는 날이니까."

이젠 웃음도 동시에 나왔다. 참 이상하다는 생각이 드는군. 이렇게 함께 있으니 너무 편하잖아. 이토록 가까이 있는데, 위험은 저 멀리 있는 것만 같았다. 너무 즐거운 나머지 목구멍 속 고통을 잊어버릴 지경이었다. 사실 그 고통이 둔해진 건 아니다. 다만 이 애를 생각하는 것만큼 고통이 흥미롭지 않아서였다.

"이제 피닉스에 가 보고 싶은 마음이 드니?"

잠시 말이 없던 벨라가 물었다.

"좋은 점을 좀 더 들어 봐."

그 애는 곰곰이 생각하다 말했다.

"거기에는 아카시아 나무가 한 종류 있어. 정확한 이름은 모르겠지만, 그 나무도 다른 나무들처럼 뾰족뾰족하고 죽은 것처럼 앙상해."

표정이 갑자기 변하더니, 그리움을 가득 품었다.

"하지만 봄이 되면 응원단의 꽃술처럼 복슬복슬한 노란색 꽃이 피어나."

벨라는 엄지와 검지 사이에 꽃송이를 잡은 것처럼 손 모양을 만들어 크기를 보여주었다.

"그 향기가…… 정말 대단하거든. 무엇과도 비할 수가 없어. 정말 희미하고 섬세한 향이라, 바람결에 실려오나 싶다가도 금방 사라져 버리지. 그 향기도 좋아하는 냄새라고 아까 말했어야 했는데. 누가 그 향기로 향초를 만들어 주면 좋겠어."

그러더니 갑자기 주제를 바꾸어 말을 이었다.

"그리고 일몰도 대단히 멋있어. 이건 진짜야, 여기서는 그런 일몰을 전혀 볼 수가 없어."

벨라는 잠시 또 생각에 잠겼다가 말했다.

"그렇지만 한낮에도, 그 하늘은 참, 그게 핵심이야. 여기서 보는 그런 파란색이 아니거든. 여기는 파란 하늘이 있는지나 모르겠어. 그곳의 하늘은 더 환하고 더 옅은 색이야. 어떨 때는 하얀색처럼 보이기도 해. 그리고 어딜 가든 하늘이 보여."

그 애는 머리 위로 손을 들어 호를 그리며 말을 강조했다.

"거기에는 하늘이 훨씬 더 많아. 도시에서 조금만 벗어나도, 별을 수백만 개나 볼 수 있거든."

그러더니 아쉬운 미소를 지었다.

"그 밤하늘을 너도 꼭 봐야 해."

"굉장히 아름다웠나 보구나."

내 말에 벨라는 고개를 끄덕였다.

"모두에게 다 아름다워 보이지는 않겠지만 말이야."

그 애는 생각에 잠겨 말을 멈추었다. 하지만 더 할 말이 있어 보여서, 그냥 생각하게 놔 두었다.

이윽고 단호한 말이 들려왔다.

"나는…… 미니멀리즘이 좋아. 솔직한 풍경인 것 같아서. 아무것도 숨기는 것 없이."

이곳에서 벨라가 볼 수 없게 숨겨진 것들을 모두 생각해 보았다. 혹시 이 애는 전부 다 알고 이런 말을 하는 걸까. 자신의 주위를 둘러싼 보이지 않는 암흑을 알고 있을까. 그러나 이 애는 아무런 판단도 내리지 않는 눈빛으로 나를 응시했다.

더 이상은 아무 말이 없었다. 턱을 살짝 내리는 모습을 보니, 아무래도 너무 이야기를 많이 해 버렸다는 생각이 다시 들었나 보다.

"넌 그곳이 정말 많이 그리운 모양이로군."

내 말에 얼굴에 수심이 깊어질지도 모른다고 반쯤은 생각했는데, 의외로 벨라는 표정이 밝았다.

"처음엔 그랬어."

"지금은 아니야?"

"응. 여기에 익숙해졌나 봐."

벨라는 숲과 빗물에 체념해 버린 것만은 아니라는 듯 미소를 지었다.

"거기서 살던 집 이야기를 해 봐."

그러자 그 애는 어깨를 으쓱였다.

"별것 없었어. 아까 말했듯 치장 벽토랑 타일을 붙인 평범한 집이었어. 단층이었고 방은 세 개, 욕실은 두 개 있었지. 작긴 했지만, 내 욕실이 좋았는데. 찰리랑 같이 화장실 쓰는 건 성가시거든. 밖에는 자갈을 깔고 선인장을 심었어. 집안은 죄다 70년대 빈티지 스타일이었어. 벽엔 나무판자를 대고, 리놀륨 바닥에 보풀보풀한 카펫을 깔았지. 주방 조리대는 겨자색 합성 수지였고, 뭐 다 그랬어. 엄마는 최신식 인테리어를 별로 좋아하지 않았어. 오래된 물건에 나름의 특징이 있다고 항상 주장하지.”

“네 방은 어떻게 생겼어?”

벨라의 표정을 보니 내가 뭔가 이해 못한 우스갯소리가 있나 싶었다. 그 애가 물었다.

“지금? 아니면 내가 살았을 때?”

“지금이라니? 무슨 소리야?”

“지금은 엄마가 요가하는 방으로 만든 것 같거든. 내 물건은 차고로 치우고.”

나는 놀란 채 그 애를 빤히 바라보았다.

“그럼 네가 그 집에 가면 어디서 자?”

하지만 벨라는 아랑곳하지 않는 듯했다.

“어디선가 침대를 다시 꺼내오겠지.”

“방이 세 개라면서?”

“나머지 방은 엄마의 공예실이야. 거기다 침대를 들여놓는 건 인간의 힘으로는 불가능할 거야.”

벨라는 태평하게 웃었다. 그 애는 어머니와 많은 시간을 보낼 계획이 있을 거라 생각했는데, 지금 이야기를 들어 보면 피닉스에서의 삶을 과거로만 여길 뿐, 앞으로 보낼 계획은 없는 것처럼 말하고 있었다. 이 말에 내심 안도감이 들었지만, 나는 그렇다는 기색을 애써 지웠다.

“거기 살 때 네 방은 어땠어?”

그러자 그 얼굴이 살짝 빨개졌다.

“음, 어수선했어. 난 정리를 잘하는 사람이 아니라서.”

“얘기 좀 해 줘.”

그 애는 너 나 놀리는 거지, 라는 듯한 표정을 지었지만, 내가 물러서지 않자 또 두 손으로 방을 묘사하며 순순히 설명해 주었다.

"좁은 방이었어. 남쪽 벽에 1인용 침대를 놓고 북쪽으로 난 창문 밑에는 서랍장을 두었지. 그 사이가 너무 좁아 지나가기도 힘들었어. 자그마한 드레스룸이 있기는 있었는데, 정리를 하도 못 해서 물건을 쌓아놨는지라 그 안에 들어가 걸을 수는 없었어. 정리했다면 좋았을 텐데. 지금 집의 방은 그 방보다 커서 그만큼 어지르지는 않았지만, 아마 살다 보면 곧 심각하게 엉망이 될 거야."

나는 애써 태연한 표정을 지었다. 이미 이곳의 벨라 방이 어떤지는 아주 잘 알고 있다는 사실과, 피닉스에서는 지금보다 방을 더 어지르고 살았다니 놀랍다는 기색을 숨겨야 했기 때문이었다.

그 애는 내가 더 듣고 싶은 건지 눈치를 보았다. 나는 어서 말을 이으라 고개를 끄덕여주었다.

"음…… 천장 선풍기가 있었지만 고장 났어. 등만 켜졌지. 그래서 서랍장 위에 아주 시끄러운 선풍기를 놓고 살았어. 여름에는 바람굴 같은 소리가 났어. 하지만 여기서 들리는 빗소리보다는 바람소리를 들으며 자는 게 훨씬 좋아. 빗소리는 한결같지가 않아서."

비 이야기가 나와서 나는 하늘을 슬쩍 바라보았다. 그러다 벌써 날이 어둑어둑해진 걸 알고 깜짝 놀랐다. 이 애랑 함께 있을 때는 왜 이토록 시간이 구부러지고 압축된 것 같을까. 우리 몫의 시간이 벌써 다 되었단 얘긴가?

내가 멍해진 모습을 보고 벨라는 오해했다.

"끝난 거야?"

이렇게 묻는 목소리에는 안도감이 서렸다.

"끝은 어림도 없지만 너희 아버지가 곧 오실 거야."

"찰리!"

그 애는 아버지의 존재도 잊었다는 듯 숨을 몰아쉬었다.

"시간이 얼마나 됐지?"

벨라는 계기판의 시계를 보면서 물었다.

나는 구름을 멍하니 바라보았다. 구름이 짙기는 했지만, 저 뒤에는 분명히 태양이 있다.

"해 질 녘이야."

뱀파이어가 나와서 활동할 시간이다. 구름이 걷혀서 곤란해질까 봐 걱정하지 않아도 되는 시간, 우리의 정체가 드러날 거라는 걱정 없이 하늘에 남은 마지막 빛의 잔재를 누릴 수 있는 시간.

눈길을 내리자 벨라가 호기심 가득한 눈동자로 나를 바라보고 있었다. 방금 한 말이 아니라 어조에서 많은 걸 들은 얼굴이었다.

"우리한테는 가장 안전한 시간이지. 가장 쉬운 때이기도 하고. 하지만 어느 면에선 가장…… 슬픈 시간이다. 또 하루가 끝나고 밤이 돌아오니까."

밤을 보낸 세월이 그 얼마런가. 나는 목소리에 서린 무거움을 애써 떨쳐냈다.

"어둠은 너무 뻔하지 않아?"

하지만 평소와 달리 그 애가 말했다.

"나는 밤이 좋아. 어둠이 없으면 별을 볼 수도 없잖아."

그 얼굴은 이내 눈살을 찌푸렸다.

"어차피 여기선 많이 보이지도 않지만."

그 표정에 나는 웃었다. 그래, 아직도 포크스에 완전히 적응한 건 아니로군. 나는 이 애가 묘사했던 피닉스의 별들을 그려 보며, 알래스카에서 봤던 별과 비슷할까 생각해 보았다. 그곳의 별은 너무나 밝고 또 렷하고 가까웠었지. 오늘밤 벨라를 그곳으로 데려갈 수 있다면 얼마나 좋을까. 그러면 우리는 서로의 별빛을 비교해 볼 수 있을 텐데. 하지만 이 애는 정상적인 삶을 살아가고 있으니 그럴 순 없겠지.

"몇 분 안에 찰리가 도착할 거야."

내가 말했다. 한 1.6킬로미터 근방에서 이쪽으로 천천히 차를 몰고 오는 찰리의 생각은 희미하게 들려올 뿐이었다. 그의 마음은 딸을 생각하고 있었다.

"그러니까 토요일에 나랑 같이 있을 거라고 말씀드리고 싶지 않으면……."

우리가 사귄다는 걸 아버지에게 알리고 싶어 하지 않는 벨라의 마음은 이해가 갔다. 여러 가지 이유가 있으니까. 하지만 내가 이러는 건…… 그저 이 애를 안전하게 지키는 데 추가적인 장치가 필요해서만이 아니었고, 자칫 우리 가족이 위험해질 수도 있는 상황을 만들어 내 안의 괴물을 좀 더 통제하고픈 마음만도 아니었다. 나는…… 벨라가 아버지에게 나를 소개하고 싶어 하기를 바랐다. 마음 한구석으로, 나는 이 애가 살아가는 정상적인 삶의 일부가 되고 싶었다.

"고맙지만 됐어."

벨라는 빠르게 거절했다.

물론 내 소원은 불가능한 것이었지. 다른 소원들과 마찬가지로.

그 애는 내릴 준비를 하면서 소지품을 챙기기 시작하더니, 호기심 가득한 눈을 환하게 빛내면서 나를 슬쩍 올려다보고 물었다.

"그럼 내일은 내 차례인가?"

"꿈도 꾸지 말도록. 아직 다 안 끝났다고 했잖아."

벨라는 어리둥절한 얼굴로 눈살을 찌푸렸다.

"물어볼 게 더 남았어?"

아직 무궁무진하게 남았지.

"내일 두고 보면 알게 될걸."

찰리는 점점 가까이 다가왔다. 그 애 너머로 손을 뻗어 차 문을 열어 주자, 그 심장이 불규칙하게 쿵쿵 울려대는 소리가 들렸다. 눈이 마주치자, 마치 또 내게 손짓하는 것처럼 보였다. 한 번만 더, 이 애의 얼굴을 만져도 될까?

그런데 그 순간, 문손잡이를 쥔 채로 나는 얼어붙고 말았다.

저 모퉁이에서 다른 차가 이리로 오고 있었다. 찰리의 차가 아니었다. 찰리는 아직 오려면 길을 두 개 더 지나야 했다. 그래서 이제껏 이쪽으로 오고 있던 낯선 생각들에는 신경을 쓰지 않았다. 이 거리의 다른 집으로 간다고 생각했었으니까.

하지만 지금 내 생각을 사로잡은 단어가 하나 있었다. 머릿속으로 누군가 생각했다.

흡혈귀.

애는 데리고 가도 안전할 거야. 여기서 흡혈귀를 마주칠 일이 뭐가 있으려고. 물론 이곳은 중립지대이긴 하지만. 애를 시내에 데려온 게 잘한 거였으면 좋겠군.

하필이면 이럴 때 퀼렛을 만나다니?

"난감하군."

나는 숨을 몰아쉬었다.

"뭔데 그래?"

그 애는 변해 버린 내 표정을 파악하고서 걱정스레 물었다.

하지만 지금 내가 할 수 있는 건 아무것도 없었다. 정말 재수가 없군.

"복잡한 문제가 더 생겼어."

나는 순순히 시인했다. 이제 그 차는 찰리의 집으로 바로 향하는 짧은 길로 들어섰다. 그 차의 헤드라이트가 내 차를 비추자, 낡은 포드 템포 안에 타고 있던 다른 이의 생각이 들려왔다. 젊은이의 열광적인 반응이었다.

이야. 저거 볼보 S60 R이잖아? 실물로 보기는 처음인데. 멋있다. 이 근방에 저런 차를 운전하는 사람이 있었나? 커스텀 페인터를 칠한 애프터마켓 프론트 스플리터를 달았잖아……. 세미 슬릭 타이어라……. 저걸 타면 도로를 완전 찢겠네. 배기가스를 좀 봐야겠어…….

나는 그 남자애에게 관심을 두지 않았다. 다른 때 같았다면 차에 대해 많이 아는 그의 생각을 즐거이 들었겠지만, 지금은 아니었다. 나는 벨라에게 필요 이상으로 문을 넓게 열어준 다음 차에서 잽싸게 나와서 다가오는 헤드라이트 쪽으로 몸을 내밀고 기다렸다.

"찰리도 바로 모퉁이 너머에 있어."

나는 그 애에게 경고했다. 그러자 그 애는 재빨리 빗속으로 뛰어들어갔다. 하지만 우리가 함께 있는 걸 그들이 보기 전에 집안으로 들어갈 만큼의 여유는 없었다. 그 애는 차문을 닫았지만, 거기서 머뭇거리면서 다가오는 차를 빤히 바라보았다.

내 차를 마주보고 선 차의 헤드라이트가 이쪽을 곧바로 비추었다.

순간 노인의 생각이 충격과 공포에 서린 비명을 질렀다.

냉혈족이다! 흡혈귀야! 컬렌이잖아!

나는 앞유리창을 응시하며 그와 시선을 맞추었다.

이 남자가 그의 할아버지와 닮았는지는 알 길이 없었다. 에프라임의 인간형 모습을 본 적은 한 번도 없었으니까. 하지만 이 남자는 분명 빌리 블랙일 것이고, 옆은 그의 아들인 제이콥이겠지.

내 추측을 확인해 주듯, 남자애는 앞으로 몸을 숙이며 미소를 지었다.

아, 벨라다!

마음 한구석에서 느낌이 왔다. 그래, 벨라는 라푸시에서 정보를 캐면서 확실히 이 남자애에게 피해를 입혔군.

하지만 지금 나의 주된 관심은 아버지 쪽이었다. 나의 정체를 알고 있으니.

그가 아까 했던 말은 맞았다. 이곳은 중립지대다. 나 역시 저쪽만큼 여기 있을 권리가 있다는 걸, 그는 알고 있었다. 겁먹고 분노한 얼굴을 굳힌 채로 이를 악물고 있는 그의 모습에서 그 기색이 보였다.

여기서 뭘 하는 거야? 난 어떡해야 하지?

우리는 포크스에 2년간 살았고, 아무도 다치는 인간은 없었다. 하지만 우리가 매일 새로운 희생자를 살육해 왔다는 듯, 그의 공포심은 그저 강력했다.

나는 그를 노려보았다. 그의 적개심이 드러나자 무의식적인 반응으로 입술이 살짝 말리면서 이가 드러났다.

하지만 그를 적대시하는 건 아무런 도움이 안 된다. 내가 이 노인을 걱정스럽게 만들 짓을 한다면 칼라일은 언짢아할 것이다. 지금은 이 노인이 우리의 조약을 아들보다 잘 지켜 주기만을 바라는 수밖에 없다.

나는 그곳을 빠져나왔다. 내 차의 타이어가 젖은 포장도로 위에서 끼익 소리를 내자, 남자애는 소리만 듣고도 내 타이어를 알아차렸다.

근소한 차이로 경주용만이 아니라 일반 도로 주행용으로도 허가받은 타이어였다. 내 차가 떠나가자, 그는 뒤를 돌아 배기량을 분석했다.

다음 모퉁이를 돈 나는 찰리의 차를 지나쳤다. 그가 내 차의 속력을 살피며 경찰답게 눈살을 찌푸렸을 때는 나도 모르게 속력을 줄였다. 그는 계속 집으로 향했고, 집 앞에서 기다리는 차를 보자 머릿속으로 둔탁하게 놀라움이 들려왔다. 말로는 표현하지 않았지만 분명한 놀라움이었다. 과속하던 은색 볼보 생각은 이제 머릿속에서 완전히 지워졌다.

두 거리를 올라온 나는 눈에 띄지 않도록 넓은 부지 사이의 숲 옆에 차를 주차했다. 그리고 몇 초 후, 온몸이 흠뻑 젖은 채로 벨라의 집 뒷마당이 내려다보이는 울창한 나뭇가지 사이에 몸을 숨겼다. 햇빛이 처음으로 내리쬐던 날 숨었던 곳이었다.

찰리의 생각을 따라가는 건 힘들었다. 그 흐릿한 생각 속에서는 걱정하는 기색을 찾아볼 수 없었다. 그저 신난 마음뿐이었다. 손님이 와서 무척 기분이 좋은가 보다. 기분 상할 만한 말을 듣지는 않은 거로군……. 아직까지는.

찰리의 인사를 받으며 안으로 들어온 빌리의 머릿속에는 질문이 들끓었다. 지금껏 들은 바로, 빌리는 아직 아무런 결정을 내리지 않았다. 혼란스러운 생각 가운데 조약에 대한 생각이 들리자 기분이 좋았다. 제발 그 조약을 생각하며 입을 다물어 주었으면 좋겠군.

벨라가 주방으로 도망치자, 그 남자애도 뒤를 따라갔다. 아, 그가 보여주는 열정이 생각마다 분명하게 드러나는군. 하지만 그의 마음을 읽는 건 힘들지 않았다. 마이크를 비롯한 다른 추종자 놈들의 생각과는 달랐기 때문이다. 제이콥 블랙의 생각은 뭐랄까 아주…… 호감 가는 구석이 있었다. 순수하고 열린 마음이었다. 언뜻 앤젤라와 비슷하다는 생각이 들긴 했지만, 그녀처럼 얌전하지는 않았다. 문득 이 남자애가 나의 연적이 되어 안타까운 마음이 들었다. 이토록 내가 편안하게 있을 만한 마음은 드물었으니까. 편안한 기분마저 든다.

거실에 있던 찰리는 빌리가 정신을 딴 데 팔고 있다는 걸 알아차렸지만, 왜 그런지는 묻지 않았다. 그들 사이에는 약간의 긴장이 흘렀다. 오래 전 서로 의견 충돌이 있었던 것이다.

제이콥은 나에 대해 벨라에게 물었다. 이윽고 내 이름을 듣자마자, 그는 웃었다.

"그래서 그랬구나. 아버지가 왜 그렇게 이상하게 구는지 궁금했는데 말이지."

"그러게 말이야. 아저씬 컬렌 집안 사람들을 정말 싫어하시나 봐."

벨라는 지나치게 순진한 척 대답했다.

"미신에 사로잡혀서 그렇지 뭐."

남자애는 투덜거렸다.

그래, 우리는 상황이 이렇게 되어버릴 거라고 예상했어야 했다. 부족의 젊은이들이 보기에 그들의 역사는 당연히 미신이겠지. 게다가 원로들이 그 미신을 너무 진지하게 받아들여서 더욱 당혹스럽고 우습겠지.

그 둘은 이윽고 거실에 있던 아버지들과 합류했다. 찰리와 빌리가 텔레비전을 보는 동안, 벨라의 눈초리는 항상 빌리를 주시했다. 내가 보기엔 마치 무언가 빌리가 비밀을 폭로하기를 기다리는 것 같았다.

하지만 아무런 폭로는 일어나지 않았다. 블랙 가문 남자들은 밤이 깊어가기 전에 떠났다. 아이들은 다음 날에도 등교해야 하기 때문이었다. 나는 우리 영토의 경계선까지 두 발로 그들 뒤를 따라갔다. 혹시 빌리가 아들에게 뒤돌아보라고 하지는 않는지 확인하려는 마음이었다. 하지만 그의 생각은 여전히 혼란스럽기만 했다. 오늘밤 그가 조언을 구하자고 떠올리는 사람들의 이름은 내가 모르는 이들이었다. 하지만 그는 계속 겁에 질린 상황에서도 원로들이 무어라 할지 알고는 있었다. 흡혈귀를 직접 코앞에서 보아 마음이 어지러웠을지는 몰라도, 변한 것은 아무것도 없으니까.

그들이 내가 들을 수 있는 지점 너머로 차를 몰고 갔을 때는, 이제 새로이 나타난 위험은 없을 거란 확신이 분명히 들었다. 빌리는 규칙을 따를 것이다. 달리 어떤 선택지가 있겠는가? 만약 우리가 조약을 깼다 해도, 사실상 노인들이 할 수 있는 건 아무것도 없었다. 그들은 이미 힘을 잃었다. 만약 그들이 먼저 조약을 깬다면…… 음, 우리는 예전보다 훨씬 강해진 상태다. 그때는 다섯이었지만 지금은 일곱이니까. 분명히 그들은 조심하리라.

게다가 그런 식으로 우리가 조약을 밀어붙이는 건, 칼라일이 절대로 허락하지 않을 터였다. 지금 나는 벨라의 집으로 곧바로 향하지 않고, 병원에 먼저 가보기로 했다. 아버지는 오늘 야간 근무를 한다.

아버지의 생각은 응급실에서 들려왔다. 그는 올림피아에서 이송되어 온 배달 트럭 운전수의 손에 깊게 난 상처를 검사하고 있었다. 나는 로비로 걸어가서 접수처에 앉은 제니 오스틴을 알아보았다. 그녀는 10대 딸아이에게서 걸려 온 전화를 받느라, 내가 옆을 지나갔을 때 손짓으로 아는 척을 했을 뿐이었다.

진료를 방해하고 싶은 마음은 없었기에, 칼라일이 진료를 보고 있는 커튼 쳐진 공간 옆을 그냥 지나쳐 그의 사무실로 향했다. 아버지는 심장 박동 소리가 함께 들려오지 않는 발소리와 향기로 내가 왔다는 걸 알았을 것이다. 그리고 자신을 보러 오긴 했지만, 위급한 일이 아니라는 것도 알았을 것이다.

하지만 잠시 후 그는 사무실로 들어왔다.

"에드워드? 무슨 일 있는 건 아니지?"

"네. 곧바로 알려드릴 일이 있어서 온 것뿐이에요. 빌리 블랙이 오늘밤 벨라의 집 앞에 있던 저를 봤어요. 찰리에게 아무 말은 하지 않았지만⋯⋯."

"흐음."

우리는 여기 참 오래 있었지. 만약 다시금 긴장이 조성된다면 안타까운 일이 될 테지.

"분명히 별일 없을 거예요. 2미터도 안 되는 거리에서 냉혈족과 마주볼 마음의 준비는 되지 않은 것뿐이겠죠. 다른 부족원들이 그에게 가만 있으라고 설득할 거예요. 어쨌든 해봤자 그쪽이 뭘 할 수 있겠어요?"

하지만 칼라일은 얼굴을 찡그렸다. 그렇게 생각하면 못쓴다.

"그들이 보호자를 잃었다 해도, 우리 때문에 위험해져서는 안 돼."

"그럼요, 당연하죠."

그는 천천히 고개를 저으면서 어떻게 해야 가장 좋은 반응이 될지 궁리했다. 하지만 이 불운한 마주침을 무시하는 것 외에는 방법을 떠올리지 못하는 듯했다. 나 역시 벌써 같은 결론을 내려놓았다.

"너는⋯⋯ 곧 집에 올 거니?"

칼라일이 갑자기 물었다. 아버지가 질문을 하자마자 나는 그만 부끄러워졌다.

"혹시 에스미가 저한테 언짢아하셨나요?"

"너한테 화가 난 건 아니다만…… 확실히 너 때문에 마음이 안 좋긴 하지."

에스미는 걱정하고 있단다. 널 보고 싶어 해.

나는 한숨을 쉬며 고개를 끄덕였다. 벨라는 몇 시간 동안은 집에서 안전하게 지낼 테니까. 분명히 그럴 거다.

"지금 집에 갈게요."

"고맙구나, 아들아."

나는 그날 저녁 어머니와 함께 보냈다. 어머니가 살짝 호들갑을 떠는 곁에서 얌전하게 굴었다. 어머니 때문에 나는 마른 옷으로 갈아입었다. 다른 이유가 아니라, 에스미가 공들여 마무리한 바닥에 물이 떨어지면 안 되기 때문이었다. 가족들은 이미 자리를 비웠다. 에스미가 요청했기 때문이라는 걸 난 알아차렸다. 칼라일이 이미 전화를 해 두셨구나. 사방이 조용하니 고마웠다. 우리는 함께 피아노에 앉았고, 내가 연주하는 동안 우리는 이야기를 했다.

"에드워드, 요즘은 어떻게 지냈니?"

처음 질문은 이것이었다. 아무 뜻도 없이 물어보는 건 아니었다. 내 대답이 뭘지 조마조마하게 기다렸으니까.

나는 솔직하게 대답했다.

"저는…… 잘 모르겠어요. 좋을 때도 있고, 나쁜 때도 있죠."

그녀는 잠시 선율을 들으면서, 이따금 건반을 눌러 화음을 넣었다.

그 애 때문에 힘든 거구나.

나는 고개를 저었다.

"제가 힘든 건 저 때문이에요. 그 애 잘못이 아니에요."

네 잘못도 아니란다.

"제가 이런 모습이잖아요."

그 역시 네 잘못이 아니야.

나는 씁쓸하게 웃었다.

"그럼 칼라일 잘못이란 말씀이세요?"

아니. 넌 그렇게 생각하니?

"아뇨."

그렇다면 왜 네 잘못이라고 하는 거니?

여기엔 선뜻 할 말이 없었다. 칼라일이 내게 한 일에 원망하지 않는다는 건 진심이었다. 그렇지만…… 그렇더라도 누군가는 잘못했다고 봐야 하지 않을까? 그게 내가 아니라고?

네가 힘들어하는 거 보기 싫구나.

"그렇게 힘든 것만은 아니에요."

아직까지는.

그 여자애……, 그 애가 널 행복하게 해 주니?

나는 한숨을 쉬었다.

"네……. 제가 문제여서 그렇죠, 문제가 안 될 때는 행복해요. 그 애는 절 행복하게 해 줘요."

"그렇다면 괜찮아."

에스미는 안심하는 듯했다. 내 입매는 비틀어졌다.

"그럴까요?"

그녀는 말이 없었다. 머릿속으로는 내 대답을 분석하면서, 앨리스의 얼굴을 떠올리며 그녀가 본 환상을 생각하는 중이었다. 가족들이 내기를 걸었다는 것과 내가 그걸 안다는 사실도 역시 알았다. 어머니는 재스퍼와 로잘리에게 화가 났다.

그 여자애가 죽는다면 이 애에겐 어떤 의미로 다가올까?

나는 몸을 움찔하며 건반에서 손을 움츠렸다. 에스미는 급히 말했다.

"미안하구나. 나쁜 뜻이 아니라……."

나는 고개를 저었고, 그녀는 말이 없어졌다. 나는 두 손을 내려다보았다. 차갑고, 날카롭게 각이 진, 인간의 손이 아닌 손을.

"어떻게 해야 할지 모르겠어요……. 그 애가 죽는다면 언젠가 극복하고 지난 일로 묻어 두게 될까요. 아뇨, 절대로…… 그럴 수는 없을 거예요."

이렇게 속삭이자 그녀는 내 어깨를 두 팔로 감싸고 손을 그러모았다.

"그럴 일은 없단다. 그렇게는 안 될 거야."

"저도 그렇게 믿고 싶어요."

어머니의 두 손을 바라보았다. 그 손은 나와 참 비슷했지만 똑같지는 않았다. 내 손을 미워하듯, 그 손을 미워할 수는 없었으니까. 물론 돌처럼 딱딱했지만…… 그건 괴물의 손이 아니었다. 에스미의 손은 상냥하고 부드러운 어머니의 손이었다.

나는 확신한단다. 너는 그 애를 해치지 않을 거야.

"그렇다면 어머니는 앨리스와 에밋 쪽에 돈을 거셨던 거군요."

그러자 에스미는 손을 풀고는 내 어깨를 가볍게 때렸다.

"그런 농담 하면 못 써."

"네, 그렇죠."

하지만 재스퍼와 로잘리가 내기에서 진다면, 에밋이 이겼다며 으스댈 때 난 뭐라 하지 않을 거란다.

"형은 어머니의 기대를 저버리지 않을 거라 생각해요."

너 역시 내 기대를 저버리지 않을 거야, 에드워드. 아, 우리 아들, 엄마가 얼마나 널 사랑하는지 알고 있니. 힘든 시기가 지나면…… 나는 아주 행복해질 거야. 내가 보기엔 나도 그 애를 사랑하게 될 거야.

나는 눈썹을 치켜뜨고 어머니를 바라보았다.

나한테 그 애를 안 보여 주려고 했어? 설마 그렇게 모질게 굴지는 않을 거지?

"이제는 어머니도 앨리스 같은 소리를 하시네요."

"왜 이 문제로 네가 앨리스와 다투는지 모르겠구나. 피할 수 없는 현실이라면 순순히 받아들이는 게 더 쉽지 않니."

나는 얼굴을 찡그렸지만, 이윽고 다시 피아노 연주를 시작했다. 그리고 잠시 후 말했다.

"어머니 말씀이 맞아요. 전 그 애를 해치지 않을 거예요."

당연히 안 해치겠지.

에스미는 두 팔로 나를 감싸안았다. 잠시 후 나는 어머니의 정수리에 머리를 기댔다. 어머니는 한숨을 쉬고서 나를 더욱 세게 안아주었다. 그러니까 어쩐지 어린아이가 된 기분이었다. 아까 벨라에게 이야기했듯, 나는 구체적으로 기억나는 어린 시절 기억이 없다. 그러나 나를 감싸고 있는 에스미의 팔이 주는 느낌에는 무언가 감각 기억 같은 것이 있었다. 나의 인간 시절 어머니도 이렇게 나를 안아주셨겠지. 그리고 이런 식으로 나는 위안을 받았었겠지.

곡 연주가 끝마친 나는 한숨을 쉬면서 일어섰다.

지금 그 애에게 갈 거니?

"네."

에스미는 어리둥절한 채로 얼굴을 찡그렸다.

넌 밤새 거기서 뭘 하니?

나는 미소를 지었다.

"생각도 하고요……, 갈증을 느끼죠. 소리도 듣고요."

그녀는 내 목을 만지며 말했다.

"그래서 네가 힘들잖니. 그건 싫구나."

"갈증을 견디는 게 제일 쉬워요. 이건 진짜 아무것도 아니에요."

그럼 어려운 건 뭔데?

나는 잠시 어려운 점이 뭔지 생각해 보았다. 정말 많은 것이 어렵다할 수 있었지만, 그 중에서도 가장 정답이 될 만한 게 하나 있었다.

"제 생각으로는…… 그 애랑 같은 인간이 될 수 없다는 게 제일 힘들어요. 인간이 되는 게 제일 좋은 방법인데 불가능하다는 거요."

그녀는 눈썹을 지그시 찌푸렸다.

"다 잘될 거예요, 에스미."

어머니에게 거짓말을 하는 건 참 쉬웠다. 이 집에서 에스미에게 거짓말을 할 수 있는 건 나뿐이었다.

그래, 다 잘 될 거야. 그 애한테는 너보다 더 좋은 존재는 없을 테니.

그 말에 나는 웃었다. 씁쓸한 웃음이었다. 그래도 어머니의 말이 맞다는 것을 나는 어떻게든 증명하리라.

14

더 가까이

    오늘밤 벨라의 방은 평화로웠다. 평소에는 그 애가 불편하게 느끼던 내리다 말다 하던 빗소리조차 그 애의 잠을 방해하지 않았다. 비록 고통을 느끼고 있긴 했어도, 나 역시 평화로웠다. 집에서 어머니의 품 안에 안겨 있을 때보다 훨씬 차분한 상태였다. 벨라는 자면서 자주 그러던 대로 내 이름을 중얼거렸고, 그럴 때마다 미소를 지었다.

    아침에 찰리는 식사를 하면서 딸애의 명랑한 기분에 대해 언급했다. 그러자 이젠 내 쪽에 미소가 나왔다. 적어도, 최소한 나 때문에 벨라도 행복하다는 거니까.

    오늘 그 애는 내 차에 재빨리 올라탔다. 상기된 얼굴로 활짝 웃는 모습을 보면, 나만큼이나 열렬히 둘이 있고 싶어 하는 것 같았다.

    "잠은 잘 잤어?"

    "잘 잤어. 너는 밤 잘 보냈어?"

    "좋았어."

나는 미소를 지었다. 벨라는 입술을 오므리더니 물었다.

"뭐 했는지 물어봐도 돼?"

나는 잠깐 상상해 보았다. 만약 내가 이 애처럼 무의식에 빠져 아무것도 인식하지 못한 채로 여덟 시간을 흘려보내야 했다면, 깨어난 지금 상대방이 무척 궁금하겠지. 하지만 나는 이 질문에 아직 대답할 준비가 되어 있지 않았다……. 어쩌면 영원히 대답 못할지도.

"아니. 오늘도 계속 내 차례야."

그러자 그 애는 한숨을 쉬더니 눈을 흘겼다.

"해줄 수 있는 말은 다 한 것 같은데."

"너희 어머니에 대해서 말해봐."

그건 내가 제일 듣고 싶은 주제였다. 왜냐하면 분명히 벨라도 제일 말하기 좋아하는 주제였으니까.

"알았어. 음, 우리 엄마는 뭐랄까……, 좀 야성적이랄까? 호랑이처럼 야성적이라는 건 아니고, 꼭 참새나, 아니면 사슴같이 야성적이야. 엄마는 다소, 우리 속에 갇혀 지내는 존재가 아니라면 이해되니? 우리 할머니는, 아, 그런데 우리 할머니는 아주 정상적인 분이야. 그래서 대체 우리 엄마는 누굴 닮았는지 모르겠어. 어쨌든 우리 할머니는 엄마를 보고 도깨비불 같다고 하셨지. 우리 엄마를 청소년기에 키웠던 할머니는 진짜 힘드셨을 것 같단 생각이 많이 들었어. 어쨌든, 엄마는 한 곳에 진득하니 오래 있는 걸 정말 못 견뎌. 그래서 어디에 정착할지 알지도 못하는 채로 필과 떠돌아다니게 되어서…… 음, 내 생각엔 이토록 행복해 하는 엄마를 본 적이 없었어. 엄마는 나를 위해 정말로 열심히 노력했어. 주말마다 신나는 일을 하려고 했고 항상 직업을 바꾸었지. 나는 엄마가 평범한 일을 안 해도 되도록 내가 할 수 있는 최선을 다했어. 아마 필도 그럴 거라 생각해. 난 있지……, 내가 좀 나쁜 딸인 것도 같아. 왜냐하면 조금 안심이 되거든. 무슨 말인지 알겠지?"

그 애는 미안한 기색을 지으며 손바닥을 들어 보였다.

"이제 엄마는 날 위해서 한 곳에 가만히 있을 필요가 없으니까. 그러니까 위안이 되더라고. 그런데 찰리는…… 난 찰리한테 내가 필요할 거란 생각을 해본 적이 없었는데, 알고 보니 필요하더라. 저 집은 찰리가 혼자 지내기에 너무 휑해."

나는 생각에 잠겨 고개를 끄덕였다. 그리고 이 어마어마한 정보의 원천을 샅샅이 훑어보았다. 벨라의 성격 형성에 지대한 영향을 미친 그분을 직접 만나 볼 수 있으면 좋을 텐데. 마음 한구석으로는 벨라가 좀 더 편안하고 전통적인 어린 시절을 보냈으면 좋았으리란 마음이 있었다. 그렇다면 이 애는 자기 나이답게 컸을 테지. 하지만 그렇다면 지금의 벨라의 모습은 없었을 것이다. 그리고 어딜 봐도 이 애는 어린 시절을 원망하는 것 같지 않았다. 남을 돌보는 위치에 있기를 좋아했고, 누군가에게 자신이 필요한 상황을 좋아했다.

어쩌면 벨라가 나에게 끌리는 비밀스러운 이유란 게 이것일지도 모른다. 나보다 더, 벨라가 필요한 사람이 누구란 말인가?

나는 그 애를 교실 문 앞에 데려다주고 나왔다. 오전은 전날과 마찬가지로 흘러갔다. 앨리스와 나는 몽유병에 걸린 것처럼 체육관을 비척비척 걸어다녔다. 그러면서 제시카 스탠리의 시선을 통해 벨라의 얼굴을 다시금 보았다. 지금 벨라가 교실 안에 있기는 하지만 정신은 완전히 딴 데 가 있다는 걸 제시카도 나도 눈치챘다.

벨라는 왜 얘기를 안 하는 거야? 아무한테도 말 안 하려나 보네. 전에 사실대로 말한 게 아니었나? 뭐 지금은 아무 일도 일어나지 않은 게 확실

해. 제시카는 이렇게 생각하며 수요일 아침에 키스에 대해 물어봤을 때, 벨라가 아니라고 했던 일을 빠르게 떠올렸다. **그런 건 아니겠지. 그때 벨라가 실망하는 얼굴이었다는 자신의 짐작 역시 생각해 냈다.

그거 완전 고문 아닌가? 보기만 하고 만지지는 않는다니. 이제 제시카의 생각은 이렇게 흘러갔다.

그 말에 나는 깜짝 놀랐다.

고문이라니? 과장이 분명하다. 하지만…… 이런 일로 정말 벨라가 고통을 받는다고? 아무리 사소해도 고통은 고통이잖아? 물론 아닐 것이다. 그 애는 이 상황의 현실을 알고 있으니까. 나는 얼굴을 찌푸리다가 이쪽을 의아하게 바라보는 앨리스의 눈길을 감지했다. 나는 고개를 저었다.

초점 없는 눈으로 채광창 밖을 내다보는 벨라를 지켜보며, 제시카는 생각했다. **쟤는 꽤 행복해 보이네. 분명히 나한테 숨기는 게 있는 거야. 아니면 뭔가 새로운 발전이 있든가.**

아! 앨리스가 갑자기 자리에 멈춰 서면서 동시에 머릿속으로 탄성을 질렀다. 나는 깜짝 놀랐다. 그녀의 머릿속에는 가까운 미래의 학교 식당 모습이 보였고…….

자, 이제 때가 됐구나! 그녀는 이렇게 생각하며 한껏 웃었다.

장면이 이어졌다. 앨리스는 오늘 학교식당 앞에서 벨라의 맞은편에 앉은 내 뒤에 섰다. 아주 짧게 자기소개를 했다. 어떻게 이런 일이 시작되었는지는 아직 정해지지 않았다. 미래는 다른 요인들에 맞추어 불완전하게 흔들렸다. 하지만 오늘이 아니라도 곧 이루어질 미래였다.

나는 한숨을 쉬고서 아무 생각 없이 네트 너머로 셔틀콕을 넘겼다.

셔틀콕은 내가 정신을 차리고 있을 때보다 더욱 잘 날아가 버렸다. 내가 득점했을 때, 체육 선생님은 호루라기를 불어 수업을 마쳤다. 앨리스는 이미 문으로 가고 있었다.

애처럼 굴지 좀 마. 별일 아니잖아. 그리고 넌 날 못 막아. 내가 그것도 이미 봤어.

나는 눈을 감고 고개를 저었다. 그리고 앨리스와 함께 걸으며 조용히 동의했다.

"그래, 별것 아닐 거야."

"난 잘 참거든. 걸음마를 뗄 때는 셈 치지."

나는 눈을 흘겼다.

누군가의 눈을 거쳐 간접적으로 보는 상황에서 벗어나, 직접 두 눈으로 벨라를 보기만 해도 언제나 안도감이 들었다. 하지만 벨라가 교실 문에서 나왔을 때, 나는 여전히 제시카의 가정에 대해서 생각 중이었다. 그 애가 따스하게 방긋 웃자, 내가 봐도 그 모습은 아주 행복해 보였다. 고문일 거라니, 그럴 리 없잖아. 가능하지도 않은 걸 두고 걱정하지 말자. 벨라는 괴로워하고 있지도 않은데.

지금껏 터놓고 묻기가 꺼려졌던 질문이 하나 있었다. 하지만 제시카가 했던 생각이 아직도 머릿속에 맴돌고 있었기에, 나는 꺼려졌던 질문이 갑자기 궁금해졌다.

우리는 언제나 앉던 테이블에 앉았다. 벨라는 내가 사 온 음식을 집어들었다. 오늘은 내가 좀 더 빨랐다.

"첫 데이트는 어땠는지 말해 줘."

내 말에 그 애는 눈을 휘둥그레 뜨고 뺨을 붉혔다. 그리고 대답을 주저했다.

"나한테 말 안 해줄 거야?"

"그런 게 아니라…… 어떤 게 데이트였는지 모르겠어서."

"이런 것도 데이트였나 싶었던 것까지 다 쳐봐."

내 말에 벨라는 천장을 바라보며 입술을 오므리고 생각에 잠겼다.

"음, 그렇게 치면 첫 데이트는 마이크랑 했어. 아, 우리 학교 마이크 말고."

내 표정이 변하는 걸 보고 그 애는 빠르게 바로잡았다.

"걔는 6학년 때 스퀘어 댄스 파트너였어. 걔가 생일 파티에 나를 초대했거든. 우리는 영화를 봤어."

그리고 미소를 지었다.

"〈마이티 덕〉 2탄이었어. 그런데 생일 파티라 들었는데, 가 보니 나밖에 없었던 거야. 나중에 사람들이 나랑 걔랑 데이트했다고 그러더라. 난 누가 그런 소문을 내기 시작했는지 아직도 몰라."

나는 찰리의 집에 있던 학교 사진을 본 적이 있었다. 그래서 벨라가 열한 살 적 모습이 어떤지 알았다. 그때나 지금이나 상황은 비슷한 것 같군.

"그게 첫 데이트라니, 데이트의 기준을 너무 낮게 잡은 것 같은데."

내 말에 그 애는 방긋 웃었다.

"네가 이런 것도 데이트였나 싶은 것까지 다 치라며."

"다른 것도 말해 봐."

벨라는 한쪽 입매를 구부린 채로 말을 이었다.

"친구들 몇 명이랑 남자애들이랑 아이스링크에 간 적 있었어. 걔들은 짝을 맞추려고 날 데려간 거지. 하지만 리드 머천트랑 짝이 될 줄 알았더라면 난 거기 안 갔을 거야."

그 애는 살짝 몸을 떨었다.

"그리고 당연하게도, 나는 아이스스케이트를 타는 게 좋은 생각이 아니라는 걸 대번에 알아내고 말았지. 다쳐 버렸거든. 심하게 다친 건 아니었어. 하지만 매점 옆에 앉아서 저녁시간 내내 책을 읽게 되어 다행이었어."

이렇게 말하며 미소 짓는 그 애 모습은…… 의기양양하기까지 했다.

"그럼 이제는 데이트다운 데이트는 뭐였는지 말해줄래?"

"그 말은, 누가 미리 나한테 만나자고 이야기를 한 다음 어딘가에서 둘만 만난 적이 있냐는 뜻이니?"

"그렇게 말한다면 맞을 것 같은데."

이번에도 벨라는 의기양양한 미소를 지었다.

"그렇다면 미안해. 그런 데이트는 해 본 적 없어."

나는 얼굴을 찌푸렸다.

"네가 여기 오기 전까지 아무도 너한테 데이트 신청을 안 했다고? 정말이야?"

"잘은 모르겠어. 그게 데이트였나 싶은 것들뿐인걸? 그냥 친구끼리 만나서 노는 수준이었는데?"

그 애는 어깨를 으쓱이며 말을 이었다.

"사실 뭐가 그리 중요하겠어. 난 데이트할 여력 같은 건 없었어. 소문이 좀 돌다가도, 잠잠해진 다음에는 다시 묻지 않더라."

"정말로 바쁜 거였어? 아니면 여기서처럼 그때도 핑계를 만들어 거절했었어?"

벨라는 살짝 기분이 상해서 고집스레 말했다.

"정말로 바빴어. 집안을 꾸려가는 데는 시간이 많이 든다고. 게다가 난 학교 공부에 더해서 평소에 아르바이트도 했단 말이야. 대학에 가려면 전액 장학금을 받아야 하고……."

나는 말을 끊었다.

"그건 잠깐 나중에 이야기하자. 다음 주제로 넘어가기 전에, 이거 하나는 짚고 넘어가야겠어. 네가 그토록 바쁘지 않았더라면, 혹시 너한테 다가왔던 남자 중에 네가 사귀고픈 애는 있었어?"

그 애는 고개를 갸웃거렸다.

"별로 없어. 그러니까, 그냥 저녁 시간을 한 번 같이 보내는 것 이상으로 마음에 드는 애는 없었어. 그다지 흥미로운 애들이 아니었거든."

"그럼 다른 남자들은? 너한테 데이트 신청 하지 않더라도 네 쪽에서 좋아한 애는?"

벨라는 고개를 저었다. 그 맑은 눈망울은 아무것도 숨기는 게 없어 보였다.

"별로 관심을 가져 본 적 없어."

나는 눈을 가늘게 떴다.

"그럼 마음에 드는 사람과 만나 본 적이 없다고?"

벨라는 다시 한숨을 쉬었다.

"피닉스에서는 없었어."

우리는 잠시 서로를 바라보았다. 나는 그러면서 가만히 사실을 음미해 보았다. 이 애는 나의 첫사랑인데, 지금 들은 말에 따르면 나 역시 이 애의 첫사랑이라니……. 넋이 나갈 것만 같다. 우리가 서로에게 처음이라는 사실에 묘하게 기쁘면서도 괴로웠다. 이 애의 연애사는 비뚤어지고 건강하지 못한 방식으로 시작된 게 분명했으니까. 그리고 내가 알기로 이 애는 나의 처음이자 마지막 사랑이 될 것이었다. 우리의 마음은 인간의 마음과 같지 않으니까.

"오늘은 내가 질문하는 날이 아닌 걸 알지만……."

"그렇지. 질문은 내가 해야지."

하지만 벨라는 고집을 피웠다.

"아, 이러지 마. 난 방금 민망하리만큼 이렇다 할 게 없는 데이트에 대해서 전부 털어놨잖아."

나는 미소를 지었다.

"나도 너랑 꽤 비슷해. 사실을 말하자면, 나한테는 아이스스케이팅을 하러 가거나 누가 생일파티를 빙자한 데이트를 신청한 경험마저도 없어. 나도 별로 관심을 가져 본 적이 없거든."

그 애 표정을 보니 내 말을 과히 믿는 것 같지 않았지만, 그건 사실이었다. 몇 번 제안을 받아본 적이 있어도 다 거절했다. 데이트라고 볼 수는 없는 제안이긴 했지. 나는 그 점을 인정하며 타냐의 뾰로통한 얼굴을 떠올렸다.

"어느 대학에 가고 싶어?"

내가 묻자, 그 애는 새로운 주제에 적응하려는 것처럼 고개를 살짝 저었다.

"글쎄……. 예전에는 애리조나 주립대에 가는 게 제일 현실적이라고 생각했어. 그럼 집에서 다닐 수 있으니까. 하지만 지금은 엄마의 주거지가 일정하지 않으니까, 선택지가 넓어진 것 같아. 하지만 주립대학에 가야 할 거야. 장학금을 받고 다닐 수 있다고 해도, 그게 합리적이겠지. 내가 처음에 여기 왔을 때는…… 음, 찰리가 워싱턴 주립대학교 근처에 살지 않아서 다행이었어. 거기 다니는 게 무척 현실적이라는 생각을 하지 않아도 되니까."

"우리 주 대학교 무시하니? 워싱턴 주립대 쿠거스(Cougars)가 운동을 얼마나 잘하는데?"

"대학이 싫다는 게 아니야. 날씨가 싫어서 그래."

"그렇다면, 비용 같은 거 따지지 말고 어디든 갈 수 있다고 가정해 본다면 어느 대학에 가고 싶어?"

이 애가 내 질문에 따라 상상 속 미래를 생각하는 동안, 나는 이 애와 함께 살 수 있는 내 미래를 그려보았다. 스무 살의 벨라, 스물두 살의 벨라, 또 스물네 살의 벨라…… 나는 변함없이 그대로인데, 벨라가 나와 함께 지낼 수 없을 정도로 나이 들기까지 얼마나 남았나? 만약 이 애가 인간의 모습으로 건강하고 행복하게 지낼 수가 있다면, 나는 기꺼이 그 시간 제한을 받아들일 것이다. 만약 이 애가 안전하게끔 내 자신을 제어할 수 있다면, 이 애에게 딱 맞는 존재가 된다면, 벨라가 내게 허락해 준 시간을 일 분 일 초마다 최선을 다해 행복한 순간을 만들어낼 수 있게 된다면 얼마나 좋을까.

내가 어떻게 해야 그게 가능할까. 다시금 생각해 보았다. 어떻게 하면 이 애의 삶에 부정적인 영향을 주지 않고도 함께 할 수 있을까. 페르세포네의 봄날에 머무르며, 내가 사는 명부로부터 어떻게 하면 안전하게 이 애를 지켜낼 수 있을까.

내가 늘 들락거린다면 이 애가 그다지 행복하지 않을 거라는 건 뻔히 보였다. 그건 분명하겠지. 하지만 이 애가 나를 원하는 한, 나는 따라갈 것이다. 며칠을 집안에만 갇혀서 무료하게 보낸다 해도, 그 정도쯤은 충분히 감수할 수 있었다. 사실상 전혀 중요하지 않다.

"좀 조사를 해봐야겠어. 화려한 대학들은 대부분 눈 오는 지역에 있더라고."

벨라는 방긋 웃더니 이렇게 말했다.

"하와이에 있는 대학은 어떨까?"

"아주 아름답겠지. 확실히 말이야. 그럼 학교 졸업한 다음에는? 그땐 뭘 할 거야?"

이 애의 미래 계획이 뭔지 아는 게 나에게 참 중요하다는 걸 깨달았다. 그래야 계획을 어그러뜨리지 않을 테니까. 그래야 실현 가능성이 희박한 나의 미래를 재단하여 이 애에게 어떻게든 가장 잘 어울리게 만들 수 있을 테니까.

"책이랑 관련된 직업을 갖고 싶어. 난 언제나 내가 뭔가를 가르치는 사람이 될 거라고 생각했어. 음, 꼭 우리 엄마 같은 사람은 아니라도 말이야. 만약 할 수만 있다면…… 어디 대학 같은 데서 강의하고 싶어. 물론 커뮤니티 칼리지 정도겠지. 문학 교양 수업 같은 거 맡고 싶어. 원하는 사람은 누구나 들을 수 있는 그런 과목으로."

"네가 항상 바랐던 게 그거였어?"

내 말에 벨라는 어깨를 으쓱였다.

"주로 그랬어. 한번은 출판사에서 일할까도 생각해 본 적 있어. 편집자 같은 거."

그 애는 콧잔등을 찡그리며 말을 이었다.

"그래서 조사를 좀 해 봤어. 알고 보니 교사가 되는 편이 훨씬 쉽더라. 좀 더 현실적이고."

이 애의 꿈들은 모두 날개가 꺾인 채였다. 보통 10대들은 세계를 정복하겠다는 둥 원대한 꿈을 꾸게 마련인데 벨라는 아니었다. 분명히 오래전부터 현실을 직시하며 살 수밖에 없어서 이렇게 된 것이겠지.

그 애는 생각에 잠긴 표정으로 베이글을 한 입 베어 물었다. 아직도 미래를 생각하는 중일까. 아니면 다른 생각을 하고 있을까. 그 미래에 혹시나 내 모습이 언뜻 들어있지는 않았을까 궁금하기도 했다.

내 머릿속 생각은 내일 일정으로 흘러갔다. 벨라와 하루 종일 함께 있을 테니, 짜릿함이 느껴져야 했으리라. 그토록 오랫동안 함께 있을 수 있다니. 하지만 이 애가 진짜 내 모습을 보는 순간이 과연 어떨까란 생각밖에 들지 않았다. 내가 인간의 외양 뒤에 숨지 않고 모든 걸 다 드러낸다면 어떻게 될까. 벨라의 반응이 어떨지 상상해 보았다. 이 애의 감정을 예측하려 들 때마다 번번이 틀리곤 했지만, 그래도 가능한 반응은 두 가지뿐이라는 걸 난 알고 있었다. 혐오감이 들지 않는다면, 그나마 나올 유일한 반응은 공포뿐이겠지.

그래도 제3의 가능성이 있을 거라고 믿고 싶었다. 과거에도 이 애는 나를 자주 용서해 주었잖아. 내 모습을 보고서도 너그럽게 생각할지도 몰라. 이 모든 사실에도 불구하고 나를 받아줄 수도 있다고. 하지만 나는 그 가능성을 구체적으로 그려낼 수가 없었다.

내게 약속을 지킬 만한 배짱이 있을까? 이 모습을 숨기면서도 나답게 살 수 있을까?

처음으로 칼라일을 햇빛 아래에서 봤던 기억을 떠올렸다. 그때 나는 아주 어려서 그 무엇보다도 피에 대한 갈망에 사로잡혀 있었다. 하지만 그때조차도 칼라일의 모습만큼 나의 눈길을 사로잡은 것은 없었다. 그때 난 칼라일을 전적으로 신뢰했고 또 그를 이미 사랑하기 시작한 상황이었지만, 그래도 두려움을 느꼈다. 현실이라 보기에는 있음직하지 않은 모습이라 너무나 낯설었으니까. 자기방어 본능이 나도 모르게 발동했고, 차분하고 확신 어린 칼라일의 생각이 내게 영향을 주기까지 몇 번이고 긴 순간을 기다려야 했다. 결국 그는 나를 설득하여 직접 앞으로 나와보라고 했고, 그제야 이 현상이 아무런 해도 끼치지 않는다는 걸 난 알게 되었다.

찬란한 아침 햇살을 받은 내 모습을 기억하고서 알게 된 것이 있었다. 이제껏 인식했던 것보다도 더욱 심오한 깨달음이었다. 이제는 예전 내 모습과는 전혀 상관없는 존재가 되었다는 걸, 나는 더 이상 인간이 아니라는 걸.

하지만 내 모습을 이 애에게 숨기는 건 공정하지 않다. 말하지 않는 것 역시 거짓말이나 다름없다.

나는 초원에 나와 함께 있는 벨라의 모습을 그려 보았다. 내가 괴물이 아니라면 어떤 모습이 펼쳐질까. 그곳은 참 아름답고 평화로웠다. 내가 거기 있어도, 이 애가 아름다운 풍경을 만끽할 수 있으면 얼마나 좋을까.

에드워드.

갑자기 앨리스가 생각으로 말을 걸었다. 그 어조에 희미하게 공포가 어려 있어서 난 그대로 얼어붙고 말았다.

갑자기 나는 앨리스의 환상에 사로잡혔다. 햇빛이 둥글게 내리쬐이는 어딘가를 멍하니 바라보게 되었다. 처음에는 어딘지 알 수가 없었다. 나와 벨라가 거기 있다는 것만 그리고 있었기 때문이다. 그런데 그곳은 나 말고는 아무도 간 적이 없던 바로 그 자그마한 초원이었다. 내 생각이 아니라 앨리스의 생각 안에서 봤기 때문에 처음에는 어딘지 알 수가 없었던 거다.

하지만 내가 알던 풍경이 아니었다. 그건 과거가 아니라 미래였으니까. 나를 물끄러미 바라보는 벨라의 얼굴 위로 무지개가 어른거렸다. 그 애의 눈빛은 헤아릴 수가 없었다. 그렇다면 나는 확실히 용감할 예정이로군.

같은 곳이네. 앨리스가 생각했다. 그녀의 머릿속은 이 환상과 어울리지 않게 공포가 그득했다. 아니, 긴장감일까? 하지만 공포라니? 같은 곳이라는 말은 또 뭐지?

이윽고 나는 그 장면을 보았다.

에드워드! 나는 걔를 사랑해! 에드워드! 앨리스가 날카롭게 항의했다.

하지만 그녀는 내가 사랑하는 것처럼 벨라를 사랑하는 건 아니다. 그녀의 환상은 터무니없었다. 그릇되었다. 불가능한 것을 보다니, 어딘가 눈이 어두워진 거다. 이건 다 거짓말이다.

이 광경은 단 0.5초 만에 지나갔다. 벨라는 아직도 베이글을 씹으며 나는 결코 알아내지 못할 무언가 신비한 것을 생각하는 중이었다. 내 얼굴에 빠르게 스쳐갔던 공포의 기색을 알아봤을 리 없다.

이건 이미 지나간 환상일 뿐이다. 더는 유효하지 않다. 그 후로 모든 건 바뀌었으니까.

에드워드, 우리 얘기 좀 해.

앨리스와 내가 이야기할 것은 없었다. 나는 아주 가볍게, 딱 한 번 고개를 저었다. 벨라는 알아채지 못했다.

이제 앨리스의 생각은 명령조였다. 그녀는 내가 견딜 수 없는 장면을 다시금 내 머릿속에 떡하니 밀어 넣었다.

나는 걔를 사랑해, 에드워드. 네가 이걸 무시하게 놔둘 수가 없다고. 우리는 떠날 거고, 결국 어떻게든 해내게 될 거야. 이 시기가 끝날 때 알려줄게. 그러니 먼저 가야겠다고……, 아!

오늘 아침 체육 시간에 보이던 앨리스의 아주 온화한 환상이 다시금 들어오면서 내게 명령을 내리던 앨리스의 생각이 흐트러졌다. 아주 짧은 환상이었다. 나는 어쩌다 그런 일이 벌어지게 되는지 정확하게 보았다. 그렇다면 지금 본 극도로 불쾌하고 흐릿하며 뒤떨어진 환상은 전에 없었던 촉매란 말인가? 나는 이를 악물었다.

좋아. 앨리스와 이야기를 해야겠다. 나는 오늘 오후 벨라와 시간을 보내는 것을 포기하고 앨리스에게 그 생각이 얼마나 잘못되었는지 똑똑히 보여 주겠다. 사실, 그녀에게 이 사실을 보여주기 전까지는, 그래서 이번에는 그녀가 틀렸다는 걸 시인하게 만들기 전까지는 마음을 진정시킬 수 없겠지.

내 마음이 바뀌자 앨리스는 변한 미래를 보았다. 고마워.

참 이상하다. 갑자기 사느냐 죽느냐의 문제로 오후 시간을 보내게 생긴 와중에도 그토록 기다렸던 벨라와의 시간이 사라지게 된 게 왜 이리 참담하단 말인가. 이건 별일 아니어야 하지 않은가. 그저 몇 분 못 보는 것뿐인데.

나는 앨리스가 내게 부여한 공포를 애써 떨쳐버렸다. 몇 분 남지 않은 이 순간을 망칠 수는 없었다.

"오늘은 혼자 운전해서 집에 가야겠다."

절박한 내 심정을 목소리에 티 내지 않으려고 무척 노력하며 말했다.

벨라는 눈길을 홱 돌려 나를 바라보았다. 그리고 먹던 걸 삼키고서 말했다.

"왜?"

"점심 먹고 나서 앨리스랑 조퇴할 거거든."

"아아. 괜찮아. 걷기에 그리 먼 거리도 아닌데 뭐."

그 애의 얼굴이 시무룩해졌다. 나는 눈살을 찌푸렸다.

"집까지 네가 걸어가게 내버려 두진 않을 거야. 이따 네 트럭을 학교에 가져다 놓을게."

설마 내가 자기를 오도 가도 못하게 내버려둘 거라고 생각한 건 아니겠지?

"차 열쇠도 안 가져왔어."

벨라는 이렇게 말하며 한숨을 쉬었다. 열쇠가 없다는 게 이 애한테는 극복할 수 없으리만큼 어마어마한 방해물인가 보군.

"정말 난 걷는 거 괜찮아."

"트럭 갖다 놓고 열쇠는 안에 꽂아둘게. 혹시 누군가 훔쳐갈까 봐 걱정되지만 않는다면 말이야."

이 애 트럭 엔진 소리는 자동차 도난경보음만큼이나 대단하지. 아니, 확실히 그보다 더 요란하다. 머릿속에 이미지를 떠올리며 난 억지로 웃어 보았지만, 소리까지 나오지는 않았다.

벨라는 입술을 오므리고 알 수 없는 눈빛을 지었다.

"알았어."

혹시 내 능력을 의심하는 건가?

나는 자신만만하게 미소를 지어 보려 했다. 물론 이토록 간단한 일을 실패할 리는 없다는 자신감은 분명히 있었다. 하지만 지금 내 근육이 너무 긴장한 상태라 제대로 일을 할 만한 상태가 아니었다. 하지만 그 애는 눈치채지 못한 것 같았다. 지금 본인이 실망한 마음을 추스르기에 바빠 보였으니까.

"넌 어디 갈 건데?"

벨라가 이렇게 물으면 어떻게 대답할지 앨리스는 이미 보여주었다.

"사냥하러."

나한테도 내 목소리가 갑자기 어둡게 들려왔다. 어쨌든 사냥하러 가긴 갈 생각이었다. 이런 식으로 외출해야 한다는 게 수치스럽고도 답답했다. 하지만 나는 이 애에게 거짓말을 하지 않을 것이다.

"내일 너랑 단둘이 있으려면 최대한 미리 어떻게든 준비를 해야지."

나는 그 애의 눈을 빤히 바라보았다. 혹시 이 애는 내 눈빛 속에 어린 공포를 볼 수 있지는 않을까. 앨리스의 환상이 떠올라 나의 침착한 마음을 압도했다.

"언제든 취소해도 좋아."

부탁이야, 도망쳐. 뒤도 돌아보지 말고.

그 애는 눈을 내리깔았다. 아까보다 얼굴이 창백해진 채였다. 마침내 내 말을 들어 줄까? 만약 벨라가 나더러 자기에게 다가오지 말라고 말했다면, 앨리스의 환상은 아무런 의미도 없을 것이다. 만약 벨라가 그래 달라 부탁한다면, 나는 할 수 있을 것이다. 심장이 반으로 쪼개지는 기분이었다.

"아니."

벨라가 속삭였다. 그러자 내 심장은 이제 다른 방향으로 죄어들었다. 더욱 안 좋은 파멸이 흐릿하게 다가왔다. 그 애는 나를 똑바로 올려다보며 말했다.

"그럴 수 없어."

"아아, 그럴지도 모르겠군."

나는 속삭였다. 결국 이 애는 나처럼 운명에 매여 버린 거구나.

내 쪽으로 몸을 숙인 벨라는 걱정스러워 보이는 기색으로 눈을 가늘게 떴다.

"내일 몇 시에 올 거야?"

나는 심호흡을 하며 마음을 가라앉혔다. 불길한 예감을 떨쳐 버리기 위해서였다. 억지로 가벼운 말투를 사용하며 나는 말했다.

"아무 때나……. 토요일인데 늦잠 자고 싶지 않아?"

"아니."

그 애는 곧바로 쏘아붙였다.

그 모습을 보니 웃고 싶었다.

"그럼 평소와 같은 시간으로 하자. 찰리도 집에 계실 건가?"

그러자 벨라는 방긋 웃었다.

"아니. 내일 낚시하러 가신대."

그래서 이 애는 정말 기뻐하는구나. 이 애의 태도도 그렇고, 기뻐하는 것도 난 화가 났다. 왜 자신의 운명을 전적으로 내 손에 맡기려는 건가? 그것도 내가 최악으로 변해버릴지도 모르는 상황을 골라서?

"혹시 네가 집에 돌아오지 않으면 너희 아버지가 무슨 생각을 하시려나?"

나는 이를 악물고 말했다. 하지만 벨라의 얼굴은 그저 사근사근했다.

"그야 모르지. 주말에 주로 빨래하는 걸 알고 계시니 아마 세탁기에 빠졌다고 생각할지도."

나는 그 애를 노려보았다. 방금 들은 농담이 조금도 우습지 않았다. 벨라 역시 나에게 인상을 썼지만, 이내 얼굴을 풀고서 화제를 바꾸었다.

"오늘은 뭘 사냥할 거야?"

정말 이상하군. 이 애는 위험을 전혀 심각하게 받아들이는 것 같지 않은데, 또 한편으로는 내 삶의 가장 추악한 면을 너무 침착하게 받아들이고 있다.

"국립공원에서 아무거나 보이는 대로. 별로 멀리 안 갈 거야."

"왜 앨리스랑 같이 가?"

지금 앨리스는 열심히 귀 기울여 듣고 있었다. 나는 눈살을 찌푸렸다.

"앨리스가 가장…… 전폭적으로 밀어 주고 있거든."

앨리스를 표현할 좀 더 좋은 말이 있기는 했지만, 그런 말을 하면 벨라는 어리둥절해 할 뿐이겠지.

"그럼 다른 사람들은? 다들 뭐래?"

벨라는 속삭이다시피 목소리를 낮추며 물었다. 호기심 어렸던 목소리는 걱정스럽게 변한 채였다. 우리 가족이 이 속삭임조차 무척 쉽게 들을 수 있다는 걸 알면 이 애는 얼마나 소름 끼쳐할까.

이 질문에도 대답할 방법은 여러 가지가 있었다. 나는 그중 가장 덜 무서운 대답을 골랐다.

"대부분 못 미더워 해."

못 미더워하는 건 확실하니까.

벨라는 우리 가족이 앉아 있는 학교식당 한쪽 구석을 재빨리 바라보았다. 하지만 앨리스가 미리 경고했기 때문에, 그들은 모두 다른 쪽을 쳐다보고 있었다.

"다들 날 싫어하는구나."

그 추측을 나는 재빨리 부정했다.

"그렇지 않아."

하! 로잘리가 생각했다. 나는 로잘리를 애써 무시하며 말을 이었다.

"그냥 내가 널 왜 그냥 내버려두지 못하는지 이해를 못 할 뿐이야."

뭐, 그건 맞는 말이지.

벨라는 시무룩한 표정을 지었다.

"사실 이해 안 되는 건 나도 마찬가지야."

나는 고개를 저으며 이 애가 예전에 했던 우스운 가정을 떠올렸다. 내가 좋아하는 것보다 본인이 더 많이 좋아하는 것 같다고 했었지. 이미 그 점은 충분히 설명했다고 생각했는데.

"얘기했잖아. 넌 네 자신을 제대로 보지 못해. 넌 내가 알던 사람들과는 완전히 달라. 그래서 너한테 자꾸 끌려."

하지만 벨라는 의심스러운 표정을 지었다. 더 구체적으로 설명해야 할지도 모르겠군.

나는 미소를 지었다. 머릿속에는 온갖 말이 떠올랐지만, 이 애가 이 점을 확실히 알아두는 게 중요했으니까. 나는 손가락 두 개로 이마를 어루만지며 말했다.

"난 내가 가진 여러 이점을 이용해서 인간의 본성을 남들보다 잘 알아차려. 사람들의 행동을 얼마든지 예측할 수 있어. 그런데 넌……, 넌 단 한 번도 내 예상대로 행동한 적이 없어. 넌 언제나 나를 놀라게 하지."

벨라는 내게서 슬쩍 시선을 돌렸다. 표정을 보니 뭔가 불만스러운 모양이었다. 구체적으로 설명해 보았지만 그래도 납득하지 못한 게 분명하군.

"그건 설명하기 쉬운 부분이고."

나는 재빨리 말을 이으며, 그 애가 다시 이쪽을 봐주기를 기다렸다.

"하지만 그뿐만 아니라……."

뿐만 아니라 훨씬 더 많은 게 있다.

"뭔가 말로 하기 쉽지 않은 부분이 있지……."

뭘 봐? 너 지금 나한테 눈 동그랗게 뜬 거니? 조그만 게 박쥐처럼 생

겨 갖곤 진짜 성가시게!

벨라의 얼굴이 하얗게 질렸다. 그 애는 학교식당 저 뒷자리에서 눈길을 뗄 수가 없다는 듯 앉은 채로 얼어붙었다.

나는 재빨리 고개를 돌려 로잘리에게 위협적인 눈초리를 던졌다. 입술이 말리면서 이가 드러났다. 나는 조용히 그녀에게 으르렁댔다.

그녀는 곁눈질로 날 한 번 쏘아보고서는 우리 둘에게서 고개를 돌렸다. 다시금 벨라를 돌아보자 그 애도 고개를 돌려 나를 바라보았다.

쟤가 먼저 시작했다고. 로잘리는 불퉁하게 속으로 생각했다.

벨라의 눈은 휘둥그레진 채였다. 나는 재빨리 중얼거렸다.

"미안해. 로잘리는 그냥 걱정하는 거야."

로잘리의 행동을 편들어 주어야 하다니, 짜증이 났지만 달리 설명할 방법이 떠오르지 않았다. 그리고 로잘리의 적개심을 살펴보면, 걱정하는 마음 때문이라는 게 맞긴 했다.

"이렇게 너랑 드러내 놓고 많은 시간을 보내면…… 위험해지는 건 나 혼자만이 아니거든. 혹시……."

차마 말을 이을 수가 없었다. 공포와 수치심에 휩싸인 채로, 나는 두 손을 내려다보았다. 괴물 같은 나의 손을.

"혹시 뭐?"

그 애가 어서 말해 보라고 재촉했다. 지금 어떻게 대답을 피할 수 있단 말인가?

"혹시 이러다…… 잘못될까 봐서지."

그만 두 손으로 머리를 감싸고 말았다. 내 말이 무슨 뜻인지 알고서 변해가는 벨라의 눈빛을 보고 싶지 않았다. 이제껏 나는 이 애의 신뢰를 얻으려 노력해 왔다. 그런데 지금 나는 얼마나 그 신뢰를 받을 자격이 없는 놈인지 죄다 말해야 했던 거다.

하지만 이 애에게 알리는 게 옳다. 어쩌면 지금 이 애는 나를 떠날지도 모른다. 그러면 잘된 거지. 앨리스가 보인 공포를 알고서 내가 맨 처음 본능적으로 느낀 거부감이 서서히 사라져갔다. 솔직히, 내가 전혀 위험하지 않은 존재라고 벨라에게 장담할 수는 없었다.

"지금 떠나야 해?"

그 질문에 나는 천천히 고개를 들어 그 애를 보았다.

그 얼굴은 차분했다. 두 눈썹 사이에 난 주름에는 슬픔의 흔적이 살짝 보였지만, 두려움은 전혀 없었다. 포트 엔젤레스에서 내 차에 덥석 올라탔을 때 보여주던 완벽한 신뢰가 그 눈에 뚜렷이 보였다. 난 그럴 자격이 없는데도, 이 애는 여전히 나를 신뢰하는구나.

"응."

내 대답을 듣자 벨라는 눈살을 찌푸렸다. 내가 떠나는 걸 보면 그저 안심해야 마땅한 이 애가, 오히려 슬퍼한다.

손끝으로 저 애의 눈썹 사이 작은 V자 주름을 펴줄 수 있다면 얼마나 좋을까. 웃는 모습을 다시 보고 싶어.

나는 억지로 웃으며 말했다.

"아마 그게 최선일 것 같아. 또 그 끔찍한 영화를 봐야 하는 생물시간까지 겨우 15분 남았잖아. 난 더 못 견딜 것 같아."

이건 사실일 것이다. 난 더는 견딜 수 없었을 것이다. 더 많은 실수를 저지르게 되었을 것이다.

벨라도 날 보고 웃었다. 하지만 내 말의 속뜻을 거의 못 알아들은 게 분명했다.

그런데 갑자기 그 애는 깜짝 놀라 앉은 자리에서 일어서다시피

했다.

내 뒤로 다가오는 앨리스의 발소리가 들렸다. 놀랍지는 않았다. 전에 이 광경을 본 적이 있었으니까.

"앨리스."

나는 그녀를 맞이했다. 앨리스의 신난 미소가 벨라의 눈동자에 비쳐졌다.

"에드워드."

그녀는 나와 똑같은 어조로 대답했다. 나는 예전에 봤던 대로 따라했다.

"앨리스, 여긴 벨라야."

나는 최대한 간결하게 소개했다. 눈으로는 벨라에게서 시선을 떼지 않으면서 한 손으로 어설픈 손짓을 해댔다.

"벨라, 앨리스야."

"안녕, 벨라. 드디어 만나게 돼서 반가워."

드디어, 라는 단어는 살짝 강조했을 뿐이지만, 역시 짜증스러웠다. 나는 그녀를 흘끔 노려보았다.

"안녕하세요, 앨리스."

벨라는 알 수 없는 목소리로 대답했다.

오늘은 여기까지만 할게. 앨리스가 속으로 약속하고서, 소리 내어 물었다.

"갈 준비 됐어?"

마치 대답을 모르고 있다는 듯 물어보는군.

"응. 거의. 차에서 만나."

이제 비켜 줄게. 고마워.

벨라는 입매를 축 늘어뜨리고 작게 찌푸린 채로 앨리스를 빤히 바라보았다. 앨리스가 문밖으로 나가자, 그 애는 천천히 내 쪽으로 시선을 돌렸다.

"'재미있게 보내'라고 말해도 돼? 어색한 표현인가?"

그 애의 질문에 나는 싱긋 웃었다.

"'재미있게 보내'란 말은 어디나 어울리겠지."

"그럼 재미있게 보내."

벨라는 조금 쓸쓸한 티를 내며 말했다.

"노력할게."

하지만 그건 진심이 아니었다. 우리가 멀리 떨어져 있으면, 나는 이 애를 그리워하게만 될 테니.

"넌 제발 무사히 지내도록 해."

내가 얼마나 많이 작별인사를 건네야 하는지는 상관없었다. 무방비한 상태에 있을 이 애를 생각할 때마다 나는 같은 공포에 사로잡히니까.

"포크스에서 무사하라니, 참 힘든 일이지."

벨라가 중얼거렸지만, 나는 진실을 짚어냈다.

"너한테는 '정말' 힘든 일이겠지. 어서 약속해."

그 애는 한숨을 쉬었지만, 이내 지은 미소는 명랑했다.

"무사히 지내겠다고 약속할게. 오늘 저녁에 빨래할 건데, 그것도 난 목숨 걸고 해야 하거든."

아까 우리가 했던 농담이 떠올랐지만, 그다지 즐겁지 않았다.

"세탁기에 빠지지 말도록."

벨라는 진지한 표정을 유지하려다가 실패했다.

"최선을 다해 볼게."

자리를 뜨기가 너무 어려웠다. 나는 억지로 몸을 일으켰다. 그 애도 나를 따라 일어서더니, 한숨을 쉬며 말했다.

"내일 만나."

"꽤나 길게 느껴지나 보군?"

참 이상하지? 나에게도 너무나 길게 느껴지거든.

그 애는 시무룩히 고개를 끄덕였다. 난 약속했다.

"아침에 집으로 갈게."

앨리스의 말이 지금까지는 옳았다. 나는 계속해서 실수를 저질러 대고 있지 않나. 어쩔 수 없이 나는 테이블 위로 몸을 숙이고 그 애의 뺨을 다시 쓸어 버리고 말았다. 하지만 더 이상 해를 끼치기 전에, 벨라를 두고 돌아서서 그곳을 나왔다.

앨리스는 차에서 기다리고 있었다.

"앨리스……."

우선 할 일을 해야겠지. 심부름부터 처리해야 하잖아, 그렇지?

그녀의 머릿속으로 벨라의 집 풍경이 스쳐갔다. 주방 벽면에는 열쇠를 걸어두는 용도인 후크가 쭉 보였지만 아무것도 걸려 있지 않았다. 벨라의 방 안에서 서랍장 위와 책상을 훑어보는 내 모습이 보였다. 앨리스는 냄새를 킁킁 맡으며 현관 쪽을 수색했다. 그러다 자그마한 세탁실에서 방긋 웃으며 손에 열쇠를 쥔 앨리스의 모습이 다시금 보였다.

나는 벨라의 집으로 빠르게 차를 몰았다. 열쇠라면 내가 직접 찾을 수 있었을 텐데. 금속의 냄새, 특히 그 애의 손가락에서 나온 기름으로 칠해진 금속이라면 쉽게 찾을 수 있었을 것이다. 하지만 앨리스의 방

552

법이 확실히 더 빨랐다.

이미지는 더욱 선명해졌다. 내가 본 바로는, 앨리스가 혼자 현관으로 들어갈 것이었다. 그녀는 집 열쇠를 찾으려고 열두어 군데를 찾아보기로 마음먹었고, 이윽고 현관 처마 아래를 확인해 보기로 마음먹자 열쇠를 찾아냈다.

우리가 그 집에 도착하자, 앨리스는 불과 몇 초 만에 이미 정해 놓은 장소를 따라 열쇠를 찾아냈다. 미리 보아둔 대로 현관 손잡이 부분은 잠갔지만 데드볼트는 풀어놓은 채, 앨리스는 이제 벨라의 트럭에 탔다. 엔진은 천둥 같은 소리를 내면서 시동이 켜졌다. 지금 이 장면을 알아차린 사람은 집에 아무도 없었다.

학교로 돌아가는 길은 아까보다 더 느렸다. 낡은 쉐보레 트럭을 최대 속력으로 몰아도 느릿느릿하기만 했다. 나는 벨라가 어떻게 이 속도를 견디며 다니는지 알 수가 없었지만, 생각해 보니 그 애는 천천히 달리는 편을 더 좋아하는 것도 같았다. 앨리스는 내가 볼보를 대어두었던 자리에 트럭을 주차한 다음, 시끄러운 엔진을 껐다.

나는 녹이 슨 거대한 트럭을 바라보며 이 안에 탄 벨라를 상상했다. 이 차는 타일러의 승합차가 돌진했을 때도 살짝 긁히기만 했을 뿐 무사했다. 하지만 아무리 봐도 이 안에 에어백이 있거나 사고 시 탑승자 완충 구간이 있을 것 같지 않았다. 나도 모르게 눈썹이 지그시 모아졌다.

앨리스는 내 차 조수석에 올랐다.

자. 그녀는 이렇게 생각하더니 메모지와 펜을 내밀었다.

나는 그걸 받아들었다.

"인정할게. 너는 참 쓸모 있어."

나 없으면 넌 못 살걸?

나는 짤막한 메모를 쓰고 나서 쏜살같이 달려 나가 벨라의 트럭 운전석에 종이를 놓아두었다. 이래 봤자 실제로는 아무런 소용이 없다는 걸 알지만, 그래도 바라건대 무사히 지내겠다고 나랑 약속했던 걸 다시금 떠올려 주었으면 좋겠어. 그러자 아주 약간 불안이 가셨다.

15

가능성

"자, 앨리스."

나는 차문을 닫자마자 본론으로 들어갔다. 그녀는 한숨을 쉬었다.

미안해. 나도 이럴 필요가 없었다면 참 좋았겠지만……

"그건 사실이 아니잖아."

나는 말을 가로막으며 가속 페달을 밟아 주차장을 빠져나왔다. 길을 잘 봐야겠다는 생각은 할 필요가 없었다. 이 길을 너무나 잘 알고 있었으니까.

"옛날에 봤던 환상일 뿐이잖아. 이 모든 게 시작되기 전의 일이잖아. 내가 그 애를 사랑한다는 걸 깨닫기 전이라고."

그녀의 머릿속에 다시금 떠오른 것은 모든 환상 중에서도 최악의 환상이었다. 몇 주나 나를 괴롭히며 고통을 주었던 가능성들, 내가 벨라를 승합차 사고에서 구했던 그 날 앨리스가 봤던 미래였다.

내 품에 안긴 벨라의 몸은 일그러지고 생기 없이 창백했다……. 부러진 목 사이로 새파랗게 너덜거리는 찢긴 상처…… 내 입술에 묻은 그 애의 붉은 피와 핏빛으로 이글거리는 나의 눈.

앨리스의 기억 속 환상을 보자 목구멍이 찢어질 듯한 사나운 고함이 나왔다. 나를 강타한 고통 때문에 나온 무의식적인 반응이었다.

앨리스는 눈을 부릅뜨고 몸을 굳혔다.

같은 장소였어. 앨리스는 오늘 학교식당에서 그곳이 어딘지 깨달았다. 그녀의 생각은 공포에 질려 있었고, 처음에 난 왜 그런지 깨닫지 못했다.

나는 무시무시한 나와 벨라의 이미지 너머에 뭐가 있는지 제대로 본 적이 없었다. 그 장면도 간신히 참고 보았을 뿐이다. 하지만 앨리스는 자신의 환상을 살펴본 경험이 나보다 수십 년은 더 있었다. 그래서 감정을 지우고, 편견에 치우치지 않고, 또 움찔 고개를 돌리는 일 없이 환상의 장면을 보는 법을 알고 있었다.

앨리스는 세세한 장면을…… 마치 풍경처럼 빨아들였다.

그 섬뜩한 장면의 배경은 내일 벨라를 데리고 가기로 한 초원이었다.

"아직은 확실할 리가 없잖아. 그걸 또 본 건 아니지? 그냥 기억하고 있었던 거지?"

하지만 앨리스는 천천히 고개를 흔들었다.

이건 예전 기억이 아니야, 에드워드. 방금 본 거야.

"그럼 우리는 다른 곳에 가야겠군."

그녀의 머릿속 환상의 배경이 회전하는 만화경처럼 빙글빙글 돌았다. 환했던 장면이 어두워졌다가 이내 밝아졌다. 하지만 중심 장면은 그대로였다. 나는 그 장면에서 몸을 움츠리며 그것들을 정신 속에서 밀어내려 했다. 안 보이게 만들 수는 없는 걸까.

"내일 만나는 거 취소할 거야. 그 애는 전에도 약속을 어겼던 걸 용서해 준 적이 있으니까."

나는 이를 악문 채로 말했다. 그러자 환상은 은은히 빛나며 물결쳤지만, 이내 다시금 구체화되었다. 날카롭고 분명한 선을 이룬 생생한 장면이었다.

그 애의 피는 네게 너무 강렬하게 작용해, 에드워드. 네가 가까이 가면 갈수록……

"그럼 다시 거리를 두겠어."

"그게 될까. 아닐 것 같은데. 예전에도 그렇게 못했잖아."

"그럼 내가 떠날게."

내 목소리에 어린 고뇌를 듣자 앨리스는 움찔 놀랐다. 이윽고 그녀의 머릿속 장면이 부르르 떨렸다. 하지만 계절 배경이 바뀌었어도, 중심 장면은 그대로였다.

"여전히 변하지 않는 일이야, 에드워드."

"어떻게 그럴 수가 있어?"

나는 으르렁댔지만, 그녀의 목소리는 누그러지지 않았다.

"너는 떠나봤자 다시 돌아올 거거든."

"아니야. 난 돌아오지 않을 수 있어. 그건 분명 할 수 있다고."

그러나 앨리스는 차분하게 말했다.

"아니, 못 해. 어쩌면…… 고통받는 쪽이 그저 너뿐이었다면 그럴 수도 있겠지만……."

그녀의 머릿속은 수많은 미래를 획획 넘겨댔다. 벨라의 얼굴은 수없이 많은 각도로 나타났다. 하지만 죄다 우울하고 창백한 얼굴일 뿐이었다. 전보다 말랐고, 뺨이 움푹해진 모습이 낯설었다. 눈가에는 다크서클이 짙게 자리잡은 얼굴로 그 애는 공허한 표정을 지었다. 누가 봤다면 생기가 하나도 없다고 말했으리라. 하지만 정말로 생기 없이 죽은 건 아니었다. 적어도 다른 환상에서 본 시체 같지는 않았다.

"무슨 일이 생긴 거야? 왜 이런 얼굴이 된 거야?"

"네가 떠나서 이런 거야. 그 애는…… 너 없이 잘 지내지 못하고 있어."

앨리스가 이렇게 말하는 게 화가 났다. 현재형과 미래형을 구분 없이 쓰는 이상한 말버릇이 마음에 들지 않았다. 아직 일어나지 않은 비극이 마치 지금 일어나고 있는 것 같았으니까.

"그래도 아까 본 것보다는 낫네."

"정말로 그 애를 이렇게 두고 떠날 수 있을 것 같니? 다시 확인하러 오지 않을 거라 생각해? 그 애가 이러고 있는 걸 봤으면서도, 아무 말 없을 수 있다고?"

앨리스가 질문하는 동안, 그녀의 머릿속에서 답이 보였다. 나는 그늘에 숨어 그 애를 바라보는 중이었다. 벨라의 방에 슬금슬금 되돌아간 거다. 몸을 둥글게 말고 가슴에 팔을 꼭 모은 채로 악몽에 괴로워하며, 자면서도 숨을 헐떡이는 그 애를 지켜보는 내 모습. 앨리스 역시 동정심이 든 나머지 무릎을 모아 두 팔로 힘주어 감싸고 몸을 둥글게 말아 앉았다.

물론 앨리스의 말이 맞다. 이 미래의 장면에서 내가 느끼게 될 감정이 메아리쳐왔다. 그래, 난 다시 돌아오게 되겠구나. 그저 확인하려고. 그렇지만 이 광경을 본다면…… 벨라를 깨우겠지. 그 애가 고통스러워하는 걸 지켜볼 수가 없을 테니.

미래는 재편되었지만 결국 피할 수 없는 장면으로 다시금 이어졌다. 다만 이번에는 살짝 늦추어졌을 뿐.

"그때 절대로 돌아오지 말았어야 했는데."

나는 속삭였다. 만약 내가 그 애를 사랑하지 않게 되었다면 어땠을까? 애초에 그리워하리란 생각조차 안 했다면?

앨리스는 다시 고개를 젓고 있었다.

그것도 봐 둔 게 있어. 네가 떠났을 때…….

앨리스가 장면을 보여주기를 기다렸다. 하지만 그녀는 지금 내 얼굴만 아주 열심히 집중해서 보는 중이었다. 내게 그걸 보여주지 않으려고 말이다.

"뭔데? 뭘 봤는데?"

앨리스의 눈에 고통이 어렸다. **별로 보기에 좋은 게 아니야. 네가 떠난 뒤 돌아오지 않았더라면, 그래서 그 애를 사랑하지 않게 되었더라면……. 그렇다 해도 언젠가는 결국 돌아왔을 거야. 그 앨…… 사냥하기 위해서.**

장면은 여전히 보이지 않았지만, 굳이 알아볼 필요는 없었다. 앨리스에게서 몸을 확 돌리다가 그만 운전을 제대로 못 할 뻔했다. 나는 브레이크를 확 밟아 길에서 벗어났다. 타이어 아래로 양치식물이 으깨졌고, 인도로 이끼 더미가 확 떨어졌다.

처음부터 있던 생각이었다. 괴물이 묶여 있지 않았던 그 때부터. 그 애가 어디로 가든, 결국 내가 따라가지 않는다는 보장은 없었던 거다.

"받아들일 만한 미래를 보여 줘!"

결국 폭발해 버렸다. 내가 버럭 소리를 지르자 앨리스는 몸을 웅크렸다.

"다른 길이 있을 거 아냐! 어떻게 하면 내가 멀리 떠날지, 어디로 가야 할지 보여 달라고!"

그녀의 생각 안에서 갑자기 첫 번째 환상을 제치고 다른 환상이 나타났다. 공포스러운 장면이 없어지자 안도의 한숨이 목을 가득 메우며 입술로 밀려나왔다. 하지만 이번 환상 역시 별로 낫지 않았다.

앨리스와 벨라는 서로 팔짱을 끼고 있었다. 둘의 팔은 모두 대리석처럼 하얗고 다이아몬드처럼 단단했다.

석류알이 너무 많았구나. 이제 벨라는 나와 함께 명부에 떨어져버릴 운명이로구나. 되돌릴 길은 없었다. 봄날도, 햇살도, 가족도, 미래도, 영혼도, 그 애는 죄다 빼앗겨버렸다.

확률은 60대 40……인 것 같네. 어쩌면 65대 35까지도 볼 수 있겠어. 네가 그 애를 죽이지 않을 가능성은 여전히 높아. 앨리스는 격려의 말을 건네었다. 하지만 난 속삭였다.

"어떻게든 그 애는 죽는구나. 내가 그 애 심장을 멈춰 버리게 만드는구나."

"내 말은 정확히 그런 의미가 아니야. 그 초원의 만남 다음으로 이어질 그 애의 미래를 보여 준 거야…… 하지만 먼저 그 애는 초원에 너와 함께 가서 무언가를 경험해야 해. 초원이란 건 은유인 거고, 꼭 초원이 아니더라도…… 내 말 무슨 뜻인지 알지?"

그녀의 생각이 펼쳐졌다……. 이걸 어떻게 설명해야 할까……? 마치 모든 걸 동시에 생각하는 듯 넓어졌다고나 할까. 눈앞에 어지러이 엉킨 이미지의 타래가 보였다. 각 타래들은 고정된 이미지가 길게 이어져 생긴 것이자, 미래의 단편적인 장면들이 모인 것이었다. 모든 타래들은 어지러이 뭉친 하나의 매듭으로 이어졌다.

"이해가 안 돼."

이 애의 모든 길은 한 점으로 이어지는 거야. 모든 길이 서로 얽혀 있어. 그 지점이 초원이든, 아니면 다른 곳이든 상관없이, 그 애는 결정의 순간에 매인 거야. 너의 결정과, 그 애의 결정…… 어떤 타래는 반대편에서도 계속되지. 어떤 건…….

"하지 마."

목 메인 소리가 떨려 나왔다.

넌 피할 수 없어, 에드워드. 그 순간을 마주하게 될 거야. 어느 쪽에 쉽게 갈 수 있을지는 알 수 있어도, 어쨌든 너는 그 순간을 피할 수 없어.

"어떻게 하면 그 애를 구할 수 있어? 말해 줘!"

"모르겠어. 너는 얽힌 지점에서 그 대답을 직접 찾아야 해. 어떤 형태로 다가올지는 정확히 보이지 않지만, 분명 그 순간이 올 거야. 시험과 시련의 순간이지. 그건 알 수 있어. 하지만 내가 널 도와줄 수는 없어. 그 순간에서는 너희 둘만이 선택을 내리는 거니까."

나는 이를 악물었다.

내가 너 사랑하는 거 알지? 그러니 이번에는 내 말을 들어 줘. 미룬다해서 달라지는 건 없어. 그 애를 너의 초원으로 데려가, 에드워드. 그리고, 날 위해서, 특히 널 위해서…… 그 앨 무사히 데려와 줘.

나는 두 손에 얼굴을 파묻었다. 몸이 아파왔다. 상처 입은 인간인 것처럼, 병에 걸린 사람처럼 말이다.

"좋은 소식을 들려줄까?"

앨리스가 부드럽게 물었다. 나는 그녀를 쏘아보았다. 그녀는 작게 미소 지었다.

진짠데.

"그럼 말해 봐."

"제3의 길을 봤어, 에드워드. 네가 이 위기를 넘긴다면, 새로운 길이 나와."

"새로운 길?"

나는 멍하니 그 말을 되풀이했다.

"아직 구체적이지는 않아. 일단 봐."

그녀의 머릿속에 다른 장면이 펼쳐졌다. 이제껏 본 장면처럼 선명하지는 않았다. 벨라의 집 거실에 세 명이 옹기종기 모여앉아 있었다. 나는 오래된 소파에 앉은 채로, 내 옆에 앉은 벨라의 어깨에 자연스럽게 팔을 두른 모습이었다. 앨리스는 벨라 옆 바닥에 앉아 그 애의 다리에 익숙한 자세로 몸을 기댔다. 앨리스와 나는 그때도 지금과 똑같은 모습이었지만, 벨라는 내가 한 번도 본 적 없는 얼굴이었다. 그 애의 피부는 여전히 부드럽고 투명했고, 뺨은 분홍빛으로 건강한 혈색을 보였다. 여전히 따스한 갈색 눈망울은 인간의 것이었다. 하지만 그 애는 달라졌다. 그 변화가 무엇인지 분석하자, 지금 내가 보는 장면이 무엇인지 깨달았다.

이제 벨라는 소녀가 아니라 여자가 되었다. 살짝 길어진 다리를 보니 2센티미터에서 5센티미터까지 더 큰 것 같았다. 몸 선도 미묘하게 둥글어져서, 가느다란 체구에 새로이 굴곡이 생겼다. 머리카락은 흑담비의 털처럼 새까만 것이, 마치 지나온 세월 동안 햇빛을 거의 받지 않은 것 같았다. 지금보다 세월이 많이 흐르지는 않은 모습이었다. 3년이나 4년쯤 지났을까. 하지만 그 애는 여전히 인간이었다.

기쁨과 고통이 나를 감쌌다. 여전히 인간이구나. 하지만 나이를 먹어가고 있구나. 내가 간절히 바라지만 있을 법하지 않은 미래, 내가 유일하게 받아들이고 견뎌낼 수 있는 미래였다. 이 미래에서 그 애는 인생도, 내세도 빼앗기지 않을 것이다. 이 미래에서 나는 언젠가 그 애를 빼앗길 것이다. 낮이 다하면 밤이 다가오는 것을 막을 수 없는 것처럼.

"아직 가능성은 별로 없어. 하지만 이런 미래도 있다는 걸 네가 알면 좋을 거라 생각했어. 너희 둘이 위기를 넘긴다면, 이 미래가 있어."

"고마워, 앨리스."

나는 속삭였다. 다시 운전대를 잡아 도로 위로 차를 몰았다. 우리는 제한 속도 아래로 달리는 미니밴을 추월했다. 나는 동작을 생각하지 않고 무의식적으로 액셀러레이터를 밟았다.

물론 이건 모두 네 위주로 생각한 미래야. **여기엔 그 애의 소원이 반영되어 있지 않아.** 그녀가 생각했다. 아직도 머릿속으로는 소파에 우리 셋이 앉아 있는, 일어날 리 없는 장면을 떠올리는 중이었다.

"무슨 말이야? 그 애의 소원이라니?"

"벨라가 너를 잃고 싶어 하지 않을 거란 생각은 안 해 봤어? 인간의 짧은 한평생이 그 애한테는 충분히 길지 않을 수도 있잖아?"

"말도 안 되는 소리 하지 마. 누가 그런 삶을 선택한다고……."

"지금 입씨름해서 뭐해. 먼저 위기부터 넘겨."

"고마워, 앨리스."

이번에는 신랄하게 대꾸했다.

그녀는 짧은 웃음을 터뜨렸다. 새소리 같은 불안한 웃음이었다. 그녀 역시 나만큼이나 초조했고, 일어날지도 모르는 비극을 목격하고 무척 겁에 질렸다고 봐야 했다.

"너도 걔를 사랑한다는 거 알아."

나는 중얼거렸다.

너 같은 마음으로 사랑하는 건 아니야.

"그래. 아니지."

결국 앨리스에게는 재스퍼가 있다. 그녀는 우주의 중심을 안전하게 곁에 두고 있는 거다. 그들의 사랑은 대부분의 연인보다 훨씬 더 단단하고 파괴하기 힘들다. 그리고 앨리스의 양심에 따라 재스퍼의 영혼이 위험해지는 상황도 아니었다. 앨리스는 재스퍼에게 사랑과 평화만을 주었다.

사랑해. 넌 할 수 있어.

나도 앨리스의 말을 믿고 싶었다. 하지만 그녀의 말이 확실히 근거가 있는 것인지, 아니면 그저 일반적인 희망에서 나온 말인지 난 구별할 수 있었다.

나는 말 없이 국립 공원 가장자리로 차를 몰았다. 그리고 차를 놔둘만한 눈에 띄지 않는 장소를 발견했다. 차가 멈추었어도 앨리스는 내리려 하지 않았다. 그녀는 나에게 시간이 필요하다는 걸 알 수 있었으니까.

나는 눈을 감고 앨리스의 목소리를 듣지 않으려고 애썼다. 아니, 아무 소리도 듣지 않으려 애쓰면서 생각을 집중해서 결정을 내리려 했다. 해결책이 있을 거야. 나는 손끝으로 관자놀이를 세게 눌렀다.

앨리스는 내가 선택해야 할 거라고 말했다. 하지만 난 크게 소리치고 싶었다. 이미 결정은 내려 봤다고, 그런데 결정이랄 게 없었다고. 벨라의 안전이야말로 내 온 존재가 간절하게 바라는 단 하나의 소원처럼 느껴지는 가운데서도, 난 그 괴물이 여전히 살아 있다는 걸 안다.

어떻게 이걸 죽이지? 영원히 입을 막아 버릴 수는 없나?

아, 그 괴물은 지금은 조용했다. 숨어 있구나. 곧 다가올 전투를 위해 힘을 비축하고 있구나.

잠시, 자살하면 어떨까 진지하게 생각했다. 그 괴물이 살아남지 못하게 하는 확실한 방법은 그뿐이었다.

하지만 어떻게 자살하지? 칼라일은 새 삶의 초반부에서 대부분의 가능성을 철저하게 연구했고, 굳센 마음을 먹고 자살하려고 했음에도 불구하고 결국 스스로의 삶을 끝내는 데 성공하지 못했다. 나 혼자서 해 본다면 성공할 리가 없다.

우리 가족은 나를 죽일 힘이 있겠지만, 내가 아무리 애원한다 해도 그들이 내 삶을 끝내줄 리가 없다는 건 잘 안다. 심지어 로잘리도 못 할 것이다. 나를 죽이고 싶을 정도로 화가 났다고 말해도, 다음번에 나랑 마주치면 가만두지 않겠다고 엄포를 해 대어도, 정말 그럴 리는 없다. 가끔 나를 미워는 하지만 그녀는 언제나 나를 사랑했기 때문이다. 입장을 바꾸어 우리 가족 중 누군가 나한테 와서 자신을 죽여 달라 한다면, 나 역시 같은 마음이 되어 절대로 죽일 리가 없다는 걸 아니까. 제아무리 고통에 시달린다 해도, 제아무리 간절히 원한다 해도 나는 절대로 내 가족을 해치지 못하리라.

물론 다른 일족도 있지만…… 칼라일의 친구들은 나를 돕지 않을 것이다. 그런 식으로 칼라일을 배신하지는 않을 테니까. 그러자 이 괴물을 재빨리 끝내 버릴 힘이 있는 장소에 가면 된다는 사실이 떠올랐지만…… 거기 간다면 벨라가 위험해질 것이다. 내가 그 애에게 나의 진실을 말한 적이 없는데도, 그 애는 알면 안 되는 것들을 알고 있지 않았던가. 내가 정말 어리석은 짓을 하지 않는 한, 예를 들어 이탈리아에 가는 짓을 하지 않는 한, 벨라가 잘못된 관심을 받을 일은 없을 것이다.

퀼렛 부족과 맺은 조약이 무력화되었다는 사실이 요즘은 너무 아쉬웠다. 삼 대 전이었다면 그저 라푸시까지 걸어가기만 하면 됐을 텐데. 지금은 쓸모없는 방법이 되어버렸다.

그래서 괴물을 죽이는 방법은 하나도 가능한 게 없었다.

앨리스는 내가 이 위기를 정면으로 맞서기 위해 밀어붙여야 한다고 철석같이 믿고 있는 듯했다. 하지만 내가 벨라를 죽일 가능성이 있는 상황인데, 어떻게 그래야 옳단 말인가?

몸이 움찔 떨렸다. 그 생각을 하면 너무 고통스러웠다. 이 괴물이 내가 느끼는 혐오감을 무시하고서 나를 뒤덮어 버린다는 걸 상상조차 할 수 없었다. 괴물은 아무것도 양보하지 않았다. 그저 묵묵히 때를 기다리고 있었을 뿐.

한숨이 나왔다. 정면으로 맞서는 것 말고 다른 방법은 없을까? 이런 식으로 강요받는 것도 용기라 할 수 있나? 아니라는 생각만 확실해질 뿐이다.

내가 할 수 있는 것이라고는 그저 두 손으로, 온 힘을 다해 내가 내린 결정을 고수하는 것뿐인 듯했다. 내 속의 괴물보다는 내가 더욱 강할 것이다. 나는 벨라를 해치지 않을 것이다. 내게 남은 가장 올바른 일을 할 것이다. 그 애에게 필요한 존재가 될 것이다.

이렇게 생각하던 순간, 문득 그게 심하게 불가능한 것 같지 않다는 느낌이 들었다. 물론 난 할 수 있다. 벨라가 원하는 에드워드가, 그 애에게 필요한 에드워드가 될 수 있다. 내가 견디며 살아갈 수 있는 어렴풋한 미래를 나는 붙잡을 수 있고, 그렇게 그 미래는 현실이 될 것이다. 벨라를 위해서. 그 애를 위해서라면, 나는 당연히 그렇게 할 수 있다.

이렇게 결정하자 느낌이 더욱 강렬해졌다. 또 선명해졌다. 나는 눈을 뜨고 앨리스를 바라보았다.

"아아. 더 좋아 보이네."

그녀가 말했다. 그 머릿속에 엉켜 있는 타래들은 내가 보기엔 아직도 가망 없을 정도로 혼란스러웠지만, 앨리스는 나보다 더 잘 보았다.

"73퍼센트야. 지금 무슨 생각을 하는지는 모르겠지만, 계속 생각해 봐."

어쩌면 당장 다가올 미래를 받아들이는 게 핵심인지도 모르지. 직면해 보자. 내 속에 도사린 사악함을 과소평가하지 말자. 다만 단단히 대비하자. 준비를 하자고.

지금은 가장 기본적인 준비를 할 수 있지 않나. 그래서 우리가 여기 온 거다.

앨리스는 내가 미처 뭘 하기도 전에 무슨 행동이 나올지 보았다. 그래서 내가 차 문을 열기도 전에 조수석 문을 열고 뛰어나갔다. 살짝 우습다는 생각이 들어 정말 웃을 뻔했다. 앨리스는 나보다 빨리 달린 적이 한 번도 없다. 그래서 언제나 수를 쓴다.

이윽고 나도 달리기 시작했다.

이쪽이야. 내가 거의 따라잡자 앨리스가 머릿속으로 말했다. 그녀의 정신은 미래를 보며 사냥감을 찾고 있었다. 나 역시 근처에 있는 몇 가지 사냥감의 냄새를 맡았지만, 그녀가 원하는 건 분명히 아니었다. 앨리스는 눈에 보이는 걸 죄다 무시했다.

뭘 그리 자세히 찾고 있는 건지 정확히 알 수는 없었지만, 난 주저하지 않고 그녀를 따라갔다. 앨리스는 몇 마리의 사슴 떼를 보고도 무시한 채로, 숲속 깊숙이 나를 이끌며 남쪽으로 향했다. 그녀가 미래를 보며 수색하는 장면을 보았다. 우리가 국립공원의 여러 구석에 있는 장면이었다. 다들 어딘지 알만한 곳이다. 그녀는 동쪽을 떠돌다가 다시 북쪽으로 방향을 틀었다. 대체 뭘 찾고 있지?

이윽고 앨리스의 생각이 자리를 잡았다. 수풀 속을 매끄럽게 움직이는 무언가였다. 황갈색 가죽이 언뜻 보였다.

"고마워, 앨리스. 하지만……."

쉿! 나 사냥중이야.

나는 눈을 흘겼지만 계속 그녀를 따라갔다. 그녀는 내가 잘 먹을 만한 걸 찾고 있었다. 그래봤자 전혀 소용없다는 걸 앨리스는 알 길이 없겠지. 난 최근에 너무 많은 피를 억지로 들이켰기 때문에 지금은 퓨마와 토끼를 구분할 수 있을지조차 의심스러울 지경이었다.

이제는 앨리스가 집중했기 때문에, 머지않아 그녀의 환상 속 지점이 어딘지 찾아내었다. 일단 동물이 움직이는 소리가 귀에 들리자, 앨리스는 속도를 늦추어 내가 앞서가게 해 주었다.

"이래서는 안 돼. 국립공원의 퓨마 개체 수가……."

하지만 앨리스는 머릿속으로 버럭 소리를 질렀다. **편하게 좀 살아.**

앨리스와 싸우는 건 별 의미가 없었다. 그래서 어깨를 으쓱하고는 앞서 나갔다. 이제 사냥감의 향기를 포착했다. 태세를 전환하는 건 쉬웠다. 먹잇감을 뒤쫓으며 그저 피 냄새에 이끌리도록 내 몸을 맡기면 되니까.

몇 분 동안 아무 생각 없이 있으니 긴장이 풀렸다. 그저 또 다른 포식자, 바로 최상위 포식자가 되기만 하면 되니까. 앨리스가 본인의 먹잇감을 찾으러 동쪽으로 가는 소리가 들렸다.

퓨마는 아직 나를 알아채지도 못했다. 그 짐승 역시 사냥감을 찾아 동쪽으로 향하는 중이었다. 퓨마의 먹이가 될 만한 동물들은 내 덕분에 오늘 운이 좋을 것이다.

나는 퓨마에게 순식간에 달려들었다. 에밋과 달리 나는 짐승에게 맞서 싸울 기회를 주는 게 아무 의미 없다고 생각했다. 어차피 결과가 달라지지도 않는데, 그냥 빨리 처리하는 게 더 인간적이지 않나? 나는 퓨마의 목을 꺾은 다음 따스한 피를 재빨리 들이켰다. 처음부터 별로 갈증을 느끼지도 않았기에, 사냥했다 해서 정말로 안도감이 들지도 않았다. 그저 또 억지로 먹는 것뿐.

일을 마친 다음 앨리스의 향기를 따라 북쪽으로 향했다. 그녀는 검은딸기나무 속 보금자리에서 잠자고 있는 암사슴을 발견했다. 앨리스의 사냥 스타일은 에밋이 아니라 내 쪽에 가까웠다. 사슴은 깨어나기도 전에 죽은 것 같았다.

"고마워."

나는 예의상 그녀에게 말했다.

고맙기는. 서쪽으로 돌아가면 더 큰 무리가 있어.

그녀는 일어서서 다시 앞장섰다. 나는 애써 한숨을 삼켰다.

한 번 더 사냥한 다음 우리는 일정을 마쳤다. 다시금 과하게 배가 불렀다. 몸 안에 불편할 정도로 액체가 그득했다. 하지만 앨리스가 벌써 그만둔다니 놀라웠다.

"난 계속 사냥해도 상관없어."

난 말했다. 혹시 다음 사냥하는 동안 내가 얌전하게 앉아서 기다리는 모습을 본 걸까.

"난 내일도 재스퍼랑 나갈 거야."

"그럼 재스퍼는……."

"최근에 마음먹었거든. 준비를 더 많이 할 필요가 있겠다고 말이야."

앨리스는 이렇게 말하며 웃었다. 새로운 가능성이 있으니까.

그녀의 머릿속에서 우리 집이 보였다. 칼라일과 에스미는 거실에서 기대하는 마음으로 기다리는 중이었다. 문이 열리더니, 내가 안으로 들어왔다. 그리고 내 옆으로, 손을 잡고 선 건……

앨리스는 웃었다. 난 어떻게든 표정 관리를 해보려고 했다.

"어떻게? 대체 언제야?"

"곧."

아마도 일요일이 아닐까…….

"이번 주 일요일?"

응. 내일 모레.

환상 속의 벨라는 완벽했다. 건강한 인간의 모습으로 우리 부모님을 보며 미소 지었다. 입고 있는 파란색 블라우스 덕에 피부가 빛나 보였다.

어떻게 된 건지 아직 확실하게는 몰라. 이렇게 될 수도 있다, 그뿐이거든. 하지만 재스퍼는 확실하게 준비시켜 놓으려고.

재스퍼는 지금 계단 아래에서 예의 바르게 벨라 쪽으로 고개를 끄덕였다. 두 눈은 연한 황금빛이었다.

"이 미래는…… 매듭에서 나온 거야?"

타래 중 하나야.

그녀의 머릿속에서 기다란 가능성의 줄기가 다시금 튀어나왔다. 너무 많은 가능성이 내일에 달려 있었지만…… 그 반대편은 충분히 보이지 않았다.

"나의 확률은 얼마나 돼?"

내 질문에 앨리스는 입술을 오므렸다. 75대 25 정도? 그 생각은 질문 같은 어조였다. 앨리스는 내 확률을 후하게 쳐 주고 있군.

내가 움츠러드는 모습을 보자 앨리스가 생각했다. 왜 이래. 내기에서 이기는 건 네가 될 거야. 나도 너한테 걸었는걸.

그 말에 난 무심코 이를 드러내 버렸다.

"진정하라고! 내가 이런 기회를 놓칠 거라고 생각했어? 이건 벨라만의 문제가 아니야. 그 애가 무사할 거라는 나름의 확신이 나한테는 있어. 이 기회에 로잘리와 재스퍼의 버릇을 좀 고쳐놓으려는 거란 말이야."

"넌 전지전능하지 않잖아."

"그 비슷하긴 해."

앨리스가 농담을 던졌지만 장단을 맞춰 줄 기분이 아니었다.

"네가 전지전능했다면, 내가 어떻게 해야 하는지 말해줄 수 있었을 거 아냐."

어떻게 해야 할지 알게 될 거야, 에드워드. 네가 알아낼 거라는 걸 난 알아.

나도 정말 그랬으면 좋겠지만.

우리가 돌아왔을 때, 집에는 어머니와 아버지뿐이었다. 에밋이 다른 이들에게 집에서 피해 있으라고 경고한 게 틀림없었다. 하지만 내게는 아무래도 좋았다. 그들이 생각해 낸 바보 같은 내기 따위에 신경 쓸 여력이 없었으니까. 앨리스도 재스퍼를 찾아 달아났다. 그러니 마음의 소리가 덜 들려오게 되어서 고마웠다. 소리가 들리지 않으니 집중하는 데 좀 도움이 되었다.

칼라일은 계단 아래에서 나를 기다리고 있었다. 아버지의 생각은 내가 방금 앨리스에게 대답을 달라고 간청했던 질문들로 가득했기 때문에 차단하기가 어려웠다. 나의 나약함 때문에 더 큰 해를 끼치기 전에 도망치지 못했다는 점을 아버지 앞에서 인정하고 싶지 않았다. 내가 포크스를 잠시 떠났을 때, 이곳으로 돌아오지 않았더라면 나를 피해 갔을 공포심을, 내 속의 괴물이 가라앉아 버렸을 깊은 공포를 아버지에게 알려주고 싶지 않았다.

나는 칼라일 곁을 지나가며 알았다는 의미로 고개를 짧게 끄덕였다. 그는 내 고갯짓이 무슨 뜻인지 알았다. 나는 아버지의 두려움을 알고 있지만, 들려드릴 만한 좋은 대답이 없다는 뜻이었다. 그는 한숨을 쉬면서 내게 고개를 끄덕여 주었다. 그리고 느릿느릿한 걸음걸이로 계단을 올라갔다. 아버지가 서재에서 에스미와 만나는 소리가 들렸다. 두 분은 아무 말도 없었다. 에스미가 칼라일의 표정을 분석하며 무슨 생각을 하는지, 나는 애써 무시하려 했다. 하지만 어머니는 깜짝 놀라며 고통스러워했다.

우리 가족 중 칼라일은 내가 처한 상황, 그러니까 내 머릿속에서 수다와 재잘거림과 소동이 끊임없이 일어나는 게 어떤 기분인지 가장 잘 이해했다. 심지어 앨리스도 칼라일만큼 이해하지는 못했다. 아버지는 나와 가장 오래 살았기에 아는 것이다. 그래서 그는 말없이 에스미를 이끌고 커다란 창문으로 갔다. 우리가 비상구로 가끔 사용하는 곳이었다. 몇 초만에 두 분은 내가 생각을 들을 수 없을 만큼 멀리 떠났다. 그러자 마침내 침묵이 찾아왔다. 이제 머릿속에 들리는 유일한 시끄러움은 모두 나의 소리였다.

처음에 나는 천천히, 인간보다 조금 빠른 수준으로 움직였다. 샤워를 하며 살갗과 머리카락에 남은 숲의 잔재를 씻어내었다. 아까 차에서 느꼈던 것과 마찬가지로, 지금도 어디를 다친 것처럼, 손상을 입은 것처럼, 내 힘이 싹 빠져버린 느낌이 들었다. 머릿속도 물론 마찬가지였다. 만약 내가 어떻게든 이 능력을 잃어버리게 된다면, 그건 다름 아닌 기적이자 은총이리라. 내가 약해지고, 무해해지고, 아무에게도 위험한 존재가 아니게 된다면 얼마나 좋을까.

아까 들었던 공포심은 거의 잊어버린 참이었다. 햇빛에 비친 내 진짜 모습을 보면 벨라가 날 혐오하게 될 거라고 생각하다니, 참으로 오만한 공포심이 아닌가. 그런 이기적인 걱정을 하느라 순간순간을 허비하는 내 모습이 너무 싫었다. 하지만 새 옷을 찾으면서 다시금 생각할 수밖에 없었다. 그 애가 나를 역겹다고 생각하는 게 중요해서가 아니라, 나는 약속을 지켜야 했기 때문이다.

나는 뭘 입어야 할지 좀처럼 신경 쓰는 법이 없었다. 1초도 거들떠보지 않는다고 해야겠지. 앨리스는 내 옷장에 어떻게 입어도 어울릴 것 같은 옷들을 무척 다양하게 채워 넣었다. 스타일의 핵심은 우리가 인간들 사이에서 잘 어울려야 한다는 것이었다. 현대의 패션 감각을 따르면서, 우리의 창백한 피부를 돋보이지 않게 하고, 또 계절감에 심하게 벗어나지 않는 선에서 우리의 피부를 최대한 가리자는 목적이었다. 앨리스는 우리가 눈에 띄지 않으려고 노력해야 한다는 사실을 분하게 여기면서, 한도 내에서 최대한 다양한 옷을 입히려 했다. 그녀는 자기가 입을 옷을 직접 골랐고, 나머지 우리를 예술 표현의 도구로 삼아 치장했다. 우리의 피부는 옷에 가려졌고, 창백한 피부와 대조를 이루는 색깔의 옷은 절대로 입지 않았다. 옷차림은 확실히 최신 유행을 반영했다. 하지만 그럼에도 우리는 주변과 섞여 들지 않고 돋보였다. 우리가 타는 자동차처럼, 옷차림 역시 해롭지 않은 일종의 탐닉이었다.

앨리스가 시대를 앞선 취향으로 고른 옷을 제외하면, 무엇보다도 내 옷은 모두 최대한 피부를 가리는 디자인이었다. 벨라와의 약속을 충실하게 지키려면, 손뿐만 아니라 다른 곳도 드러내는 옷을 입어야 한다. 내가 노출을 적게 하면 할수록, 그 애는 내 병적인 모습을 별것 아닌 것으로 쉽사리 치부할지도 모른다. 그 애는 진짜 내 모습을 볼 필요가 있다.

그 순간 옷장 뒤쪽에 처박아두었던 셔츠가 생각났다. 한 번도 입지 않은 것이었다.

그 셔츠는 규정에서 벗어난 디자인이었다. 보통 앨리스는 미래를 보며 우리가 입고 있지 않은 옷은 사 주지 않았다. 평소 그녀는 이 규정을 상당히 엄격하게 지켰다. 그런데 2년 전, 앨리스가 구해 온 수많은 신상품 중 걸려 있던 이 셔츠를 처음 봤던 것이다. 그녀는 본인도 옷을 잘못 샀다는 걸 아는 것처럼 맨 뒤에 아무렇게나 놓아두었다.

"이건 왜 샀어?"

앨리스에게 묻자, 그녀는 어깨를 으쓱이기만 했다. **나도 몰라. 모델이 입은 걸 보니 예쁘더라고.**

그녀의 생각에는 숨기는 게 없었다. 본인도 이걸 충동구매 했다는 사실에 나만큼이나 어리둥절한 모양이었다. 그런데도 그녀는 내가 이걸 버리게 허락하지 않으면서 이렇게 고집을 부렸다.

앞날은 아무도 모르잖아. 언젠가 필요할지 어떻게 알아.

이제 셔츠를 꺼내자, 묘한 경외심이 들었다. 뱀파이어인 내가 느낄 리 없는데도, 오싹함마저 느껴지는 듯했다. 앨리스의 묘한 예감이 지금까지 이어졌구나. 예지력의 촉수가 미래 저 깊숙이까지 뻗어갔구

나. 본인도 자신의 행동을 이해할 수 없을 정도로 먼 미래까지 말이다. 벨라가 포크스에 오기로 결정하기 몇 년 전인데도 그녀는 감지했던 것이다. 언젠가 내가 이 기묘한 시련에 맞서게 되리라는 사실을.

어쩌면 앨리스는 정말 전지전능한 건지도 모르지.

나는 하얀 면 셔츠를 슬며시 입어 보았다. 옷장 문 안쪽 거울에 비친 맨팔이 보였지만 당황하지 않았다. 버튼을 채운 다음, 한숨을 쉬고서 다시 벗었다. 살갗을 드러내는 게 주목적이긴 하지만, 처음부터 그토록 눈에 띨 필요는 없겠지. 그래서 옅은 베이지색 스웨터를 잡아 머리부터 뒤집어썼다. 둥근 네크라인 위로 하얀 셔츠의 옷깃만 보이는 식으로 입으니 훨씬 편안했다. 어쩌면 이 스웨터를 계속 입게 될지도 모른다. 전부 다 보여주는 건 잘못일 수도 있으니까.

나는 이제 빨리 움직였다. 머릿속이 무시무시한 공포와 단호한 결심으로 가득해졌기 때문이다. 이 익숙한 공포심은 최근까지도 나의 모든 행동거지를 조종해 왔건만, 아직도 날 이토록 쉽게 사로잡다니. 이런 내 모습이 우스울 지경이었다.

몇 시간째 벨라를 못 봤잖아. 지금 그 애는 무사할까?

참 이상한 일이긴 하다. 수백만 가지의 위험한 상황보다 내가 더 위험한 존재인데, 그 중 나만큼 치명적인 위험은 하나도 없는데, 그런 내가 그 애 걱정을 하고 있다니. 하지만 그래도…… 그래도……, 무사히 있을까?

언제나처럼 오늘밤도 벨라의 향기를 맡으며 보낼 계획이었지만, 오늘은 그 어느 밤보다 더욱 중요했다. 그래서 나는 지금 그곳으로 서둘렀다.

물론 일찍 도착해 보니 모든 건 다 이상 없었다. 벨라는 아직도 빨래 중이었다. 기우뚱하게 세워진 세탁기가 쿵쿵대며 물을 찰박이는 소리가 들렸고, 건조기에서 나오는 뜨거운 배기가스에서는 섬유 유연제 향기가 났다. 마음 한구석에서는 오늘 점심시간에 그 애가 했던 우스갯소리가 생각나 웃고 싶었다. 하지만 그런 피상적인 농담은 갈수록 커지는 내 두려움을 잠재울 만큼 재미있지는 않았다. 찰리가 거실에서 스포츠 하이라이트를 시청하는 소리가 들렸다. 그의 머릿속은 말랑말랑하니 졸린 것 같았다. 그러자 벨라가 마음을 바꾸어 내일의 진짜 계획을 찰리에게 말하지는 않았다는 확신이 들었다.

이 모든 일에도 불구하고, 이렇다 할 사건 없이 단조롭고 간단하게 흘러가는 스완 가의 저녁 시간은 차분했다. 나는 언제나 앉던 나뭇가지에 도사리고 앉아 그 평온함에 같이 빠져들어 갔다.

어느새 나도 모르게 벨라의 아버지에게 질투를 느꼈다. 참 소박한 삶을 사는군. 양심에 가책을 느낄 만한 일 하나 없이. 내일도 평범한 하루를 보내겠지. 익숙하고, 기분 좋은 취미 생활을 하리라 예상되는 그런 하루를.

하지만 내일은…….

찰리의 능력으로는 내일 무슨 일이 일어날지 보장할 수 없었다. 그렇다면 내 능력으로는 할 수 있나?

순간 두 식구가 함께 쓰는 화장실에서 헤어드라이어 소리가 들려와 깜짝 놀랐다. 벨라는 보통 머리를 말리는 귀찮은 짓은 하지 않는데 웬일일까. 내가 밤에 그 애를 보호하며 지켜본 바에 따르면…… 아니, 보호했다는 건 어폐가 있을까. 그렇다면 감시했다고 말해야 하려나. 어쨌든 그 애의 머리카락은 잘 때 젖어 있어도 밤새도록 다 마르곤 했다. 그렇다면 지금은 왜 안 하던 행동을 하는 걸까. 생각할 수 있는 유일한 이유는 머릿결이 좋아 보이길 원한다는 것이었다. 그리고 내일 이 애가 만나기로 한 사람이 나니까, 그 말인즉 벨라는 나에게 예쁘게 보이고 싶어 한다고 생각해도 좋을 것이다.

어쩌면 내 추측은 틀렸을지도 모른다. 하지만 맞는다면…… 정말 속이 터지는군! 또 어쩌나 사랑스러운지! 지금 자신의 생명이 너무나 깊은 위험에 처해 있는데, 다름 아니라 그 생명을 위협하고 있는 나란 존재를 신경 쓰면서, 내가 예쁘게 보아 주기를 원하다니.

헤어드라이어로 머리를 말리느라 시간이 오래 걸린 것도 그렇고, 평소보다 벨라의 방 불은 늦게 꺼졌다. 불을 끄기 전까지 방안에서는 나지막한 소란이 좀 일었다. 뭘까 궁금했다. 언제나 너무나 궁금했다. 그래서 그 애가 완전히 잠들기까지 기다리는 시간이 내게는 몇 시간처럼 길게 느껴졌다.

일단 안으로 들어가자, 그토록 오래 기다릴 필요는 없었다는 걸 알 수 있었다. 오늘밤 그 애는 평소보다도 더 편안하게 잠든 채였다. 베개 위에 부채꼴 모양으로 부드럽게 머리카락을 펼쳐 놓고, 팔은 편안한 상태로 옆구리에 붙어 있었다. 깊이 잠든 오늘은 잠꼬대도 그리 많이 하지 않았다.

이 방을 보자마자 아까 들었던 소란스러움이 무엇이었는지 알 수 있었다. 방바닥 사방에 옷이 무더기로 쌓여 있었으니까. 심지어 침대 발치 그 애의 맨발 아래에 깔린 옷도 몇 벌 있었다. 나에게 잘 보이고 싶어 하는 마음을 알게 되자, 다시금 기쁨과 고통이 느껴졌다.

지금 이 감정을 벨라를 만나기 전에 느꼈던 삶 속의 고통과 환희와 비교해 보았다. 그때 나는 겪을 수 있는 모든 감정을 다 겪어본 것 마냥 너무 지치고 이 세상에 싫증이 나 있었다. 참 바보 같았지. 사실은 삶이 제공하는 온갖 감정을 슬쩍 들이켜 본 수준밖에 되지 않았던 것을. 이제야 나는 그간 놓쳤던 게 무엇인지, 또 배워야 할 것은 얼마나 많은지 깨달았다. 앞으로도 너무나 많은 고통을, 기쁨보다 더 많이 알게 될 건 분명했다. 하지만 기쁨이 너무나 달콤하고 강력하기에, 이 기쁨을 단 한 순간이라도 놓치게 된다면 스스로를 결코 용서할 수 없을 지경이었다.

벨라가 없는 삶을 생각해 보았다. 참 공허했었지. 그러자 아주 오랫동안 생각해 본 적 없던 어느 날 밤이 떠올랐다.

1919년 12월이었다. 칼라일이 나를 변화시킨 지 1년도 더 된 시점이었다. 그때 내 눈은 환하게 빛나는 붉은 색에서 감미로운 호박색으로 가라앉아 있었다. 비록 그 눈빛을 유지하느라 받는 스트레스는 항상 있었지만 말이다.

칼라일은 내가 변화하고 난 초반 몇 달, 제멋대로 날뛰는 시기를 거쳐 가는 동안 최대한 나를 격리해 두었다. 그리고 1년쯤 지나, 나의 광기가 사라졌다고 확신하게 되었을 때 칼라일은 내가 스스로 내린 평가를 의심하지 않고 수긍했다. 그리고 나를 인간 사회에 들여보낼 준비를 했다.

처음에는 여기저기서 저녁 시간을 보내는 것만으로 시작했다. 최대한 잘 먹어 둔 다음, 우리는 해가 지평선 아래로 안전하게 저문 후에 자그마한 동네의 중심가를 따라 걸었다. 그때 나는 무척 놀랐다. 어떻게 우리가 이 안에 섞여 들어갈 수 있는 건지 이해가 되지 않았으니까. 인간의 얼굴은 우리와는 완전히 달랐다. 칙칙하고 여기저기 구멍 난 피부, 조악하게 뭉쳐진 것 같은 생김새, 불룩하고 덩이 진 몸집, 불완전한 살집 위로 보이는 얼룩덜룩한 색깔이라니. 만약 인간들이 우리를 보고서 저들 세계 속 사람이라고 생각한다면, 눈곱이 낀 저 탁한 눈들은 시력조차 나쁘다는 생각이 들었다. 그 후로 몇 년이 지나서야 나는 인간의 얼굴에 겨우 익숙해졌다.

이렇게 인간 세상으로 산책을 나오는 동안에는 살인 본능을 통제하는 데 온 정신을 쏟은 나머지 머릿속을 강타하는 불협화음 같은 마음의 소리조차 겨우 알아챘을 뿐이었다. 그건 그저 소음에 불과했다. 갈증을 제어하는 능력이 점점 세지자, 모인 사람들 사이에서 들려오는 생각도 더욱 또렷해져서 무시하기 어려웠다. 본능을 통제하는 도전의 위험성이 사라지니 이제는 사람들의 생각을 들으면서 오는 성가심이 찾아온 것이다.

나는 초반부의 시험을 통과했다. 쉽게는 아니었지만, 그래도 완벽한 결과를 보여주었다. 다음 도전 과제는 일주일 동안 인간 사이에서 섞여 살기였다. 칼라일은 뉴브런즈윅의 세인트존에 있는 번화한 항구를 골랐고, 웨스트사이드 부두 근처에 있는 자그마한 판잣집 여관을 우리의 숙소로 잡았다. 나이 먹은 여관 주인을 제외하면, 우리가 마주치는 이웃들은 모두 선원 아니면 부두 노동자들이었다.

이건 힘든 도전이었다. 나는 완전히 포위된 기분이었다. 어딜 가도 인간의 피 냄새가 느껴졌다. 우리 방에 놓인 천에 닿은 사람의 손길이나, 창문을 통해 들어오는 인간의 땀 냄새를 나는 전부 맡아냈다. 숨 쉬는 공기마다 그 냄새가 배었다.

나는 젊다는 약점이 있었지만, 또한 고집이 셌고 성공하겠다는 각오를 다진 참이었다. 내가 빠르게 성장하는 모습을 두고 칼라일이 무척 높이 평가한다는 것도 알고 있어서, 그를 기쁘게 해 주자는 게 나의 주된 동기가 되었다. 나는 이제껏 다소 격리된 삶을 살아왔지만, 사람들의 생각을 많이 들어왔기에 나의 스승이 이 세계에서도 참 독특한 존재라는 건 알았다. 그분은 나의 우상이 되기에 충분했다.

만약 이 도전 과제가 나에게 너무 어려웠다는 게 증명될 때는 탈출 계획도 세워놓았다는 걸 난 알고 있었다. 물론 칼라일은 나에게 그 사실을 숨기려 했지만, 내게 비밀을 숨기는 건 불가능에 가까웠다. 비록 사방이 인간의 피에 둘러싸여 있는 느낌이었어도, 항구의 차가운 물살을 헤치고 빠르게 퇴각하는 방법이 있었으니까. 우리는 탁한 회색빛 깊은 바다에서 몇 거리 떨어지지 않은 곳에 있었다. 만약 유혹이 너무 커서 나를 이길 시점이 온다면, 그는 나에게 도망치라 강력하게 권할 참이었다.

하지만 칼라일은 내가 할 수 있다고 믿었다. 기본적인 욕망의 희생자로 전락하기에는 나란 존재가 너무 재능이 뛰어나고 강력하며 총명했다.

그는 자신이 속으로 해대는 찬사에 내가 어떻게 반응했는지 분명히 알고 있었을 것이다. 그 찬사를 들은 탓에 나는 오만해져 버렸다고 생각하지만, 그 찬사 때문에 그가 머릿속으로 그려낸 이상적인 내 모습에 가까워지도록 스스로를 재단하게 되었다. 나는 이미 그가 내린 평가에 걸맞은 인간이 되리라 굳게 마음먹었던 것이다.

칼라일은 이토록 빈틈없는 분이었다.

그리고 아주 상냥하기도 했다.

그 해는 내가 불멸의 존재가 되고 나서 두 번째로 맞는 크리스마스였다. 하지만 전년도에 나는 계절의 변화를 제대로 파악하지 못했다. 새로이 뱀파이어가 된 자에게 찾아오는 광란의 시간을 견디느라 그것조차 몰랐던 것이다. 칼라일은 내가 뭘 그리워할지 개인적으로 걱정하고 있다는 걸, 난 알았다. 인간 시절 함께 지내던 가족과 친구들, 우울한 날씨를 밝혀 주던 연말의 전통들이었다. 하지만 그는 걱정할 필요가 없었다. 화환과 촛불, 음악과 모임들……, 그 어느 것 하나 나와는 상관없는 것처럼 보였다. 절대로 좁힐 수 없을 것만 같은 거리감을 두고서 나는 그것들을 바라보았다.

칼라일은 함께 보내던 주중 어느날 밤 나를 밖으로 내보냈다. 처음으로 혼자서 인간 사이를 돌아다녀 보라고 시켰던 것이다. 나는 이 과제를 아주 진지하게 받아들이고는 최선을 다해 인간처럼 보이도록 행동했다. 추위를 느낀다는 듯 몸에 몇 겹씩 옷을 껴입었다. 밖으로 나간 다음에는 유혹이 닥칠 때마다 몸을 뻣뻣하게 유지했고, 느리고 계획적으로 움직였다. 얼음처럼 차가운 부두에서 집으로 향하는 사람을 몇 명 지나쳤다. 아무도 나에게 말을 걸지는 않았지만, 내 쪽에서도 접촉을 피하려고 일부러 비켜 서지도 않았다. 나는 미래의 삶을 생각했다. 언젠가 나도 칼라일처럼 편안하게 통제된 삶을 살 수 있으리라고, 이런 산책 쯤은 백만 번이라도 나갈 수 있을 거라 상상했다. 칼라일은 나를 다루는 데 생명을 걸었다. 하지만 나는 머지 않아 그에게 짐이 아닌 든든한 자산이 되어 주리라 마음먹었다.

우리가 머무는 방으로 다시 돌아왔을 때 나는 스스로를 꽤 자랑스러워 하면서 울 모자에 내려앉은 눈을 털었다. 칼라일은 내 이야기를 들으려 노심초사할 테고, 나는 열띤 마음으로 이야기를 하게 되리라 예상했다. 해 보니 결국 심하게 어렵지는 않았노라고, 인간들 사이를 거니는 건 나 자신의 보호 의지만을 가지고도 충분했다고 말할 참이었다. 그래서 문 안으로 느긋하게 들어오면서 태연한 척하려다가, 강렬하게 풍겨 오는 송진의 향기를 뒤늦게 알아차리고 말았다.

외출에 쉽게 성공했다며 칼라일을 깜짝 놀라게 할 준비를 했건만, 오히려 칼라일은 나를 깜짝 놀라게 하려고 기다리던 중이었다.

침대들을 조심스레 한 구석에 쌓아 놓고, 수평이 맞지 않아 흔들거리는 책상은 문 뒤로 밀어놓은 다음 그 자리에는 꼭대기가 천장까지 닿을 정도로 커다란 전나무를 들여놓았다. 바늘 같은 잎들은 축축했고, 군데군데 아직 눈송이가 남아 있었다. 칼라일이 워낙 빠르게 가지 끝에 촛불을 장식해 놓아 눈이 미처 녹지 못했던 거로구나. 은은하게 빛나는 촛불들은 칼라일의 매끈한 뺨에 따스하고 노란 빛을 뿌려댔다. 그는 활짝 웃었다.

메리 크리스마스, 에드워드.

혼자서 외출하다 돌아왔다는 나의 위대한 성공이 사실은 계략에 불과했다니, 그 사실을 깨달아버린 나는 조금 민망했다. 하지만 다시 생각해 보니, 칼라일은 나의 통제력을 너무 신뢰한 나머지, 날 이렇게 놀라게 해주려고 시련 같지도 않은 시련으로 기꺼이 떠밀었던 것이다. 그래서 기분이 좋아졌다.

"고마워요, 칼라일. 메리 크리스마스."

나는 재빨리 대답했다. 솔직히 말하자면 나는 이 상황을 어떻게 느끼고 있는지조차 알 수 없었다. 이건…… 어쩐지 유치해 보이기도 했다. 마치 인간이었던 시절은 저 멀리 두고 와버린 애벌레 단계였고, 이런 크리스마스 장식도 다 그 옛날 일처럼 느껴졌으니까. 그런데 지금 날개를 달고 날아다니는 나비가 되었는데도 다시 진흙탕 속으로 꿈틀대며 들어가 보라는 식인 것 같았다. 이런 장식에 즐거워하기에는 너무 나이가 든 것 같았지만, 동시에 칼라일이 나에게 이렇게까지 해 주었구나, 예전의 즐거웠던 순간으로 잠시나마 되돌아가게 해 주려는구나 싶어 감동적이기도 했다.

"팝콘을 구해 왔단다. 이걸 꿰어서 트리 장식 줄을 만들 건데, 네가 좋아할지도 모른다고 생각했거든."

칼라일이 말했다. 그의 마음속에서 이게 무슨 의미인지 보았다. 예전에도 들은 적 있었던 깊은 죄책감, 나를 이 삶으로 끌어들여 버렸다는 죄책감이었다. 그는 제아무리 사소한 인간의 즐거움이라도 내게 줄 수 있다고 생각하면 주려 했다. 그리고 나는 그의 호의를 됐다며 거절하는 버릇없는 행동은 하지 않을 것이었다. 이런 행동을 통해 칼라일이 얻는 나름의 즐거움을 뺏고 싶지 않으니까.

"당연히 좋죠. 올해는 트리 장식을 빨리 마칠 수 있겠네요."

나는 고개를 끄덕였다. 그는 웃으면서 벽난로로 다가가 불씨를 되살렸다.

칼라일이 생각하는 가족의 명절 분위기 속에서 느긋하게 지내는 건 어렵지 않았다. 비록 우리는 아주 단출하고 특이한 가족이기는 했다. 그러나 맡은 역할을 연기하기는 쉬운 것과는 별개로, 지금 연기하고 있는 세상에 내가 속하지는 못했다는 이질감은 여전했다. 시간이 흐르면 언젠가는 칼라일이 창조한 삶에 안착하게 될까? 아니면 언제까지나 스스로를 외계 생명체처럼 느끼며 살게 될까? 내가 칼라일보다 더욱 진정한 뱀파이어이어지는 않을까? 그의 인간적인 감수성을 다 받아들이기에는 너무 많이 피에 굶주린 뱀파이어인 건 아닐까?

시간이 흐르자 나의 질문은 답을 얻었다. 그때 나는 생각했던 것보다 갓난 뱀파이어에 가까웠다. 그리고 나이를 먹어감에 따라 모든 게 더욱 쉬워져 갔다. 이질감은 옅어지고, 어느 새 나는 칼라일의 세상에 속해 있다는 걸 깨달았다.

하지만 그 특별한 시기에, 이런 걱정을 하느라 정작 걱정해야 할 점을 하지 못했다. 그래서 난 무방비해지고 말았다. 내가 타인의 생각을 들을 수 있다는 점을 오히려 더욱 걱정했어야 했던 것이다.

다음날 밤, 우리는 친구를 만났다. 내가 처음으로 누군가와 교류한 경험이었다.

때는 자정이 넘은 시각이었다. 우리는 마을을 떠나 언덕 속으로 모험을 떠났다. 북쪽으로 향하면서 최대한 인간과 멀리 떨어져 있는 지역을 찾아다니며 내가 사냥하기 안전한 곳을 알아보는 중이었다. 나는 스스로를 단단히 통제하면서, 언제라도 풀려나길 바라는 뜨거운 본능적 감각들을 계속 확인해 가며, 이 갈증을 해소할 만한 것을 밤새도록 찾아다닐 참이었다. 우리는 인간과 멀리 떨어져 있다는 걸 확신해야 했다. 일단 감각을 풀어놓은 다음에 인간의 피 향기를 맡는다면, 외면할 수 있을 만큼 내가 강하지 않았기 때문이다.

이 정도면 안전할 거다. 칼라일이 확인해 주었다. 그는 속력을 줄여서 내가 앞서 사냥할 수 있게 해주었다. 어쩌면 늑대를 찾을 수 있을지도 몰랐다. 늑대들 역시 눈 속을 뚫고 사냥중일 테니까. 하지만 이런 날씨라면 굴 속에 숨어든 짐승을 파내야 할 가능성이 높았다.

나는 감각을 자유로이 풀었다. 그러자 마치 오랫동안 수축해 온 근육을 이완시키듯 뚜렷한 안도감이 들었다. 처음에는 깨끗한 눈과 낙엽수의 앙상한 가지 냄새밖에 나지 않았다. 인간의 냄새가 전혀 나지 않아 안심했고, 욕망도 고통도 없어졌다. 우리는 울창한 숲속을 조용히 달렸다.

그러다 문득 새로운 향기를 포착했다. 친숙하면서도 낯선 향기였다. 달콤하면서도 깨끗하고, 갓 내린 눈보다 더 맑은 그 향기에는 찬란함이 있었는데, 내가 알기로 이런 향기를 내는 건 단 둘 뿐이었다. 바로 나와 칼라일 말이다. 하지만 이 향기는 낯선 이의 것이었다.

나는 그 자리에서 휙 멈추었다. 칼라일 역시 향기를 맡고 내 옆에 우뚝 섰다. 아주 잠깐, 그의 불안함이 들려왔다. 그러나 이내 그 불안함은 누군가를 알아본 마음으로 바뀌었다.

아, 시오반이로군. 이렇게 생각한 그는 곧바로 차분해졌다. **시오반이 이쪽 세계에 있을 줄은 몰랐는데.**

나는 의아한 눈초리로 그를 바라보았다. 입 밖으로 소리를 내는 게 맞는 건지도 알 수 없었다. 칼라일은 마음을 편하게 먹었지만, 나는 걱정스러웠다. 낯선 이를 만나야 한다는 생각에 경계심이 들었다.

그는 나를 안심시켰다. **옛 친구들이란다. 이제 네가 우리 종족을 많이 만나 볼 때가 된 것 같구나. 가서 그들을 찾아보자.**

칼라일은 평온해 보였지만, 그가 나더러 들으라고 말로 한 생각 너머에 숨죽여 존재하는 걱정을 나는 감지했다. 그러자 처음으로, 우리가 이제껏 왜 다른 뱀파이어와 접촉하지 않았는지 궁금해졌다. 칼라일이 가르친 바에 따르면, 우리는 그리 희귀한 존재가 아니었으니까. 그는 일부러 나를 다른 뱀파이어들에게 보여주지 않았던 게 틀림없다. 하지만 왜 그랬을까? 그는 지금 신체적 위험을 전혀 두려워하지 않는데. 그렇다면 어떤 마음에서 그런 걸까?

향기가 상당히 신선해졌다. 나는 두 갈래로 나뉜 향기를 구별해 냈다. 그리고 의심스러운 눈빛으로 칼라일을 바라보았다.

시오반과 매기구나. 리암은 어디에 있는지 궁금한걸? 그 셋이 한 일가란다. 보통 함께 여행하지.

일가라. 나는 그 말을 알고는 있었지만 칼라일이 들려준 뱀파이어

역사에 따르면 일가란 말은 항상 커다란 군사 집단을 가리키는 말이었다. 역사의 대부분을 차지하는 무력 충돌은 이런 일가들이 일으켰기에, 일가란 말을 들으면 항상 그 생각이 났다. 볼투리 일가가 있고, 그보다 전에는 루마니아 일가와 이집트 일가가 있었다. 하지만 이 시오반이라는 자가 세 명으로도 일가를 이룰 수 있다면, 우리 역시 일가라고 봐야 할까? 칼라일과 나는 일가인가? 그건 우리에게 어울리는 말이 아닌 것 같았다. 너무⋯⋯ 냉정한 말이니까. 어쩌면 나의 단어 이해 능력이 불완전해서 그런지도 모르지만.

우리가 목표한 이들을 따라잡는 데는 몇 시간이 더 걸렸다. 그들 역시 달리고 있었기 때문이다. 그 향기를 따라 우리는 눈 덮인 황무지 안으로 더욱 깊이 들어갔다. 그래서 다행이었다. 우리가 만약 인간의 거주지에 너무 가까이 갔다면, 칼라일은 나에게 뒤에서 기다려 달라고 부탁했을 테니까. 나의 후각을 이용해 그들을 추적하는 것은 사냥할 때와 별다를 게 없었기에, 만약 인간의 흔적이라도 도중에 마주치게 된다면 그 냄새에 압도당하리라는 걸 난 알았다.

우리가 앞서 달리는 그들의 발소리를 들을 수 있을 정도로 가까이 다가갔을 때였다. 그들은 구태여 소리를 죽이며 달리지 않았다. 어딜 봐도 미행 당할까봐 걱정하는 눈치는 아니었다. 칼라일은 큰 소리로 외쳤다.

"시오반!"

달리던 이들은 순간 움직임을 멈추었고, 이내 우리 쪽으로 돌아오기 시작했다. 그 적극적인 발소리를 듣자 칼라일이 자신감을 보였음에도 불구하고 나는 그만 긴장해 버렸다. 그가 멈추자 나는 그의 곁에 딱 붙어 섰다. 내가 알기로 칼라일은 한 번도 틀린 적이 없었지만, 그래도 나는 무의식적으로 몸을 움츠렸다.

진정하렴, 에드워드. 처음으로 우리와 동등한 포식자를 만나는 건 물론 어려운 법이지. 하지만 여기서는 걱정할 필요가 없단다. 난 시오반을 신뢰하거든.

"그럼요."

나는 이렇게 속삭이고서 그의 옆에서 자세를 바로잡았다. 하지만 온몸이 팽팽하게 경직해 버린 건 어쩔 수가 없었다.

어쩌면 그는 이럴 거라 예상했기에 나를 다른 지인들에게 소개해 주지 않은 것일 수도 있었다. 새로 태어났을 때 겪는 열기에 사로잡혔을 때는 지금같이 이상한 방어 본능이 너무 강했을 수도 있었을 테니까. 나는 뻣뻣해진 근육을 추스르려 힘을 꽉 주었다. 지금은 칼라일을 실망시키지 않을 것이었다.

"칼라일, 당신인가?"

교회의 종소리처럼 맑고 깊은 목소리가 울려퍼졌다.

처음에는 단 하나의 뱀파이어만이 눈 덮인 나무 뒤에서 나타났다. 그녀는 이제껏 내가 본 여자 중 가장 몸집이 컸다. 칼라일이나 나보다도 키가 크고 어깨가 넓었으며 팔다리가 굵었다. 그러나 그녀는 남자 같은 모습이 전혀 아니었다. 몸매가 아주 여성스러웠으니까. 말하자면 공격적이고 강인한 여성이었다. 그녀는 오늘 밤 인간으로 위장할 생각이 전혀 없었던 게 분명했다. 입고 있는 옷이라고는 단순한 형태의 민소매 린넨 원피스 뿐으로, 허리띠 대신 정교한 문양을 새긴 은 사슬을 감은 채였다.

내가 이런 식으로 여자를 봤던 건 이전 생의 일이었다. 나도 모르게 눈길을 어디로 두어야 할지 몰라 몹시 조마조마했다. 난 그녀의 얼굴을 집중적으로 바라보았지만, 그 얼굴 역시 몸과 마찬가지로 여성성이 강렬하게 드러났다. 입술은 도톰하게 곡선을 이루었고, 커다랗고 짙은 선홍빛 눈동자에는 솔잎보다 더 두꺼운 속눈썹이 달려 있었다. 윤기 나는 검은 머리카락은 묶어서 머리 위로 풍성하게 말아올린 다음, 얇은 나뭇가지 두 개로 아무렇게나 찔러 고정시켰다.

칼라일과 너무나 비슷한 누군가의 얼굴을 보자, 기묘한 안도감이 느껴졌다. 살이 제멋대로 뒤룩뒤룩 붙은 인간의 얼굴에서 찾아볼 수 없는 완벽함과 매끈함이 있었다. 좌우로 대칭을 이룬 얼굴을 보니 마음이 진정되었다.

0.5초 후에, 몸집이 큰 여자의 옆으로 또 다른 뱀파이어가 비쭉 몸을 내밀었다. 이 뱀파이어는 그녀만큼 놀라운 모습이 아니었다. 그저 어린애와 다를 게 없는 자그마한 소녀였다. 커다란 여자가 모든 부분이 정도를 넘어서서 과한 존재였다면, 이 소녀는 반대로 결핍을 형상화한 것 같았다. 평범한 짙은 드레스 아래로 드러난 몸은 죄다 뼈밖에 없어 보일 정도로 말랐고, 조심스러운 기색이 그득한 눈은 얼굴에 비해 너무 컸다. 하지만 그 얼굴 역시 동료의 얼굴처럼 결함이 전혀 없어서 보기에 편했다. 여자애에게 풍성한 건 머리카락뿐이었다. 환한 빨간색 곱슬머리는 숱이 아주 많았고, 산발한 머리카락 여기저기 엉킨 매듭이 어찌나 많은지 다 풀 수 없을 것 같았다.

몸집이 큰 여자는 칼라일 쪽으로 껑충 뛰었다. 그들 사이로 뛰어들어 여자를 막아서지 않으려고 나는 자제력을 있는 힘껏 발휘해야 했다. 하지만 그녀의 튼튼한 사지 근육 조직이 눈에 들어온 순간, 내가 막아서 봤자 성공하지 못했으리라는 사실을 깨달았다. 되바라진 생각을 했군. 아마도 칼라일은 나를 아무에게도 소개하지 않음으로써 내

자존심 역시 지켜주었던 것인지도 모른다.

그녀는 칼라일을 끌어안고 맨팔로 감쌌다. 환하게 빛나는 이가 드러났지만, 그건 다정한 미소라고밖에 볼 수 없었다. 칼라일은 두 팔을 그녀의 허리에 두르고 웃었다.

"안녕, 시오반. 퍽 오랜만이군."

시오반은 포옹을 풀었지만, 여전히 그의 어깨에 두 손을 얹은 채였다.

"이제껏 어디에 숨어 있었던 거야, 칼라일? 혹시 당신에게 뜻밖의 일이 일어났나 싶어서 걱정하던 참이었어."

그녀의 목소리는 칼라일만큼 낮은 강렬한 알토였다. 말투는 아일랜드 출신 부두 노동자의 억양을 뭔가 마법을 써서 변형한 듯 들렸다.

이제 칼라일은 속으로 나를 생각했다. 작년에 우리에게 일어났던 일들이 백 번의 번개처럼 번뜩였다. 동시에 시오반의 눈길이 내 얼굴을 빠르게 훑고 지나갔다.

"그간 바빴지."

칼라일이 대답했지만, 지금 나는 시오반의 생각에 더욱 집중하고 있었다.

갓난애나 마찬가지인 상태군……. 하지만 저 눈이라니. 묘하구나. 칼라일과는 다른 색이야. 황금빛이라기보다는 호박색에 가까운데. 굉장히 예쁘게 생겼네. 칼라일은 어디서 이런 애를 찾아냈을까.

시오반은 한 걸음 뒤로 물러섰다.

"내가 경우 없이 행동한 것 같네. 당신 동료는 처음 보는데."

"내가 소개하지, 시오반. 이쪽은 내 아들 에드워드야. 에드워드, 너도 이미 짐작했겠지만 이분은 나의 오랜 친구 시오반이란다. 이 애는 시오반네 매기고."

어린 소녀는 고개를 갸웃거렸지만, 그건 인사가 아니었다. 소녀의 양미간에 가느다란 주름이 잡힌 모습이, 꼭 어떤 퍼즐을 풀려고 굉장히 열심히 집중하는 것 같았다.

처음에 그 말을 들은 시오반은 이렇게 생각했다. 아들이라고? 아, 결국은 동반자를 만들기로 한 거군. 흥미로운데. 그런데 왜 하필 지금이지? 저 남자애에게는 틀림없이 뭔가 특별한 게 있을 거야.

동시에 매기는 생각했다. 칼라일의 말은 사실이야. 하지만 뭔가 빠졌어. 뭔가 말 안 한 게 있어. 그녀는 스스로에게 하는 듯 고개를 끄덕인 다음, 아직도 나를 유심히 바라보는 시오반을 슬쩍 보았다.

"에드워드, 만나서 참 반갑구나."

시오반은 내게 인사했다. 그녀는 내게 손을 내밀었고, 그 눈초리는 마치 나의 눈동자 음영을 정확하게 측정하겠다는 듯 내 홍채를 응시했다.

이런 식의 만남에서는 어떻게 반응을 해야 할까. 나는 인간의 방법밖에 몰랐다. 그래서 그녀의 손을 잡고 손등에 키스했다. 내 피부에 닿는 그녀의 피부는 유리처럼 매끄럽게 느껴졌다. 나도 인사말을 건넸다.

"저도 반갑습니다."

그녀는 손을 빼고는 나를 향해 활짝 웃었다. 참 매력적이기도 하지. 꽤 예쁘네. 이 애의 재능은 무얼까. 칼라일은 그 재능의 어디가 그리 좋았을까?

시오반의 생각을 듣자 난 당황했다. 그녀가 재능이라는 단어를 쓰면서, 내가 무언가 특별한 게 있을 거라 추측했을 때 사실은 그게 정확히 무슨 뜻이었는지는 모른 채로 이해했을 뿐이다. 하지만 나는 현재 많이 연습을 한 상태라, 시오반이 흥미어린 눈초리로 날 지켜봐도 이렇다 할 반응을 하지 않을 수 있었다.

물론 그녀의 말은 맞았다. 나는 확실히 재능이 있었다. 하지만…… 내가 어떤 능력이 있는지 알고 나자 칼라일은 순수하게 놀랐었다. 나의 재능 덕분에, 그가 연기하는 게 아니라는 걸 알았으니까. 어째서 나를 이렇게 만들었냐고 물었을 때, 그가 대답하며 했던 생각에는 거짓이나 회피가 없었다. 그는 너무 외로웠다고 했다. 그리고 우리 어머니가 나를 살려 달라고 간청했던 것이다. 내 얼굴에는 무의식적으로 미덕이 드러나 있었다고 했다. 솔직히 그런 미덕이 과연 내게 있는지는 난 완전히 확신할 수는 없지만.

불쌍한 꼬마. 칼라일은 그 이상한 버릇을 이 젊은이에게도 강요하고 있는 거야. 그래서 눈 색깔이 이토록 묘한 거로군. 참 안됐어. 이 삶의 가장 큰 기쁨을 박탈당하다니.

그때는 시오반의 이런 결론을 듣고서도 별로 괴롭지 않았다. 오히려 다른 추측들 때문에 더 많이 괴로웠다. 만남 후, 그들의 대화는 밤새도록 계속되었고, 다시 해가 질 때까지 우리는 셋방에 돌아갈 수가 없었다. 그러다 다시 우리 둘만 남게 되었을 때, 나는 칼라일에게 그 이야기를 했다. 그는 시오반의 과거를 들려주었다. 시오반은 볼투리가를 보고 크게 흥미를 느꼈고, 뱀파이어의 신비한 재능이라는 면에 호기심이 생겨서, 마침내 인간의 재능을 넘어서는 수준의 능력을 갖춘 신비한 아이를 발견했다는 이야기였다. 시오반은 매기를 변화시켰다. 하지만 동반자가 필요했거나 개인적으로 그 소녀에게 관심이 생겨서가 아니었다. 만약 매기가 평범한 인간 여자애였다면 그녀의 저녁거리가 되었을지도 모른다. 시오반은 자신만의 일가를 이루기 위해 재능이 있는 자를 열심히 찾고 있었기 때문이다. 그건 세상을 바라보는 또 다른 방식으로, 칼라일이 애써 보존하려는 인간적인 면과는 다른 방식이었다. 칼라일은 시오반에게 내 재능을 말해주지 않았다(그래서 매기가 내 소개를 듣고도 이상하게 반응했던 것이다. 그녀는 자신의 능력을 통해서 칼라일이 말하지 않는 게 있다는 걸 알았다). 자신이 찾아낼 마음도 없었는데 이토록 희귀하고도 강력한 재능을 지닌 나란 존재를 획득했다는 소리를 들으면 시오반이 어떻게 나올지 확신이 서지 않아서였다. 내가 재능이 있는 뱀파이어가 된 건 신기한 우연이었을 뿐이었다. 상대의 마음을 읽는 능력은 나의 일부였기 때문에, 칼라일은 내 머리카락 색이나 목소리의 음색을 바꿀 필요가 없다는 것처럼 나의 능력이 사라지기를 원치는 않았다. 하지만, 그는 나의 재능을 자신이 이용하거나 이득을 얻을 도구로 여긴 적 또한 한 번도 없었다.

나는 이렇게 드러난 진실에 대해 참 많이 생각했지만, 시간이 흐르자 생각하는 빈도는 줄어들었다. 그리고 인간 세계에 좀 더 편안히 적응했고, 칼라일은 예전 일인 외과의사 자리로 돌아갔다. 그가 자리를 비운 동안 나는 많은 전공 중 의학을 골라 공부했다. 하지만 언제나 책으로만 공부했을 뿐 실제로 병원에 나간 적은 없었다. 그리고 불과 몇 년 후, 칼라일은 에스미를 발견했고, 우리는 그녀가 적응하는 동안 다시 은둔의 삶을 살았다. 그때는 새로운 지식을 가득 받아들이며 새로운 친구를 사귀었던 바쁜 시절이었다. 그래서 시오반이 날 가엾어하며 말했던 내용이 나를 괴롭히기 시작한 건 몇 년 뒤의 일이었다.

불쌍한 꼬마…… 참 안됐어. 이 삶의 가장 큰 기쁨을 박탈당하다니.

그때 시오반이 했던 다른 생각들은 정직하고 투명한 칼라일의 생각을 읽으며 쉽게 반박할 수 있었다. 하지만 이 생각은 나를 좀먹어 들어가기 시작했다. 이 삶의 가장 큰 기쁨이라는 구절 때문에 결국 나는 칼라일과 에스미를 떠나가게 되었다. 약속된 기쁨을 추구하며, 나는 계속해서 인간의 생명을 취했다. 나의 재능을 오만하게 사용해가며, 나는 인간을 해치기도 하지만 올바른 일은 더 많이 할 수 있다고 생각했다.

인간의 피를 처음 맛보았을 때, 온몸은 압도당하고 말았다. 충만한 그 느낌은 전적으로 좋았다. 전보다 더욱 생기가 넘치는 느낌이었다. 나의 첫 번째 먹잇감은 쓴 맛이 나는 약에 절여져 있던 상태라, 그 피는 최상급은 아니었지만 그래도 예전에 먹던 동물의 피는 인간의 피에 비하면 구정물처럼 여겨질 정도였다. 그렇지만…… 나의 정신은 몸이 만족한 만큼의 만족을 똑같이 느끼지는 못했다. 어딘가 살짝 부족한 기분이었다. 나는 추한 꼴을 차마 견디고 볼 수가 없었다. 내 선택을 칼라일이 어떻게 생각할까, 이 생각을 떨쳐낼 수가 없었다.

처음에는 그런 거리낌이 곧 사라질 거라 여겼다. 나는 아주 나쁜 놈들 중에서도 자신의 몸을 깨끗이 유지하는 놈들을 찾아다녔다. 자신의 양심은 깨끗하게 관리하지 못해도 건강은 챙기는 놈들 말이다. 그리고 더 좋은 질의 피를 음미했다. 머릿속으로는 스스로 판사이자 배심원이자 처형자가 되어, 이런 놈들을 죽임으로서 내가 구했을지도 모르는 수많은 목숨들을 표로 작성했다. 이 한 놈을 죽여봤댔자, 그놈이 다음에 죽일 한 사람의 생명밖에 구할 수 없다고 치더라도, 이런 인간 도살꾼들을 그냥 놔두는 것보다야 없애는 편이 낫지 않나?

그렇게 몇 년을 살다 나는 결국 포기했다. 시오반이 생각했던 존재의 더없는 환희란 피를 마신다고 해서 생기는 게 아니었다. 나는 내가 왜 못 느끼는지 그 이유를 알 수가 없었다. 자유롭게 누리며 사는 것보다 칼라일과 에스미를 그리워하는 마음이 더 크게 자리잡기만 했다. 인간을 죽일 때마다 쌓여가는 양심의 가책이 있었고, 급기야는 부담 감에 짓눌려 비틀거리게 되었다. 하지만 나는 그 역시 왜 그런지 알 수 없었다. 결국 나는 칼라일과 에스미에게로 돌아왔고, 그 후로 몇 년간 내가 저버렸던 규율을 전부 다 배우느라 고군분투했다. 그리고 시오 반은 피에 대한 갈망보다 더 큰 무언가가 있다는 걸 몰랐던 것 같다고, 하지만 나는 더욱 좋은 것을 추구하는 존재로 태어난 거라고 결론을 내렸다.

그리하여 지금, 그 말은 다시금 나를 덮쳐왔다. 한때 나를 미치게 만들었던 그 말은 놀라운 힘으로 되살아났다.

이 삶의 가장 큰 기쁨.

이제는 의심하지 않는다. 이제는 그 구절의 의미를 안다. 내 삶의 가장 큰 기쁨이란 곁에서 참으로 평화롭게 잠들어 있는 연약하고 용감하며 따스하고 통찰력 있는 이 여자애다. 벨라. 삶이 내게 주어야 했던 가장 큰 기쁨이다. 그리고 이 애를 잃게 되면 가장 심한 고통 또한 받게 되겠지.

셔츠 주머니에서 휴대폰이 조용히 진동했다. 화면을 바라보고 번호를 확인한 나는 폰을 귀에 댔다.

앨리스가 조용히 말했다.

"말할 수 없다는 거 알아. 하지만 네가 알고 싶어 할거라고 생각해서 걸었어. 지금은 80대 20이야. 뭘 하고 있는지는 모르지만, 하던 거 계속해."

그녀는 전화를 끊었다.

물론 지금은 앨리스의 생각을 읽을 수가 없기에 그 목소리에 서린 자신감을 신뢰할 수는 없었다. 그녀도 그 점을 알겠지. 그러니 전화로 내게 거짓말을 한 것일 수도 있다. 하지만 그렇더라도 용기가 한층 생겼다.

나는 지금 무엇을 하고 있나. 바로 벨라를 향한 내 사랑 안에 뒹굴고, 빠지고, 흠뻑 젖어가고 있다. 이 사랑을 계속 탐닉하는 것은 어렵지 않으리라.

— 2권에서 계속.

옮긴이 심연희

연세대학교와 동 대학원에서 영문학을 공부하고 독일 뮌헨대학교 LMU에서 언어학과 미국학을
공부했다. 현재 영어와 독일어 전문 번역가로 활동 중이며 다수의 저서를 옮겼다. 그중 대표작
으로는 《사악한 자매》, 《마쉬왕의 딸》, 《고양이는 내게 행복하라고 말했다》, 《퍼펙트 마더》, 《어
둠의 눈》, 《이사도라 문》 시리즈, 《캡틴 언더팬츠》 시리즈 등이 있다.

미드나잇 선 1

초판 1쇄 발행 2020년 12월 24일 | 초판 6쇄 발행 2021년 2월 22일

지은이 스테프니 메이어 | 옮긴이 심연희
펴낸이 김영진, 신광수

본부장 강윤구 | 개발실장 위귀영 | 사업실장 백주현
책임편집 박현아 | 디자인 김가민
단행본팀장 이용복 | 단행본 권병규, 우광일, 김선영, 정유, 박세화
출판기획팀장 이병욱 | 출판기획 이주연, 이형배, 김마이, 이아람, 이기준, 전효정, 이우성

펴낸곳 (주)미래엔 | 등록 1950년 11월 1일(제16-67호)
주소 06532 서울시 서초구 신반포로 321
미래엔 고객센터 1800-8890
팩스 (02)6455-8816 | 이메일 bookfolio@mirae-n.com
홈페이지 www.mirae-n.com

ISBN 979-11-6413-707-7 (04840)
      979-11-6413-709-1 (set)

* 북폴리오는 (주)미래엔의 성인단행본 브랜드입니다.

* 책값은 뒤표지에 있습니다.

* 파본은 구입처에서 교환해 드리며, 관련 법령에 따라 환불해 드립니다.
  단, 제품 훼손 시 환불이 불가능합니다.

북폴리오는 참신한 시각, 독창적인 아이디어를 환영합니다.
기획 취지와 개요, 연락처를 bookfolio@mirae-n.com으로 보내주십시오.
북폴리오와 함께 새로운 문화를 창조할 여러분의 많은 투고를 기다립니다.

이 도서의 국립중앙도서관 출판예정도서목록(CIP)은 서지정보유통지원시스템 홈페이지(http://seoji.nl.go.kr)와
국가자료공동목록시스템(http://www.nl.go.kr/kolisnet)에서 이용하실 수 있습니다.(CIP제어번호: CIP2020049474)